JN437305

OMNISCIENT READER'S VIEWPOINT

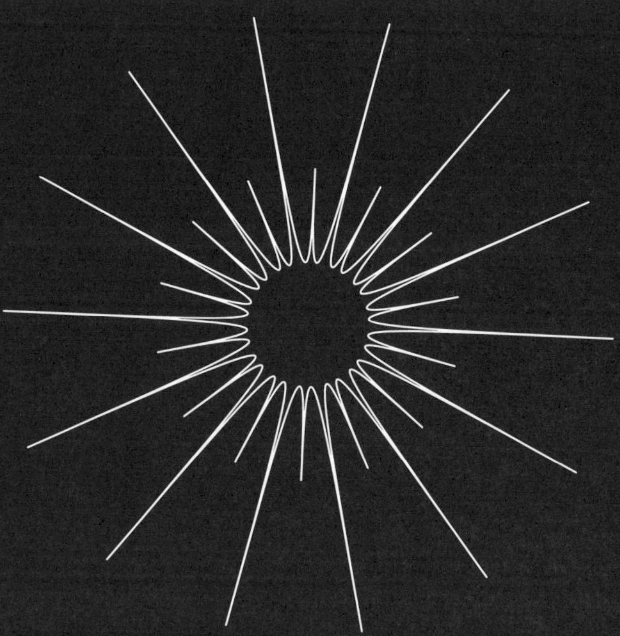

OMNISCIENT READER'S VIEWPOINT

전지적 독자 시점

싱숑

8

VICHE

일러두기

- 이 책은 단행본《전지적 독자 시점》(페이퍼백 에디션)을 바탕으로 편집 및 제작되었습니다.
- 인명 등 고유명사는 국립국어원 외래어 표기법을 따르되, 입말로 굳은 단어 등은 예외로 하였습니다.

CONTENTS

OMNISCIENT READER'S VIEWPOINT

이계의 신격(2)

Episode 82

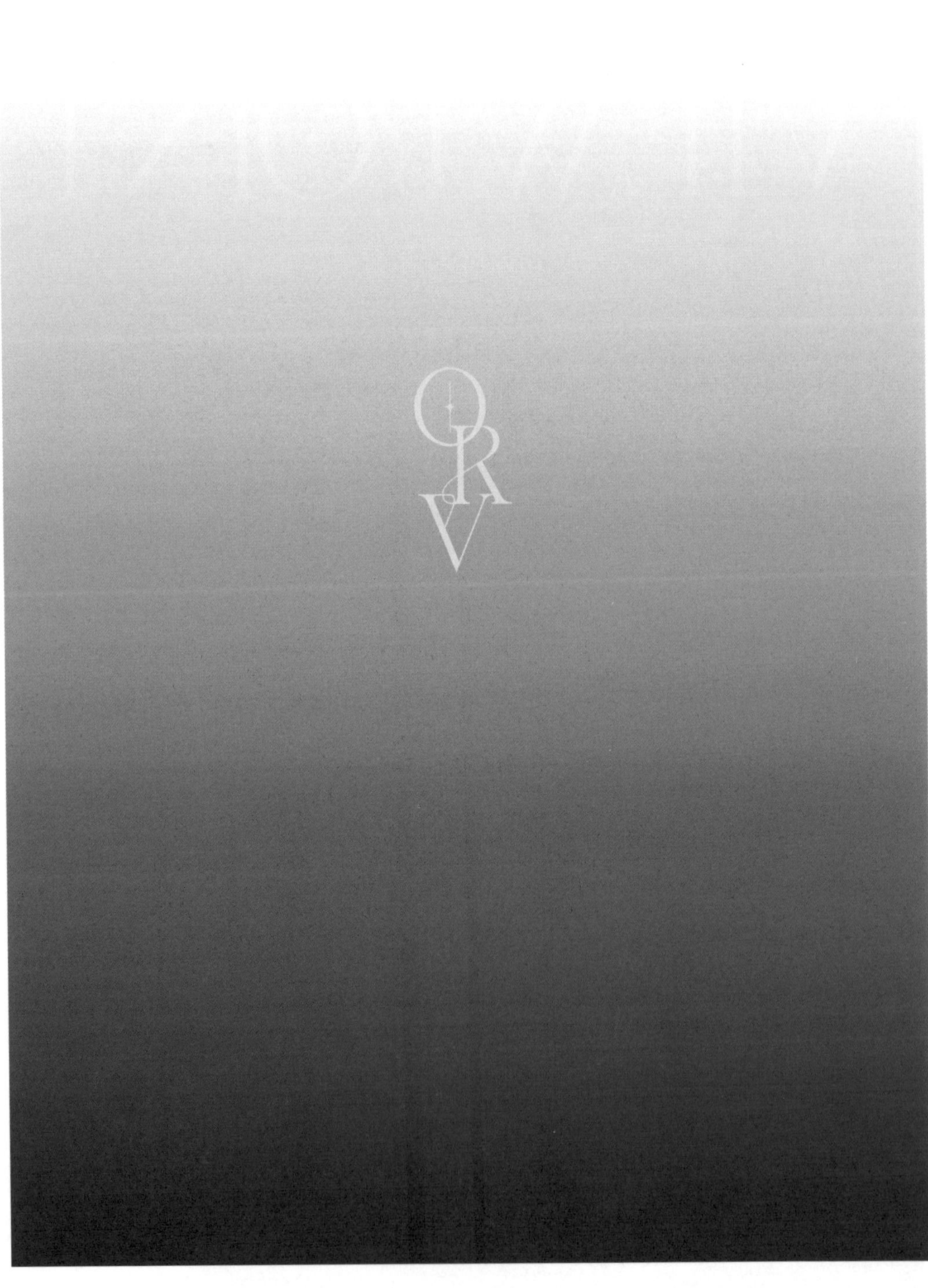

4

엑스트라는 주인공이 될 수 없다.

그리고 이계의 신격들은 엑스트라조차 되지 못했기에 '설화' 밖으로 떠밀려났다.

죽어가는 요괴들이 우리를 올려다보고 있었다.

【나도할수있어나도할수있어】

【대장대장대장대장대장대장】

【나누구나누구나누구나누구나누구】

유중혁의 귀에는 들리지 않는 목소리였다.

다행이라고 나는 생각했다.

"네놈이 할 수 있는 건 저들도 이곳에 존재한다는 것을 전하는 게 전부다."

안개 낀 통천하 너머를 응시하는 유중혁이 계속 말했다.

"그것만으로도…… 네놈은 해야 할 일을 모두 한 것이다."

내가 해야 할 일.

우리의 이야기에 반응하듯, 내레이션이 말을 시작했다.

(그들이 이곳에서 할 수 있는 최선은, 그저 그곳에 요괴들이 있었음을 알리는 것이었다.)

아마 한수영도 내가 느끼는 비감을 고스란히 느끼고 있으리라.
비가 내리는 통천하의 강물에 요괴들 사체가 떠내려가고 있었다.

[다수의 관객이 《은퇴한 SSSSS급 손오공이 되었다》의 테마에 동요합니다.]
[일부 심사위원이 비통한 마음을 갖습니다.]

엑스트라는 엑스트라고, 주인공은 주인공이다.
모두 주인공이 될 수 있는 이야기 따위는 존재하지 않는다.
나도 알고 있다.

[심사위원, '긴고아의 죄수'가 머리털을 쥐었다 놨다를 반복합니다.]
[심사위원, '필마온'이 요괴들의 삶에 관해 고찰합니다.]
[심사위원, '미후왕'이 잘 모르겠지만 모두 살릴 수는 없는 거냐고 묻습니다.]

하지만 그렇다고 해서.

['이계의 신격'의 지분이 급속도로 하락하고 있습니다.]
[현재 해당 설화에서 '이계의 신격'의 지분은 13.473%입니다.]

정말로 여기서 만족하고 모든 것을 끝낼 수는 없었다.

[시나리오 마스터가 당신을 응시합니다.]

아마 한수영도 그렇게 생각하고 있을 것이다.

"지라다! 자라를 빼앗아!"

'터틀 드래곤'의 선측을 타고 올라온 불청객들이 외쳤다. 우리의 전함을 부러워한 다른 팀원들이었다.

"해치워! 이놈들만 죽이면—"

하지만 상대를 잘못 골랐다.

스가각!

이지혜의 쌍룡검이 갑판을 타고 올라오던 손오공의 머리를 잘라버렸다.

[심사위원, '미후왕'이 서늘한 표정으로 자신의 목덜미를 어루만집니다.]

비명도 없이 머리가 떨어진 손오공이 강물로 추락했다.

경악한 사오정과 저팔계들이 고함을 내지르며 갑판 위로 올라왔다.

"건방진 놈들이!"

"대사 읊는 거 보니까 너흰 우승하기 틀렸어."

사정없이 휘몰아친 이지혜의 [검도]가 허공을 가르고, 그 옆으로 달려나간 이길영과 신유승이 노련한 권각으로 다른 화신들을 갑판 아래로 떨어뜨렸다.

용마로 화한 키메라 드래곤은 날갯짓을 하며 강풍을 만들었다.

"네까짓 놈들이—"

어느새 유중혁은 선체의 가장 높은 곳으로 도약해 있었다. 냉막한 표정으로 검을 뽑은 유중혁. 흑천마도 표면에 거친 스파크가 튀기 시작했다.

파천검뢰.

하늘을 부수는 유중혁의 검이 번갯불처럼 통천하의 강물에 꽂혔다.

"크아아아악!"

새파란 파천의 검격에 통구이가 된 화신체들이 폭죽처럼 터져나갔다.

그제야 상황을 깨달은 화신들이 서로 돌아보며 외쳤다.

"무슨 저팔계가 저렇게 강해!"

"설마 저 저팔계는?"

"이놈들이다! 이놈들이 《은퇴한 SSSSS급 손오공이 되었다》 등장인물이야!"

아무래도 우리 정체가 드러난 것 같았다.

[시나리오의 숨겨진 정보가 공개됩니다!]

[랭킹 순위가 높은 팀의 인물을 쓰러뜨리면 설화방의 순위가 상승합니다!]

"경전을 못 얻어도 저놈들을 죽이면 순위권에 오를 수 있어!"

그리고 순위권에만 오르면, 우승은 못 하더라도 상당한 수준의 보상을 얻을 수 있다.

"죽여! 저팔계부터 사냥해!"

몰려든 수십의 배역들이 요괴들의 시체 더미를 밟고 전함을 향해 도약했다. 개중에는 강력한 화신도 있었고, 성좌도 있었다. 나는 다급한 마음에 일행들을 돌아보았지만, 일행들은 그다지 당황한 얼굴이 아니었다.

"이제 좀 재밌겠네."

"손오공, 뒤로 빠져 있어."

싱긋 웃은 이지혜가 자신의 격을 발출했다.

[거대 설화, '넥스트 시티'가 이야기를 시작합니다!]

[성좌, '해상전신'이 자신의 격을 드러냅니다!]

이길영과 신유승의 통제에, 용마가 청룡의 본래 모습을 되찾았다.

쿠오오오오오오!

그와 동시에, 일행들의 화신체에서 강렬한 설화의 힘이 폭발했다.

[거대 설화, '마계의 봄'이 이야기를 시작합니다!]

[거대 설화, '신화를 삼킨 성화'가 이야기를 시작합니다!]

허공에서 불을 뿜는 키메라 드래곤이 통천하의 강물을 증발시켰고, 기화하는 강물의 수증기 사이를 유중혁이 달렸다.

스가각! 스가각!

흑빛 섬광이 움직일 때마다 이름 모를 손오공과 저팔계들이 죽어나갔다.

전율이 일었다. 우리 일행이 강하다는 것은 알고 있었지만, 이 정도로 강해졌을 줄은 몰랐다. 지금껏 말도 안 되는 시나리오를 소화해온 결과였다.

"크아아아악!"

같은 95번 시나리오라고 해서, 모두 수준이 같지는 않다.

마치 《서유기》와 같았다.

목적지에 도달하는 방식은 모두 다르다. 누군가는 편하게 날아서, 또 누군가는 편한 길만을 골라서 가기도 하겠지.

하지만 〈김독자 컴퍼니〉의 일행들은 달랐다.

(그들은 가장 어려운 방식으로 이곳까지 도착했다.)

그들은 날지도 못했고, 편한 길을 골라 걷지도 못했다. 자기 자신의 다리로 걷고 또 걸어야 했다.

불합리한 역경과 고난을 헤치며, 불행을 견뎌내고 비탄을 삼켜내면서.

오직 스스로의 힘으로 여기까지 왔다.

(그리고 그 결과가 이것이었다.)

눈부신 '거대 설화'의 가호를 받는 저들이야말로, 이 이야기의 진짜 주인공이었다.

그 광경을 보며 나는 오래된 기억을 떠올렸다.

「**1,863회차의 그곳도, 95번 시나리오였다.**」

1,863회차의 한수영에게 보여주고 싶었다. 말해주고 싶었다.

네가 그곳에서 증명한 것처럼, 이곳에도 살아남은 사람들이 있다고.

「**이것이 네가 모르는 3회차의 이야기라고.**」

내 어깨에 앉은 유중혁 [999] 또한 그 광경을 지켜보고 있었다.

자신의 회차를 잃고 이 세계선에 온 999회차의 유중혁은, 이 광경을 보며 무슨 생각을 하고 있을까.

[설화방 랭킹이 상승했습니다!]

[득표수: 25,912]

[현재 해당 설화방의 랭킹은 3위입니다.]

[다수의 관객과 심사위원이 가산점을 부여합니다!]

설화방 랭킹은 빠르게 올랐다.

우리를 습격한 인물 중에 우리보다 높은 랭킹의 설화방 배역도 있었던 모양이다.

[설화방 랭킹이 상승했습니다!]

[득표수: 26,412]

[현재 해당 설화방의 랭킹은 2위입니다.]

드디어 2위.

수천 개의 방을 제치고, 마침내 우리는 우승의 목전까지 도달했다.

그쯤 되자 나 역시 마음이 급해지기 시작했다.

[현재 해당 설화에서 '이계의 신격'의 지분은 13.142%입니다.]

주인공들이 활약하는 동안에도, 엑스트라로 전락한 이들의 죽음은 계속되었다.

이계의 신격의 지분은 빠르게 떨어지고 있었다. 혹부리 왕과의 약속을 지키려면, 이계의 신격 지분은 30퍼센트가 넘어야 한다.

설령 이 '거대 설화' 이벤트에서 우리가 우승하더라도, 그 약속을 지키지 못하면 모든 것이 수포가 된다.

콰아아앙!

전함의 선체가 갸우뚱 흔들린 것은 그때였다.

강력한 마력포가 전방의 안개 너머에서 이쪽으로 쏟아지고 있었다.

"뭐야! 어떤 자식들이!"

이지혜가 자세를 고쳐 잡으며 성흔을 발동했다.

[등장인물 '이지혜'가 '유령함대 Lv.10'를 발동합니다!]

'터틀 드래곤'의 좌우로 솟아난 열두 척의 유령함대가 발포를 개시했다.

아득한 포화의 교환 속에 주변의 화신들 요괴들은 비명조차 남기지 못하고 산화했다.

발포가 멈추고, 뿌연 포연 사이로 전함 수십 척이 나타났다.

[성좌, '해상전신'이 침음합니다.]

쿠구구구구구구.

학익진을 형성하며 우리 전함을 포위한 배들.

아무리 '해상전신'이 해상전에 뛰어난 성좌라고 해도, 이번에는 상대가 너무 많았다. 게다가…….

"페이후."

유중혁의 무거운 목소리와 함께, 건너편 뱃전에 선 인물이 보였다.

설화방 랭킹 1위, 《진 서유기》의 주인공이 그곳에 있었다.

저쪽 녀석들도 미리 전함을 준비하고 있었던 모양. 게다가 그 숫자는 우리보다 훨씬 더 많았다.

"쟤들 설화급 성좌들 아냐?"

《진 서유기》의 다른 멤버도 보였다.

저팔계와 사오정은 예상대로 모두 〈황제〉의 성좌들이었다.

저팔계 역은 '삼첨창의 주인'인 이랑진군.

그리고 사오정은 비사문천毘沙門天의 셋째 아들, '나타 태자'인가.

그들은《서유기》원작 등장인물이자, 손오공의 숙적이었다.

괜히 원작에서 '어차피 우승은 페이후'라는 말이 돌았던 게 아니다.

'서유기'의 실제 성좌가 페이후의 멤버로 등장했으니, 다른 방의 성좌들이 싸워 이길 수 없는 건 당연한 결과였다.

[일부 관객이 자신의 정체를 드러냅니다.]

[성운, <황제>의 성좌들이 '페이후'의 전장을 응시합니다.]

게다가 그 뒤쪽에서 일렁이는 〈황제〉의 이십팔수二十八宿 별자리들까지.

언제든 전장에 개입하겠다는 듯 이쪽을 보는 시선은, 그곳에 존재하는 것 자체로 커다란 압박이었다.

전장을 살피던 유중혁이 말했다.

"삼장이 없군."

그러고 보니 저쪽의 '삼장법사'가 보이지 않았다.

결국 '서유기'에서 경전을 얻는 존재는 삼장이다. 그런 상황에서 삼장을 하구에 두고 왔을 리가…… 잠깐, 경전을 얻는 게 삼장이라면.

"저기 뭐가 도망가는데?"

이길영이 가리킨 곳에, 부리나케 멀어지는 전함들이 있었다.

아무래도 일부는 이곳에서 뒤를 막고, 남은 이들은 경전을 향해 움직이기로 한 모양이었다.

그렇다면 저 전함들 사이에 페이후 측의 삼장법사도 있을 것이다.

"여기서 시간을 끄는 사이 경전을 획득할 속셈이다."

이지혜가 버럭 소리를 질렀다.

"젠장! 여긴 내가 맡을 테니까 먼저 가요!"

이지혜의 외침과 함께, '터틀 드래곤'의 장전이 시작되었다.

곁으로 붙어선 [유령 함대] 하나가 나와 유중혁, 그리고 이길영과 신유승을 태운 후 질주를 시작했다.

콰아아아아아!

이지혜의 걱정은 하지 않았다. 그녀는 이제 어엿한 '해상제독'이다. 다른 곳도 아니고 전장이 물 위인 한, 이지혜는 설령 이기지 못하더라도 패하지는 않을 것이다.

문제는 저쪽이다.

멀리서 움직인 전함 한 대가 정확히 우리의 진로를 가로막으며 붙어서고 있었다.

페이후와 동료들이 탄 전함이었다.

"너희가 〈김독자 컴퍼니〉로군."

새파란 눈동자의 손오공.

페이후가 신기한 동물이라도 보듯이 이쪽을 보고 있었다.

흑천마도를 뽑아 든 유중혁이 경계하듯 앞을 막고 섰다.

[성좌, '삼첨창의 주인'이 자신의 격을 방출합니다!]

[성좌, '비사문천의 셋째 아들'이 자신의 격을 방출합니다!]

이미 배역 본연의 모습은 포기한 모양인지, 이랑진군과 나타는 처음부터 위협적인 경고성을 보내왔다.

그뿐만이 아니었다.

[성운, <황제>의 이십팔수 별자리들이 강림을 준비합니다.]

[성운, <황제>의 구요성관九曜星官이 강림을 준비합니다!]

이런 빌어먹을.

나는 비꼬듯 말했다.

"성운 도움이 없으면 혼자서는 아무것도 못 하는 모양이지?"

"〈황제〉는 나고, 나는 곧 〈황제〉다. 가진 것을 활용하지 않는 것이 더 어리석은 일이지."

제아무리 유중혁이라고 해도, '이십팔수 별자리'와 붙박이 아홉별인 '구요성관'마저 모조리 강림하면 당해낼 수 없었다.

게다가 그들은 본래 '서유기'의 등장인물이니 강림 개연성을 크게 소모하지도 않는다.

빌어먹게도, 이곳은 〈황제〉의 앞마당 놀이터나 다름없는 것이다.

"그 전에 한 가지 확인해야 할 것이 있다."

여의봉을 뽑아 든 페이후가 이쪽을 향해 본연의 격을 방출했다.

멸살법 최강의 화신 후보 페이후.

지금껏 몇 번인가 페이후를 본 적은 있지만, 한 번도 대결한 적은 없었다.

그도 그럴 것이, 저 〈황제〉가 제일 감싸고 도는 금수저 화신이시니까.

[거대 설화, '천궁의 계승자'가 이야기를 시작합니다!]

[거대 설화, '정사대전의 생존자'가 이야기를 시작합니다!]

페이후는 우리가 모르는 곳에서 착실하게 거대 설화를 쌓아왔다.

그것도 우리와는 차원이 다른 지원을 받으면서.

[거대 설화, '치우의 후예'가 이야기를 시작합니다.]

페이후가 이쪽을 향해 검기를 날리자, 유중혁이 그것을 막아냈다. 쩌저정, 하는 소리와 함께 유중혁의 흑천마도에 금이 질어졌다.

페이후의 눈동자에 흥미로운 빛이 스쳤다.

"제법이군. 네가 저팔계인가?"

페이후는 강하다. 하지만 아무리 녀석이 강해도, 지금의 유중혁이라면 충분히 이길 수 있는 상대였다.

문제는 흑천마도였다. 검이 부러진 유중혁은 평소 기량의 70퍼센트도 내기 힘들 것이다.

"한국 최강의 화신이 〈김독자 컴퍼니〉에 있다고 들었지. 그게 그쪽이로군.”

기다렸다는 듯 유중혁이 앞으로 나섰다.

유중혁 대 페이후.

세기의 대결이 성사되려 하고 있었다.

하지만 이번에도 버스 타며 구경이나 할 수는 없었다.

저쪽에는 아직 이랑진군과 나타 태자도 있으니까.

[현재 화신체 회복률: 71%]

[이계의 신격화 진행률: 96%]

[현재 이계의 신격화 속도가 둔화된 상태입니다.]

그러나 지금의 내 몸 상태로는 결코 저 둘을 상대할 수 없었다.

스르릉.

먼저 움직인 것은 페이후 측이었다.

휘황찬란하게 빛나는 나타 태자의 보패들이 빛을 뿜었고, 페이후의 전신에서 강력한 격이 발출되었다.

허공에서 빛이 일렁인 것은 그때였다.

[플레이어9 님께서 《은퇴한 SSSSS급 손오공이 되었다》에 '엑스트라' 배역으로 참가하셨습니다!]

이제 와서 새로운 배역이라고?

쿠구구구구!

내리치는 천둥과 함께 유령함대의 선실 위에 누군가가 나타났다.

어둑한 하늘 사이로, 벼락이 번쩍이며 긴 그림자가 드리워졌다. 호리호리한 인형이 그곳에 서 있었다.

인형의 머리 위로 솟아오른 커다란 두 개의 뿔.

[플레이어9 님의 배역은 '우마왕'입니다.]

우마왕.

그러고 보니 그런 배역이 있다는 것을 잊고 있었다.

제천대성 손오공의 전우이자 의형제. 원작에서는 적으로 싸운 적도 있었지만, 우리 설화방인 《은퇴한 SSSSS급 손오공이 되었다》에서는 아직까지 등장한 적이 없었다.

그렇다면 대체 누가 저 배역으로…….

[<김독자 컴퍼니>의 인원에게 투표권이 부여됩니다.]

[일부 인원은 현재 투표가 불가능한 상태입니다.]

[투표 가능한 인원만이 투표에 참가합니다.]

그 말을 듣는 순간 머릿속이 멍해졌다.

[화신 '이지혜'가 심판에 찬성합니다.]

[화신 '신유승'이 심판에 찬성합니다.]

[화신 '이길영'이 심판에 찬성합니다.]

[화신 '정희원'이 심판에 찬성합니다.]

[화신 '한수영'이 심판에 찬성합니다.]

[화신 '유중혁'이 심판에 찬성합니다.]

연이어 떠오르는 메시지를 보며, 나는 울지도 웃지도 못한 채 눈앞의 창만을 바라보았다.

['심판의 시간'의 투표권을 행사하시겠습니까?]

내리는 빗속에 선 일행들의 표정이 보인다.

너무나 말하고 싶었다. 하지만 아무 말을 할 수 없었다.

오직 이것만이 내가 그들을 위해 할 수 있는 전부였다.

[성좌, '구원의 마왕'이 심판에 찬성합니다.]

순간, 일행들의 얼굴에 알 수 없는 표정이 떠올랐다.

아득한 침묵이 통천하의 강 위를 흘렀다.

다시 한번 벼락이 쳤고, 선실 위쪽에서 정희원이 뛰어내렸다. 갑판에 착지한 정희원의 어깨가 희미하게 떨리는 듯하더니, 이내 평온을 되찾았다.

[현재 투표 가능한 모든 인원이 심판에 찬성했습니다.]

['심판의 시간'이 발동합니다!]

이윽고 고개를 든 정희원이 천천히 입을 열었다.

"아직 싸울 수 있어."

5

아직 싸울 수 있다.

그 말을 한 정희원이 고요한 격을 발산하며 앞으로 걸어나갔다.

그리고 귓가에 들려오는 [성운 채팅]의 메시지.

—독자 형이 살아 있어.

이길영의 말이었다.

—여긴 없지만, 어딘가에서 우릴 보고 있다고.

신유승이 고개를 끄덕였다.

한편, 내 머릿속에서는 경고 메시지가 울려 퍼지고 있었다.

[이계의 신격화 진행률: 96.1%]

(…)

[이계의 신격화 진행률: 96.3%]

진행률의 퍼센트가 급상승하고 있었다.

[혹부리 왕이 당신과의 약속을 의심하고 있습니다.]

내가 곧바로 이계의 신격으로 변모하지 않은 것은, 일행들이 '구원의 마왕'이 어딘가에 살아 있다는 것은 알아도, 손오공인 내가 '구원의 마왕'임은 알지 못하기 때문일 것이다.

혹부리 왕과 한 약속은 어디까지나 〈김독자 컴퍼니〉에게 내 정체를 드러내지 않는 것이니까.

[이계의 신격화 진행률: 97.1%]

유중혁은 무슨 생각을 하는지 묵묵히 하늘을 올려다보고 있었다.

정희원은 그런 유중혁의 어깨에 손을 툭 얹고는 앞으로 나아갔다.

유중혁이 가라앉은 목소리로 말했다.

"너 혼자선 무리다."

"아니, 충분해."

빙긋 웃는 정희원의 미소가 믿음직스러웠다.

[전용 스킬, '심판의 시간'이 <김독자 컴퍼니>의 가호를 받습니다.]

더 이상 〈에덴〉과 절대선 계통의 영향을 받지 않는 [심판의 시간].

오직 〈김독자 컴퍼니〉의 개연성만을 빌려서 사용하는 정희원의 칼날이, 심판의 대상을 가리키고 있었다.

[성운, <황제>가 해당 배역의 난입에 분개합니다!]

갑작스러운 정희원의 난입에, 〈황제〉의 일원들은 당황하는 눈치였다.

페이후가 고개를 갸웃하며 정희원을 바라보았다.

"너는 누구지?"

"너냐?"

"……?"

"한국 최강의 화신을 찾던 거."

그 말과 함께, 정희원의 신형이 화살처럼 쏘아져 나갔다.

당황한 페이후가 여의봉을 들어 정희원의 검격을 막아냈다. 콰드득, 하고 울려 퍼지는 파찰음이 묵직했다.

인상을 찌푸린 페이후가 뒤쪽으로 쭉 밀려나며 물었다.

"무거운 검이군. 그건 '우마왕'의 병기가 아닐 텐데?"

"맞아."

정희원의 손에는 이제껏 본 적 없는 철검이 쥐어져 있었다. 우마왕의 병기도, 정희원의 [심판자의 검]도 아니었다.

[블레이어10 님께서 《은퇴한 SSSSS급 손오공이 되었다》에 '엑스트라' 배역으로 참가하셨습니다!]

응?

[플레이어10 님의 배역은 '여의금고봉'입니다.]

그런 배역이 가능할 리 없다고 생각하는 찰나, 정희원의 검이 비정상적으로 길어졌다. 마치 1만 3500근의 여의금고봉이 자라나는 듯했다.

"무슨!"

정희원의 검은 계속해서 길어졌다. 10미터, 20미터, 30미터, 40미터…… 그야말로 말도 안 되는 크기로 길어진 그 검을, 정희원은 양손으로 쥐었다.

[전용 스킬, '신살 Lv.3'이 발동합니다!]

[신살]. 정희원이 '멸망의 심판자'로 진화하며 얻은 [귀살]의 상위 스킬.

거친 혼돈의 힘이 수백여 미터에 이르는 강철검을 타고 흘렀다. 세계가 느릿하게 진동하더니, 정희원의 손이 좌에서 우로 움직였다.

순간 불길한 예감을 느낀 페이후와 성좌들이 외쳤다.

"모두 달아나라!"

반사적으로 몸을 피한 이도 있었지만, 대부분은 무슨 일이 벌어지는지조차 모르고 있었다.

드넓은 강의 수평에 은빛 실선이 그어졌고, 인근 전함들이 굉음을 일으키며 터져나갔다.

[성운, <황제>가 '우마왕'의 힘에 경악합니다!]

일대의 수면을 불바다로 만들어버리는 가공할 위력.

그것은 정희원 혼자만의 힘이 아니었다.

정희원의 손에서 진동하는 강철검. 나는 그 검이 무엇인지 알 수 있었다.

[강철화]의 무기화 상태에 돌입해 소통은 불가능하지만, 그는 틀림없는 이현성이었다.

불타는 강 위를 내달리며 정희원이 외쳤다.

"가! 여긴 나한테 맡기고!"

정희원은 페이후뿐만 아니라 이랑진군과 나타 태자의 길목까지 막아섰다.

그녀의 전신에서 범람하는 어마어마한 투기를 느끼며, 나는 일행들을 돌아보았다.

"갑시다."

확실히 지금의 정희원이라면, 이 전장을 맡길 수 있을 것 같았다.

"부탁해, 누나!"

"여차하면 도망치세요!"

이지혜의 유령함선이 출발했다.

뒤쪽에 정희원과 함께 남겨진 페이후가 분노의 사자후를 터뜨리고 있었다. 그러거나 말거나 우리는 통천하의 안개 속을 나아갔다.

멀리서 조급하게 달아나는 페이후 측 삼장법사가 보였다.

[경전의 위치가 가까워지고 있습니다.]

그런 우리를 보는 관객과 심사위원의 시선이 있었다.

[다수의 관객이 당신들의 설화에 집중하고 있습니다.]

[심사위원, '긴고아의 죄수'가 조금만 힘을 내보라고 말합니다.]

[심사위원, '정단사자'가 자신의 삼겹살을 출렁이며 응원합니다.]

[가산점 100점을 획득했습니다.]

이지혜와 정희원의 활약 덕분인지, 이제 페이후 방과의 점수 격차도 거의 없어졌다. 여기서 우리가 먼저 '경전'을 얻기만 한다면 '서유기 리메이크'의 승자는 우리가 될 것이다.

동서남북의 하늘이 일그러진 것은 그때였다.

[성운, <황제>의 이십팔수 별자리들이 강림합니다!]

새카맣게 물든 하늘의 모든 방위에서 스물여덟 개의 별이 유성이 되어 우리를 향해 낙하했다.

"피해라!"

유중혁과 나는 이길영과 신유승을 안은 채 동시에 강으로 몸을 날렸다.

통천하 전체가 폭발하는 굉음과 함께, 반파된 유령함선이 뒤집혔다.

우리는 강물 위를 떠다니는 부유물 중 하나를 간신히 붙잡았다.

"우웩! 나 혼자 살 수 있으니까 이거 놔!"

발버둥 치는 이길영의 목소리.

우리는 각자 부유물 위에 올라섰다.

앞길을 막은 스물여덟 개의 별자리가 그곳에 있었다.

[이해할 수 없는 자들이로군.]

[어찌 위대한 이야기를 요괴들의 피로 더럽히는가?]

[그대들은 이 '거대 설화'를 완성할 자격이 없다.]

대놓고 우리를 방해하겠다고 외치는 녀석들.

이렇게 될 줄은 알았지만 〈황제〉가 진짜 이런 식으로 나오니 한편으로는 어이가 없었다.

[일부 관객이 <황제>의 성좌들에게 불공평함을 호소합니다!]

호소해도 바뀌는 것은 없었다. 어쨌든 '서유기'는 〈황제〉의 거대 설화이고, 이 설화를 다른 성운에게 빼앗기고 싶지 않을 테니까.

처음부터 이 이벤트는 〈황제〉의 화신인 페이후를 위해 기획된 것이었다.

다른 화신과 성좌를 참가하게 해준 것은 설화 전체의 격을 높이고 이벤트를 시나리오화하기 위한 명분일 뿐.

어차피 우승은 페이후로 정해진 게임이었다.

뒤따르는 다른 성좌 및 성운의 불만은 코인과 적당한 수준의 설화를 제공해 잠재우는 것. 그것이 〈황제〉가 계획한 '서유기 리메이크'의 실체이고, 다른 성좌들 역시 말은 안 해도 어렴풋이 알고 있던 사실이었다.

어차피 참가해도 너희가 우승은 못 한다. 하지만 적당한 수준의 보상은 주겠다.

[어째서 그대들은 시나리오의 질서를 어지럽히는가? 이미 2등 자리에 올랐는데도 그 득표수에 만족하지 못하는가?]

그런 의미에서, 우리는 지금 〈황제〉가 그어놓은 암묵적인 선을 넘어버린 셈이었다.

[지금이라도 물러나라. 그렇게 한다면 그대들이 쌓은 설화는 거둬가지 않을 것이다.]

이십팔수 별자리의 한 축인 '동방 청룡 7수'인 각수角宿, 항수亢宿, 저수氐宿, 방수房宿, 심수心宿, 미수尾宿, 기수箕宿가 제각기 앞으로 나오며 격을 발출했다.

개별 성좌의 힘은 하위 격 설화급이나 위인급 정도지만, 문제는 저들이 모두 모였을 때였다.

동방청룡 7수.

북방현무 7수.

서방백호 7수.

남방주작 7수.

〈황제〉의 방위를 담당하는 수호성이자, 옥황의 토벌군.

그들은《서유기》의 본편에서 제천대성과도 맞서 싸운 전례가 있었다.

['이십팔수 별자리'들이 자신의 격을 개방합니다!]

스물여덟 개의 별이 동시에 광휘를 발산하자, 그야말로 눈부신 격의 파동이 전해져왔다.

아무리 저들이 위인급이라도, 이 정도 기세라면…….

스르릉.

검을 뽑으며 앞으로 나선 것은 유중혁이었다. 녀석은 나를 일별하며 앞으로 나섰다.

"아이들을 데리고 경전을 얻어라."

그러자 이길영이 발악하듯 소리쳤다.

"누가 누굴 데려가! 내가—"

뒤이어 흘러나온 유중혁의 격에, 이길영이 입을 다물었다.

유중혁의 새카만 코트가 흔들렸다. 작은 블랙홀이라도 된 것처럼, 이십팔수 별자리 전원의 빛을 받아내며 선 등. 줄곧 누군가를 지켜온 사람의 등이었다.

그 모습에 압도된 듯 주춤하던 이길영이 중얼거렸다.

"……가자."

상대가 이십팔수 별자리 전원이라면, 아무리 유중혁이라 해도 승부를 장담할 수 없다.

하지만 믿어보는 수밖에 없었다. 지금의 유중혁은 '로카팔라'의 최강자인 인드라와 싸울 수 있을 정도로 강하니까.

나는 고개를 끄덕이며 말했다.

"부탁합니다."

"가라!"

강과 하늘이 만나는 접경에서, 유중혁의 흑천마도가 길을 뚫었다.

파천검도.

오의.

암해참.

밤의 바다를 베어내는 일격.

모세의 기적처럼 강물들이 비산하며 전방의 방해물이 모조리 갈라져나갔다.

미처 검격을 피하지 못한 몇몇 별자리가 강물로 추락했다.

[이런 말도 안 되는 격이!]

[네놈!]

경악한 이십팔수 별자리들이 고성을 토하며 흩어졌다.

그사이에도 유중혁은 검을 휘두르는 것을 멈추지 않았다.

파천검뢰.

유중혁의 전격이 만든 길을, 부유물들을 모아 임시로 만든 뗏목이 달렸다.

"키메라 드래곤!"

용마가 뗏목 뒤쪽으로 힘찬 날갯짓을 했다.

가공할 강풍과 함께 나와 이길영, 그리고 신유승을 태운 뗏목이 급항을 시작했다. 인원은 줄었지만, 키메라 드래곤의 격이 소모되는 만큼 쾌속한 항행이었다. 페이후 측 삼장법사와의 거리는 순식간에 줄어들었다.

우리를 발견한 삼장법사가 이쪽을 향해 소리를 질러댔다.

이길영은 그들을 향해 가운뎃손가락을 날렸다.

"이거나 먹어라!"

[성운, <황제>의 '구요성관'들이 강림합니다!]

"젠장! 또 뭐야 치사하게!"

〈황제〉가 괜히 거대 성운이 아니다.

단순히 성좌의 숫자만을 놓고 본다면, 〈황제〉는 〈스타 스트림〉 최강의 성운이라 봐도 무방할 것이다.

천공이 빛과 함께 쪼개지더니, 뚜렷한 디테일이 없는 아홉 개의 인형이 나타났다. 단지 각기 다른 색깔로만 구별할 수 있는 인형체들.

구요성관.

〈황제〉의 무인 전략 병기인 그들은, 농축된 설화로 빚어진 존재였다. 태양, 달, 수성, 금성, 화성, 목성, 토성에 황번성과 표미성을 포함한 아홉 천체를 의인화한, 말 그대로 '성좌급' 전투력을 가진 병기.

콰콰콰콰콰콰!

병기들의 입에서 쏟아지는 입자포가 통천하의 한쪽을 불태우고, 다른 한쪽은 얼어붙게 만들고 있었다.

아차 싶던 순간, 짙은 수증기 사이로 한 줄기 섬광이 날아들었다.

"신유승!"

용마를 컨트롤하느라 미처 공격을 피하지 못한 신유승의 신형이 하늘을 날았다. 이길영과 내가 동시에 손을 뻗어 신유승을 붙잡아 용마에 태웠다. 급소를 맞았는지 신유승은 의식이 없었다.

"저 개자식들이!"

용마의 통제권을 넘겨받은 이길영이 자신의 격을 발출했다.

하지만 구요성관은 여전히 건재했고, 심지어 저것이 전부도 아니었다.

[성운, <황제>의 열두 원신元辰이 강림을 준비합니다!]

[성운, <황제>의 사해용왕四海龍王이 강림을 준비합니다!]

나는 깨달았다.

〈황제〉는 이번 '거대 설화'에 진심이다.

OMNISCIENT READER'S VIEWPOINT

[이계의 신격화 진행률: 98.1%]

다시 우리를 앞질러 나가는 적의 전함.

[다수의 관객이 심장을 졸이며 당신을 지켜봅니다!]

[현재 랭킹 1위와의 득표수 격차가 미미합니다!]

만약 여기서 패한다면, 거대 설화는 페이후의 것이 된다.

나는 이길영을 돌아보며 말했다.

"현 법사님."

"바쁘니까 말 시키지 마!"

"여기서 장 법사님을 지키십시오. 제가 저들을 뚫고 경전을 가져오겠습니다."

"뭐? 너 무슨—"

상황을 이해하지 못한 이길영이 뭐라고 소리를 지르려는 순간, 나는 아이의 머리 위에 가만히 손을 얹었다.

"알았지? 길영아."

순간 이길영의 입술이 삐끔거렸다.

아이의 맑은 눈망울에 급격하게 눈물이 차오르고 있었다.

"너, 너—"

나는 이길영의 머리를 쓰다듬은 뒤, 가까이 있는 부유물을 끌어왔다.

(손오공은 뒤쪽을 향해 바람의 술법을 사용했다.)

[전용 스킬, '바람의 길 Lv.10'이 발동합니다!]

돌풍이 일었고, 나를 태운 부유물 뗏목이 쾌속 항진을 시작했다.

뒤쪽에서 이길영의 목소리가 들려왔지만, 바람 소리에 묻혀 스러졌다.

[<김독자 컴퍼니>의 누군가가 당신의 정체를 의심하고 있습니다.]

[혹부리 왕이 당신을 노려봅니다!]

구요성관들이 내 움직임을 눈치채고 집요하게 쫓아오고 있었다.

몇몇 구요성관은 나를 쫓는 대신 앞질러 날아갔다.

멀리 '경전'의 위치가 어렴풋이 드러났다. 신비한 안개로 둘러싸인 작은 섬 위에, 아름다운 광채를 뿜어내는 단 하나의 책.

그리고 어느새 구요성관과 〈황제〉의 성좌들이 그 앞을 막아섰다.

나는 가볍게 한숨을 내쉬었다.

[이계의 신격화 진행률: 98.3%]

[당신의 화신체 손상도가 심각합니다.]

이제 방법은 하나뿐이다.

순간, 내 어깨 위에서 줄곧 침묵하고 있던 유중혁 [999]가 말했다.

—멍청한 짓이다. 이계의 신격이 되고 싶은 것인가?

나는 씩 웃었다.

'겁나냐?'

—여기서 더 무리하면 너는 정말로 이계의 신격이 된다. 그러면 시나리오도 실패하게 될 것이다.

나는 시나리오 창을 열어 목표를 확인했다.

〈히든 시나리오 - 약속 증명〉

분류: 히든

난이도: ???

클리어 조건: 〈스타 스트림〉의 주요 거대 설화에 '이계의 신격'을 등장시키시오. 단, 기존처럼 '이계의 신격' 역할로 등장해서는 안 됩니다.

제한 시간: 100일

보상: '이계의 신격'의 신뢰, ???

실패 시: 모든 기억을 잃고 '이계의 신격'으로 변화

* 해당 시나리오 수행 도중 당신은 〈김독자 컴퍼니〉에게 접촉하여 정체를 드러내서는 안 됩니다. 만약 이 조건을 어길 시, '이계의 신격'으로의 변이가 가속됩니다.

* 경고! 현재 당신의 정체가 노출될 위기에 처해 있습니다.

* 현재 화신체의 상태 악화로 이계의 신격화 속도가 빨라지고 있습니다.

역시, 다시 읽어봐도 내 짐작이 맞다.

'이계의 신격이 된다고 해서 시나리오에 실패하는 건 아냐. 이계의 신격이 되는 것은 시나리오의 '실패 대가'지 '실패 조건'은 아니거든.'

—그거나 그거나 다를 게 없는…….

'달라. 이건 내가 시나리오에 실패하기 전에 먼저 이계의 신격이 되는 거니까.'

내가 혹부리 왕에게서 받은 '히든 시나리오'의 제한 시간은 백 일.

즉, 나는 그 안에 임무만 완수하면 된다.

문제는 '이계의 신격화'에 관련된 부분.

'내가 이계의 신격으로 빠르게 변하고 있는 건 시나리오에 실패했기 때문이 아니라, 내 화신체의 상태가 나쁘기 때문이야. 즉…….'

—네놈이 이계의 신격이 되어도 시나리오에 실패하진 않는다는 거로군.

'맞아.'

나는 고개를 끄덕이며 전방을 응시했다. 이제 [999]도 내 목적이 무엇인지 깨달은 듯했다.

[현재 해당 설화에서 '이계의 신격'의 지분은 12.171%입니다.]

[시나리오를 완수하기 위해선 '이계의 신격'의 지분을 30% 이상 확보해야 합니다.]

이대로는 경전을 획득해 거대 설화를 손에 넣더라도, 이계의 신격의 지분은 채울 수 없다.

하지만 내가 이계의 신격이 된다면 어떨까.

[해당 설화에서 당신의 배역은 '손오공'입니다.]

[현재 해당 설화에서 당신의 지분은 22.51%입니다.]

최강의 요괴인 '손오공'의 역할을 이계의 신격이 담당하게 된다면.

그리하여, 저 남은 지분을 채울 수 있다면.

—왜 이렇게까지 하는 거지?

'왜라니?'

—'은밀한 모략가'와 이계의 신격들을 내버려두어도, 너는 아무것도 손해 볼 것이 없다.

손해라.

—설마 '은밀한 모략가'를 동정하는 것인가? 그는 네놈의 동정 따

위 필요로 하지 않는다.

'그렇겠지. 그놈도 유중혁이니까.'

—유중혁? 웃기지 마라. 그는 네가 아는 '유중혁'이 아니다. 이미 완전히 다른 존재가 된 무엇이란 말이다.

나는 대답하지 않았다.

달려오는 〈황제〉의 성좌들을 보며, [999]가 말을 이었다.

—너는 이계의 신격이 된다는 게 무슨 뜻인지 모른다. 이계의 신격이 되면 살아온 기억을 급격히 상실하게 된다. 저 '은밀한 모략가'조차 우리와 같은 단말을 만들지 않고서는 버틸 수 없었…….

역시 그 많은 '꼬마 유중혁'들이 존재하는 이유는 그것 때문이었나.

나는 가볍게 고개를 끄덕이며 대답했다.

'대가는 알고 있어.'

그걸 아는 놈이 대체 왜……!

'이렇게 해야만 하니까.'

나는 가만히 웃으며 말했다.

천천히 눈을 깜빡이자, 짧은 어둠 속에서 이계의 신격들의 모습이 스쳐 지나갔다.

【아아아아아아아】

【살려줘살려줘살려줘살려줘】

【기억이기억이기억이기억이기억이】

이계의 신격.

유중혁이 실패한 무수한 세계선에서 만들어진 존재들.

지금껏 나를 살게 한, 내가 그토록 사랑한 세계의 흔적들.

'그런 걸 보고, 어떻게 다른 선택을 할 수가 있겠어.'

심지어 지금도 내 귓가에 이렇게 선명하게 들리는데.

콰아아아아아.

쏟아지는 포화에 타고 있던 뗏목이 부서졌다.

나는 흩어진 부유물들을 짓밟으며 강 위를 달렸다.

['바람의 길'이 더욱 가속합니다.]

[극한에 이른 속도에 '바람의 길'이 진화합니다.]

다리의 속도가 점점 더 빨라져서, 이윽고 부유물 없이도 달릴 수 있게 되었다.

[당신은 등평도수登萍渡水의 경지를 알게 됐습니다.]

[과한 격의 사용에 화신체의 손상이 심화됩니다!]

[이계의 신격화 진행률: 98.6%]

심장이 불길한 박자로 뛰고 있었다.

[이계의 신격화 진행률: 98.7%]

내가 더 이상 내가 아닌, 다른 무언가가 되어가는 소리였다.

[999]가 뭐라고 말을 걸어왔으나, 폭발하는 강의 풍경 속에 목소리는 들려오지 않았다.

그 대신 들려온 것은 내 안의 목소리였다.

「김독 자」

[제4의 벽]이 말하고 있었다.

「미 친짓 *이* 야」

역시, 녀석도 모든 걸 지켜보고 있던 모양이다.
당연한 일이겠지.

「전 부다 잊 게될 거 야」
「김 독자 더이 상 김독 자 아 니게 된 다」

[제4의 벽]의 말은 맞았다.

[이계의 신격화 진행률: 99.1%]

이계의 신격이 되면, 나는 지금껏 쌓아온 모든 기억을 잃게 될 것이다.

「김독자는 무서웠다.」

상상만 해도 끔찍한 일이었다.

「지금껏 쌓아온 모든 기억이 사라진다는 게.」

나는 벽에 떠오르는 문장들을 보며 입을 열었다.
'괜찮아. 네가 모두 기억하고 있잖아.'

「뭐 ?」

'네가 나를 모두 기록하고 있으니까, 난 절대로 잊지 않아.'
본래의 나였다면 이런 모험 따위는 하지 않을 것이다.
기억을 모두 잃어버린다니, 그런 일은 절대 겪고 싶지 않으니까.

['제4의 벽'이 크게 동요합니다!]

하지만 내게는 [제4의 벽]이 있다. 어떻게 습득한 스킬인지조차 모르지만, 이 이야기가 시작되던 첫 순간부터 모든 것을 기록해온 벽.

나는 벽 안의 정경을 떠올렸다. 고적하고 아늑한 어둠이 들어찬 도서관과, 그 도서관을 아끼는 사서들. 그곳에는 유중혁의 모든 회차를 담은 멸살법의 숭고한 이야기들이 기록되어 있고…….

하찮은 '김독자'의 삶도 적혀 있다.

「그 도서관은 지금도 김독자의 모든 것을 기록하고 있었다.」

「김독자의 숨소리부터, 김독자의 생김새, 김독자의 웃음과, 김독자의 말투.」

「김독자가 좋아하는 음식과 싫어하는 음식. 종종 흥얼거리던 노래. 김독자가 슬플 때와 기쁠 때 짓는 표정. 자신이 없을 때 괜히 중얼거리는 말버릇과 뒤따라오는 자조.」

「아이들을 생각할 때 고개를 기울이는 버릇. 어머니를 생각하며 눈을 감을 때 생기는 떨림. 유상아와 이야기할 때 짓는 미소. 한수영을 놀릴 때 휘어지는 눈썹과 입가의 짓궂은 주름. 이현성을 생각할 때의 죄책감. 그리고…….」

「자신이 사랑하는 이야기를 떠올릴 때의 눈빛까지.」

그렇기에 나는 말할 수 있었다.

'처음부터 다시 읽으면 돼.'

「하 지 만」

'지하철이 도착하던 그 순간부터 '서유기'에 온 지금까지. 모두 다시 읽으면 되는 거야.'

멀리서 쏘아진 섬광의 탄환이 내 발치에 떨어졌다.

나는 빛의 폭발에 휩쓸려 강에 빠졌다. 허우적거리며 주변의 부유물을 붙잡았다.

[화신체의 손상이 심각합니다!]

[이계의 신격화 진행률: 99.3%]

나는 다시 일어나서 달렸다.

이제 정말 조금 남았다.

'나는 세상에서 읽는 걸 제일 좋아하니까.'

차오른 숨이 버거웠다.

[이계의 신격화 진행률: 99.4%]

벌써 기억이 조금씩 흩어지는 느낌이 들었다.

구요성관 중 하나가 쏘아 보낸 창이 어깻죽지를 스쳤다. 그 고통조차 내 것이 아닌 느낌.

문득, 오래전 커뮤니티에 올린 글이 떠올랐다.

—아직 멸살법 안 읽은 눈 삽니다.

내가 좋아하는 이야기가 완결에 다가가는 것이 너무나 아쉬워서, 나는 그렇게 말했었다. 실웃음이 났다.

'이런 재미있는 이야기를 까먹고 다시 읽을 수 있다니, 내겐 오히려 행운이라고.'

「김독 **자**는 멍 청 *이*」

분하다는 듯, [제4의 벽]이 소리쳤다.

「난 아 무것 도안 들려 줄 거 야」

말은 저렇게 해도, 도와줄 것을 알고 있다.

「잊 어버 리는 거용서 못 한 다」

쏟아지는 포화 속에 피부가 벗겨지고, 허리가 끊어질 듯한 통증이 발생했다.

[전용 스킬, '제4의 벽'이 강하게 발동합니다!]

그런 통증을, [제4의 벽]이 막아주고 있었다.

달려드는 구요성관들을 향해 주먹을 휘두른다. 단단한 강철을 두드린 것처럼 주먹이 쓰라렸지만 나는 물러서지 않았다.

[거대 설화, '마계의 봄'이 이야기를 시작합니다!]

[거대 설화, '신화를 삼킨 성화'가 이야기를 시작합니다!]

(…)

[《은퇴한 SSSSS급 손오공이 되었다》의 설정이 발동합니다.]

['은퇴 페널티'로 당신의 전의가 감소합니다.]

['은퇴 페널티'로 당신은 전력을 사용할 수 없습니다.]

그러고 보니 그 망할 설정을 잊고 있었군.

전신에 감돌던 설화의 힘이 급격하게 빠져나가고 있었다.

[막아라!]

[놈이 경전에 도착하게 해선 안 돼!]

'경전'이 보관된 유적이 코앞에 있었다.

화강암으로 만들어진 섬. 오랜 세월의 풍파를 견뎌낸 보물.

삼장과 일행들이 십사 년에 걸친 여정으로 얻은 해답.

[다수의 관객이 당신의 설화를 지켜봅니다.]

[심사위원, '긴고아의 죄수'가 당신의 선택을 지켜봅니다.]

[심사위원, '미후왕'이 당신의 해답을 기대합니다.]

[심사위원, '필마온'이 당신의 설화를 응시합니다.]

[심사위원, '석가의 후예'가 당신을 바라봅니다.]

나와 함께한 모든 존재가 이 순간을 함께 지켜보고 있었다.

[이계의 신격화 진행률: 99.7%]

구요성관들은 필사적으로 나를 막아섰다.

페이후 측 삼장이 허겁지겁 경전을 향해 달려가고 있었다.

여기서 시간을 더 지체한다면, 〈황제〉 측 성좌들이 더 몰려올 테고 나는 경전을 얻지 못할 것이다.

[득표수: 50,412]

[현재 해당 설화방의 랭킹은 1위입니다.]

나는 허공을 올려다보았다.

[시나리오 마스터가 당신을 바라봅니다.]

이상하게도 그런 예감이 들었다.

그 녀석이라면 알고 있을지도 모른다.

내가 누구인지. 내가 왜…… 일행들에게 정체를 드러내지 않았는지.

모두 알면서도 모른 척했을지도 모르겠다는, 그런 막연한 예감이 들었다.

그리고 시나리오 마스터의 목소리가 들려왔다.

(……시발.)

나는 그 목소리를 들으며 씩 웃었다.

나를 향해 달려오는 성좌들과 함께 내레이션이 시작되었다.

(손오공은 자신의 적들을 바라보았다.)

(이미 전생에도 싸운 적이 있는 적들이었다.)

[이계의 신격화 진행률: 99.8%]

(지긋지긋한 전쟁.)

(그는 은퇴한 몸이었고, 이제 다시는 싸우지 않겠다고 결심했다. 하지만)

나는 정성스레 쓴 편지처럼 들려오는 그 내레이션을 들으며 눈을 깜빡였다.

그래, 너라면 이미 알고 있을 것 같았어. 이 이야기의 마지막이 어떻게 끝나야 하는지.

(천천히 그러쥔 주먹에서 오래된 힘이 솟구쳤다.)

[당신의 '은퇴 페널티'가 완전히 해제됩니다.]

(제천齊天. 천공의 먹구름과 전격을 조종하는 힘.)

[5번 책갈피가 활성화됐습니다!]

[전용 스킬, '전인화 Lv.23(+13)'가 활성화됐습니다.]

[당신의 '격'이 육체 조건의 페널티를 극복합니다.]

백청의 강기.

[전인화]의 전격이 창공을 찢으며, 구요성관의 별들을 파괴했다.

(그는 그 주먹으로 많은 이들을 구했기에 '구원'이라 불리었고, 많은 산 것들을 죽였기에 '마왕'이라 불리었다.)

어깨를 찢고 자라난 흑빛 날개.

(그렇기에, 그는 '구원의 마왕'이었다.)

(모두 오래전의 기억이었다.)

시선을 돌리자, 통천하의 강을 물들인 이계의 신격의 시신들이 보였다.

('요괴'들의 정점에서 군림하던 시절.)

(그는 요괴들을 통치했고, 싸웠고, 패했다.)

(오랜 여행이 그를 변하게 만들었고, 그는 깨달음을 얻어 보살이 되었다.)

모두 이 시나리오의 소모품으로 죽어간 자들이었다.

(그리고 이것이 그 깨달음의 결과였다.)

머리에 쓴 긴고아가 아팠다. 통증을 감당하며 앞으로 나아갔다.

강림한 〈황제〉의 성좌들이 나를 향해 달려들었다.

[막아라!]

[절대로 놈이 경전을 획득해서는—!]

(죽어간 모든 요괴들을 위해)

(그는 다시 한번 '구원의 마왕'이 되기로 했다.)

[마왕, '구원의 마왕'이 자신의 격을 드러냅니다.]

눈부신 폭발과 함께 눈앞의 성좌들이 흩어졌다.

그 빛을 넘어서자, 눈앞에 한 권의 책이 놓여 있었다.

나는 경전을 향해 손을 뻗었다.

[이계의 신격화 진행률: 99.9%]

[당신의 존재가 '이계의 신격'으로 진화합니다.]

OMNISCIENT READER'S VIEWPOINT

독자의 화신

Episode 83

I

들끓는 혼돈의 힘이 전신의 모세혈관을 잠식하고 있었다. 파고드는 혼돈의 힘에 맞서 설화들이 연이어 반발을 일으켰다.

[설화, '이적에 맞서는 자'가 기적을 꿈꿉니다.]

[설화, '이계의 신격을 살해한 자'가 당신의 변화에 저항합니다!]

[거대 설화, '마계의 봄'이 당신을 보호합니다!]

흐려지는 의식을 간신히 붙잡은 채, 나는 경전을 향해 비틀거리며 다가갔다.

「…….」

이계의 신격화의 부작용일까. 어디선가 말소리 같은 것이 들려왔다. 아무래도 의식이 분절되며 멋대로 [전지적 독자 시점]이 발동한 것 같았다.

그런데 이번에는 한 사람이 아니었다. 마치 한꺼번에 여러 사람의 시점을 감각하는 것처럼, 목소리는 동시에 들려왔다.

「알고 있었다.」

유중혁.

「애초에 너무 티 나잖아. 그럴지도 모른다고 생각했지.」

이지혜.

「먼저 말하지 않았다면, 그럴 만한 이유가 있는 거니까.」

신유승.

「사, 사실 나도 예상했거든? 독자 형! 독자 형!」

이길영.

「독자 씨?」

정희원.

말하지 않아도 이미 모든 것을 이해하고 있는 그들에게, 무슨 말을 해야 할까.

「무척 강한 손오공이군. 대체 누구지?」

이현성.

피식 웃음이 나왔다. 그래, 이현성은 차라리 모르는 편이 낫다.

슬슬 기억이 무너지는 것이 느껴졌다. 이계의 신격화가 끝나면, 내 기억은 우주의 먼지로 흩어질 것이다.

「김독자는 두려웠다.」

[제4의 벽]은 알고 있을 것이다.

내 호언은 모두 겁쟁이의 선언이다.

「기억을 모두 잃은 후의 내가, 정말 '나'일까.」

지금까지 몇 번이나 죽었지만, 기억을 통째로 잃은 적은 없었다.

지금 모든 것을 기억하고 있는 '나'는, 이제 어떻게 되는 것일까.

「정말로 두려운 것은 죽음이 아니었다.」

다시 읽는다고, 이 모든 감정을 그대로 되찾을 수 있을까.

[설화, '생과 사의 동료'가 당신을 바라봅니다.]

[설화, '재앙의 왕을 사냥한 자'가 당신을 바라봅니다.]

[설화, '거신의 해방자'가 당신을 바라봅니다.]

이 소중한 이야기들을, 처음 느낀 그대로 다시 감각할 수 있을까.

「그리고 김독자의 눈앞에 경전이 있었다.」

《서유기 리메이크》.

저 경전은 '거대 설화' 그 자체였다.

내가 저것을 쥐는 순간, 이번 '거대 설화'는 〈김독자 컴퍼니〉와 이계의 신격의 것으로 돌아갈 것이다.

「김독자는 경전을 향해 손을 뻗었다.」

이것으로, 우리의 '서유기'는 완성될 것이다.

이상한 일이 벌어진 것은 그때였다.

[시나리오 이변으로 인해 이계의 신격화가 지연되고 있습니다.]

지연된다고?

주변의 스파크가 급격하게 짙어지며 성좌들의 고함이 멀어졌다. 시공간의 흐름이 기묘하게 꺾이고 있었다. 등줄기를 적시는 소름에 오한이 들 정도로 강력한 개연성이 움직이고 있었다. 마치 〈스타 스트림〉 전체가 꿈틀거리는 듯한 느낌.

왜곡된 공간을 뚫고, 누군가 시나리오에 개입하고 있었다.

[대도깨비, '허주'가 시나리오에 현현했습니다!]

[대도깨비, '허체'가 시나리오에 현현했습니다!]

[대도깨비, '하롱'이 시나리오에 현현했습니다!]

[대도깨비, '하람'이 시나리오에 현현했습니다!]

[대도깨비, '해솔'이 시나리오에 현현했습니다!]

대도깨비들의 현현.

츠츠츠츠츳!

경전을 향해 다가가는 내 손끝이 석화된 것처럼 굳어졌다.

있을 수 없는 일이었다.

[너는 그 이야기를 가질 수 없다.]

도깨비는 메인 시나리오에 개입할 수 없다.

아니, 지금까지도 간접적으로 시비를 걸어오긴 했지만 무려 대도깨비씩이나 되는 존재가 직접적으로 시나리오를 틀어버린 일은 없었다.

그런데 이들이, 자기 자신의 개연성까지 내걸고 시나리오에 개입했다.

[<스타 스트림>이 격동하고 있습니다!]

대도깨비 또한 〈스타 스트림〉의 일부.

시스템을 관장하는 그들이라고 해도, 비정상적인 개연성의 운용이 초래하는 결과에서 벗어날 수는 없었다.

그 때문인지 대도깨비들 몸에서도 강렬한 스파크가 튀어 오르고 있었다.

[잊힌 것들은 잊힌 대로 두어야 한다.]

그들이 왜 이렇게까지 하는지 조금은 알 것 같았다.

만약 내가 이 경전을 손에 넣고, '거대 설화'를 얻게 된다면.

【아아아아아아아아】

【오오오오오오오오오오……!】

그들이 줄곧 이야기에서 배제해온 이계의 신격들이 정식으로 '거대 설화'에 편입되게 된다.

이계의 신격은 그들의 시스템만으로는 온전한 통제가 불가능한 힘.

중하급의 '옛 존재'도 아닌, 외신급의 이계의 신격이 마구잡이로 시나리오에 합류하기 시작한다면 〈스타 스트림〉은 그야말로 난장판이 될 것이다.

그럼에도 나는 이 일을 완수해야만 했다.

[그만두어라.]

대도깨비들의 격이 내 전신을 사슬처럼 옥죄어 왔고, 경전을 향해 뻗어지던 손은 한 뼘을 남기고 멈춰 섰다.

하지만 나는 당황하지 않았다.

대도깨비들이 개연성을 어기고 나타났으니, 어그러진 개연성의 저울눈을 맞출 다른 존재도 나타날 것이다.

쿠구구구구구구!

생각하기가 무섭게 하늘이 소용돌이치기 시작했다.

'그레이트 홀'.

그 너머로 나타난 존재가 나를 내려다보고 있었다.

[경전을 쥐어라, ■■의 사도여.]

'은가이의 숲'에서 만난 혹부리 왕이었다.

혹부리를 발견한 대도깨비들이 대경하며 외쳤다.

[감히……!]

[지평선의 악마여, 이곳이 어디라고 온 것인가!]

[이 시나리오에 네가 나타날 개연성은 없다.]

혹부리 왕이 비웃었다.

[그건 네놈들도 마찬가지지.]

대도깨비와 혹부리 왕의 격이 충돌하며, 구속되었던 내 몸이 다시 움직이기 시작했다.

그리고 남은 한 뼘이 움직였다.

[이계의 신격화가 재개됩니다.]

혹부리 왕이 환하게 웃었다.

[〈스타 스트림〉이여, 너희가 지운 세계들이 도래할 것이다.]

손끝이 경전에 닿는 순간, 환한 전류 속에 내 의식도 사라져 갔다.

지금부터 무슨 일이 일어날지, 어렴풋이 느낄 수 있었다.

나는 뒤쪽을 돌아보며 천천히 눈을 감았다.

「이제 믿을 것은…….」

먼 창공에서 벌어지는 빛의 산란.

구요성관도, 이십팔수 별자리를 포함한 성좌들도, 그 순간만큼은 그 폭발을 바라보지 않을 수 없었다.

[성운, <황제>의 모든 성좌가 경악합니다!]

구요성관의 공격을 피해 달아나던 이길영이 용마를 멈춰 세웠다.

"신유승?"

말 안장에서 깨어난 신유승이 눈을 떴다. 정신을 차리자마자, 신유승은 이길영과 함께 서쪽 하늘을 올려다보았다. 심장이 크게 뛰었다.

[뭔가 잘못됐다. 잔챙이들 빨리 해치우고 어서—]

잠시 주춤하던 구요성관들과 〈황제〉의 위인급 성좌들이 다시금 이길영과 신유승을 향해 쇄도했다.

여전히 서쪽 하늘에 시선을 고정한 이길영이 말했다.

"내가 뚫을 테니까. 가."

누구도 설명해주지 않았는데도 알 수 있었다.

저곳에 그들이 찾던 이야기가 있다.

"가서 독자 형을 구하라고!"

저곳에 김독자가 있다.

신유승 또한 그것을 느끼고 있었다. 어쩌면 이곳의 그 누구보다도 더.

용마에서 뛰어내린 이길영이 자신의 격을 개방하는 순간, 신유승이 용마를 달음박질시켰다. 청룡으로 화한 용마가 고속정처럼 강 위를 가로지르며 나아갔다.

멀리서 그리운 설화의 냄새가 났다.

오래도록 자신을 지켜준 배후성의 별빛이 보였다.

저토록 분명하게 빛나고 있었는데…… 왜, 확신하지 못했을까.

무수한 의문이 머릿속을 소용돌이치며 흘러갔다.

왜 김독자가 여기 있는가. 어째서 그들에게 정체를 밝히지 않았나.

신유승은 그런 것까지는 알 수 없었다. 다만

저곳에서 김독자를 잃어버리면.

이제, 다시는 그를 볼 수 없을 것만 같은 기분이 들었다.

구요성관들이 쏘아 보낸 섬광포에 용마가 맞았다. 신유승은 비명을 지르며 강물에 빠졌다.

그런 신유승을 끌어 올려준 존재들이 있었다.

【김독자김독자김독자김독자김독자】

【우리우리우리우리우리우리】

언제부터였을까. 강 위를 떠다니던 요괴들이 무리를 이루어 강을 건너고 있었다.

신유승은 얼떨결에 그 무리에 올라탔다. 요괴들은 징검다리처럼 떠올라 길을 만들었다.

【구해줘구해줘구해줘구해줘구해줘구해줘】

요괴들 위를 달리며 신유승은 깨달았다.

「아저씨가 지금 저기 있는 것은 이들을 위해서다.」

그걸 깨닫는 순간 속에서 울컥하고 뭔가 치솟았다.

눈부신 빛살 속에서 흐트러지는 김독자의 설화가 보였다. 누가 설명해주지 않아도, 지금의 김독자가 위험한 상황이라는 건 명백했다.

「왜, 아저씨는 늘 혼자서.」

가장 먼저 치솟은 감정은 원망이었다.

어째서 김독자는 그들에게 도움을 청하지 않는가.

「청할 수 없는 이유가 있었겠지.」

알고 있지만.

「저게 최선이라 생각했을 거야.」

그래도 받아들이기 어려운 것들이 있다.

암흑성에서도 그랬고, 마계에서도 그랬다. 거기다 성마대전까지.

그들의 긴 시나리오는, 줄곧 김독자가 희생해온 역사였다.

「그렇기에 이 원망은, 사실 김독자가 아니라 신유승 자기 자신을 향한 것이었다.」

다른 누구도 아닌 김독자의 화신이기에 알 수 있는 슬픔.

지금 자신이 겪는 고통은, 김독자의 결심에 비하면 아무것도 아니다.

「분명 김독자는 그렇게 말할 것이다. "유승아, 슬픔에 경중은 없어."」

신유승은 그 말에 동의하지 않는다.

슬픔에 경중은 있다. 목숨을 걸어 누군가를 구하는 사람의 절망과, 그걸 지켜만 보는 무력감에 절망해야 하는 사람의 비탄이 같을 리 없다.

결국 모든 인간은 자기 자신이 제일 소중하다.

그리고 김독자는, 언제나 자신의 모든 것을 걸어왔다.

눈앞에서 강물이 폭발한 것은 그때였다.

〈황제〉의 성좌들이 설화를 토하며 낙하하고 있었다.

[오너라, 사라진 이야기들이여!]

세계가 쩌렁쩌렁 울리는 소리와 함께, 세계의 정경이 변하고 있었다.

하늘 곳곳에서 '그레이트 홀'이 열렸고, 상상도 못 할 격을 가진 존재들이 넘어오기 시작했다. 그것들은 더 이상 이계의 신격이 아니었다.

[■?■?■■이 '엑스트라' 배역으로 참여합니다!]

[■■?■이 '엑스트라' 배역으로 참여합니다!]

그들은 이제 '서유기'의 요괴들이었다.

(경전의 주인을 놓고 벌어지는 최후의 전쟁.)

(긴 이야기의 마지막 장을 장식할 음마陰魔의 무리가 몰려오고 있었다.)

마치 세계가 멸망하는 것 같은 풍경이었다.

그 멸망의 중심에서, 두 눈이 풀린 김독자가 요괴들 사이로 걸어가고 있었다.

착각일까. 그 순간 김독자는 더 이상 김독자가 아니라 요괴들의 일부처럼 보였다.

'내가 막아야 해.'

끊어진 요괴의 길 위에서 신유승은 자신의 작은 손을 내려다보았다. 어른들보다 더 대단한 일을 해낼 수 있다 믿었고, 실제로 그래온 손이었다. 그런데 지금 이 순간, 신유승은 자신의 손이 그저 아이의 것처럼 느껴졌다.

【■■■■■■■■■■■■■■■■……!】

하늘이 갈라지고 땅이 으깨졌다. 통천하의 강물이 통째로 뒤집히며 강 위의 산 것들이 피와 설화를 쏟으며 죽어갔다.

[심사위원, '석가의 후예'가 당신을 바라봅니다.]

시신과 함께 누군가의 목소리가 들려온 것은 그때였다.

[유승아, 네가 해야 해.]

신유승이 알고 있는 목소리였다.

"상아 언니?"

[이대로면 독자 씨는 돌이킬 수 없게 돼. 막을 수 있는 건 너뿐이야.]

어떻게 이런 일이 가능한지 의문을 던질 시간이 없었다. 신유승은 필요한 질문부터 했다.

"어떻게, 어떻게 해야 해요?"

유상아는 곧바로 대답해주지 않았다. 그 대신 화두를 던지는 부처처럼 다음과 같이 말했다.

[네 배역을 잊지 마.]

신유승은 잠시 멍한 얼굴로 하늘을 올려다보더니, 김독자가 있는 방향을 보았다.

손오공의 머리 위에서 희미하게 빛나는 금테.

신유승은 다시 자신의 주먹을 내려다보았다. 여전히 그것은 아이의 주먹이었다. 하지만 그것은 동시에 '삼장법사'의 주먹이었다.

"할 수 있을까요?"

말끝이 떨렸다.

멀리서 흔들리는 김독자의 신형.

[설화, '구원의 마왕'이 이야기를 계속합니다.]

기어코 참았던 울음이 터졌다.

"저게 아저씨가 원하는 일일 수도 있잖아요."

그런 아이에게, 유상아가 말했다.

[아주 오래도록 혼자였던 사람이야.]

김독자金獨子.

[그런 사람에게, 혼자가 아니라고 한두 번 말해준다고 갑자기 바뀌지는 않아.]

신유승은 그런 김독자의 화신이었다.

[말해주고, 곁에 있어주고, 확신을 줘야 해.]

신유승은 울면서 앞으로 나아갔다.

[그 사람이 정말로 자기가 혼자가 아니라는 걸 알게 될 때까지.]

신유승은 자신의 모든 격을 끌어모아 도움닫기를 했다. [바람의 길]을 사용하는 김독자처럼, 신유승은 전력을 다해 강 위를 달렸다.

조금씩 가라앉는 수면을 내디디며, 신유승은 목이 터지도록 외쳤다.

"아저씨!"

김독자는 듣고 있지 않았다. 요괴들과 성좌들의 싸움이 벌어지는 한복판에서, 요괴가 되어가는 김독자가 텅 빈 눈으로 이쪽을 바라보고 있었다.

그의 몸이 변해가고 있었다. 김독자가 흩어지고 있었다.

"가지 마요! 제발! 가지 말라고요!"

자신의 배후성이 사라지는 것을 눈앞에서 지켜보며, 신유승은 목이 쉬도록 외쳤다. 그것은 말이 아니라 차라리 비명처럼 들렸다.

말로는 전할 수 없는 것이었다.

[새로운 설화가 당신에게서 발아합니다!]

모두가 특별한 방식으로 언어를 사용할 수는 없고, 그렇기에 비로소 설화가 존재한다. 전해지지 못한 말들은 이야기가 된다.

긴고주의 금빛 활자들이 설화가 되어 빛나고 있었다.

「포기하지 않을 거야. 아저씨가 날 몇 번이고 구해냈듯이—」

쏟아지는 유성 속에서, 신유승은 자신의 별을 정확히 바라보며 이야기했다.

「나도, 당신을 구할 거야.」

2

전장의 중심에서 굉음이 울려 퍼졌다. 인근의 공기가 달라지고 있었다.

몰려가는 요괴들의 대열과 강림하는 〈황제〉의 성좌들.

페이후는 그 대열을 눈으로 좇다가, 자신의 앞을 막은 적수에게 눈을 돌렸다.

"정말 강하군. 한국에는 너 같은 화신이 많은가?"

정희원은 전신이 상처투성이였다. 하지만 그녀의 격은 여전히 건재했고, 투지는 들끓고 있었다.

페이후는 정희원의 강철검에 베인 자신의 가슴팍과 옆구리를 내려다보았다.

페이후는 혼자 싸우는 게 아니었다. 이랑진군에 나타 태자, 거기다 성운의 지원까지 받는 상황. 그런 상황에서, 다른 설화방의 '우마왕'으로 강림한 화신 하나를 이기지 못하고 있는 것이었다.

"잔말 말고 덤벼."

이글거리는 정희원의 눈동자를 보던 페이후가 설레설레 고개를 저었다.

"겨우 한 명을 상대로 이토록 고전했다는 것부터가 이미 우리의 패배다."

페이후는 더 싸울 의사가 없다는 듯 병장기를 집어넣고는 먼 하늘을 바라보았다.

"그리고 아무래도, 진짜 전장은 여기가 아닌 것 같으니."

그 말과 함께 페이후는 이랑진군, 그리고 나타 태자와 함께 경전이 있는 방향으로 몸을 날렸다.

정희원이 다급히 반응하려는 순간, 소환된 함선이 그들을 태우고 쾌속하게 멀어졌다.

['심판의 시간'의 발동이 종료됩니다.]

아슬아슬한 타이밍이었다. 조금만 더 싸움이 지속되었더라면, 패배한 쪽은 그녀였을 것이다.

과연 페이후. 괜히 〈황제〉의 전속 화신은 아닌 모양이었다.

[성좌, '악마 같은 불의 심판자'가 전장의 중심을 걱정스럽게 살핍니다.]

정희원의 양쪽 어깨에서 대천사의 날개가 자라났다.

그녀는 반쯤 날듯이 물 위를 달려갔다.

'대체 뭐가 어떻게 돌아가는 거야.'

곳곳에서 다른 국지전이 벌어지고 있기에, 정희원은 어느 쪽으로 먼저 가야 할지 알 수 없었다.

〈황제〉의 함선들을 상대하는 이지혜. 이십팔수 별자리들과 싸우는 유중혁. 구요성관과 맞서는 이길영…….

창공에서는 수십 개의 '그레이트 홀'이 열리고 있었고, 홀을 통해 넘어온 이계의 신격들은 요괴로 변하여 성좌들과 전쟁을 벌이고 있었다.

그리고 그 중심에.

"유승아!"

별을 향해 손을 뻗는 한 소녀가 있었다.

신유승은 자신을 향해서 달려드는 〈황제〉의 성좌들을 응시했다.

[성운, <황제>의 열두 원신이 강림합니다!]

[성운, <황제>의 사해용왕이 강림합니다!]

(하나둘, 손오공의 숙적이 모여들고 있었다.)

[아직 끝난 게 아니야!]

[삼장이 경전을 건드리지만 않으면 된다!]

[군을 나눈다. 한쪽은 놈에게서 경전을 빼앗아라. 그리고 다른 한쪽은 삼장을 제압해!]

신유승은 청룡으로 화한 키메라 드래곤의 갈기를 붙들었다.

그녀를 향해 〈황제〉의 주요 전력이 달려들었다.

김독자는 너무 멀리 있었다.

[성운, <황제>의 '열두 원신'이 자신의 격을 드러냅니다!]

눈앞에서 빛이 폭발했다.

키메라 드래곤이 몸을 감싸 그녀를 보호했다.

화끈한 열기가 전신을 달구었다. 두 번째와 세 번째 폭발이 연이어

작렬하고, 키메라 드래곤이 비명을 질러댔다.

이를 악문 신유승이 키메라 드래곤의 등을 밟고 도약했다.

[배후성의 가호가 당신에게 영향을 미칩니다.]

[당신의 놀라운 재능이 개화합니다!]

[당신은 스스로 '바람의 길'을 깨달았습니다!]

어떻게 그런 일이 가능했는지 모른다.

그럼에도 그 순간, 신유승은 강 위를 달리고 있었다.

[바람의 길]의 가호가 그녀의 발끝에서 터져나오고 있었다. 발끝이 닿은 자리마다 황금빛 파문이 번졌다.

「**신유승은 김독자처럼 달렸다.**」

그것이 그녀의 배후성이 달리는 방식이었다.

허공에서 검과 창이 뒤섞인 날붙이들이 날아들었다.

왼쪽에 셋, 오른쪽에 하나. 아래쪽에 둘.

신유승은 아슬아슬하게 그 칼날들을 피해냈다. 하지만 피할수록 공격은 더욱 거세졌다.

수백의 날붙이가 위협적인 폭풍처럼 휘몰아쳤다. 마치 수백 개의 이빨을 가진 괴물이 입을 벌린 듯한 풍경.

그 괴물 앞에서 신유승은 품속의 단도를 꺼내 들었다.

「**신유승은 유중혁처럼 판단했다.**」

언젠가 유중혁에게 배운 것.

[설화, '패왕의 제자'가 이야기를 시작합니다!]

「"너는 언젠가 '비스트 로드'가 된다. 무수한 괴수종이 너의 발밑에 군림하게 될 것이다."」

「"하지만 그것이 모든 괴수와 친구가 될 수 있다는 뜻은 아니다."」

김독자가 없던 삼 년의 시간.

유중혁은 신유승에게 사냥을 가르쳤다.

덩치가 큰 괴수종을 상대하는 법. 표피가 단단한 괴수종을 사냥하는 법과, 접근전이 힘든 괴수종을 죽이는 법.

「"죽일 수밖에 없을 때는 망설이지 말고 숨통을 끊어라."」

「"그러지 않으면 죽는 건 네가 될 테니까."」

호흡을 멈춘 순간, 날붙이들 사이로 틈이 보였다.

바람이 숨죽인 폭풍의 눈.

신유승은 자신의 모든 격을 발출하며 그 틈을 향해 단도를 던졌다.

콰콰콰콰콰콰!

바람이 결이 흩어지며 그녀를 향해 날아오던 날붙이들이 일제히 산개했다. 하지만 모든 날붙이를 피할 수는 없었다. 아이의 작은 몸을 스치는 검극과 창날. 소녀의 어깨에서 피가 튀었다.

「신유승은 이현성처럼 엎드렸다.」

부유물의 뒤에 엎드린 신유승의 머릿속으로 이현성의 얼굴이 스쳤다.

「"이렇게 숨는 거야. 항상 주변의 엄폐물을 먼저 파악하는 걸 잊지 마."」

늘 곤란하다는 듯한 웃음을 띤 채, 곰 같은 몸을 움직여 포복 자세를 취하던 아저씨. 그런 이현성의 말에 한마디를 얹던 정희원의 목소리까지.

「"적들이 너무 많을 때는 숨을 곳이 없을 수도 있어."」
「"음, 맞는 말씀입니다."」

사해용왕의 힘이 강을 통제하고 있었다.
물로 만들어진 뾰족한 창이 신유승의 사방을 노리고 급습했다. 부유물이 연이어 파괴되자, 더 이상 강 위에는 그녀가 숨을 곳이 없었다.

「"그럴 때는 적들을 이용해. 이렇게."」

엎드린 이현성의 머리를 척 들어 올리며 말하던 한수영의 모습. 그런 한수영을 노려보던 정희원과, 킬킬 웃던 이길영의 목소리.
그 모든 풍경을 떠올리며, 신유승은 그녀를 공격하던 화신 하나를 붙잡아 방패로 삼았다.
"무, 무슨…… 크아아악!"

「신유승은 한수영처럼 비정해졌다.」

비참하게 꿰뚫린 화신체를 내버리고, 신유승은 계속해서 달려나갔다.
[약삭빠른 꼬마로군.]
[놓치지 마라!]

이제 김독자와의 거리가 제법 가까워졌다.

"아저씨!"

신유승의 말을 들은 듯, 김독자의 신형이 멈칫했다.

그의 텅 빈 동공을 보며, 신유승은 유상아의 말을 떠올렸다.

「"이런 세계라서 우리가 미안해."」

하나둘 모여든 일행들의 모습이 보인다.

「"상처받게 해서 미안해. 네게 의존해야 하는 무력한 어른이라서. 그래도 하나는 약속할게. 우린 언제나 네 곁에 있을 거야. 네가 이런 기술들을 쓰지 않아도 되도록 최선을 다할 거야."」

그 말을, 신유승은 기억한다.

「"네가 어떤 존재인지 잊지 않도록."」

스팟!

긴 창날 하나가 신유승의 뺨을 스쳤다. 무의식중에 만진 뺨에서 주르륵 피가 흘러내렸다.

주변 어디에도 도와줄 사람은 없었다.

일행들을 지키던 유중혁의 등도, 언제든 의지가 되던 정희원의 검도 없다.

방심을 뚫고 날아든 긴 팔뚝이 신유승의 멱살을 잡아챘다.

〈황제〉의 열두 원신이 그녀를 향해 다가오고 있었다.

[정말 꼬마였을 줄이야.]

[고작 어린애에게 이런 배역을 맡긴 건가?]

항거할 수 없는 〈황제〉의 격이 전신을 내리눌렀다.

평소였다면 도저히 상대할 수 없는 적이었다. 달아나는 것이 당연했고, 동료들의 도움을 구하는 것이 최선이었다.

그럼에도 신유승은 도망가지 않았다.

[축적된 설화가 이상 현상을 일으킵니다!]

천천히 눈을 깜빡인 신유승이 눈을 떴다. 미친 듯이 뛰던 심장이 차분해졌다. 두 눈에서 서슬 퍼런 빛이 흘러나왔다.

[화신 '신유승'의 특성 진화가 임박했습니다.]

[특성 진화의 계기를 맞이했습니다!]

"나는 그냥 어린애가 아냐."

[뭐?]

신유승이 원신의 왼손을 붙잡았다. 아이의 손에서 느껴지는 강력한 악력에, 원신의 팔이 부들부들 떨렸다.

"내 이름은 신유승."

[전설급 특성을 획득했습니다.]

[당신은 '비스트 로드'가 됐습니다.]

"〈김독자 컴퍼니〉의 신유승이다."

눈처럼 흰 순백의 격이 강 위로 몰아쳤다.

비명을 지른 원신들이 성큼 물러났을 때, 그들의 눈앞에는 흰 코트를 입은 소녀가 서 있었다.

[야수왕의 감수성].

41회차의 신유승이 사용했던 '비스트 로드' 최강의 방어 스킬.

주변 강물이 범람하며 그 안에 서식하던 모든 요괴와 괴수종이 한꺼번에 뛰쳐나오고 있었다.

그오오오오오오!

마치, 그들의 왕을 경배하듯이.

[미친, 어디서 이런 것들이……!]

[쳐라! 저 짐승들부터 죽여!]

〈황제〉의 성좌들이 포격을 개시했다.

솟아오른 괴수들이 그녀를 보호했다.

"키메라 드래곤!"

그아아아아아—!

그녀의 특성에 영향을 받은 키메라 드래곤의 몸집이 더욱 커졌다. 이무기처럼 강 속을 헤집은 키메라 드래곤이 원신들을 집어삼키며 포효를 터뜨렸다.

그 날카로운 송곳니에 찢겨 나간 원신들이 소리쳤다.

[빌어먹을 도마뱀이……!]

신유승은 그런 원신들을 무시하고 달렸다.

【오오오오오오오】

【유승유승유승유승유승유승】

요괴들이 그녀를 위해 길을 터주었다.

이제 별은 코앞에 있었다.

"아저씨!"

김독자를 향해 외친다.

하지만 그녀의 목소리가 들리지 않는 듯, 김독자는 미동도 없었다.

대도깨비들과 대적하던 흑부리 왕의 웃음소리가 들려왔다.

[이미 늦었다. 그는 이제 '위대한 모략'의 것이니까.]

그 말을 기점으로, 창공의 하늘이 크게 흔들렸다.

츠츠츠츠츠츳!

이제까지와는 비교도 안 되는 크기의 '그레이트 홀'이 열리고 있었다.

강 위의 대요괴들이 일제히 몸을 웅크렸다. [야수왕의 감수성]의 털코트가 팔뚝의 솜털이 서듯 비죽 솟아올랐다.

누가 말해주지 않아도 느낄 수 있었다. 지금 강림하는 것은 〈황제〉의 성좌들과는 비교도 안 되는 존재다.

그리고 김독자는 이제 저 존재의 소유다.

"그렇게는 안 돼."

[삼장법사가 '긴고주'를 외웠습니다!]

신유승이 스킬을 발동하는 순간, 김독자의 머리 위에서 금테가 빛나기 시작했다.

[아이템 '긴고아'가 반응합니다!]

긴고아는 손오공을 억제하는 보패. 요괴화든 뭐든, 긴고주를 읊는 동안 손오공의 모든 변화는 일시적으로 멈춘다.

[어리석은 짓이다!]

혹부리 왕의 격이 신유승의 전신을 압박해 왔다. 입안 깊은 곳에서 핏물이 느껴졌다. [야수왕의 감수성]으로 빚어낸 코트가 미친 듯이 펄럭거렸다.

신유승은 김독자를 향해 비틀거리며 다가갔다. 다가가고 또 다가갔다.

엉망이 된 김독자의 얼굴. 수척한 뺨. 고요히 눈을 감은 그의 배후성.

"아저씨!"

[당신의 새로운 설화가 발아하고 있습니다.]

아직 하고 싶은 말이 많았다.

섭섭했던 것들을 이야기할 것이고.

지금의 아저씨는 엉망이라고 말할 것이다.

처음으로, 솔직하게 모든 것을 다 털어놓을 것이다.

"제발, 제발 내 목소리 좀 들어요!"

모두 함께 PC방에 가고 싶다고 말할 것이고.

피자랑 콜라를 잔뜩 사 들고 한강에 가자고 조를 것이다.

이제 많은 것이 불가능해진 세계에서, 불가능한 소원들을 이야기하며

행복해질 것이다.

시야가 흔들렸고, 눈물이 쉴 새 없이 흩날렸다.

마침내 신유승의 손이 김독자의 손끝에 닿았다.

상처로 덮인 손이, 역시나 상처로 덮인 손을 감쌌다. 상처와 상처가 닿은 자리가 쓰라렸다.

그럼에도 신유승은 그 손을 놓지 않았다.

[준신화급 설화, '별의 구원자'를 획득했습니다!]

[설화, '별의 구원자'가 이야기를 시작합니다.]

"아직 못 말해준 게 얼마나 많은데!"

상아 언니와 역사를 공부하던 시간.

중혁 아저씨와 사냥감을 요리하던 시간.

희원 언니에게 검술을 배우고.

지혜 언니와 스케이트보드를 연습하고.

현성 아저씨를 이용해 비행기를 타고.

이길영과 아이스크림을 먹으며 이젠 영영 다음 권이 나오지 않을 만화책을 읽던.

"내가 얼마나."

그 풍경에 아저씨도 있었으면 했다고.

"많은 것을."

바라는 게 아니다, 라는 말은 끝내 할 수 없었다.

세계의 개연성이, 빌어먹을 〈스타 스트림〉이 그걸 용납지 않으니까.

"그냥, 평범하게……."

하늘의 별들이 빠르게 움직이고 있었다.

모든 별이 저마다 설화를 노래하며 그녀를 바라보고 있었다.

[다수의 관객이 당신을 바라보고 있습니다.]

실은 알고 있다.

이 세계에서 평범한 사람의 평범한 행복은 아무런 관심을 끌지 못한다는 것을.

그렇기에 평범한 행복은 멸망한 세계에서 가장 커다란 사치다.

그럼에도

[관객들이 대가를 지불하고 자신의 수식언을 드러냅니다.]

[성좌, '가장 어두운 봄의 여왕'이…….]

[성좌, '대머리 의병장'이…….]

그럼에도 누군가가 이 이야기를 들어준다면.

[성좌, '악마 같은 불의 심판자'가…….]

[성좌, '심연의 흑염룡'이…….]

[성좌, '고려제일검'이…….]

신유승은 연이어 들려오는 간접 메시지를 들으며 김독자의 손을 더 강하게 쥐었다.

또렷한 간접 메시지 한 줄이 귀에 꽂힌 것은 그때였다.

[심사위원, '긴고아의 죄수'가 당신의 이야기를 듣습니다.]

붙잡은 김독자의 손에 온기가 돌기 시작했다.

손오공의 금테에서 눈부신 황금빛 격류가 솟아오르더니, 어마어마한 개연성의 스파크가 몰아쳤다.

〈황제〉의 성좌들이 경악하며 외쳤다.

[서, 설마? 말도 안 되는……!]

창공 곳곳에서 뇌전의 격류가 김독자의 전신을 향해 모여들었다.

[심사위원, '필마온'이 당신의 이야기를 듣습니다.]

(그리고 그 순간.)

('서유기'의 역사에서 한 번도 없던 일이 벌어졌다.)

[심사위원, '미후왕'이 당신의 이야기를 듣습니다.]

(은퇴한 손오공이 드디어 자신의 마음을 고쳐먹었다.)

[심사위원, '투전승불'이 당신의 다음 이야기를 듣고 싶어합니다.]

3

[전용 스킬, '전지적 독자 시점' 3단계가 발동 중입니다!]

흐릿한 의식. 캄캄한 어둠 속에서 제일 먼저 들려온 것은 [제4의 벽]을 통해 넘어온 문장들이었다.

「**그 순간, 이지혜는 전장을 바라보았다.**」

이지혜의 전장이 그곳에 있었다. 통천하의 강을 덮은 수십 척의 배. 사격을 준비하는 〈황제〉의 화신들과 수뇌부를 맡은 위인급 성좌들.

「**"발포하라!"**」

'터틀 드래곤'을 둘러싼 〈황제〉의 전함들이 일제히 포격을 개시했다.

이지혜는 난파된 배의 흔적을 헤치며 나아갔다. 어떤 포격은 받아내고, 어떤 포격은 흘려내면서.

「"장전."」

한 편의 오케스트라 같은 광경이었다. 가히 해신의 경지에 이른 그녀의 군함 통제력이 '터틀 드래곤'과 유령함대를 움직이고 있었다.

「"발사."」

이지혜의 함대가 발포를 시작했다. 제독 지휘에 맞춰 전열을 재편성한 유령함대는 정확히 치고 빠지는 히트 앤드 런을 반복했고, 적군 함대는 순식간에 대파되고 있었다.

「"어떻게 이런 말도 안 되는……!"」

압도적인 열세를 이겨내는 지휘 능력. 멸살법 최강의 화신 중 하나인 '해상제독'의 진가가 비로소 드러나는 순간이었다.

「[성좌, '해상전신'이 자신의 화신을 자랑스럽게 생각합니다.]」

원작 후반부의 이지혜는 자신의 배후성을 넘어서게 된다. 어쩌면 이번 회차에서도 그 광경을 볼 수 있을지 모른다.

「"전술을 바꾼다!"」

아무래도 안 되겠다고 생각했는지, 〈황제〉의 선단이 일제히 돌격을 시작했다. 철갑선을 앞세운 돌진. 포격전에서 불리해지니 백병전으로 유도할 생각인 듯했다. 그런데 녀석들이 알지 못하는 점이 하나 있었다.

「**"아, 이거 독자 아저씨 만나면 한 방 먹여주려고 만든 기술인데."**」

해상제독 이지혜는 백병전에도 능하다.

웅크린 발도 자세를 취한 이지혜를 보며, 나는 그녀가 뭘 사용하려는지 깨달았다.

「**순살瞬殺.**」

멸살법 최강의 대인 스킬 중 하나인 그것을, 드디어 이지혜가 터득한 모양이었다.

콰아아아아!

뱃전을 꿰뚫는 폭음 속에 이지혜의 백병전이 시작되었다.

베고, 베고, 또 베고.

검귀의 칼날이 물살을 가로지르며 적장의 목을 날렸다. 그렇게 얼마나 더 베었을까. 붉게 풀어진 설화들로 덮인 통천하의 전장 가운데, 모든 적을 베고 탈진한 이지혜가 드러누웠다.

어둑해진 창공을 올려다보며 이지혜는 마치 내게 말을 걸듯이 물었다.

「**"아저씨, 괜찮은 거지?"**」

괜찮다고 말해주고 싶지만 입이 열리지 않았다.

[현재 당신의 '전지적 독자 시점' 숙련도가 매우 높습니다.]

[인물 시점 분할이 가능해졌습니다.]

['3인칭 관찰자 시점'에 등장인물 '정희원'의 시점이 추가됩니다.]

두 번째로 보인 것은 정희원의 모습이었다.

「**"비켜! 비켜! 비켜!"**」

페이후의 뒤를 쫓는 정희원. 그녀의 손에 쥐어진 이현성의 검극에서 [지옥염화]의 불길이 뻗어 나가고 있었다. 그녀가 지나간 길마다 잿가루가 흩날렸다.

대충 어떻게 된 상황인지는 알 것 같았다. 저 '페이후'가 싸움을 포기하다니…….

정말 한국 최고의 화신은 정희원일지도 모른다.

['3인칭 관찰자 시점'에 등장인물 '장하영'의 시점이 추가됩니다.]

가짜 턱수염을 붙인 장하영이 한명오를 한쪽 옆구리에 낀 채 강을 달리고 있었다. 그녀의 시선 끝에 구요성관들과 격전을 벌이는 이길영이 있었다.

「**"야, 꼬맹아! 물러서!"**」

〈황제〉의 정예군 중 하나인 구요성관.

장하영은 그들을 향해 [파천붕권]의 힘을 끌어올리기 시작했다.

그런데 이길영이 고개를 저으며 외쳤다.

「**"방해하지 마요 하영이 형. 나 혼자서도 충분하니까!"**」

멀리 전장의 중심을 응시하던 이길영이 이를 갈듯 말했다.

「"신유승한테 질 수는 없어."」

어둠이 철철 흘러내리는 이길영의 말투에 불길한 뉘앙스가 담겨 있었다. 그리고 다음 순간, 이길영의 전신에서 황색 폭풍이 몰아쳤다.

잠깐만. 저거 설마…….

판단을 내리기도 전에, 화면이 뒤바뀌었다.

['3인칭 관찰자 시점'에 등장인물 '유중혁'의 시점이 추가됩니다.]

혼자 이십팔수 별자리를 상대하는 유중혁이 그곳에 있었다.

「"아무리 강하다 해도 결국은 약소 성운의 화신!"」

「"겨우 네놈 혼자서 별자리를 감당할 수 있을 것 같으냐?"」

그렇게 말했지만 이미 유중혁의 손아귀에는 잘려나간 별들의 머리가 걸려 있었다.

이십팔수 별자리의 합공을 받아 코트는 넝마가 되었고, 팔뚝에도 상처들이 남아 있었지만 유중혁은 굳건했다.

「"별자리星座라면 이미 수도 없이 베어봤다."」

피가 흘러내리는 이마. 성좌들의 설화로 젖은 머리카락을 흔들며 유중혁은 악귀처럼 고개를 들었다.

「"그러니 너희도 추락할 것이다."」

그리고 마지막으로 화면이 전환되었다.

「"아저씨."」

나의 화신이었다.

「"제발, 제발 내 목소리 좀 들어요!"」

전신이 흐느끼듯 떨려왔다.

아이의 손이 내 손을 꾹 쥐고 있었다. 힘없이 늘어진 손은 아이의 손을 잡아주지 못했다. 아이의 말은 간헐적으로 끊어졌고, 말해야 할 것과 들어야 할 것들은 모두 맥락 사이로 사라졌다.

[설화, '별의 구원자'가 이야기를 계속합니다.]

몸을 움직이고 싶다. 아이의 눈물을 닦아주고 싶다. 무릎을 꿇고, 아이를 안은 채 말해주고 싶다. 너의 소원은

줄곧, 나의 소원이기도 했다고.

츠츠츠츠츳.

기억이 무너지고 있었다.

주변을 떠다니는 활자들.

어둠 속에서 내 존재가 흩어지는 게 느껴졌다.

텅 빈 심연의 저편에서 나를 부르는 소리가 들려왔다.

저 멀리 휘몰아치는 '그레이트 홀'이 보였다. 천천히 영혼이 그쪽으로 빨려들고 있었다.

【약 속 을 지 킬 시 간 이 다】

무섭다. 이 모든 것을 잊게 된다면…… 이 감정들은 어디로 떠나는

것일까. [제4의 벽]은 내 이야기를 어디부터 어디까지 기억해줄까.

[바앗, 바아아앗!]

빨려 들어가던 내 영혼을 붙잡은 것은 비유였다. 비유는 안간힘을 쓰며 나의 영혼체를 붙들고 있었다.

[바아아아앗!]

어쩔 줄 모른 채로 그런 비유를 바라보았다.

나도 저기로 가고 싶지 않다.

【위 대 한 모 략 의 곁 으 로 오 라】

할 수만 있다면.

[정말 저쪽으로 가려는 건가?]

츠츠츠츠, 하는 소리와 함께 주변의 기류가 변했다. 흩어지던 활자들이 멈췄고, 영혼체를 끌어당기던 인력이 사라졌다.

누군가가 자신의 격으로 내 소멸을 억제하고 있었다.

[이 손 선생이 물었다.]

돌아본 곳에 익숙한 성좌가 있었다.

은은하게 흐트러진 백금발에 빛나는 긴고아.

"제천대성……."

제천대성이 장난스러운 미소를 띤 채 그곳에 있었다.

그리고 그는 혼자가 아니었다.

「손 오 공 너 무 많 아」

[저게 말로만 듣던 '최후의 벽의 파편'인가? 시끄러운 녀석이군.]

[흠…… 흥미로운 심상 세계인데.]

카우보이 복장을 한 잘생긴 원숭이와, 호랑이 가죽 팬티에 손을 넣고 벅벅 긁고 있는 나른한 표정의 원숭이…….

나는 그들이 누구인지 곧바로 깨달았다.

"필마온과 미후왕이십니까?"

그리고 대답이 돌아오기도 전에, 허공에서 목소리가 울려 퍼졌다.

【원 숭 이 의 왕 이 여】

【우 리를 방 해 할 셈 인 가】

[닥쳐. 지금 우리가 얘기하는 중이잖아.]

짜증 난다는 듯 미후왕이 힘을 발출하자, 이계의 신격의 파장이 한 순간 사라져버렸다. 그야말로 어마어마한 격이었다.

[구원의 마왕, 네게 묻고 싶은 것이 있어서 왔다.]

그 말을 한 것은 제천대성도, 미후왕도, 필마온도 아니었다.

처음 보는 존재였다. 이국적인 외모. 성별이 불분명한, 신비함이 감도는 얼굴. 짧게 깎은 검은 머리카락과 고아한 법복.

손오공만이 가질 수 있는 여의금고봉을 가진 것으로 봐서, 그 또한 틀림없는 손오공이었다.

이상한 점은, 그의 머리에는 긴고아가 보이지 않는다는 것이었다.

「김독자가 알기로, 그런 '손오공'은 세상에 하나뿐이었다.」

"투전승불."

내 말에 반응하듯, 허공에서 옅은 스파크가 튀어 올랐다.

무표정한 얼굴의 투전승불이 물었다.

[너의 이야기를 줄곧 지켜보았다.]

"송구스럽습니다."

[의미 있는 설화더군. 무수한 '서유기'가 반복되는 동안에도, 죽어가는 요괴의 고통에 주목한 설화는 없었다.]

곁에서 이야기를 듣던 미후왕이 "또 설법쟁이 성격 나오시는군" 하고 중얼거렸다.

투전승불은 계속해서 말했다.

[하지만 그들의 고통은 당연한 것이다. 모두가 주인공이 될 수는 없다.]

"왜 그렇게 생각하십니까?"

[너는 모든 요괴가 피해자인 것처럼 말했지만, 그들 모두가 억울한 것은 아니다. 요괴 중에는 그 어떤 노력도 하지 않는 이도 있고, 악의를 가지고 다른 생명을 해치는 이도 있다. 그런 요괴들이 주인공이 되지 못하는 것은 당연한 일이다.]

"맞습니다. 하지만 말씀처럼 억울한 이도 분명 있습니다. 아니, 사실은 꽤 많습니다."

[그래서 이 세계에 무수한 설화가 있는 것이다. 거대 설화만이 좋은 설화는 아니다. 거대 설화의 규모에서는 한낱 미물인 자도, 다른 설화에서는 주인공이 될 수 있다.]

맞는 말이었다. 징말로 맞는 말이지만.

"그건 설화에 참가할 수 있을 때 이야기겠죠."

이 세계에는 그 '설화'에 참가조차 못 하는 이들이 있다.

오직 설화의 소모품으로만 쓰이며, 단 1퍼센트의 지분도 나눠 받지 못하는 자들.

【아아아아아아아아아】

【오라오라오라오라오라오라】

"실패한 이에게도 설화는 허락되어야 합니다."

자신의 존재조차 잊은 이들은, 이제 시나리오의 기회조차 부여받지 못한다. 〈스타 스트림〉이 그들의 입을 틀어막고, 그들의 언어를 불가해한 것으로 만들었기 때문이다.

[진심인가?]

여전히 알 수 없는 눈빛으로 투전승불이 나를 보며 물었다. 정확히는, 내 몸 전체에서 일렁이는 혼돈의 힘을 바라보며 물었다.

[그래서 그대는, 자신의 몸을 바쳐 '이계의 신격'이 되겠다는 것인

가?]

"그렇습니다."

내가 대답하자, 곁에서 따분한 표정으로 하품을 하던 제천대성이 말했다.

[확인 끝났냐? 말했잖아. 진짜로 이런 놈이라니까.]

[그렇군.]

[하여간 보살 놈 설득하는 게 제일 힘들어.]

대체 그들이 무슨 이야기를 하는 것인지 알 수 없었다.

나를 흘끗 본 네 명의 손오공이 떠들고 있었다.

[그럼 누가 할 거야?]

[내가 하지. 어차피 나는 보살이 되면서 기억을 대부분 잃었으니까.]

[네가 땡중인 게 이럴 때 도움이 되는구만.]

다음 순간, 주변에서 환한 빛이 일렁이더니 흩어지던 나의 기억들이 되돌아오기 시작했다.

개연성의 스파크와 함께 전신이 감전된 것처럼 빛났다.

[누군가가 당신을 대신해 '이계의 신격화' 페널티를 감당합니다.]

뭐?

[구원의 마왕, 네 생각엔 한 가지 틀린 것이 있다.]

혼돈의 힘을 내뿜는 투전승불이 말하고 있었다.

[네가 '요괴'가 된다고 해서 그들을 이해할 수 있는 것은 아니다. 네겐 그들을 대표할 자격이 없다.]

그의 말은 맞았다.

나는 '서유기'의 요괴로 고통받아온 이계의 신격들에 대해 알지 못한다. 나는 그저 배역 손오공일 뿐이니까.

미후왕이 이죽거리며 말했다.

[네놈 주제를 알아야지.]

필마온이 덧붙였다.

[네 주제主題가 있는 곳은 여기가 아니다.]

마지막으로 말한 것은 제천대성이었다.

[요괴의 일은 요괴에게 맡겨라. 그리고 너는 네 설화를 살아라.]

그제야 나는 무슨 일이 벌어지려는 것인지 깨달았다.

[거대 설화, '서유기'가 당신을 위해 이야기합니다.]

대체 왜? 대체 왜 이들이 나를 위해서?

씩 웃으며, 제천대성이 말했다.

[네놈의 설화가 마음에 들었으니까. 그뿐이나.]

멀리서 외신들의 고함이 들려오는 듯했다.

이계의 신격의 힘이 점차 강해지는 것이 느껴졌다.

【그는그는그는그는그는】

【우리거야우리거야우리거야우리거야】

[미안하지만 이 녀석은 줄 수 없다.]

【안돼안돼안돼안돼안돼안돼】

【왕이온다왕이온다왕이온다왕이】

어둠 속에서 소용돌이치는 '그레이트 홀'.

무언가가 이 세계로 강림하고 있었다.

저 모든 이계의 신격들의 왕.

[성좌, '은밀한 모략가'가 '긴고아의 죄수'를 노려봅니다.]

그 메시지에 제천대성이 환히 웃었다.

[그래, 언젠가 네놈과는 붙어보고 싶었지.]

네 명의 손오공이 나를 둘러쌌다.

[메인은 누가 할 거지?]

[당연히 나, 제천대성이다.]

[멍청한 손오공이 탄생하겠군.]

[야, 손가락 그렇게 들지 마. 이게 퓨전인 줄 아냐?]

다음 순간, 나를 둘러싼 손오공들이 서로 손을 붙잡았다.

[〈스타 스트림〉이여! 우리는 '구원의 마왕'을 우리의 '다섯 번째'로 받아들이겠다.]

4

"아저씨!"

김독자의 전신에서 장렬한 빛이 뻗어나온 것과 〈황제〉의 기대 설화가 담긴 마력파가 덮쳐온 것은 거의 동시였다.

신유승은 반사적으로 김독자의 몸을 감쌌다. 이미 수많은 공격을 받아낸 [야수왕의 감수성]은 내구도가 심각하게 떨어져 있었지만, 달리 막아낼 수단도 없었다.

신유승이 눈을 질끈 감은 채 몸을 웅크리는 순간, 빛의 폭풍과 함께 후방을 덮던 설화의 격이 씻은 듯 사라졌다.

"아?"

허공에 번쩍 떠올랐던 아이의 몸이 천천히 바닥으로 가라앉았다.

조금 전까지 김독자가 서 있던 자리에, 훤칠한 키의 사내가 서 있었다.

눈부신 백금발. 강철 같은 근육과 붉게 타오르는 화안금정.

〈황제〉의 성좌들이 경악했다.

[마, 말도 안 되는 일이……!]

어마어마한 격의 출현에 놀란 것은 외신들 또한 마찬가지였다.

요괴에 빙의한 이계의 신격들은 사내의 전신에서 흘러나오는 가공할 혼돈의 격에 당혹감을 표출했다.

【누구누구누구누구누구누구】

사내가 웃었다.

[나를 모르다니, 은퇴가 너무 길었나 보군.]

신유승은 이게 어떻게 된 상황인지 알 수 없었다.

분명히 김독자의 기운이 느껴지기는 하는데, 김독자는 아니다.

그럼 이자는 대체 누구인가.

"아저씨……?"

[네가 삼장인가.]

가만히 아래를 내려다보던 제천대성이 신유승을 향해 천천히 고개를 숙였다. 두 존재의 시선이 같은 높이에서 마주쳤다.

[김독자는 무사하다.]

화안금정에서 물씬 흘러나오는 고독한 그리움.

신유승은 자기도 모르게 손을 뻗었다. 머리의 차가운 금테에 손이 닿는 순간.

[설화, '구원의 마왕'이 이야기를 계속하고 있습니다.]

신유승의 손이 떨렸다.

분명하게 느낄 수 있었다.

지금 이 존재의 안에 김독자가 살아 숨 쉬고 있다. 불가해한 무언가로 변하지 않은 채, 신유승이 아는 김독자 본연의 모습으로 남아 있다.

"유승아!"

멀리서 달려온 정희원이 신유승을 안아 들며, 경계하듯 제천대성을 노려보았다.

제천대성은 그런 정희원에게 싱긋 웃어주고는 창공을 올려다보았다.

그곳에는 〈황제〉의 일부 성좌와 도깨비, 그리고 혹부리 왕이 있었다.

[다들 왜 그런 표정이지? 아깐 《서유기》 주인공인 나를 빼놓고 잘도 떠들더니.]

《서유기》의 주인공, 제천대성.

대도깨비 중 하나가 물었다.

[어째서 그대가 나섰지? 그대는 분명 〈황제〉와 약조를 맺었을 텐데.]

[약조는 안 어겼어. 약조 내용이 뭔지나 알고 묻는 건가?]

대도깨비가 말을 채 잇기도 전에 혹부리 왕의 진언이 떨어졌다.

[원숭이 왕! 제정신인가? '구원의 마왕'은 우리 것이다. 이제 그는 이계의 신격이란 말이다. 그것이 신성한 약속이다!]

[그놈은 이제 내 형제야. 그리고…….]

제천대성의 화안금정이 환한 빛을 뿜었다.

[이제, 나도 이계의 신격이거든.]

투전승불의 이계의 신격화로 인해, 손오공의 전신에 혼돈의 기운이 넘실거렸다.

[현재 해당 설화에서 '이계의 신격'의 지분은 35.333%입니다.]

[히든 시나리오 - '약속 증명'이 완료됐습니다!]

[거대 설화의 힘이 움직이고 있습니다!]

[시나리오, '서유기 리메이크'가 최종 페이즈에 돌입합니다!]

(그리고 손오공은 자신의 오랜 동료들을 바라보았다.)

혼란에 빠진 요괴들이 제천대성을 올려다보고 있었다.

그중 대부분은 시나리오의 소모품으로 쓰이던 이계의 신격. 왕을 찾던 그들은 당혹스러워하며 고개를 흔들어댔다.

【왕은왕은왕은왕은】

【어느쪽어느쪽어느쪽어느쪽어느쪽】

요괴들은 새로운 이계의 신격으로 등장한 제천대성 손오공과, 본래 그들이 따르던 '은밀한 모략가' 사이에서 갈팡질팡하고 있었다.

그런 요괴들의 마음을 이해한다는 듯 제천대성이 말했다.

[그동안 고생 많았다, 친구들.]

(아주 긴 이야기를, 그와 함께해온 요괴들이었다.)

[너희가 겪은 시련을 알고 있다. 나는 요괴로 태어났지만 인간의 영향을 받았고, 그들의 사상과 관습을 받아들였다. 그들이 정한 방식으로 정의를 실천했고, 그들이 말하는 도를 쌓았다.]

(때로는 적이었고, 때로는 동료였다.)

[그 결과가 이것이다. 요괴들은 희생되고, 무의미한 깨달음만이 반복된다. 이제 '서유기'는 뻔한 가르침을 설파하고 성운의 영향력을 강화하기 위한 도구가 되었다.]

(하지만 그 모든 것은 결국 설화였고, 무대 위 연극에 지나지 않았다.)

[그 모든 시간을 속죄할 수는 없겠지. 다만 그럼에도 너희가 나를 용서해준다면…….]

(오래된 요괴들의 왕. 한때 천계와 맞서 싸운 그들의 왕이 말하고 있었다.)

[나는 이제 너희를 위해 싸우겠다.]

하나둘 요괴들이 고개를 들었다.

【정말정말정말정말정말정말】

제천대성이 대답했다.

[나의 진명을 걸고 약속한다.]

요괴들이 움직이기 시작했다. 하나둘 모여든 요괴는 열이 되었고, 백이 되었고, 천을 넘었다. 강에 숨어 있던 요괴도, 창공의 구름에 몸을 감추고 있던 요괴도 나타났다.

이윽고 요괴들이 무리를 이루기 시작했다. 오래전, 그들이 모시던 하나의 왕을 받들 듯 무릎을 꿇었다.

[오래된 '거대 설화'가 깨어납니다.]

[잠깐, 멈춰라!]

[그대는 심사위원이다! 심사위원이 진행 설화에 개입할 수는—]

다급히 대도깨비들이 제재에 나섰으나, 이번만큼은 소용이 없었다.

[<스타 스트림>이 95번 메인 시나리오의 개연성을 납득합니다.]

['서유기 리메이크'의 메인 테마가 격변합니다!]

아무리 대도깨비라도 〈스타 스트림〉의 흐름을 거역할 수는 없다.

혹부리 왕도 잠시 사태를 관망하려는 듯 뒤로 물러났다. 어차피 그의 목적은 이계의 신격을 시나리오에 투입하는 것이었으니 손해 볼 것은 없었다.

문제는 저 이계의 신격들을 이끄는 주체가 누구냐는 점이었다.

쿠구구구구구구!

허공의 '그레이트 홀'에서 낙뢰가 이어지더니, 뭔가가 심연을 뚫고 강림하고 있었다.

[저자는……!]

지금껏 나타난 외신들과는 비교도 할 수 없을 만큼의 강대한 격.

제천대성도, 혹부리 왕도, 대도깨비들도, 그곳에 있는 모두가 그 존재의 현현을 지켜보았다.

제천대성이 웃었다.

[드디어 오셨군.]

[성좌, '은밀한 모략가'가 시나리오 지역에 현현했습니다!]

[누군가가 '혼세마왕'의 배역으로 시나리오에 참가했습니다!]

새카만 그림자로 일렁이는 '은밀한 모략가'가 요괴의 배역을 받아 시나리오에 참전한 것이었다. 제대로 된 절차를 밟지 않았기 때문인지 전신이 휘황한 스파크에 둘러싸여 있었다.

제천대성이 물었다.

[이 손 선생을 방해하러 온 건가?]

【그건 그대의 선택에 달려 있겠지.】

[예상대로 음침한 목소리구나, '은밀한 모략가'.]

두 존재가 실제로 만난 것은 이번이 처음이었다.

아주 오랫동안 비형과 비유의 채널에서 김독자를 지켜보던 두 성좌의 대면.

제천대성이 으르렁거리며 말했다.

[간접 메시지로는 점잖은 척 굴더니, 결국 이렇게 본색을 드러내시는군.]

'은밀한 모략가'가 제천대성을 고요히 응시했다.

【그러는 그대는 간접 메시지대로 방정맞군.】

가공할 격을 일으킨 손오공이 여의금고봉을 쥔 채 의기양양하게 외쳤다.

[긴말은 됐고, 왔으면 한판 붙지. 어차피 네놈을 꺾지 않으면 안 되는 상황 같으니까.]

'은밀한 모략가'의 등장과 함께, 주변 요괴들이 크게 동요하고 있었다. 두 절대자 중 어느 쪽을 따라야 할지 망설이는 눈치였다.

요괴들의 왕인 제천대성에게 복종할 것인가.

아니면, 이계의 신격의 왕인 '은밀한 모략가'에게 복종할 것인가.

갑작스러운 두 성좌의 대결 구도에 대도깨비들도, 혹부리 왕도, 허공의 성좌들도 긴장한 모습이었다.

한쪽은 〈스타 스트림〉의 절멸을 꿈꾸는 이계의 신격, 다른 한쪽은 〈스타 스트림〉 최강의 성좌 중 하나.

지금껏 벌어진 적 없던 전장이 열리려 하고 있었다.

투기를 불태운 손오공이 여의봉을 하늘로 높이 치켜드는 순간.

【미안하지만, 그대의 상대는 내가 아니다.】

그 말과 동시에 창공이 갈라지면서 대량의 스파크가 발생했다.

[성운, <황제>의 성좌들이 시나리오에 강림합니다!]

지금까지 넘어온 〈황제〉의 군세와는 차원이 다른 수준의 물량. 반파된 이십팔수 별자리들과 몇 남지 않은 구요성관들.

사해용왕에 이어 무수한 숫자의 신선과 투선들이 시나리오에 현현하고 있었다.

[성좌, '반도원의 주인'이 시나리오에 현현합니다!]

[성좌, '천계지자天界智者'가 시나리오에 현현합니다!]

[수식언을 밝히지 않은 다수의 성좌가 시나리오에 현현합니다!]

그게 전부가 아니었다. 지상과 산악, 하천을 다스리는 신령들과 천궁을 지키는 은하수군까지. 도합 10만에 달하는 어마어마한 군세가 시나리오의 하늘을 덮기 시작했다.

[탁탑천왕에 나타 태자, 이랑진군이라. 그리운 조합이구나. 게다가 천궁의 엉덩이 무거운 노친네들까지…….]

(오래전, 그와 맞서 싸운 천궁의 적수들이 그곳에 있었다.)

[제천대성, 이게 대체 무슨 짓인가?]

페이후와 함께 정희원을 압박하던 나타 태자의 전신에서 아까와는 차원이 다른 수준의 설화가 넘실댔다. 설화방의 일개 배역이 아닌 '나타 태자' 본인으로 등장한 까닭이었다.

[뭔 짓이긴. 이제 시나리오를 끝내려는 거지.]

제천대성이 퉁명스럽게 대답하자 〈황제〉의 성좌들이 반발했다.

[그대 마음대로 끝을 결정할 수는 없다!]

[이런 짓을 하면 약소 성운에 '서유기'가 넘어가게 된다는 걸 모르는 건가?]

[어서 경전을 내놓게!]

제천대성은 자신의 손에 쥐어진 경전을 내려다보다가, 곁의 신유승을 흘끗 돌아보았다. 그러고는 피식 웃었다.

[아, 좀 넘어갈 수도 있지 뭘 그래. 널리 알려지면 좋잖아.]

[약조 위반이다!]

[위반 아냐. 내가 너흴 돕는 건 '네 명의 손오공이 같은 설화를 택할 때까지'였잖아. 그날이 온 것뿐이다.]

제천대성의 진의를 깨달은 〈황제〉의 성좌들이 서로 돌아보았다.

[성운, <황제>가 '긴고아의 죄수'에게 격노합니다!]

성운을 대표해서 나온 것은 이랑진군이었다.

[제천대성, 그게 무슨 뜻인지는 알고 있겠지? 설마 여기서 '천계대전天界大戰'이라도 벌일 셈인가?]

[흠? 그럴 생각은 없었다만. 설마 싸우고 싶은 거냐?]

제천대성의 화신체에서 흘러나오는 어마어마한 기류에, 〈황제〉의 성좌들이 주춤거리며 물러났다.

천계를 휩쓸었던 그의 설화가 시나리오에 풀려나고 있었다.

하지만 이랑진군의 목소리는 여전히 침착했다.

[그대의 강함은 인정한다. 〈황제〉의 누구도 단신으로 그대와 맞서 싸울 수는 없겠지. 하지만 그대는 이 전투에서 이길 수 없다. 설화는 반복되기 때문이다.]

츠츠츠츠츳……!

'부대화'의 싱소가 보이기 시작했나. 실화와 실화가 부딪치며 오래된 시절이 재현되고 있었다.

요괴들의 왕인 제천대성과 〈황제〉의 대전쟁.

제천대성이 말했다.

[확실히 그땐 내가 졌지. 하지만 그건 내가 그저 '제천대성'일 때의 이야기다.]

심상치 않은 기색을 느낀 〈황제〉가 먼저 움직였다.

[놈이 도술을 사용한다! 지금 포박해라!]

[태상노군이시여! 금강탁을……!]

[오라, 매산 육형제여!]

달려드는 천계의 군사들을 보며, 제천대성이 근두운을 불렀다. 새카맣게 하늘을 뒤덮은 먹구름이 손오공의 설화에 맞춰 모여들고 있었다.

[거대 설화, '서유기'가 이야기를 시작합니다!]

제천대성이 입을 열었다.

[내 진명은 손오공.]

「제천대성」

「미후왕」

「필마온」

「투전승불」

그리고

「구원의 마왕」

통천하의 강 위에 폭풍이 몰아치기 시작했다. 내리치는 우레. 그 폭풍우의 중심에서, 제천대성이 주먹을 그러쥐었다.

눈부신 낙뢰가 전장을 휩쓰는 사이, 유중혁이 도착했다.

통천하의 중심에서 성좌들을 우수수 떨어뜨리는 제천대성의 신위는 그야말로 가공할 것이었다.

'김독자는 저 녀석 안에 있는 건가.'

황금빛으로 물든 [현자의 눈] 덕분에, 유중혁은 쉽게 김독자의 생사를 확인했다. 다행히 김독자는 무사한 듯했다. 거기다 대체 어떻게 한 것인지는 모르겠지만, 저 강력한 '제천대성'이 직접 현현하여 자신의 힘을 실어주고 있었다.

멀찍이 떨어진 곳에 정희원과 신유승의 모습이 보였다. 요괴와 성좌의 대격전에 끼어 몸을 사리고 있었는데, 실로 현명한 판단이었다.

이길영과 이지혜, 장하영은 아직 도착하지 않은 듯했다.

'슬슬 시나리오를 끝내야 한다.'

이미 그들의 설화방은 랭킹 1위를 달성했고, 경전은 삼장 역할인 신유승에게 넘어왔다.

[현재 《은퇴한 SSSSS급 손오공이 되었다》 설화방이 '경전'을 획득한 상황입니다.]

[경전을 1시간 동안 수호하면 시나리오는 자동 종료됩니다.]

[현재 시나리오 종료까지 54분 남았습니다.]

심지어 시나리오 종료 페이즈까지 발동한 상황. 이제 시간만 끌어도 '서유기'의 거대 설화는 〈김독자 컴퍼니〉 것이 된다.

다만 거슬리는 것이 있다면, 창공의 중심에서 전장을 응시하는 저 존재였다.

'은밀한 모략가.'

녀석은 전장에 참가하지 않은 채 제천대성과 〈황제〉의 싸움을 지켜보고 있었다. 무슨 의도인지는 짐작이 갔다. 제천대성의 힘이 빠질 때를 기다렸다가 습격하려는 속셈이겠지.

현현한 '은밀한 모략가'의 위세는 일전과 같지 않았다.

—개연성을 많이 소모했군. 그는 이번 회차에 지나치게 많은 투자를 했다.

그 말을 한 것은 유중혁 [999]였다. 대체 언제부터였는지 유중혁의 어깨에 올라타 있었다.

유중혁은 무심한 눈으로 [999]를 일별하더니 조용히 흑천마도를 뽑았다.

"놈을 죽일 기회라는 뜻이지."

'은밀한 모략가'가 정확히 이쪽을 응시한 것은 그때였다.

그저 시선이 마주친 것만으로 유중혁은 굳어버렸다.

[설화, '이적에 맞서는 자'가 몸을 움츠립니다.]

[설화, '재앙의 왕을 사냥한 자'가 전투를 거부합니다.]

그의 설화들이 공포에 떨었다.

약화된 게 저런 상태란 말인가.

흘러나온 패배의 기억이 그를 지배하고 있었다.

어쩌면 그날 부러진 것은 흑천마도만이 아닌지도 모른다.

[999]가 말했다.

—두려운 모양이군.

인정하기 싫지만 사실이었다.

—확실히, 지금의 네놈은 '위대한 모략'을 이길 수 없다.

자신이 가진 그 어떤 역사를 걸어도 넘을 수 없는 절망.

유중혁은 그때 압도적인 시간의 벽을 보았다. 노력으로 극복할 수 있는 것이 아니었다.

—하지만, 방법이 아주 없는 건 아니지.

"뭐?"

유중혁의 어깨에서 뛰어내린 [999]의 외형이 변하기 시작했다.

무림만두가 유중혁의 모습으로 변하고 있었다. 순식간에 키가 자라난 [999]는, 정확히 유중혁과 똑같은 모습이 되었다.

스멀거리며 흘러나오는 초월좌 특유의 격.

등을 돌린 또 다른 자신을 보며, 유중혁은 그가 누구인지 절감했다.

999회차의 유중혁.

검은 코트를 흩날리며, [999]가 말했다.

"기억해내라. 진짜 네가 누구인지. 네가 무엇을 위해 여기까지 왔는지 말이다."

천천히 품속의 검을 뽑는 [999].

놀랍게도 그가 뽑은 검은 진천패도가 아니었다.

흑천마도.

3회차의 유중혁이 가진 것과 정확히 같은 병기.

[999]가 말했다.

"999회차의 전투를 네게 보여주마."

5

누구나 한 번쯤 손오공의 이야기를 읽는다.

내 경우 '손오공'이라는 이름을 들으면 제일 먼저 떠오르는 것은 멸살법의 묘사였다.

「하늘을 부수는 여의금고봉.」

「홀로 하나의 성운을 상대할 수 있는 '신외신'의 술법.」

「세계의 별들을 추락시킬 뇌운雷雲.」

멸살법 최강의 성좌 중 하나인 제천대성 손오공.

[거대 설화, '서유기'가 이야기를 계속합니다!]

지금 나는 그 손오공이 된 상태였다.

쿠구구구구.

손오공의 주먹이 창공의 한 점을 가리킬 때마다 〈황제〉의 별들이 우수수 떨어졌다.

그 압도적인 힘을 1인칭 시점에서 목도하게 되니 나도 모르게 숨이 막혔다. 제천대성이 강하다는 것은 알았지만, 이 정도일 줄은 생각도 하지 못했다.

'막내야, 뭘 시시덕대는 거냐.'

머릿속으로 미후왕의 목소리가 들려왔다.

아무래도 나를 비롯한 다섯 명의 손오공은 제천대성의 깽판을 실시간으로 지켜볼 수 있는 모양이었다.

'형님들의 강함에 놀랐느냐?'

'솔직히 감탄했습니다.'

콰콰콰콰콰콰!

[크아아아악!]

방금 날아간 저 거인은 설화급 성좌다.

아니, 뇌전 한 방에 설화급이 날아가버리는 게 말이 되냐고.

미후왕이 조소하듯 말했다.

'흥, 거령신인가? 겨우 설화급 따위가 우리와 맞붙겠다고 나선 게 잘못이다.'

''긴고아의 죄수'도 설화급 아닙니까?'

그 말에 대답한 것은 필마온이었다.

'우리가 각각 혼자라면 그렇겠지. 이제 우리가 어떤 존재인지 알지 않느냐?'

맞다. 이제야 나도 확실히 실감이 났다.

'서유기'의 주인공인 손오공은 네 명의 손오공으로 이루어져 있다.

수렴동을 지배하던 원숭이 왕 '미후왕'.

도술의 힘을 인정받아 옥황에게 관직을 받은 '필마온'.

자신을 능멸한 천계와 맞붙은 '제천대성'.

그리고…… '서유기'의 여정을 통해 깨달음을 얻은 '투전승불'까지.

그 모든 '손오공'의 설화가 하나로 모였을 때, 진정한 손오공의 힘이 발현되는 것이다.

필마온이 중얼거렸다.

'대성 녀석, 아주 신났군. 이렇게 날뛰어보는 것도 오랜만이겠지.'

실제로 제천대성은 아주 즐거워 보였다.

[천계도 많이 약해졌구나! 고작 이 정도밖에 안 되는 것이냐?]

십여 합도 채 견디내지 못하고 나가떨어진 설화급 성좌들이 그대로 통천하의 강물에 처박혔다.

[쳐라!]

하지만 〈황제〉의 군세는 여전히 강대했다.

〈스타 스트림〉에서 가장 많은 숫자의 별을 보유한 성운.

이 정도 타격으로는 끄떡도 없는 것이 당연했다.

하지만 제천대성의 설화도 이제 시작이었다.

【오오오오오오오오!】

이계의 신격들이 일제히 포효함과 동시에, 하늘의 뇌전이 손오공의 여의봉에 떨어졌다. 황금의 격류가 폭발하더니 손오공이 그대로 자신의 여의봉을 천공으로 내던졌다. 여의봉의 뇌격이 흉포한 기세로 천공을 불태우며 돌진했다. 어마어마한 광풍이 밀어닥쳤다.

비산한 물보라가 마침내 가라앉았을 때, 물에 빠진 생쥐처럼 젖은 성좌 하나가 중얼거렸다.

[이, 이게 무슨……]

하늘의 한쪽 방위가 비어 있었다.

그 일격에 밀려들던 수천의 신령이 한꺼번에 전멸해버린 것이다.

[이것이 제천대성이란 말인가.]

하지만 그 위압적인 광경에도, 〈황제〉의 기세는 줄어들지 않았다.

[두려워할 것 없다! 놈의 설화에도 한계는 있다!]

[밀어붙여라! 어차피 놈은 혼자다!]

순식간에 늘어난 신령들이 다시 빈자리를 채웠다.

이것이 〈황제〉의 전쟁. 소름이 돋았다. 아무리 이쪽이 강하다고 해도, 저쪽의 물량에는 끝이 없었다. 이대로라면 먼저 지치는 것은…….

'흥, 벌써부터 기죽을 것 없다. 아직 그놈의 힘은 사용하지 않았으니까.'

'그놈이요?'

'투전승불 말이다.'

투전승불.

그러고 보니 아까 나를 대신해 이계의 신격화 페널티를 감수한 게 바로 그였다.

'그분은 괜찮으신 겁니까?'

'넷째는 괜찮다. 고집멸도苦集滅道를 깨달은 녀석에게 속세의 기억 따윈 무의미해. 모든 것이 곧 공空이니까.'

그러자 필마온이 태클을 걸었다.

'언제부터 투전승불이 넷째가 된 거지?'

'그놈이 순서상 네 번째로 등장했으니까 넷째지. 당연히 연대로 따지는 게 정상 아니겠느냐?'

'그딴 식이라면…….'

'물론, 손오공의 시작은 나니까 당연히 내가 첫째다. 축하한다. 네놈은 유명세도 약한 주제에 둘째구나.'

'멍청한 원숭이답게 제 얼굴에 침을 뱉고 있군. 동굴의 원숭이 왕 따윌 누가 기억이나 해줄 것 같나?'

'마구간 똥이나 치우던 네놈보다야 낫지.'

두 손오공의 말다툼 때문일까, 제천대성의 설화 구성이 일순간 흔들리더니 불의의 일격을 당하고 말았다.

본체가 크게 흔들리자 제천대성이 기어코 짜증을 냈다.

[모두 닥쳐라! 집중이 안 되잖아!]

의기양양하게 한마디를 덧붙이는 것도 잊지 않았다.

[당연히 제일 유명한 내가 첫째다!]

미후왕과 필마온이 동시에 불만을 터뜨렸다.

까마득하게 몰려오는 별들의 파도에 맞서, 제천대성이 처음으로 수세를 취했다.

여기서 밀리면 이번 전쟁에서는 이길 수 없다. 그걸 알았는지 미후왕과 필마온도 사담을 멈추고 집중하기 시작했다.

쾅! 콰앙! 콰아앙!

전장의 한쪽 구석이 무너지면서 거대한 전함이 등장한 것은 그때였다.

"아저씨! 내가 간다—!"

〈황제〉의 배를 부수며 진격해 오는 이지혜가 그곳에 있었다. 홀로 싸우는 손오공을 지원하기 위해 〈김독자 컴퍼니〉의 일행들이 움직이기 시작한 것이다.

그뿐만이 아니었다.

[성좌, '금신나한'이 시나리오에 현현합니다!]

제천대성의 진짜 동료도 하나둘 시나리오에 끼기 시작했다.

허공에 화신체로 현현한 '금신나한' 사오정이 이지혜를 내려다보며 흐뭇하게 웃었다.

[그대가 내 역할을 수행한 자인가?]

"뭐야 이 괴물은?"

[성좌, '정단사자'가 시나리오에 현현합니다!]

이어서 나타난 것은 상보심금파의 주인이었다. 출렁이는 뱃살 아래

거적을 펄럭이며 저팔계가 외쳤다.

[패왕 저팔계 유중혁은 어디에 있느냐! 하하하! 마음에 들었다, 나의 배역이여!]

아무래도 '정단사자'는 유중혁에게 꽂혀버린 모양이었다.

현현한 저팔계와 사오정을 향해 제천대성이 고개를 끄덕여 보였다.

[왔는가, 사제들. 너무 늦었구만.]

[딱히 사형을 도와주러 온 것은 아니요. 내 배역 녀석이 궁금해서 왔을 뿐이니 오해는 마시게.]

새침데기 같은 변명을 구구절절 늘어놓는 저팔계, 그리고 어쩐지 상처받은 표정의 사오정이 손오공의 곁에 섰다.

항요보장과 상보심금파가 여의봉의 곁에서 격을 내뿜자, 비로소 '서유기'의 삼인방이 모였다는 것이 실감이 났다.

[거대 설화, '서유기'가 본래의 격을 회복하고 있습니다!]

이에 긴장한 〈황제〉의 성좌들이 고래고래 소리를 질렀다.

[심사위원들이여, 지금 제천대성의 편에 서겠다는 것인가?]

[그들뿐만이 아니다.]

'서유기' 삼인방의 배후에 여섯 인형人形이 서 있었다. 원숭이를 닮은 요괴도 있었다. 상어나 사자, 대붕을 닮은 자도 있었다.

나는 그들이 누구인지 곧장 깨달았다.

복해대성 교마왕覆海大聖 蛟魔王.

혼천대성 붕마왕混天大聖 鵬魔王.

이산대성 사타왕移山大聖 獅駝王.

통풍대성 미후왕通風大聖 獼猴王.

구신대성 우융왕驅神大聖 禺狨王.

그리고 마지막 한 사람은 요괴가 아니라 정희원이었다.

"이거 재밌게 됐네."

평천대성平天大聖 우마왕의 가호와 함께, 그의 배역을 맡은 정희원의 격이 급격하게 상승하고 있었다.

[우리도 함께다, 제천대성.]

제천대성과 함께 천계대전을 치른 칠대성七大聖이 한자리에 모이는 순간이었다.

《서유기》 본편에서는 크게 주목받지 못하여 존재감이 크지 않았던 요괴들. 그들 또한 자신의 비통함을 풀기 위해 이 자리에 나타난 것이다.

[하필 내 별명도 '미후왕'이어서 억울했지. 그 한을 오늘 풀어주마!]

칠대성이 함께 전장에 뛰어들자 분위기는 급변했다. 그때까지 미적거리며 '은밀한 모략가'의 눈치를 보던 이계의 신격들도 함께 싸우기 시작했다.

전황을 지켜보던 미후왕이 중얼거렸다.

"그 패왕 저팔계란 놈은 어디로 갔지?"

그러고 보니 유중혁이 보이지 않았다.

녀석이라면 분명 이십팔수 별자리와 싸우고 있었는데…….

순간 불길한 예감이 들었다.

허공에서 시나리오의 최후를 지켜보는 흑부리 왕과 대도깨비들이 보였다.

[가라! 물러서지 말고 싸워! 결국 최후에 승리하는 것은 〈황제〉다!]

〈황제〉의 성좌들이 우렁찬 포효와 함께 진군해 왔다.

제일 선두에서 앞장선 것은 천궁의 사대천왕이었다.

동쪽의 지국천왕持國天王.

남쪽의 증장천왕增長天王.

서쪽의 광목천왕廣目天王.

북쪽의 다문천왕多聞天王.

거기에 탁탑천왕과 나타 태자까지. 저쪽도 이제 필사적인 모양이었다.

서왕모와 금강탁의 주인인 태상노군. 거기다 태백금성…… 이름만 들어도 알 법한 성좌들이 모조리 강림해 자신의 설화를 풀어놓고 있었다.

바야흐로 천계대전이 재현되는 순간이었다.

[성운, <황제>가 자신의 거대 설화들을 개방합니다!]

이것이 '거대 성운'의 힘.

그럼에도 제천대성은 물러서지 않았다.

[다수의 관객이 갑작스러운 구경거리에 입을 다물지 못합니다.]

[성좌, '심연의 흑염룡'이 여기서 지면 '긴고아의 죄수'는 자신의 라이벌이 아니라고 선언합니다.]

[성좌, '악마 같은 불의 심판자'가 '긴고아의 죄수'를 응원합니다!]

[성좌, '고려제일검'이 '긴고아의 죄수'의 무위에 경의를 표합니다.]

제일 먼저 지국천왕이 꺾였고, 그다음은 증장천왕이 무릎을 꿇었다.

여의봉이 향하는 곳마다 천궁의 군세가 무너지고 있었다.

입신入神의 무공.

이것이 바로 최강의 성좌, 손오공의 힘이었다.

그런 제천대성을 처음으로 멈춰 세운 것은, 어디선가 들려온 불경 소리였다.

ㅊㅊㅊㅊㅊ…….

나도 모르게 신음이 흘러나왔다.

괴로운 것은 나뿐만이 아닌 모양이었다. 미후왕도 필마온도 한껏 짜증이 난 목소리였다.

'이런 망할……!'

'그 땡중이다.'

제천대성의 머리를 조여오는 긴고아.

한쪽 손으로 자신의 관자놀이를 짚은 제천대성이 경고하듯 말했다.

[관세음보살. 방해하지 마시오!]

그 말과 함께 구름 사이로 연화대가 나타났다.

관세음보살은 연화대의 중심에 가부좌를 틀고 앉아 있었다.

[오공. 지난 일들은 모두 잊은 것이냐?]

[뭘 말이오!]

[그만두어라. 이것은 옳지 못하다.]

[싫다면?]

[지금껏 내게 도움을 받지 않았느냐. 그걸 봐서라도 이만 물러날 수 없겠느냐?]

[당신의 도움?]

제천대성의 눈썹이 크게 휘었다.

[그 잘난 도움 덕에 고생만 잔뜩 했지.]

밀려온 울화를 풀어내듯 제천대성이 외쳤다.

[우리가 겪은 수많은 역경은 당신의 관음觀淫에서 비롯됐다!]

관세음보살觀世音菩薩. 세상의 모든 소리를 들어 알 수 있는 자.

제천대성의 기억이 흐르고 있었다.

「"불문에서는 구구 팔십일의 수효를 모두 채워야 귀진歸眞할 수 있다. 그들은 아직 '팔십 번의 재난'을 겪었을 뿐 아직 한 차례가 모자라다. 오방 게체들은 그들을 좇아가 마지막 재난을 일으키도록 하라!"」

'서유기' 최후의 재난.

그것을 일으킨 것은, 다름 아닌 저 관세음보살이었다.

[음마의 무리를 일으키고, 요괴들을 선동하고, 세상에 재앙을 가져온 것도 모두 당신과 〈황제〉였다!]

[모두 필요한 역경이었다. 그만 진정하거라.]

제천대성이 흥분하자, 관세음보살이 다시 긴고주를 외기 시작했다.

[그런 긴고주로 나를 막을 수 있을 것 같은가?]

파츠츠츠츠츳!

제천대성이 일으킨 격에 긴고주의 힘이 흩어졌다.

놀란 관세음보살이 연화대와 함께 물러서며 중얼거렸다.

[그의 힘이 너무 강해졌군. 나 혼자서는 무리겠어.]

탁탑천왕이 입술을 깨물었다.

[장기전으로 가면 이길 수는 있겠지만…….]

이제 시나리오 종료까지 남은 시간은 삼십 분도 채 되지 않는다.

장기전에서 이기더라도 시나리오에서 패배하면 아무 소용도 없다는 것을 그들도 알고 있었다.

[부처! 부처는 어디에 있는가!]

결국 〈황제〉의 마지막 선택은 정해져 있었다.

[「다섯 개의 기둥」만 있으면 된다! 그 설화만 있다면 저 원숭이 놈을 잡는 것 따윈 아무런 문제가 없다!]

「다섯 개의 기둥」이란 부처의 다섯 손가락을 뜻하는 말이었다.

아무리 날고 기는 손오공이라도, 부처의 손바닥에 제압당한 설화가 존재하는 한 '무대화'의 영향력을 피해 갈 수 없다.

그리고 지금 이 세계에는 부처의 분체 중 하나인 석존이 있었다.

그때, 곁에 있던 나타 태자가 속삭였다.

[잊으셨습니까? 석존은 지난 '성마대전' 때 행방불명됐습니다. 환생자들의 섬을 봉인하며 사멸한 게 아닐까 싶습니다.]

[석존이 죽었다고? 그럼 저놈을 제압할 방법은……!]

[걱정 마십시오. 우리에겐 그의 후계가 있습니다.]

그 말과 함께, 〈황제〉의 군세가 갈라졌다.

[오시게, 석가의 후계여!]

갈라진 군세 사이로 〈황제〉의 최상위 격 성좌들이 걸어오고 있었다. 하나하나가 〈올림포스〉 12신에 못지않을 정도로 강력한 존재들.

그리고 그 중심을 걷는 하늘하늘한 법복을 보며, 나는 조용히 동요했다.

「유상아가 그곳에 있었다.」

석존과의 약속으로 환생한 유상아. 결국 그녀는 석존의 후예가 되어 윤회의 고리를 통해 다시 태어난 것이다.

'제천대성?'

제천대성의 몸이 굳어졌다. 그의 내부에서 엄청난 감정의 격류가 느껴졌다.

미후왕과 필마온의 목소리가 들려왔다.

'그렇군. 그래서 저 여자를 처음 봤을 때…….'

'설마 저 화신체였단 말인가.'

순간, 제천대성의 기억이 머릿속으로 밀려들었다. 까마득한 '서유기'의 여정이 순식간에 축약되고 있었다.

그 순간 나는 깨달았다. 유상아는 단순히 석존의 후예로 환생한 것이 아니었다. 그녀의 화신체는 매우 특별한 이의 것이었다.

「"삼장이여."」

삼장법사三藏法師.

이 세계에서 가장 긴고주에 정통한 존재이자, 그저 말 한마디로 손오공을 통제할 수 있는 유일한 존재.

〈황제〉의 성좌들이 외쳤다.

[어서 놈을 제압하게! 석가의 후계여!]

성큼성큼 다가온 유상아의 모습을 보면서도, 제천대성은 전혀 움직일 생각을 하지 않았다. 마치 오래된 추억에 잠기기라도 한 것처럼.

'제천대성! 어서 움직여라! 뭘 하는 거냐!'

'이대로면 당한다!'

그 말을 듣고 있자니 나 역시 조금 불안해졌다.

지금 눈앞의 유상아는 정말 내가 아는 유상아일까.

환생한 신유승이 자신의 기억을 잃었듯, 만약 유상아도 그런 거라면.

내가 알던 존재와는 전혀 다른 존재가 된 거라면.

천천히 뻗은 유상아의 손이 손오공의 긴고아에 닿았다.

[무척 아파 보이네요.]

그녀의 맑은 목소리를 듣는 순간, 나는 깨달았다.

이 사람은 내가 아는 사람이다.

삼장법사도, 석가의 후예도 아닌, 내가 가장 믿을 수 있는 동료 유상아다.

[이건 이제 당신보다 더 어울리는 사람이 있어요.]

천천히 움직인 그녀의 손이, 손오공의 긴고아를 벗겼다.

제천대성의 머리를 옥죄던 긴고아가 너무도 허무하게 바닥으로 떨어졌다.

미후왕도, 필마온도, 제천대성도. 모두 믿을 수 없다는 듯 그녀를 내려다보았다.

〈황제〉의 성좌들이 대경하며 달려들었으나 이미 늦었다.

쏟아지는 성좌들의 고함 속에서 가장 오래된 감옥의 죄수가 비로소 해방되고 있었다.

[성좌, '긴고아의 죄수'의 각성 조건이 충족됐습니다.]

['투전승불'의 설화가 해금됩니다.]

[성좌, '긴고아의 죄수'의 수식언이 진화합니다!]

휘황한 빛살 속에서 '긴고아의 죄수'가 천천히 눈을 떴다.

[성좌, '가장 오래된 해방자'가 봉인에서 깨어났습니다.]

6

봉인에서 깨어난 제천대성은 그야말로 야차에 가까웠다.

[성좌, '심연의 흑염룡'이 경악합니다.]

[성좌, '악마 같은 불의 심판자'가 멍하니 전장을 응시합니다.]

[성좌, '해역의 경계를 긋는 창'이 눈을 부릅뜹니다.]

[성좌, '흙으로 사람을 빚은 대모신'이 눈을 떼지 못합니다.]

최상위 격 설화급 성좌는 물론이거니와, 신화급 성좌까지도 주목할 수밖에 없는 힘.

신외신 술법을 통해 수백, 수천으로 불어난 손오공의 분신이 성운의 대군을 무찔렀다. 주먹에서 날아간 우레에 일대의 위인급 성좌가 멸절당했고, 휘두른 여의봉에 십여 개체의 설화급 성좌가 추락했다.

통천하 전체가 제천대성의 힘을 도저히 감당하지 못하고 울부짖었다.

콰아아아아아!

이것이 바로 장대한 '서유기'의 결말을 완성한 손오공의 힘이었다.

전신에서 쉴 새 없이 스파크가 튀었다. 이곳은 그의 설화 영역인 '서유기'인데도 〈스타 스트림〉이 그의 힘을 억제하고 있었다.

어긋난 개연성은 손오공들과 내게 고스란히 돌아왔고, 그로 인해 나는 거의 미쳐버릴 지경이었다.

[과도한 개연성의 뒤틀림이 당신의 정신을 침식합니다!]

'막내가 감당하긴 힘들어 보이는군.'

'내보낸다.'

[네 명의 손오공이 '구원의 마왕'을 분리하는 것에 동의했습니다.]

출아出芽하듯 자라난 내 몸이 허공에서 추락하기 시작했다.

웨에에엑— 하고 올라오는 헛구역질과 함께 정신을 차렸을 때, 나는 통천하의 부유물 위에 늘어져 있었다.

창공에서는 조금 전까지 내가 들어 있던 손오공이 〈황제〉의 성좌들을 상대로 난투극을 벌이고 있었다.

"아저씨!"

어디선가 들려온 목소리. 이어서 크고 작은 인형 같은 것들이 내 품으로 부딪쳐 왔다.

[바앗! 바아아아앗!]

힘겹게 상체를 일으키자, 내게 매달린 신유승과 비유가 보였다. 요괴들의 피와 살점으로 더럽혀진 내 팔을 껴안은 채 신유승이 울고 있었다. 나는 피 묻은 손을 외투에 닦은 뒤 아이를 조심스레 안아주었다.

[제4의 벽]이 있지만 순간적으로 밀려오는 감정을 주체할 수 없었다.

돌아왔다. 다시 돌아온 것이다.

"독자 씨."

고개를 들자, 새하얀 법복을 입은 유상아가 그곳에 있었다.

삼장의 화신체로 부활한 유상아.

화신체가 달라졌음에도, 그녀의 외형은 내가 아는 유상아 그대로였다.

나는 그녀를 향해 힘겹게 웃었다.

"돌아오셨군요."

"내가 없는 사이 독자 씨가 한 일들, 잘 봤어요."

나도 모르게 흠칫 어깨가 떨렸다.

혼나려나 싶었는데, 유상아는 인자하게 웃었다.

"힘들었죠?"

뭐라고 답하기도 전에 유상아가 말했다.

"그럼 조금만 더 힘들어봐요."

응?

입을 열려는 찰나, 살포시 손을 뻗은 유상아가 내 머리에 뭔가를 씌웠다.

[당신은 '긴고아'의 주인이 됐습니다.]

['긴고아'의 효과로 당신에게 새로운 수식언이 발생합니다.]

[당신은 '긴고아의 죄수'가 됐습니다!]

나는 눈앞에서 일어난 믿을 수 없는 상황에 입을 다물지 못했다.

"흐음, 이걸 어떻게 할까."

내 이마에 대고 손가락을 까딱거리는 유상아의 모습에 희미한 공포를 느꼈다.

긴고아의 고통이 어떤지는 잘 알고 있었다.

나는 재빨리 입을 열었다.

"제, 제가 잘못한 일에 대해서는 잘 압니다. 하지만 조금 나중에, 제대로 말씀드려도 되겠습니까? 지금은……."

"지금은 저쪽이 우선이겠죠."

나는 고개를 끄덕였다.

돌아본 곳의 하늘에 '그레이트 홀'이 일렁이고 있었다.

그리고 그 중심에서, 일생일대의 격전을 벌이는 두 명의 유중혁이 있었다.

흑천마도를 쥔 유중혁 [999]가 초월좌의 격을 흩뿌리며 천공으로 도약했다.

그리고 그곳에, 그를 기다리는 모든 유중혁의 '왕'이 있었다.

【결국 그런 선택을 한 것인가.】

이 우주에서 가장 오래된 유중혁.

1,863번의 회귀를 뚫고, 마침내 자신의 결을 본 유중혁.

[999]는 그런 '은밀한 모략가'를 마주 보며 오래된 자신의 기억을 떠올렸다.

■■.

모든 존재에게 단 한 번만 찾아오는 끝.

[999]에게도 그만의 결말이 있었다. '은밀한 모략가'가 본 '결'과는 다르지만, 그 역시 그 편린을 목격한 존재였다.

999회차는 그 어떤 회차와도 달랐다.

한 사람이 천 번의 삶을 산다는 것이 어떤 의미인지 대부분의 인간은 이해하지 못한다. 하지만 [999]는 천 번의 삶을 살았고, 앞으로도 다시 그만한 세월을 살 수 있는 존재였다. 그랬기에 그는

「"……이번 회차는 너희를 위해 살겠다."」

자신의 999회차를 그의 일행들을 위해 바쳤다.

「"대장, 날 버려! 그냥 꺼지라고!"」

38번 시나리오에서 이지혜를 구하기 위해 자신의 왼팔을 잃었고.

「"중혁 씨! 안 됩니다! 중혁 씨!"」

55번 시나리오에서 이현성을 위해 오른쪽 다리를 잃었다.

「"왜, 왜 나 같은 걸 위해서……."」

74번 시나리오에서 신유승을 각성시키기 위해 자신의 두 눈을 희생했다.

「"너희도 그랬으니까. 그뿐이다."」

지난 생에 대한 속죄였는지, 아니면 천 번의 삶에 한 번쯤 찾아오는 변덕이었는지는 모른다.

다만 999회차의 유중혁은 진심으로 그렇게 살았다.

그는 처음으로 '결말'을 보고 싶다는 생각을 포기했다. 그 대신 바란 것은

「"나는 너희가 이 세계의 끝을 보길 바란다."」

자신이 아니라도 좋으니, 단 한 사람이라도 〈스타 스트림〉의 끝을 보는 것.

999회차의 유중혁은 그것을 위해 자신의 기억과 영혼까지 바쳤다.

일행들이 강해질 수 있다면 '이계의 언약'조차 망설이지 않았다.

그렇게 자신의 모든 것을 다 바친 끝에.

「"대장, 이제 곧 마지막 시나리오야."」

아주 작은 기적이 일어났다.

「"조금만, 조금만 더 가면 됩니다! 중혁 씨!"」

그는 이제 혼자 힘으로는 걸을 수 없었다. 검을 휘두를 손이 없고, 세계를 볼 눈도 없으며, 혈류가 모두 뒤틀려 스킬을 발동할 수도 없는 몸이었다.

하지만 그의 희생을 대가로, 일행들은 최종 시나리오의 근처까지 갈 수 있었다.

「"정신 차리세요, 제발. 제발!"」

하지만 끝내 그는 시나리오의 끝을 볼 수 없었다. 마지막 시나리오를 앞두고 '이계의 언약'이 그의 목숨을 거둬간 까닭이었다.

[999]를 보며 '은밀한 모략가'가 말했다.

【999회차의 유중혁이여. 나는 네 삶을 존중한다. 나를 제외하고 유일하게 '결'의 근처까지 갔던 존재니까.】

조용히 흑천마도를 겨누는 [999]. 그런 [999]를 향해, '은밀한 모략가'의 전신에서 다른 유중혁들의 아우성이 터져나왔다.

—진심인가?

—정말로 위대한 모략에게 대적할 셈이냐?

—정신 차려라, [999]!

【하지만 너는 내 일부다. 네가 아무리 많은 역사를 끌어다 써도, 결코 나를 이길 수는 없다.】

"네가 나라면 잘 알 텐데. 나를 설득할 수 없다는 것도."

【네가 겪은 삶은 나의 절반에 불과하다. 그나마 기억도 온전치 않지. 그런데도 나와 대적하겠다는 것인가?】

[999]는 대답하지 않고 자신의 기세를 키웠다.

그런 그에게서 뭔가 읽었는지, '은밀한 모략가'의 태세가 변했다.

【네가 진심이라면.】

뭉게뭉게 피어오른 검은 연기가 '은밀한 모략가'의 외피를 형성하기 시작했다. 연기 속에서 한 사내의 형상이 빚어졌다.

이 우주에서 가장 고독한 왕.

하얀 코트를 입은 1,863회차의 유중혁이 그곳에 있었다.

【나 역시 하찮은 연기를 할 필요는 없겠지.】

그 말과 함께 '은밀한 모략가'가 코트를 벗어 던졌다. 흰 코트가 바람에 흩날려 통천하의 강에 떨어졌다.

새카만 어둠이 어깨에 걸쳐진다 싶더니, 어느새 검정색 코트가 그의 전신을 덮고 있었다.

처음부터 끝까지 그와 1,863번의 회귀를 함께해온 코트.

'은밀한 모략가'의 손에서 진천패도가 불길한 아우라를 뿜었다.

그와 동시에 두 유중혁의 몸이 허공에서 사라졌다.

두 개의 검이 부딪치는 무수한 파찰음만이 그곳의 격전을 알려줄 따름이었다. 흉포한 격의 충돌에 연이어 터지는 스파크가 하늘을 새파란 빛으로 물들였다.

난데없이 벌어진 대결에 줄곧 제천대성에 주목하던 관객들의 시선이 돌아오고 있었다. 그리고 유중혁 또한 통천하의 강 위에서 그 결투를 올려다보고 있었다.

999회차와 1,863회차의 대결.

불끈 쥔 주먹이 떨리며 힘이 들어갔다.

어느 쪽도, 지금의 그가 맞서기에는 벅찬 상대였다.

착실하게 생을 쌓았다면 언젠가는 도달했을 경지.

유중혁은 눈을 부릅뜬 채 시선을 고정했다. [999]와 '은밀한 모략가'의 모든 것을 흡수하려는 것처럼 그들의 설화를 읽고 또 읽었다.

[설화, '영원불멸의 지옥도'가 이야기를 시작합니다!]

아득한 설화의 지옥도. 그 지옥도의 절반을 걸어온 유중혁과 지옥도의 끝을 본 유중혁이 부딪치고 있었다.

두 개의 [파천검도]가 유성처럼 궤적을 그렸다. 하나는 진천패도. 그리고 다른 하나는 흑천마도. 두 자루의 검이 초신성처럼 환하게 불타올랐다.

【그러고 보니 넌 진천패도를 주력으로 쓰지 않았지.】

[999]회차에서 그의 진천패도를 물려받은 사람은 이지혜였다.

'은밀한 모략가'가 펼친 파천유성결이 [999]의 전신을 꿰뚫고 지나갔다.

【겨우 그런 검술로는 나를 이길 수 없다.】

"그럴지도 모르지. 하지만."

순식간에 상처투성이가 된 [999]는 물러서지 않고 검을 쥐었다.

'은밀한 모략가'의 눈동자가 흔들렸다. 아주 잠깐 사라진 [999]가 어느새 그의 코앞에 있었다.

그것은 [파천검도]가 아니었다.

순살.

"적어도 내가 살아온 역사를 보여줄 수는 있겠지."

그것은 이지혜의 기술이었다.

【겨우 이런—】

간발의 차이로 튕겨나간 흑천마도가 유연하게 [검도]의 곡선을 그렸다.

츠츠츠츠츳!

[999]의 눈에서 [귀살]의 빛이 번뜩였다.

999회차의 이지혜가 살아온 삶이 [999]의 손끝에서 펼쳐지고 있었다. 이현성처럼 단단한 발차기. 이설화처럼 날카로운 조법爪法. 신유승의 타고난 김용력과 김남운의 전투 센스까지.

[999]가 몸으로 느낀 역사가 그를 통해 이야기하고 있었나.

그 순간 [999]는 혼자가 아니었다.

그가 살려낸 모든 동료의 기술이 그의 몸을 통해 재현되고 있었다. [검도]가 [파천검도]를 부쉈고, [흑화]와 [귀살]의 콤보가 [주작신보]의 빈틈을 파고들었다.

그렇게 이설화의 [천령독]이 '은밀한 모략가'의 심장을 노리는 순간.

【잡기 따위로.】

[거대 설화, '고독한 멸망의 순례자'가 이야기를 시작합니다!]

[999]의 설화가 무너지고 있었다. 이현성의 방어가 무너지고, 이설화의 손톱이 부러졌다. 김남운과 이지혜가 쓰러졌고, 신유승이 무릎을 꿇었다.

충격을 이기지 못한 흑천마도가 그의 손을 떠나 통천하의 강으로 떨어졌다.

[999]는 언제나처럼 혼자 남았다.

【[999]. 너는 실패했다.】

한 사람이 살아낸 아득한 생 앞에, 모든 동료의 삶이 부서졌다.

[999]는 고개를 끄덕였다. 그러나 절망하지 않았다.

"하지만 어떤 우주에서는 다를지도 모르지."

[999]의 시선이 통천하의 전장을 내려다보았다.

제천대성과 〈김독자 컴퍼니〉가 만든 전장.

이제껏 한 번도 벌어지지 않았던 우주의 사건들.

【너까지 이런 곳에서 실없는 희망을 본 모양이군.】

"남 얘기처럼 말하는군, 위대한 모략."

[999]는 비틀거리면서도 말을 이었다.

"우리는 실패했다. 어떤 일행도 살리지 못했고, 혼자서 결을 보았지. 그게 정말 우리가 원하던 끝이었나?"

【헛된 감상이군.】

"이 우주는 다르다."

【애초에 있어서는 안 되는 우주였다.】

차가운 목소리와 함께 '은밀한 모략가'의 신형이 움직였다.

【결과가 원인에 간섭해 만들어진 우주다. 존재 자체로 개연성의 붕괴를 초래하는 우주다. 결코 존재해서는 안 되는, '가장 오래된 꿈'의 장난―】

"위대한 모략이여, 실은 알고 있지 않은가? 잘난 '원작'의 닫힌 우주에서, 우리가 바랐던 이야기는 불가능했다. 그래서 당신도―"

처음으로 '은밀한 모략가'의 신형이 주춤거렸다. 하지만 잠깐이었다.

가볍게 휘두른 진천패도가 [999]의 몸통에 꽂혔다.

【돌아와라, [999]. 내겐 네가 필요하다.】

푹 꽂힌 진천패도가 [999]의 기억을 빨아들이기 시작했다. 분체로 나뉘었던 그의 자아가 회수되고 있었다.

흐려지는 [999]의 눈빛이 통천하의 강 위를 향했다.

그곳에 누가 있는지 아는 '은밀한 모략가'가 조소하듯이 말했다.

【그는 이미 내게 패했다. 아무것도 기억하지 못하는 그가, 나를 막을 수 있을 거라 생각하는가?】

"유중혁, 검을 쥐어라!"

처절한 목소리가 통천하에 울려 퍼졌다. 그 목소리가 닿은 곳에는, [999]도 '은밀한 모략가'도 아닌 유중혁이 있었다.

그는 혼란스러운 표정으로 창공을 올려다보고, 강의 부유물들 위에 떨어진 두 개의 아이템을 바라보았다.

[999]의 흑천마도.

그리고 '은밀한 모략가'가 벗어 던진 흰 코트.

「"살고 싶다."」

「"만약 기회가 있다면, 내가 본 그 세계처럼……."」

머리를 찌르는 통증. 알 수 없는 기억이 스쳐 지나갔다.

[당신의 설화들이 동요하고 있습니다.]

"네가 누군지 기억해내라!"

마치 홀리기라도 한 듯 유중혁은 흑천마도를 쥐었다. 오래전부터 자신의 것이었던 것처럼 자연스러운 감각. 그는 이어서 바닥에 떨어진 코트를 주웠다. 그가 싫어하는 흰색이었다.

―너는 '3회차'의 유중혁이 아니다.

그날 [999]는 그렇게 말했다.

—뭔가 이상하다고 생각해본 적 없나? 아무리 김독자가 있다고 해도, 겨우 '3회차'에 네가 이렇게 빨리 성장하는 게 정상적으로 보이나?

익숙한 기시감 속에서, 그는 천천히 흰 코트를 입었다.
마치 언젠가 입어본 것처럼 꼭 맞는 코트.

—개소리 마라. 나는 3회차다. 나는…….

한 번도 의심해보지 않았다면 거짓말일 것이다.
그는 정말로 '3회차'의 유중혁일까.

—설령 내가 '3회차'가 아니더라도, 내가 가진 것은 고작 '3회차'의 기억뿐이다.

천천히 고개를 든 유중혁이 창공을 올려다보았다.
사라지는 [999]가 그를 응시하고 있었다.

—네겐 동료가 있지 않나?

거울에서조차 한 번도 본 적이 없는 얼굴.

—너보다도, 너의 삶을 잘 기억하는 동료가.

'은밀한 모략가'의 진천패도가 움직였다.
우주조차 갈라버리는 새카만 격이 그를 겨누는 순간, 유중혁은 누군가를 떠올렸다.

그리고.

[전용 스킬, '전지적 독자 시점' 3단계가 발동합니다!]

배후성이 강림하듯, 익숙한 별의 힘이 그에게 현현했다.

「**가자.**」

그리고 이야기가 시작되었다.

OMNISCIENT READER'S VIEWPOINT

1864

Episode 84

I

"독자 아저씨?"

밀리서 격전을 펼치는 유중혁들의 모습을 보며, 나는 망설이고 있었다.

[현재 화신체의 상태가 불안정합니다!]

지금의 몸 상태로 달려가봤자 도움이 될 턱이 만무했다.

게다가 자세히 보니 싸우고 있는 것은 [999]와 '은밀한 모략가'였다. 영문은 모르겠지만 [999]가 우리 편을 들기로 한 모양이었다.

나는 주먹을 꾹 쥐었다.

「김독자는 생각했다. 방법은 하나뿐이다.」

[전지적 독자 시점].

니르바나 전에서 그랬고, 포세이돈 전에서 그랬던 것처럼…….

—막내야, 무엇을 망설이는 것이냐.

제천대성이었다. 천공의 격전을 이어가는 중에도 내 심경을 느낀 모양이다.

나는 들릴 듯 말 듯한 목소리로 중얼거렸다.

"저는 이제 읽는 것이 조금 두렵습니다."

아마도 '환생자들의 섬'에서 유중혁과 대결한 후부터였을 것이다.

더 최근으로는 [999]의 말을 들은 직후부터인지도 모른다.

「"아직도 몇 편의 글줄로 누군가를 이해할 수 있다고 생각하는가?"」

지금까지 나는 이 모든 이야기의 '독자'였다.

하지만 언제까지, 내가 그런 독자로 있어도 괜찮을까.

—그렇군. 네겐 타자를 읽는 힘이 있지.

그는 내 능력에 대해 짐작하고 있었다. '긴고아의 죄수'로 오랫동안 내 채널에 있었으니 눈치채도 이상하지는 않았다.

—나 역시 누군가를 알고 싶었던 적이 있다.

제천대성의 시선이 유상아에게 닿는 것이 느껴졌다. 정확히는 유상아가 아닌 유상아의 '화신체'에게.

그는 지금 저 화신체의 '전 주인'을 바라보고 있었다.

—나는 아직도 왜 삼장이 나를 두 번이나 쫓아냈는지 모르겠다.

《서유기》 원전에서 손오공은 두 번이나 파면을 당한다.

—하지만 한 번도 삼장에게 제대로 따져본 적은 없었지. 하찮은 자존심 때문이었다. 그저 혼자서 생각하고 또 생각했다. 그때 녀석은 왜 그랬을까. 어째서 그런 선택을 했을까. 왜 그렇게 완고해야 했을까. 내가 대체 뭘 잘못했고, 어디서부터 무슨 문제가 있었을까. 여정이 끝난 후에도 그 질문은 내 안에서 계속 맴돌았다.

그런 이야기를 듣는 것은 처음이었다.

제천대성에게도 제천대성만의 해결되지 않는 질문이 있었다.

―마침내 용기를 냈을 때, 기회는 이미 사라진 뒤였다.

제천대성의 목소리가 희미하게 풀 죽어 있었다.

《서유기》 이후의 이야기에 대해 자세히 알지 못하는 나로서는 그의 슬픔을 짐작할 수 없었다.

확실한 것은 유상아가 '삼장'의 화신체로 환생했다는 것. 그리고 진짜 '삼장'은 이 세상에 없다는 것이었다.

―그 질문의 대답을 알기 위해 '서유기 리메이크'를 반복해왔다. 내가 알지 못한, 내가 읽지 못한 것을 다른 누군가가 대신 이야기해주길 기대했다.

그제야 나는 제천대성이 이 시나리오 이벤트에 참가한 이유를 알 것 같았다.

문득 궁금증이 솟았다. 그래서 그는 답을 얻었을까.

―답은 얻지 못했다. 다만…… 작은 위안은 받았지.

제천대성의 시선이 신유승을 향하고 있었다.

[거대 설화, '서유기'가 이야기를 계속합니다.]

〈황제〉의 쏟아지는 공격을 받아내며, 제천대성이 말하고 있었다.

―어떤 것은 영영 이해하지 못할지도 모른다. 영원히 닿지 못할 수도 있고, 이해하려는 노력이 허사로 돌아갈 수도 있다. 하지만 이해하는 것이 불가능하다는 사실을 알면서도 우리는 설화를 읽어야 한다. 그것이 이 하늘의 별이 되어 '성좌'로 존재하는 자들의 의무이자 의미다.

제천대성은 삼장을 이해하지 못했다. 아마 앞으로도 이해하지 못할 것이다. 그럼에도 제천대성은 포기하지 않았다.

―그러니 너도 읽어라.

'하지만 저 혼자서는…….'

—왜 혼자라고 생각하지?

제천대성의 말에, 나도 모르게 고개를 들었다.

—너처럼은 아니겠지만, 누구나 서로를 읽고 있다. 그러니 너도 읽기를 멈추지 마라.

정확한 조언은 아니었다. 하지만 나는 그 조언에서 무언가를 느꼈다. 아주 작은 깃털이 차곡차곡 쌓이는 듯한 느낌. 아마도 이것이 제천대성이 우리의 이야기를 지켜보며 받은 위안일지도 모르겠다는 생각이 들었다.

"유상아 씨."

나의 말에, 유상아가 기다렸다는 듯 돌아보았다.

"괜찮겠어요?"

"네. 그런데 가능하면 살살—"

고개를 끄덕인 유상아가 나를 향해 긴고주를 외웠다.

퓨즈가 타버린 듯 육체가 푹 고꾸라졌다. 그 찰나 빠져나온 내 의식은 정확히 가야 할 곳으로 향했다.

['전지적 독자 시점' 3단계가 발동합니다!]

[현재 해당 인물에 대한 이해도가 매우 높습니다!]

['1인칭 주인공 시점'이 발동합니다!]

천천히 제자리를 찾는 시야와 함께, 전신에서 강맹한 힘이 넘치기 시작했다. 유중혁의 힘이었다.

잠시 후, 눈앞에 드러난 적의 외형이 보였다. 어마어마한 격의 아우라에 둘러싸여 우리를 오시하는 존재.

'은밀한 모략가'.

제천대성 말이 맞다. 저 존재는 결코 혼자서는 이길 수 없다.

「가자.」

전신에 몰아치는 초월좌의 격.

나는 내가 가진 모든 격을 유중혁에게 보탰다.

[초월좌의 격이 마왕의 격과 조우합니다!]

그간 얻은 힘이 유중혁의 힘과 맞물리며 용솟음쳤다. 환골탈태라도 한 듯 전신의 혈류에 활력이 돌았다.

황금빛 안광과 함께 천천히 눈을 뜬 유중혁이 말했다.

'늦었군.'

유중혁은 내게 화를 내거나 타박하는 대신, 그저 그렇게 말할 뿐이었다.

내가 손오공 배역이었다는 것을 알고 있었을 텐데도.

「미안하다.」

'쓸데없는 말은 나중에 해라. 지금은 놈을 쓰러뜨리는 것이 급선무다.'

콰아아아아아!

가볍게 휘두른 '은밀한 모략가'의 진천패도가 통천하를 갈랐고, 우리는 간발의 차이로 그 공격을 피했다.

우연히 근처에 있던 성좌들과 화신들이 한꺼번에 휩쓸려 비명으로 화했다. 말도 안 되는 공격력이었다.

【헛된 노력이다. 설령 기억을 되찾는다고 해도 너는 내게 이길 수 없다. 결국 너는 내게서 비롯되었기 때문이다.】

「지금 저 녀석이 뭐라는 거야?」

강 위를 달리던 유중혁이 귀찮다는 듯 말했다.
'저쪽의 주장에 따르면, 나는 3회차의 유중혁이 아니다.'

「뭐? 그럼?」

무심코 되물었지만, 동시에 어지러이 떠도는 가설들이 내 머릿속에서 해답을 찾고 있었다. 그것은 어쩌면 아주 오래전부터 쌓여온 의문이었다.

「'3회차의 유중혁이 이런 정보를 알고 있을 리가 없는데?'」

'그런 존' 시나리오에서도.

「'아무리 생각해도 너무 빠른 성장 속도다.'」

그리고 '극장 던전'에서도.
[등장인물 일람]으로 유중혁의 정보를 확인할 때마다 은연중에 느껴온 의문들이 꼬리에 꼬리를 물고 증식하고 있었다.
[999]와 나눈 대화도 머릿속을 스쳐 갔다.

「"이 세계선의 유중혁이 자기가 '3회차'라고 했어. 그러니까 여긴 3회차야."」
「"그런 정보를 곧이곧대로 믿다니, 순진하군."」

정신을 차렸을 때, 나는 어느새 [등장인물 일람]을 가동하고 있었다.

[해당 인물의 관련 정보가 지나치게 많습니다. '등장인물 일람'이 '요약 일람'으로 변환됩니다.]

[사용자 편의에 따라 임의로 지정한 항목만 표시됩니다.]

〈등장인물 요약 일람〉

인물: 유중혁

전용 특성: 회귀자(신화) / 3회차, 유희의 지배자(전설)…….

3회차. 이 녀석은 분명 3회차다.

그렇다면 녀석들의 말은 대체…….

「김독 자 *정* 말몰 *라* ?」

기억의 페이지가 넘어가고 있었다.

떠올리지 않으려 애쓰던 기억들이었다.

「"네가 보여준 그 '세계'는, 정말로 존재하는 것인가?"」

「[해당 인물은 '등장인물'이 아닙니다.]」

'정신 차려라, 김독자!'

유중혁의 외침에 화들짝 정신이 깨어났다. 지금은 다른 생각을 할 때가 아니었다.

허공을 부유하는 '은밀한 모략가'의 격이 점점 더 강해지고 있었다.

【보아하니 아직 제대로 기억을 떠올리지 못한 모양이군.】

"이번엔 쉽게 지지 않을 것이다."

그의 격에 반발하듯, 유중혁도 자신의 힘을 끌어올렸다. [주작신보]와 [파천검도]가 극성으로 펼쳐졌고, 파천검뢰가 흑천마도를 덮었다.

지난번에도 유중혁은 이와 같은 방식으로 싸운 적이 있었다. 그리고 패했다.

하지만 이번에는 그것만이 전부가 아니었다.

[5번 책갈피가 활성화됐습니다!]

[전용 스킬, '전인화 Lv.23(+13)'가 활성화됐습니다.]

[전용 스킬, '바람의 길 Lv.18(+8)'을 발동합니다!]

['마왕화'를 발동합니다!]

유중혁의 [주작신보]에 [바람의 길]의 공능이 깃들었고, [파천검뢰]에 [전인화]의 전격이 깃들었으며, '초월좌'의 힘에 '마왕'의 힘이 더해졌다.

두 배, 세 배, 네 배…… 순식간에 불어난 유중혁의 격이 통천하 일대에 위협적으로 퍼졌다.

츠츠츠츠츳!

스파크가 튀는 것과 동시에, 우리는 '은밀한 모략가'를 향해 달려들었다.

흑천마도에 깃든 [전인화]와 [파천검뢰].

키리오스와 파천검성의 비전이 동시에 빛을 발하자, 그야말로 어마어마한 강기의 폭풍이 밀어닥쳤다.

콰아아아아아!

산을 가르고, 바다를 녹여버릴 정도의 힘이었다.

하지만 그런 힘 앞에서도 '은밀한 모략가'는 태연했다.

파찰음을 내며 부딪치는 두 자루의 검. 유중혁과 고스란히 감각을 공유하고 있었기에, 나는 손아귀가 찢어질 듯한 통증을 느꼈다.

이쪽은 양손이고 저쪽은 한 손이다. 그런데도

【안타까운 일이구나. 유중혁.】

우리는 '은밀한 모략가'를 벨 수 없었다.

츠츳, 츠츠츳.

그의 주변에서 튀는 스파크는 여전히 '은밀한 모략가'가 전력을 발휘하지 않았다는 사실을 말해주고 있었다.

어떻게 이렇게나 전력 차이가 큰 것일까.

[설화, '영원불멸의 지옥도'가 이야기를 계속합니다.]

주변이 그의 무대로 덮이고 있었다.

1,863번에 달하는 회귀의 지옥. 불구덩이 속에서 신음하는 이계의 신격들과 별들의 시체.

【닫힌 우주에서 벗어나 새로운 이야기를 꿈꾼 대가로 자기 자신조차 기억하지 못하게 되다니. 그것이 정말 네가 바라던 세계인가?】

지옥도 속에서 악귀처럼 들려오는 목소리.

혼란스러웠다. 그의 말이 무슨 뜻인지 알 것 같으면서도 납득하기 어려웠다.

닫힌 우주에서 벗어나 새로운 이야기를 꿈꾼 유중혁. 내가 알기로 그런 유중혁은 하나밖에 없다.

만약 그게 사실이라면.

정말로 내가 아는 유중혁이 그 '유중혁'이라면.

['제4의 벽'이 두께를 더욱 키웁니다.]

'김독자, 네놈이 묘수를 내지 않으면 안 된다.'

유중혁이 버럭 소리를 질렀다.

'지난번에 사용한 설화를 써라.'

그 지난번이 언제를 말하는 것인지는 알 수 있었다.

「영원불멸의 지옥도」

일전에 포세이돈과 맞서 싸우며 사용했던 설화.

그때 우리는 362회차 유중혁의 기억을 빌려 테세우스를 죽였다.

나는 '은밀한 모략가'의 저변을 흐르는 암흑의 설화를 보며 침음했다.

「솔직히 그걸 써도 이길 수 있을진 모르겠다.」

내가 전력을 다해 읽어낸 회차는 고작해야 362회차였다. 지금이라면 그때보다는 낫겠지만, 눈앞의 녀석을 이길 수 있을 것 같지는 않았다.

「그리고…….」

망설여지는 것은 그뿐만이 아니었다.

내가 362회차 이상의 유중혁의 힘을 빌리는 데 성공하면, 유중혁도 나와 함께 기억을 읽게 된다.

성좌가 화신의 설화를 읽듯, 나는 유중혁의 멸살법을 읽어왔다.

여기서 「영원불멸의 지옥도」를 사용하게 되면, 유중혁은 내 오해로 얼룩진 독해를 함께 겪게 될 것이다.

내가 살아남기 위해 읽던 멸살법. 내 멋대로 기억하는 역사. 그 역사 속에서 유중혁은 일방적으로 왜곡되거나 과장되었으며, 문제적이거나 우상화된 모습일 뿐이었다.

「……**제기랄.**」

그럼에도 나는 그 폭력을 행사해야만 했다.

[설화, '영원불멸의 지옥도'가 이야기를 시작합니다!]

깊은 무력감 속에서 페이지를 넘긴다. 멸망 이전에도 멸망 이후에도 마찬가지다. 언제나 내가 할 수 있는 일은, 고작 책의 페이지를 넘기는 것이 전부다. 눈앞에서 무수한 유중혁의 회차가 지나갔다.

3회차, 4회차, 5회차…… 41회차…… 182회차…….

기억들이 흘러갔다.

무수한 유중혁이 우리를 보고 있었다.

362회차…… 598회차…… 724회차…….

[당신의 '독해력'이 새로운 가능성을 향해 나아갑니다!]

[당신이 독해할 수 없던 페이지들이 펼쳐집니다!]

862회차…… 999회차…….

속에서 핏물이 올라왔다. 머리가 깨질 것처럼 아팠다.

999. 내가 좋아한 회차.

유중혁의 대사들이 천천히 줄어들기 시작했다. 한계였다.

[당신이 독해할 수 있는 최대 회차에 도달했습니다.]

[당신이 독해할 수 있는 '유중혁'의 최대 회차는 '999회차'입니다.]

독후감에 매겨진 점수처럼 나타난 메시지. 나는 고개를 들 수 없었다.

읽는다는 것이 이렇게나 수치스럽고 죄스러운 일이었나.

유중혁이 입을 연 것은 그때였다.

'네놈이 어떻게 읽었든 판단하는 것은 나다. 그러니 네놈은 계속해서 읽어라.'

날아드는 '은밀한 모략가'의 공격을 받아치며 상처투성이가 된 채 말하고 있었다.

'내가 무엇을 듣고 무엇을 기억할지는 내 자유다. 내가 누구인지를 결정하는 것도 나다.'

내가 잘 아는 목소리로, 내가 모르는 이야기를 하고 있었다.

'네놈은 혼자 읽고 있는 것이 아니다.'

그 말을 듣는 순간 내 안에서 뭔가가 깨어났다. 그것은 멸살법의 기억이 아니었다.

아주 오래전, 어머니와 나눈 대화였다.

「"이미 다 아는 이야기를 왜 다시 읽어요?"」

다시 읽어도 마찬가지인 이야기도 있다. 보는 사람이 달라지지 않으니, 이야기도 달라지지 않는다.

내 물음에 어머니는 이렇게 대답했다.

「"그럼 같이 읽어볼까?"」

같이 읽는다.

[당신의 '독해력'이 비약적으로 향상됩니다!]

엉망진창이 되어가는 머릿속으로, 나 혼자서는 넘길 수 없던 페이지들이 넘어가고 있었다.

1,146회차……1,398회차……1,561회차……1,733회차…….

내가 이 세계에서 만난 사람들이 나와 함께 그 페이지를 넘겨주고 있었다.

어떤 것은 여전히 이해할 수 없었고, 어떤 것은 그제야 납득이 되었다. 영영 이해할 수 없을 것 같은 문장들도 있었다.

【————!】

'은밀한 모략가'가 외치는 소리가 들려왔다.

의식이 자꾸만 가물거렸다. 나는 졸음을 참아내며 미친 듯이 페이지를 넘기고 또 넘겼다. 피를 쏟으며, 무지막지한 스파크를 참아내며.

나는 여전히 유중혁을 잘 모른다.

「"너는 내가 죽어야만 그 세계로 돌아갈 수 있겠지?"」

「"이곳에 있으면, 너는 그 세계를 구할 수 없다."」

하지만 내가 십 년이 넘는 세월 동안 쌓아 올린 이 오해가 기적처럼, 아주 희미한 이해에 도달할 수 있다면.

「"나는 그 세계의 ■■가 궁금해졌다."」

나는 다시 읽을 수 있을 것이다.

[당신이 독해할 수 있는 '유중혁'의 최대 회차는 '1,863회차'입니다.]

날아든 '은밀한 모략가'의 격이 흑천마도에 닿아 흐트러졌다.

나는 멍하니 눈을 깜빡였다.

덧씌운 활자들이 벗겨지듯 [등장인물 일람]이 변하고 있었다. 3이라 적혀 있던 숫자가 벗겨지고 그 자리에 새로운 숫자가 새겨지고 있었다.

눈부신 백지 위로 내가 한 번도 읽지 못한 페이지가 펼쳐지고 있었다.

〈등장인물 요약 일람〉

인물: 유중혁

전용 특성: 회귀자(신화) / 1,864회차…….

완전히 새로운 이야기였다.

2

1,864회차.

이곳은 3회차가 아니라, 1,864회차의 세계선이었다.

특성창을 본 순간, 지금 당장 소화하기에는 벅찰 정도의 깨달음이 덮쳐왔다.

「이 '유중혁'이 1,863회차에서 사라졌던 그 '유중혁'이라고?」

「대체 어떻게 그런 일이 가능했지?」

「하지만 그 유중혁은 [등장인물]에서 벗어났는데?」

「1,863회차의 유중혁이 등장인물에서 벗어날 수 있었던 것은 3회차가 있었기 때문이야. 그런데 녀석이 처음부터 3회차의 유중혁이었다니 대체…….」

무수한 의문이 머리를 스치는 와중, 마지막으로 떠오른 것은 tls123과의 대화였다.

「독자님한텐 감사 인사로 특별한 선물을 좀 보내드릴까 합니다.」

그때 작가가 말한 '선물'이란, 어쩌면…….

콰콰콰콰콰콰!

넘치는 설화의 힘.

지옥도의 전경이 변화하고 있었다. 세계가 절규하고, 비탄에 젖은 이계의 신격들이 울부짖었다.

그 절망의 무대 위에 아주 작은, 실낱같지만 명백한 한 줄기의 빛이 있었다. 흑천마도의 검극이었다.

【기억을 되찾은 건가?】

'은밀한 모략가'가 물었다. 유중혁은 대답하지 않았다.

대답하지 않는 이유를 나 역시 잘 알고 있었다. 폭발적인 기억들이 유중혁의 머릿속을 헤집고 있었기 때문이다.

내 독해는 완전하지 않았다. 내가 아무리 열심히 읽었더라도, 유중혁이 그걸 함께 했더라도, '1,863회차의 유중혁'을 온전히 복원하는 것은 물리적으로 불가능했다.

비틀거리던 유중혁의 머릿속으로 기억의 잔재가 흘러갔다.

「"흙을 먹어라, 유중혁."」

「"행복한 기억! 행복한 기억!"」

「"유중혁, 앉아."」

"이 자식……."

「지금 그딴 거 생각할 때 아냐, 멍청아!」

나는 황급히 유중혁을 일깨웠다. 코앞에서 지옥도의 격을 담은 진천패도가 짓쳐오고 있었기 때문이다.

까가강, 하는 소리와 함께 두 자루의 검이 다시 한번 부딪쳤다. 여전히 무거운 일격이었다. 하지만 이전만큼 무겁지는 않았다.

【너와 싸워보고 싶었다.】

시종일관 고요하던 '은밀한 모략가'의 눈동자에, 처음으로 감정의 빛이 번졌다. 내가 읽은 '원작'을 살았고, 마침내 그 끝을 본 유중혁—'은밀한 모략가'가 말하고 있었다.

【네놈은 아무 말도 없이 그 '너머'로 사라졌지.】

무슨 말을 하는지 알 수 없었다. 이해하지 못하기는 유중혁도 마찬가지인 듯했다. 허겁지겁 읽어낸 독해는 불안정했고, 그 때문에 유중혁의 기억에는 구멍이 많았다.

유중혁이 짓씹듯 말했다.

"이해할 수 있게 말하는 법을 가르쳐야겠군."

[기대 설회, '마게의 봄'이 이야기를 시작합니다!]

[거대 설화, '신화를 삼킨 성화'가 이야기를 시작합니다!]

[설화, '영원불멸의 지옥도'가 이야기를 계속합니다!]

우리가 가진 설화들이 동시에 흑천마도에 실렸다. 이어진 연격이 다시 한번 진천패도와 부딪쳤다.

두 개의 지옥도가 부딪치는 충돌의 순간, 그 사이에서 우주가 열렸다. 기억의 빅뱅이었다.

[지나치게 유사한 두 존재가 충돌합니다.]

['끊어진 필름 이론'이 발동합니다!]

우주의 전경을 보는 순간, 나는 무슨 현상이 벌어지려는 것인지 깨달았다.

이것은 '끊어진 필름 이론'이었다. 서로 다른 세계선의 두 신유승이 만났을 때도 이와 비슷한 일이 벌어진 적이 있었다.

「【새로운 세계선이라고?】」

한없이 유사한, 그러나 완전히 정반대의 길을 걷고 있는 두 유중혁이 부딪치며 불러낸 기억.

「【이런 세계선이 있을 리 없다.】」

그것은 '은밀한 모략가'의 기억이었다.
'은밀한 모략가'가 이 3회차를 발견했던 그날의 일.

.
.
.

【흥미롭군. 이게 3회차라고?】
눈앞에서 펼쳐지는 3회차의 이야기에, '은밀한 모략가'는 눈을 뗄 수 없었다.
그가 모르는 인물이 3회차의 자신과 함께 이야기를 이끌어가고 있었다.
어떻게 이런 일이 가능한지 이해할 수 없었다.
【어차피 성공은 불가능하겠지만.】
어떤 것은 그가 아는 방식이었고, 어떤 것은 그조차 생각해보지 못한 방식이었다. 가끔은 무모해 보였고, 가끔은 운이 좋았다.
한 번도 보지 못한 설화. 은밀한 모략가는 마치 빨려들 듯 그 세계선의 설화를 들여다보았다.

그렇게 얼마나 그들의 설화를 들여다보고 있었을까.

'은밀한 모략가'는 자신이 그토록 증오하는 성좌들과 똑같은 모습이 되었다는 것을 깨달았다.

그가 흡수한 유중혁들이 말하고 있었다.

—잊었는가? 위대한 모략이여.

—우리는 '죽음'을 원한다.

—어차피 저 회차의 성공은 불가능할 것이다.

죽음. 그것은 회귀라는 저주에 걸린 모든 유중혁의 소망이었다.

'은밀한 모략가'는 오직 그 사명을 완수하기 위해 존재했다.

—'가장 오래된 꿈'을 죽이는 것은 불가능하다.

—살아 있는 한, 우리는 다시 회귀하게 된다.

—죽음이 불가능하더라도 한없이 그것에 가까워진다면 어떨까.

한수영의 아바타를 1,863회차로 보낸 것은 그 때문이었다.

3회차에서 발견한 이레귤러를 이용해 자신의 죽음을 완수하는 것.

그는 '끊어진 필름 이론'을 이용한 모든 유중혁의 봉인을 계획했다.

1,863회차의 유중혁과 하나가 되어, 끝도 없는 영원한 잠에 빠져드는 것.

그러나 그 계획의 완수를 앞두고 심경의 변화가 발생했다.

「"저는 '종장終章'을 향해 가는 존재입니다."」

자신의 ■■을 찾은 한 성좌 때문이었다.

종장. 그가 그토록 원했으나 단 한 번도 얻지 못했던 ■■의 이름.

[41회차의 '유중혁'이 경악합니다.]

[416회차의 '유중혁'이 경악합니다.]

[967회차의 '유중혁'이 경악합니다.]

[1,472회차의 '유중혁'이 경악합니다.]

…….

그의 안에 있는 모든 회차의 유중혁들도 그 광경을 보았다.

어떤 유중혁은 경탄했고, 어떤 유중혁은 절망했다. 그리고 어떤 유중혁은 분노했다.

'은밀한 모략가'는 그중 마지막 유중혁이었다.

【또 다른 종장이 존재할 리 없다.】

이미 그의 세계는 끝났다.

1,863회차의 시행착오를 거쳐 도달한 '결'. 그는 모든 것을 잃었고, 시나리오의 마지막을 보았다. 벽에 도달했다.

그는 틀리지 않았다. 그것을 인정받고 싶었다.

【너의 방식으로 모든 것의 마지막에 도달해 세계를 구한다고 치자. 그러면 '다른 세계'는 어쩔 셈이지?】

【네가 구원하지 못한 그 세계들은 모두 어떻게 되는 것이냐?】

그래서 '은밀한 모략가'는 김독자를 1,863회차로 보냈다. 그곳에서 이야기의 마지막을 보게 만들었다.

이것이 진짜 '원작'이라고. 무엇으로도 바꿀 수 없는, 내가 정한 세계의 마지막이라고.

「"내가 너의 이야기를 끝내줄게."」

하지만 김독자는,

「"나는 3회차로 돌아가지 않아. 여기 남아서, 이곳의 사람들과 함께 결말을 보겠어."」

그것을 바꾸었다.

「ㅊㅊㅊㅊㅊㅊㅊ츳!」

유중혁 봉인은 실패했고, 정해져 있던 이야기의 방향은 틀어졌다.

예정에는 없던 일이었다.

본래였다면 1,863회차의 유중혁은 봉인의 순간 '은밀한 모략가'와 하나가 되어야 했으니까.

[1,863회차의 유중혁이 당신과의 합의를 거부합니다.]

「"나는 살고 싶다."」

봉인되어야 했던 유중혁이 '회귀'를 선택했고, 새로운 세계선으로 나아갔다.

'은밀한 모략가'는 죽은 유중혁의 기억을 수거한 뒤, 황급히 그 뒤를 따라갔다. 눈부신 세계선의 별빛을 지나, 기억을 흩뜨리며 나아가는 백색 코트의 유중혁을 쫓았다. '등장인물'의 탈을 벗고, 완전히 새로운 세계로 향하는 유중혁을 향해 외쳤다.

【멈춰라! 너는 다음으로 갈 수 없다!】

오직 '은밀한 모략가'만이 이 세계의 결말을 알고 있었다.

1,863회차는 이 모든 '이야기의 끝'이다. 이다음은.

「나는 '그 세계'를 보고 싶다.」

이다음은 없다.

【돌아와라. 네가 있어야 할 곳은 이곳이다! 너는—】

은밀한 모략가는 외쳤다.

설령 '가장 오래된 꿈'이 저 회귀를 허락한다 한들, 결국 유중혁은 악몽을 반복하게 될 뿐이다. 심지어 기억까지 잃은 채로 시나리오를 처음부터 플레이해봤자…….

「놈이 분명히 말했다. 그곳은 존재하는 우주라고.」

['가장 오래된 꿈'이 그 이야기를 궁금해합니다.]

유중혁이 손을 뻗고 있었다. 상상하고 있었다.

그곳은 아주 먼 세계. 멸살법의 우주에서는 존재하지 않았던 세상.

간발의 차이로 '은밀한 모략가'가 유중혁의 영혼체를 붙잡았다. 하지만 그가 붙든 것은 흰 코트뿐. 이미 유중혁의 몸은 사라지고 없었다.

'은밀한 모략가'는 허탈하게 중얼거렸다.

【멍청한…….】

기억을 잃은 유중혁은 결국 회귀에 성공했다.

이미 시작과 끝이 정해진 부질없는 이야기. 그곳에서 또다시 영겁의 악몽을 반복하게 된 것이다.

'은밀한 모략가'는 세계선을 탐색하기 시작했다.

그 잘난 녀석이 기억까지 잃으며 달아난 세계선의 모습을 보고 싶었다. 처참하게 망가져, 후회 속에서 시나리오를 이어나가는 그 모습을 봐야 성이 풀릴 것 같았다.

그리고 '은밀한 모략가'는 그 세계선을 발견했다. 놀랍게도 이미 그가 알고 있는 세계선이었다.

【이럴 리가 없다.】

그제야 모든 것이 이해되었다.

그가 알지 못하는 세계선이 갑자기 나타난 이유.

3회차가 있어야 하는 자리에 전혀 다른 세계선이 존재한 이유.

그가 살아온 모든 회차를 제물 삼아 만들어진 '벽 위의 세계선'.

['가장 오래된 꿈'이 최후의 꿈을 꾸고 있습니다.]

결과가 원인에 간섭하여 만들어진 불가능한 세계선.

그의 우주가 흔들리고 있었다.

.

.

.

폭음과 함께 유중혁과 '은밀한 모략가'의 신형이 벌어섰다. 우리는 흑천마도를 고쳐 쥔 채 눈앞의 적을 노려보았다.

'은밀한 모략가'가 말했다.

【이젠 알았겠지. 존재해선 안 되는 우주였다.】

'은밀한 모략가'가 말하는 것을 이해할 수 있었다.

어째서 이 세계선이 탄생하게 되었는지. 왜, 이런 일이 벌어지는지. 조금은 이해할 수 있게 되었다.

1,863회차의 유중혁이 회귀하면서 선택한 '너머'.

그곳은 바로 우리가 살아가는 이 회차였다.

【잔혹한 일이다. 간신히 악몽의 꼭두각시에서 벗어난 네가 선택한 일이, 또다시 꼭두각시가 되는 것이라니.】

짙은 비감이 어린 말투. '은밀한 모략가'의 목소리에 내가 측량할 수 없는 깊이의 원한이 담겨 있었다.

【같은 책을 수백 번 읽으면 해석은 바뀔지도 모르지. 하지만 문장이 바뀌지는 않는다. 그것은 이미 끝난 일이고, 돌이킬 수

없는 것이다.】

'은밀한 모략가'의 진천패도가 허공에 궤적을 새기고 있었다. 1,863회차의 무게가 담긴 궤적이었다.

한때 유중혁이었고, 이제 '은밀한 모략가'로 살아가는 자.

세상 모든 유중혁의 '죽음'을 꿈꾸는 존재.

그가 말하고 있었다.

【너희가 살아남을 수 있었던 것은 내 삶이 있었기 때문이다.】

그 존재가 자신의 역사를 휘두르고 있었다.

【너희는 지하철에서, 극장 던전에서 죽어야 했다. 니르바나에게 죽어야 했고, 암흑성에서 죽어야 했다.】

그의 말이 맞았다.

【마계에서 죽어야 했다. '기간토마키아'에서 죽어야 했고, '성마대전'에서, '서유기'에서 몇십 번이고 몇백 번이고 죽어야 했다.】

그의 삶이 없었다면, 그의 실패가 없었다면.

우리는 여기까지 살아남을 수 없었다.

【어째서 살아남은 것이지?】

그가 우리에게 묻고 있었다.

【어째서, 내가 아니라 너희인 것이지?】

3

처음 1,863회차에 방문한 때를 떠올렸다.

그곳에서 1,863회차의 유중혁을 처음으로 보을 때, 내가 알던 '원작의 유중혁'이라고 생각했다.

나의 유년을 함께한, 내 삶을 지탱한 주인공.

그런데 아니었다. 나를 버티게 해주던 유중혁은, 이미 오래전에 자신의 이야기를 끝낸 뒤였다. 그는 1,863회차의 결말에 도달해 세계의 끝을 보았고, 끔찍한 세계선의 심연을 떠돌았다. 수천 년, 어쩌면 수만 년을.

그가 얼마나 많은 세월을 그렇게 보냈는지는 모른다. 확실한 것은 그가 지금까지 살아남았고, 그 시절을 모두 기억하고 있으며,

이제는 나를 적대하고 있다는 것이었다.

【너희에겐 ■■을 볼 자격이 없다.】

그 말은 맞았다.

내가 지금껏 시나리오를 헤쳐올 수 있었던 것은 모두 '은밀한 모략가'의 삶이 선행했기 때문이니까.

'은밀한 모략가'의 격이 점점 더 강해지고 있었다.

주변에서 상황을 지켜보고 있던 이계의 신격들이 일제히 무릎을 꿇었다.

【오오오오오오오…….】

뭉게뭉게 피어오른 아우라가 진천패도를 잠식했다.

그가 1,863회차를 살아오며, 그리고 그 이후의 세계선을 거닐며 얻은 힘이었다.

[거대 설화, '고독한 멸망의 순례자'가 이야기를 시작합니다.]

무수한 '유중혁'들이 그의 안에서 나를 바라보았다.

[41회차의 '유중혁'이 당신을 바라보고 있습니다.]

[362회차의 '유중혁'이 당신을 바라보고 있습니다.]

[666회차의 '유중혁'이 당신을 바라보고 있습니다.]

[999회차의 '유중혁'이 당신을 바라보고 있습니다.]

그들이 쌓은 역사가, 죄업이 그곳에 있었다.

요피엘의 [죄업의 눈동자]로도 끝을 알 수 없던 죄업 수치.

그는 〈스타 스트림〉이 '공포'로 규정하는 존재였다. 악의 범주를 넘어서, 이 세계에 불가해不可解 선언을 당한 존재.

이계의 신격의 왕.

하지만 그의 본질은 악도, 공포도 아니었다.

그가 〈스타 스트림〉에서 배척당할 수밖에 없었던 이유는, 그의 정의가 너무나 완고하기 때문이었다.

「"<스타 스트림>을 부수겠다."」

조금의 융통성도 없는 정의를 〈스타 스트림〉은 좋아하지 않는다. 정의는 굽혀져야 하고, 양보해야 하고, 때로는 무너져야 한다.

하지만 '은밀한 모략가'의 정의는 그렇지 않았다. 그래서 여기까지 올 수 있었고, 결국 '은밀한 모략가'가 되었다.

「"이 이야기를 시작한 존재를, 반드시 이 손으로 없애겠다."」

그것이 그가 바라는 이 세계의 '멸망'.

모든 유중혁들이 바라는 '회귀의 끝'.

[성좌, '은밀한 모략가'가 당신을 바라봅니다.]

'은밀한 모략가'는 지극히 타당했다.

그는 누구보다 이 모든 이야기의 끝을 볼 자격이 있었다.

해온 것이라곤 멸살법을 읽는 것밖에 없었던 나 따위보다, 훨씬 더—

'엉뚱한 생각 하지 마라. 멋대로 공감하지도 말고.'

유중혁이 말하고 있었다.

'여기까지 와서 다른 녀석에게 양보할 셈인가? 네놈이 쌓은 설화는 순전히 저놈의 삶을 베껴서 이루어진 것이었나?'

나는 대답하지 못했다.

'놈의 말에 순응하는 것은, 너와 함께 싸운 다른 동료들의 시간을 부정하는 것이다.'

분명 처음에는 멸살법에 의존해 위험을 피해왔지만, 그 후에는 달랐다. 원작에서 벌어지지 않던 일들이 일어났고, 원작에는 없던 위험들이 찾아왔다. 그 위험을 동료들과 함께 이겨냈다.

설화가 쌓이며 멸살법과의 괴리는 커졌고, 나는 어느 순간부터 원작을 참고하지 않게 되었다. 최종본을 끝내 읽지 않은 것도 그와 같은 이유였다.

이미 이 세계는 '은밀한 모략가'가 살던 '멸살법'의 세계가 아니었다.

유중혁이 계속해서 말했다.

'놈이 옳을 수도 있다. 놈의 정의가 타당한 것일 수도 있다. 하지만 그것이, 네놈이 양보해야 할 이유는 되지 않는다.'

[설화, '생과 사의 동료'가 이야기를 시작합니다.]

'우리도 옳기 때문이다.'

1,863회차의 비극을 견딘 유중혁이 말하고 있었다.

분명, 그 또한 '유중혁'이었다.

'아직 실감은 나지 않지만, 정말로 내가 1,863번의 회귀를 겪은 것이 맞는다면.'

흑천마도를 쥔 유중혁의 시선이 아주 잠깐 통천하의 일행들을 향했다.

이지혜의 전함이 사격을 계속했고, 신유승의 키메라 드래곤이 브레스를 흩뿌리고 있었다. 정희원, 그리고 정희원의 손에 쥐어진 이현성도 분전하고 있었다. 이길영을 업은 장하영이 달리고 있었다. 아무도 죽지 않은 채 모두가 힘을 내고 있었다.

이 빌어먹을 세계의 마지막을 보기 위해서.

'아마도 나는, 이 풍경을 보기 위해 이곳까지 왔다.'

흑천마도와 진천패도가 재차 충돌했다. 꺾이지 않는 두 자루의 검이 서로의 신념을 품은 채 울부짖었다.

'은밀한 모략가'가 외쳤다.

【아직도 이해하지 못한 건가? 네가 아무리 기억을 되찾았다 한들—】

"끈질기군. 대체 무슨 대답을 듣고 싶은 거지?"

【뭐?】

"패배를 인정하기를 원하는 건가? 아니면, 네놈의 삶을 이해해주길 원하나?"

【이해? 너희 이해 따위는—】

"필요 없겠지."

유중혁이 무심한 말투로 말했다.

오직 유중혁이기에 할 수 있는 말.

"나 또한 네게 이해받길 원하지 않는다."

이미 서로를 이해하고 있기에 할 수 있는 말이었다.

검과 검이 부딪칠 때마다 파찰음이 튀었다. 격과 격이 사납게 충돌하고 있었다.

[설화, '영원불멸의 지옥도'가 포효하고 있습니다!]

두 개의 지옥도가 뒤얽힌 전장.

분하게도 그런 상황에서 내가 할 수 있는 것은 두 유중혁을 바라보는 것뿐. 이 빌어먹을 페이지를, 어떻게든 넘기는 것뿐이었다.

[거대 설화, '빛과 어둠의 계절'이 요동치고 있습니다.]

승패는 쉽게 정해지지 않았다.

'은밀한 모략가'는 여유로웠다. 당연한 일일지도 모른다. 이쪽은 이제 막 '1,863회차'의 힘을 쓸 수 있게 된 상태에 불과하니까. 숙련도도, 적응도도 압도적으로 불리했다.

이미 승리를 확신하는 듯, '은밀한 모략가'가 물었다.

【궁금해지는군. 가장 오래된 꿈의 꼭두각시여, 네가 보고 싶

은 결말은 뭐지?】

"내가 왜 네놈에게 그걸 대답해야 하지?"

【설마 저 '구원의 마왕'이 바라는 결말과 같은가? 정말로 저 녀석을 믿는 것인가?】

허공에서 충돌한 두 개의 칼이 커다란 충격파를 만들었다.

입가의 피를 닦으며 유중혁이 한 걸음을 물러났다.

【너는 알지 못한다. 네가 믿는 잘난 '동료'가 얼마나 한심한 존재인지. 너는 저놈이 바라는 이 세계의 '결말'이 무엇인지 모른다.】

파천검도를 몰아치며, '은밀한 모략가'가 희미하게 웃고 있었다.

【처음 이 세계선이 열렸을 때, 김독자의 목표는 '생존'이었다.】

「멍하니 고개를 들어 유상아를 보았다. 아마 이 사람은 죽을 것이다. 그리고 나도.」

검과 검이 맞닿은 지점에서, 내가 살아왔던 설화들이 숨 쉬고 있었다.

【그다음의 목표는 너를 이용해 강해지는 것이었지.】

「"나를 동료로 삼아. 난 당신의 부족한 부분을 채워줄 수 있어."」

「앞으로 남은 무수한 시나리오를 클리어하기 위해 유중혁은 반드시 필요한 인물이다.」

페이지가 넘어가듯, 내가 살아왔던 설화들이 눈앞에서 영사되고 있었다.

그 이야기를 멈추려는 듯 유중혁이 거칠게 검을 휘둘렀지만, '은밀한 모략가'의 진천패도 앞에 모든 시도는 좌절되고 있었다.

'은밀한 모략가'는 계속해서 말했다.

【그다음에는…… 그래. 조금 여유가 생긴 후엔 감히 '이 세계의 결말'까지 꿈꾸게 되었다.】

「"형은 소원 안 빌어요?"

나는 그런 이길영을 잠시 내려다보다가 대답했다.

"어떤 소설의 에필로그를 보게 해달라고 빌었어."」

제천대성은 말했다. 누군가를 읽는 것은 나만이 아니라고. 내가 다른 사람들을 읽었듯, 다른 이들도 나를 읽고 있을 것이라고.

그 말이 맞았다.

내가 멸살법을 읽는 동안, '은밀한 모략가' 또한 나의 이야기를 읽고 있었다. 내가 살아온 모든 삶을 그가 지켜보고 있었다.

【김독자는 내가 한때 꿈꾸던 것들을 꿈꾸게 되었다. 하늘의 <스타 스트림>을 부수고, 내가 넘지 못한 '벽' 이후의 세계를 부수길 원하게 되었다. 모든 동료를 살리기를 원했고, 심지어는…….】

「까만 밤하늘의 중심에 성운의 무리가 보였다. <베다> <올림포스> <파피루스>…… 네놈들이 한 짓을 절대로 잊지 않는다.」

「"나는 이제껏 존재하지 않던 새로운 '설화'를 만들 겁니다."」

눈앞에서 기억들이 흘러간다. 내가 아는 그대로도 있었고, 비틀리거나 왜곡된 것도 있었다. 온전한 '설화'가 아니기 때문이었다.

이것은 '김독자'라는 이야기에 대한 '은밀한 모략가'의 독해였다.

「이것이 '은밀한 모략가'의 기분이었다.」

'은밀한 모략가'가 말했다.

【김독자는 이제 그 목표를 이룰 수 없다. 정확히 말하면 이룰 수 없게 되었지.】

나는 묻고 싶었다.

어째서 그렇게 생각하는 것이냐고.

['제4의 벽'이 희미하게 흔들립니다.]

【설화는 허구일 수는 있어도 거짓을 말하지는 않는다.】

'은밀한 모략가'의 왼손이 유중혁의 머리카락에 닿았다. 반사적으로 휘두른 흑천마도가 '은밀한 모략가'의 손을 쳐냈지만, 이미 늦은 뒤였다.

[설화, '대천사의 사랑을 받는 자'가 이야기를 시작합니다.]

막 태어난 아기처럼 내가 가진 설화들이 울고 있었다.

개중에는 내게 익숙한 설화도 있었고.

[설화, '다섯 번째 손오공'이 이야기를 시작합니다.]

얻은 지 얼마 안 된 설화도 있었으며.

[설화, '용이 인정한 적수'가 이야기를 시작합니다.]

[설화, '해신의 전우'가 이야기를 시작합니다.]

[설화, '고려제이검'이 이야기를 시작합니다.]

대체 언제 얻은 것인지 알 수 없는 설화들도 있었다. 그 모든 설화들이 한꺼번에 말하고 있었다.

【구원의 마왕이여, 너는 <스타 스트림>을 파괴할 수 없다.】

하늘의 별들이 빛나고 있었다. 내가 증오했던 별들이었다.

[성좌, '술과 황홀경의 신'이 당신을 지켜보고 있습니다.]

〈스타 스트림〉의 세계를 관음하는 절대자들.

화신들의 삶을 유희로 삼는 존재들.

[성좌, '양산형 제작자'가 당신을 지켜보고 있습니다.]

[성좌, '부유한 밤의 아버지'가 당신을 지켜보고 있습니다.]

내가 여기까지 올 수 있도록 줄곧 지켜본.

[성좌, '가장 어두운 봄의 여왕'이 당신을 지켜보고 있습니다.]

나의, 아주 오래된 적들.

【너는 이제 성좌들을 싫어하지 않기 때문이다.】

'은밀한 모략가'의 말을 들으면서 아무 대답도 할 수 없었다. 사실이 아니라고 말하고 싶었다. 나는 성좌들을 증오한다고 말하고 싶었다. 그들을 떨어뜨리는 것이 나의 목표 중 하나라 말하고 싶었다.

하지만 말할 수 없었다. 왜냐하면, 빌어먹게도 나는 이제

[성좌, '해상전신'이 당신을 지켜보고 있습니다.]

저 하늘의 별들이 모두 똑같은 빛을 발하지 않는다는 것을 알기 때

문이다.

[성좌, '대머리 의병장'이 당신을 지켜보고 있습니다.]

[성좌, '고려제일검'이 당신을 지켜보고 있습니다.]

'절대왕좌' 시나리오에서도, '마계'에서도.

그들이 모아준 개연성이 없었다면, 나는 여기까지 올 수 없었다.

[성좌, '악마 같은 불의 심판자'가 당신을 지켜보고 있습니다.]

[성좌, '심연의 흑염룡'이 당신을 지켜보고 있습니다.]

[성좌, '가장 오래된 해방자'가 당신을 지켜보고 있습니다.]

인정할 수밖에 없었다.

내 모든 설화는 그들이 함께 만들어준 것이었다.

【너는 이 세계선의 어떤 '상실'도 원하지 않는다. 너는 이 이야기를 사랑하게 되었기 때문이다. 그렇기에 너는…….】

이야기의 마침표를 찍듯, '은밀한 모략가'가 선언했다.

【절대로 이 세계의 ■■을 볼 수 없다.】

하늘에서 천둥이 쳤다.

제천대성과 〈황제〉의 싸움이 격화되고 있었다.

[다수의 관객이 당신의 전장을 지켜보고 있습니다.]

성좌들이 나를 내려다보고 있었다. 누군가는 나를 동정했고, 누군가는 나를 대신해 분노했다. 무수한 간접 메시지가 몰아쳤다.

유중혁은 말이 없었다.

통천하를 적시는 빗물이 쏟아지는 말들을 대신했다.

나는 무슨 말이라도 하고 싶었다.

그러나 내가 채 입을 열기도 전에, 누군가 내 말을 빼앗았다.

"그래서 결국 하고 싶은 말이 뭐지?"

유중혁이었다.

"김독자에게는 자격이 없으니, 네놈이 대신해서 이 세계의 ■■을 보겠다는 건가?"

'은밀한 모략가'의 미간에 희미한 실선이 생겼다.

【정상적인 판단이 안 되는 모양이군. 네가 동료로 생각하는 저 녀석은, 네가 증오하는 성좌들과 전혀 다를 바가 없다. 저놈은—】

"한심한 놈이지."

유중혁이 말을 받았다.

"보잘것없는 게임 회사의 계약직이었고, 소설 읽는 것이 취미의 전부였던 녀석이다."

초라한 자기소개처럼 울려 퍼지는 말들.

언젠가 내가 유중혁에게 한 말들이었다.

"시건방지게 떠드는 것이 특기고, 대책 없는 상황에서는 자신의 목숨을 던져 위기를 모면하는 버릇이 있는 녀석이다."

내가 모르는 나를, 유중혁이 말하고 있었다.

"그런 녀석이 일행들을 여기까지 이끌었다."

까가가각, 하는 소리와 함께 흑천마도가 진천패도를 밀어냈다. 싸움이 시작된 후 처음으로, 유중혁이 집중 공세를 퍼붓고 있었다.

'은밀한 모략가'의 표정이 흔들렸다.

유중혁의 검격이 처음으로 '은밀한 모략가'의 방어를 파고들고 있었다.

"찾아올 결말이 무엇이든, 녀석이 없었다면 이 세계는 여기까지 올 수 없었다."

【너는 아무것도—!】

"오히려 정상적인 판단이 안 되는 건 네놈인 것 같군. 네놈은 왜 이 세계선을 방해하는 거지?"

분연한 파천검도가 어둠을 베어냈다. '은밀한 모략가'의 신형이 크게 흔들리며 뒤쪽으로 밀려났다. 그 짧은 찰나를 놓치지 않고, 유중혁의 검이 폭풍처럼 몰아쳤다.

"네놈의 목적은 대체 뭐지? 김독자가 그렇게 거슬렸다면, 왜 진즉에 죽이지 않았나? 김독자가 네 삶을 이용해 살아가는 것이 그렇게나 역겨웠다면—"

흑천마도가 '은밀한 모략가'의 목을 겨누었다.

[성좌, '은밀한 모략가'가 화신 '유중혁'을 노려봅니다.]

두 시선이 마주치는 순간, 유중혁이 물었다.

"왜 아직도 이 이야기를 지켜보는 것이지?"

4

어째서 '은밀한 모략가'는 지금까지 우리의 설화를 지켜본 것인가.

"대답해라."

그는 이계의 신격의 왕이었고, 자신의 '결'을 본 존재였다.

나를 제거하고 싶었다면 막대한 개연성을 희생해서라도 죽일 수 있었다는 뜻이다.

「그런데 그는 그렇게 하지 않았다.」

'은밀한 모략가'가 나를, 유중혁을 바라보고 있었다.

그의 정신은 너무나 깊고 광활해서 내가 [전지적 독자 시점]을 쓴다 해도 이해할 수 없었다. 그럼에도 그 순간 난 '은밀한 모략가'를 이해할 것 같았다.

—내 소설이 멸살법의 표절이라면, 너는 무엇의 표절이지?

1,863회차의 한수영은 내게 그렇게 물었다.

나는 그 질문의 답을 알면서도 대답하지 않았다.

인정하고 싶지 않았기 때문이다.

1,863회차에서 한수영이 만든 세계는, 어떤 의미에서는 내가 살아온 회차보다도 완전했다. 원작의 일행들이 생존했고, 서울은 최종 시나리오에 대항할 인프라를 갖추었다.

그 그림에 유일하게 없던 것은 '유중혁'뿐이었다.

나는 그것이 불공평하다고 생각했다. 주인공을 배제하고, 원작을 베껴 만들어진 세계가 올바를 리 없다고 생각했다.

「어떤 복제는 원작을 능가한다.」

그럼에도 나는 한수영이 만든 세계에서 눈을 뗄 수 없었다. 그것이 올바르지 않다고 생각하면서도, 그녀의 이야기에 내가 목표로 하던 것들이 담겨 있었기 때문에.

[성좌, '은밀한 모략가'가 당신을 바라보고 있습니다.]

삶에도 저작권이란 것이 존재할까.

하나의 삶을 저작著作이라 표현해도 좋을까.

【구원의 마왕.】

다른 세계선의 성공을 위해 자기 삶을 내준 존재가 나를 보고 있었다.

이 세계에서 유일하게 '결말'을 볼 자격이 있는 사내.

그럼에도 원하던 결말을 볼 수 없었던 이가, 유중혁의 흑천마도를 손으로 붙잡은 채 말했다.

【제대로 된 '결'을 맺지 못한 이야기는 실패한 이야기인가?】

날에 베인 손가락에서 설화가 흘러내렸다. 내가 잘 아는 설화들이었다.

내가 십여 년에 걸쳐 읽어온 이야기.

【정말로, 세상에 '제대로 된 결말'이라는 게 존재한다고 생각하는가?】

유중혁이 흑천마도를 재차 휘두르자, '은밀한 모략가'의 신형이 훌쩍 멀어졌다.

'정신 차려라, 김독자. 이번엔 제대로 온다.'

[특성 '마왕살해자'가 발동합니다!]

[특성 '별들의 공포'가 발동합니다!]

마왕과 성좌를 베기 위해 만들어진 검이 울부짖었다.

[설화, '영원불멸의 지옥도'가 울부짖습니다!]

[거대 설화, '고독한 멸망의 순례자'가 이야기를 계속합니다!]

오직 자기 자신의 삶으로 '거대 설화'를 완성한 존재가 눈앞에 있었다.

까가가가가가각!

우리는 다가오는 설화를 감당하지 못하고 밀려났다. 물에 젖은 솜처럼 몸이 무거웠다. 통천하의 물길이 뒤집히며 강바닥이 드러났다.

우리는 강바닥을 딛고 서서, 허공을 향해 검을 휘둘렀다.

파천검도.

절기絕技.

파천유성결.

하늘을 찌르는 검뢰가 흑천마도 끝에서 솟구쳤다. 마왕의 격과 성좌의 격, 그리고 초월좌의 격이 더해진 검강의 다발이 산개하는 유성우처럼 허공을 향해 쏘아졌다.

동시에 저쪽에서도 진천패도가 움직였다.

콰콰콰콰콰!

이쪽이 가진 기술은 저쪽도 가지고 있다. 똑같은 모양의 유성우가 허공에서 부딪치며 대폭발을 일으켰다.

기술이 똑같을 때 승패를 좌우하는 것은 숙련도, 그리고 설화의 격이다.

[거대 설화, '고독한 멸망의 순례자'가 이야기를 회상합니다.]

그리고 불행하게도, 우리는 어느 면에서도 앞서지 못한 상태였다.

'김독자!'

그렇다고 여기서 물러설 수는 없었다.

나는 필사적으로 「영원불멸의 지옥도」를 운용하는 동시에, 다른 설화들을 방출했다.

[설화, '이계의 신격을 살해한 자'가 이야기를 시작합니다!]

저쪽이 격의 우세를 점한 것은 '마왕살해자'와 '별들의 공포'의 특성 때문이다. 그렇다면 이쪽도 이계의 신격에 대항할 수 있는 설화를 풀면 된다.

쿠구구구구구구구!

격과 격이 충돌했다. 유중혁의 코에서 주르륵 피가 쏟아졌다. 하지만 유중혁은 물러서지 않았다. 유중혁뿐만 아니라 설화들도 알고 있는 듯했다. 여기서 이야기를 멈추면 모든 이야기가 끝나버린다는 것을.

【소용없다.】

'은밀한 모략가'의 설화가 움직였다.

막연한 파형으로 존재하던 '거대 설화'의 기세가 변하고 있었다. 거신의 형상을 이룬 「고독한 멸망의 순례자」가 커다란 손바닥으로 우리를 내리누르기 시작했다.

유중혁이 반발하듯 으르렁거렸다.

"이쪽에도 거대 설화는 있다."

[거대 설화, '마계의 봄'이 이야기를 계속합니다!]

[거대 설화, '신화를 삼킨 성화'가 이야기를 계속합니다!]

눈앞에서 거대 설화의 정경들이 흘러갔다.

마왕 선발전, 수르야와 맞서 싸운 「마계의 봄」.

'기간토마키아'를 겪으며 얻은 「신화를 삼킨 성화」.

거대한 사자와 용의 형상을 띤 두 개의 거대 설화가, 거신의 손바닥을 물어뜯으며 저항했다.

[41회차의 '유중혁'이 당신을 바라보고 있습니다.]

[666회차의 '유중혁'이 당신을 바라보고 있습니다.]

[999회차의 '유중혁'이 당신을 바라보고 있습니다.]

'은밀한 모략가'의 안에서, 수많은 유중혁들이 이 전장을 지켜보고 있었다.

나는 [666]과 [999]를 떠올렸다. 그들도 저 안에 있을 것이다. '은밀한 모략가'와 함께, 이 세계선의 시작부터 나를 지켜봐준 녀석들.

그들이 두 유중혁의 결투를 보며 동요하고 있었다.

['무대화'가 발동합니다!]

하늘이 갈라지며, 빛과 어둠이 세를 이루기 시작했다.

[거대 설화, '빛과 어둠의 계절'이 이야기를 시작합니다.]

「빛과 어둠의 계절」은 우리의 거대 설화였다. 하지만 동시에, '은밀한 모략가'의 거대 설화이기도 했다. 그리고 그 거대 설화에서 유중혁은 '은밀한 모략가'에게 패했다.

【너희는 이길 수 없다.】

'무대화'의 영향력은 절대적이다.

패한 역사는 또다시 패한 역사를 만들 뿐이다.

「백색 코트의 사내가 창공을 올려다보고 있었다. 그러자 흑색 코트의 사내가 그 시선을 마주했다.」

'은밀한 모략가'의 동공이 흔들렸다.

분명히 그때와 같은 '유중혁'의 싸움이었음에도 뭔가가 달랐다.

'은밀한 모략가'가 자신의 코트를 내려다보았다.

흑색 코트.

그때와는 코트의 색깔이 정반대가 되었다.

「빛과 어둠이 충돌하고 있었다. 그리고 하나의 감시자만이 그 모든 이야기를 지켜보았다.」

유중혁의 오른팔에 거대한 격이 모여들고 있었다. 녀석이 사용하려는 기술은 명백했다. 지금의 유중혁이 사용할 수 있는 최강의 기술.

유성참.

묵시룡 전戰에서, 유중혁은 이 기술로 '은밀한 모략가'를 꺾지 못했다.

[화신 '정희원'이 자신의 거대 설화 지분을 일시적으로 양도합니다.]

멀지 않은 전장에서 〈김독자 컴퍼니〉 모두가 우리에게 힘을 보태고 있었다. 거대 설화에 지분을 가진 모든 존재가 이 전장에 동참하고 있었다.

[화신 '한수영'이 자신의 거대 설화 지분을 일시적으로 양도합니다.]

[화신 '신유승'이 자신의 거대 설화 지분을 일시적으로 양도합니다.]

[화신 '이길영'이 자신의 거대 설화 지분을 일시적으로 양도합니다.]

유중혁의 흑천마도에 〈김독자 컴퍼니〉의 모든 설화가 모여들었다.

점점 더 불어나는 유중혁의 설화를 보며, '은밀한 모략가'가 자신의 격을 쏟아부었다.

똑같은 유중혁이지만, 두 사람이 만든 설화는 전혀 달랐다.

「유중혁은 누구인가.」

그들이 가진 설화가 그 질문의 대답이었다.

[거대 설화, '고독한 멸망의 순례자'가 이야기를 계속합니다.]

'은밀한 모략가'의 설화는 1회차, 2회차, 다시 100회차와 1,000회차의 유중혁이었다. 오직 한 사람의 존재가 쌓이고 쌓여 만들어진 설화.

「모든 비극이 무료해지고, 오직 하나의 존재만이 비대해졌다.」

휘두르는 흑천마도의 검격이 그 설화에 대항했다.

[설화, '생과 사의 동료'가 이야기를 계속합니다.]

이것이 유중혁의 대답이었다.

[설화, '과거와 미래의 아이'가 이야기를 시작합니다.]

유중혁은 신유승이었다.

[설화, '멸망의 심판자'가 이야기를 시작합니다.]

정희원이었고.

[설화, '거짓 구원자'가 이야기를 계속합니다.]

한수영이었으며.

[설화, '구원의 마왕'이 이야기를 계속합니다!]

나였다.

콰아아아아아아.

유성참이 '은밀한 모략가'의 거대 설화와 부딪쳤다. 그야말로 백중지세의 싸움이었다.

잠깐의 방심이 승패를 가를 수 있는 전장.

우리가 가진 모든 설화가 몰아쳤다. 그리고,

[666회차의 '유중혁'이…….]

그 전장의 중심에서, 힘의 저울이 삐거덕거리며 움직였다.

[362회차의 '유중혁'이…….]

귀가 멀 듯한 굉음이 터졌고, 폭발한 강물이 희뿌연 안개를 이루었다.

밀려온 강물이 비틀거리는 유중혁의 몸을 휩쓸었다.

유중혁의 정신이 흐려지고 있었다.

나는 유중혁 대신 화신체를 움직여 근처의 부유물로 몸을 끌어 올렸다. 자세히 보니 그것은 부유물이 아니라, 죽은 이계의 신격들이 쌓여 만들어진 작은 섬이었다.

그리고 목소리가 들려왔다.

【너와 나의 차이는 하나뿐이다.】

뿌옇게 피어오른 강물의 안개가 사라지자, 시체들의 섬에 주저앉은 '은밀한 모략가'의 모습이 보였다.

【너는 운이 좋았고, 나는 운이 없었다.】

엉망으로 찢어진 흑색 코트.

그의 전신에서 스파크가 튀어 오르고 있었다.

[1,562회차의 '유중혁'이…….]

[1,321회차의 '유중혁'이…….]

그의 안에서 '유중혁'들이 반발하고 있었다. 그들이 '은밀한 모략가'

의 뜻을 거부하고 있었다.

[999회차의 '유중혁'이 1,864회차의 끝을 보고 싶어합니다.]

'은밀한 모략가'의 격이 조금씩 줄어들고 있었다. 그의 몸이 조금씩 작아지기 시작했다. 부풀어 있던 근육이 작아지고, 키가 줄어들었다.

격을 상실한 '은밀한 모략가'는 어느새 소년의 모습으로 변했다.

나는 비틀거리며 유중혁의 몸을 일으켰다.

"너……."

무언가 말을 하고 싶은데 목소리가 나오지 않았다.

[절대다수의 관객이 당신의 결투에 전율합니다!]

[일부 관객이…….]

우리가 이겼다.

머릿속으로 무수한 간접 메시지가 날아들었지만, 그중 어느 것도 귀에 들어오지 않았다.

홀로 섬에 주저앉은 '은밀한 모략가'. 바닥에 꽂힌 진천패도만이 그를 지탱하고 있었다.

나는 흑천마도를 꾹 쥔 채 녀석에게 다가갔다.

어째서 같은 유중혁임에도 이토록 다른 생을 살아야만 했는가.

왜 저 녀석은, 홀로 이 모든 비극을 겪어내야 했는가.

[거대 설화, '고독한 멸망의 순례자'가 이야기를 더듬거립니다.]

그에게는 동료가 없었기 때문인가.

동료.

[41회차의 '유중혁'이 당신을 경계하고 있습니다.]

없지 않았다.

그에게도 동료는 있었다.

하나둘, 그의 몸에서 떨어져 나온 '꼬마 유중혁'들이 그곳에 있었다.

【안돼안돼안돼안돼안돼안돼】

그의 주변을 둘러싼 꼬마 유중혁들. 그리고 다시 그 꼬마 유중혁들의 주변을 둘러싼 이계의 신격들이 보였다.

【하나뿐하나뿐하나뿐】

'은밀한 모략가'가 살아온 역사.

그가 살아온 멸살법의 모든 것이, 그를 보호하고 있었다.

【죽이지마죽이지마죽이지마죽이지마】

'결'에 도달하지 못해 버려진 이야기들.

나는 유중혁의 몸을 움직여 그들을 향해 자세를 낮추었다. 손을 뻗자, 작은 이계의 신격 중 하나가 유중혁의 손끝을 물었다. 새빨간 피가 손가락 끝에 맺혀 떨어졌다.

이 세계선이 새로운 이야기라는 것은 거짓말이다.

여전히 유중혁의 이야기는— 멸살법은 끝나지 않았다.

'김독자.'

정신이 들었는지, 유중혁이 내게 말을 걸었다.

나는 대답하지 않은 채, 이계의 신격들을 헤치며 '은밀한 모략가'를 향해 다가갔다.

소년이 된 '은밀한 모략가'가 이계의 신격에게 둘러싸인 채 나를 올려다보고 있었다.

흑천마도를 그러쥐는 나를 보며, 유중혁이 말했다.

'후회할 거다.'

「후회 안 해.」

들어 올린 흑천마도를, 나는 천천히 칼집에 집어넣었다.

「너도 안 죽일 거잖아.」

유중혁의 대답은 조금 늦게 돌아왔다.

'……죽여봤자, 놈은 다시 회귀할 뿐이니까.'

말은 그렇게 해도, 유중혁이 무슨 생각을 하고 있는지는 명백했다.

비극은 이것으로 충분했다.

[다수의 성좌가 당신을 지켜보고 있습니다.]

[다수의 성좌가 당신의 선택을 이해하지 못합니다.]

이 선택은 설화를 쌓기 위해서가 아니었다.

이것이 1,864번에 달하는 삶의 티끌조차 위로하지 못함을 안다.

하지만.

"은밀한 모략가."

내 부름에 '은밀한 모략가'가 나를 올려다보았다.

이 세계가 원작과 달라졌다 해도, 이 세계가 더 이상 소설이 아니라 해도…… 녀석이 살아온 이야기가 없었더라면, 이 세계는 존재하지 않는다.

「그가 없었더라면, 지금의 김독자도 이 자리에 없다.」

나는 분명 그에게 빚을 졌다.

무엇으로도 갚을 수 없는 빚이었다.

"한번 쓴 문장은 바뀌지 않는다고 했지. 난 그렇게 생각하지 않아."

문장은 바뀔 수 있다.

멸살법에도 수정본이 존재하는 것처럼.

【내 설화는 이미 끝났다.】

"그리고?"

【그다음은 없다. 끝이란 그런 거니까.】

"어떤 이야기는 끝이 나야 비로소 새롭게 시작하기도 해. 내가 살던 세계에는 매년 올해가 완결입니다, 라고 해놓고 10년 넘게 같은 이야기를 연재한 사람도 있었어."

그 이야기가, 나를 살게 만들었다.

"분명 500화 완결이라고 들은 것 같은데 어느새 1,000화를, 다시 2,000화를 넘긴 이야기였지."

【무슨 소리를 하고 싶은 거지?】

"그 이야기는 3,149화까지 쓰였고…… 3,150화는 쓰이지 않았어."

마침표를 찍어도 다음 문장을 쓰는 한 이야기는 계속된다.

'은밀한 모략가'도 잘 알고 있을 것이다. 그는 누구보다도 오랫동안 이야기를 계속해온 존재이기 때문이다.

"지금도 난 그 이야기가 계속되고 있는 기분이 들어. 그리고 어쩌면, 정말 계속되고 있었는지도 모르지. 정말 다행이라고 생각해."

【네놈은—】

"왜냐하면 난 성좌니까."

굳어진 '은밀한 모략가'의 표정을 보며, 나는 서늘한 목소리로 덧붙였다.

"성좌는 그런 존재거든."

이것이 내가 선택한 대답이었다. 놈을 상처 입혀도, 놈을 기만하지 않을 방법이었다.

'은밀한 모략가'의 두 눈이 나를 노려보고 있었다.

【네놈이 본 그 이야기가.】

이글거리는 목소리가, 나를 향해 말하고 있었다.

【결국 너를 죽이게 될 것이다. 네게 최악의 결말을 보여줄 것이다. 그리고 너의 성운을—】

"상관없어."

이것이 무책임한 말이 될 수도 있다는 걸 안다. 내 알량한 속죄가, 다른 모든 이에게 커다란 불행을 가져올 수 있다는 걸 안다.

그럼에도 이것만이, 내가 할 수 있는 최선이었다.

"그때마다 나도 최선을 다해 맞서 싸울 테니까."

'은밀한 모략가'의 표정이 변하고 있었다. 나는 지을 수 없는 표정이었다. 먼 우주의 끝을 가늠하는 표정. 그런 얼굴로 '은밀한 모략가'는 전장을 돌아보았다.

비가 그치고, 제천대성이 불러온 먹구름들이 물러가고 있었다.

'천계대전'이 끝나가고 있었다.

쓰러진 〈황제〉의 성좌들이 제천대성과 요괴들을 올려다보았다. 그들의 얼굴에 드리워진 짙은 패배감이 이 전장의 승패를 방증했다.

[현재 《은퇴한 SSSSS급 손오공이 되었다》 설화방이 '경전'을 획득한 상황입니다.]

[경전을 1시간 동안 수호하면 시나리오는 자동 종료됩니다.]

[현재 시나리오 종료까지 10초 남았습니다.]

마침내 길었던 시나리오가 끝나가고 있었다.

나는 하늘을 올려다보았다. 눈부신 〈스타 스트림〉의 창공. 그곳에서 마지막 시나리오를 관장할 '대도깨비'들이 나를 노려보고 있었다.

[시나리오가 종료됐습니다!]

[《은퇴한 SSSSS급 손오공이 되었다》 설화방이 시나리오에서 승리했습니다!]

눈부신 메시지와 함께, 어마어마한 보상과 성좌들의 축하 메시지가 하늘을 뒤덮기 시작했다.

멀리서 비유를 머리에 얹고 경전을 흔들며 달려오는 신유승이 보였다.

신유승이 쥔 경전의 제목은 다음과 같았다.

《은퇴한 SSSSS급 손오공이 되었다》.

"아저씨!"

[해당 시나리오에 '이계의 신격'의 지분이 막대합니다!]

[<스타 스트림>이 '이계의 신격'의 존재를 인정합니다.]

['이계의 신격'들이 정식으로 시나리오에 참여할 수 있게 됐습니다!]

(눈부신 빛살과 함께, 요괴들의 몸이 허공으로 떠올랐다.)

(손오공을 중심으로 모여든 요괴들은 마치 하나의 군체처럼 하늘을 향해 포효했다.)

나는 그들의 울음을 들었다.

(그것은 낯선 나라의 노래처럼 들렸다.)

내 화신체를 업고 손을 흔드는 정희원의 모습이 보였다. 잘못 들었는지는 모르겠지만 "드디어 붙잡았다"느니 어쩌느니 하는 소리도 들렸다. 석존의 후예가 된 유상아와, 탈진한 이길영을 업은 장하영도 보였다.

곁을 돌아보자 '은밀한 모략가'가 나와 같은 풍경을 바라보고 있었다.

('서유기'를 여기서 끝마친다.)

하나의 시나리오가 끝나도 여전히 이야기는 계속된다.

하지만 그 이야기에도 반드시 결말은 있다.

[새로운 '거대 설화'를 획득했습니다!]

[히든 시나리오 - '단 하나의 설화'의 네 번째 조건이 일부 완수됐습니다!]

그렇게 아주 조용히.

[당신의 거대 설화가 '결'의 전반부를 완성했습니다!]

이 세계의 끝을 예고하는 메시지가 들려왔다.

[당신의 성운이 '마지막 시나리오'의 자격을 획득했습니다.]

OMNISCIENT READER'S VIEWPOINT

최후의 벽

Episode 85

I

[95번 메인 시나리오가 종료됐습니다!]

시나리오가 종료된 후, 제천대성과 이계의 신격들은 통천하의 중심에 모여 축연을 벌였다.

[거대 설화, '서유기'가 엑스트라의 신분을 해방합니다.]

〈관리국〉과 〈황제〉의 억압 아래 시나리오의 노예가 되었던 이계의 신격들이 풀려나고 있었다.

【오오오오오오오오오】

【원숭이왕원숭이왕원숭이왕】

그들 중 일부는 '은밀한 모략가'를 따르다가 뒤늦게 시나리오에 참전한 쪽이었다. '은밀한 모략가'의 격이 약해지며, 새로운 외신으로 등극한 제천대성 쪽으로 자연히 넘어온 이들.

[보상 분배가 시작됩니다!]

허공에서 내려오는 95번 시나리오의 보상품을 보며 화신들의 입이 찢어질 듯 벌어졌다.

하지만 기쁨도 잠시.

그들의 시선은 더 어마어마한 보상품을 받는 화신 무리를 향했다.

"와, 저건……."

"젠장, 나도 저 설화방에 들어갔어야 하는데."

〈김독자 컴퍼니〉 일행들이었다.

인당 무려 100만 코인에 달하는 개별 보상에 이어, 〈황제〉의 성유물을 획득한 이도 보였다.

모두 절차에 맞게 분배되기에 항의할 수 있는 이는 없었다.

[성운, <황제>가 관리국에 시나리오의 공정성을 항의합니다!]

아니, 있기는 했다. 바로 주최 측인 〈황제〉였다.

기껏 꾸린 대형 시나리오의 보상이 통째로 소성운에게 넘어가버렸으니, 그들로서는 억울할 수밖에 없었다.

[<스타 스트림>이 성운, <황제>의 항의를 묵살합니다.]

분기를 이기지 못한 〈황제〉의 일부 성좌가 신의 격을 발출하려는 순간, 뜻밖의 존재들이 그들을 막았다.

"그만들 하십시오. 우리가 졌습니다."

〈황제〉 최강의 화신, 페이후.

"신화급 성좌들께서 지금의 우리를 본다면 뭐라고 생각하시겠습니까?"

이번 '서유기' 시나리오에 〈황제〉의 신화급 성좌들은 참여하지 않았다. 아마 마지막 시나리오에서 이 모든 것을 관망하고 있을 것이다.

“각자의 명예에 부끄럽지 않게 행동하십시오.”

화신의 단호한 목소리에 〈황제〉의 성좌들도 뒤늦게 얼굴을 붉히며 고개를 숙였다.

멀찍이 떨어진 곳에서, 정희원과 이지혜가 그 광경을 지켜보고 있었다.

“의외네요.”

“그러네.”

지금껏 만난 거대 성운의 실세는 대부분 자신들의 패배를 인정하지 않았다. 그런데 이번에는 달랐다.

이쪽의 시선을 깨달았는지, 페이후가 머쓱한 웃음을 지으며 다가왔다.

“화신 정희원.”

정희원은 긴장하며 강철검을 쥐었다.

페이후는 지금껏 그녀가 상대한 적 가운데 손에 꼽을 강자였다.

페이후는 온화한 목소리로 말했다.

“이번 승부는 아주 인상적이었소.”

“아, 네.”

“기회가 된다면, 꼭 그대를 중국으로 초청하여 식사를 함께하고 싶소.”

자세히 보니 페이후의 귀가 은은하게 붉었다.

그 모습을 보던 이지혜가 [전음]으로 감탄했다.

—와, 세상이 멸망하는데도 이런 사람이 남아 있네.

정희원은 멍한 얼굴로 페이후를 마주 보았다. 자신과 눈을 마주 보지 못하고 머뭇거리는 페이후.

이지혜가 정희원의 옆구리를 쿡쿡 찔렀다.

—언니, 뭐 해요? 그래도 지금까지 우리가 본 남자들 중엔 제일 낫다고요. 얼굴이야 우리 사부보다 한참 못하지만…….

"죄송하지만."

정희원은 무림 고수처럼 공손한 목소리로 응대했다.

"전 검과 평생을 함께하기로 한 몸이라."

"나도 마찬가지요."

"네?"

"내 꼭 그대를 중국으로 초대하여 밤새도록 깊은 검무를 나눠보고 싶소."

뜨거운 눈빛을 불태우며 장광설을 늘어놓는 페이후를 보며, 정희원은 살짝 질리는 느낌이었다. 곁을 돌아보니 눈을 빛내며 응원하던 이지혜도 고개를 설레설레 젓고 있었다.

혹시나 이 모든 게 기우면 다행이겠지만, 아니라면 귀찮은 일이 생길지도 모른다.

츠츠츠츳…….

보다 못한 그녀의 배후성이 움직이는 소리가 들렸다.

[성좌, '악마 같은 불의 심판자'가…….]

'됐어요, 우리엘. 가만히 계세요.'

괜히 여기서 우리엘까지 나서면 꺼져가던 전쟁의 불씨가 다시 활활 타오를지도 모른다. 맘 같아서야 당장 일대일로 붙어서 꺾어버리고 싶지만, 주변 성좌들 시선도 있고…….

"죄송하지만, 저는 이미—"

거기까지 말하는데 이번에는 그녀가 쥔 강철검이 파르르 떨렸다. 이현성이 변신한 강철검.

정희원은 괜스레 원망스러운 기분이었다.

왜 이 검은 말도 못 하는 검이란 말인가.

"뭐야 이건, 비켜!"

그런 정희원을 도와준 것은 한수영이었다. 대체 언제 시나리오에 진입했는지, 페이후를 밀치고 나타난 한수영이 주변을 두리번거리며 물었다.

"김독자 어딨어?"

김독자?

정희원은 지금껏 자신이 업고 있던 사내의 화신체를 돌아보았다.

도중에 끼어든 한수영을 불만스럽게 바라보는 페이후.

그런 페이후와 김독자의 화신체를 번갈아 보던 정희원의 머릿속에 기가 막힌 생각이 떠올랐다.

"주군!"

'깃발 쟁탈전'을 회고하듯, 김독자를 품에 안은 정희원이 정열적인 목소리로 외쳤다.

"주군! 괜찮으십니까?"

허여멀건 김독자의 화신체가 정희원의 품에서 흐느적거리며 흔들렸다.

"왕이시여!"

모두가 정희원을 보고 있었다.

이지혜는 입을 딱 벌린 채, 그리고 한수영은 어이없다는 표정으로, 그리고 페이후는.

"아……."

그제야 모든 것을 이해했다는 듯한 얼굴이었다.

"그렇군요, 화신 정희원. 그런 것이었습니까?"

페이후의 시선은 정희원을, 한수영을, 그리고 이지혜를 훑더니 마지막으로 김독자의 얼굴을 향했다.

슬그머니 깨무는 입술.

선택받은 주인공을 부러워하는 비운의 엑스트라처럼 천천히 고개를 숙인 페이후가 천천히 돌아섰다.

그 모습을 지켜보고 있던 이지혜가 정희원을 향해 [전음]을 날렸다.

—됐어요, 언니. 이제 갔어요. 뭔가 재수 없는 오해를 한 것 같지만.

하지만 정희원은 그만두지 않았다.

"주군! 일어나보십시오! 주군! 일어나지 않으시면 죽이겠습니다!"

찰싹! 찰싹! 찰싹! 찰싹!

정희원의 손바닥에 맞은 김독자의 왼쪽 뺨이 탱탱 붓기 시작했다.

한수영은 그런 정희원을 한심하다는 얼굴로 내려다보더니 물었다.

"너 지금 뭐 하냐?"

"복수."

한수영이 납득했다는 듯 고개를 주억거리더니, 정희원을 대신해서 김독자의 멱살을 붙잡고 흔들었다.

"야."

"……."

"내가 수식언 지어준다고 했잖아. 근데 그새를 못 참고 새 수식언을 얻어?"

"……."

"내가 쓴 내레이션은 들었냐? 마지막 지문 들었어? 어땠어? 솔직히 말해도 돼 인마. 감동했잖아. 그치?"

하지만 김독자는 여전히 대답이 없었다.

인상을 찌푸린 한수영이 아직 붓지 않은 다른 쪽 뺨을 찰싹찰싹 때렸다.

그 꼴을 보다 못한 신유승이 사색이 되어 달려왔다.

"다들 대체 뭐 하는 거예요!"

"걱정 마. 숨은 붙어 있어. 안 죽었다고."

소란에도 불구하고 김독자는 일어나지 않았다.

그러자 일행들 사이에서도 의견이 갈리기 시작했다.

"분명 일부러 안 일어나는 거야. 지은 죄가 있으니까."

"하긴. 그럼 참지 못할 정도의 고통을 줘보는 게……."

"다들 너무하는 거 아니에요?"

그런 상황에서 오 분이 지나고, 십 분이 지나도 의식의 기미는 보이지 않았다. 일행들 표정도 심각해지기 시작했다.

"뭐지?"

결국 일행들은 이 사태를 대신 설명해줄 인물을 찾아냈다. 김독자 바로 옆에서 기절해 있던 유중혁이었다.

"야, 유중혁! 정신 좀 차려봐! 김독자 이 자식 왜 안 깨어나는데?"

찰싹! 찰싹! 찰싹! 찰싹!

단단한 유중혁의 뺨은 김독자처럼 쉽게 부풀지 않았다.

그렇게 얼마나 지났을까.

유중혁이 희미하게 실눈을 떴다.

"나는 유중혁이다……."

"빌어먹을, 이 자식은 또 왜 이래."

유중혁은 정신 나간 사람처럼 같은 말만 반복했다.

뒤늦게 나타난 유상아가 한수영을 말렸다.

"중혁 씨 채근하는 건 그만두세요. 설화 때문에 기억 혼선이 와서 제정신이 아닐 테니까."

"상아 언니!"

뒤늦게 재회의 기쁨을 누리게 된 일행들이 유상아를 향해 모여들었다.

무사히 환생한 유상아의 전신에서 예전과는 또 다른 기품이 느껴졌다.

그 광경을 보던 한수영이 피식 웃으며 물었다.

"석존의 후예라더니, 빡빡머리가 아니네?"

"요즘 종교는 제법 트렌디하거든요."

"잘 돌아왔어. 좀 늦었지만."

"당신이 말썽부릴 참에 맞춰 오느라 힘들었어요."

"말썽부리는 건 내가 아니라 얘야."

어깨를 으쓱한 유상아는 기절해 있는 김독자를 향해 손을 내밀었다. 그러자 김독자의 머리에 씌워진 '긴고아'가 환한 금빛을 발했다.

정희원이 만족한 듯 고개를 주억거렸다.

"잘 씌워놨네요. 이제 어디 도망은 못 가겠다."

"안타깝게도, 이미 도망간 것 같네요."

"네?"

"영혼체가 돌아오지 않았어요."

김독자에게 채워진 긴고아에서 창공을 향해 희미한 실선이 뻗어나갔다. 어디론가 이어진 실선.

유상아가 그 실선의 끝을 가늠하며 말했다.

"걱정 마요. 멀리는 못 갔으니까. 자의로 떠난 것 같지도 않고요."

자의로 떠난 것이 아니다. 그 말의 의미는 명료했다.

주변을 황급히 돌아보던 한수영이 물었다.

"'은밀한 모략가' 어디 갔어?"

차원 통로의 전경이 빠르게 주변을 흘러가고 있었다.

모든 것은 찰나에 벌어진 일이었다.

[전지적 독자 시점]을 해제하는 순간 무언가가 내 영혼체를 붙잡았고, 정신을 차렸을 때는 '은밀한 모략가'와 함께 포털을 넘어가고 있었다. 보통이었다면 불가능한 일이지만, 이번에는 좀 경우가 특별했다.

[당신은 '존재 맹세'를 지키지 못했습니다.]

[당신의 영혼체가 일시적으로 존재 맹세의 계약에 묶입니다.]

[당신의 계약자가 24시간 동안 당신의 영혼체에 대한 소유권을 가집니다.]

허공에 떠오르는 메시지를 보며 난 허탈한 웃음을 흘렸다.

—[존재맹세]에 이런 활용법이 있는 줄은 몰랐네.

시나리오가 진행되는 동안 〈김독자 컴퍼니〉에게 접촉하여 정체를 밝히지 말 것.

이 시나리오에서 내가 유일하게 제대로 지키지 못한 맹세였다.

도중에 시나리오 내용이 변경된 만큼 이견의 여지가 있다고 생각했는데, 아무래도 〈스타 스트림〉은 맹세를 어겼다고 판정을 내린 모양이었다.

—날 죽일 거냐?

소년의 모습이 된 '은밀한 모략가'의 전신에서 여전히 강렬한 스파크가 튀고 있었다.

그의 설화 속에서 수많은 유중혁들이 나를 보는 것이 느껴졌다. 적의가 느껴지는 설화는 아니었다. 나를 죽일 생각이 아니라는 건 명백했다. 앞서 유중혁이 말했듯, 그럴 생각이었다면 기회는 이미 몇 번이나 있었으니까.

얼마 지나지 않아 포털은 닫혔다. 우리가 도착한 곳은 내게 익숙한 장소였다. 무성한 어둠으로 뒤덮인 숲.

'은밀한 모략가'의 거처인 '은가이의 숲'이었다.

【들어가라.】

그 말과 함께, 내 영혼체가 어딘가로 빨려 들어갔다.

눈을 끔뻑이자 눈이 움직였다. 하지만 팔도 다리도 없는 상태. 대체 뭐로 변한 건가 싶어 근처를 돌아보자, 벽면 유리에 내 모습이 비쳤다.

나는 작은 무림 만두가 되어 있었다.

아무래도 [999]가 사용하던 상징체인 것 같았다.

"만두가 되니 기분이 어떠냐!"

대체 언제 튀어나왔는지, 달려온 꼬마 유중혁들이 나를 걷어차며 린치를 가했다. 겨우 꼬마 유중혁이라서 그다지 아프지는 않았다.

나는 만두피가 터지지 않도록 몸을 웅크리며 외쳤다.

―무슨 짓을 하려는 건진 모르겠지만, 너는 나를 막을 수 없어. 어차피 스물네 시간만 지나면 나는 다시 화신체로 돌아가게 되어 있다고. 날 죽이고 싶다면 지금 죽여버리는 게 좋을걸?

물론 정말 죽이기를 바라고 한 말은 아니었다.

나는 옥좌에 앉은 '은밀한 모략가'에게 물었다.

―'은밀한 모략가'. 네 목적은 뭐지? 대체 왜 날 살려두는 거냐?

내 질문에 꼬마 유중혁들도 움직임을 멈췄다.

'은밀한 모략가'가 나를 내려다보고 있었다.

내가 아는 가장 강한 외신이자 성좌. 모든 유중혁 중 가장 강한 유중혁.

―네가 전력을 다했다면, 우릴 이길 수 있었다는 걸 알아.

아무리 1,864회차의 기억을 되찾은 유중혁과 내가 힘을 합쳤다 해도, 순수한 설화의 격으로 '은밀한 모략가'를 넘어서기는 불가능했다. 그는 0회차부터 1,863회차까지 모든 역사의 총합이고, 심지어는 그 이후로도 아득한 세월을 견딘 유중혁이니까.

그런데도 '은밀한 모략가'는 우리를 죽이는 대신 패배를 택했다.

"네놈이 필요하기 때문이다."

그 말을 한 것은 이야기를 듣던 [41]이었다.

"네놈이, '최후의 벽'의 마지막 파편을 가진 인간이니까."

2

비형은 몹시 들떠 있었다. 눈앞 화면에서 펼쳐진 시나리오를 직접 목격한 도깨비라면 그럴 수밖에 없었다.

—그때마다 나도 최선을 다해 맞서 싸울 테니까.

김독자의 목소리와 함께 흘러나오는 시나리오 종료 메시지. 성좌들의 간접 메시지가 폭발하고, 〈스타 스트림〉 전체가 진동하고 있었다.

거대 설화 「서유기」의 새로운 주인이 가려졌다.

'해냈다. 김독자 그 녀석이 해냈어.'

이야기꾼은 공정성을 지켜야 한다. 하지만 어떤 심판이든 속으로는 응원하는 팀이 있기 마련이고, 비형 또한 마찬가지였다. 장성한 자식을 보는 부모처럼, 비형은 감동한 얼굴로 화면의 얼굴들을 쓸었다.

[축하드립니다, 비형 국장님.]

주변의 부하 도깨비들이 비형에게 축하 인사를 건넸다. 그들 역시 비형이 오랫동안 〈김독자 컴퍼니〉를 지켜봐왔다는 사실을 알고 있었다.

[저도 그들이 해낼 줄 알았습니다.]

[저, 저도. 저도요……!]

심지어 그와 함께 〈김독자 컴퍼니〉를 응원해온 도깨비도 있었다. 실제로 몇몇 도깨비의 표정은 비형만큼이나 상기되어 있었다.

오직 자극만을 소재로 좇는 도깨비들이 무언가에 이토록 진심이 되는 것은 정말 드문 일이었다.

[얘들 내 거다. 넘보지 마라.]

[하핫! 그야 당연히…….]

긴급 소식이 들어온 것은 그때였다.

[국장님, 대도깨비 '바람'께서…….]

[승격입니다!]

승격?

[비형 국장님, 정말 축하드립니다!]

[관리국이 모처럼 제대로 일을 하려나 봅니다!]

쏟아지는 메시지 속에서 비형은 정신을 차릴 수가 없었다.

자신은 '상급 도깨비'인 데다 서울 지부 국장이었다. 이미 노력으로 올라올 수 있는 최대치까지 올라온 상황. 그런데 여기서 또 승격을 한다는 것은…….

[국장님?]

분명, 이것은 좋은 일이리라. 그런데 왜 이렇게 불길한 예감이 드는 것일까?

[대도깨비께서 기다리십니다.]

비형은 하급 도깨비들의 안내를 받아 포털을 탔다.

뿌연 안개가 걷히며, 회색빛 통로에서 그를 기다리는 대도깨비 바람의 모습이 보였다.

[왔는가, 비형.]

[바람 님.]

그는 수고했다는 듯 비형의 어깨를 두드리며 말했다.

[축하하네. 자네의 승격이 결정됐네.]

[예?]

[얼빠진 표정 좀 어떻게 해보게. 실감이 안 나는 건가? 자네를 마지막 '대도깨비'로 뽑자는 결정이 났단 말일세.]

대도깨비. 모든 이야기꾼이 갈망하는 궁극의 명예.

막연하게 꿈꿔오던 상상이 실재가 되자 비형은 얼떨떨했다.

[대도깨비? 제가 말입니까?]

[그렇다네. 〈스타 스트림〉의 역사 어디에도 없는 전무후무한 승격이지.]

바람은 흘흘 웃으며 앞장서 걷기 시작했다. 비형은 어디로 향하는지 영문도 모르는 채 그를 따라갔다.

묻고 싶은 것이 한두 개가 아니었다. 이곳은 도대체 어디고, 또…….

[곧 대도깨비가 될 테니, 이제 그분을 만나야 하지 않겠는가.]

그 마음을 안다는 듯 바람이 웃었다.

[그분이라 하심은…….]

되물으면서도, 비형은 그게 누구일지 예상하고 있었다.

주변 공기가 뒤틀리고, 대기 중에 들끓는 희미한 스파크가 보였다. 자세히 보니 스파크는 모두 활자의 형태였다. 이 앞에 무언가가 있었다. 지금껏 그가 한 번도 보지 못한 존재가.

[다 왔네.]

회랑을 돌아 안개의 통로를 지나자 커다란 전당이 나타났다.

아니, 그것을 전당이라 부를 수 있을까.

그 크기를 측량할 수조차 없는 거대한 장소였다.

눈앞으로는 널따란 벽이 펼쳐져 있었다. 그 벽 또한 처음과 끝을 잴 수 없는 너비였다. 벽 표면에는 활자들이 들끓었고, 곳곳에 금이 가거나 크고 작은 손상이 있었다.

순간, 비형은 저 벽을 어디선가 본 적이 있다는 사실을 깨달았다.

[계시의 판?]

틀림없었다. 그 모양은 다르지만, 성좌들이 '계시'를 얻는 벽 또한 저런 형태를 하고 있었다.

하지만 '계시의 판'이 왜 이곳에 있단 말인가? 게다가 저 크기는…….

[모두 모였군.]

목소리를 듣는 순간, 비형은 자기도 모르게 바닥에 주저앉았다. 그동안 무수한 성좌와 마주했지만, 이번만큼은 긴장감을 감출 수 없었다.

목소리에서 느껴지는 격의 끝을 헤아릴 수가 없었다.

곁을 돌아보자, 바람을 비롯한 모든 대도깨비가 앞을 향해 부복하고 있었다.

누군가가 '계시의 판' 앞에 서 있었다.

비형은 떨림을 감추며 천천히 고개를 들었다. 그리고 그제야 깨달았다.

그런가…… 그렇구나.

저 존재가 바로 이 〈관리국〉을 지배하고 〈스타 스트림〉을 통제하는 단 하나의 절대자.

'이야기의 왕'.

길고 흰 손으로 부서진 벽면을 어루만지던 왕이, 천천히 입을 열었다.

[다음 세계를 결정할 '단 하나의 설화'를 뽑겠다.]

"내가 '최후의 벽'의 마지막 파편을 가졌다고?"

"그렇다."

[41]의 대답에 나는 인상을 찌푸렸다.

대충 무슨 말인지는 짐작이 갔다. '최후의 벽'. 이번 회차를 진행하는 내내, 나는 그것에 관한 정보를 수집해왔다. 멸살법 원작에서는 끝까지 풀리지 않은 소재. 아마 그 '벽'이, 이번 회차의 마지막을 결정할 단서일 것이라 나는 확신하고 있었다.

그리고 이 녀석들이 말하는 '마지막 파편'이란…….

[전용 스킬, '제4의 벽'이 강하게 발동합니다!]

「김 독 **자**」

걱정 마. 녀석에게 절대 너를 넘기지는 않을 테니까.

천천히 눈을 깜빡이며 정신을 집중했다.

'은밀한 모략가'가 나를 바라보고 있었다. 비록 격을 많이 상실했다곤 해도, 여전히 눈앞의 존재는 내가 아는 최강의 성좌이자 이계의 신격이었다.

나는 처음으로 '은가이의 숲'에 왔던 날을 떠올리며 입을 열었다.

"일전에 그런 이야길 했지. '신성한 삼문답'이 끝났을 때, 나는 내가 이곳에 오게 된 이유를 알아내야 한다고."

【그렇다.】

"너는 사실 이 세계의 끝을 보고 싶은 거야. 그렇지? 말은 이러니저러니 해도, 너 역시 이 세계선에 희망을 걸고 있는 거라고."

'은밀한 모략가'의 눈썹이 희미하게 흔들렸다. 그가 아무리 자신이 유중혁임을 부정해도, 유중혁의 버릇까지 버리진 못했다.

"그걸 위해 내가 가진 [제4의 벽]이 필요한 거고. 너는 그래서 나를 지금까지 살려둔 거다. 맞나?"

'은밀한 모략가'는 대답하지 않았다.

그렇게 나오겠다면 내게도 생각은 있다.

츠츠츠츠츳.

"그때 마지막 '삼문답'을 듣지 못했어."

['신성한 삼문답'이 재개됩니다!]

[당신에게 하나의 질문권이 남아 있습니다.]

그때, 나는 '은밀한 모략가'에게 물었다.

《멸망한 세계에서 살아남는 세 가지 방법》.

—은밀한 모략가. 당신은 그 소설의 에필로그를 아는 존재인가?

"은밀한 모략가. 당신이 본 '결말'은 대체 뭐였지?"

내가 본 멸살법은 3,149화가 끝이었다. 하지만 내가 보지 못했음에도 '은밀한 모략가'는 그 이후를 살았다. 기록되지 않은 시간을 살아남아 자신만의 결말에 도달했다.

그는 그곳에서 대체 무엇을 봤을까.

무엇을 보았기에, 이계의 신격이 되어 이 세계선에 나타나게 됐을까.

내 질문에 앞으로 나선 것은 [41]이었다. 그는 약간 화난 얼굴로 나를 향해 외쳤다.

"그 질문은—"

【41.】

'은밀한 모략가'의 제지에, 다른 꼬마 유중혁들이 모두 입을 다물었다.

소년의 모습을 한 유중혁. '은밀한 모략가'가 나를 보고 있었다.

문득 이상한 기분이 들었다. 멸살법 어디에도, 유중혁의 소년 시절은 제대로 그려지지 않는다. 회상 형태로만 간간이 묘사될 뿐이다.

하지만 그려지지 않았다고 해서, 없었다는 말은 아니리라.

그것은 마치 멸살법 3,150화와 같았다. 내가 모르는 곳에서 유중혁은 태어났고, 살아남았다. 그리고 멸살법의 주인공이 되었다.

【네가 읽은 소설에서는 내 행적이 어디까지 묘사되지?】

내가 모르는 얼굴의 주인공이 묻고 있었다.

나는 잠시 망설이다가 대답했다.

"네가 도깨비 왕에게 가는 순간까지."

나는 멸살법의 마지막 장면을 떠올렸다.

도깨비 왕을 죽이기 위한 여정. '최후의 안개'를 헤쳐나가며, 유중혁의 이야기는 마지막 페이즈로 돌입한다. 그 뒤가 어떻게 되었는지, 그가 그 후 무엇을 보았는지에 대해서는 전혀 설명이 없었다.

당시 연재분을 읽다가 당황한 이유도 그 때문이었다. 열린 결말인가 싶어 두려웠기 때문이다.

【마지막 순간의 나는 어떤 모습이었지?】

뜻밖의 질문에 나는 당황했다.

설마 이런 것들을 물을 거라곤 생각지 못했다.

"그건 왜……."

【성공한 것처럼 보였나? 그 끝에서 목표를 이룰 수 있을 것 같았나?】

그 말을 듣는 순간, 알 수 없는 갑갑함이 찾아왔다.

어째서 '은밀한 모략가'가 그런 걸 묻는지 알 수 없었다.

내가 어떻게 대답하든, '은밀한 모략가'에게 그 일은 모두 이미 일어난 것이었다. 내 감상은 조금도 중요치 않았다. 조금도.

정말, 중요치 않을까?

"너는……."

나는 간신히 입술을 달싹거렸다.

이 질문에 대답할 준비가 되어 있지 않았다. 하지만, 준비가 되어 있지 않아도 대답해야만 했다.

「그 순간, 그녀는 그 세계가 완전히 자신의 손을 떠났음을 깨달았다.」

'피스 랜드'의 기억이 떠올랐다. 자기 세계를 떠나보내던 만화가 아스카 렌의 표정. 하나의 세계를 만든 사람의 책무.

나는 그녀와 달리 멸살법을 만든 작가는 아니었다. 하지만 나는.

「이 이야기가 세상에 나올 수 있었던 것은 모두 독자님 덕분이니까요.」

그 이야기를 끝까지 지켜본 사람이었다.

"넌 성공했어. 최선을 다했으니까."

이 대답은 그 이야기를 끝까지 지켜본 사람의 의무였다.

내가 기억하는 모든 문장을 찬찬히, 성실하게 떠올렸다.

"어느 회차였든 마찬가지야. 너는 항상 최선의 선택을 했어. 네가 도달한 결말이 무엇인진 모르지만, 그건 틀리지 않았어."

유중혁의 모든 회차가 머릿속을 스쳐 지나갔다.

그가 얻은 것들, 그리고 잃은 것들.

"네 동료들도 그렇게 생각할 거야."

홀로 남아 최종장에 도달한 그 뒷모습까지.

"하지만……."

내가 이 말을 할 자격이 있을까. 모르겠다.

"네 마지막 모습은, 그다지 행복해 보이지는 않았어."

지금도 내가 읽은 장면이 머릿속에 생생했다.

「마침내 모든 것을 잃은 유중혁이 안개를 바라보았다. 그가 찾아온 공허한 해답이, 저 안개의 너머에 있었다.」

그 장면에 드러난 묘사와 정확히 같은 얼굴의 '은밀한 모략가'가, 나를 마주하고 있었다.

【그렇군.】

"갑자기 그건 왜 물은 거지?"

【궁금했다. 너만이 그것을 처음부터 끝까지 본 존재니까.】

나는 아무 말도 할 수 없었다.

【나 아닌 다른 누군가가 부여한 내 삶의 의미가 궁금했다. 그것뿐이다.】

3

'은밀한 모략가'의 말은 모든 의미를 상실한 존재의 그것처럼 공허했다.

그 공허감에 반발하듯, 나는 말했다.

"네 삶은 누군가를 살렸어."

너무 많은 것을 잃어버린 녀석에게, 이름도 모르는 소년을 살렸다는 사실은 아무런 위안도 주지 못할 것이다. 심지어 그 소년은 그와 아무런 관계도 없는 존재였다. 그의 동료도 아니고, 가족도 아니었다.

몇 번이나 입술을 달싹였지만 나는 아무 말도 할 수 없었다.

내가 살아온 생은 녀석을 구하는 데 아무런 도움도 되지 않았다.

그런 나를 보던 '은밀한 모략가'가 말했다.

【처음 네놈을 보았을 때, 나는 너를 거둬야 한다고 생각했다.】

문득 녀석을 처음 만난 순간이 떠올랐다.

〈배후 선택〉

— 당신의 배후를 선택하세요.

— 선택한 배후는 당신의 든든한 후원자가 되어줄 것입니다.

1. 심연의 흑염룡

2. 악마 같은 불의 심판자

3. 은밀한 모략가

4. 긴고아의 죄수

생각난다.

분명 그랬다. '은밀한 모략가'는 내 첫 배후 선택의 세 번째 선택지에 있었다. 그때 녀석은 나의 배후성이 되려 했다.

【그 후로도 쭉 이 세계선을 지켜보았다. 놀랄 때도 있었다. 그 놀라움이 놀라웠지. 나는 오랫동안 놀란 적이 없었으니까.】

나도 알고 있었다. 이 세계선의 이야기가 진행되는 동안, '은밀한 모략가'는 다양한 간접 메시지를 보내며 우리를 지켜보았다. 지금도 메시지 로그를 뒤지면 그가 보낸 간접 메시지를 읽을 수 있었다.

[성좌, '은밀한 모략가'가 당신의 선택에 흥미로워합니다.]

[성좌, '은밀한 모략가'가 당신의 호구력에 감탄합니다.]

[성좌, '은밀한 모략가'가 당신의 경솔한 발언을 듣고 실망합니다.]

[성좌, '은밀한 모략가'가 당신의 계획에 눈을 반짝입니다.]

[성좌, '은밀한 모략가'가 당신의 계책을 궁금해합니다.]

…….

이것 때문에 처음 녀석과 마주했을 때는 몹시 낯설었다.

지금이야 [666]을 비롯한 다른 유중혁들이 대신 쓴 메시지라는 걸 알지만…….

【결정해야 했다. 이 뒤틀린 세계를 지켜봐야 할지, 아니면 부숴야 할지.】

"그래서 날 1,863회차에 보냈던 거냐?"

'은밀한 모략가'가 고개를 끄덕였다.

그의 선택은 다시 이 '세계선'의 시작이 되었다.

【이 회차의 유중혁에게 1,863회차의 정보를 준 것도 비슷한 이유였다. 시험할 필요가 있었다. 네놈과 이 회차의 유중혁 중, 어느 쪽이 결말을 보기에 적합한 쪽인지.】

"그래서 판단은?"

'은밀한 모략가'의 대답 없이 나를 내려다보았다.

【이 세계의 끝에는 아주 거대한 벽이 있다. 모든 열쇠를 모아야만 열 수 있는 '최후의 벽'이.】

— 모든 질문과 대답이 온전히 교환되었습니다.

— 신성한 삼문답이 종료됩니다.

순간 깨달았다. 방금 녀석의 대답은 내 '삼문'에 대한 대답이었다.

'은밀한 모략가'의 곁을 맴도는 스파크가 거세졌다. 어떤 정보는 말하는 것만으로도 큰 개연성을 소모한다. 그것이 이 세계의 끝과 관련된 정보라면 개연성의 값도 당연히 클 것이다.

최후의 벽.

그것이 바로, '은밀한 모략가'가 자신의 에필로그에서 마주한 결말이었다.

【네가 가진 '파편'이 내가 찾던 마지막 열쇠다.】

나는 긴장하며 물러섰다. 무릎 만두 상태이기 때문에 뒷걸음치는 것이 어려웠지만, 어떻게든 거리를 확보해야 했다.

만약 내가 가진 [제4의 벽]이 '은밀한 모략가'의 목적이라면, 녀석은…….

천천히 쥐었다 폈다를 반복하는 '은밀한 모략가'의 손이 묘하게 공포스러웠다.

다른 꼬마 유중혁들도 긴장한 눈으로 '은밀한 모략가'를 올려다보고 있었다.

【이 세계선은 너무 많은 것을 뒤틀며 태어났다. 너를 내버려 두는 것이 올바른 일일지 아닐지, 나는 판단할 수가 없다.】

뒤틀린 세계선. 망가진 개연성.

이미 수없이 들은 말이었다.

"그래서, 뭘 어떻게 하겠다는 거냐?"

나는 아무 말이나 던졌다. 중요한 건 시간을 끄는 것이다. 어떻게든 시간을 끌어서, 본래의 몸으로 돌아가는 것이 중요했다.

"네 말이 무슨 뜻인지 잘 모르겠어. 결과가 원인을 잡아먹었느니 어쩌니 하는 어려운 이야기는 잘 모르겠다고. 다만 나와 동료들은 죽을 힘을 다해 여기까지 왔어. 이제 결말이 코앞이야."

이제 볼 수 있다.

적혀 있지 않았던 이야기의 결말을.

【결말을 보는 것만이 전부가 아니다. 중요한 것은 올바른 결말을 만드는 것이니까.】

"올바른 결말? 그걸 결정하는 건……."

【개연성이 뒤틀린 이야기는 결국 재앙을 만든다.】

도깨비들이나 할 법한 그 말에, 나는 잠시 멍해졌다.

"너답지 않은 말이네. 아직 본 적도 없는 걸 두고—"

지진이 발생한 것은 그때였다. 쿵, 하고 뭔가 쓰러지는 소리.

원형 테이블에 놓여 있던 와인잔이 넘어져 술이 쏟아졌다.

숲 전체가 흔들렸다. 자연적인 지진이 아니었다.

'은밀한 모략가'는 천천히 옥좌에서 일어나 나를 지나쳤다. 그의 텅 빈 눈동자가 숲의 풍경을 바라보고 있었다.

거친 화마에 휩싸인 '은가이의 숲'.

그의 숲이 불타고 있었다.

【아아아아아아아아】

【살려줘살려줘살려줘살려줘살려줘】

하늘을 찌를 듯 솟아 있던 나무들이 재를 날리며 타올랐다. 숲속에 숨어 있던 이계의 신격들이 비명을 질러댔다. 어마어마한 화력에 전당의 온도가 급격하게 올라가고 있었다.

단순한 방화가 아니었다.

만두 상태인 나조차 느낄 수 있었다. 누군가, 어마어마한 격을 지닌 존재가 이곳을 공격하고 있다.

하지만 대체 누가?

있을 수 없는 일이었다. 이곳은 다른 누구도 아닌 '은밀한 모략가'의 성역이다. 대체 누가 감히 이곳을 침공한단 말인가.

거대 성운의 짓인가?

〈베다〉? 〈올림포스〉? 아니면…… 〈아스가르드〉?

나는 '불'과 관련된 성좌들을 머릿속으로 떠올려보았다. 하지만 쉬이 떠오르는 수식언은 없었다.

광활한 숲 전체를 불태우는 열기.

멸살법 원작에, 이만한 힘을 가진 존재가 또 있었다고?

【왕이시여왕이시여왕이시여】

【피해피해피해피해피해피해피해】

조그마한 이계의 신격들이 '은밀한 모략가'의 주변으로 몰려들었다. 많은 이계의 신격이 그를 떠났지만, 남은 존재도 많았다. 왕국의 몰락을 예감하는 백성들처럼 왕을 지키는 이들.

백성들을 내려다보던 '은밀한 모략가'가 나를 향해 말했다.

【구원의 마왕. 나 역시, 너와 같은 실수를 한 적이 있다.】

숲이 불타는 급박한 상황에도 그의 목소리는 태연했다. 마치 이 모든 것을 예상했다는 듯이.

【어리석게도, 정해진 과거를 바꾸려 했지.】

"갑자기 무슨 소리지? 41회차의 이야기냐?"

만약 그렇다면, 나도 아는 이야기였다.

41회차의 유중혁은 '지평선의 악마'와 계약하여 신유승을 3회차로 보냈다. 그 대가로 신유승은 3회차의 재앙이 되었다.

만약 '은밀한 모략가'가 걱정하는 '재앙'이 그런 것이라면, 걱정하지 말라고 말하고 싶었다.

그런데 곁의 [41]이 고개를 저었다.

"내 회차의 이야기가 아니다."

"뭐? 그럼……."

[41]은 대답하지 않고 '은밀한 모략가'를 바라볼 뿐이었다.

머릿속이 혼란스러웠다. 내가 알기로 '멸살법'에서 정해진 과거에 간섭했던 회차는 41회차뿐이다.

그런데, 그런 회차가 또 있었다고?

대체 언제지? 원작 밖의 이야기인가?

뻥 뚫린 전당의 하늘에, 불꽃에 휩싸인 태양이 떠오르고 있었다. 하지만 그 태양은 수르야의 것도, 아폴론의 것도 아니었다. 작열하는 태양의 중심부에 불길한 모양의 흑점들이 커지고 있었다.

내가 아는 그 어떤 성좌도, 저런 끔찍한 태양을 가지고 있지는 않다. 저것은 내가 모르는 존재의 힘이었다.

[999회차의 '유중혁'이 태양을 향해 탄식합니다.]

999회차?

순간, 떠오르는 말이 있었다.

「999회차의 유중혁이여. 나는 너의 삶을 존중한다. 나를 제외하고 유일하게 '결'의 근처까지 갔던 존재니까.」

하나는 '은밀한 모략가'의 말이었고.

「"내가 회귀해도 이 세계는 사라지지 않는다. 내가 죽는다고 해서 세계가 리셋되거나 하는 일은 없다는 소리다."」

다른 하나는 유중혁의 말이었다.

유중혁이 죽어도 세계는 사라지지 않는다.

그가 회귀한 후에도 여전히 세계는 남아 있다.

「만약, '결'을 본 것이 '은밀한 모략가' 하나가 아니라면 어떨까.」

「원작에는 등장하지 않았던 이야기가 또 있다면.」

「유중혁이 죽은 후에도 여전히 그 세계에 남아 시나리오를 계속한 존재가 있다면. 그렇게 싸우고 또 싸워서.」

검게 타오르는 태양이 알껍데기처럼 갈라지며 눈부신 섬광이 뻗어 나왔다.

「이 세계의 끝에 도달해 자신의 '결'을 본 존재가 또 있다면?」

섬광의 중심에 숲을 불태운 방화범이 있었다. 그저 방화범이라 이름 붙이기에 안타까울 정도로 아름다운 실루엣이 흔들렸다.

'은밀한 모략가'에 준하는 힘을 가진 존재. 그 존재가 내 눈앞에서 새하얀 날개를 펼치고 있었다.

'은밀한 모략가'가 그 존재를 올려다보며 말했다.

【'살아 있는 불꽃'.】

살아 있는 불꽃.

'공포의 기록자'의 기록에 분명 그런 이름이 있었다.

「동쪽에서 떠오르는 '살아 있는 불꽃'.」

'은밀한 모략가'와 더불어 이계의 신격을 다스리는 왕 중 하나.

하지만 그 왕이 누구인지, 어디에서 온 존재인지는 생각해본 적이 없었다.

멍청했다.

모든 이계의 신격은 멸살법의 버려진 회차에서 온 존재들. 그렇다면 다른 왕들 또한, 당연히 멸살법에서 온 존재라는 것을 알아야 했다.

쿠구구구구.

손끝이 미친 듯이 떨렸다.

인과를 상상하고 싶지 않았다. 인정하고 싶지 않았다. 이처럼 끔찍한 세계가 존재한다는 사실을 납득하고 싶지 않았다.

특유의 무심한 목소리로 '은밀한 모략가'가 말했다.

【이제 알았겠지. 이것이 세계선을 뒤튼 대가다.】

'은밀한 모략가'의 목소리와 함께, 불타는 광휘에 휩싸인 검이 이쪽을 겨누었다.

그것은 내가 아주 잘 아는 대천사의 검이었다.

왜 알지 못했을까. 실은 알고 싶지 않았던 것은 아닐까.

이 불길이 이토록 뜨겁고 잔인할 수 있다는 것을. 악마를 태운 불길은 다른 것도 태울 수 있다는 것을.

[지옥염화]에 둘러싸인 '업화의 불꽃'이 새하얗게 빛나고 있었다.

검의 주인이 웃고 있었다. 내가 지금껏, 한 번도 본 적 없는 두려운 표정으로 입을 열었다.

【너를 찾는 데 아주 오랜 세월이 걸렸다. 1,863회차의 유중혁.】

모든 것을 심판해온 대천사의 눈이 새카맣게 타올랐다.

【나의 세계를 망친 외신이여.】

우리엘.

4

그 눈빛, 그 살기.

내가 아는 내천사의 그것과 같으면서도 달랐다.

저것이 진짜 '우리엘'의 모습이었다.

냉혹하고 잔인한 심판자.

정의를 위해 '업화의 불꽃'에 걸리는 모든 적을 태워버리는 존재.

「그런 우리엘이 자신의 '결'에 도달했고.」

[<스타 스트림>이 새로운 '이계의 신격'의 출현을 응시합니다.]

[<스타 스트림>이 대상의 개연성 여부를 판별합니다!]

「'은밀한 모략가'를 죽이기 위해, 이곳까지 왔다.」

【오오오오오오오오오】

【왕이둘왕이둘왕이둘왕이둘】

'은밀한 모략가'에 준하는 격을 가진 외신의 출현에, 이계의 신격들이 당황하고 있었다.

[성좌, '고려제일검'이 '이계의 신격'의 존재에 경악합니다!]

[성좌, '대머리 의병장'이 머리를 닦는 것도 잊은 채 전장을 응시합니다.]

[성좌, '물병자리에 핀 백합'이 눈을 부릅뜹니다!]

놀란 것은 성좌들도 마찬가지인 듯했다.

본래라면 이곳은 방송 불가 지역일 텐데.

아무래도 숲이 불타면서 채널 방벽이 제거된 모양이었다.

[관리국이 '은가이의 숲'을 주시하고 있습니다.]

우리엘의 손에서 '업화의 불꽃'이 움직였다. 숲 전체를 녹여버린 일검이 창공에서 날아드는 순간, '은밀한 모략가'가 가볍게 고개를 틀었다. 그를 스친 일검이 전당의 절반을 날려버리며 불타올랐다.

【가아아아아아아아】

흉포한 파괴에 놀란 이계의 신격들이 비명을 질렀다.

다시 한번 '업화의 불꽃'이 움직였다. 이번에는 전당 전체를 충분히 날려버릴 수 있는 위력.

전신의 솜털이 비죽 솟았다. 원작에서 지구를 날려버린 265회차의 수르야도 저 정도는 아니었다.

콰아아아아아!

'업화의 불꽃'의 끝에서, 거대한 유성이 낙하하고 있었다. 이 숲 전체를 날려버리고, 어쩌면 이 공간 자체를 지워버릴 수도 있는 힘.

나는 영혼체에 깃든 힘을 끌어올렸다. 하지만 제대로 된 화신체도 없는 마당에 저런 공격을 막을 수 있을 턱이 없다. 애초에 저런 것을 막아내기 위해서는—

[거대 설화, '고독한 멸망의 순례자'가 이야기를 시작합니다!]

결국 '은밀한 모략가'가 나섰다. 휘두른 진천패도의 끝에서 새카만 강기가 쏘아졌다. 거대 설화의 힘. 장벽처럼 펼쳐진 새카만 격이 유성의 충격을 받아냈다. 숲의 저변에 광풍이 몰아쳤고, 뿌리가 뽑힌 나무들이 허공에 비산했다. 불꽃의 소용돌이가 주변 모든 것을 궤멸시키고 있었다.

이만한 대결을 보는 것은 정말 오랜만의 일이었다. 〈기간토마키아〉에서 하데스와 포세이돈이 붙었을 때도 이 정도는 아니었다.

[거대 성운들이 두 존재의 대결에 주목합니다.]

격과 격이 부딪치는 중심에서 스파크가 점점 짙어졌다.

'은밀한 모략가'가 쥔 진천패도가 떨렸다. '은밀한 모략가'가 밀리고 있었다. 나와 유중혁과의 대결로 인해 격이 줄어든 탓이었다.

이것이 '결'을 본 우리엘의 힘.

이대로라면, 나와 '은밀한 모략가'는 '은가이의 숲'과 함께 〈스타 스트림〉에서 소멸하게 될 것이다.

[현재 당신의 영혼체는 '은밀한 모략가'에게 일시적으로 귀속된 상태입니다.]

[영혼체 귀환까지 20시간 31분 20초 남았습니다.]

영혼체가 귀환하기까지는 아직 스무 시간도 넘게 남았다. 단순히 시간을 끈다고 해결될 상황이 아니었다. '은밀한 모략가'가 버틸 수 있는 시간이 그리 길어 보이지는 않았으니까.

[전용 스킬, '제4의 벽'이 발동합니다!]

이럴 때일수록 침착해야 한다. 나는 일단 상황부터 파악하기로 했다.

"이봐! 저 우리엘이 왜 널 공격하는 건데?"

애초에 저 '우리엘'은 도대체 어떤 세계선에서 온 존재란 말인가.

그리고 왜 '은밀한 모략가'를 공격하는가.

[999회차의 '유중혁'이 안타까운 시선으로 '살아 있는 불꽃'을 응시합니다.]

순간 머릿속이 멍해지는 느낌이었다.

설마?

내가 가장 좋아했던 회차.

단 한 가지를 제외하고는 가장 완벽했던 회차이자, 역시나 '결'의 코앞까지 다가갔던 회차.

우리엘이 말하고 있었다.

【외신이여, 999회차의 일을 잊은 것은 아니겠지.】

【기억하고 있다.】

【다행이군.】

분노한 우리엘의 검격에 그녀가 쌓아온 설화가 담겨 있었다.

[거대 설화, '영겁의 불꽃'이 이야기를 시작합니다!]

활활 타오르는 우리엘의 거대 설화.

내가 한 번도 보지 못한 이야기가 그곳에 있었다.

「"사부, 이제 거의 다 왔어. 조금만 더 가면 된다고."」

이지혜의 목소리. 활자들이 이야기하고 있었다.

「"중혁 씨. 조금만 버티십시오. 거의 다 왔습니다!"」

왼팔을 잃고, 오른쪽 다리를 잃고, 자신의 두 눈을 잃은 999회차의 유중혁이 그곳에 있었다. 오직 일행들을 위해 살았던 유중혁.

어둠에 물든 그의 세계에, 한 줄기 빛살 같은 목소리가 있었다.

「[패왕, 정신 차려라.]」

맞다. 999회차에는 우리엘이 있었다.

그녀는 유중혁의 동료였다. 자신의 모든 것을 내던져 싸우는 유중혁을 위해, 기꺼이 그의 편이 되어준 대천사.

「[이 세계의 결말이 눈앞에 있다.]」

다시 돌이켜 보아도 999회차는 기적이었다.

아무리 운이 좋았다고 해도 고작 999회차에 결말의 근처까지 가다니.

그러나 그것은 순전히 '운'만은 아니었다.

「999회차의 유중혁은 '이계의 신격'과 계약했다.」

내가 '절대왕좌'를 얻지 않은 것, 그리고 가능하면 '이계의 언약'을 맺지 않으려 한 것은 모두 '999회차'의 결말을 알기 때문이었다.

「이름조차 모를 미지의 신격. 그리고 그 신격과 맺은 '이계의 언약'이, 결국 유중혁의 목숨을 앗아갔다.」

원작에서는 그 '이계의 신격'이 누구인지 서술되지 않았다.

개연성을 희생하면서까지 999회차의 유중혁에게 가공할 힘과 기연을 내준 존재.

목덜미에 소름이 돋았다.

—구원의 마왕. 나 역시, 너와 같은 실수를 한 적이 있다.

—어리석게도 정해진 과거를 바꾸려 했지.

그 '이계의 신격'이 바로, '은밀한 모략가'였다.

—이제 알았겠지. 이것이 세계선을 뒤튼 대가다.

그는 이미 원작에서 과거의 세계선에 개입해 개연성을 뒤튼 적이 있었다. 그 결과로 999회차의 결말을 본 우리엘은 이곳으로 온 것이다.

【내 세계선의 원한을 이곳에서 갚겠다.】

그때의 외신에게, 동료의 원한을 갚기 위해서.

【네가 나의 소중한 것을 빼앗았듯, 나 또한 그럴 것이다.】

한없이 정당한 분노가 새겨진 그 진언에, 힘이 쭉 빠졌다.

우리엘의 마음을 이해할 수 있었다. 999회차의 유중혁이 죽던 순간을 나 역시 또렷이 기억하고 있었다.

—작가님. 설마 이제 완결인가요? 이대로는 중혁이가 너무 불쌍하잖아요.

999회차의 유중혁은 자신의 생명을 바쳐서 동료들을 결말로 이끌었다. 하지만 그 대가로, 그 자신은 세계의 결말을 볼 수 없었다.

빌어먹을 '이계의 언약' 때문이었다. 폭주한 개연성이 그의 목숨을 앗아갔다.

—그냥 되살리면 안 되나요? 명계라든가, 환생이라든가. 방법은 많잖아요. 아니, 이계의 신격이 대체 뭐길래…….

나는 작가를 원망했고, 이계의 신격을 원망했다.
결말을 눈앞에 두고 죽어가는 유중혁을 보며 절망했다.
그 충격이 너무 커서 다음 날 연재분을 읽기를 망설였을 정도였다.
궁금했다.
왜 '은밀한 모략가'는, 999회차에서 그런 짓을 했는가.
【바꾸고 싶었다.】
뭐?
【제대로 된 결말을 보고 싶었다. 설령 그것이 다른 세계선이라 해도.】
'은밀한 모략가'는 말했다.
개연성을 조심해야 한다고. 올바른 결말을 만들어야 한다고.
그런데 그렇게 말을 하는 '은밀한 모략가'조차, 사실은 과거를 바꾸려 했다. 내가 이 회차를 바꾸고 싶었듯, '은밀한 모략가' 또한 마찬가지였다.
결과가 원인을 삼키든, 〈스타 스트림〉의 개연성이 무너지든. 한번은 제대로 된 결말에 도달하고 싶었던 것이다. 모든 동료와 함께 도달한 결말의 모습을 보고 싶었던 것이다.
하지만 잘되지 않았다.
【한심하다고 생각하겠지. 내가 네놈과 같은 실수를 했다는 것이.】
'은밀한 모략가'의 격이 무너지고 있었다. 그의 몸이 점점 더 작아지고 있었다. 그의 안에 잠재되어 있던 무수한 유중혁들이 비명을 질렀다.

그리고 그 비명을 대변하듯

【이 모든 비극을 만든 존재를 찾고 싶었다.】

'은밀한 모략가'가 말하고 있었다.

【이 세계를 만든 존재. 나를 회귀하게 하고, 시나리오를 반복시킨 존재. 내 목적은 '벽'의 너머에 있을 그 존재를 죽이는 것이다.】

그것이 '은밀한 모략가'의 진짜 목적이었다.

회귀를 멈추는 것도.

이계의 신격들을 구하는 것도.

'최후의 벽'을 여는 것도.

모두 그 목적을 중심으로 존재하는 것이었다.

녀석의 손짓과 동시에 무림 만두에서 내 영혼체가 빠져나왔다.

나는 긴장했다. 녀석의 속셈을 알 수 없었다. 나는 재빨리 말했다.

—지금의 넌 저 우리엘조차 막지 못해. 하지만 내가, 우리 일행이 돕는다면…….

'은밀한 모략가'가 나를 바라보았다.

【네가 무슨 말을 하는지 알고 있는가?】

—알아.

임기응변으로 던진 말이었지만, 진심이었다.

저쪽의 목적을 들었으니, 이제 내가 답할 차례였다.

—애초에 누군가의 삶을 멋대로 관음하고 탐식하는 세계는 잘못된 거야.

〈스타 스트림〉은 잘못되었다. 유중혁의 회귀는 잘못되었고, 시나리오가 만든 이야기는 부조리했다.

—그러니 이대로 두지 않을 거야. 결말을 보겠어. 너는 안 된다고

했지만, 나는 결말을 볼 거야. 동료들과 함께 네가 넘지 못했던 벽을 넘고, 그 너머에 있는 존재를 반드시…….

'은밀한 모략가'가 나의 마지막 말을 기다리고 있었다.

—죽이겠어. 너의 '가장 오래된 꿈'을 끝내겠다.

우리엘의 격이 점점 더 강해지고 있었다. 전당이 무너지기 시작했다. 하나의 세계가 무너지듯 은가이의 숲이 사라지고 있었다.

이계의 신격들이 최후를 예감한 듯 '은밀한 모략가'의 곁에 더욱 달라붙었다.

'은밀한 모략가'의 입이 열렸다.

【너는 내 이야기로 살아남았다 했지.】

—…….

【그렇다면 빚을 갚아라.】

그게 무슨 말이냐고 묻는 순간, 유중혁의 설화들이 흘러나왔다.

[거대 설화, '고독한 멸망의 순례자'가 울부짖습니다!]

[거대 설화, '영원불멸의 지옥도'가 이야기를 시작합니다!]

'은밀한 모략가'의 기억들이, 설화들이 내게 깃들고 있었다.

내가 알지 못했던 기억들.

그가 1,863회차를 산 이후 알아낸 정보들이, 내게 흘러오고 있었다.

—너……!

내 뒤쪽으로 포털이 발생했다. 이계의 신격의 힘으로 열어젖힌 포털. 그 포털이 조금씩 나를 빨아들였다.

—아니, 잠깐만. 기다려! 너 대체 무슨 짓을……!

【네게 이 세계의 결말을 맡기겠다는 의미가 아니다.】

그 순간, '은밀한 모략가'는 더 이상 '은밀한 모략가'처럼 보이지 않았다.

【나는 회귀할 것이다.】

그는 '유중혁'처럼 보였다.

【나의 1,864회차를, 1,865회차를 살 것이다. 그 회차를 살아서 다시 결을 보고, 또다시 이계의 신격이 되어서.】

마침내 전당이 무너졌다. 환한 빛살 속에서 모든 것이 녹아내렸다.

1,863회차에 달하는 두터운 역사를 베어낸 우리엘의 검이, '은밀한 모략가'를 향해 쇄도했다.

【이 세계선의 결말을 보기 위해 되돌아올 것이다.】

힘없이 꿰뚫리는 '은밀한 모략가'.

나는 그 광경을 무력하게 지켜보았다.

업화의 불꽃에 베인 '은밀한 모략가'의 설화가 흩어지고 있었다.

[성좌, '은밀한 모략가'가 성흔 '회귀 Lv.???'를 발동합니다!]

이계의 신격이 되었음에도, 그는 여전히 회귀자다.

오랫동안 사용하지 않던 그의 회귀가 다시 시작될 것이다. 그는 1,864회차의 지하철에서 다시 깨어나, 또다시 끔찍한 세계선을 만들어낼 것이다.

「김독자는 생각했다. '그렇게 둘 수는 없다.'」

내가 영혼체에 깃든 설화들을 발출하려는 그 순간, 우리엘이 나보다 먼저 움직였다.

【너는 다음 회차로 달아날 수 없다.】

우리엘의 하얀 손아귀가 '은밀한 모략가'의 목줄을 틀어쥐었다. 손에서 뻗어나온 검은 빛이 설화의 붕괴를 막고 있었다.

서서히 퍼져나간 빛은 이내 '은밀한 모략가'의 전신을 덮기 시작했다. 이윽고 그 빛은 작은 구球의 형태를 이루었다.

나는 저 구를 알고 있었다.

1,863회차에서 '묵시룡'을 봉인한 '봉인구'였다.

왜 생각하지 못했을까. 이계의 신격이 된 우리엘이라면, 유중혁이나 '은밀한 모략가'의 능력에 대해서도 당연히 알 것이다. 그가 영원의 회귀를 거듭하며, 결코 죽지 않는 존재라는 것도.

점점 더 죄어드는 손아귀. 새카만 봉인구가 이내 창백한 빛을 띠었다.

【너는 영원히 봉인될 것이다.】

'묵시룡의 봉인구'를 이용한 봉인.

1,863회차에서 한수영이 계획한 것과 같은 방법이었다.

「"이곳의 시간은 멈추고, 시구는 묵시룡과 함께 봉인되겠지. 영원히 95번 시나리오에 고정된 채 말이야."」

「"그리고 그것이, 네가 유중혁을 죽이는 방법이다."」

유중혁을 영원의 시간 속에 봉인하여 회귀를 멈추는 것.

나는 반사적으로 '은밀한 모략가'를 바라보았다. 지금이라도 괜찮으니 도망치라고 말하고 싶었다. 저기에 봉인되면 아무리 '은밀한 모략가'라도 탈출하는 것은 불가능하다.

그런데 너는, 어째서 웃고 있는 것인가.

[성좌, '은밀한 모략가'가 자신의 ■■을 바라봅니다.]

그는 1,863번의 생애를 모두 살아낼 만큼이나 강했다. 하지만 그렇기에 언제든 무너질 수 있을 만큼이나 지쳐 있었다.

영원한 잠.

어떤 의미에서 이것은 그가 평생에 걸쳐 바라던 일이었다.

—잠깐! 우리엘! 멈춰!

내 말에, 처음으로 우리엘이 내 쪽을 돌아보았다.

하찮은 것이 자신의 진명을 불렀다는 사실에 놀란 듯, 우리엘이 입을 열었다.

【이 영혼체는 뭐지? 이 세계선의 존재?】

나는 무슨 말을 해야 할지 알 수 없었다.

그러자 '은밀한 모략가'가 선수를 쳤다.

【그놈은 아무것도 아니다. 그냥 보내라.】

순간 '은밀한 모략가'의 눈이 나를 바라보았다. 그답지 않게 명료한 감정이 새겨진 눈이었다. 녀석은 정말로 내가 탈출하기를 바라고 있었다.

하지만 상황이 나빴다. 포털은 우리엘의 힘으로 강제로 닫히고 있었다.

나와 '은밀한 모략가'를 번갈아 보며 기묘한 시선을 보내던 우리엘이 말했다.

【너의 회차를 그르치고 다른 이의 세계선조차 망쳐버린 후에도, 지키고 싶은 것이 남았는가.】

순식간에 뻗어나온 우리엘의 힘이 나를 포박했다. 최악의 상황이었다.

【좋다. 이 녀석을 네놈과 함께 봉인해주마. 영원의 꿈속에서 네 동료와 함께 잠들어라.】

—아니 잠깐만! 내 얘기도 들어봐야 하는 거 아냐?

무슨 당치않은 소리냐는 듯 우리엘이 나를 노려보았다.

나는 지지 않고 외쳤다.

—당신 마음은 알겠어. 당신의 세계선이 뒤틀려서 억울하다는 것도 알겠고, 화가 났다는 것도 알겠어. 하지만 이건 아니잖아. 여긴 당

신 세계선이 아니라고. 지금 당신이 하는 짓은 당신이 증오하는 '은밀한 모략가'와 똑같은 행동이야.

말을 내뱉으며, 이마에 따끔거리는 통증이 느껴졌다. 아무것도 채워져 있지 않은 머리가 아팠다. 긴고아의 감각이 강해지고 있었다.

—우리 이러지 말자고. 다 같이 힘을 모아서 〈스타 스트림〉을 부숴도 모자랄 판에, 대체 왜 서로 싸워야 하는 건데. 진짜 적이 누군지 몰라서 그래? 이 비극을 초래한 원인이 어디에 있는지 몰라서 그러는…….

【<스타 스트림>을 부숴? 왜 그런 짓을 하지?】

뜻밖의 물음이었다.

—그야 당연히, 〈스타 스트림〉의 세계는…….

【<스타 스트림>이 사라지면 우주는 혼돈으로 변한다.】

순간 가슴 한쪽이 서늘해졌다.

나는 은연중 모든 일행이 보고 싶은 결말이 같다고 생각해왔다.

하지만…… 실은 그렇지 않다면?

유중혁이 죽고 난 뒤, 999회차의 일행들은 마지막 시나리오에 도착했고, 그것을 클리어했을 것이다.

그 후 그들이 도달한 세계의 끝은 무엇이었을까.

【그런 세계선을 만들어서는 안 된다. 그것은 악이다.】

우리엘의 선언과 함께 그녀의 격이 나를 옥죄기 시작했다.

—그럼 별수 없네. 싸우는 수밖에.

【싸워? 화신체도 없는 존재가—】

—싸우는 건 내가 아니고.

허공을 올려다본 내가 씩 웃으며 말했다.

—내 동료들이야.

눈앞에서 강렬한 스파크가 튀어 올랐다. 깨질 것처럼 머리가 죄어들더니 시야가 뭉그러졌다. 뭔가 가까워지고 있었다.

「마하반야…… 독자…… 헛짓거리…… 가만히있심경…….」

왔다.

[바아아앗!]

비유의 울음소리와 함께, 창공에서 포털이 열렸다.

새카만 흑염룡의 브레스가 쏟아졌다. 그 거친 격류에 나를 내던진 우리엘이 뒤로 훌쩍 빠졌다.

거의 동시에 누군가가 내 영혼체를 낚아채며 날아올랐다.

"도대체 가는 곳마다 이게 뭔…… 넌 또 왜 이 꼴이냐?"

한수영.

"긴고아 하나로는 부족한 모양이네요."

그리고 유상아. 그녀의 등에는 족쇄처럼 긴고아가 채워진 내 화신체가 있었다. 유상아는 내 상태를 이미 짐작하고 있었던 모양이다.

[현재 '존재 맹세'의 구속력이 약해진 상태입니다.]

나는 망설이지 않고 내 화신체 속으로 뛰어들었다. 그러자 시야가 한바탕 뭉그러지며, 신체 감각이 돌아왔다. 화신체는 정상이 아니었지만, 그래도 없는 것보다는 나았다.

어렴풋한 시야 속에서 [지옥염화]를 발동하는 우리엘의 모습이 보였다.

곁에서 한수영이 눈을 휘둥그레 뜨고 있었다.

"야, 저거 무슨—"

"설명할 시간 없어. 빨리 탈출해야 돼!"

한수영, 그리고 '석존의 후계'가 된 유상아는 강하다. 하지만 적도 너무 강하다. 이들만으로는…….

콰아아아아아.

기다렸다는 듯, [지옥염화]의 불길이 일행들을 덮쳐왔다.

"미친!"

어디로도 피할 길 없는 강력한 염열의 파도. 한수영의 [흑염]만으로는 막아내기 버거운 격이었다.

그때, 한수영이 타고 온 포털 너머에서 강력한 홍염의 격이 흘러들어왔다. 저쪽의 파도와 정확히 같은 색깔의 염화. 불과 불이 부딪치며, 격렬한 불꽃의 폭풍이 발생했다.

[■발, 뭐야? 어떤 새■야?]

매캐한 불꽃 속에서, 콜록콜록 기침을 하며 나타난 존재가 있었다.

한 손으로 밀려드는 연기를 걷어내는 대천사.

검은색 드레스에 금빛 발찌.

내가 너무나 잘 아는 대천사가, 뺨에 검댕을 묻힌 채 그곳에 있었다.

[응? 감히 어떤 새■가 내 김독자를…….]

[지옥염화]의 반대쪽을 바라본 우리엘의 눈빛이 멍하게 변했다. 입이 딱 벌어진 우리엘이 중얼거리고 있었다.

[나…… ■끼?]

설마 지원군으로 우리엘이 올 줄은 몰랐다. 이러면 상황이 복잡해진다. 하필 지금 여기서 두 우리엘이 만날 줄이야.

【너는?】

놀란 것은 저쪽 우리엘도 마찬가지인 모양이었다.

【그렇군, 네가 바로 이 세계선의—】

두 우리엘이 서로를 응시하는 순간, 허공에서 거친 스파크가 튀었다.

당연한 이야기지만 이쪽이 압도적으로 불리했다. 이쪽 우리엘도 강하긴 하지만, 저쪽 우리엘은 무려 한 세계선의 끝을 본 존재였다. 기회를 봐서 재빨리 도망치지 않으면—

[<스타 스트림>이 두 존재의 조우에 흥미로워합니다.]

그리고 뜻밖의 사태가 벌어졌다.

['끊어진 필름 이론'이 발동합니다!]

허공에서 만난 두 개의 설화가 얽혀들며, 거대한 기억의 환류還流가 발생했다.

「**[일어나라, 유중혁. 어서!]**」

999회차의 기억이 넘어오고 있었다. 갑작스러운 기억의 침범에 우리엘이 눈을 커다랗게 떴다.

[뭐야, 뭔데 이거?]

낯선 기억의 파도가 범람하고 있었다. 유중혁과 등을 맞대고 싸우는 999회차의 우리엘이 그곳에 있었다. 누구보다 서로에게 의지하고, 서로를 위해 검을 휘두르는 두 사람. 그야말로 진짜 전우애였다.

흘러드는 기억 속에 정신을 차리지 못하는 우리엘이 비틀거렸다.

저 빌어먹을 이론이 또…… 라고 생각했는데, 예상외로 상황은 그리 나쁘지 않았다. 왜냐하면 저 이론을 통한 설화 교환은 쌍방향으로 이루어지는 까닭이었다.

그 증거로, 비틀거리다 못해 바닥에 주저앉은 999회차의 우리엘이 보였다.

「**[김독자! 여기야! 내 옆에 앉아!]**」

확실히.

「9158FOREVER」

「[아이디가 너무 튀면 안 되니까…… 그렇지. 적당히 uri9158로…… 좋아, 전혀 티 안 나.]」

「[트, 특전으로 '오징어 김독자 다리'를 준다고?]」

충격을 받을 만도 한 설화들이었다.

【이게 대체, 대체, 무슨…….】

999회차의 우리엘이 고통스러운 듯 얼굴을 찌푸리고 있었다. 그 틈을 놓치지 않고 우리엘을 부축한 한수영이 말했다.

"뭔진 모르겠지만 잘됐다. 빨리 튀자. 저거 척 봐도 엄청 세 보이는데."

확실히 그 판단이 옳다.

그런데 하나 빠뜨린 것이 있었다.

"잠깐만. 쟤도 데려가자."

나는 바닥에 늘어져 있는 '은밀한 모략가'를 가리켰다.

이 세계선의 기억이 어지간히 충격적이었던 모양인지, 우리엘이 만든 봉인구가 상당 부분 망가져 있었다.

한수영이 뭔 헛소리냐는 듯 말했다.

"돌았어? 잴 왜 데려가?"

"저 녀석도 데려가야 해. 그래야 올바른 '결말'에 도달할 수 있어."

"그건 또 뭔 개똥 같은—"

실제로 개똥 같은 소리였다. 내 아집이었고, 말도 안 되는 행동이었다. 그럼에도 나는 계속해서 말했다.

"저 녀석은 여기서 죽어선 안 돼. 저 녀석은 결말을 볼 자격이 있어."

「이 모든 세계가 오직 '유중혁'만을 탓하고 있었다.」

999회차의 우리엘도, 이 세계선의 모두도. 평생에 걸쳐 자신의 '결'에 도달한 유중혁은 그 대가로 모든 세계선의 적이 되었다.

「1,863번의 회귀 중, 한 번이라도 녀석에게 행복한 회차가 있었던가.」

정신을 차렸을 때 나는 달리고 있었다.

조금씩 의식을 회복하는 999회차 우리엘이 [지옥염화]를 재차 끌어올리는 것이 보였다.

한수영이 외쳤다.

"미친놈아! 그럴 시간 없다고!"

나는 전력을 다해 [바람의 길]을 발동했다. [지옥염화]의 불길이 다시금 밀려들기 시작했다.

허공에 튀는 불꽃들이, 내게는 오래된 활자처럼 보였다.

—작가님. 한 번 정도는 괜찮잖아요.

그게 언제의 기억인지, 생각나지 않았다.

—그렇게 많은 회차가 있는데, 한 번 정도는…….

내가 그런 말도 했던가. 기억이 명료하지 않았다. 다만 내가 할 수 있는 일은 키보드를 두들기고 스페이스 바를 누르듯, 바닥을 박차고 달리는 것이었다.

—행복해도 괜찮잖아요.

어쩌면 그것은, 이런 세계를 만든 신에 대한 투정이었을까.

—제가 쓴 게 마음에 들지 않으신 모양이군요.

그러자 신이 대답했다.

—그럼 독자님은 어떤 결말을 보고 싶으신가요? 어떤 결말이 주인공에게 행복한 결말인가요?

그때 내가 뭐라고 대답했더라. 도무지 기억이 나질 않았다. 그리고 지금도 대답은 확실하지 않다. 내게는 타인의 행복에 대해 말할 자격이 없으니까.

하지만 자격이 없는 나라도, 한 가지는 알 수 있었다.

「저건 행복한 결말이 아니다.」

밀려드는 [지옥염화]의 열기에 '은밀한 모략가'의 몸이 끌려 들어가고 있었다.

나는 간발의 차이로 녀석의 손목을 붙잡았다. 그리고 반대 방향으로 달리기 시작했다.

안색이 창백해진 한수영이 'X급 페라르기니'를 소환하고 있었다.

유상아가 외쳤다.

"독자 씨! 더 빨리!"

【안 돼.】

나는 밀려드는 염열을 피해내며 바닥의 '은밀한 모략가'를 업었다. 발이 미친 듯이 뜨거웠다. 그 열기에서 벗어나기 위해, 온 힘을 다해 달렸다.

"망할…… 모르겠다. 빨리 타!"

한수영이 내게 손을 뻗었고, 나는 간신히 차에 올라탔다.

뒷좌석에서 몸을 부르르 떠는 우리엘이 보였다.

홍염의 해일이 덮쳐들고 있었다.

【멈춰!】

속으로 '양산형 제작자'를 향해 기도했다.

제발 이 차의 성능은, 양산형이 아니기를.

[성좌, '양산형 제작자'가 빙긋 웃습니다.]

폭발적인 가속으로 'X급 페라르기니'가 발진했다. 거의 동시에 비유가 포털을 열었고, 우리는 곧장 차원 통로로 뛰어들었다.

뒤쪽에서 999회차 우리엘이 내지른 끔찍한 포효가 들려왔다. 혹시나 쫓아오면 어쩌나 싶었다. 이대로 지구로 무사히 도망친다 해도, 저 우리엘이 쫓아와 깽판을 친다면…….

츠츠츠츠츠츳!

몰아치는 스파크 속에서, 쫓아오던 999회차 우리엘의 움직임이 멈췄다.

무시무시한 눈으로 나를 노려보면서.

[<스타 스트림>이 '살아 있는 불꽃'을 주시합니다.]

아무래도 그녀는 이 포털을 사용할 수 없는 모양이었다. 강력한 개연성의 후폭풍이 그녀를 구속하고 있었다. 어쩌면 당연한 일이었다. 저렇게 강력한 힘을 지닌 존재는 〈스타 스트림〉에서 오히려 자유롭지 않으니까.

그렇다면 걸리는 것은 한 가지다.

그토록 자유롭지 않은 그녀가 어떻게 이 타이밍에 '은가이의 숲'에 나타날 수 있었는가. 마치 누군가 사주하기라도 한 것처럼.

사주?

[대도깨비 '허주'가 당신의 행적에 주목하고 있습니다.]

순간, 아주 어렴풋한 가설이 머릿속을 스쳐 지나갔다.

만약 저 '우리엘'이 나타난 것이 우연이 아니라면?

[대도깨비 '허체'가 당신의 행적에 주목하고 있습니다.]

[대도깨비 '바람'이 당신의 행적에 주목하고 있습니다.]

이 〈스타 스트림〉의 누군가가 그걸 원했고, 그래서 그들을 이 세계선으로 불러낸 것이라면?

이 세계에서 그만한 개연성을 운지일 수 있는 집단은 거의 없다.

[관리국이 당신의 행적을 주목하고 있습니다.]

창문 너머로 불타는 '은가이의 숲'이 비치고 있었다. 멸망한 세계선에서 온 이계의 신격들이 소멸하고 있었다. 작은 왕국의 백성들이 그들의 왕과 작별하고 있었다.

【살아살아살아살아살아살아…….】

이계의 신격의 왕은 하나가 아니다.

999회차의 우리엘이 이 세계선에 나타났듯, 다른 왕들도 나타나겠지.

내가 원하는 결말을 방해하려는 존재들이 그들을 부를 것이다.

[<스타 스트림>이 당신을 바라보고 있습니다.]

고개를 들자 내가 맞서 싸워야 할 세계가 나를 보고 있었다.

아주 힘들고 험난한 싸움일 것이다.

인사이드 미러로 나를 본 한수영이 뭐라고 투덜거렸다. 조수석에 앉은 유상아가 나를 돌아보고 있었다. 나는 가볍게 고개를 끄덕이며 혼절한 '은밀한 모략가'와 망연한 우리엘을 바라보았다.

어쩌면 이 우주의 누구도, 우리 편을 들어주지 않을 것이다.

멀리서 포털의 끝이 보였다.

[당신의 선택이 ■■에 지대한 영향을 끼쳤습니다.]

[당신의 ■■이 「영원」으로 기울어집니다.]

마침내 이 세계의 최종장을 준비해야 할 때가 왔다.

OMNISCIENT READER'S VIEWPOINT

네모난 원

Episode 86

ORV

I

차원로를 달리는 내내, 한수영과 유상아는 거의 말이 없었다. 덕분에 나는 창밖을 보며 여러 가지 생각을 정리할 수 있었다.

앞으로 해야 할 일들, 그리고 하고 싶은 것들.

곁에는 시종일관 심각한 얼굴로 뭔가 중얼거리던 우리엘이 코를 골며 잠들어 있었다. 봉인당한 은밀한 모략가는 그런 우리엘 쪽으로 반쯤 몸을 기댄 채 혼절해 있었다. 내 채널에서 가장 오래된 두 존재가 이처럼 무방비하게 잠들어 있는 꼴을 보니 기분이 무척 이상했다.

인사이드 미러로 나를 살피던 한수영이 말했다.

"뭘 쪼개? 돌아가서 제대로 설명할 준비나 해."

설명. 뭘 설명해야 할 것인지는 분명했다.

"기회는 한 번뿐이에요."

빙긋 웃는 유상아의 모습이 무서웠다.

"도착했어."

얼마 지나지 않아 페라르기니의 움직임이 멈췄다.

서울이었다.

그로부터 잠시 후, 나는 일행들 앞에 앉아 있었다.

그리운 얼굴들. 보고 싶던 얼굴들이 그곳에 있었다.

함께 시나리오를 겪은 이길영, 신유승, 정희원, 이지혜를 포함한 〈김독자 컴퍼니〉. 그리고 내가 없는 동안 서울을 지켜준 이설화와 공필두.

그보다 조금 더 멀찍이 떨어진 응접실 끝에는 어머니와 방랑자들의 모습도 보였다.

일행들 얼굴을 한 번씩 훑어본 나는 일단 고개를 90도로 숙이며 입을 열었다.

"죄송합니다."

"뭐가요?"

"제가 벌인 일들, 모두 죄송합니다."

"흐음…… 뭐, 그래요."

뭐지? 나한테 화가 난 게 아닌가?

뭔지는 모르겠지만 일단 잘됐다는 생각이 들었다. 설명해야 할 것이 한두 개가 아니었기 때문이다.

"지금부터 여러분께 몇 가지 설명을……."

"일단 저게 누구 애인지부터 말해라."

쏘아붙인 것은 공필두였다.

시선을 따라가자, 투명한 구에 감싸인 '은밀한 모략가'가 내 곁에 둥둥 떠 있었다.

[현재 대상의 설화가 불안정합니다.]

아직도 정신을 못 차리는 걸 보니, 과도한 개연성의 사용으로 인해 문제가 생긴 것 같았다. 즉, 본인이 직접 해명하기는 불가능하다는 뜻.

내가 대답이 없자 공필두의 눈빛이 분노로 물들었다.

"나서서 시나리오를 깬다기에 서울을 지켜줬더니, 감히 애를 만들어서 돌아온 거냐?"

태생을 기러기 아빠로 살아온 자의 한이 느껴지는 목소리였다.

"그게, 무슨 오해를 하시는지 알겠지만."

"어느 쪽이냐?"

공필두가 두려운 눈빛으로 유상아 쪽을 흘끗거렸다.

"설마?"

빙긋 웃는 유상아와 눈이 마주친 공필두가 고개를 절레절레 흔들었다.

"그래, 그럴 리 없지. 역시 저쪽인가?"

"뒈지고 싶어?"

한수영이 으르렁거리자 공필두가 주춤했다.

나는 그 틈을 놓치지 않고 끼어들었다.

"아니, 애초에 누가 낳은 애라고 생각하는 게 무리 아닙니까? 이 녀석이 어딜 봐서 아기처럼 보입니까?"

"한명오가 낳은 애도 순식간에 자랐다."

그 말을 들은 한명오의 안색이 창백해졌다.

"그 얘긴 좀 불편하네만."

"그보다 더 신경 쓰이는 것은 저 꼬맹이 얼굴이 저 재수탱이와 똑같다는 것이다."

공필두는 그 말을 하며 응접실 가장자리를 돌아보았다. 전신에 붕대를 칭칭 감고 다리를 꼰 채 눈을 부릅뜬 유중혁이 있었다.

녀석은 특유의 무시무시한 눈길로 나를 노려보았다.

나는 한숨을 푹 내쉬었다.

"저 재수탱이와 똑같이 생긴 것은 당연합니다. 이 녀석이 바로 저 재수탱이니까요."

순간 응접실에 정적이 흘렀다. 그게 무슨 헛소리냐는 눈빛으로 공필두가 나를 바라보았다. 아무래도, 이야기가 좀 길어질 것 같았다.

"이 세계의 유중혁은 여러 명입니다. 거기서부터 이야기를 시작해야 할 것 같군요."

나는 '성마대전'의 마지막에 있었던 일부터 차근차근 이야기를 시작했다.

묵시룡을 막기 위해 마계를 멸망시킨 이계의 신격, '더 네임리스 미스트'를 부른 일(공필두, "미친놈인가.").

그 와중에 '은밀한 모략가'와 조우하고 녀석에게 납치당한 일(이설화, "어머.").

알고 보니 그 '은밀한 모략가'가 1,863회차를 살아온 유중혁이었던 일(장하영, "그게 무슨 소리야?").

녀석과 이계의 신격에 관한 계약을 맺었던 일(신유승, "그럴 거 같았어요, 아저씨.").

일행들 몰래 거대 설화 「서유기」에 참전한 일(이지혜, "아저씬 배우 체질은 아니더라.").

1,863회차의 유중혁과 999회차의 유중혁이 싸운 일(정희원, "대체 유중혁 씨는 총 몇 명인 거죠?").

인생 3회차인 줄 알았던 이 세계선의 유중혁이 사실은 인생 1,864회차인 일(한명오, "자네 혹시 설명할 수 없어서 대충 둘러대는 건가?").

일행들 도움으로 간신히 「서유기」를 클리어했으나 또 '은밀한 모략가'에게 납치당한 일(유상아, 말없이 한숨).

그리고 그곳에서 '이계의 신격'이 된 999회차의 우리엘과 만난 일까지.

거기까지 말하고 보니 대체 내가 뭔 소리를 하고 있나 싶었다. 고개를 들자, 일행들이 다들 비슷한 표정으로 서 있었다.

가장 먼저 반응한 것은 한명오였다.

"험험, 그렇게 된 거군. 모두 이해했네."

이해했다고? 그럴 리가 없는데?

일행들 모두 한명오를 보고 있었다. 그러자 한명오가 덧붙였다.

"자네는 죽거나 납치당하는 것을 좋아하는군."

"저, 나만 이해 못 한 거 아니죠? 이게 대체 무슨 소리예요? 사부가 세 명이나 있고, 1,864회차란 건 또 뭐고……."

역시 이지혜. 이해 못 하는 게 당연했다. 딱히 이지혜라서 그렇다는 건 아니고, 저게 정상이라는 뜻이다.

애초에 1,863회차가 둘로 갈라졌다는 것부터 복잡했다.

멸살법의 1,863회차를 살았던 유중혁이 '은밀한 모략가'가 되었고.

나로 인해 뒤바뀐 1,863회차를 살아간 유중혁이 회귀하여 우리가 아는 유중혁이 되었다.

나야 멸살법을 다 읽었으니 이해할 수 있지만, 일행들에게는 불가해한 것이 당연했다.

머리를 싸매던 정희원이 물었다.

"대체 뭔 소리예요? 그래서 지금 중혁 씨는 3회차예요, 1,864회차예요?"

그러자 침대차에 걸터앉아 있던 유중혁이 퉁명스레 답했다.

"나도 모른다."

"네?"

"기억이 나지 않으니까."

나는 [등장인물 일람]을 가동해 유중혁의 정보를 확인했다.

〈등장인물 요약 일람〉

인물: 유중혁

전용 특성: 회귀자(신화) / 3회차…….

놀랍게도, 유중혁의 특성은 다시 '3회차'로 표기돼 있었다.

"기억은 김독자의 설화를 잠깐 빌려올 때만 떠오를 뿐이다. 마치 타인의 역사를 보는 것처럼."

설마 그런 것이었을 줄은 몰랐다.

유중혁은 계속해서 말했다.

"내 생각은 이렇다. 본래 이 세계선은 3회차가 맞고, 나 또한 3회차의 유중혁이다. 다만 세계선의 어느 지점에서 1,864회차를 살았던 내 기억이 덮어씌워진 것이다."

잠자코 듣던 이설화가 한마디를 거들었다.

"그게 말이 되는 이야기인가요? 3회차가 1,863회차에 영향을 끼치고, 동시에 1,863회차가 3회차에 영향을 끼쳤다는 건데…… 논리적으로 말이 안 되잖아요."

"논리적으로는 말이 안 되지."

결국 한수영이 나섰다.

"이건 오직 문장의 형태로만 성립하는 거야. 이 세계가 본래 '소설'이기 때문에 가능한 거라고."

한수영은 투명한 구에 둘러싸인 '은밀한 모략가'를 바라보았다.

"'네모난 원'이라든가 '내각의 합이 720도인 삼각형'과 똑같은 거야."

이설화가 고개를 갸웃하며 되물었다.

"그런 건 존재할 수 없잖아요?"

"상상할 수 없다고 표현하는 게 맞는 거지. 하지만 문장으로는 존재할 수 있어. 지금 일어나는 일들도 마찬가지야. 우리한테야 타임 패러독스지만, 소설 속 문장으로는 가능한 이야기라고. 그냥 그렇다고 치면 되는 거니까. 이해가 아니라 납득의 문제인 거지. 그냥 쉽게 생각해. 우린 지금 망한 소설 속에 들어온 거야. 원작부터가 개판이었으니 결국 이렇게 된 거고."

이 와중에도 반박하고 싶었지만, 사실이라 할 말이 없었다.

"내가 작가였으면 세계선 꼬기는 한두 번만 하고 말았을 거야. 독자들은 이렇게 복잡한 이야기 안 좋아한다고. 성좌들도 지금 뭐가 어떻게 된 건지 잘 모를걸?"

[성좌, '심연의 흑염룡'이 자신의 화신은 똑똑하다고 말합니다.]

"개연성이 망가진 세계는 스스로를 망가뜨려. 나는 그런 식으로 끝난 이야기를 많이 알아. 작가마저 포기해버린 세계."

작가였던 한수영이기에 할 수 있는 말이었다. 어쩌면 한수영 역시도 그런 식으로 포기해본 세계가 있을지도 모른다. 그리고 그 사실을 지금까지도 후회하고 있는 것이다.

그렇게 생각하니 문득 이상한 기분이 들었다.

멸살법의 작가인 tls123이 만든 세계가 현실이 되었다.

—그럼 독자님은 어떤 결말을 보고 싶으신가요? 어떤 결말이 주인공에게 행복한 결말인가요?

어쩌면, 작가는 정말로 자신이 완성하지 못한 이야기를 우리에게 맡겨버린 것은 아닐까.

정희원이 뺨을 긁으며 물었다.

"그래서 한수영 네 결론은 뭔데?"

"우릴 이딴 세계에서 굴러먹게 만든 놈들이랑 싸워야지. 작가든, 이계의 신격이든, 도깨비든."

"결국 평소랑 같네."

"원작이야 어떻게 됐든 개나 주라고 하고, 우린 우리끼리 결말을 봐야 하니까. 언제까지 빌어 처먹을 시나리오 똥통에 있을 수는 없어."

맞다. 모두 맞는 말이었다.

이계의 신격의 왕이든, 관리국이든 상관없다.

[성운, <김독자 컴퍼니>의 모든 별자리가 빛을 발합니다.]

적이 누가 됐든 우리에게 남은 선택지는 하나뿐이다.

싸워서 이기고, 우리의 해답에 도달하는 것.

"독자 씨?"

언제부턴가, 일행들이 나를 바라보고 있었다.

뭔가 말해주기 바라는 눈빛들이었다.

앞으로 무엇을 어떻게 해야 할지, 어떤 것들을 준비해야 할지 기다리는 표정들. 물론 생각해둔 바는 있었다.

하지만 쉽사리 첫 마디가 떨어지지 않았다.

마지막을 앞두고 있다는 긴장감 때문이었을지도 모른다.

힘들게 여기까지 왔는데, 자칫 내 오판으로 인해 모든 일을 그르칠지도 모른다는 두려움. 멸살법에는 없는 길을 걸어가야 한다는 부담감.

나는 몇 번이나 입술을 달싹이다가 간신히 입을 열었다.

"그러니까……."

"여기까지."

그런 내 말을 막은 것은 유상아였다.

"오늘은 조금 쉬고, 내일 다시 이야기해요. 다들, 시나리오에서 막 돌아왔잖아요."

그날, 나는 밤새도록 계획을 짰다.

몇 번인가 멸살법의 최종본을 읽으면 어떨까 하는 유혹이 들었지만, 끝내 읽지는 않았다. 이유는 잘 알 수 없지만, 어떤 예감이 들었다.

읽는 순간, 저 이야기의 족쇄에서 벗어나지 못할 것 같다는 예감.

…….

언제 잠들었는지 알 수도 없게 나는 깊은 잠에 빠졌다. 마지막 기억은 흐릿했다. 책을 읽다가 잠든 것 같기도 하고, 도중에 이길영이 가져다준 따뜻한 차를 마신 것 같기도 했다. 아무튼 모처럼 달콤한 잠이었다.

잠깐 행복한 꿈을 꾼 것 같기도 했다. 언젠가 유상아와 나눈 이야기 같은 꿈. 모든 시나리오가 종료된 세계.

일행들이 일상적인 이야기를 떠들고 있었다. 평화로웠다. 너무 평화로워서 그것이 평화처럼 느껴지지 않았다. 해맑게 웃는 신유승과 이길영을 보는 순간, 나는 기이하게도 깨닫고 말았다.

「이것은 꿈이구나.」

입술을 꾹 깨물자 꿈의 정경이 지진이라도 난 듯 흔들렸다. 몽롱한 의식 속에 나는 천천히 눈을 뜨고 몸을 일으키려 했다.

뭐지?

몸이 움직이지 않았다.

게다가 꿈에서 느낀 희미한 지진도 계속되고 있었다.

간신히 눈을 뜨자, 침침한 어둠 속에서 주변 정경이 드러났다. 등과 뒤통수를 감싸는 푹신한 가죽의 촉감.

"야, 김독자 일어나려고 하는데?"

"다시 재워."

누군가가 내 머리통을 후려치는 느낌과 함께, 다시 의식이 희미해졌다.

흐려지는 의식 사이로 장난기 어린 목소리가 들려왔다.

"노동자 혁명이다, 이 자식아."

그리고 다시 눈을 떴을 때.

나는 외딴 산속에 있었다.

2

이게 어떻게 된 영문인지 생각했다.

하나, 나는 꽁꽁 묶여 있고.

둘, 내가 모르는 산속에 내던져져 있다.

아무리 생각해봐도 결론은 납치인데, 대체 누가 감히 〈김독자 컴퍼니〉에 침투해 나를 납치하겠는가.

그렇다면 역시…….

"……는……."

"……독자…… 풀어줘……?"

"……앗?"

희미하게 들려오는 대화 소리.

나는 낑낑대며 포승줄을 푼 뒤 비척대며 소리가 들려오는 곳으로 갔다. 짙은 산세를 헤치고 삼십 초쯤 나아가자, 널따란 야영지와 일행들의 모습이 보였다.

"아, 저기 알아서 오네."

실실 웃는 한수영이 나를 향해 손을 흔들고 있었다.

"뭘 봐? 노동자 파업 처음 보냐?"

"아니, 지금……."

"공기 조오타. 독자 씨도 여기 좀 누워봐요."

한수영의 옆으로 하늘을 향해 대 자로 드러누운 정희원이 있었다. 정희원이 날갯짓하듯 팔을 움직이자, 싱그러운 풀들이 드러누웠다 일어나기를 반복했다. 한수영이 경건한 목소리로 중얼거렸다.

"풀이 눕는다. 바람보다도 더 빨리 눕는다."

"오."

"정희원도 눕는다. 바람보다도 더 빨리 눕고, 바람보다 먼저 일어난다."

"잘하는데?"

갑작스러운 시 낭송 대회와 그에 맞장구를 치는 정희원을 보며, 나는 얼떨떨한 심경으로 물었다.

"지금 대체 뭐 하는……."

"노동자 혁명의 시다, 자식아."

"그러니까 아까부터 노동자 혁명이니 뭐니……."

"아, 좀 쉬자고. 넌 그걸 꼭 말로 해야 알아듣냐?"

한수영의 핀잔에 나는 인상을 구겼다.

쉬러 왔다고?

"뭔 소리야? 지금 때가 어느 땐데."

"어느 땐데?"

그렇게 되물으니 할 말이 없었다. 지금이 어떤 시기냐고?

[현재 성운, <김독자 컴퍼니>는 마지막 시나리오의 자격을 획득한 상태입니다.]

[시나리오 입장 잔여 시간은 28일 12시간 15분 7초입니다.]

나는 한수영의 페이스에 휘말리지 않도록 침착하게 대꾸를 했다.

"이럴 시간 없어. 마지막 시나리오가 코앞에 있다고."

"그러니까 지금 쉬어야지. 언제 또 이렇게 쉬겠냐?"

한수영이 한숨을 푹푹 쉬며 말했다.

"주변을 좀 둘러봐라. 스마트폰에만 코 박고 살지 말고. 넌 이런 곳까지 와서 일하고 싶냐?"

그 말에 나는 처음으로 주변 산세를 살폈다.

풍요로운 녹음이 우거진 산속. 어느 산인지는 모르겠다. 지리산인지, 설악산인지, 한라산인지…… 아무튼 아름다운 산이었다. 햇볕은 강하지 않고, 바람은 서늘하다. 한마디로 캠핑하기 좋은 날씨였다.

나는 머뭇거리며 말했다.

"쉬지 말란 게 아니라…… 쉬는 건 좋은데 할 건 하고 쉬자는 거지. 우린 지금……."

"우와, 독자 씨 진짜 꼰대 마인드다. 대표이사는 다 저런가?"

정희원이 내 정강이를 툭툭 치며 말했다.

"쉴 땐 그냥 쉬는 거예요, 대표님."

머릿속이 복잡했다. 내가 계속 대답하지 않자, 나를 노려보던 한수영이 시큰둥한 목소리를 냈다.

"그래, 네 말도 맞다. 모두 쉬면 안 되니까 한 사람은 시나리오 해야지. 그럼 네가 일해."

"뭐?"

"네가 좋아하는 시나리오나 하라고."

한수영의 말에 문득 허공을 보자, 진짜로 시나리오 창이 떠 있었다.

[서브 시나리오 - '노동자의 휴일'이 발생했습니다!]

듣도 보도 못한 시나리오였다.

나는 시나리오 창을 열어보았다.

〈서브 시나리오 - 노동자의 휴일〉

분류: 서브

난이도: ???

클리어 조건: 당신은 성운 〈김독자 컴퍼니〉의 대표입니다. 당신의 오랜 착취와 가혹행위로 인해, 〈김독자 컴퍼니〉의 직원들은 몹시 지친 상태입니다. 그들은 성운 대표인 당신에게 큰 불만이 쌓여 노동쟁의를 벌이는 중입니다. 성운 대표로서 그들의 불만을 들어주고 달래시오. 당신의 빈약한 커뮤니케이션 능력을 고려해, 불만 해결 목표치는 5명입니다.

제한 시간: 12시간

보상: 〈김독자 컴퍼니〉 직원들의 신뢰

실패 시: 사망(?)

사망? 아니, 무슨 이딴 시나리오가…….

허공을 올려다보자, 비유가 "바앗" 하며 울었다.

한수영이 나를 향해 투덜거렸다.

"하여간 저 자식은 시나리오로 알려줘야 이해한다니까."

나는 초조한 마음에 주변을 둘러보았다.

일행들은 즐거워 보였다. 패러디 시를 줄줄이 읊던 한수영과 정희원은 동산에 누워 잠들었고, 이길영과 신유승은 코를 맞댄 채 으르렁거리고 있었다.

"야, 신유승. 내기하자. 누가 저녁밥 더 큰 걸로 잡아 오나."

"이기면 뭐 주는데?"

"지는 사람이 소원 들어주기, 어때?"

"콜."

부리나케 숲속으로 뛰어가는 아이들에게, 유상아가 "조심해"라고 당부했다.

야영장 한쪽에는 작은 계곡도 보였는데, 낚시 의자를 가져온 공필두가 하품하며 찌를 드리우고 있었다. 그 옆에 앉은 한명오도 뭐라 뭐라 중얼거렸다.

"내가 왕년에 이만한 감성돔을……."

시원한 계곡 물소리와, 산새 지저귀는 소리가 들렸다. 무성한 산의 녹음이 한꺼번에 뭉그러지는 듯했다.

아직도 꿈을 꾸는 것 같았다.

맞지 않는 옷을 입은 것처럼 불편한 애틋함이, 발끝부터 천천히 퍼진다. 이래도 되는 것일까. 벌써 이런 순간을 겪어도 좋은 것일까.

나는 유중혁을 찾았다.

역시 이래서는 안 된다. 놈이라면 내 생각에 동의할 것이다. 보나 마나 어디선가 일행들을 노려보고 있겠지. 무시무시한 눈빛으로, "지금 네놈들은"으로 시작하는 꼬장꼬장한 소리를 늘어놓고 있을 것이다.

나는 금방 유중혁을 찾았다.

손을 들어 녀석을 부르려는데, 뭔가가 이상했다.

치이이익.

유중혁은 요리를 하고 있었다. 커다란 불판 앞에서, 현란하게 손을 움직이며 고기를 굽고 있었다. 야채들이 프라이팬 위에서 파르르 날아올랐다. 하늘을 부수는 [파천검도]가 야채와 고기를 조각내고 있었다.

나는 녀석을 부르는 것조차 잊고, 홀린 듯이 그 광경을 바라보았다.

이게 대체 어떻게 된 일이란 말인가.

다음 순간, 유중혁의 눈이 나를 향했다. 역시나 특유의 무시무시한 눈빛으로 내게 말하고 있었다. [전지적 독자 시점]을 쓰지 않아도 알겠다. 저 눈빛은 분명

「그렇게 봐도 네놈에게 줄 건 없다.」

라는 뜻이다.

녀석 옆에는 유미아와 이지혜가 호기심 어린 눈을 빛내며 서 있었다.

"지금이야."

유미아가 입을 벌리자, 유중혁이 무심한 얼굴로 젓가락을 움직였다. 어미 새처럼 고기를 한 점씩 집어 입에 넣어주는 유중혁.

유미아가 방긋 웃었다.

"역시 맛있어."

그러자 멀뚱멀뚱 옆에 서 있던 이지혜도 입을 벌렸다. 유중혁은 그 쪽을 잠깐 보더니 다시 유미아의 입에 고기를 넣어주었다.

그러기를 너덧 번. 이지혜가 입을 앙다물었다.

"사부, 진짜 너무한다."

참다못한 이지혜가 직접 젓가락을 움직이자, 유중혁의 프라이팬이 [주작신보]의 신묘한 궤적을 따라 움직이며 그녀의 손을 피해 갔다.

울상을 짓던 이지혜가 결국 뿔이 났다.

"지금 해보자 이거지?"

내가 정말 멸살법의 세계에 들어온 것인지, 아니면 《냉혹미남 회귀자 유중혁이 이럴 리가 없어》에 들어온 것인지 알 수가 없었다.

이지혜의 젓가락을 피해내며 유미아에게 고기를 먹이는 유중혁은, 여전히 눈썹 하나 깜짝하지 않는 무표정이었다. 하지만 무표정에서

읽을 수 있는 것도 있었다.

그제야 나는 깨달았다. 유중혁은 진심으로 이 자리에 임하고 있다.

「왜 이런 시기에, 유중혁은 이런 걸 허락했을까.」

〈김독자 컴퍼니〉의 대표이사는 나만이 아니었다. 여러 가지 의미로 유중혁은 나보다 훨씬 더 완고한 인간이었고, 심지어 이런 집단을 운용해본 경험도 풍부한 녀석이었다.

그런데 그런 녀석이 이 캠핑에 순순히 동참했다.

「정 *말* **몰라** 김독 *자*」

[제4의 벽]의 목소리와 함께, 눈앞에 문장들이 펼쳐졌다.

「작가님, 이번 회차에선 바다에 한번 가면 어떨까요?」

언젠가 내가 단 댓글이었다.

멸살법은 그토록 잘 기억하면서, 내가 단 댓글은 까맣게 잊고 있었다. 생각해보면, 그토록 많은 회귀를 반복하면서도 유중혁이 좀처럼 빠뜨리지 않던 이벤트가 있었다.

「"오늘은 휴식이다."」

그것은 휴식이었다.

멸살법 원작에는 있지만, 이 세계에는 없던 것.

그는 중요한 고비를 넘길 때마다 일행들을 데리고 다른 행성의 관광 지역에 방문했다. 물론 본인은 시나리오에 필요한 구성품을 구한다는 명목이었지만, 다른 일행들에게까지 그걸 강요하지는 않았다.

「"사부도 이리 와서 같이 놀아요!"」
「"여어, 이지혜. 크크. 내 복근을 좀 보라고. 흑염룡도 극찬한……."」
「"오늘 중혁 씨 요리 먹는 거야?"」

그 유중혁조차 그랬는데, 나는 어땠을까.

「다음 시나리오를 준비해야 합니다.」

항상 쫓기듯 움직였고, 여유는 없었다. 시나리오 후반부로 갈수록 그런 경향은 더욱 짙어졌다. 늘 코앞의 목표가 있었다. 그걸 해결하지 않으면 시나리오 전체가 망가질 것처럼 굴었다. 하지만 곰곰이 생각해 보면, 그걸 당장 하지 않더라도 시나리오가 망하지는 않았을 것이다.

"야, 이길영! 여기선 스킬 안 쓰기로 했잖아!"

"내가 언제? 항상 최선을 다해야지!"

멀리서 사냥감을 가지고 돌아오는 아이들의 목소리.

뒤이어 계곡을 쩌렁쩌렁 울리는 한수영의 목소리도 들렸다.

"자, 보물찾기 이벤트 시작한다! 상품은 흑염룡의 성유물이야!"

"뭐야, 진짜? 그 '흑염룡'의?"

"계곡에 숨겨놨으니까 먼저 찾는 사람이 임자야. 아, 스킬 사용은 금지인 거 알지? 그 외에도 자잘한 상품들—"

"성유물은 내 거다!"

낚싯대를 내던진 한명오 부장이 계곡으로 뛰어들었고, 잠시 후 정희원에게 머리채가 잡혀 하늘을 날았다. 어느새 이지혜도, 사냥을 마치고 돌아온 아이들도 계곡에 뛰어들었다.

"잠깐만, 지혜 누나! 그거 [유령함대]잖아! 작게 소환하면 모를 줄 알아?"

"이길영! 치사하게 물방개 길들이기냐?"

"둘 다 실격!"

일행들이 다 같이 웃는 모습을 보는 게 얼마 만인지 알 수 없었다. 어쩌면 처음인지도 모른다. 시나리오의 끝이 오지 않아도 그들은 웃을 수 있었다. 저렇게 즐겁게 떠들 수 있었고, 이야기할 수 있었다.

「그리고 그 광경을 보며, 김독자는 이상하게 외로워졌다.」

어쩌면 나는 지금껏 멸살법에 대해— 아니, 우리 일행들에 대해 하나도 이해하지 못하고 있었던 것은 아닐까.

결말을 보겠다는 집념에 취해서, 정작 결말로 가기 위해 읽어야 할 무수한 문장을 모조리 놓치고 있었던 것은 아닐까.

[현재 당신이 해결한 불만은 0건입니다.]

별거 아닌 듯하던 시나리오가, 갑자기 '거대 설화'만큼이나 어렵게 느껴졌다. 파라솔에 걸터앉은 채 쭈뼛거리고 있는데, 누군가가 내 어깨를 톡톡 쳤다.

"시나리오 해결은 잘돼가요?"

싱긋 웃는 유상아가 그곳에 있었다.

내가 힘없이 웃자, 유상아가 말을 이었다.

"독자 씨는 커뮤니케이션 능력이 뛰어난 사람은 아니니까요. 회사 다닐 때부터 그랬잖아요."

"그랬습니까?"

"아예 다른 사람들이랑 말을 잘 안 했으니까요."

무자비한 팩트 폭격에 대답할 말이 없었다.

생각해보면 당연한 일이었다. 어릴 적부터 친구 하나 없는 인생이었다. 사람들과 어울리는 법도 잘 모르고, 회식 자리도 도망칠 궁리만 했다. 차라리 그 시간이 있으면 '멸살법'을 정주행하는 게 낫다고 생각했다.

「김 독자 이 제친 구있 *다*」

그리고 자기가 친구라고 주장하는, 약 오르는 무생물 하나.

파라솔에 걸터앉은 유상아가 느긋한 시선으로 일행들을 바라보았다. 캠핑 분위기를 내기 위함인지 오늘은 유상아도 법복 대신 캐주얼한 원피스에 챙이 긴 밀짚모자를 썼다.

어디서든 분위기를 잘 맞추는 유상아. 한심한 리더가 운영하는 〈김독자 컴퍼니〉에 있기는 아까운 사람이었다.

"상아 씨는 혹시, 그날 지하철에 탄 걸 후회하십니까?"

왜 그런 질문을 했는지는 모르겠다.

지금도 생생한 첫 번째 시나리오의 정경.

「그날, 유상아의 자전거가 도둑맞지 않았더라면.」

만약 다른 곳에서 시작했다면, 그녀는 〈올림포스〉의 화신이 되지 않아도 되었을 것이다. 죽지 않아도 되었을 것이다. 환생의 고통을 겪지 않아도 되었을…….

"아뇨."

그토록 단호한 얼굴의 유상아는 처음이었다.

"그러니까 독자 씨도 후회하지 마세요."

"예? 어떤 걸……."

"그냥. 전부 다요."

무슨 말을 해야 할지 알 수 없었다. 고맙다고, 감사하다고 말하는 것만으로도 폐가 될 것 같은 기분. 멸살법은 내게 이런 상황에서 어떻게 말해야 하는지 알려주지 않았다.

그런 내 마음을 안다는 듯 유상아는 생긋 웃고는 누군가를 가리켰다.

"먼저 저 사람한테 말을 걸어보는 게 좋겠네요."

3

“고민이요?”

“예, 그러니까…… 회사 생활에 무언가 불만이 있으시다거나…….”

내가 제일 먼저 찾아간 사람은 이설화였다. 수색용 연구복을 입고, 작은 돋보기를 낀 그녀는 정체불명의 약초라도 발견한 듯 내 얼굴을 요모조모 뜯어보더니 말했다.

“음, 딱히 없는데요.”

말은 그렇게 해도, 불만이 없을 턱이 없다.

“대표로서 늘 죄송한 마음입니다. 제가 없는 동안 서울을 잘 보살펴 주신 것 잘 알고 있습니다.”

“흐음.”

“무척 힘드셨을 거라는 것도…….”

“진짜로 그렇게 생각해요? 사실은 서울에 있는 게 더 편했을 거라고 생각하는 건 아니고?”

뾰족한 말투에 나도 모르게 입을 다물었다.

“역시 그렇게 생각하고 있었네. 은근히 비꼰 거죠?”

“아닙니다. 절대로!”

"다른 일행들이 위험한 시나리오에 뛰어들었다는 건 알고 있어요. 하지만 그렇다고 서울이 편했던 건 결코 아니에요."

이설화는 고개를 숙인 채 다시 수풀 속에서 뭔가를 찾기 시작했다.

"이쯤에 있을 텐데……."

「이설화는 단 하루도 편히 쉬어본 적이 없었다.」

그녀의 설화가 그녀를 대신해 이야기하고 있었다.

「일행들이 사라진 [공단]에서, 이설화는 홀로 병동을 관리하며 환자를 받았다. 매일같이 다친 화신들이 밀려왔다. 그들의 죽음을 보았고, 그들의 죽음을 보며 일행들을 생각했다.」

"나는 후반부 시나리오에서 큰 도움이 못 될 거예요. 내 잠재력은 내가 잘 알고 있고, 내 성좌도 위인급에 불과하니까. 하지만 나는 최선을 다했어요."

확실히 이설화의 주변을 떠도는 격의 레벨이 달라져 있었다. 다른 일행들처럼 전투력이 강해지지는 않았지만…… 뭐랄까, 스킬의 조예 같은 것이 훨씬 깊어진 느낌이었다.

"〈김독자 컴퍼니〉의 누구든, 숨만 붙어 있다면 난 반드시 살려낼 거예요. 누구도 죽지 않도록 만들 수 있다고요."

실제로 이설화의 성장세는 원작의 그 어떤 회차에도 뒤지지 않았다. 내 짐작이 맞는다면, 이설화는 곧 생사신의生死神醫의 경지에 오를 것이다. 실제로 그녀는 내가 꿈꾸는 엔딩을 위해 반드시 필요한 사람이었다.

"독자 씨가 읽은 책에서, 나는 어떤 인물이었어요?"

훅 들어온 질문에 나는 잠깐 당황하고 말았다.

"중요한 인물이었습니다."

"그러니까, 어느 정도로?"

이설화는 멸살법의 히로인이었다. 하지만 유중혁의 과거 연인이었다고 실토할 수는 없는 노릇이었다. 애초에 유중혁도 그것을 원하지 않는 것 같았고…… 무엇보다, 그것이 정말 '이설화'에 대한 온당한 설명인지 알 수가 없었다.

그녀는 정말로 어떤 인물이었나.

"그건……."

말을 이으려는 순간, 이설화가 반색하며 외쳤다.

"앗, 찾았다!"

그녀의 손에 작은 꽃이 쥐어져 있었다. 찾던 약초인 모양이었다. 나는 그것이 무엇인지 바로 알아보았다.

「백린화白燐華. 생사환生死丸의 마지막 재료.」

겉보기에는 아무것도 아닌 들풀인 데다, 그냥 먹어서는 아무런 효과도 없는 약초. 하지만 그 약초가 없으면 기적의 묘약인 생사환은 결코 만들 수 없었다.

어린애처럼 환히 웃는 이설화. 멸살법의 어떤 문장도 가지지 못한 생동감이 눈앞에 있었다.

「이것이 이설화다.」

그래서 나는 멸살법의 문장을 떠올리는 것을 그만두었다. 그리고 나의 허접한 언어로 말했다.

"당신은 내가 아는 최고의 의사입니다."

어린애가 만들어낸 칭찬도 이것보단 낫겠다 싶었다. 그럼에도 이설화는 빙긋 웃었다.

"고마워요, 빈말이라도."

"빈말 아닙니다."

"기다려요. 그 빈말, 내가 진짜로 만들 거니까."

또 다른 약초를 찾아 자리를 뜨는 이설화를 보며, 나는 깨달았다. 애초에 그녀가 정말 궁금했던 것은 멸살법이 아니었다는 것을. 나와 달리, 그녀는 그런 소설이 필요하지 않은 사람인 것이다.

[현재 당신이 해결한 불만은 0건입니다.]

시나리오에는 별 진척이 없지만, 그래도 기분이 나쁘지 않았다.

"쉽지 않죠?"

돌아보자, 이번에도 유상아가 있었다.

"예. 쉽지 않습니다."

"당연한 거예요. 지금껏 미뤄온 대화를 무슨 이벤트 처리하듯 타파하면 그게 소설이지 현실이겠어요."

"그렇죠."

"그래도 계속하셔야 해요."

나는 고개를 끄덕였다.

"다음은 누가 좋을까요?"

"이번엔 직접 찾았으면 싶지만, 딱 한 번만 더 도와줄게요."

짐짓 손으로 차양막을 친 유상아가 일행들을 살폈다.

그 순간, 메시지가 들려왔다.

[현재 <김독자 컴퍼니> 계약직 직원들의 불만이 쌓여 있습니다.]

계약직 직원? 우리 성운에 그런 게 있었나?

그리고 유상아가 어딘가를 가리켰다.

"이번엔 저쪽으로 가봐요."

그곳을 본 순간, 나는 '계약직 직원'이 누구인지 깨달았다.

잠시 후, 나는 내 앞에 도열한 세 사람을 향해 말했다.

"여러분께 드릴 말씀이 있습니다."

"뭔가? 바쁘니까 빨리 말하게. 난 지금 '흑염룡의 성유물'을 구하러 가야 한단 말일세!"

한명오가 재촉하듯 소리쳤다. 그 옆으로는 시큰둥한 얼굴의 공필두와 입술을 실룩이는 장하영이 서 있었다. 함께 불려온 것이 영 못마땅한 눈치였다.

우리와 함께 시나리오를 계속해왔으나, 아직 〈김독자 컴퍼니〉에는 정식으로 가입하지 않은 이들.

"먼저, 여러분이 아셔야 할 게 있습니다."

나는 일단 이들이 모르는 이야기부터 꺼내기로 했다.

〈김독자 컴퍼니〉의 일행들은 알고 있지만 이들은 모르는 정보. 바로 멸살법에 관한 것이었다.

내 딴에는 큰맘 먹고 꺼낸 이야기였는데, 공필두의 반응은 미적지근했다.

"나도 한때는 증권가 찌라시를 믿을 때가 있었지. 네놈은 아직 순진하구만."

"예?"

"젊은것들이란……."

아무래도 공필두는 내 말을 제대로 듣지도 않은 것 같았다.

반면 한명오는 나름대로 충격을 받은 눈치였다.

"자, 자네 설마 그 모든 걸 알고도 내가 그 꼴이 되도록 방치한 건가?"

장하영도, 역시나 다른 의미로 놀란 표정이었다.

"그랬구나. 그래서 마계에서도 그렇게 잘 알았던 거야……."

다행히 일행들 반응은 그리 심각하지 않았다. 하긴 이미 회귀자에 환생자까지 나온 마당에 내 이야기는 그렇게 대단하게 들리지 않을지도 모른다.

나는 속으로 안도의 한숨을 내쉬며 말을 이었다.

"이 이야기를 한 이유는 하납니다. 여러분을 〈김독자 컴퍼니〉에 가입시키고 싶습니다."

내 말에 세 사람이 서로 돌아보았다.

공필두가 말했다.

"누구 맘대루?"

[화신 '공필두'가 <김독자 컴퍼니>에 가입했습니다.]

혹시 새침데기란 말은 이 아저씨를 두고 존재하는 건가?

이어서 한명오가 질문했다.

"부장직은 보전해주는 건가?"

"뭐. 그런 직급이 없긴 한데 원하면 만들어드리죠."

"급여 처리도 확실하게 해주게. 육아 휴직이랑 야근 수당은……."

[화신 '한명오'가 <김독자 컴퍼니>에 가입했습니다.]

나는 마지막으로 장하영을 바라보았다.

[화신 '장하영'이 <김독자 컴퍼니>에 가입했습니다.]

"……그러니까 염룡아, 방금 무슨 일이 있었냐면……."

장하영은 자신의 '벽'을 활용해 여기저기 취업 소식을 전하고 있었다.

녀석의 〈스타 스트림〉 친구들이 보낸 축하 메시지가 연이어 들려왔다.

순수하게 기뻐하는 모습을 보며, 새삼 기분이 복잡해졌다.

저렇게 기뻐할 줄 알았다면 진즉에 가입시켰을 텐데.

"근데 김독자. 왜 갑자기 날 가입시켜준 거야?"

장하영이 반짝반짝 눈을 빛내며 대답을 기다리고 있었다.

장하영을 〈김독자 컴퍼니〉에 가입시키지 않은 데는 여러 가지 이유가 있었다. 하지만 오늘만큼은 그냥 그런 이유를 미뤄두고 싶었다.

나는 장하영이 필요하다. 하지만 녀석을 〈김독자 컴퍼니〉에 영입한 것은 단순히 녀석이 결말에 필요하기 때문만은 아니었다.

"너랑 같이 시나리오의 끝을 보고 싶어서야."

내 말을 들은 장하영이 눈을 크게 떴다. 처연한 뺨이 덜덜 떨리는 것을 보니 내 마음이 다 안타까웠다. 역시 유중혁의 뺨을 두 대 갈기는 외모의 소유자다웠다.

커다란 눈망울을 끔뻑이며 장하영이 힘껏 고개를 끄덕였다.

"나, 진짜로 열심히 할게!"

주먹을 불끈 쥔 장하영은 다시 타이핑을 시작했다.

[축하합니다! 당신은 계약직 직원의 불만을 해결했습니다!]

[현재 당신이 해결한 불만은 1건입니다.]

드디어 한 건 성공했다.

대표이사란 정말 힘든 자리구나.

[성좌, '심연의 흑염룡'이 소문이 사실이냐고 묻습니다.]

뭔 소문?

[성좌, '악마 같은 불의 심판자'가 정말로 장하영에게 고백했냐고 묻습니다.]

[성좌, '가장 오래된 해방자'가 막내 손오공에게…….]

대체 뭔 소문이 퍼지고 있는 거지?

뭘 그렇게 열심히 쓰는지, 열심히 가상 키보드를 두드려대는 장하영이 보였다.

"야, 저녁밥들 먹어!"

멀리서 한수영의 외침이 들려왔다.

어디선가 풍겨오는 맛있는 냄새에 하나둘 모여들자, 한수영이 당연하다는 듯 유중혁을 보았다.

"자, 그 잘나신 요리 맛 좀 볼까?"

"내가 왜 내 요리를 나눠줘야 하지?"

험악한 눈길로 일행들을 노려본 유중혁은, 돌아서며 툭 던지듯 말을 남겼다.

"……저기에 먹다 남긴 것들이 있으니, 저거라도 먹든지."

우리는 유중혁이 가리킨 곳을 바라보았다. 그리고 일행들은 모두 말을 잃었다.

「그들은 요리의 정수를 보고 있었다.」

일행들은 피리 소리에 홀린 생쥐처럼 얌전히 식탁에 앉아, 믿을 수 없다는 듯 눈을 비볐다.

이길영과 신유승이 잡아 온 괴수들과, 이설화가 뽑아온 약초들로 만든 요리.

아니…… 어떻게 그걸로 이런 진수성찬을 만들지?

장담컨대, '불사를 꿈꾼 시황제'의 식탁도 이것보단 덜 화려했을 것이다.

"내 장례식 때 꼭 요리해줘, 사부."

"왜 장례식이야? 불길한 소리 한다, 진짜."

일행들은 요리를 허겁지겁 삼키기 시작했다. 정희원도, 이지혜도, 한명오도, 공필두도, 장하영도…… 모두 정신없이 음식을 먹고 있었다.

심지어 한수영과 유상아조차,

"잠깐, 그건 내 거야."

"양은 충분하잖아요? 왜 그렇게 욕심을 부리죠?"

요리를 두고 싸우고 있었다.

"아저씨, 이것도 먹어봐요!"

"형, 이것도!"

내 양옆에 앉은 이길영과 신유승이 내 입으로 허겁지겁 숟가락을 쑤셔 넣었다. 나는 햄스터처럼 볼을 부풀린 채 밥을 씹으며 아이들에게도 반찬을 먹여주었다.

맛있다. 진짜로 맛있다. 너무 맛있어서, 순간 멸살법이 현실이 된 것이 감사할 지경이었다.

눈망울을 굴리며 고기를 먹던 신유승이 작은 목소리로 중얼거렸다.

"수학여행 온 기분이에요……."

그 말을 듣는 순간 멸살법이 현실이 되어서 감사하다고 생각한 나를 쳐 죽이고 싶었다.

수학여행. 이 세계에서, 아이들이 잃어버린 것 중 하나.

나는 두 아이의 머리에 손을 얹은 채 말했다.

"맞아, 수학여행."

물론 이 여행으로 뭔가를 수학修學하고 있는 것은, 아이들이 아니라 나였지만.

"아저씨는 시나리오 다 끝나면 뭐 하고 싶어요?"

"형은 나랑 같이 살 거야."

"너한테 안 물었거든?"

시나리오가 다 끝나면 하고 싶은 것. 보통이라면 그냥 웃고 넘어갔겠지만, 왜일까. 나는 무심결에 한마디를 하고 말았다.

"아주 커다란 집을 사서, 다 같이 살면 좋겠네."

그리고 고개를 들었을 때, 떠들썩하던 주변이 조용해져 있었다. 이지혜도, 정희원도, 공필두도…… 심지어는 한수영까지 입을 벌린 채 나를 바라보고 있었다.

정희원이 먼저 포문을 열었다.

"그럼 집은 당연히 독자 씨가 사는 거죠?"

응?

"아저씨 부자니까 강남에 집 살 수 있겠다."

"내 땅을 팔지."

"기왕이면 애들 학교랑 가까운 쪽으로……."

무심코 던진 한마디가 이렇게 커다란 파장을 불러올 줄은 몰랐다.

그렇게 저녁식사 내내, 일행들은 내가 돈을 낼 집에 대해 떠들었다. 인테리어는 어떻게 한다는 둥, 방은 몇 개가 필요하다는 둥…….

설거지는 가위바위보에서 진 나와 정희원 담당이었다.

[전지적 독자 시점]을 사용하면 무조건 이길 수 있지만, 이런 여행에서까지 그런 짓을 할 수는 없었다.

[새로운 설화를 획득했습니다!]

[설화, '양심에 난 털을 뽑은 자'를 획득했습니다.]

그래, 설화도 얻고 좋구만.

뽀득거리며 그릇을 닦는데, 먼 하늘에서 뭔가 떨어지는 것이 보였다. 유성우였다. 긴 꼬리를 남기며 스러지는 별들.

아마 저것은, 정말로 추락하고 있는 별들일 것이다.

〈스타 스트림〉이 멸망하고 있는 것이다.

곁에서 나와 함께 하늘을 올려다보던 정희원이 말했다.

"'극장 던전' 때 생각나네요."

나는 고개를 끄덕였다. 확실히 그때와 비슷하긴 하다.

그때도 우리는 던전 옥상에서 함께 있었다. 떨어지는 유성우를 보며, 소원을 빌었다.

"독자 씨는 저한테 검이 되어달라 했죠."

그곳에서 나는 정희원에게 동료가 되어달라고 말했다. 그리고 정희원은 더할 나위 없이 최고의 동료가 되어주었다. 그녀가 없었다면 나는 여기까지 오지 못했을 것이다.

"근데 진짜로 검이 되어버린 건 다른 사람이네요."

그 말에, 나는 바닥에 고이 놓인 강철검을 보았다. 모두가 쉬는 와중에도, 유일하게 이 행사에 참가하지 못한 일행이 그곳에 있었다.

심장이 뛰지 않는 이현성. 잠깐씩 의식이 돌아오는 듯한 순간도 있었지만, 여전히 그는 검이 된 채 움직이지 않았다.

"걱정 마세요. 다음 시나리오로 가기 전에 반드시 현성 씨를 깨울 겁니다."

"방법이 있어요?"

나는 고개를 끄덕였다.

비단 이현성만의 문제가 아니었다.

이제 우리는 더 커다란 세력이 필요했다. 우리의 목표는 단순히 시나리오를 클리어하는 것에서 끝나지 않기 때문이다.

관리국, 그리고 〈스타 스트림〉 전체와 맞서기 위해서는 슬슬 우리

편을 들어줄 성좌를 모을 필요가 있었다.

[성좌, '강철의 주인'이 당신을 바라보고 있습니다.]

그리고 이현성의 배후성은 그 첫 번째가 될 것이다.

의기양양한 내 표정이 무척 인상 깊었는지, 정희원이 내게 말했다.

"근데 독자 씨."

"네."

"여기서 그렇게 폼 잡고 있어도 돼요? 독자 씨 지금 시나리오 중이잖아요. 진짜 납치당하는 거랑 죽는 걸 좋아하는 건 아니죠?"

"어……."

정희원의 말과 함께, 눈앞에 시나리오 창이 떠올랐다.

[하루가 저물고 있습니다.]

[현재 당신이 해결한 불만은 1건입니다.]

나는 서브 시나리오의 실패 대가를 다시 한번 확인했다.

실패 시: 사망(?)

나는 하늘의 유성우를 올려다보았다.

"어쩌면, 여기가 제 마지막 시나리오가 될지도 모르겠군요."

4

시나리오 제한 시간은 금일 자정까지였다.

벌써 9시니까 이제 세 시간 남짓 남은 셈.

대체 시간이 왜 이렇게 빨리 가지?

행복한 시간은 빨리 지나간다더니, 진짜였던 건가.

「앞으로 해결해야 할 불만은 4개. 그리고 남은 시간은 3시간.」

아무리 생각해도 빠듯했다. 애초에 하루 안에 저 힘든 일을 다섯 개나 해결하라는 것부터가 무리였다.

결국 내가 선택한 해답은 다음과 같았다.

"비유야."

서브 시나리오는 도깨비의 관할로 통제가 가능하다.

게다가 실패 대가도 '사망'이 아니라 '사망(?)'이기 때문에, 설마 날 죽이지는 않을 거라 생각하고 싶지만…… 비유가 대답이 없었다.

"우리 비유 어디 있니."

[성좌, '심연의 흑염룡'이 당신의 불행에 킬킬 웃습니다.]

[성좌, '가장 어두운 봄의 여왕'이 시나리오에 정직하게 임할 것을 권합니다.]

채널이 열려 있는 걸 보면 근처에 있는 건 확실한데.

나는 비장의 수법을 쓰기로 했다.

"바앗."

그러자 허공이 꿈틀, 하고 움직이더니 작은 뿔과 솜뭉치 같은 것이 솟아났다.

[아바앗.]

뿅, 하고 머리 위에 나타난 비유가 까르륵 웃었다. 나는 웃지 않았다.

"비유야, 미안한데 시나리오 취소 좀……."

[에오바앗.]

'에바'라는 건지 '오바'라는 건지 모르겠다.

[해당 시나리오의 개연성에 동의한 성좌들이 시나리오 취소를 거부합니다.]

이거 혹시 현상금 시나리오였나?

[성좌, '악마 같은 불의 심판자'가 당신에게 꼭 필요한 시나리오라 주장합니다.]

[성좌, '심연의 흑염룡'이 비겁한 수 쓰지 말라며 당신을 타박합니다.]

[성좌, '대머리 의병장'이 당신이 진정한 동료라면 의기와 근성으로 이겨내라고 말합니다.]

[성좌, '고려제일검'이 그냥 취소를 거부합니다.]

이럴 때는 아주 죽이 잘들 맞으시는군.

"예에. 알겠습니다."

[성좌, '가장 오래된 해방자'가 막내를 응원합니다.]

제천대성은 수식언이 바뀌고 나서부터 뭔가 적응이 안 된다. '서유기' 시나리오가 끝나고 곧장 헤어졌는데, 아마 조만간 다시 만날 수 있겠지.

아무튼…… 누구냐. 누구한테 먼저 말을 걸어야 하지? 당연히 나한테 불만이 많아 보이는 사람이 먼저겠지?

나는 저녁을 다 먹고 한가롭게 모여 있는 일행들을 하나하나 살폈다.

그러자 곧장 '한낮의 밀회'가 날아왔다.

—뭘 봐?

일단 한수영은 제끼고.

어차피 쟤 고민은 내가 해결 가능한 게 아닐 거야.

—씹냐?

나는 다음 후보를 계속 물색했다. 그다음으로 눈에 띈 것은 유승이와 길영이었다. 볼록 솟은 배를 두들기며 나란히 누워 있는 아이들을 보고 있자니, 마음속 깊은 곳에서 '선악과'가 속삭이는 것 같았다.

「애들 고민이라면 편하게 해결할 수 있지 않을까?」

비겁한 이유를 제외하고라도, 사실 길영이와는 이야기를 좀 나눌 필요가 있었다.

[화신 '이길영'의 배후성이 당신을 응시하고 있습니다.]

겉보기에는 평소와 같은 모습이지만, 이길영의 격에 희미한 마기가 스며들어 있었다.

지금 이야기하는 게 좋을까? 너무 개방된 곳이긴 한데.

[성좌, '하늘 걸음의 주인'이 당신의 행동을 관찰합니다.]

[성좌, '물병자리에 핀 백합'이 당신에게 주목하고 있습니다.]

게다가 성좌들도 보고 있고. 지금 선불리 저쪽과 접선했다가, 채널의 성좌들이 어떤 반응을 보일지 짐작되지 않았다.

그래도 일단 말을 걸어보긴 해야…….

[현재 '전지적 독자 시점' 2단계가 발동 중입니다.]

찌릿, 하고 머리가 울리더니 또 강제로 스킬이 발동되었다.

최근 들어 이런 일이 잦았다. 멸살법을 자주 읽어서 그런 건지, 아니면 다른 이유 때문인지는 모르겠지만…….

「두근두근두근두근두근두근두근두근.」

그리고 아이들의 목소리가 들려오기 시작했다.

「독자 형이 와서 말 걸어주겠지?」

「지금 오시려나?」

응?

「어마어마한 고민을 말해야지.」

「진짜 엄청난 걸 말해야겠다.」

「신유승이 나보다 심각한 거 말하면 어쩌지?」

「무조건 이길영보단 더 엄청난 거 말해야지.」

나는 걸음을 멈췄다. 결코 아이들이 두려워서는 아니었다.

아무튼, 그 옆에 웅크리고 있는 사람에게 시선을 돌렸다.

「보고 싶네.」

처연한 얼굴로 먼 하늘을 보는 이지혜가 슬픈 눈을 하고 있었다. 늘 재잘대며 떠들던 녀석이 그런 표정을 지은 것은 오랜만이었다.

그녀가 '보고 싶다'라고 말할 법한 사람이 누구인지 안다.

모두에게 첫 번째 시나리오는 악몽이지만, 그녀에게는 특히 그럴 것이다.

아무리 〈김독자 컴퍼니〉가 있다고 해도, 인간은 다른 인간을 대체할 수 없다.

말없이 다가가 어깨를 콕 찌르자, 이지혜가 돌아봤다.

"엇, 뭐야, 아저씨. 설거지 다 했어?"

"그래."

"흐음…… 혹시 시나리오 때문에 온 거야?"

"딱히 그런 건 아니고."

"난 고민 없으니까 안 들어줘도 돼. 다른 사람한테 가봐."

이 와중에도 다른 사람을 배려한다. 아무리 아파도, 다른 사람의 고통을 먼저 생각한다.

충무로의 이지혜는 그렇게 자랐다. 그렇게 어른이 되었다.

"언제든 말해도 돼. 나한테 말하고 싶지 않으면 다른 사람이라도 좋아. 그래도 웅크려놓고 혼자 썩히지는 마."

그런 말을 할 줄은 몰랐다는 듯, 이지혜가 눈을 깜빡였다.

"아저씨, 잘난 척하지 마."

피식 웃은 이지혜가 주먹으로 내 정강이를 갈겼다.

아무래도 부러진 것 같았다.

[현재 당신이 해결한 불만은 1건입니다.]

겨우 이런 대화로 이지혜의 고민은 해결되지 않는다. 하지만 그래도 해야만 하는 말이었다.

맥주잔을 흔들던 이지혜가 몸을 일으키며 말했다.

"으쌰. 그럼 배도 부르겠다 몸 좀 풀러 가볼까."

"술 먹고 운동하는 거 아니다."

"난 괜찮거든?"

휘휘 검을 휘두르는 꼴이, 그 사부에 그 제자다.

잠깐만. 그리고 보니 나한테 제일 불만이 많을 인간이 하나 있었지.

나는 재빨리 야영장 주변을 돌아보았다. 그런데 아무리 살펴봐도 그놈이 보이질 않았다.

"야, 귀먹었냐? 사람이 부르면 말을……."

딱, 하는 소리와 함께 누군가가 내 뒤통수를 갈겼다.

나는 뒤를 돌아보며 말했다.

"한수영."

"왜."

"유중혁 어디 갔어?"

"유중혁? 방금 전까지…… 어?"

한수영도 그제야 눈치챈 모양이었다. 사실 유중혁이야 본래 혼자서 행동하는 놈이고, 시도 때도 없이 사라지는 녀석이니 딱히 이상한 일은 아니었다. 문제는 그놈 혼자 없어진 게 아니라는 사실이었다.

활짝 열린 'X급 페라르기니' 뒷좌석을 바라본 한수영이 말했다.

"'은밀한 모략가'도 없어."

투명한 봉인구에 휩싸인 '은밀한 모략가'가 거친 흙바닥을 나뒹굴었다. 여전히 의식은 없는 상태였다.

유중혁은 '은밀한 모략가'를 잠시 내려다보더니, 조용히 흑천마도를 뽑으며 말했다.

"깨어 있다는 거 알고 있다."

그러자 '은밀한 모략가'가 천천히 눈을 떴다. 희미한 스파크와 함께 '은밀한 모략가'의 전신에 설화의 기운이 넘실거렸다. 일시적으로 설화들이 되돌아오고 있었다.

【짧은 평화를 즐길 줄 모르는 녀석이군.】

"적과 함께 평화를 즐기는 취미는 없다."

【나를 죽일 셈인가? 그것도 좋겠지. 하지만 그런 짓을 해도 진짜로 나를 죽일 수 없다는 것도 알 텐데.】

사실이었다.

'은밀한 모략가' 또한 유중혁. 그를 죽이는 것은 그저 또 다른 세계선을 만들어내는 행위일 뿐이었다.

그럼에도 유중혁은 흑천마도를 놓지 않았다.

"네가 이 세계선을 망치는 걸 두고 보는 것보단 낫겠지."

'은밀한 모략가'가 웃었다.

그들은 유중혁이었다. 서로 다른 삶을 살지만 분명 같은 본질의 유중혁이고, 그렇기에 누구보다 서로의 생각을 잘 이해할 수 있었다.

【네 힘만으로 나를 죽일 수 있을 거라 생각하나? 지금 너는 김독자의 설화 없이 이계의 신격과 싸울 수 없다.】

"그럴지도 모르지. 하지만 네놈을 죽이는 건 간단하다. 그 '봉인구'만 부수면 되니까."

그 말에 '은밀한 모략가'의 표정에 희미한 동요가 스쳤다.

지금 '은밀한 모략가'는 999회차의 우리엘이 시전한 불완전한 '묵시록의 봉인구'에 갇혀 있는 상태였다.

"네놈은 일부러 '봉인구'를 해제하지 않고 있겠지. 그걸 부수면 시공간의 틈새에서 '심연을 좇는 사냥개'들이 나타날 테니까."

잠깐이지만 「영원불멸의 지옥도」에 새겨진 1,863회차의 기억을 훔쳐보게 되면서, 유중혁은 이계의 신격에 대한 일부 정보를 알게 되었다.

'심연을 좇는 사냥개'— 틴달로스의 사냥개에 관한 것도 그때 알았다.

세계선의 뒤틀림을 감지하는 청소부들.

"녀석들은 90도 이하의 각도가 존재하는 곳에서만 출몰할 수 있지. 보통의 네놈이라면 사냥개 따윈 문제가 안 되겠지만, 지금처럼 약해진 상대라면 이야기가 다를 것이다."

흑천마도에 실린 격의 흐름이 짙어졌다.

유중혁 또한 부상에서 완전히 회복하지 못한 상태이기 때문에, '은밀한 모략가'와의 전면전은 무리였다. 하지만 저 봉인구를 깨는 것 정도라면 문제없었다.

유중혁의 진심을 읽었는지 '은밀한 모략가'의 표정도 바뀌었다.

뭔가를 받아들인 듯한 얼굴.

그렇게 유중혁의 흑천마도가 움직이려는 순간,

"오빠."

수풀 사이로 누군가가 고개를 내밀었다.

"지금 뭐 하는 거야?"

놀란 유중혁이 그쪽을 돌아보며 외쳤다.

"유미아! 이쪽으로 오지 마라!"

유중혁의 얼굴에 낭패감이 스쳤다. '은밀한 모략가'에게 모든 기감을 집중한 까닭에, 어처구니없는 실수를 저질렀다.

"일행들에게 돌아가 있어! 여긴 위험하다!"

"싫어."

지금껏 한 번도 내지 않던 뾰로통한 목소리.

유중혁이 얼빠진 목소리로 되물었다.

"뭐?"

"지구에 잘 오지도 않으면서 잔소리하지 마. 요 며칠 동안은 같이 있어주기로 했잖아? 수경 아줌마랑 영란 아줌마는 항상 바쁘단 말야. 복순 할머니 옛날이야기 듣는 것도 지겹고!"

따박따박 말을 쏟아내며 성큼성큼 걸어온 유미아의 모습에, 유중혁은 일순간 판단력이 흐려졌다.

그 틈을 타 유미아가 '은밀한 모략가' 앞으로 달려왔다.

"근데 얘 오빠랑 똑같이 생겼네. 누구야, 너?"

어느새 유미아는 '은밀한 모략가'의 지척에 있었다.

유중혁은 초조해졌다. 당장이라도 검을 휘둘러 '봉인구'를 깨버리고 싶지만, 자칫 잘못했다가는 유미아까지 격류에 휩쓸린다.

그가 고민하는 사이, 유미아는 어느새 투명한 '봉인구'에 손을 가져다대며 천진하게 묻고 있었다.

"여기 갇혔어? 꺼내줄까?"

유중혁은 당장이라도 움직여 동생을 떼어내고 싶었다.

하지만 왜일까. 그럴 수가 없었다.

'은밀한 모략가'가 유미아를 바라보고 있었다.

아주 깊은 동요로 흔들리는 눈동자. 저토록 오랜 세월을 살아온 '은밀한 모략가'도 그런 표정을 지을 수 있다는 사실에 유중혁은 놀랐다.

유미아가 채근했다.

"얘, 대답 좀 해봐."

5

허튼짓을 하면 당장이라도 흑천마도를 휘두를 생각이었는데, 뜻밖에도 '은밀한 모략가'는 순순히 대답했다. 심지어 진언조차 쓰지 않았다.

"그래. 나는 여기 갇혔다."

처음으로 들어본 '은밀한 모략가'의 순수한 목소리였다.

그러자 유미아가 활짝 웃으며 답했다.

"우리 오빠한테 풀어달라고 하자. 우리 오빠 엄청 세거든."

순진한 목소리에 '은밀한 모략가'가 천천히 고개를 저었다.

"나는 이곳에서 나갈 수 없다."

"뭐? 왜?"

'은밀한 모략가'는 대답하지 않았다.

"혹시 우리 오빠가 너한테 무슨 짓 했어? 뭐라고 나쁜 말로 협박한 거지?"

"아니다."

"그럼?"

'은밀한 모략가'는 이번에도 대답하지 않았다. 대답하지 않은 채로,

가만히 유미아를 들여다보았다. 이제 그에게는 존재하지 않는 존재를, 한참이나 들여다보았다. 그리고 처음으로 아주 희미하게 웃었다.

"내가 그렇게 결정했기 때문이다."

그 미소를 보며, 유중혁은 아무 말도 할 수 없었다. 그게 무슨 말이냐는 듯 떠드는 유미아의 목소리와, 그런 유미아를 가만히 바라보는 '은밀한 모략가'.

천천히 손을 들어 올린 '은밀한 모략가'가, 얇은 막을 사이에 두고 유미아와 손을 겹쳤다. 비슷한 크기의 손. 시공간을 초월해 겹쳐진, 하지만 결코 만날 수는 없는 손바닥이었다.

"어? 어……."

눈을 깜빡이던 유미아의 몸이 흔들린 것은 그때였다.

"왜 졸리지……."

천천히 바닥으로 쓰러지자, 유중혁이 달려가 유미아를 품에 안았다.

"네놈, 무슨 짓을……!"

【그냥 좋은 꿈을 꾸게 해준 것뿐이다.】

유중혁은 잠든 유미아를 내려다보았다. 실제로 유미아의 화신체에는 아무런 이상 징후도 보이지 않았다. 그저 "비치발리볼"이라든가 "오징어 파티" 따위의 알 수 없는 잠꼬대를 중얼거리며 새근새근 잠들어 있을 뿐.

유중혁은 복잡한 눈으로 '은밀한 모략가'를 노려보았다.

아무리 약해진 상태라도, 유미아를 이용한다면 이 상황을 벗어나기는 어렵지 않았을 것이다. 그런데 그는 그렇게 하지 않았다.

다만, 잠든 유미아의 얼굴을 하염없이 바라볼 뿐이었다.

"네놈의 세계에서 미아는 어떻게 됐지?"

【살아남았다.】

즉답이었다.

【그리고 죽었다.】

그 또한 즉답이었다.

"그게 무슨……."

입을 여는 동시에, 유중혁은 그것이 무슨 의미인지 바로 깨달았다. 그래서 다시 입을 다물었다. 가늘게 흐느끼는 듯한 스파크. '끊어진 필름 이론'의 맥락 속에서 두 존재의 기억이 진동하며 설화가 움직이고 있었다.

「어떤 세계선에서 유미아는 오랫동안 살아남았다. 심지어는 그가 죽은 후에도.」

1,864번을 살아온 자의 세계란, 대체 어떤 곳일까.

「하지만 어떤 세계선에서 유미아는 죽었다.」

회귀자는 누구보다 더 많은 '현재'를 살아가지만, 사실은 과거의 망령일 뿐이다. 과거를 바꾸지 못했기에 다음 회차를 살아가야만 하는 존재.

0회차, 1회차, 2회차, 3회차, 4회차…… 1,863회차.

눈앞의 존재는 그 어떤 회차의 유중혁도 아니었다. 그는 그 모든 세계에 속한 유중혁이자, 모든 세계를 부채로 짊어진 유중혁.

그렇기에 누구보다 유중혁인 유중혁이었다.

【나를 동정하는군.】

"누가 네놈 따윌……."

【내가 불행하다고 생각하는가?】

이것은 자기 자신에 대한 연민일까. 유중혁은 알 수 없었다.

그러쥔 흑천마도의 칼날이 희미하게 떨리고 있었다.

무엇을 망설이는가. 대체, 이제 와서 무얼 망설인단 말인가. 고작 녀석의 과거사 좀 들었다고…….

'은밀한 모략가'가 입을 열었다.

【알고 있는가? 네가 타고 있던 지하철 앞칸에는 모든 회차에서 죽는 소년이 있다.】

뜻밖의 물음. 유중혁의 머릿속에 자연스럽게 지하철 풍경이 떠올랐다. 첫 번째 시나리오. 그가 매번 겪어야 하는 지옥의 첫인상.

하지만 유중혁은 그런 소년에 대해서는 알지 못했다. 그런 식으로 죽어간 사람이 너무나 많았기 때문이다.

【몇 번이나 회귀하며 그 죽음을 막아보려고 했지만 막을 수 없었다.】

"……."

【어린 소년이었다. 신유승보다도, 이길영보다도 어렸지. 그런 아이가 강제로 '가치 증명'을 해야 했다. 0회차부터 1,863회차까지. 그 아이는 싸움 한 번 제대로 해보지 못하고 죽었다. 죽고, 죽고, 또 죽었다.】

유중혁은 아무런 말도 할 수 없었다.

'은밀한 모략가'가 물었다.

【1,863번을 회귀한 사람과 1,864번을 기억도 없이 죽음만을 반복한 아이 중, 어느 쪽이 더 불행하다고 생각하지?】

"그건……."

'은밀한 모략가'는 말하고 있었다.

너의 동정은 아무 의미도, 가치도 없다고.

그럼에도 유중혁은 그 말을 온전히 받아들일 수 없었다.

분명 불행의 경중을 비교하는 데는 의미가 없다.

하지만, 그렇다고 해서.

【<스타 스트림>은 모든 존재의 삶을 기승전결로 만들려고

하지. 하지만 본래 삶이란 기승전결이 아니다. 기에서도, 승에서도, 전에서도. 언제든 끝날 수 있는 부조리한 것이지. 그러니 이곳에서 내 삶이 끝나도 이상한 일은 아니다.】

지하철의 그 소년도 저런 표정을 짓고 있었을까. 유중혁은 알지 못했다.

고요한 눈으로 자신을 바라보는 '은밀한 모략가'.

한참이나 그 눈을 들여다보던 유중혁이, 시선을 피하며 흑천마도를 내렸다.

"이번에 다시 회귀하면, 너는 또 그 아이의 죽음을 보게 되겠군."

결국 그의 흑천마도가 칼집으로 돌아가고 있었다.

잘못된 선택일 수도 있다. 그럼에도 유중혁은 결정했다.

그 선택이 의외였는지, '은밀한 모략가'는 한참이나 말이 없었다.

【너는 김독자의 영향을 너무 많이 받았다.】

"닥쳐라. 네놈 따윈 언제든 죽일 수—"

사람들의 기척이 가까워지고 있었다. 유중혁을 찾는 소리. 김독자와 한수영, 그리고 〈김독자 컴퍼니〉 일행들의 목소리.

【인정하기 어렵지만 한 가지는 확실하다. 이 세계선은 지금껏 내가 살아온 그 어떤 회차와도 다르다. 어쩌면 이 세계선에서 너희는 정말 '벽' 너머를 볼 수 있을지도 모른다.】

"……."

【하지만, 그것이 네가 원하는 결말일 거라 기대하지는 마라. 그리고 그것이 네가 원하지 않는 결말이라 해도—】

'은밀한 모략가'의 진언이 다시 흐릿해져갔다. 서서히 감기는 눈꺼풀. '은밀한 모략가'가 다시 깊은 잠에 빠져드는 것이 보였다.

풀숲을 헤치고 나타난 김독자의 모습과 함께, '은밀한 모략가'가 말을 맺었다.

【이 세계가 실패한 회차라고 생각하지는 마라.】

"비치발리볼 했다니까요."

도대체 무슨 일이 있었냐는 질문에, 유미아는 그렇게 대답했다.

"오징어도 구워 먹고, 오빠랑 비치발리볼 하면서 놀았다니까? 혹시 못생기면 이해력도 떨어지나?"

우선 그 문장에는 틀린 점이 세 군데나 있다고 말해주고 싶었다.

일단 여긴 바다가 아니고, 나는 그렇게 못생기지 않았고, 이해력도…….

"뭐, 어쨌든 별일은 없었던 모양이네."

한수영이 한숨 놓았다는 듯이 중얼거렸다.

딱히 유중혁이 사고 친 흔적은 보이지 않았고, '은밀한 모략가'도 여전히 깊은 잠에 빠져들어 있었다.

나는 '은밀한 모략가'를 'X급 페라르기니' 안에 다시 넣어두었다.

찜찜한 점이 몇 가지 있지만 지금 당장 따져 물을 계제는 아니었다.

"자자, 다들 모여요! 캠프파이어 할 거야!"

캄캄한 산의 어둠을 밝히며 야영장 모닥불이 매캐하게 피어올랐다. 어느덧 시간은 자정에 가까워졌다. 그제야 퍼뜩 떠오르는 것이 있었다.

"잠깐만요! 나 아직 시나리오 안 끝났……!"

제기랄, 유중혁 때문에 까맣게 잊고 있었는데.

머리 위에서 비유가 "바앗바앗"거리며 흥얼거리는 소리가 들려왔다.

[시나리오 제한 시간이 모두 경과했습니다!]

진짜 이렇게 죽어버리는 건가.

[서브 시나리오 - '노동자의 휴일'이 종료됐습니다!]

[당신이 해결해야 하는 불만 사항은 총 5개입니다.]

[당신이 해결한 불만은 총 1건입니다.]

[당신은 직원들의 모든 불만 사항을 해결했습니다.]

[<김독자 컴퍼니>와 관련된 새로운 설화가 발아하고 있습니다.]

어?

"하여간 넌 눈치를 땅에 흘리고 다니는 건지……."

한수영이 내 옆얼굴을 보며 중얼거렸다.

피식피식 웃는 일행들이 나를 바라보고 있었다.

순간, 일행들에게 말을 걸 때마다 돌아온 대답이 떠올랐다.

—딱히 불만 같은 거 없는데요

그게 진짜였다고?

"여기서 너 탓할 사람 아무도 없어."

무심한 듯 울려 퍼지는 한수영의 목소리. 일행들은 말없이 화톳불을 쬐었다. 그 침묵에 담긴 마음에 나는 괜스레 울컥하고 말았다.

정희원이 한마디를 덧붙였다.

"뭐, 굳이 하고 싶은 말을 찾으라면 찾을 수는 있겠지만, 그건 '불만 사항'이 아니라……."

뜨끈한 화톳불이 눈앞에 있는데도 뒤가 으슬으슬 추워지는 것은 왜일까.

"아무튼, 모처럼 푹 쉬었네요. 누구는 제대로 못 쉰 것 같지만."

유상아의 말에 이지혜가 끼어들었다.

"근데 이제 다 끝난 거예요? 촛불 들고 울거나 롤링 페이퍼 쓰는 건 안 해요?"

"진짜 수학여행도 아니고 그런 걸 왜 해? 종이도……."

한수영의 핀잔을 들으며 잠깐 생각했다.

한수영이 써준 롤링 페이퍼라…… 그거 제법 재밌을지도.

갑자기 말을 멈춘 한수영이 나를 보며 물었다.

"써주리?"

"됐어, 애들도 아니고 무슨."

"너 친구도 없었고 MT도 안 갔다며. 그런 거 받아본 적 없겠다."

이번 여행으로 내 정신력의 총량이 급감한다면 그것은 모두 한수영 때문이다.

추진력 강한 〈김독자 컴퍼니〉의 몇몇 일행은 벌써 '도깨비 보따리'를 통해 커다란 종이와 펜을 구입한 상태였다.

하여간 도깨비 자식들 이딴 걸로도 코인을 받아먹다니…….

불의 맞은편에 앉은 유중혁도 화가 난 모양이었다.

"나는 이딴 건 하지 않는다."

아무래도 화가 난 이유는 나와 다른 것 같지만.

아무튼 옹기종기 모인 일행들이 제각기 글자를 쓰는 걸 보니 감회가 새로웠다. 친구 없는 불쌍한 김독자를 위한 글짓기 모임 같았다.

그렇게 각자 종이에 자기 이름을 쓰고 돌리는 동안, 이길영이 손을 들었다.

"형, '도깨비 보따리'에서 이거 샀는데 한번 쏴봐도 돼요?"

이길영의 손에 쥐어진 장난감을 발견한 신유승이 반색했다.

"어? 그거 한강에서 사람들이 날리던 거 아냐?"

"안 그래도 그거 생각나서 샀어."

"나도 하나 쏴보자!"

"싫어. 네가 사. 2,000코인짜리란 말야."

이길영의 손에는 낙하산 헬리콥터가 쥐어져 있었다. 나도 몇 번인가 본 적 있었다. 줄을 힘껏 당겼다가 놓으면 하늘로 치솟으며 불빛을 발하는 장난감.

이길영의 장난감이 특이한 것은, 네 장의 날개가 커다란 네모의 형태를 취한다는 점이었다.

그나저나 저딴 게 2,000코인이라니.

"자, 쏜다!"

이길영이 허공을 향해 낙하산 헬리콥터를 쐈다. 그러자 순식간에 솟구친 헬리콥터가 맹렬하게 회전하며 주변을 불빛으로 물들였다. 꼭 불꽃놀이라도 하듯 밤하늘에 퍼지는 빛의 산란. 이보다 더 화려한 풍경에 익숙한 이들이었음에도, 일행들은 감탄한 표정이었다.

네모였던 헬리콥터의 날개가 빠르게 회전하며 원의 형태가 되었다.

그것은 꼭 포털처럼 보였다. 우리가 살던 세계로 통하는 포털. 이제 다시는 돌아갈 수 없지만, 분명 그 자리에 있었던 세계에 대한 향수.

허공에서 시스템 메시지가 들려온 것은 그때였다.

[화신 '이길영'이 아이템 '낙하산 헬리콥터(초대형 광학 스크린)'를 사용했습니다!]

회전하는 헬리콥터의 날개가 점점 커지더니, 이내 스크린으로 형태로 변하기 시작했다. 이지혜가 인상을 찌푸렸다.

"뭐야, 저거 홀로그램 패널이었어? 여기서까지 시나리오 봐야 돼?"

"이길영, 너 사용설명서는 제대로 읽었어?"

"아니 난 그냥 헬리콥터라길래……."

이길영이 한마디하는 순간, 주변에 가벼운 지진이 일었다.

일행들의 표정이 굳어졌다.

"저건 또 뭔 지랄이야……."

한수영의 말과 동시에, 일행들이 허공의 스크린을 바라보았다.

스크린을 보는 순간, 모두가 지진의 정체를 깨달았다. 이 지진은 한반도의 것이 아니었다.

광학 스크린에 아메리카 대륙이 드러나 있었다. 그리고 바로 눈앞에서, 그 아메리카 대륙이 통째로 사라지고 있었다.

지구의 아주 깊은 곳에서 솟아오르는 거대한 섬.

그 섬의 출현과 함께, 미대륙이 통째로 지도에서 지워지고 있었다.

[해당 세계관의 개연성이 임계점에 도달했습니다!]

[잊힌 섬들의 융기가 시작됩니다!]

표정이 굳어진 유중혁이 조용히 중얼거렸다.

"멸망이 시작됐군."

OMNISCIENT READER'S VIEWPOINT

강철의 심장

I

우리는 곧장 서울로 돌아왔다.

가장 먼저 점검한 것은 '공단'의 안전이었다.

"이후 별다른 이상 징후는 포착되지 않았습니다."

중앙 상황실을 맡고 있던 아일렌이 말했다.

상황실 패널에는 태평양 인근을 촬영한 영상들이 중계되고 있었다.

미대륙과 인접한 태평양에 떠오른 거대한 섬.

분명, 내가 알고 있는 '재앙' 중 하나였다.

멸살법 원작에서 저 섬의 주인은 강력한 외신이었다. 문제는 이번에도 같은 존재일 것이냐는 점인데.

"어머니는?"

"동해안에 계십니다."

"동해안?"

[잊힌 섬들의 융기가 시작됩니다!]

시스템 메시지와 함께 먼 태평양 건너편에서 밀려오는 파도가 보였다. 저만한 수준의 지각 변동이 초래되었으니, 엄청난 규모의 해일이 세계 각지로 밀려들었을 것이다.

가장 큰 피해를 본 것은 미국이었다.

—콰가가가각!

화신들의 처참한 비명과 함께, 뉴욕 시가지가 떠내려가고 있었다.

쓰나미가 전부가 아니었다. 쓰나미의 저변으로 이계의 신격의 하급 개체인 '이름 없는 것들'이 밀려들고 있었다. '이름 없는 것들'은 미국 본토를 모조리 갉아 먹으며 마구잡이로 범람하는 중이었다.

구호를 요청할 틈도 없었다.

재난 발발 삼십 분이 채 지나지 않아 본토의 절반이 사라졌고, 한 시간이 지났을 때 미국 전역은 새카만 연기로 뒤덮여 있었다. 서울에 나타난 '암흑성'이나 '범람의 재앙'과는 비교도 할 수 없는 수준의 재앙이었다.

"혹시 어머니가……."

아일렌이 고개를 끄덕이며 덧붙였다.

"다행……이라고 말씀드려야 할진 모르겠습니다만."

다음 순간 패널 화면이 전환되며, 한반도 동해안이 포착되었다.

예상대로 쓰나미는 여기까지 밀려왔다. 미국을 덮친 것에 비하면 파도 높이가 낮고 '이름 없는 것들'도 보이지 않지만, 쓰나미는 자체로 어마어마한 자연재해였다.

—천제의 풍신이여!

어머니의 외침과 함께, 손끝의 쥘부채에서 강렬한 바람이 폭발했다. '성마대전' 때는 꼬장꼬장하게 굴던 풍백이 이번에는 제대로 도움이 된 모양이었다.

어머니의 오른팔이라 할 수 있는 조영란 역시 맹활약 중이었다.

[거대 설화, '신단수'가 이야기를 시작합니다!]

〈홍익〉에서도 이번 사태를 주목하고 있었는지, 바다에 뿌리를 박은 신단수의 설화가 한반도의 개연성을 이용해 바닷물을 빨아들였다. 십 년 감수했다는 듯이 한수영이 중얼거렸다.

"그나저나 미국이면 그 여자가 있는 곳이잖아?"

한수영이 그 여자라고 말할 만한 인물은 한 명밖에 없었다.

"저건 [미래시]로 예견 못 한 건가?"

"안 그래도 그것과 관련해 드릴 말씀이……."

아일렌의 말이 끝나기도 전에, 상황실 한쪽 문이 열리며 누군가가 등장했다.

그 인물을 확인한 유중혁이 곧장 흑천마도로 손을 옮겼다.

"싸우러 온 게 아니니까 칼은 집어넣으시죠, 패왕."

환하게 요동치는 '대악마의 눈동자'.

예언자 안나 크로프트와 그녀가 이끄는 '차라투스트라'가 그곳에 있었다.

"다섯 시간 전 경보령을 내렸어요. 대부분은 세계 각지로 탈출했지만, 못 나온 사람도 많습니다."

"왜 우리한테 도움을 청하지 않았죠?"

"그만한 여력조차 없었어요. 애초에 [미래시] 정보를 확신할 수도 없었고요. 이렇게 갑자기 대규모의 미래 정보가 격변한 건 처음 있는 일이라……."

안나 크로프트는 혼란스러운 표정이었다.

대규모의 미래 정보 격변.

아마 '마지막 시나리오'에 한해서는 안나 크로프트의 [미래시]도 큰 메리트를 가지지 못한다는 증거일 것이다.

한수영이 따지듯 물었다.

"〈아스가르드〉는? '성마대전'을 성공적으로 끝냈으니, 당신에게 지원을 재개했을 텐데."

입술을 꾹 깨문 안나 크로프트가 고개 숙인 채 중얼거렸다.

"미국을 버리라고 하더군요."

곧 마지막 시나리오가 시작된다. 〈아스가르드〉도 고작 일개 행성의 대륙 하나에 연연할 만큼의 여유는 없는 것이리라. 실제로 멸망이 발생하는 행성은 지구만이 아닐 테니까.

쿠구구구, 하는 소리와 함께 화면 속에서 폭음이 들려왔다.

【가가가가가가가각】

【우리는우리는우리는우리는】

미대륙 해안 지대를 점령한 이계의 신격들이 울부짖고 있었다.

나는 1,863회차에서 겪은 95번 시나리오를 떠올렸다.

그쪽 세계선에서는 우리보다 빠르게 이계의 신격의 침습이 시작되었다.

우리도 이제 비슷한 꼴이 되겠지. 그것이 저 빌어먹을 관리국이 원하는 이야기니까.

"한국은 뭔가 대책이 있나요?"

"생각 중입니다."

"이계의 신격의 왕과 접선했다는 이야기가 있던데요."

아마 '은밀한 모략가'를 이야기하는 듯했다.

"정확히는 포획한 상태입니다."

안나 크로프트의 눈동자가 흔들렸다. 거기까지는 모르고 있던 모양이었다.

"그럼 혹시 왕을 이용해서 이번 재앙을 막아낼 수는……."

"이미 개연성을 많이 소진한 상태라 무립니다. 게다가 그는 이번 재앙과 관련이 없습니다."

"당신…… 이번 재앙에 대해 뭔가 아는군요?"

나는 곧바로 대답하지 않고 안나 크로프트를 마주 보았다.

알고 싶은 것이 있다면 자기가 아는 것을 토해내는 것이 먼저다. 그것이 정보 교환의 기본이니까.

내 의중을 눈치챘는지, 안나 크로프트가 가벼운 한숨을 내쉬고는 이야기를 시작했다.

"내가 줄 수 있는 정보는 그다지 많지 않아요."

"그거라도 말해보시죠."

"하나, 현재 '대멸망 시나리오'가 발동한 지역은 태평양 일부와 미대륙까지예요."

이미 아는 정보였다.

[현재 해당 지역은 대멸망이 진행 중입니다.]

나는 투명한 돔이 미대륙과 태평양 전체에 걸쳐 형성되어 있음을 확인했다. '이름 없는 것들'은 아직 돔 바깥으로는 나가지 못하는 듯했다. 아마 저기까지가 현재 '이름 없는 것들'에게 허용된 개연성이리라.

"둘, '이름 없는 것들'은 평범한 병기로는 사냥할 수 없어요. 기존의 병기 체계가 듣지 않는 것은 물론이고, 하위 시나리오의 성유물도 좀처럼 먹히질 않아요."

실제로 화면에서는 '이름 없는 것들'과 악전고투를 벌이는 몇몇 화신의 모습이 포착되었다. 개중에는 꽤 이름 있는 성유물의 소유자도 있었는데, 그의 도끼는 '이름 없는 것들'의 살갗조차 제대로 베어내지 못했다.

—어째서……!

날카로운 이빨에 찢긴 화신체의 살점이 화면을 덮자, 이지혜가 찡그리며 고개를 돌렸다. 나는 피하지 않고 그 장면을 유심히 들여다보았다.

[전용 스킬, '독해력'이 발동합니다!]

'이름 없는 것들'의 동체를 둘러싼 갑각. 그 표면에 희미한 활자들이 떠다니는 것이 보였다. 유중혁이 말했다.

"성흔이군."

"단순한 성흔이 아니야. 저렇게 상시 활성화가 가능한 수준이라면 이미 형상설화形像說話 단계라고."

형상설화. 슬슬 그 정도 개연성이 허락될 단계도 됐다.

유중혁도 동의하는 듯 고개를 끄덕였다.

"아마 저 '이름 없는 것들'의 왕은 아주 강력한 방어 능력을 지닌 존재일 것이다."

왕의 권속은 자연히 왕의 설화를 따른다. '은밀한 모략가'의 권속인 꼬마 유중혁들이 그랬던 것처럼.

태평양에 섬을 융기시킨 이계의 신격. 아마 공포의 기록자들이 남긴 책에 적혀 있던 다섯 왕 중 하나일 것이다.

「서쪽 세계의 재앙, '가라앉은 섬의 주인'.」

나는 일행들을 안심시키듯 말했다.

"너무 걱정하진 마십시오. 상위 격 성좌라면 저들을 죽일 수 있는 병기를 가지고 있을 테니까요."

"하지만 성좌는 아무도 참전하지 않았어요."

확실히 화면 어디에도 성좌의 모습은 보이지 않았다.

그 흔한 위인급 성좌조차.

"지금부터 모아봐야죠."

나는 진언을 발동하기 위해 비유를 흘끗 보았다. 채널이 이상할 정도로 고요했다. 분명 모두 저 광경을 보았을 것이다.

그런데 메시지가 없다?

어쩌면 저 심해 깊숙한 곳에서 아직 나오지 않고 있는 '왕'을 두려워하는 것일 수도 있다.

"장하영."

나와 눈이 마주친 장하영이 고개를 끄덕였다.

채널을 통해 성좌들과 의사 교환이 어려운 상태라면, 장하영의 힘을 빌리는 게 최선이었다. 그리고 잠시 후.

"아무도 답장이 없는데."

"아무도?"

그럴 리가 없었다. 〈스타 스트림〉에 성좌가 얼마나 많은데.

"흑염룡이 유일하게 답장을 주긴 했는데 지금 조금 바빠서 대답하기 어렵다고……."

"〈올림포스〉에도 연락해봤어? 〈명계〉는?"

"맨 처음에. 근데 답장이 없어."

뭔가 이상했다.

〈올림포스〉는 그렇다 쳐도, 〈명계〉라면 당연히 반응할 법도 한데.

하물며 우리엘이나 제천대성은…….

곁에서 혀를 차던 한수영이 말했다.

"당연한 거야. 이게 성좌란 족속들의 본질인 거지."

지금껏 우리를 응원해준 성좌들의 수식언이 하나하나 머릿속을 스쳤다. 그렇게 많은 성좌가 있는데, 아무도 도와주지 않는다고?

한수영이 계속해서 말했다.

"많은 성좌가 우리 설화를 봤지. 누군가는 응원하고, 누군가는 시기하고. 다양한 반응이 있었고, 많은 코인을 벌었어. 하지만 거기까지야."

"……."

"세상이 우리 이야기에 동하기라도 한 줄 알았냐? 네가 정말 〈스타 스트림〉을 바꿨다고 생각했어?"

"그렇게까지 순진한 생각을 한 건 아니지만……."

"어차피 성좌들은 입맛에 맞는 채널만 구독하는 법이야. 이제 흥미가 떨어졌으니, 다른 채널로 옮겨간 것뿐이라고."

한수영의 말이 사실일지 어떨지는 모른다.

[다음 대멸망 시나리오 지역은 '동북아시아'입니다.]

[대멸망 시나리오 시작까지 14일 12시간 7분 남았습니다.]

다만 확실한 것은, 그들의 외면으로 자칫하면 지구가 통째로 날아가게 생겼다는 사실.

정희원이 물었다.

"이제 어쩌죠?"

"뭐, 아주 상정하지 못한 상황도 아닙니다."

내 말에 한수영이 눈을 가늘게 떴다.

"뭐 방법이라도 있어?"

"저쪽에서 만나러 오지 않겠다면, 우리 쪽에서 먼저 만나러 가야지."

"어디부터 갈 건데? 역시 만만한 〈명계〉인가?"

"〈명계〉를 만만하다고 말하는 건 아마 너뿐일 거다."

이죽거리는 한수영을 뒤로하고, 정희원을 바라보았다.

〈명계〉에 도움을 요청하는 것도 급하지만, 지금은 그보다 더 급한 일이 있다.

남은 시간은 십사 일. 최소한의 동선으로 최대 효율을 내야 한다.

"잃어버린 동료부터 되찾아야지."

내가 바라본 것은 정희원의 허리춤에 매달린 강철검이었다.

[등장인물 '이현성'의 영혼이 잠들어 있습니다.]

아무래도 강철화 5단계의 후유증이 내 생각보다 심각한 모양이었다.

"'강철의 주인'을 만나러 간다."

"'강철의 주인'? 그런 녀석이 도움이 되겠어?"

나는 고개를 끄덕였다.

"'강철의 주인'은 강력한 성좌야. 신화급은 아니지만 지금의 우리에겐 신화급 성좌보다 더 필요한 성좌라고."

"왜?"

"자세히 설명할 시간 없어. 일단 움직이자."

긴급 연락책과 최소한의 방어 병력이 필요하기 때문에 장하영과 공필두, 그리고 이설화는 공단에 남았다. 또 남기고 가려니 미안한 마음이 들었지만, 그들의 표정을 보니 오히려 그런 마음을 갖는 것이 더 큰 실례라는 생각이 들었다. 생각해보면 이설화도 비슷한 말을 했다.

"얼른 다녀와, 여긴 맡겨두고."

서울에 남는다고 해서 이들의 임무가 더 쉬운 것은 아니다.

이야기되지 않는 것들이 있기에, 비로소 이야기가 존재하는 것처럼.

우리는 곧장 'X급 페라르기니'를 타고 차원로로 진입했다. 찬연한

〈스타 스트림〉의 별들이 스쳐 가자, 일행들의 표정도 긴장으로 물들었다.

"다들 긴장하실 필요 없어요. 그냥 놀러 간다고…… 그 노동자 혁명인가 뭔가의 연장선이라고 생각하세요."

"지금은 근무 시간이잖아요."

"그렇게 무서운 곳은 아니니까 하는 말입니다."

"어디로 가는 건데요?"

"음, 말씀드렸다시피 '강철의 주인'의 본거지로……."

"그놈 정체가 뭔데?"

답답했는지 결국 한수영이 물었다.

"다른 성좌들은 수식언으로 대충 유추가 가능하잖아. '긴고아의 죄수'는 손오공이고, '술과 황홀경의 신'은 디오니소스고. 그런데 그 녀석은 전혀 예측이 안 돼. 내가 읽은 부분까지도 정보가 안 나왔고."

"궁금하면 [예상표절]로 맞혀보든가."

"그런 하찮은 일에 내 능력을 쓰라고?"

나는 어깨를 으쓱했다.

보아하니 한수영뿐만 아니라 일행들 모두 '강철의 주인'이 누구인지 궁금한 얼굴이었다.

정희원이 물었다.

"우리가 아는 신화 속 인물이에요?"

"신화 속 인물은 아니지만, 엄청 유명한 성좌긴 하죠. 실제로 이 성좌의 설화를 토대로 만들어진 이야기도 있어요. 그런데…… 애들은 잘 모를 것 같기도 하고."

내 말에 신유승과 이길영이 시무룩한 얼굴을 했다.

뒤쪽에서 굉음이 들려온 것은 내가 말을 이으려던 순간이었다.

"저 자식들이?"

운전대를 잡고 있던 한수영이 경악하며 외쳤다.

백미러에 비치는 전함의 그림자. 한두 척이 아니었다. 족히 수십 척은 되는 우주 전함이 에테르 입자를 흩뿌리며 우리를 쫓아오고 있었다.

신유승이 물었다.

"저거 성운 아니에요? 왜 우릴 공격해요?"

확실하진 않지만 〈베다〉나 〈파피루스〉 같은 거대 성운의 설화 병기로 보였다.

이지혜가 인상을 찌푸리며 말했다.

"거북선 소환할까?"

"아냐. 싸울 시간 없어. 밟아 한수영!"

어차피 목적지까지 남은 거리는 얼마 되지 않는다.

눈 깜짝할 사이에 가속한 'X급 페라르기니'가 전율적인 속도로 차원로를 주파했다. 그리고 얼마 지나지 않아 메시지가 떠올랐다.

[좌표 'OZ-1900'에 도착했습니다!]

끼이이익, 하는 소리와 함께 허공에서 차가 멈춰 섰다.

우리가 도착한 곳은 정거장이었다. 정거장에는 작은 나무집이 있었다.

나는 외쳤다.

"빨리 내리세요! 저 집으로 들어가요!"

모든 일행이 집 안으로 들어오는 것과 거의 동시에 'X급 페라르기니' 차체가 폭발했다.

젠장, 아직 몇 번 타보지도 못했는데.

나는 일행을 모두 확인한 뒤 현관문을 닫았다. 곧 집 주변에 가공할 태풍이 일더니, 떠오른 집이 빠른 속도로 움직이기 시작했다. 나는 소리쳤다.

"창문 전부 잠가주세요!"

"저게 창문 잠근다고 막아지냐?"

한수영은 태클을 걸면서도 열심히 창문을 걸어 잠갔다.

멀리서 우리를 쫓던 성운들이 탄환을 장전하는 것이 보였다. 전함 수십 척이 한꺼번에 광자포를 충전하는 광경은 그 자체로 장관이었다. 저 정도 공격이라면, 한반도 전체를 날려버릴 수도 있을 것이다.

이지혜가 다급하게 외쳤다.

"아저씨! 지금이라도—"

"걱정 마, 여긴 안전해."

집 전체가 기하학적 변형을 일으켰다. 집 내부가 급격하게 팽창하더니, 금속음과 함께 집 전체로 배관들이 자라나기 시작했다.

"뭐야? 나무집 아니었어?"

[선체 도킹을 시작합니다!]

허공에 붕 떠올라 있던 집이 장착음과 함께 어딘가에 고정되었다. 그와 동시에 격발된 포화가 우리를 향해 쏟아졌다. 족히 대륙 하나를 없애버릴 수 있는 화력이었다.

그 순간, 시끄러운 배기음과 함께 행성 일대에 아득한 크기의 강철막이 자라나기 시작했다. 날아든 포화는 그 막에 가로막혀 그대로 소멸했다.

어마어마한 스케일의 방호벽에, 일행들은 기가 질린 듯한 얼굴로 나를 바라보았다.

창밖으로 우리가 착륙한 행성의 외연이 비쳤다.

은빛의 도시. 수축기의 심장을 연상시키는 거대한 행성.

[강철의 심장, <오즈>에 오신 것을 환영합니다.]

강철의 심장 〈오즈〉.

이곳은 〈스타 스트림〉에서 가장 단단한 금속이 자라나는 행성이다.

2

[선체 안정화 작업을 진행 중입니다. 잠시 기다려주십시오.]

일행들이 멍한 눈으로 창밖을 내다보았다.

토네이도에 휩쓸린 집, 새로운 세계…… 슬슬 다들 이곳이 어디인지 눈치챘을 것이다.

"아저씨, 이거 그거지? 《오즈의 마법사》."

먼저 그 말을 한 건 뜻밖에도 이지혜였다.

"알아?"

"응, 옛날에 친구가 이거랑 관련된 뮤지컬을 좋아했거든."

으스대던 이지혜의 표정이 순식간에 침울해졌다. 그걸 눈치챈 정희원이 재빨리 말을 받았다.

"근데 《오즈의 마법사》라면 비교적 최근 작품 아닌가요?"

"제 기억이 맞는다면 1900년에 만들어진 작품이에요."

"역시 상아 언니, 모르는 게 없다니까."

이지혜가 엄지를 들었다. 정희원이 다시 말했다.

"근데 그럼 뭔가 말이 안 되잖아요. 고작해야 백 년밖에 안 된 세계인데…… 현성 씨한텐 '강철의 주인'이 그보다 더 오래된 성좌라고 들었거든요."

"희원 씨 말씀이 맞습니다."

타당한 의문이었다. 모든 설화는 곧 존재를 구성한다. 그런데 존재를 구성하는 설화의 연식이 짧으니 의문이 들 수밖에.

"혹시《서유기》는 어떠셨습니까?"

"네?"

"《서유기》가 먼저 존재했을까요, 아니면 제천대성이 먼저 존재했을까요?"

그 말에 일행들이 뭔가 깨달았다는 표정을 지었다.

"그럼 '강철의 주인'도 이야기되기 전부터 존재했을 거란 뜻이야?"

"그럴 수도 있고, 아닐 수도 있고."

"뭐야 그게."

말 그대로다. 일단 설화가 되어버린 존재들은, 시간이 지날수록 그 연식이 조금씩 불투명해진다. 성좌의 탄생이 근원 설화에서 비롯한다 해도, 그 근원 설화조차 시간 경과와 함께 조금씩 변화하기 때문이다.

[선체 안정화 작업이 완료됐습니다.]

[입구를 개방합니다.]

"뭐, 자세한 건 나가보면 알겠지."

그 말을 한 한수영이 제일 먼저 폴짝 뛰어내렸다. 신이 난 이지혜와 아이들도 녀석을 뒤따라갔다.

"우리도 가죠."

내 말에 고개를 끄덕거린 나머지 일행들이 선체에서 하차했다.

기억대로라면, 이곳 〈오즈〉에서 얻을 시나리오는 원작의 모험을 그대로 답습한다. 토네이도와 함께 날아간 집이 〈오즈〉라는 이계에 도착하고, 하필 그 집이 깔아뭉갠 대상이 못된 마녀고…….

"뭐야 이거!"

그리고 이지혜의 목소리가 들려왔다. 집에 깔린 마녀를 발견했겠지.

그런데.

"가짜잖아?"

누가 깔려 있기는 했다. 하지만 마녀가 아니라, 마녀의 모양을 한 인형이었다. 마녀라고 우기기도 어려운, 지저분한 상태의 모형.

한수영이 부러진 마네킹 다리를 들며 물었다.

"이거 뭔데?"

나는 그 다리를 가만히 응시했다.

「전개가 원작과 달라졌다.」

멸살법에 등장한 행성 〈오즈〉는 일종의 테마파크였다. 방문객들은 《오즈의 마법사》 원작과 같은 루트를 따라 난쟁이 '먼치킨'들을 만나고, 각자 하나씩 배역을 부여받아 에메랄드 성으로 이동하게 된다.

그런데 뭔가 이상했다.

「난쟁이 '먼치킨'이 보이지 않는다.」

유중혁이 중얼거렸다.

"스승님께 듣던 것과는 좀 다르군."

동감이었다. 이 광경은 뭘까.

살풍경한 바람이 부는 은빛 도시에는 생명체의 기척이 거의 느껴지지 않았다.

"뭔가 삭막한데요. 동화 속 세계인데……."

멸살법을 전부 읽은 나도 〈오즈〉에 관해 많은 정보를 알고 있지는 않았다.

작중에서 〈오즈〉가 정확히 소개되는 것은 단 한 번, 유중혁의 999회차에서였다(후반부로 갈수록 스킵 장면이 늘어나서, 나중에는 "〈오즈〉에 가서 병장기를 강화할 설화 금속을 얻었다" 정도로 서술되고 만다).

「"슬픈 곳이군요. 좀 더 즐거운 전승이 깃들어도 좋을 텐데."」

999회차의 이현성이 한 그 말이, 지금도 기억에 명료하게 남아 있었다. 이곳에서 이현성은 자신의 힘을 각성하고, '강철의 주인'의 힘과 의지를 계승하게 된다.

그런데 아무리 봐도 지금 광경은 원작과는 완전히 달랐다.

왜일까. 우리가 원작을 많이 바꿨기 때문인가?

하지만 이곳은 〈오즈〉다. 〈김독자 컴퍼니〉가 바꾼 영향력이 강하게 미치는 행성은 아니었다.

"요정 같은 애들이 몰려와서 노래도 하고 춤도 추면서 우리 데려가야 하는 거 아니냐? 요정은커녕 파리 한 마리 없네."

부서진 테마파크의 알림판이 바닥에 나뒹굴고 있었다. 폐업한 놀이공원 같은 분위기였다.

아이들은 그마저도 신이 나는지 곁에 찰싹 달라붙어 중얼거렸다.

"뭔가 흉가 체험 같아요."

우리는 일단 노면에 표시된 노란 표식을 따라가보기로 했다. 원작에 따르면 이 길 끝에는 에메랄드 성이 있다. 실제로 얼마간 걸음을 옮기자, 높다랗게 솟아오른 녹색 탑이 보였다. 그리고 탑 주변으로 자그마한 도시가 형성되어 있었다.

「모든 여정이 저문 곳에 낡은 성을 하나 지었으니」
「그대들은 기꺼이 방문하여 우리 이야기를 기억해주기 바란다」

도시 입구에 어쩐지 감상적인 느낌의 문구가 적혀 있었다.

유중혁이 입을 연 것은 그때였다.

"나는 여기서부터 따로 행동한다."

"뭐? 왜?"

"이곳 난쟁이 중에 뛰어난 대장장이가 있다."

그 말에 떠오르는 문장이 있었다.

「오즈의 금속에는 가장 오래된 마법이 깃들었으니」

〈오즈〉는 〈스타 스트림〉에서 가장 오래된 설화가 깃든 금속의 원산지였다. 본래 원작 유중혁의 무기는 이곳의 강철로 강화된다. 〈오즈〉의 금속과 유중혁의 설화를 뒤섞어 성유물로 거듭난 최강의 패도. 그것이 바로 후반부의 유중혁이 사용하는 성유물 '진천패도'였다.

물론 원작 이야기이고, 이번에 강화할 건 흑천마도가 되겠지만.

"〈오즈〉의 강철은 〈스타 스트림〉에서 제일 단단하다. 지금은 병기 확보가 급선무다."

그렇게 선언한 유중혁은 허락조차 구하지 않고 떠났다. 그냥 둬도 괜찮냐는 듯 일행들이 나를 바라보았지만, 나는 그냥 어깨를 으쓱하고 말았다.

어차피 〈오즈〉에 온 목적이 한 가지가 아니니 인원을 나눌 필요는 있었다. 이현성을 구하는 데 모든 일행이 필요한 것도 아니고.

나는 곁에서 초롱초롱 눈을 빛내는 이지혜를 향해 말했다.

"너도 따라가. 전함 업그레이드해야 되잖아."

"아싸!"

신이 난 이지혜가 총총걸음으로 달려갔다.

나는 유상아를 보며 말했다.

"유상아 씨도 몰래 따라가주시겠어요? 저 둘만 보내긴 불안해서.

그리고 애들도…… 아마 꽤 구경할 만한 것들이 있을 거예요."

"얼른 가요! 얼른!"

유상아의 손을 한쪽씩 붙잡은 아이들이 번화가 쪽으로 사라졌다.

시끌벅적하던 일행들이 흩어지자, 약간 허전한 기분이 됐다.

이제 남은 일행은 나, 정희원, 한수영뿐.

한수영이 중얼거렸다.

"도로시와 똑똑한 허수아비, 겁쟁이 사자가 남았네."

《오즈의 마법사》에서 주요 구성원은 총 넷이다. 주인공인 도로시, 양철 나무꾼, 똑똑한 허수아비, 그리고 겁쟁이 사자.

내가 물었다.

"굳이 '똑똑한 허수아비'라고 한 걸 보면 그게 너겠지."

"정답이야."

"나머지는 굳이 묻지 않으마."

"넌 겁쟁이 사자야."

"고맙다."

우리는 시시덕거리며 도심으로 진입했다.

만약 이곳이 여전히 테마파크였다면, 정말 그런 일행 구성이 되어도 재미있었을 것이다.

우리를 보며 고개를 절레절레 흔든 정희원이 성큼성큼 앞서 나갔다.

몇몇 원숭이 무리가 도시 곳곳에 숨어 우리를 흘끗거리고 있었다.

환영하는 분위기 같지는 않았다. 환영도 마중도 없는 세계. 동화라기보다는 호러 소설이 어울리는 분위기였다.

얼마 지나지 않아 에메랄드 탑에 도착했다.

한수영이 말했다.

"꼭 마탑처럼 생겼네."

"실제로 마법사가 사는 탑이니까."

지금도 살고 있을지는 모르겠지만.

우리는 탑 입구로 가서 문을 두드렸다. 그러자 딱딱한 남자 목소리가 들려왔다.

—용건을 말하라.

"'강철의 주인'을 뵈러 왔습니다."

대답은 돌아오지 않았다.

여전히 굳게 닫힌 문.

아무래도 잘못 말한 모양이었다. 나는 멸살법을 떠올렸다. 999회차에서는 뭐라고 말했더라?

내가 생각하는 사이, 정희원이 검을 뽑아 들었다.

"현성 씨 영혼 돌려줘. 탑 쪼개버리기 전에."

전신에서 일어나는 대천사의 격. 강렬한 [지옥염화]의 불길이 그녀의 강철검 위에서 활활 타오르는 순간, 머뭇거리며 문이 열렸다.

[에메랄드 성이 당신들을 환영합니다.]

이래도 되는 건가 싶었지만, 어차피 시간도 없으니 잘됐다는 생각이 들었다.

기회를 잡은 한수영이 감탄했다는 듯 중얼거렸다.

"역시 도로시."

"닥쳐. 나 여기 장난치러 온 거 아냐."

한수영이 슬그머니 내 쪽으로 붙더니 '한낮의 밀회'로 속삭였다.

—겁나 무섭네. 저게 사랑의 힘인가?

허공에 강철검을 휘휘 그으며 전진하는 정희원. 본래도 타고난 패기로 똘똘 뭉친 사람이지만, 이렇게 보니 기세가 정말 대단했다.

—그런가 보다.

탑 내부는 심심했다. 딱히 눈에 띄는 장식물도 없고, 말 그대로 필요한 것만 배치되어 있는 정경이었다. 마치 이현성의 군용 배낭을 보는 것 같았다.

그렇게 오 분쯤 더 걷자, 알현실로 보이는 방이 등장했다. 우리는 바로 열고 들어갔다. 은은한 조명이 켜지며, 알현실 중앙에 커다란 은빛 마스크가 떠올랐다. 우리 쪽을 응시하는 텅 빈 두 눈이 그곳에 있었다.

[〈김독자 컴퍼니〉인가.]

알현실 전체에 울려 퍼지는 강철의 진언.

나는 바로 알 수 있었다. 저자가 바로 이현성의 배후성인 설화급 성좌 '강철의 주인'이다. 아마도 상징체겠지.

"그렇습니다. 처음 뵙겠습니다."

[그쪽이 '구원의 마왕'이로군.]

내가 고개를 끄덕였다. 귀찮다는 듯한 시선으로 나를 바라본 은빛 마스크가 말했다.

[방문한 목적이 뭐지?]

바로 본론으로 들어가는 건가. 잘됐다는 생각이 들었다.

"이현성의 영혼을 돌려주십시오. 소유권이 당신에게 있다는 걸 알고 있습니다."

[그건 불가능하다.]

"왜죠?"

[그의 영혼은 이 행성의 유지를 위해 필요하다.]

예상 밖의 말이었다. 돌아보니 정희원이 나를 향해 눈을 부라리고 있었다. 나는 재빨리 덧붙였다.

"배후성 계약이 원래 그딴 식이란 건 알고 있습니다만, 현성 씨는 우리 동료입니다. 당신도 우리 이야기를 좋아하는 줄 알았는데요."

[…….]

"그리고 〈오즈〉는 이미 충분히 많은 거대 설화를 가지고 있지 않습니까? 현성 씨의 영혼을 동력으로 사용할 이유가 없을 텐데요?"

《오즈의 마법사》는 지구에까지 알려질 정도로 유명한 설화다. 요즘에는 다소 시들해졌다지만, 한때는 전 지구적으로 선풍적인 인기를 끈 이야기. 지구에서도 그 정도인데, 〈스타 스트림〉에선 오죽할까. 결코 동력이 부족할 이유는 없다는 뜻이었다.

그럼에도 '강철의 주인'은 완고했다.

[돌아가라. 영혼은 돌려줄 수 없다.]

3

"정 동력이 필요하다면 저희 쪽 설화와 교환하시죠. 동력으로 쓸 만한 설화를 공급해드리겠습니다."

[돌아가라고 했다.]

역시 뭔가 이상했다. 단순히 이현성을 동력으로 사용하려는 거라면, 내 제안에 응하지 않을 이유가 없었다.

"미안하지만 영혼은 반드시 받아가야 하겠습니다. 곧 마지막 시나리오가 시작됩니다. 당신의 안위만 챙길 때가 아니란 말입니다."

[설화, '구원의 마왕'이 이야기를 시작합니다!]

내가 격을 개방하자 '강철의 주인'은 당황한 듯했다.

[감히 이곳 〈오즈〉에서 나와 대적하겠다는 것인가?]

츠츠츠츳, 하는 소리와 함께 알현실의 허공에 스파크가 튀었다.

'강철의 주인'은 설화급 성좌다. 그리고 원작에 따르면 이곳 〈오즈〉에 한해서 그의 격은,

[호의를 베풀어, 그대들을 들여주었거늘……!]

가히 신화급 성좌에 맞먹는다.

쿠드드드드.

수축과 이완을 반복하는 심장처럼 행성이 거칠게 몸부림쳤다.

한수영이 창백한 얼굴로 나를 바라보았다.

—김독자, 돌았어? 여기서 싸우면 어쩌자는…….

나는 설화들을 개방했다.

[거대 설화, '마계의 봄'이 이야기를 시작합니다!]

[거대 설화, '신화를 삼킨 성화'가 이야기를 시작합니다!]

주력 거대 설화들이 이야기를 시작하자, 알현실이 당장이라도 무너질 것처럼 흔들렸다. 나는 거친 울림을 딛고 앞으로 나아갔다. '강철의 주인'이 외쳤다.

[물러서라! 물러서지 않으면……!]

역시나.

나를 제압할 수 있는 시간이 충분히 있었는데도, '강철의 주인'은 경고만 반복할 뿐 딱히 아무런 제재도 취하지 않았다.

마치 겁쟁이 사자 같은 모습이었다.

나는 그대로 마스크를 관통해 앞으로 나아갔다. 그리고 알현실 뒤쪽 벽면에 도달했다. '강철의 주인'이 뭐라고 외치는 소리가 들려왔다. 무시하고 벽면을 주먹으로 가격했다.

다음 순간 허공에 홀로그램처럼 떠 있던 은빛 마스크가 사라졌다.

"이봐, 원숭이."

뻥 뚫린 벽의 구멍 너머로, 겁에 질린 채 덜덜 떨고 있는 원숭이 한 마리가 보였다.

"진짜 '강철의 주인'은 어디 있지?"

잠시 후, 우리는 원숭이에게서 정보를 얻어냈다.

한수영이 말했다.

"그러니까 '강철의 주인'은 여기 없다는 거네."

[이, 이런 짓을 하면 '강철의 주인'께서 네놈들을 용서……]

"진언 스위치 꺼. 진언 같지도 않으니까."

"……하실 것 같습니다."

시무룩해진 원숭이가 말했다.

아마 이 원숭이는 '강철의 주인'의 심복일 것이다. 영문은 모르겠지만, 이곳에서 성좌 행세를 하며 지내고 있었다.

"그럼 지금까지의 간접 메시지도 다 네놈이 보낸 거냐?"

"그, 그렇습니다. 그래도 '강철의 주인'님의 의사를 적극 반영했습니다."

"의사를 반영해?"

내 물음에 원숭이의 시선이 알현실 가장자리를 향했다. 그곳에는 거대한 강철검이 십자가처럼 꽂힌 제단이 있었다.

나는 검의 외관을 유심히 보았다.

"본래는 저 제단을 통해 주인님 의사를 들을 수 있었습니다. 그런데 최근에 갑자기 소식이 끊어지면서……."

나는 제단의 강철검을 향해 손을 가져다댔다. 찌릿, 하고 올라오는 느낌이 있었다. 일전에도 겪은 적 있는 감각이었다.

아주 희미하지만, 이것은 분명 다른 세계선과 맞닿아 있는 감각이다.

그렇다면 '강철의 주인'은 다른 세계선의 존재란 뜻이다.

하지만 그럴 리가 없었다. 내가 알기로 '강철의 주인'은《오즈의 마법사》에 등장하는 '양철 나무꾼'인데…… 혹시 누가 '강철의 주인'의 성좌명을 약탈한 건가?

내가 생각에 잠긴 사이, 한수영이 물었다.

"너희 행성이 이 모양이 된 것도 그거랑 상관있는 거냐?"

"그렇기도 하고, 관리 소홀 문제도 있습니다. 모든 설화는 언젠가 쇠락하기 마련이니까요. 〈오즈〉에 마법이 사라진 지는 이미 오랜 세월이 지났습니다. 이곳의 설화가 얼마나 오래되었는지 알고는 계신 겁니까?"

"몰라."

"〈오즈〉에는 이제 관광객이 오지 않습니다. 월평균 관광객 두 자릿수를 찍은 게 벌써 삼 년 전 일이란 말입니다."

원숭이의 눈빛이 아련하게 물들어 있었다. 마치 한때의 영광을 되새기는 듯이.

"한때 〈오즈〉는 〈스타 스트림〉 제일의 테마파크 중 하나로……."

정희원이 인상을 찌푸렸다.

"그런 얘기 듣고 싶은 게 아냐. 그래서 현성 씨 영혼은 돌려줄 거야 말 거야?"

"그건 좀……."

"왜!"

"그나마 관광객 두 자릿수가 유지되는 게 바로 '이현성' 덕분이기 때문입니다."

"대체 뭔 소리야?"

한참을 망설이던 원숭이가 말했다.

"최근 들어 오래된 거대 설화들의 영향력이 약해지고 있다는 걸 아십니까?"

"거대 설화들의 영향력이 약해져……?"

"〈오즈〉뿐만이 아닙니다. 기존에 거대 설화를 구성하던 설화들이 〈오즈〉와 비슷한 쇠락의 길을 걷고 있습니다."

"왜지?"

"최근에 떠오른 어떤 설화가 다른 설화의 지분을 잡아먹기 시작했으니까요."

고개를 든 원숭이가, 원망 가득한 시선으로 나를 보았다.

"당신들의 설화 말입니다."

결론부터 말하자면, 에메랄드 성에서 수확이 전혀 없지는 않았다. 원숭이는 이렇게 말했다.

—이현성을 데리고 가셔도 좋습니다. 그 대신 〈오즈〉의 홍보를 도와주십시오.

어떻게 도와주면 되느냐고 묻자 원숭이가 말했다.

—그건 이현성이 있는 곳에 가보시면 압니다.

그게 바로 지금 우리가 이곳에 있는 이유였다.

우리는 폐허가 된 테마파크의 입구를 올려다보았다. 더 이상 돌아가지 않는 관람차와 낡아빠진 회전목마. 완전히 망해버린 테마파크의 전형이었다.

《오즈에는 마법사가 없다》

본래 이게 테마파크의 이름이었나 보다. 제법 멋들어진 이름이었다.

문제는 그 밑에 붙은 부제였다.

《하지만 이현성은 있다》

—이현성 '기억 체험관' 전격 오픈!

—체험관 어딘가에 숨어 있는 이현성의 영혼을 찾아내시는 분께 소정의 상품을 드립니다.

이건 대체 뭐지?

매표소로 향하자 가격표가 우리를 기다리고 있었다.

* 입장권 4,000코인

* 자유이용권(50% 할인) 3,000코인

이건 그냥 자유이용권을 사라는 뜻이다.

매표소 직원이 물었다.

—몇 명 입장하십니까?

"셋이요."

—화신은 한 사람당 3,000코인. 성좌는 6만 코인입니다.

내가 방금 잘못 들었나? 처음 당해보는 무자비한 횡포에 넋이 나간 사이, 정희원이 내게 손을 내밀었다.

"이건 회삿돈으로 비용 처리 되죠? 임무잖아요."

"물론입니다."

"화신 한 장 주세요."

가볍게 회사 카드를 긁어버린 정희원이 '기억 체험관'으로 입장했다. 내가 멍하니 있는 사이, 한수영도 앞으로 나섰다.

"여기 화신 한 장—"

"잠깐만."

"뭐야, 왜?"

"할인 요금제가 있어."

나는 가격표 옆에 작게 붙은 문구를 가리켰다.

* 성좌 X 화신 커플 할인권 출시!

* 자신의 화신과 함께 방문한 배후성을 위한 커플 할인권입니다! 화신과 함께 아름다운 추억을 쌓으며 달콤하고 아늑한 시간을 보내세요!

문구를 모두 읽은 한수영이 나를 보았다. 나는 고개를 끄덕였다. 한수영이 물었다.

"돌았냐?"

"아무리 코인이 많아도 여기 쓸 코인은 없어."

이글거리는 눈으로 나를 노려보던 한수영은 속으로 뭔가 계산하는 듯 손가락을 꼽더니, 가격표와 나를 한 번씩 번갈아 보았다. 그러고는 한숨을 내쉬며 물었다.

"뭐 줄 건데?"

.

.

.

"두 사람 지금 뭐 하는 짓이죠?"

한수영과 나를 발견한 정희원이 말했다. 그럴 법도 한 게, 지금 우리는 똑같은 모양의 늑대 귀 머리띠를 하고 있었다.

[해당 아이템은 '기억 체험관'에 머무르는 동안 벗을 수 없습니다.]

[다른 성좌들에게 당신과 화신의 돈독한 관계를 과시하세요!]

한수영이 뻔뻔한 목소리로 대답했다.

"데이트 알바 중이야."

"일단 현성 씨부터 찾죠."

원숭이 말이 맞는다면, '기억 체험관' 어딘가에 이현성의 영혼이 방목되어 있을 것이다.

대체 왜 이런 곳을 돌아다니는지 모르겠지만…….

아직 시간도 있겠다, 우리는 차분한 마음으로 돌아다녔다. '기억 체험관'이 대체 뭔가 싶었는데 곧 알 수 있었다.

[이현성, 5.4kg의 초대형 우량아로 태어나다!]

[5세 이현성, 왕따당하던 친구를 구하다!]

이곳은 이현성의 삶을 체험하는 곳이었다.

['자유이용권' 소지자만 입장할 수 있습니다.]

[입장 시 빙의 체험이 시작됩니다. 입장하시겠습니까?]

"여기 들어가면 우량아의 기분을 알 수 있는 건가? 누가 이딴 걸 돈 주고 체험해?"

테마파크는 놀이공원과 비슷한 모양새였다.

각 체험관에 들어가 이현성 또는 이현성 주변 인물에 이입하여 삶을 체험할 수 있었다. 정희원이 말했다.

"우리가 유명해지기는 한 모양이네요. 이런 게 다 만들어지고."

"저거 궁금한데?"

우리는 어느새 홀린 듯 이현성의 삶을 들여다보고 있었다. 진짜로 성좌가 된 기분이었다. ……생각해보니 나는 정말 성좌다.

[17세 이현성, 콩닥두근 첫사랑에 실패하다!]

정희원은 오랫동안 그 관을 물끄러미 바라보고 있었다. 내가 물었다.

"들어가보시려고요?"

"아뇨."

우리는 계속해서 이현성을 찾아다녔다.

이현성의 영혼은 특유의 설화 반응이 있다. 분명 근처에서 반응이 느껴지는데…….

[이현성, 멸악의 심판자와 조우하다!]

계속 돌아다니다 보니, 체험관 중에는 〈김독자 컴퍼니〉와 관련된 것도 있었다.

[순정강철 이현성! 멸악의 심판자를…….]

정희원의 발걸음이 조금씩 빨라졌다. 우리는 열심히 정희원의 뒤를 쫓아갔다. 하지만 이현성의 기척은 느껴지지 않았다. 체험관 한 열을 다 확인한 뒤 돌아서는데, 누군가가 그곳에 있었다. 이현성은 아니었다.

"어? 아저씨?"

여우 귀 머리띠를 쓴 이지혜였다.

"네가 왜 여기 있어?"

내 질문에, 이지혜가 간단히 설명을 시작했다.

유중혁과 유상아, 아이들을 데리고 대장간에 갔는데 설화 금속이 다 떨어져 없었다는 이야기.

허탈한 마음을 안고 돌아다니다가 우연히 이곳을 찾았다는 이야기.

아이들이 보채서 어쩔 수 없이 '가족 할인'을 받아 입장했다는 이야기까지…… 가족 할인?

"네놈은 여기서 뭘 하고 있는 거지?"

돌아보니, 역시나 여우 귀 머리띠를 쓴 유중혁이 있었다. 유중혁은 나와 한수영을 번갈아 보더니 물었다.

"이현성의 영혼은 되찾았나?"

"지금 찾으러 온 거야. 너야말로 설화 금속 안 찾고 여기서 뭐 하는 거냐?"

"대장간은 휴업 중이었다. 설화 금속이 다 떨어졌다더군."

왜 그런 일이 벌어졌는지 알 것도 같았다. 어쩌면 그 또한 〈오즈〉의 거대 설화가 약해진 것과 관계되어 있을 것이다.

멀리서 이쪽을 향해 손을 흔드는 유상아의 모습. 잠자리 날개를 연상시키는 머리띠를 쓴 신유승과 이길영도 보였다.

"언니, 다음에는 저기 들어가봐요! 저기!"

"어머, 저긴 18세 이용가야."

졸지에 일행이 다 모인 셈이 됐다.

차라리 잘됐다 싶었다. 어차피 이렇게 된 거, 다 같이 이현성을 찾는 편이 수고를 덜 수 있을 것이다.

정희원의 목소리가 들려온 것은 그때였다.

"다들 이쪽으로 와봐요!"

우리는 곧바로 그쪽을 향해 다가갔다.

그곳에, 다른 체험관보다 주의 사항이 유독 많은 체험관이 있었다.

* 이 체험관은 만 18세 이상만 이용 가능합니다.

* 가혹행위로 인해 빙의 체험자의 심적인 고통이 뒤따를 수 있습니다.

* 지구 출신 남성체 화신은 이용에 주의를 요합니다.

나는 기억 체험관의 이름을 올려다보며 말했다.

"찾은 것 같군요."

틀림없다. 이현성 특유의 둔하고 느릿한 설화가, 이 체험관에서 분명하게 느껴졌다.

이 안에 이현성이 있다.

나는 고개를 들어 체험관의 이름을 확인했다.

[실수로 탄피를 잃어버렸습니다]

4

"현성이는 잘할 거야."

"야, 지금이라도 안 늦었어. 페트병 다리에 묶고 3층에서 뛰어내려."

"남들 다 가는 건데 뭐. 사람 돼서 와라."

입대를 앞둔 누구나가 듣는, 그의 인생처럼 흔한 말이었다.

남들이 하는 대로 늘 따라가기 바쁘던 삶.

그는 누구나와 마찬가지로 〈이등병의 편지〉를 불렀고, 훈련소까지 배웅해줄 베프나 여자친구도 없이 홀로 입대했다.

"53번 훈련병."

"53번 훈련병 이현성!"

입대 초기만 해도 이현성의 군 생활은 나쁘지 않았다. 태생적으로 큰 키와 잘 다져진 근육 덕분에 대대장 훈련병으로 추천도 받았다. 대대장 선서를 계속 틀리지만 않았더라면, 그는 표창을 받고 훈련소를 수료할 수도 있었을 것이다.

"53번 훈련병은 조교 말이 장난 같습니까?"

어릴 적부터 자신이 둔하다는 사실은 알고 있었다.

무얼 해도 남들보다 배움이 늦었고, 상황 파악도 빠르지 않았다.

그럼에도 이럭저럭 잘 살아올 수 있었던 것은 태평하면서도 우직한 모습을 좋아해준 사람들이 있었기 때문이다.

그런데 군대에는 그런 사람들이 없었다.

"하필 저 새끼랑 전우조야."

"덩치만 존나 커서는……."

모욕 속에서 이현성은 훈련병 생활을 견뎌냈다.

그렇게 훈련소를 수료했을 때, 그는 오 분 안에 샤워를 끝내거나 일 분 안에 침구류를 정리할 수 있는 종류의 인간이 되어 있었다.

얼마 지나지 않아 자대 배치를 받는 순간이 찾아왔다.

입대 이후 줄곧 이현성이 기다리던 시간이었다.

—입대하시는 분들께 꿀팁 드림. 자대 배치받으면 이렇게 하시면 됩니다.(Hot!) [812]

행군 때 쓸 깔창부터, 자대 배치 후 선임들에게 사랑받는 방법까지. 입대 전날 인터넷에서 숙독한 군대 꿀팁은 그의 희망이었다.

동기 훈련병이 하나둘 자대를 향해 떠났다.

마지막 남은 그를 데리러 온 사람은 '정 중사'라는 인물이었다. 작업모를 깊이 눌러써서 얼굴이 제대로 보이지 않았다.

"넌 나랑 같이 간다."

털털거리는 군용 트럭에 실려 어딘가로 향하는 동안, 이현성은 자신의 인생에 관해 다시 한번 생각했다. 앞으로 그가 보내야 할 이 년 남짓한 시간과, 찾아올 시련을 생각했다.

부대는 작은 산 중턱에 있었다.

드디어 본격적인 군 생활이 시작되는 것이다.

간부 안내를 받아 간단한 신병 등록 절차를 마치고 생활관으로 향했다.

그리고 생활관 문이 활짝 열리는 순간.

—무조건 이렇게 하셔야 됩니다.

이현성은 인터넷에서 읽은 꿀팁을 실천했다.

"신병 받아라—!"

.

.

.

보통의 군대였다면 이현성의 군 생활은 거기서 끝이었을 것이다.

어디까지나, 보통의 군대였다면.

이현성이 더플백을 허공에 던진 순간, 슬로우 모션처럼 주변 모든 것이 느려졌다. 허공에서 천천히 풀려나는 더플백. 꼬질꼬질한 보급 속옷과 휴지, 훈련소에서 쓰던 비누 따위가 연발탄처럼 아주 천천히 산개하고 있었다. 거기다 자대 생활에 대한 기대로 부푼 이현성의 의기양양한 얼굴까지…….

마치 비극을 앞둔 영화의 한 장면 같은 신scene 속에서, 누군가가 물었다.

—이제 어떡하죠?

그러자 누군가가 대답했다.

—어쩔 수 없죠. 이게 현성 씨예요. 아무튼 우리도 현실을 받아들입시다. 지난번에는 가혹행위 버전으로 실패했으니까, 이번 분기는 약속한 대로 선진병영 컨셉을…….

—시끄럽고 빨리 시작해라, 김독자.

—그럼 다시 시작합니다!

그리고 다시 장면이 움직였다.

.

.

.

철퍼덕!

대포처럼 쏘아진 그의 더플백이 생활관 바닥에 포탄처럼 터졌다.

찬물이라도 끼얹은 것처럼 가라앉은 분위기. 뒤늦게 그를 향해 꽂히는 선임들의 시선.

이현성의 등줄기에 서서히 식은땀이 맺혔다. 설마…… 뭔가 잘못된 건가?

그리고 다음 순간.

그를 데려온 정 중사가 빙긋 웃으며 손뼉을 쳤다.

"웃음 체조 시작! 하하하하하! 와아, 재밌다! 이렇게 신선한 데뷔는 처음이다!"

그러자 생활관 안 선임들이 기다렸다는 듯 기립박수를 쳤다.

"신병님! 정말 대단하십니다!"

"대단하군."

드문드문 쏟아지는 박수 속에서, 이현성은 어리둥절하면서도 다시 의기양양해졌다. 해냈다. 꿀팁이 옳았다.

정 중사가 유중혁을 보며 말했다.

"중혁이 네가 맞선임이니까 잘 좀 챙겨줘."

"알겠습니다."

시끌벅적한 분위기 속에, 이현성은 자신을 대신해서 떨어진 물건을 정리하는 한 선임을 발견했다.

칼같이 각 잡힌 군복. 형형하게 빛나는 눈빛, 조각 같은 외모.

가슴팍에는 일병의 약장과 '유중혁'이라는 이름이 붙어 있었다.

이 사람이 내 맞선임이구나.

그 순간, 맞선임의 무시무시한 눈빛이 그를 향했다.

"이, 이병 이현성!"

"네 자리는 이쪽이다."

어느새 정리가 끝난 그의 짐들이 관물대에 놓여 있었다.

선임들이 그럴 줄 알았다며 감탄했다.

"신병 너 잘 보고 배워라. 중혁이가 우리 부대 에이스거든."

선임들 분위기만 봐도, 그의 맞선임이 어떤 존재인지는 잘 알 수 있었다. 각 잡힌 베레모와 침구류. 닿는 곳마다 빛이 나는 것 같다. 이 사람처럼 군 생활을 할 수만 있다면…….

"뭐야, 신병 들어왔어?"

입구 쪽에서 쾌활한 목소리가 들려온 것은 그때였다. 근무를 마치고 돌아오는 길인지 땀에 젖은 얼굴. 얼핏 스쳐 간 병장 약장을 확인한 이현성이 황급히 경례를 올렸다.

"충성!"

"아, 너무 긴장하지 마. 됐어."

이현성의 얼굴을 살피던 병장은 빙긋 웃더니 유중혁 일병 쪽을 돌아보았다.

"우리 중혁이 군 생활 개풀렸네? 벌써 맞후임 들어오고."

이죽거리는 표정의 사내는 군인이라기에는 지나치게 희멀건 얼굴이었다.

왜일까. 그를 보는 순간, 이현성은 가슴 깊은 곳이 욱신거리는 느낌을 받았다.

사내의 얼굴을 확인한 병사들이 소리쳤다.

"김독자 병장님! 근무 다녀오셨습니까!"

"오냐. 근데 중혁이는 왜 인사가 없냐."

"……다녀…… 오셨습……."

부들부들 떠는 유중혁 일병의 얼굴이 하얗게 물들어 있었다. 무서워서 그렇다기보단 분노로 일그러진 느낌이었다.

그런 유중혁 일병을 보며 어깨를 으쓱한 김독자 병장이 말했다.

"우리 분대에 온 걸 환영한다. 이현성."

"이병 이현성!"

그것이 이현성과 분대장 김독자의 첫 만남이었다.

어디까지나, 이현성의 기억 속에서는 그랬다는 뜻이다.

자대 배치 후 어느덧 이 주일의 시간이 흘렀다.

그동안 이현성은 이 부대에 관해 여러 가지를 알게 되었다.

가령 그가 소속된 분대의 실권을 가진 김독자 병장.

"알겠지? 유중혁 그 자식이 부조리 저지르면 나한테 바로 말해."

"이, 이병 이현성! 그런 일 없습니다!"

"아니, 그런 일 있을 거야. 너 이미 많이 당했잖아."

"잘 못 들었습니다?"

그리고 그의 바로 옆에서 항상 솔선수범하며, 시도 때도 없이 김독자 병장을 노려보는 유중혁 일병.

"군화는 이렇게 닦아라."

"이, 이병 이현성! 열심히 하겠습니다!"

"열심히 하는 건 의미가 없다. 잘하는 게 중요하지."

가끔 건강검진을 나온다는 간호장교 유 중위.

"음, 다리에 멍이 들었네요. 의병제대 시켜버릴까?"

"이, 이병 이현성! 끄떡없습니다!"

"그럼 꿰매줄까요? 나 실 잘 다루는데."

무심한 듯 꼼꼼한, 그러면서도 가끔 슬픈 눈으로 그를 바라보는 정중사.

"할 만해?"

"이, 이병 이현성! 최선을 다하겠습니다!"

"안 그래도 돼. 늘 최선을 다하니까."

모두, 어딘가 이상한 데가 있는 사람들이었다.

"우리 부대는 선진병영 문화를 이룩하기 위해!"

하지만 그중에서도 가장 이상한 사람이 있다면.

"모든 병사는 개인 정비 시간에 반드시 웹소설을 읽어야 한다. 웹소설 읽기야말로 개인 정비의 알파이자 오메가이다."

바로 중대장 한 대위였다.

"이상! 곧 개인 정비 시간이다! 모두 웹소설을 읽어라."

"충! 성!"

그렇게 이현성의 꿈같은 군 생활이 시작되었다.

하지만 이현성은 모르고 있었다.

[현재 <김독자 컴퍼니>가 기억 체험관 '실수로 탄피를 잃어버렸습니다'에 도전 중입니다.]

[해당 체험관의 난이도는 극상極上입니다.]

[현재까지 클리어 시도 횟수는 3회입니다.]

사실 그의 군 생활은, 이번이 처음이 아니라는 것을.

설명하지 않아도 알겠지만, 이 시나리오에 참가한 이는 총 다섯 명.

나, 유중혁, 유상아, 정희원, 그리고 한수영이었다.

참고로 우리가 받은 히든 시나리오는 다음과 같았다.

〈히든 시나리오 - 탄피를 잃어버렸습니다〉

분류: 히든

난이도: ???

클리어 조건: 화신 '이현성'이 자신의 기억에 갇혔습니다. 그의 트라우마를 해결하고 기억 속에서 그를 구출하시오.

제한 시간: ???

보상: 이현성 복귀, 〈오즈〉의 인지도 강화로 인한 주요 보상품수령 가능

실패 시: 〈오즈〉 멸망 가속화

황당한 시나리오였다. 제한 시간이 물음표로 표시된 것도 난감한데, 클리어 조건과 실패 대가는 더욱 당혹스러웠다.

정희원 중사님께서…… 아니, 정희원이 물었다.

"김독자 병장."

"예."

"다른 건 그렇다고 쳐요. 근데 대체 왜 우리가 실패하면 〈오즈〉가 멸망한다는 거예요?"

"가설은 둘입니다. 하나는 〈오즈〉의 인지도가 그만큼 떨어졌다는 거고…… 둘은, 어떤 물리적인 위기를 뜻하는 거겠죠."

쿠웅, 하는 소리와 함께 천공 저편에서 미세한 진동 같은 것이 울려 퍼졌다.

나는 이곳까지 우리를 쫓아오던 성운들을 떠올렸다. 어쩌면 녀석들이 본격적으로 침공을 시작했을 수도 있다. 만약 그렇다면 우리에게 남은 시간은 그리 많지 않을 것이다.

진동음을 들었는지, 안색이 하얗게 질린 이현성이 멀리서 뛰어오고

있었다.

"김 병장님!"

"어, 현성아."

"북한 습격인 것 같습니다!"

"괜찮아. 가서 쉬어."

"충성!"

뭘 해야 할지 모르겠다는 듯 헤매던 이현성은, 이내 부대 구석으로 가서 아직 외우지 못한 국군 도수 체조를 연습하기 시작했다.

그런 이현성을 보던 정희원이 중얼거렸다.

"현성 씨 진짜 돌아올 수 있을까요?"

"저도 잘 모르겠습니다. 노력해봐야죠."

이미 3회차 시도였다.

1회차 때는 군대에 대해 잘 모르는 일행이 많았기에 실패했고(일행 중 군필자는 나뿐이었다), 2회차 때는 유중혁의 가혹행위로 인해 실패했다.

곁에서 인상을 쓰고 있던 유중혁이 말했다.

"답답하군. 이현성은 굴려야 빨리 깨어난다. 카이제닉스 때의 경험을 잊었나?"

"2회차 때 해봤잖아."

"다시 하면 더 잘할 수 있다."

"아니라는 거 잘 알 텐데."

"……."

"누군가를 구한다는 게 그렇게 쉽게 될 리 없다는 거, 너도 알잖아."

3회차…… 어쩌면 1,864번이나 되는 생을 거듭한 유중혁이다. 그러니 사실은 내가 말하지 않아도 잘 알고 있을 것이다.

"이현성! 체조 순서가 틀렸다!"

어쩌면 잘 모를 수도 있고.

질겁하는 이현성을 향해 성큼성큼 다가가는 유중혁.

나는 나란히 국군 도수 체조를 하는 두 사람을 보며 정희원에게 말했다.

"여기 너무 오래 있으면 안 되겠습니다. 유중혁도 상태가 이상해요."

"이상하다뇨?"

"군대도 안 가본 놈이 군대에 너무 잘 적응합니다."

나는 광기에 가까운 절도로 도수 체조를 하는 유중혁을 보았다.

144회차의 유중혁은 이현성에게 '군대 설화'를 잘못 수혈받아 돌아버린 적이 있었다. 이대로 시간이 지나, 또 「미친 군인 유중혁」 따위 설화가 만들어진다면…… 정희원이 말했다.

"적응 잘하면 좋은 거잖아요."

"적응은 잘하는데, 선임인 저한테는 함부로 대하니까 문제죠. 요즘 군대 참 좋아졌습니다. 저 때만 해도……."

"독자 씨는 그냥 중혁 씨가 군대 안 간 게 억울한 거죠? 중혁 씨는 면제니까."

나는 침착하게 대꾸했다.

"아무튼 그걸 제외하면 상황은 그리 나쁘지 않습니다. 우리가 여기에 있는 것만으로도 행성 〈오즈〉의 인지도가 오르고 있으니까요."

[현재 다수의 성좌가 해당 시나리오에 주목하고 있습니다!]

〈김독자 컴퍼니〉가 또 기괴한 설화를 만들고 있다는 소문이 퍼졌는지, 비유의 채널에 입장객이 늘었다. 모르긴 몰라도, 지금 행성 바깥에서 우리를 노리는 성운들도 이 장면을 보고 있을 것이다. 어차피 노려질 수밖에 없는 상황이라면, 차라리 이 상황 자체를 이용하는 편이 나았다.

[해당 채널에 다수의 성좌가 입장했습니다!]

[행성 <오즈>의 명성이 널리 퍼지고 있습니다!]

[화신 '이현성'과 관계된 새로운 설화가 발아하고 있습니다!]

이상한 점은, 새로 입장한 성좌들은 내가 알던 성좌가 아니라는 것이었다.

우리엘, 제천대성, 심연의 흑염룡, 고려제일검…… 반가운 이름들은 썰물이 빠져나간 것처럼 사라졌다. 불길한 예감이 들었다.

그들에게 혹시 무슨 일이 생긴 것일까.

[일부 성좌가 화신 '이현성'의 복귀를 기대합니다!]

빨리 이 시나리오를 해결해야 뭐든 알아볼 수 있을 텐데.

"꼭 해결할 필요가 있을까요."

"예?"

정희원은 대꾸하지 않고 이현성 쪽을 바라보았다. 유중혁의 지도를 받는 이현성이 땀을 삘삘 흘리며 체조를 계속하고 있었다. 순서대로 잘 해냈는지, 고개를 끄덕이는 유중혁의 모습이 보였다. 기뻐하는 이현성의 얼굴.

[등장인물 '이현성'이 행복해합니다!]

"늘 매뉴얼이니 어쩌니 해서, 난 현성 씨가 천생 군인인 줄로만 알았어요."

나 역시 동감이었기에 고개를 끄덕였다.

멸살법에서도 이현성의 전사前事는 그렇게까지 상세하게 다루어지지 않는다.

매뉴얼에 죽고 매뉴얼에 사는 사내 이현성. 그런 이현성이 사실은 누구보다도 매뉴얼과 거리가 먼 사람이었다는 것.

이곳은 이현성의 매뉴얼이 탄생한 세계였다.

[등장인물 '이현성'이 이곳을 좋아합니다.]

힘없이 웃은 정희원이 서글픈 목소리를 냈다.

"저 사람 데려가려는 거, 어쩌면 우리 욕심인지도 몰라요."

어쩌면 이현성은 〈오즈〉에 있는 게 더 행복할 수도 있다. 지옥 같은 시나리오를 헤매는 것보다, 그의 기억 속에서 편안한 시간을 보내는 편이 더 나을 수도 있다.

쿠구구구…….

다시 한번 굉음이 들려온 것은 그때였다.

정희원과 눈을 마주치는 순간, 채널 메시지가 연이어 떠올랐다.

[성좌, '악마 같은 불의 심판자'가 채널에 입장합니다!]

[성좌, '심연의 흑염룡'이 채널에 입장합니다!]

[성좌, '고려제일검'이 채널에 입장합니다!]

사라졌던 성좌들이 한꺼번에 채널로 되돌아오고 있었다.

무슨 일이 있었던 거냐고 물으려는 순간.

[성좌, '악마 같은 불의 심판자'가 당신에게 위험 신호를……!]

ㅊㅊㅊㅊㅊ.

[채널 내 모든 간접 메시지 사용이 통제됩니다.]

간접 메시지가 끊어졌다.

고개를 들어보니 비유가 깜짝 놀란 얼굴을 하고 있었다. 당연하게도 비유가 한 짓은 아니다. ……그렇다면?

하늘에서 다시 한번 굉음이 울려 퍼졌다. 아득히 먼 곳에서 거대한 북이 찢어지는 듯한 소리와 함께, 창공에 금이 가고 있었다.

"독자 씨."

무언가가 잘못돼가고 있었다.

OMNISCIENT READER'S VIEWPOINT

신화급 성좌

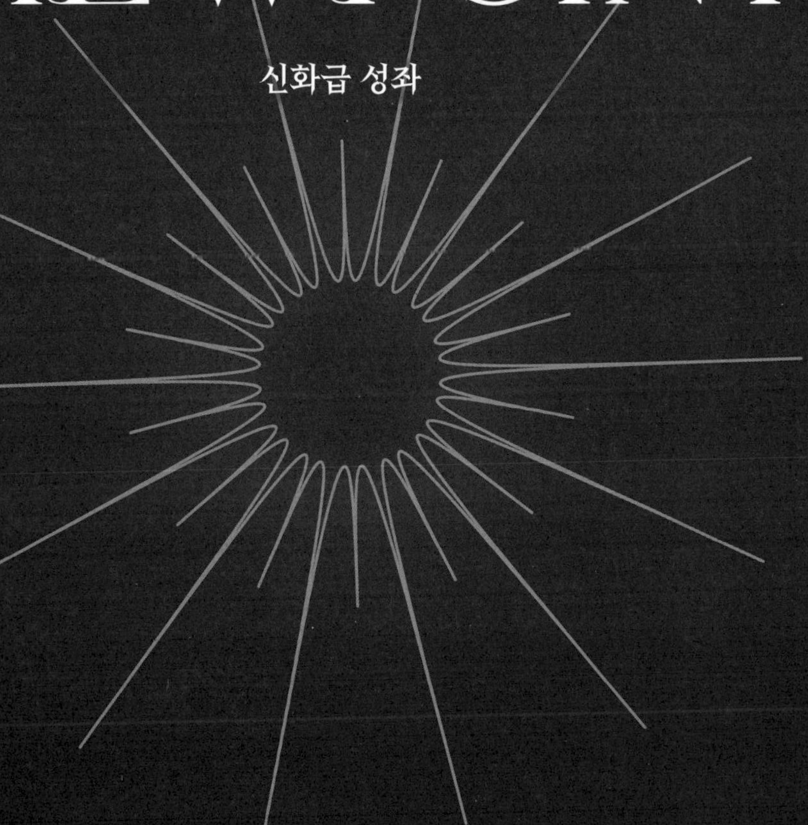

Episode 88

I

우리엘은 기분이 별로 좋지 않았다.

—우리 비유 어디 있니.

성류 방송을 통해 〈김독자 컴퍼니〉의 지나간 설화들이 흘러나오고 있었다. 하지만 방송 내용은 하나도 눈에 들어오지 않았다.

그럴 수밖에 없었다.

자기 앞가림도 못 하는 판국에 어떻게 성류 방송에 집중할 수 있겠는가.

특히 999회차 세계선에서 온 자기 자신을 만나고, 그 기억 일부를 엿본 후부터는 머릿속이 엉망진창이 되었다. 지금도 눈을 감으면 999회차의 기억이 어렴풋이 떠올랐다.

「[나는 너의 유일한 동료다, 유중혁. 반드시 시나리오를 끝내고 네 원수를 갚겠다.]」

다른 세계선에도 그녀가 존재한다는 건 이미 알고 있었다. 하지만 알고만 있는 것과 직접 보는 것은 달랐다.

999회차의 세계선.

그곳의 자신에게는 대체 무슨 일이 있었던 것일까.

[아, 짜증 나네. 내가 궁금한 건 다른 세계선 얘기가 아니라고. 지금 우리 애들 설화 따라가기도 벅찬데.]

우리엘이 머리를 감싼 채 투덜거렸다.

안 그래도 최근 〈스타 스트림〉의 분위기가 심상치 않았다. 마지막 시나리오가 다가올수록 성좌들 사이에도 묘한 긴장감이 돌았다.

심지어 관리국이 이 세계선을 포기했다는 낭설까지 돌 정도였다.

[관리국에서 성좌 '악마 같은 불의 심판자'님을 소환합니다!]

[소환에 응하시겠습니까?]

돌연 들려온 메시지에 우리엘이 번쩍 고개를 쳐들었다.

왜 하필 이런 타이밍에?

잠시 고민하던 우리엘은 일단 확인 버튼을 눌렀다. 그러자 눈부신 빛과 함께 몸이 어딘가로 이동했다.

[전송이 완료됐습니다.]

전송된 곳은 낯선 공터였다.

공터에는 그녀 외에도 몇몇 성좌가 도착해 있었다.

[뭐야, 가브리엘. 너도 왔어?]

[관리국은 이런 거 거절하면 스팸 메시지로 계속 귀찮게 구니까.]

주변을 보니 벌써 수십 명에 달하는 성좌가 모여 있었다. 우리엘처럼 무슨 일인지 궁금해하는 이들이 대다수였다. 아무리 관리국이 깡

패라고는 해도 아무 이유도 없이 호출할 리 없다.

익숙한 얼굴도 있었다. 작은 키에 한쪽 팔에만 칭칭 감은 붕대…….

[오구오구, 우리 염룡이 아니야!]

단박에 달려간 우리엘이 '심연의 흑염룡' 머리에 헤드록을 걸었다.

[큭! 적의 기습인가!]

[나야 나. 대천사 누님.]

[이거 놔!]

우리엘 품에서 버둥거리는 '심연의 흑염룡'이 기함을 했다.

그 꼴을 보던 가브리엘이 중얼거렸다.

[우리엘, 그 녀석은 '절대악'이야.]

[알 게 뭐야. 〈에덴〉도 망해버렸는데. 이젠 다들 친하게 지내야지.]

지난 '성마대전'을 마지막으로 성운 〈에덴〉은 거의 멸절당했다. 강대한 대천사들의 군대는 대부분 절멸했고, 현재 활동 가능한 대천사는 우리엘과 가브리엘뿐이었다.

우리엘은 씁쓸한 감상을 접어두고 다시 주변을 살폈다.

[저거 고려제일검이잖아?]

'대머리 의병장'과 '조선제일술사' '황산벌의 마지막 영웅'을 비롯한 한반도의 성좌들. 그리고 〈올림포스〉를 비롯한 다른 성운의 성좌들과 수르야도 보였다.

우리엘의 눈동자가 더욱 분주하게 움직였다.

안면 있는 성좌의 얼굴이 늘어날 때마다 좋지 않은 예감이 들었다.

이곳에 모인 성좌에게는 한 가지 공통점이 있었다.

간신히 우리엘에게서 벗어난 흑염룡이 중얼거렸다.

[모두 김독자의 채널에 있던 녀석들이군.]

그 말이 맞았다. 이곳에 모인 이들은 모두—

파츠츳.

그때, 우리엘의 기감에 위협적인 격의 움직임이 포착됐다.

누군가가 이 공터 일대를 포위하고 있었다. 하나하나가 설화급 성좌에 육박할 만큼 강대한 격을 지닌 자들.

눈치 빠른 우리엘은 금방 그들의 정체를 간파했다.

[〈파피루스〉에 〈베다〉, 그리고 〈황제〉라. 무슨 생각들이시지? 사이 안 좋은 당신들이 뭉치다니.]

우리엘은 약간 긴장하면서 중얼거렸다. 아무리 그녀라 해도, 이렇게 많은 설화급 성좌와 대적하기는 무리였다. 게다가—

[엉덩이 무거운 늙은이까지…… '마지막 시나리오'의 존재께서 웬 일로?]

틀림없었다. 아까부터 팔뚝에 오소소 돋은 소름이 주변 어딘가에 있을 초강자의 존재감을 증명하고 있었다. 아무리 〈스타 스트림〉이 넓다고 해도 이만한 수준의 격을 지닌 존재는 손에 꼽았다.

곁을 보니 '심연의 흑염룡' 또한 표정이 눈에 띄게 굳어 있었다.

틀림없었다. 이 존재는,

[모두 모였나?]

완전한 신화급 성좌.

츠츠츠츠츠츠츳!

진언이 들려온 순간, 주변 공기가 완전히 바뀌었다. 허공을 떠돌던 산소가 모조리 발화하는 느낌이었다. 주변의 성좌들이 비틀거렸고, 화염 저항력이 강한 우리엘조차 순간 얼굴을 찌푸릴 정도였다.

'신화급 성좌'가 대체 왜 이곳에?

명왕이나 메타트론, 제천대성과 같은 극히 드문 경우를 제외하면, 대부분의 '신화급 성좌'는 하위 시나리오에 간섭하지 않는다. 그들은 이미 자신의 '결'을 완성하고 '단 하나의 설화' 후보에 이름을 올렸기 때문이다.

마지막 시나리오에 도착해 자신의 설화를 보장받은 자들.

[원숭이 놈과 명왕이 오지 않았군. 하지만 더 늦출 수는 없으니 이

야기를 시작하겠다.]

[잠깐만!]

[성좌, '정오의 태양'이 '악마 같은 불의 심판자'를 응시합니다.]

시선을 마주하는 순간, 우리엘은 그 진언의 주인이 누구인지 깨달았다.

〈스타 스트림〉에는 무수히 많은 '태양'이 존재한다. 하지만 그중 이 우주의 중심을 차지한 태양은 극히 드물다.

특히나 시간의 중심인 '정오'를 차지하는 존재라면—

[태양신 라. 당신이 우릴 부른 건가?]

라. 그는 바로 거대 성운 〈파피루스〉의 최고 성좌였다.

[그렇다.]

[이상하네. 우릴 부른 건 '관리국'인 줄 알았는데?]

라는 대답하지 않았다.

주변에서 느껴지는 은근한 기척 중에는 대도깨비의 것도 있었다.

우리엘은 침착하게 대응하기로 했다. 만약 저쪽이 정말로 개연성 손실을 감수하고 관리국과 붙어먹었다면 상황이 정말 좋지 않았다.

[그래, 관리국과의 유착관계를 드러낼 만큼 중요한 일이 뭔지 들어나 보실까?]

[내가 너희를 부른 것은 '마지막 시나리오' 때문이다. 곧 '단 하나의 설화'가 가려진다. 이 세계선을 대표할 단 하나의 이야기가 정해진다는 뜻이지.]

단 하나의 설화.

이곳에 있는 성좌 중 그걸 모르는 이는 없다.

왜냐하면 이들이 지켜보고 있는 〈김독자 컴퍼니〉 또한, '단 하나의 설화'를 만들어가는 성운이니까.

[그래서? 그게 우리랑 무슨 상관인데?]

[너희는 대부분 '마지막 시나리오'의 자격을 얻지 못했지. 하지만 나와 함께라면 다르다. 내가 너희를 '마지막 시나리오'에 함께 데려가 주겠다. 너희에게도 '단 하나의 설화'에 수식언을 올릴 기회를 주겠다는 뜻이다.]

그 제안에 몇몇 성좌의 눈동자가 흔들렸다. 주로 소속이 없는 위인급 성좌들이었다.

가만히 라를 바라보던 우리엘이 피식 웃었다.

[뭐야, 난 또 뭐라고. 일없으니 됐어. 얘기 끝났으면 이만 간다.]

그러나 돌아선 우리엘은 발을 내딛지 못했다. 무언가, 아주 강력한 격이 그녀의 발목을 붙잡았다.

[무슨 짓이지?]

[내 이야기는 끝나지 않았다.]

[들어보지 않아도 알 것 같은데.]

우리엘의 진언에 뾰족한 날이 서 있었다.

하필 다른 채널도 아니고, 채널 BY-9158의 성좌만 불렀다.

그리고 그들을 부른 이는 다른 곳도 아닌 〈파피루스〉의 최고 성좌.

[지금 우리한테 〈김독자 컴퍼니〉를 치자고 제안하려는 거잖아.]

순간 아주 짧은 침묵이 흘렀다.

라가 물었다.

[왜 그렇게 생각했지?]

[그들은 '마지막 시나리오'의 자격을 갖췄으니까. 그런 그들을 해치우면, 자연히 '단 하나의 설화'의 유력 후보 하나가 줄어들 테니까.]

성좌들 사이에 파란이 일기 시작했다. 주변을 둘러싼 성좌들의 격이 동요하는 것이 느껴졌다.

우리엘이 코웃음을 쳤다.

[성좌란 족속들은 정말 마지막까지 변하지 않는구나. 그리고 라, 당

신은 이미 마지막 시나리오에 도달한 주제에 하위 시나리오에 끼어드는 건 작작해. 제우스나 당신이나…….]

[…….]

[혹시 당신의 아이들이 걱정되는 거야? 당신의 설화를 이어받은 아이들이, 고작 신생 성운 하나 당해내지 못해서 '단 하나의 설화' 후보에 들어가지 못한 게 화가 나는 거—]

엄청난 폭발과 함께, 우리엘의 신형이 땅속 깊은 곳으로 처박혔다.

욕설을 내뱉는 우리엘을 향해 라의 진언이 들려왔다.

[그래, 네 말이 맞다. 이것은 자식을 잘못 키운 부모의 분노다. 종막을 포기한 한심한 패배자들과 십 년도 채 되지 않은 애송이 성운 때문에 자식들이 미래를 망치는 것을 볼 수 없는 부모의 정당한 분노지.]

그럴 줄 알았다는 듯 우리엘이 마주 외쳐댔다.

[이제야 본색을 드러내시네. 미안하지만, 여기 네 자식들 편들어줄 성좌는 아무도 없어. 우리가 누구 채널을 보는 구독좌들인지 잘 모르는 모양이네.]

흑염룡과 가브리엘이 손을 뻗어 우리엘을 구덩이에서 꺼내주었다. 그 뒤편에서 고려제일검과 대머리 의병장을 비롯한 한반도의 성좌들이 고개를 끄덕이고 있었다.

그런 성좌들의 눈동자를 마주하며 우리엘은 알 수 없는 뿌듯함을 느꼈다.

지금 이곳에는 누군가의 설화를 같은 마음으로 응원하는 별들이 모였다.

첫 번째 시나리오 '가치 증명'부터 시작해 세계선의 운명을 결정할 '마지막 시나리오'에 이르기까지.

모두가 우리엘 자신과 같은 마음인지까지는 알 수 없었다. 하지만 분명 누군가는, 자신의 설화보다도 〈김독자 컴퍼니〉의 설화를 더 사랑할 것이다. 그녀가 그렇듯이.

[그래서 너희가 패배자인 것이다.]

[뭐?]

[관음에 정신이 팔려서 너희 또한 시나리오의 일부라는 사실을 잊은 것이냐?]

다음 순간, 허공에 강렬한 개연성의 폭풍과 함께 누군가가 나타났다.

츠츠츠츠츳!

강철의 외관을 가진 인형. 상처투성이의 설화급 성좌가 단단한 빛의 고리에 갇혀 있었다.

[이 녀석은 너희처럼 멍청한 설화를 응원했다.]

우리엘은 멍하니 그 성좌를 바라보았다.

한 번도 직접 만난 적이 없던 성좌. 그럼에도 그를 보는 순간, 우리엘은 그가 누구인지 알 것 같았다. 심지어 우리엘은 그와 몇 번인가 간접 메시지를 교환한 적도 있었다.

[성좌, '강철의 주인'이 고통에 몸을 움츠립니다.]

강철의 주인.

그는 화신 '이현성'의 배후성이었다.

라의 웃음소리가 들려왔다.

[〈오즈〉에 가만히 있었다면 안전했을 것을. 이 녀석은 멍청한 설화를 돕겠다고 다른 세계선의 존재와 접촉했지.]

[지금 무슨 짓을—]

[너희에게 선택지는 없다. 우리를 도와 〈김독자 컴퍼니〉의 설화를 끝장내든가, 아니면…….]

그 말과 함께, 강철의 주인의 전신을 죄던 빛의 고리가 좁아지기 시작했다. 강철의 주인이 고통으로 몸부림치며 우리엘을 보았다.

[성좌, '강철의 주인'이 자신을 죽이는 것은 아무 의미가 없다고 말합니다.]

[성좌, '강철의 주인'이 자신의 설화와 수식언은 이미 다른 존재에게 계승했다고 외칩니다!]

점점 더 고리가 좁아지고 있었다. 우리엘이 움직였다.

그리고.

[성좌, '강철의 주인'이 이야기를 포기하지 말아달라고 말합니다.]

꽈드드득!

맥없이 쪼그라든 '강철의 주인'의 몸에서 설화들이 터져나왔다.

설화급 성좌의 허무한 죽음.

채널의 모두가 얼어붙은 것처럼 그 광경을 응시했다.

별의 죽음 앞에서 라가 말했다.

[아니면, 이처럼 죽든가.]

우리엘이 자신의 격을 개방했다.

2

깨진 유리처럼 하늘 곳곳에 검은 선이 그어져 있었다.

이현성은 여기저기 균열이 번진 하늘을 올려다보며 물었다.

"김독자 병장님, 정말 괜찮은 겁니까?"

그 말에, 나도 하늘을 올려다보았다.

세계가 무너지고 있었다. 그 이유는 명백했다. 누군가가 바깥에서 〈오즈〉를 공격하고 있었다. 그것도 아주 강력한 존재들이.

뒤를 돌아보자 일행들이 나를 보고 있었다.

유중혁, 한수영, 유상아, 정희원…….

말하지 않아도 우리의 선택은 이미 정해져 있었다.

"괜찮아. 내가 괜히 병장인 줄 아냐? 넌 아무 걱정하지 마."

하늘이 부서지고 있다. 어떻게 이런 것을 괜찮다고 말할 수 있는가.

이현성은 잘 이해가 가지 않았다. 군대는 원래 이런 곳인가?

「김독자는 그저 가만히 미소했다.」

정연한 문장처럼 떠오르는 미소.

김독자 병장은 이렇게 말할 뿐이었다.

"아마 중대장님도 괜찮다고 하실걸."

실제로 얼마 뒤, 중대장은 연병장에 병사들을 모아놓고 중대 발표를 했다. 작은 체구에도 카리스마가 넘치는 그녀는, 특유의 표정으로 병사들을 둘러보더니 입을 열었다.

"중대장은 너희에게 몹시 실망했다."

뜻밖의 서두에 병사들이 긴장했다.

"너희는 개인 정비 시간에 웹소설을 읽지 않았다."

이현성은 속으로 뜨끔했다.

사실이었다. 어제만 해도, 개인 정비 시간에 웹소설을 읽는 대신 유중혁과 국군 도수 체조를 연습했으니까.

"그래서 중대장은 이만 이 부대를 떠나려고 한다."

뜻밖의 탈영 선언에 이현성은 망연해졌다.

떠난다고? 곳곳에서 수군거리는 소리가 들렸다.

"그리고 이현성."

정신을 차리자, 중대장이 그의 어깨에 손을 짚고 있었다.

"이병 이현성!"

중대장을 이렇게 가까이서 보기는 처음이었다.

반듯한 군복에 중대장의 관등성명이 드러나 있었다.

대위 한수영. 그것이 그녀의 계급과 이름이었다.

「"언제까지 얼빠져 있을 거야? 빨리 안 움직여? 김독자 뒈지는 거 보고 싶냐?"」

왜일까. 찌릿한 느낌과 함께 이상한 기억이 스쳐 지나갔다.

뭐지? 방금 그건…….

"또 또 얼빠져 있네."

"이, 이병 이현성!"

중대장은 알 수 없는 눈빛으로 이현성을 바라보더니, 뺨을 탁탁 두들기며 말했다.

"책 열심히 읽어. 넌 바보라서 책 많이 봐야 돼. 그래야 오래 살아."

알 수 없는 말을 남긴 후, 한수영 중대장은 부대를 떠났다.

한수영 중대장이 떠난 후 이틀이 지났다.

하늘의 균열은 여전히 커지는 중이었다. 멸망하는 세계의 전조라도 보는 것 같았다.

"이현성. 체조는 다 외웠나?"

돌아본 곳에 맞선임 유중혁 일병이 있었다.

"이병 이현성! 완벽하게 외웠습니다!"

"생활관 물통은 채워뒀고?"

"2리터 딱 맞춰서 채웠습니다!"

사나운 유중혁의 눈빛 앞에서 이현성은 괜스레 주눅이 들었다.

실수한 게 없는데도 그랬다.

"병영생활 행동강령은?"

"이, 이병 이현성! 그건 아직……!"

말해놓고서 아차 싶었다. 또 혼나겠구나 싶었다. 침을 꿀꺽 삼킨 이현성이 질끈 눈을 감는 순간, 유중혁의 목소리가 들려왔다.

"금방 외울 수 있을 거다. 짧으니까."

"예? 아, 잘 못 들었습니까? 아니, 다!"

이건 무슨 상황일까. 무려 두 번이나 연속으로 실수했음에도, 유중혁은 그를 질책하지 않았다. 심지어 자신을 보는 유중혁의 눈빛은 더 이상 사납지 않았다.

"나는 내일부로 전출을 간다."

"잘 못 들었습니다?"

"이현성, 모든 것을 매뉴얼화할 수는 없다. 언제나 너를 도와줄 맞선임이 존재하지는 않을 것이다."

왜일까.

어째서 돌아선 유중혁 일병의 등이 이토록 익숙한 것일까.

"매뉴얼이 없어도 선택해야만 할 때도 있다."

그것이 유중혁 일병이 남긴 마지막 말이었다.

중대의 인원이 하나둘 사라지고 있었다. 한수영 중대장, 유중혁 일병, 유상아 중위가 차례로 사라졌고, 문득 정신을 차렸을 때 중대 내 최고 지휘관은 부사관인 정희원 중사가 되어 있었다(말이 안 되는 일이지만, 이현성은 긴급 상황이니 그럴 수도 있다고 생각하기로 했다).

매일 아침저녁으로 점호를 마친 이현성의 일과는 정희원 중사와 부대 시설물을 관리하거나, 김독자 병장과 병영문고에 가는 것이었다.

"요즘 군대에도 무협지가 있네. 와, 이거 진짜 오래된 책인데."

김독자는 책을 좋아했다. 그냥 좋아하는 정도가 아니라, 아예 온종일 책만 보는 인간이었다.

이현성은 그런 김독자 곁에 앉아 신나게 페이지 넘기는 모습을 물끄러미 구경하곤 했다.

"너도 읽을래?"

"어, 저, 저는……."

답변을 마치기도 전에, 다시 한번 하늘에서 굉음이 울려 퍼졌다.

김독자의 표정이 희미하게 굳어졌다.

나흘 전 저 굉음이 처음 들려왔을 때 한수영 대위가 사라졌고, 이틀 전 두 번째로 굉음이 들려왔을 때 유중혁 일병이 사라졌다.

이현성은 불안해졌다.

"김독자 병장님."

"응."

"혹시 김독자 병장님도 떠나실 겁니까?"

사람들은 그를 떠난다. 그는 계속해서 무언가 잃어버린다.

김독자가 이현성을 향해 싱긋 웃었다.

"그렇겠지. 난 병장이잖아. 빨리 전역해야지. 말뚝 박을 생각은 전혀 없어."

"그렇습니까……."

"너도 얼른 나가고 싶지?"

나가고 싶습니다—라고 말하려던 이현성 눈에, 돌연 창밖의 철조망이 보였다. 무척 튼튼하고 위험해 보이는 철조망.

왜일까, 이제는 저 철조망 바깥으로 나가기가 무서웠다.

"저는……."

저걸 함부로 넘다가는 분명 다치고 말겠지. 하지만 안에만 있는다면, 저 철조망은 그를 지켜주는 보호막이 된다. 그렇게 생각하자 이현성은 마음이 편안해졌다.

무너지는 하늘. 저 밖에는 그가 모르는 세계가 있다. 그곳은 병영생활 행동강령이나 도수 체조가 무의미한 세계였다.

고개를 들자 김독자가 그를 바라보고 있었다. 무슨 말인가 입을 달싹이던 김독자가 다시 한번 능청스럽게 웃었다.

"나가고 싶으면 책 봐, 책."

"책을 많이 읽으면 복무 기간이 줄어듭니까?"

그 말에 김독자가 입술을 비죽이더니 말했다.

"책 보고 독후감 쓰면 휴가 정도는 탈 수 있겠지."

독후감?

"이번에 사단에서 독후감 공모전 하잖아. 그거 읽고 응모해. 당선되면 포상 휴가 주잖아."

김독자가 가리킨 게시판에 병영공모전 포스터가 붙어 있었다. 이현성은 그런 것이 있는 줄 처음 알았다.

그렇구나. 독후감. 그런 것을 쓰면 포상 휴가를 나갈 수 있구나.

"다 쓰면 나한테도 꼭 보여주고."

김독자 병장이 사라진 것은 다음 날 아침 점호가 끝난 직후였다.

"우리 둘만 남았는데 일과는 무슨 일과야."

투덜거리는 정희원 중사의 목소리.

이현성은 머쓱하게 웃으며 부대 인근 잡초를 뽑았다.

"혹시나 모르잖습니까. 중대장님이 돌아오실 수도 있고……."

정희원은 벤치에 앉아 턱을 괸 채, 신기한 짐승이라도 관찰하듯 이현성을 바라보았다.

"넌 여기가 좋아?"

평소의 정희원 중사라면 쓰지 않았을 말투. 그럼에도 그 말투는, 이현성에게 묘한 그리움을 불러일으켰다. 곧바로 솔직해질 수 있었던 것은 바로 그 그리움 때문인지도 모른다.

"좋지도 싫지도 않습니다."

좋지도 싫지도 않은 곳.

그곳이 바로 '군대'에 관한 이현성의 정확한 감상이었다.

"다만, 여기서는 아무 생각도 하지 않아도 됩니다."

맞다. 그래서 그는 군대를 택했다.

이곳에 있는 동안 그는 세계를 잊을 수 있었다. 취업이나 학업, 타인의 시선이나 세속적인 문제, 집안사, 그가 무슨 짓을 해도 결코 해결할 수 없는 고민에 이르기까지.

"그런데 최근에는 사실, 조금 좋다고 생각했습니다."

무엇이 좋았던 것일까. 잘 표현할 수가 없었다.

「"좋아합니다."」

어째서, 이렇게나 가슴이 아플까.

그를 마주 보던 정희원 중사가 말했다.

"그럼 여기에 있어, 이현성. 우리가 돌아올 때까지 여기서 기다려."

잘 못 들었습니다, 라고 말할 수 없었다. 왜냐하면 잘 못 들을 수가 없었기 때문이다.

"우리가 네 세계를 지켜줄게."

무언가 말하려는 순간 눈부신 빛이 허공에서 쏟아졌고, 정희원 중사가 눈앞에서 사라졌다.

쿠드드드.

어느새 하늘의 균열은 세상의 절반을 집어삼키고 있었다.

그렇게 이현성은 혼자 남았다.

이게 뭐 하는 짓일까.

정말 여기가 군대가 맞는 걸까.

내가 아는 군대는…….

아무도 없는 부대를 지키며 이현성은 일과를 반복했다. 정해진 시간에 눈을 뜨고, 구보하고, 국군 도수 체조를 했다. 그리고 홀로 정신 교육을 마친 뒤 일과를 시작했다. 하지만 더 이상 할 일이 없었다. 어제부로 부대 내 잡초도 다 뽑아버렸다.

"독후감!"

뒤늦게 이현성은 김독자의 말을 떠올렸다.

독후감을 쓰라고 했다. 책을 읽고, 독후감을 쓰라고.

이현성은 병영문고로 올라갔다. 한때 그곳에 김독자가 있었음을 알려주는 책 무더기가 쌓여 있었다. 이현성은 묘한 감정의 반향 속에 더미 제일 위에 놓인 책을 집어 들었다. 익숙한 책이었다.

《오즈의 마법사. ver 999》

언젠가 제목을 들어본 적이 있는 책.

그러나 한 번도 제대로 읽어본 적은 없는 책이었다.

이현성은 일단 책을 펼쳐 첫 문장을 읽었다.

「양철 군인은 마음을 갖는 것이 두려웠다.」

양철 군인. 오즈의 마법사의 주인공인가.

이현성은 계속해서 페이지를 넘겼다.

「양철 군인이 처음 만난 동료는 아주 무서운 사내였다. 양철 군인은 그 사내를 '대장'이라고 불렀다.」

문장을 읽는 순간 머리가 지끈 아파왔다.

대장?

「양철 군인은 아름다운 천사와 동료가 되었다. 그 천사는 화가 날 때면 종종 악마로 변하곤 했다.」

어째서인지 그 문장을 보는 순간 가슴이 아렸다.

「양철 군인은 두꺼운 갑옷을 입은 무사와 동료가 되었다. 무사는 자신의 검으로 양철 군인의 강도를 종종 시험하곤 했다.」

왜, 당장이라도 눈앞에 그 모습이 그려지는 것 같을까.

「양철 군인은 무서운 불을 뿜는 용을 동료로 맞이했다. 용은 가끔 천덕꾸러기 같았다.」

나는 한 번도 이런 존재들을 만난 적이 없는데.

「그리고 다른 세계에서 온 마왕이 그들의 소중한 것을 앗아갔다.」

문장을 넘길 때마다 아비규환의 정경이 눈앞에 생생히 그려졌다. 잘 알 수 없는 광경이었다. 그럼에도 이현성은 전신이 떨려왔다.

모르겠다. 이 이야기가 뭔지. 작가가 말하고 싶은 것이 뭔지, 전혀 모르겠다.

그럼에도 왜 눈물이 날 것 같은지, 그것도 모르겠다.

「이야기의 끝에서 양철 군인은 자신의 마음이 아픔을 깨달았다.」

「그리고 그 아픔이 곧 그의 심장이 되었다.」

그 문장을 떠올리는 순간, 이현성은 떠올렸다.

내게도 분명 이런 전우들이 있었다.

「"이 모든 비극이 끝난 후 우리의 이야기가 더 이상 시나리오가 아니게 될 때, 현성 씨의 이야기를 꼭 듣고 싶군요."」

첫 번째 전우는 친절하고 따뜻한 사람이었다. 모두가 그를 따랐다.

「"그때까지 아무도 다치지 않는 게 제일 중요해요."」

두 번째 전우는 다정한 사람이었다. 모두가 그녀의 말이 옳다고 믿었다.

「"아니, 한 사람 죽더라도 모두 살아남는 게 더 중요하지. 물론 그 '한 사람'은 김독자여야 돼. 어차피 그놈은 어떻게든 살아날 테니까."」

세 번째 전우는 영리한 사람이었다. 모두 그녀가 짠 작전이 성공할 거라 생각했다.

「"아무도 죽는 사람은 없다. 여긴 내게 맡기고 가라."」

네 번째 전우는 강인한 사람이었다. 모두가 그에게 등을 맡길 수 있었다.

「"있잖아요, 현성 씨. 만약 내가 현성 씨를 잊게 되면."」

그리고 다섯 번째 전우는…….

「"날 죽여줘요."」

기억이 돌아오고 있었다. 아주 천천히, 심장이 뛰고 있었다. 느릿하지만 분명한 감각으로, 내가 그렇게 아프다고, 그곳에 그런 아픔이 존재한다고 역설하듯 한 번 한 번 최선을 다해 뛰고 있었다.

어떻게 이들을 잊을 수 있나.

주먹을 불끈 쥔 이현성의 몸이 떨렸다. 이곳에 있을 때가 아니었다.

이현성은 창밖 하늘을 보았다. 이제 하늘의 균열은 창공 전체를 뒤덮고 있었다. 일행들이 어디로 갔는지는 명백했다.

그들은 자신이 존재하는 이 세계를 지키러 간 것이다.

북한 따위와는 비교도 할 수 없는 재앙과 맞서면서.

「이현성은 생각했다. '내게도 그런 힘이 있을까.'」

[성좌, '강철의 주인'이 당신을 바라봅니다.]

그의 배후성이 그를 바라보고 있었다.

츠츳, 츠츠츳.

그런데 뭔가 평소와 달랐다. 분명 그의 배후성일진대, 이제껏 그가 느끼던 시선과는 미묘한 차이가 있었다.

[성좌, '강철의 주인'이 아프냐고 묻습니다.]

이현성은 고개를 끄덕였다.

「이 감정을, 이 마음을 지키고 싶다.」

두려웠다. 이 순간을 또 잊게 될까 봐. 또 자신의 심장이 멈출까 봐. 모든 것이 차가운 은빛 속에서 얼어붙게 될까 봐.

그러자 그의 배후성이 말했다.

【너는 지킬 수 있다.】

마치, 수만 년의 세월 동안 담금질한 강철 같은 목소리.

【하지만 지키지 못한 대가로, 영원을 고통 속에 살아갈 수도 있다.】

"그래도 좋습니다. 지킬 기회조차 없는 것보다는 낫습니다."

이미 잃어버리는 것에는 익숙하다. 중요한 것은 다시 잃어버리지 않는 것이다.

【네 이름은 강철검제다.】

멀리서 철조망이 무너지는 것이 보였다.

그가 지켜온 매뉴얼의 세계가 스러지고 있었다.

이현성은 자신의 이야기를 향해 걸어나갔다.

"독자 씨."

우리는 부서지는 〈오즈〉를 지키고 있었다.

강철의 주인, 그리고 《오즈의 마법사》의 설화가 쇠퇴하면서 〈오즈〉의 대공 방어 체계가 무너지고 있었다.

〈오즈〉를 둘러싼 수백 척의 전함이 보였다. 일행들은 체력을 분배해가며 구멍 뚫린 행성을 지켰다.

하지만 이제 슬슬 한계였다.

저쪽은 전함을 통한 장거리 공격이 주력. 그에 가장 효율적으로 대비할 방법은 이지혜의 '터틀 드래곤'과 신유승의 '키메라 드래곤'이 전부였다.

문제는 이지혜의 함선도 신유승의 '키메라 드래곤'도 아직 '성마대전'에서 입은 피해가 온전히 복구되지는 않았다는 것이다.

안 그래도 그 문제를 해결하기 위해 이곳에 왔는데.

"곧 대공 방어가 무력화돼요!"

우리는 마지막 결전을 준비했다.

정희원이 물었다.

"다른 성좌들은 아직도 연락이 없나요?"

"아무래도 무슨 문제가 생긴 것 같습니다."

어쩌면 지금 우리를 습격한 저들과 관계됐을 수도 있다.

한수영이 투덜거렸다.

"진짜로 후회 안 하냐? 우리 이래도 돼?"

나는 고개를 끄덕였다.

"늘 최전방에서 검을 받아낸 건 이현성이었어. 이제 우리가 갚을 차례야."

다른 일행들도 동의했다.

유중혁은 이미 행성에서 가장 높은 빌딩에 올라가 있었고, 정희원은 누구보다 강대한 격을 내뿜으며 의지를 다지고 있었다.

「**이현성을 믿는다.**」

우리가 얼마나 시간을 벌 수 있을지는 모른다. 그 시간이 이현성에게 충분한 시간이길 바랄 뿐이다.

"온다!"

콰아아아아!

멀리서 수백 척의 전함이 동시에 불을 뿜었다. 행성 전체를 쑥대밭으로 만들어버릴 수 있는 양의 마력탄.

우리는 모두 설화를 전개했다. 어떻게든 이번 일격을 견뎌내야 한다. 모든 마력을 쥐어짜내서라도, 반드시—

그리고 바로 그 순간, 아득한 은빛이 세계를 덮었다.

천공에 펼쳐진 드넓은 설화 금속의 방벽. 반투명한 장벽 너머로 함선의 포화가 터져나가고 있었다.

"그런 곳에 혼자 남겨지는 건 하나도 행복하지 않았습니다."

그것은《오즈의 마법사》의 설화가 아니었다.

어딘가 근원부터 다른, 새로운 종류의 설화.

「그 세계에서 그는 강철검제라 불리었다.」

등줄기에 소름이 돋았다.

행성 전체를 덮은 증기. 마치 거대한 나무가 가지를 뻗듯 자라난 금속들이 행성의 지표면을 덮고 있었다.

〈스타 스트림〉에서 가장 단단한 물질. 저 무시무시한 신화급 성좌들의 병장기를 감당할 수 있는 유일한 설화 금속.

[다수의 성좌가 설화의 스케일에 경악합니다!]

그 금속으로 행성 전체를 덮을 정도의 성흔. 저것이 바로 행성 〈오즈〉가 자랑하는 대공 방어 체계, [최후의 강철]이었다.

"대괴수 특작 사령부 산하, 대위 이현성."

유중혁보다 더 큰 키.

내가 아는, 가장 단단한 몸집의 사내.

"금일부로 전역을 명 받았습니다."

창공의 별들이 주춤거리며 물러나는 것이 보였다.

[성운, <파피루스>의 성좌들이 '강철의 주인'의 생존에 경악합니다!]

반격의 시간이었다.

3

[당신은 대도깨비가 됐습니다.]

[대도깨비의 '최종 투표'에 참가할 수 있게 됐습니다.]

메시지를 보며 비형은 천천히 눈을 깜빡였다.

도깨비 왕을 만난 직후 비형의 모습은 많이 바뀌었다. 그는 이제 바람처럼 완전한 인간형이었다. 어깨를 덮은 백호의 가죽과 노랗게 돋아난 세 개의 뿔에서 느껴지는 설화의 힘.

그는 이제 완연한 '대도깨비'가 되었다.

[이만 가보겠습니다, 바람 님.]

[그들에게 갈 셈이겠지?]

비형은 대답하지 않았다.

바람이 말했다.

[모든 도깨비는 최후의 때가 오면 자신의 마지막 이야기를 선택해야 하네. 설령 그 이야기를 이야기하다가 자신이 죽게 되더라도 말이야.]

[…….]

[자네가 택할 '그 이야기'는 승리할 확률이 매우 낮아.]

[압니다.]

[심지어 그들은 다수의 대도깨비와 관리국을 적으로 돌려버렸네.]

[그것도 압니다.]

〈스타 스트림〉에서 관리국의 적이 된다는 것이 어떤 의미인지 모르는 도깨비는 없다.

[그래도 저는 그 이야기로 세계의 마지막을 보고 싶습니다.]

비형은 자신의 마지막 설화를 선택했다.

"독자 씨."

"포상 휴가 나오신 겁니까?"

"짓궂으십니다. 휴가가 아니라 전역이라 말씀드렸는데."

"진짜 전역이요?"

"예."

이현성이 환히 웃었다.

"이제 저 군인 안 할 겁니다."

나는 이현성의 전신에서 흘러나오는 은빛 설화를 지켜봤다.

어떤 소설은 첫 문단만 읽어봐도 감이 오는 것처럼, 설화도 그렇다.

「결연한 은빛. 오랜 세월에 걸쳐 단련된 견고한 의지.」

'환생자들의 섬'에서 일권무적 유호성은 말했다. 어떤 설화를 지배하기 위해서는 그 설화를 먼저 이해해야 한다고. 하지만 사람을 완벽히 이해하는 것이 불가능하듯, 설화를 완벽히 이해하는 것도 불가능하다고.

「우리가 할 수 있는 것은 각자 나름의 해석을 내놓는 것뿐이다.」

그렇다면 저것이 바로 이현성이 내놓은 해석일 것이다.

[설화, '강철의 지배자'가 이야기를 시작합니다.]

'강철의 주인'이 가진 핵심적인 설화. 마침내 저 설화를 다룰 수 있게 되었다는 것은 드디어 이현성이 [강철화]의 최종 단계에 도달했다는 뜻이었다.

"독후감은 못 썼지만 독자 씨가 책을 읽어보라고 한 이유는 이해했습니다."

이현성은 조심스러운 목소리로 덧붙였다.

"그건 혹시 999회차 세계선의 이야기입니까?"

나는 조금 놀랐다. 설마 이현성이 거기까지 생각할 줄이야.

"아마 그럴 거라고 생각합니다."

"그런데 그 이야기가 《오즈의 마법사》로 둔갑해 있었다는 건……."

내가 알기로 〈오즈〉의 근원 설화는 《오즈의 마법사》다.

그런데 그 근원을 이루는 설화가 바뀌었다.

그것도 999회차의 이야기로.

그게 무엇을 의미하는지는 아직 불분명하지만, 짐작이 가는 것은 있었다. 어떤 설화의 근원이 바뀌었다는 것이 뜻하는 바는 명백하니까.

[화신 '이현성'의 배후성이 당신을 바라보고 있습니다.]

예전이었다면 알아채지 못했을, 미묘하게 바뀐 시선.

내가 알던 '강철의 주인'의 아우라가 아니었다.

나는 제단이 있는 에메랄드 탑 쪽으로 시선을 돌렸다. 그리고 그곳 알현실에서 본 거대한 강철검을 떠올렸다.

"현성 아저씨!"

탑 아래쪽에서 공격에 대비하고 있던 일행들이 달려왔다.

"현성 아저씨! 괜찮으세요?"

방방거리는 신유승과 이길영이 이현성의 손을 꽉 붙잡았다.

한발 늦게 달려온 유중혁도 중얼거렸다.

"무사히 전역한 모양이군."

유상아와 한수영도 한마디씩 거들었다.

"전역 축하해요."

"중대장 또 필요하면 불러."

마지막으로 달려온 이는, 가장 멀리서 적의 공습에 대비하고 있던 정희원이었다. 10여 미터 정도 남겨두고 멈춰 선 정희원은 몇 번이고 입술을 달싹이며 이쪽을 보고 서 있었다.

이현성이 미소했다.

"희원 씨."

나는 이쯤에서 자리를 피해줘야 하나 고민이 되었다.

고민을 해결해준 것은 전혀 의외의 인물이었다.

"다들 감동적인 해후는 나중에 해! 아직 끝난 게 아니란 말야!"

창공에서 '터틀 드래곤'을 소환한 이지혜가 외쳤다.

이지혜 말이 맞았다. 아직 행성 외부의 성운들은 전열을 물리지 않았다. 아니, 물리기는커녕 오히려 더 많은 전함이 밀려들고 있었다. 개중에는 행성 파괴나 성운전을 목적으로 제작된 대전함도 보였다.

"걱정 마십시오, 제가 그냥 두지 않습니다."

든든한 이현성이 앞으로 나서며 말했다.

실제로 지금도 외부 폭격이 계속되고 있었지만, 〈오즈〉의 방벽은 끄떡도 없었다. 이미 말했다시피 〈오즈〉에서 '강철의 주인'의 설화 역량은 신화급 성좌에 준하는…….

치이이익…….

어디선가 불길한 소리가 들려왔다. 뭔가가 타는 듯 고약한 냄새가 났다.

고개를 들자, 불투명한 강철막의 한쪽 방위가 용접이라도 하는 듯 눈부시게 발광하고 있었다.

무언가가 이현성의 강철을 녹이고 있었다.

[성좌, '정오의 태양'이 행성 <오즈>를 응시합니다.]

순간 이현성의 몸이 빳빳이 굳어지는 게 느껴졌다. 우리를 대신해 행성 전체를 감싼 그는, 저 시선의 격에 그대로 노출된 것이다.

신화급 성좌에 준한다고 해서 정말 신화급 성좌와 같다는 의미는 아니다.

나는 이현성의 어깨에 손을 올렸다. 그러자 성운의 개연성을 나눠 받은 이현성의 떨림이 조금 잦아들었다.

조금 강해졌다고 해서 혼자 싸워서는 안 된다. 저들이 성운이듯, 우리 또한 성운이기 때문이다.

"아무래도 거물이 직접 왕래한 것 같군요."

'정오의 태양'이라면 나도 아는 수식언이었다. 본래라면 이곳에 절대로 올 수 없는 존재. 그는 무려 성운 〈파피루스〉의 최고 성좌였다.

그리고 그가 직접 이곳에 왔다는 것은,

[성좌, '정오의 태양'이 자신의 의지를 <스타 스트림>에 드러냅니다.]

더 이상 그들이 속내를 숨기지 않겠다는 뜻이었다.

[성운, <파피루스>가 <김독자 컴퍼니>에 적대감을 드러냅니다.]

['단 하나의 설화' 후보에 등재된 두 성운이 충돌합니다!]

생전 처음 들어보는 메시지에, 일행들의 표정이 굳어졌다.

뭔가가 시작되려 하고 있었다.

[성운, <파피루스>가 <김독자 컴퍼니>에 성운전을 선포합니다.]

〈스타 스트림〉에서 거대 성운이 공식 전쟁을 선포하는 경우는 정말 드물다. 성운전은 서로 좋을 것이 거의 없기 때문이다. 그럼에도 이렇게 공식 전쟁을 선포했다면, 그만한 이유가 있을 것이다.

[제한된 메인 시나리오의 발동 조건이 충족됐습니다!]

[해당 시나리오는 '단 하나의 설화' 후보에 등재된 성운에만 발송됩니다.]

〈메인 시나리오 #98 - '후보 결정전(제한)'〉

분류: 메인

난이도: ???

클리어 조건: 후보 결정전에서 승리하시오.

제한 시간: —

보상: 성운 인지도 상승, 성운전과 관련된 신화급 설화 획득

실패 시: 성운 인지도 감소, 최종 시나리오 자격 박탈

* '단 하나의 설화'에 등재된 모든 성운은 지금부터 자유롭게 성운전이 가능합니다.

* 페널티 없이 선전포고 및 전쟁 선포가 가능해지며, 성운 간 자유로운 동맹 및 지원 또한 허용됩니다.
* 후보 결정전에서 승리할 경우 〈스타 스트림〉의 주목을 받게 되며, '단 하나의 설화'에 선출될 가능성이 상승합니다.

역시나.

[현재 당신의 성운은 <파피루스>와 전쟁 중입니다!]

[적대 세력의 수장을 물리치십시오.]

[해당 전쟁에서 승리할 경우 승점이 적립됩니다.]

긴장한 일행들이 주변으로 모여들었다.

이제까지와는 비교할 수도 없을 만큼 강대한 적의가 행성 전체를 감싸고 있었다.

[성좌, '구원의 마왕'이 성운, <파피루스>를 노려봅니다.]

지금껏 우리는 몇 번이나 다른 거대 성운과 싸워봤다.

〈기간토마키아〉에서는 〈올림포스〉와 싸웠고, '서유기 리메이크'에서는 〈황제〉와 대적했다.

하지만 그때와 지금은 이야기가 달랐다.

〈기간토마키아〉 때는 개연성 제약이 커서 성좌들이 제힘을 발휘할 수 없었고, '서유기 리메이크' 때는 제천대성과 심사위원들이 우리에게 힘과 개연성을 빌려주었다.

그렇다면 지금은 어떤가.

[설화, '구원의 마왕'이 이야기를 시작합니다.]

지금, 우리를 도와줄 성운은 있는가.

[거대 설화, '마계의 봄'이 이야기를 시작합니다.]

일행들이 나를 보고 있었다.

모두 결심을 마친 얼굴들. 무슨 일이 일어났는지, 이제 우리가 싸울 전장이 어디인지 너무나 잘 아는 눈빛들이었다.

"갑시다."

누구도 우리를 도와주지 않아도 좋다.

나는 창공을 바라보며 말했다.

"우린 이제 약하지 않습니다. 하늘을 열어주세요, 현성 씨."

이현성이 고개를 끄덕였다.

[화신 '정희원'이 '심판의 시간'의 발동을 요청합니다!]

정희원이 먼저 칼을 빼 들었다. '심판자의 검'에 신살의 기운이 감돌았다.

[화신 '이현성'이 심판에 찬성합니다.]

일행들의 병장기 위로 이현성의 강철이 덧입혀졌다. 일행들을 지키기 위한 세상에서 가장 단단한 맹세.

[화신 '이지혜'가 심판에 찬성합니다.]

이지혜의 '터틀 드래곤'에 은빛의 설화 금속이 내려앉았다.

[화신 '신유승'이 심판에 찬성합니다.]

[화신 '이길영'이 심판에 찬성합니다.]

역시나 은빛으로 물든 키메라 드래곤이 포효하며, 두 아이가 날아올랐다.

[화신 '유상아'가 심판에 찬성합니다.]

유상아의 주변으로 은빛 강철을 머금은 연화대가 회전하기 시작했다.

[화신 '한수영'이 심판에 찬성합니다.]

어느새 붕대를 풀어 헤친 한수영이, 그것을 끈 삼아 자기 머리를 묶었다.

[화신 '유중혁'이 심판에 찬성합니다.]

초월좌의 격이 담긴 유중혁의 '흑천마도'가 차가운 검광을 발했고.

[성좌, '구원의 마왕'이 심판에 찬성합니다.]

나는 '부러지지 않는 신념'을 뽑았다.

·

·

['심판의 시간'이 발동합니다!]

새카만 밤하늘이 열리는 순간, 일행은 이지혜의 함선을 타고 창공으로 도약했다. 가까워지는 적 함대. 적어도 육백 척 이상은 되어 보이는 함대 앞에서 우리는 각자 병장기를 쥐었다.

「그것은 김독자가 아주 오랫동안 그려온 정경이었다.」

제일 먼저 뛰쳐나간 정희원의 검격이 쏟아졌다.
멸망의 심판자 정희원.
내가 아는, 가장 강력한 혼돈의 검사.
쿠구구구구구!
콕핏부터 엔진까지 일직선으로 꿰뚫린 대함선에서 폭음이 일었다. 곧이어 선체 곳곳에서 크고 작은 폭발이 일더니 그대로 균열이 번졌다. 탑승한 성좌들이 탈출하는 모습이 보였다.
그 틈을 놓치지 않고 이지혜의 '터틀 드래곤'이 강습을 시도했다.
콰아아아앙!
폭발을 정면으로 돌파한 함선에는 상처 하나 보이지 않았다. 이현성의 설화 금속이 모두를 보호해주고 있었다.
그리고 이지혜가 앞으로 나섰다. 단 한 척으로 백여 척의 함대를 거꾸러뜨릴 수 있는 대군전 최강의 화신.
해상제독 이지혜가 발포를 명령했다.
"아저씨, 가요!"
그 포화의 꼬리를 물고 신유승의 '키메라 드래곤'이 나섰다.

이 전쟁은 수장을 쓰러뜨려야만 끝난다. 그러니 구성원의 숫자가 적은 우리가 선택할 수 있는 것은 하나뿐이었다. 속전속결.

비스트 로드 신유승.

충왕 이길영.

내가 아는 가장 완벽한 테이머들이 길을 뚫었다. 신유승이 통제하는 '키메라 드래곤'의 브레스가 중형 함선들을 격추시켰고, 틈새를 비집고 날아드는 수십 척의 소형 함선을 이길영의 벌레들이 상대했다.

"어딜!"

소형 함선의 엔진으로 기어들어 간 벌레들이 대폭발을 일으키자, 한순간 전장은 아비규환이 되었다.

더 이상 안 되겠다고 생각했는지, 설화급 성좌들이 하나둘 전함에서 모습을 드러내기 시작했다.

[화신 '유상아'가 자신의 격을 개방합니다!]

[설화, '만다라의 시간'이 발동합니다!]

유상아가 설화를 발동하는 순간, 적측 성좌들의 움직임이 눈에 띄게 느려졌다.

나는 깜짝 놀랐다. 유상아가 석존의 힘을 일부 계승한 것은 알고 있었다. 하지만 이 정도 권능이 가능할 줄은 몰랐다. 무려 시공간의 흐름을 통제하는 능력이라니.

"오래는 못 끌어요."

"오래 걸리지 않을 겁니다."

유상아가 벌어준 시간을 딛고, 나와 유중혁, 그리고 한수영이 밤하늘을 달렸다.

[거대 설화, '마계의 봄'이 이야기를 계속합니다!]

[거대 설화, '신화를 삼킨 성화'가 이야기를 시작합니다!]

〈김독자 컴퍼니〉를 지켜준 두 개의 거대 설화.

지금까지 우리는 이 두 설화를 주력으로 싸워왔다.

설화의 아우라가 유성우의 꼬리처럼 남았다. 우리가 지나간 우주로 별자리들이 새겨지고 있었다. 무수한 전함을 지나쳤음에도, 여전히 수백의 성좌가 우리를 가로막고 있었다.

조금이라도 주눅 들면 그들의 격에 밀려 압살되어버릴 것이다.

[성운, '파피루스'가 거대 설화의 격을 개방합니다!]

이것이 성운 대 성운의 싸움이었다.

"이제 내 차례야."

본래 한수영의 자리는 망상악귀 김남운이 있어야 할 자리였다. 하지만 그녀는 사라진 녀석의 몫을 충분히 해냈을 뿐만 아니라, 그 이상의 존재가 되었다.

[거대 설화, '빛과 어둠의 계절'이 이야기를 시작합니다.]

마침내 우리의 세 번째 거대 설화가 이야기를 시작했다.

어디선가 환청처럼 들려오는 묵시룡의 울음.

'성마대전'에 참가했던 〈파피루스〉의 성좌들이 몸을 떠는 것이 보였다.

[이, 이건……!]

'무대화'와 함께 하늘이 빛과 어둠의 방위로 갈라졌다.

경계가 흐려진 빛과 어둠의 간격을 딛고, 한수영의 신형이 날아올랐다.

등 뒤에 활짝 펼쳐진 '심연의 흑염룡'의 날개.

나를 구하기 위해 날아온 그때처럼, 한수영의 양손에서 보랏빛 [흑염]이 몰아쳤다.

콰아아아아아!

우리는 그 설화의 폭풍에 올라타 진격했다.

설화급 성좌들조차 감당하지 못하는 압도적인 거대 설화의 위용.

묵시룡의 충격파처럼 돌진하는 우리를 막아선 것은, 거대한 하나의 태양이었다.

[성좌, '정오의 태양'이 <김독자 컴퍼니>를 응시합니다.]

눈부신 광원의 중심에 검은 인형이 있었다. 태양신 '라'의 진체였다.

[너희는 이곳에서 죽는다.]

유중혁의 '흑천마도'가 거친 울음을 터뜨렸다.

우리가 가진 모든 설화가 울부짖고 있었다.

아무리 나와 유중혁이라도 완전체의 신화급 성좌와 정면으로 대결하는 것은 무리였다.

우리는 고작 3회차였으니까. ……3회차.

[설화, '영원불멸의 지옥도'가 이야기를 시작합니다!]

한때는 그랬었다.

['함께 읽기'를 시작합니다.]

스르르 넘어가는 페이지의 잔영. 주변을 물들이는 지옥도의 풍경과 함께 내가 이야기를 시작했다.

무수한 활자로 이루어진 길, 자신의 오래된 생을 유중혁이 달려갔다.

「41회차의 유중혁이 창을 던졌고.」

「362회차의 유중혁이 권장을 뻗었다.」

「999회차의 유중혁이 자신의 마도를 휘둘렀다.」

츠츠츠츠츳!

강렬한 스파크가 내 몸을 파고들기 시작했다.

[당신의 격이 당신의 독해력을 감당하지 못합니다!]

'서유기'에서 나는 잠깐이지만 1,863회차의 독해에 도달했다. 하지만 그것은 어디까지나 제천대성과 이계의 신격들이 개연성을 빌려주어서 가능했던 것.

[이것이 신화다.]

쏟아지는 유중혁의 [파천검도]에도 라는 꿈쩍하지 않았다.

[너희는 신화를 넘을 수 없다.]

신화급 성좌를 쓰러뜨리기 위해 필요한 유중혁의 최소 회차는 1,700회차.

힘이 부족했고, 격이 부족했다. 하지만 난 물러서지 않았다.

"아니, 넘을 수 있어."

우리에게는 아직 설화 하나가 더 남아 있었다.

'서유기 리메이크'를 클리어하고 얻은, 우리의 네 번째 거대 설화.

[거대 설화, '잊혀진 것들의 해방자'가 이야기를 시작합니다!]

다음 순간, 풍부한 설화의 개연성이 전신으로 스며들었다.

제천대성, 그리고 이계의 신격과 함께했던 설화가 나의 별 위를, 〈김독자 컴퍼니〉의 맥락 위를 도도히 흘렀다.

[<스타 스트림>이 당신의 격에 크게 놀랍니다.]

[<스타 스트림>이 당신의 격을 재평가 중입니다.]

비릿한 혈향이 코끝을 적셨다.

죽은 이계의 신격의 사체들로 붉게 물든 통천하의 강.

나를 잠식하던 스파크가 줄어들기 시작했다.

지옥도의 페이지가 다시 넘어가고 있었다.

……1,321회차.

……1,582회차.

.

.

.

그리고 1,701회차.

유중혁이 움직였다. 1,701회차의 힘을 품은 흑천마도.

바다를 베고, 태양을 부수고, 신화급 성좌인 포세이돈의 심장을 도려냈던, 그날의 유중혁이 눈을 뜨고 있었다.

「그것은, 김독자가 아주 오랫동안 그려왔던 풍경.」

경악한 라가 뒤늦게 자신의 거대 설화를 방출하는 것이 보였다.

라의 눈이 나를 보고 있었다. 녀석의 입이 묻고 있었다. '어떻게'.

나는 웃었다.

"어떻게는."

신화급 성좌를 죽이기 위해서는, 신화급 성좌에 맞먹는 힘이 필요하다.

신화급 성좌.

'단 하나의 설화'를 시작해 자신의 '결'을 얻었거나, 막대한 거대 설화를 쌓아 '결'의 코앞에 도달한 존재들.

[절대다수의 성좌가 당신의 격에 큰 충격을 받습니다!]

[거대 성운의 성좌가 당신의 격에……!]

나처럼.

[<스타 스트림>이 당신의 격을 발표합니다.]

[당신의 격은 '신화급'입니다.]

가공할 폭음과 함께, 유중혁의 흑천마도가 라의 태양을 베었다.

4

[다수의 성운이 당신의 격에 경악합니다!]

[일부 성운이 새로운 신화급 성좌의 출몰에 경악합니다!]

[일부 성좌가 관리국에 '개연성 적합 판정'을 요청합니다!]

츠츠츠츠츳!

[개연성 적합 판정 요청이 거부됐습니다.]

[해당 시나리오는 관리국의 임의 개입이 불가능한 시나리오입니다.]

부서지는 별 사이에서, 나는 숨도 쉬지 못한 채 전투에 집중했다.

흑천마도에 베인 라의 동체가 발광하고 있었다.

쿠구구구구!

엄청난 열의 폭풍과 함께, 한순간 시야가 자욱한 증기로 뒤덮였다. 시간을 끌려는 수작이었다.

"유중혁! 멈추지 마!"

나는 그렇게 외치며 필사적으로 설화를 읽어갔다.

[설화, '영원불멸의 지옥도'가 이야기를 계속합니다!]

[설화, '생과 사의 동료'가 설화 효과를 증폭합니다!]

내가 읽은 유중혁의 1,701회차를 떠올렸다. 포세이돈과 일대일로 맞서 싸우던 유중혁.

「바다의 경계가 맞닿는 접경에서 철혈의 패왕이 검을 빼 들었다.」

「"포세이돈. 오늘은 네놈이 죽는 날이다."」

「1,700번에 달하는 생. 그 생이 빚어낸 검술이 광휘를 토했다.」

그 전투를 재현하듯, 유중혁의 검이 움직였다. 점점 더 빨라지는 검이 라의 태양을 망가뜨리고 있었다.

[성좌, '정오의 태양'이 고통스러워 분노합니다!]

내가 읽어낸 무대 위에서 유중혁의 검이 춤을 췄다.

막대한 개연성의 후폭풍이 나를 짓눌렀지만, 네 개의 거대 설화가 서로 호응하며 그 여파를 견뎌냈다. 입안에서 쇠맛이 났다. 갑작스러운 격의 상승을 화신체가 감당하지 못하고 있었다.

[성운, <베다>가 당신의 전장을 지켜봅니다.]

[성운, <탐라>가 당신의 전장을 지켜봅니다.]

[성운, <올림포스>가 당신의 전장을 지켜봅니다.]

[성운, <아스가르드>가 당신의 전장을 지켜봅니다.]

볼 테면 봐라.

어차피 네놈들에게 보여주기 위한 싸움이니까.

[채널의 간접 메시지 통제가 해제됩니다!]

여전히 많은 성좌가 우리의 힘을 무시하고 있을 것이다.

운이 좋아서, 혹은 다른 성좌의 도움이 있었기에 여기까지 올 수 있었다 생각하고 있을 것이다.

[다수의 성좌가 채널에 추가로 입장합니다!]

[절대다수의 성좌가 당신의 전장을 지켜봅니다!]

하지만 이제 증명할 시간이 왔다.

[거대 설화, '빛과 어둠의 계절'이 포효합니다!]

〈김독자 컴퍼니〉는 일방적 후원의 대상이 아닌 너희 경쟁자이며, 거대 성운 하나쯤은 자력으로 꺾을 수 있는 성운이다.

콰드드득!

라를 몰아붙이는 유중혁의 검격. 떨어져나가는 태양의 빛살에서 살점이 찢어지는 듯한 소리가 났다.

허공에서 날카로운 시선이 느껴졌다.

[대도깨비 '녹수'가 당신을 노려보고 있습니다.]

대도깨비 녹수. 중하급도 아니고 대도깨비인 녀석이라면, 시나리오를 불편하게 만드는 것쯤은 얼마든지 가능하리라.

하지만 98번 시나리오만큼은 녀석들도 함부로 개입할 수가 없다.

츠츠츠츳…….

지금부터의 시나리오는 대도깨비들에게도 중요하기 때문이다.

[해당 시나리오에는 도깨비와 성운이 함께 참가하고 있습니다.]

[모든 도깨비는 자신이 이야기할 '후보'를 선택할 수 있습니다.]

[현재 대도깨비 '녹수'는 <파피루스>를 선택한 상태입니다.]

언젠가 '성마대전'을 앞두고 대도깨비 허주와 허체가 우리를 찾아온 일이 떠올랐다.

그때 대도깨비들은 말했다.

「지금 결정해라. 여기서 죽을지, 아니면 우리와 함께 마지막 시나리오로 떠날지.」

아마 그 말은 이 순간을 위한 제안이었을 것이다.

최종막을 앞둔 대도깨비는 자신의 명예와 안목, 그리고 설화를 걸고 '단 하나의 설화' 후보를 선택하게 된다.

아마 저 녹수라는 녀석은 그 후보로 〈파피루스〉를 선택한 모양이었다.

[전설에 따르면 〈파피루스〉에는 세 개의 태양이 있지.]

내 진언과 함께 유중혁의 화신체가 움직였다. 세상 그 어떤 화신보다 더 빠른 속도로, 영원불멸의 저주가 쌓인 검을 휘둘렀다. 흑천마도의 검격이 라의 표피를 파고들었다.

어떤 금속도 녹여버리는 열기를 이현성의 설화 금속이 견뎌내고 있었다.

울컥, 하고 라의 심장이 설화를 토해냈다. 저 지고한 신화급 성좌가, 우리 앞에서 무너지고 있었다.

[우릴 정말 꺾고 싶었다면, 네 존재 전부가 강림했어야지.]

신화급 성좌 '라'. 이미 자신의 '결'을 달성하고, 마지막 시나리오의 무대에서 오랫동안 동면에 빠져 있던 성좌.

[지금껏 냉동고에 틀어박혀 있던 네가, 태양 하나만으로 우릴 이길 수 있을 것 같았나?]

[성좌, '정오의 태양'이 고통 속에 울부짖습니다!]

[성좌, '정오의 태양'이 성급한 눈길로 주변을 둘러봅니다!]

[언제까지 구경만 하고 있을 것인가!]

'라'의 외침과 함께 창공의 별들이 반짝였다.

[〈베다〉! 〈올림포스〉! 네놈들도 함께하기로 한 것 아니었나?]

뭐?

그 말과 함께, 어디선가 불길한 기운이 몰려오기 시작했다. 하늘이 요동치고 파도 소리가 들려왔다. 새카만 창공의 한쪽이 갈라지며 막대한 격류가 떨어졌다.

우리는 재빨리 몸을 움직여 그 격의 파형을 피해냈다.

[누군가가 성운, <파피루스>에 대한 지지를 선언합니다.]

[누군가가 시나리오에 현현하고 있습니다!]

뒷덜미가 서늘해질 정도로 강력한 격의 소유자. 눈앞의 '라'와 맞먹는 누군가가 이 세계로 강림하고 있었다.

[한심하군, '라'. 혼자서도 충분하다더니.]

거친 해일을 연상시키는 목소리. 놀랍게도 그곳에 강림한 존재는 1,701회차의 유중혁이 필사적으로 맞서 싸웠던 적수였다.

[성좌, '해역의 경계를 긋는 창'이 시나리오에 현현합니다!]

포세이돈의 등장과 함께, 허공에서 별들의 군대가 먹구름처럼 몰려들었다.

〈베다〉의 설화급 성좌들, 그리고 '로카팔라'들이었다. 심지어 개중에는 거의 신화급 성좌에 육박한다 알려진 이들도 있었다.

[성운, <탐라>가 <베다>의 개입을 비난합니다!]

[성운, <홍익>이 <올림포스>의 개입을 비난합니다!]

비난이 폭주했다. 그러거나 말거나 포세이돈은 자신의 트라이아나로 이쪽을 겨냥했다.

[너희 따위가 감히 이 〈스타 스트림〉의 종막을 보려고 하는 것이냐?]

〈스타 스트림〉의 종막. 이 모든 세계의 끝을 결정할 에필로그.

맞다, 나는 오랫동안 그것을 보기 위해 살아왔다.

그랬었다.

[나는 그저 '종막'을 보고 싶은 게 아냐.]

사실, 내가 정말 보고 싶은 것은.

"아저씨!"

어느새 동료들이 주변으로 몰려와 있었다.

정희원, 유상아, 이지혜, 이현성, 이길영, 신유승.

우리가 만든 설화들이 밤의 창공에서 환하게 빛나고 있었다. 아득한 은하 너머로, 우리가 움직여온 설화의 궤적이 보였다.

이 우주가 아무리 드넓고 광활하다 해도, 나는 어디서든 저 별자리를 찾아낼 자신이 있다.

[설화, '구원의 마왕'이 환하게 빛납니다.]

[설화, '왕이 없는 세계의 왕'이 환하게 빛납니다.]

[거대 설화, '신화를 삼킨 성화'가 환하게 빛납니다.]

나는 벅차오르는 마음을 숨긴 채 일행들을 바라보았다.

「그곳에 그가 염원했던 설화가 있었다.」

강력한 격을 발출하는 포세이돈이 우리를 향해 손을 뻗었다.

[시끄러운 마침표로군. 그만 사라져라.]

밀려오는 〈베다〉의 군대. 긴장한 일행들이 내 곁으로 모여들었다. 나는 그런 일행들을 향해 말했다.

[저는 여러분과 같이 만든 설화가 좋습니다. 슬픈 일도, 고통스러운 일도 많았지만…….]

그럼에도 이 이야기가 영원히 계속되었으면 좋겠다고 생각할 정도로.

"지금 유언하는 거 아니죠?"

내 표정을 보고 불길함을 느꼈는지 정희원이 물어왔다.

나는 다만 빙긋 웃었다.

밀려오는 성운의 군세 너머로 텅 빈 창공이 보였다.

언젠가 어머니가 그런 말을 해준 적이 있다.

아주 오랫동안 어떤 이야기를 보아온 사람은, 마침내 그 이야기를 닮아간다고. 어쩌면 그것은 저 별들에게도 해당되는 이야기일 것이다.

[죽어라!]

밀려든 〈베다〉의 군대가 우리를 덮쳐오는 바로 그 순간.

[성좌, '악마 같은 불의 심판자'가 시나리오에 현현합니다!]

밤하늘이 갈라지며 염화의 폭포가 쏟아졌다. 폭포 위로 올라선 한 성좌가 불타는 검을 든 채 성좌들을 도륙하고 있었다.

내가 가장 좋아하는 대천사가 그곳에 있었다.

[■발! ■같은 놈들아!]

거친 폭언 너머로 경악하는 성좌들의 진언이 들려왔다.

[어떻게? 너희는 분명 그곳에서…….]

[■발. 나 우리엘이야. 겨우 그 정도 숫자로 죽일 수 있을 것 같아?]

이어서 하늘을 불태우는 보랏빛 염화.

[성좌, '심연의 흑염룡'이 시나리오에 현현합니다!]

[크크, 내 양손을 다 쓰게 만들 줄이야. 제법 하네, 〈파피루스〉.]

날아오르는 거대한 용의 날개가 성좌들을 찢어발겼다.

〈베다〉의 전함들이 '심연의 흑염룡'을 겨냥하며 일제 사격을 준비했다. 그리고 다음 순간, 수십 척의 전함이 굉음과 함께 폭발했다.

폭발 사이로 언뜻 보이는 금빛 여의봉.

[정말 귀찮게 하는군.]

연무가 걷힌 곳에, 따분하다는 듯 귀를 파는 백금발의 사내가 있었다.

[성좌, '가장 오래된 해방자'가 시나리오에 현현합니다!]

우리엘, 흑염룡, 제천대성.

세 성좌의 등장에 일대에 파란이 일었다.

[제천대성! 무슨 짓이냐?]

[이것은 성운전이다! 지금 네놈들이 무슨 짓을 하는 것인지—]

성좌들의 진언이 끝나기도 전에, 또 다른 누군가가 우리의 배후에 현현했다.

[그대들처럼 우리 또한 지지하는 설화가 있을 뿐이에요.]

그 목소리가 누구인지 잘 알고 있었다.

새카맣고 부드러운 어둠이 우리를 감싸며, 내 어깨에 다정한 손길이 닿았다.

[성좌, '가장 어두운 봄의 여왕'이 시나리오에 현현합니다!]

[성좌, '부유한 밤의 아버지'가 시나리오에 현현합니다!]

명왕의 형형한 눈길이 전장을 응시했다.

모든 별을 공포에 떨게 만드는 죽음의 사신.

제천대성에 이어 명왕까지, 연이은 신화급 성좌의 등장에 적측 성좌들이 주춤거리며 물러나는 것이 보였다.

[성운, <명계>가 <김독자 컴퍼니>를 지지합니다.]

덤빌 테면 얼마든지 덤벼보라는 듯 두 진영이 격을 뿜으며 대치했다.

멀리서 일그러진 포세이돈과 라의 얼굴이 보였다.

그리고 얼마나 시간이 지났을까. 한쪽 진영의 성좌들이 말없이 물러나기 시작했다.

[성좌, '해역의 경계를 긋는 창'이 시나리오에서 이탈합니다.]

하나둘 사라지는 적측 성좌들. 믿었던 신화급 성좌마저 사라지자 이탈 속도는 더욱 빨라졌다.

당황한 〈파피루스〉의 성좌들이 우왕좌왕하며 라의 눈치를 보았다. 그리고

[성운, <파피루스>의 성좌들이 철수를 선언합니다.]

얼마 지나지 않아, 반쯤 뭉개진 태양만이 남았다.

까드득 이를 갈던 라가 우리를 노려보더니, 잠시 후 별이 흩어지는 소리가 들렸다.

[성좌, '정오의 태양'이 시나리오에서 이탈합니다.]

밀려오는 노을과 함께 태양이 지평선 너머로 사라진다.

마침내 시나리오의 승자가 가려진 것이다.

「그것은 김독자가 아주 오랫동안 그려온 정경이었다.」

그 노을 속에서 나는 일행들을 돌아보았다.

「어떤 것은 그가 생각했던 대로 되지 않았고.」

스러지는 노을빛을 응시하며, 유중혁이 흑천마도를 쥐고 있었다.

「어떤 것은 그의 의도보다 잘 흘러갔다.」

입술을 실룩이던 한수영이 "아야야" 소리를 내며 붕대를 되감았다.

「의도와는 무관하게 운이 좋았던 경우도 있었다.」

가벼운 한숨을 내쉬던 유상아가 미소 지었다.

「하지만 그 모든 순간이 모여, 결국 하나의 풍경이 되었다.」

[성운, <김독자 컴퍼니>가 성운전에서 승리했습니다!]

[보상 내역을 준비 중입니다.]

일행들도 나도 말이 없었다.

처음 이기는 것은 아니지만 어떤 의미에서는 첫 승리였다.

우리는 한참이나 아무 말 없이 서로의 얼굴을 바라보았다.

이겼다.

우리가 정말로 '성운'에게 이긴 것이다.

[대도깨비 '허주'가 당신의 설화에 침음합니다.]

[대도깨비 '가랑'이 당신의 설화에 투표하고 싶어합니다.]

[대도깨비 '해솔'이 당신의 설화에…….]

텅 빈 허공에서 시스템 메시지만이 들려왔다.

[대도깨비 '비형'이 당신의 설화에 투표했습니다.]

[중급 도깨비 '비유'가 당신의 이야기를 좋아합니다.]

노을 너머로 비치는 두 도깨비의 그림자를 보며, 나는 생각했다.

이제 거의 다 왔다.

나는 일행들을 향해 다시 한번 고개를 돌렸다. 그들을 보며 나는 무언가 말을 해보려 했다.

일행들은 이미 내가 무슨 말을 할지 알고 있다는 표정이었다.

나를 대신해 정희원이 말했다.

"함께 이 세계의 결말을 보러 가요."

나는 고개를 끄덕였다.

OMNISCIENT READER'S VIEWPOINT

대멸망

Episode 89

1

[당신의 ■■이 가까워지고 있습니다.]

며칠 전부터 내 귓가에 줄곧 반복해서 들려온 메시지였다.

"이제 얼마 안 남은 모양이구나."

"예."

나와 어머니는 테이블을 두고 마주 앉아 차를 마시고 있었다. 우리는 공단 응접실에 설치된 패널을 잠시 바라보았다.

—아메리카 대륙 멸망! '이계의 신격'의 다음 목표는?

—동북아시아 지역에 긴급 대피령 발발!

—성운들이 지구를 버렸다. "어디로도 도망칠 곳 없어."

뉴스가 마지막으로 비춘 장소는 한반도였다.

세계 곳곳에서 밀려든 난민으로 한반도 전체가 북적이고 있었다.

그들이 무엇을 기대하고 이곳까지 왔는지는 잘 안다.

[다음 대멸망 시나리오 지역은 '동북아시아'입니다.]

[대멸망 시나리오 시작까지 6일 8시간 24분 남았습니다.]

화면 속 어머니가 내 대신 공단 대표로서 발언하고 있었다.

공단은 새로운 공민을 막지 않는다. 다만…….

어머니가 쓰게 웃으며 말했다.

"보기 민망하네."

"잘 어울리세요. 대통령 같으신데요."

실제로 지금 공단 주인은 내가 아니라 어머니라 봐도 무방했다. 이곳 시민들도, 나보다는 어머니를 더 잘 따를 것이다.

"떠나기 전에 서울 사람들에게 얼굴 한번 비춰주거라. 네가 간단히 인사해주는 것만으로도 큰 힘이 될 거야."

실제로 공단 바깥에서 확성기로 외치는 기자들의 목소리가 들려왔다.

—구원의 마왕님! 돌아오셨다는 게 사실입니까?

—구원의 마왕님! 멸망을 막을 대책에 대해 한 말씀 해주십시오!

대책이라.

나는 어머니처럼 쓰게 웃었다.

"그게 마스코트의 임무라면야."

그리고 우리는 차를 홀짝였다.

어둡고 침침한 하늘. 당장 벼락이 떨어져 반도가 두 쪽으로 쪼개져도 이상하지 않은 세상이었다.

"평화롭구나."

"그러게요."

그럼에도 우리는 그렇게 말했다.

찻잔 속에서 찻잎이 흔들렸다. 이토록 한가한 티타임이라니. 삼십 년에 달하는 우리 모자의 역사 속에 처음 있는 일이었다. 그토록 원했던 시간이, 모든 것의 멸망을 앞둔 지금에서야 찾아왔다.

어머니는 내게 아무것도 묻지 않았다. 앞으로 어떻게 할 것인지, 내가 이 이야기의 끝에서 무엇을 구하는지, 아무것도 묻지 않았다. 그것이 어머니의 방식임을 나도 알고 있었다.

"그럼 가보겠습니다."

"'천제의 풍신'께서 너를 찾으신다. 출발 전에 꼭 한 번 더 들르거라."

풍백? 그자가 왜 또 나를 찾는 거지?

'성마대전'에서 있었던 안 좋은 일이 떠올랐다. 마지막 시나리오를 앞두고 또 한바탕해보자는 건가.

나는 일단 가볍게 고개를 끄덕이고는 밖으로 나왔다. 바깥에는 나를 기다리던 존재가 있었다.

[용케 여기까지 왔네, 김독자.]

대도깨비가 된 후 신수가 훤해진 비형이었다. 백호 털로 만들어진 롱코트가 제법 잘 어울렸다.

나는 비꼬는 투로 물었다.

"웬일로 기다렸냐?"

[너희 모자지간의 상봉은 구독좌 사이에서도 인기 있는 설화야. 흐름을 끊을 수는 없지.]

어깨를 으쓱한 비형 녀석이 지껄였다.

[성좌, '악마 같은 불의 심판자'가 눈가를 콕콕 찍습니다.]

[성좌, '심연의 흑염룡'이 투덜거리며 손수건을 건넵니다.]

그걸 또 방송으로 내보낸 모양이군, 망할 자식.

[이제 마지막 시나리오가 코앞이다.]

"알아."

[어련하실까. 너도 알겠지만 마지막 시나리오는…….]

"비형."

내 말에 비형이 말을 멈추고 나를 바라보았다.

"왜 우릴 선택한 거냐?"

비형의 눈동자에 희미한 파문이 일었다.

지금 녀석의 눈앞에 떠올라 있을 시나리오 창이 무엇인지, 나는 이미 알고 있었다.

〈메인 시나리오 #98 - '후보 투표'〉

분류: 메인

난이도: ???

클리어 조건: '단 하나의 설화'의 최종 후보를 선택하시오.

제한 시간: —

보상: ???

실패 시: 사망

〈스타 스트림〉의 시나리오는 성좌나 화신뿐만 아니라 이야기꾼인 도깨비에게도 적용된다.

그리고 시나리오의 종막을 결정할 '후보 투표'는, 도깨비에게도 무척 중요한 시나리오였다. 자신의 존재를 건 시나리오.

그런 시나리오에서 비형은 우리를 선택한 것이다.

[대도깨비 '비형'은 현재 <김독자 컴퍼니>에 투표한 상태입니다.]

처음 비형을 만났을 때, 녀석은 고작 축구공만 했다.

오직 채널의 구독좌를 늘리기 위해 무분별하게 사람들을 학살하고, 잔인한 시나리오를 양산하던 천공의 도깨비.

우리가 만든 설화를 먹고 자라난 도깨비는 인간처럼 변했다. 인간만 한 키에, 인간이 입는 옷을 입고, 인간의 표정을 지었다.

이제는 인간보다 더 인간을 닮은 도깨비가 나와 같은 눈높이에서 나를 마주 보며 말하고 있었다.

[나와 계약해라. 그럼 내가 너를 도깨비들의 왕으로 만들어주겠다.]

"……?"

[어룡 입속에서 네가 내게 한 말이다.]

분명 그런 말을 한 적이 있었다.

"설마 진짜 그딴 말을 믿고 날 선택한 건 아니지? 우리가 이길 확률은 낮아."

[지금은 그렇지만도 않아. 네가 저지른 일이 얼마나 큰일인지 모르는 모양이네.]

비형이 창밖으로 고개를 돌렸다. 공단 광장 앞에 파피루스 전을 함께 치른 성좌들이 옹기종기 모여 있었다.

우리엘에게 제압당해 방석처럼 깔린 흑염룡. 티테이블을 가져와 차를 홀짝이는 페르세포네와 하데스. 파천검성에게 곰방대를 빌려 담배를 피우는 제천대성. 그들은 실시간으로 흘러나오는 성류 방송을 시청하고 있었다.

—〈스타 스트림〉의 호사가들 사이에서 새로운 '12대 성운' 목록이 떠돌아…….

—일부 설화급 성좌는 〈김독자 컴퍼니〉의 수준이 이미 3강强급에 육박한다고 추정하며…….

3강이라. 지난 싸움의 여파가 크기는 한 모양이다. 후한 평가야 고마운 일이지만, 방심하기는 일렀다. 아직 후보 결정전은 끝나지 않았으니까.

하지만 비형의 판단은 조금 다른 듯했다.

[아마 당분간은 괜찮을 거다. 네가 〈파피루스〉를 쓰러뜨린 지도 이틀이 지났어. 그동안 〈김독자 컴퍼니〉에 성운전을 신청한 다른 성운이 있었나?]

"없었어."

「후보 결정전에서 대승을 거둔 성운은, '단 하나의 설화'로 추대될 가능성이 크게 높아진다.」

단 한 번의 전장으로 우리가 3강 자리에 오른 것처럼, 다른 성운도 성운전을 통해 얼마든지 순위 변동을 노릴 수 있었다. 그러니 지금쯤이면 한창 선전포고와 전쟁 선포 메시지가 빗발치고 있어야 했다.

하지만 선전포고는커녕 도발해오는 성운도 없었다. 지구는 놀라울 정도로 잠잠했다.

"왜지? 우리 설화가 그렇게까지 놀라운 건 아닐 테고."

[가만히 내버려둬도 멸망하기 때문이지.]

심장이 차갑게 식는 느낌이었다. 성좌들의 패널에서 흘러나오는 영상이 보였다.

[성좌들은 네가 지구를 포기할 수 없다는 걸 알고 있다.]

'후보 결정전'과 별개로, 현재 지구는 대멸망 시퀀스에 돌입해 있다. 북아메리카가 멸망했고, 다음은 동북아시아 지역이었다.

원작의 최종 시나리오에서도 외신을 비롯한 이계의 지배자들이 이 세계를 침습해온다는 것을 고려하면, 모두 예정된 전개이긴 했다.

[잊힌 섬들의 용기가 계속되고 있습니다!]

「세계선의 끝에서, 잊힌 존재들의 침식이 시작되리라.」

본래의 원작이었다면, 여기서 성운들은 나와 함께 싸웠어야 한다. 하지만 지금 성운들은 다른 결정을 내렸다.

지구를 포기하고 〈김독자 컴퍼니〉를 제거하는 것.

그것이 '마지막 시나리오'를 앞둔 성운들의 결정이었다.

"빌어먹을 놈들이……."

[일부 성운이 당신의 판단을 비웃습니다.]

최악의 상황이라 봐도 무방했다.

심지어 지금 이 세계에서 몰려온 것은 내가 아는 원작 속 이계의 신격과는 다른 녀석들이었다.

나는 얼마 전 '은가이의 숲'에서 본 999회차의 우리엘을 떠올렸다.

「대멸망 시나리오가 시작되면 왕들의 습격이 시작된다.」

내 예상이 옳다면, 곧 시작될 대멸망에서 찾아올 왕들은 모두 999회차에서 '결'을 본 존재들이다.

"왕들을 소환한 건 누구지? 너희 관리국이냐?"

[내가 공개할 수 있는 정보는 없어. 다만…….]

굳은 결의가 어린 얼굴로, 비형이 말을 맺었다.

[숨이 다하는 순간까지, 나는 너희를 이야기할 것이다.]

"참가하지 않으실 분은 지금 떠나셔도 괜찮습니다."

우습지만 그게 내가 일행들에게 던진 첫 마디였다.

"다가올 시나리오는 지금까지 겪은 결전들과는 비교도 안 될 정도로 끔찍할 겁니다. 아직 늦지 않았습니다. 지금이라도 성운에서 이탈할 분이 계시다면……."

일행들은 지루한 미사에 참가한 듯 연신 하품했다.

어쩌면 당연한 이야기였다. 그들은 모두 수십 번이나 죽을 위기를 넘기며 여기까지 왔다. 이렇게 죽으나 저렇게 죽으나 죽는 건 매한가지. 지금 빠질 거였다면 진즉에 빠졌겠지.

나도 알고 있다. 하지만 알고 있음에도 뻔한 질문을 하는 이유는.

"저."

저렇게 빠지고자 하는 이가 실제로 있기 때문이었다.

"나는 빠지겠네."

한명오였다. 예상하지 못한 바는 아니었다.

"아주 이탈하겠다는 말은 아닐세. 다만 마지막으로 다녀올 곳이 좀 있네."

곁에서 이지혜가 핀잔을 주었다.

"에휴, 아저씬 그냥 빠져. 어차피 도움도 안 돼. 또 전투 시작되면 열나게 튈 거면서."

"내가 지금은 이래도 왕년에는 마계 백작으로……."

본래 저 레퍼토리에 들어갈 말은 '마계 백작'이 아니라 '미노 소프트 부장'이었을 텐데.

티격태격하는 두 사람을 보자 쓴웃음이 나왔다.

사실 나는 한명오가 어디를 가려는 것인지 알고 있었다.

"'환생자들의 섬'이 있던 곳에 가시려는 겁니까?"

내 질문에 한명오의 표정이 눈에 띄게 굳었다.

"봉인되었다곤 해도, 그곳엔 아직 묵시룡과 '형용할 수 없는 아득함'의 여파가 남아 있습니다. 가시는 건 위험할 겁니다."

"그래도 다녀오고 싶네."

성마대전이 벌어진 '환생자들의 섬'.

지금도 그 암흑차원의 저변에는 죽은 별과 이계의 신격의 시체들이 떠돌고 있을 것이다.

미처 방주에 탑승하지 못하고 죽어버린 존재들.

어쩌면 개중에는 마왕 '아스모데우스'도 있으리라.

"그 아이만이 내가 이 세계에서 얻은 전부일세."

한명오의 눈빛에 비장함이 깃들어 있었다.

성마대전 이후, 한명오는 줄곧 우리의 메인 시나리오에 열심히 참여해왔다. 미노 소프트에서 승진을 위해 부하 직원들 프로젝트를 빼돌릴 때보다도 훨씬 열심이었다.

실제로 그는 노력의 대가를 받았다. 약간이지만 거대 설화의 지분도 얻었고, 쓸 만한 성유물도 다수 확보했다.

모두 자신의 딸을 되찾기 위함이었다.

지금의 한명오라면, '환생자들의 섬' 인근에 가더라도 혼돈의 여파를 며칠은 버틸 수 있을지 모른다.

"다녀오십시오."

고개를 끄덕인 한명오가 채비를 마치고 일어섰다. 이미 단단히 마음을 먹고 온 모양이었다. 일행들 모두 그를 배웅했다.

'단 하나의 설화'의 시나리오를 받지 못한다고 해서, '단 하나의 설화'가 없는 것은 아니다. 그건 누구에게나 있다. 모두 각자의 ■■을 찾아 떠날 수 있는 것처럼.

덜덜 떨면서도 포털을 넘어가는 한명오를 보며, 나는 다시 한번 생각했다.

[당신의 ■■이 가까워지고 있습니다.]

자신의 '결'이 어디인지를 결정하는 것은 〈스타 스트림〉이 아니다.

돌아보자 일행들이 나를 기다리고 있었다.

"그럼, 회의를 계속하겠습니다."

[대멸망 시나리오 시작까지 11시간 8분 남았습니다.]

대멸망까지 남은 시간은 이제 반나절.

저 대멸망을 견뎌내야만 우리는 마지막 시나리오로 향할 수 있었다.

그동안 나는 멸살법의 정보를 모두 점검했고, 한반도를 비롯해 지구 곳곳에 남은 쓸 만한 성유물 및 스킬의 수거를 부탁했다. 일행들은 흔쾌히 그 부탁을 들어주었다.

한수영이 물었다.

"넌 뭐 하게?"

물론 나도 할 일이 있었다.

예를 들면 저 꼬장꼬장한 녀석과 필살기를 연구한다거나.

"네놈도 알겠지만, 지금의 우리가 대멸망에 맞서 싸울 방법은 하나뿐이다."

흑천마도의 날을 가다듬으며 유중혁이 말했다.

우리엘이나 흑염룡, 제천대성을 비롯한 성좌들이 도움을 주기로 약속했지만, 그들만 믿고 있을 수는 없었다.

앞으로 나타날 이계의 신격의 왕은 '은밀한 모략가'를 제외하고도 넷.

그들이 한꺼번에 몰려온다면 제천대성이나 명왕 같은 신화급 성좌가 있다고 해도 절대로 이길 수 없다.

다행히도 우리에게는 맞서 싸울 방법이 하나 있었다.

「영원불멸의 지옥도」

1,863회차의 보상으로 '은밀한 모략가'를 통해 받은 신화급 설화.

이 설화를 통해 나는 유중혁의 기억을 재현할 수 있었고, 유중혁은 그 기억의 무대를 공유받아 1,863회차의 힘을 끌어 쓸 수 있었다.

문제는.

[독해가 실패했습니다!]

[당신이 독해 가능한 '유중혁'의 최대 회차는 '978회차'입니다.]

[설화, '영원불멸의 지옥도'가 당신을 한심하게 바라봅니다.]

내 독해에 뭔가 문제가 생겼다는 것이었다.

[독해가 실패했습니다!]

[당신이 독해 가능한 '유중혁'의 최대 회차는 '778회차'입니다.]

[설화, '영원불멸의 지옥도'가 당신의 난독을 의심합니다.]

이제는 하다못해 설화까지 나를 무시하고 있다.

며칠째 그런 일이 반복되자 결국 참다못한 유중혁이 역정을 냈다.

"한심하군. 평생 책만 읽었다고 하지 않았나?"

"평생은 아냐. 아무튼 이건 좀 다른 문제야."

나도 이유를 알 수가 없었다. 대체 왜 이제 와서?

"이럴 거면 설화를 내놔라. 내가 직접 쓰는 편이 훨씬 낫겠군."

"그렇게 줄 수 있는 거면 진작 줬지."

안 그래도 이미 '은밀한 모략가'에게 방법을 물어보기도 했다. 무시당했지만.

"차라리 지난번처럼 빙의 스킬을 써라. 그걸 쓰고 설화를 쓰면 동화율이 훨씬 올라간다."

아마 [전지적 독자 시점]을 말하는 모양이었다.

"그건 가능하면 안 쓰려고."

확실히 [전지적 독자 시점]을 쓴다면 설화 사용은 훨씬 간편해질 것이다. 그 스킬을 쓰면 마치 배후성이 화신을 통제하는 것과 같은 효과를 볼 수 있으니까.

하지만.

"그 스킬을 쓰면 내 화신체가 무방비해져. 가능하면 안 쓰고 이기는 게 최선이야."

"평소에 수련을 게을리하니 그런 꼴이 된 거다."

"모두 너처럼 무식한 수련을 소화하는 게 가능한 줄 아냐?"

나를 잠시 노려보던 유중혁은 더 이상 가타부타하지 않고 다시 설화에 열중했다.

어쩌면 유중혁 녀석도 알고 있을 것이다. 사실 내가 [전지적 독자 시점]을 쓰지 않는 이유는 따로 있다는 것을.

「얼마 전부터 [전지적 독자 시점]이 김독자의 말을 듣지 않기 시작했다.」

심지어 내가 원하지 않을 때도 멋대로 스킬이 발동하거나, 사람의 속을 읽는 일도 있었다. 왜 그런 일이 벌어지는지는 모른다. 어쩌면 누군가를 들여다보는 것이 너무 익숙해져서 그럴 수도 있었다. 나도 모르는 사이, 말을 듣는 것보다 친절한 문장으로 적힌 내면을 읽는 쪽에 더 익숙해져버린 것이다.

[독해에 실패했습니다.]

어쩌면 지금 내게 난독이 발생하는 것은 당연한 귀결이 아닐까.
"제대로 집중해라 김독자."
유중혁의 말과 함께, 나는 다시금 설화를 발동했다.
천천히 심호흡하며 차분히 생각을 점검했다.

[설화, '영원불멸의 지옥도'가 이야기를 시작합니다!]

내가 아는 유중혁에 관한 정보는 잊자.
나는 유중혁을 전혀 모른다. 이놈은 내가 전혀 모르는 놈이다.
유중혁은 미친 사이코패스도 아니고, 꽉 막힌 벽창호도 아니다.
그렇게 생각하자 머릿속이 조금 환해지는 느낌이었다.
그래, 거기서부터 출발하자. 마치 멸살법을 처음 읽던 그 순간처럼.
츠츠츠츠츠츳!
이상 현상이 벌어진 것은 그때였다.

[당신의 독해에 문제가 발생했습니다!]

갑자기 유중혁의 안색이 파랗게 질렸다.
"김독자! 네놈, 무슨 짓을……!"
그 말을 마지막으로 유중혁의 눈동자에서 빛이 사라졌다.
나는 깜짝 놀라 물었다.
"야, 괜찮냐?"
물어도 답이 없었다.

[등장인물 '유중혁'의 자아가 충돌하고 있습니다!]

자아가 충돌해?

급한 마음에 녀석의 상태를 확인해보려 했다. 그런데.

['등장인물 일람'의 발동이 실패했습니다.]

이어서 떠오른 문장은, 내가 아주 오래전에 들은 적이 있는 문장이었다.

[해당 인물은 '등장인물'이 아닙니다.]

2

쓰러진 유중혁은 네 시간이 지나도록 깨어나지 않았다.

"아! 미친놈아! 정신 차려!"

나와 한수영은 번갈아 유중혁의 뺨을 때렸다. 하지만 전혀 깨어날 기미가 보이지 않았다.

찰싹! 찰싹! 찰싹! 찰싹!

게다가 얼마나 뺨이 단단한지, 한참을 때려도 부풀어 오르기는커녕 손바닥이 아플 지경이었다. 한수영이 진지하게 감탄하며 말했다.

"이거 좀 재미있는데?"

"그딴 소리 할 때가 아냐."

[대멸망 시나리오 시작까지 5시간 12분 남았습니다.]

이제 남은 시간은 정말 얼마 되지 않았다. 곧 대멸망이 시작되고, 확장된 개연성으로 인해 이계의 신격들의 침습이 시작될 것이다.

그런데 유중혁이 이 모양 이 꼴이다.

대체 뭐가 잘못된 것인지 짐작도 가지 않았다.

내 [전지적 독자 시점]과 관련된 문제인가?

['등장인물 일람'의 발동이 실패했습니다.]

[해당 인물은 '등장인물'이 아닙니다.]

[등장인물 일람]을 다시 사용해보았지만, 여전히 떠오르는 메시지는 같았다. 이 우주에는 정말 많은 유중혁이 있지만, 지금껏 저 메시지가 나타난 유중혁은 하나뿐이었다. 1,863회차에서 자신의 이야기를 향해 사라진 그 유중혁.

그러자 떠오르는 것이 있었다.

하지만…… 설마?

곁에서 우리를 지켜보던 이설화가 물었다.

"'생사단'을 먹여볼까요?"

얼마 전, 이설화는 드디어 궁극의 회복약인 생사단을 완성했다.

일단 먹이기만 하면 어떠한 치명적 중상이라도 회복할 수 있다는 비약.

"벌써 양산 가능한 단계입니까?"

"아뇨. 아직 몇 개 못 만들었어요. 재료가 부족해서……."

나는 침음했다. 앞으로 어떤 일이 벌어질지 모르는 상황에서 함부로 생사단을 낭비할 수는 없었다.

[등장인물 '유중혁'의 자아가 충돌하고 있습니다!]

게다가 아무리 생사단이라도, 정신적인 문제까지 해결될지 확신할 수 없었다.

공단 전체에 가벼운 진동이 울려 퍼진 것은 그때였다.

"독자 씨. 움직임이 포착됐습니다."

이현성이 다급히 병실 문을 열고 들어왔다.

나와 한수영은 동시에 서로 돌아보았다. 급히 켠 패널 화면 위로 태평양의 정경이 나타났다.

쿠구구구구!

미대륙을 집어삼킨 파도가 다시 모습을 드러내고 있었다. 거대한 파도는 투명한 돔의 벽에 가로막혀 수위만 높이고 있었다.

아직은 개연성 제약을 받는 까닭이었다.

츠츠츠츠츳!

하지만 개연성의 벽은 조금씩 밀려나고 있었다.

태평양을 가로지르며 점점 그 너비를 키우는 접경.

높아진 파도 사이로 이계의 신격들이 꿈틀거리는 모습이 보였다.

다섯 시간 후면 저 경계는 한반도까지 도달할 것이고, 그날로 이 땅은 지구에서 사라질 것이다.

"김독자, 작전은?"

"있어."

나는 쓰러진 유중혁을 흘끗 보며 덧붙였다.

"좀 바꿔야 할 것 같긴 하지만."

"사람 불안하게 하지 말고. 원작에선 저거 어떻게 막았어?"

"완전히 똑같은 재앙은 아니었는데, 그땐 성운들이 죄다 달려들어서 막았지. 성좌들이 대부분 갈려나갔고."

"그 잘난 성좌들은 다 어디 있는데?"

"어디 있긴."

[다수의 성운이 당신의 판단을 지켜보고 있습니다.]

아마 저기서 우리의 멸망을 구경하고 있겠지.

[성좌, '악마 같은 불의 심판자'가 <스타 스트림>의 정의는 모두 죽었느냐며 성좌들을 힐난합니다!]

[성좌, '심연의 흑염룡'이 팔짱을 낀 채 고개를 흔듭니다.]

[성좌, '가장 오래된 해방자'가 대성운의 성좌들을 한심하게 여깁니다.]

우리 측 성좌들의 도발에도 저쪽은 태연했다.

[일부 성좌가 모든 것은 <김독자 컴퍼니>가 초래한 일이라 주장합니다.]

심지어는 적반하장으로 나오는 녀석들도 있었다.

[소수의 성좌가 자신들의 몫을 먼저 앗아간 것은 <김독자 컴퍼니>라고 주장합니다.]

본래였다면 그 어처구니없는 주장에 분개했겠지만, 이상하게도 지금은 마음이 평온했다. 녀석들이 왜 그렇게 행동하는지 알 것 같았기 때문이다.

〈오즈〉에 방문했을 때, 나는 원숭이에게 이런 말을 들었다.

—기존에 거대 설화를 구성하던 설화들이 〈오즈〉와 비슷한 쇠락의 길을 걷고 있습니다. 최근에 떠오른 어떤 설화가 다른 설화의 지분을 잡아먹기 시작했으니까요. 당신들의 설화 말입니다.

본래 이 무대를 이끌어야 할 주역은 오랜 신화를 쌓아온 성운들이었다. 하지만 그 성운 중 다수는 우리에게 주요 설화를 빼앗기거나 파괴당했다. 그런 와중에 〈스타 스트림〉이 우리를 3강급 성운으로 치켜세우기까지 했으니, 기존의 별들이 느낀 박탈감은 그야말로 어마어마했을 것이다.

물론 그렇다고 해서 저 별들이 옳은 짓을 하고 있다는 뜻은 아니다.

손톱을 잘근잘근 깨물던 한수영이 물었다.

"그냥 지구 포기하는 게 낫지 않겠냐? 다 같이 '마지막 시나리오'로 튈 방법을 생각해보는 게……."

"안 되는 거 알잖아."

오직 허락된 이들만이 마지막 시나리오로 갈 수 있다.

설령 지구의 모두를 〈김독자 컴퍼니〉에 가입시킨다 한들, 말도 안 되는 시나리오 점프로 인한 개연성의 후폭풍에 휘말려 사멸하게 될 것이다.

"젠장……."

한수영의 머릿속에서 「예상표절」이 팽팽 돌아가는 것이 느껴졌다.

"'이계의 신격의 왕'들은 999회차의 녀석들이랬지. 몇이나 돼?"

"내가 알기로는 '은밀한 모략가'를 제외하고 넷."

"넷 전부랑 싸워야 돼?"

고개를 저으며 내가 기억하는 '이계의 신격의 왕'의 목록을 떠올렸다.

「동쪽에서 떠오르는 '살아 있는 불꽃'.」

「서쪽 세계의 재앙 '가라앉은 섬의 주인'.」

「북쪽 우주의 지배자 '위대한 심연의 군주'.」

「남쪽 성간을 다스리는 '은빛 심장의 왕'.」

999회차의 '결'을 보고 '이계의 신격의 왕'이 된 존재들.

하지만 아무리 〈관리국〉이라고 해도, 모든 '왕'을 투입했을 것 같지는 않았다. 관리국은 통제 불가능한 시나리오를 그리 좋아하지 않으니까.

그렇다면.

"이미 태평양에 나타난 게 하나. 그리고 우리 전력이 움직이게 되면 아마 하나가 더 움직일 거야. 그럼 총 둘이지."

"하나는 태평양의 저 녀석이고, 다른 하나는 999회차의 우리엘인가?"

"맞아."

"그 녀석들은 얼마나 강해? 그때 보긴 했는데 너무 잠깐 봐서……."

"'은밀한 모략가'가 저 꼴이 된 게 999회차의 우리엘 때문이야."

"미친, 그런 것들이 부하까지 이끌고 온다고?"

묵시룡전에서 '은밀한 모략가'가 보여준 힘을 한수영은 똑똑히 목격했다. 그러니 저런 반응도 무리는 아닐 것이다.

"우리 채널 성좌들이 도와주는 건 확실하지?"

"성좌들이 도와도 승리를 확신할 수는 없어. 무엇보다 유중혁이 없는 상태에서는 전력 구성도 맞질 않고."

본래 내 계획은 일행을 두 무리로 나눠서 '이계의 신격의 왕'들을 각개 격파하는 것이었다. 하지만 주요 전투원인 유중혁이 빠지게 된다면, 우리는 1,863회차의 힘을 빌려 쓸 수가 없다.

패널 화면 너머로 점차 그 세력을 넓혀가는 파도가 보였다. 대멸망의 영역이 한반도에 닿을 때 방어를 시작하면 그때는 너무 늦는다.

나는 머릿속으로 빠르게 판단을 마쳤다.

"움직이자. 해야 할 일을 알려줄게."

남은 시간은 다섯 시간.

그 안에 모든 준비를 끝마쳐야 했다.

한수영이 일행들에게 작전을 하달하는 동안, 나는 이길영을 만났

다. 내 호출에 이길영은 환한 표정을 지은 채 응접실로 냅다 달려왔다.

"형! 저 불렀어요? 왜요?"

나는 고개를 끄덕였다.

"거기 앉아 볼래?"

역시나 냅다 소파에 앉은 이길영은 내가 무슨 말을 할지 기대된다는 듯 눈망울을 반짝이며 나를 올려다보았다.

나는 그런 이길영의 눈동자를 빤히 들여다보았다.

「이 세상을 게임처럼 여겼던 아이.」

처음 이길영을 만난 순간이 지금도 머릿속에 선연했다. 깜빡거리는 지하철 조명, 허공을 향해 튀어 오르는 메뚜기의 악몽. 그때 이길영이 잡은 메뚜기가 없었더라면 죽는 것은 나였을 것이다

「어머니를 잃은 곤충 채집 소년은 이제 중학생 나이가 되었다.」

나는 이길영의 어머니를 살리지 않았다. 그날 만약 내가 다른 선택을 했다면 어땠을까.

가령, 내 인간 혐오가 조금만 덜했더라면. 메뚜기를 집으며, 아이의 팔에서 눈에 띄는 상처들을 발견하지 않았더라면. 몇 가지 단서만으로 사람의 역사를 지레짐작하는 버릇이 없었더라면.

내가 멸살법을 읽지 않았더라면.

내가, 김독자가 아니었더라면—

"……했어요."

응?

"잘못했어요, 형."

고개를 숙인 이길영의 모습. 마치 끔찍한 벌을 앞둔 아이처럼 불안

하게 떨리는 어깨. 내 눈빛이 무서웠을까, 아니면 다른 이유 때문이었을까.

이길영이 계속해서 말했다.

"하지만, 하지만 어쩔 수가 없었다고요…… 제가 그때 계약하지 않았다면 신유승이……."

그제야 이길영이 무슨 이야기를 하는지 알 수 있었다.

「그리고 소년은, 자신의 소중한 것을 지키기 위해 악마와 계약했다.」

눈앞을 스치는 '서유기'의 전경. 그곳에서 나는 똑똑히 보았다. 구요성관에게 둘러싸인 이길영이 황색의 폭풍을 발출하는 것을.

지금 이길영은 그때의 이야기를 하는 것이다.

"독자 형이 배후성 힘 빌려 쓰지 말라고 한 거 똑똑히 기억해요! 절대 일부러 약속 어긴 게 아니에요. 저는, 저는 진짜……!"

나는 횡설수설하는 아이의 머리에 손을 얹었다.

"잘했어."

"네?"

커다랗게 벌어지는 아이의 눈동자를 보며, 힘을 주어 말을 이었다.

"잘했다, 길영아. 그때 네가 아니었으면 우리는 다 죽었을 거야."

이 아이가 얼마나 힘들었을지 안다. 눈앞에서 죽어가는 일행들을 보며 아무것도 할 수 없는 이의 설움이란 게 뭔지, 나 역시 잘 알고 있으니까. 이길영도 마찬가지였을 것이다.

"하지만 또 그러면 곤란해. 알지? 지금의 네 힘으론……."

"싫어요."

"뭐?"

"만약 같은 상황이 벌어진다 해도 똑같을 거예요. 또 그 힘을 쓸 거예요. 신유승이랑…… 일행들을 지킬 거예요."

"길영아."

잠시 망설이던 이길영이 내 손을 쓱 피했다. 고개를 든 아이의 눈동자로 여러 가지 감정이 소용돌이치고 있었다.

아무래도 마음의 준비를 하던 건 나만이 아니었나 보다.

"혼내려고 부른 거 알고 있어요. 하지만 저도 이 말 하러 왔어요. 저 이제 어린애 아니에요, 형. 나도 자격이 있어요. 나도 다른 사람들이랑 똑같이, 시나리오 모두 헤치며 여기까지 왔다고요."

나는 속으로 침음했다.

나도 잘 알고 있다. 알고는 있지만…….

그런 내 상념이 한심하다는 듯, [제4의 벽]의 목소리가 들려왔다.

「**애** *취* 급하 지 마네 *가* 더애 *같* 아」

'길영이는 애야.'

「어 차 *피* 저애 **없** 으 **면** *못* **싸** 워」

「김 독**자** *좋* 은사 람인 *척* 구는 *거* 어 울**리** 지 **않** 아」

알고 있다. 하지만 그렇다고 해서…….

「**걱** 정마 내**친** 구 *가* 도 와**준** **다**」

친구?

그 순간, 츠츠츠츳 하는 소리와 함께 이길영 주변에 투명한 벽 같은 것이 일렁거렸다.

['제4의 벽'이 자신의 친구에게 호응하고 있습니다.]

나는 허공을 향해 조심스레 손을 뻗었다.

그곳에 뭔가가 있었다. 이미 내가 알고 있는 벽의 감촉이었다. 하지만 아직 불완전한 벽.

머릿속으로 갑자기 여러 가지가 이해되었다.

그런가. 그때 그 '벽'은 이 아이에게…….

"혀, 형이 아무리 말려도……!"

허공을 향해 뻗은 손에 위압감을 느꼈는지, 이길영이 떨리는 목소리로 외쳤다. 나는 손을 재빨리 내려 아이의 손을 잡았다. 그 손을 굳게 잡은 채, 한참이나 있었다. 마침내, 아이의 떨림이 천천히 잦아들 때까지.

"네 말이 맞다, 길영아."

"형……?"

"나는…… 우리는, 네 도움 없이는 결말을 볼 수 없어. 우리가 가는 시나리오에 네 역할은 꼭 필요해."

나는 천천히 눈을 감았다 떴다.

이제는 어쩔 수가 없었다. 상처받은 아이에게 기댈 수밖에 없는 이 현실을 나도 인정해야만 했다. 나이에 맞지 않게 자라난 마음을, 아이가 먼저 꺼내든 용기를 소중히 해야만 했다.

그 용기에 보답할 수 있게, 나 역시 솔직해져야만 했다.

"하지만 그렇다고 너 혼자서 맞서 싸우게 두지는 않아. 이게 내 욕심이고, 내가 결코 양보할 수 없는 거야. 이해해줄 수 있겠니?"

이길영이 천천히 고개를 끄덕였다. 눈물을 닦으며 배시시 웃기도 했다.

이런 아이와 함께 전쟁을 치러야 한다는 사실에 새삼 마음이 아팠다.

하지만 이제 선택해야 할 시간이었다.

"네 배후성과 이야기를 하고 싶어."

내 말에, 이길영의 눈동자가 급격하게 흔들렸다.

"하지만 형, 이 녀석은……."

"걱정 마."

지금껏 이길영의 배후성을 기용하지 않은 이유.

그것은 녀석이 너무나 위험하기 때문이다.

「"정말 나와 같이 가지 않을 건가? 저놈보다, 나랑 같이 다니는 게 훨씬 빨리 강해질 수 있다. 그래도 안 갈 거냐?"」

아마 유중혁 녀석도, 그걸 잘 알기에 이길영을 데려가려 했겠지.

여우 같은 자식.

나는 걱정하는 이길영의 어깨를 가볍게 쥔 채 말했다.

"형 이제 신화급 성좌야."

며칠 전까지였다면, 나도 가능하면 이 신덕은 피했을 것이다. 하지만 지금이라면 이야기가 다르다. 나는 가볍게 숨을 들이켠 뒤, 허공을 올려다보며 진언을 발출했다.

[보고 있는 거 다 알고 있으니 나와.]

내 말투가 변하는 순간, 주변에 둔중한 울림이 퍼졌다. 응접실 안을 가득 채우는 스파크와 함께 이길영의 표정이 변하고 있었다. 고통 속에 일그러진 이길영의 눈이 하얗게 뒤집혔다. 무슨 일이 벌어지려는지 깨달은 내가 후폭풍을 뚫고 아이의 어깨를 굳게 쥐었다.

[강림하라는 말은 하지 않았는데.]

후폭풍의 여파가 순식간에 줄어들며 내 팔로 통증이 몰려왔다. 나는 통증을 견뎌냈다. 이 정도 쇼맨십을 보여주지 않으면, 녀석과 제대로 된 딜을 할 수 없다.

[당신의 격이 국지적인 후폭풍의 여파를 억제합니다!]

급격하게 평온해지는 이길영의 표정. 그리고 다음 순간, 텅 빈 어둠이 깔린 이길영의 입을 통해 곤충의 날갯소리 같은 것이 들려왔다.

[나는 기다림에 익숙하지만 너는 너무 오래 걸리는군.]

마치 수백만 마리의 메뚜기 떼가 한꺼번에 날아오르는 듯한 목소리였다.

3

창밖이 어둑해져 있었다. 해가 지는 건가 싶었는데, 자세히 보니 창문에 들러붙은 벌레 떼 때문이었다. 빠르게 기어 다니며 더듬이를 움직이는 메뚜기들이 나를 노려보고 있었다.

나는 그 메뚜기 떼를 일별하며 말했다.

[지금껏 기다린 것에 비하면 별것도 아니었을 텐데 엄살이군.]

[네가…… 기다림에 대해…… 무엇을 알지?]

녀석의 말은 뚝뚝 끊어졌다. 내가 가늠할 수 없는 공허 아래에서 메아리치는 진언. 주변 대기가 새카만 격으로 달아오르고 있었다. 나는 기운을 조절하며 말했다.

[적어도 네가 '잊힌 악'이라는 건 알지.]

하얗게 뜬 이길영의 눈썹이 꿈틀대는 것이 보였다. 주변에 서늘한 한파가 번지는 것 같았다. 나는 그것을 견디며 말을 이었다.

[너무 오랜 시간이 지나 별들이 잊어버린 '악'. 같은 '악'에게조차 외면당해, 저 마계의 아득한 지하에 봉인된 '악'.]

흔히 지옥의 가장 깊은 자리는 '묵시룡'의 자리라고들 한다. '성마대전'은 묵시룡이 불태운 〈하르마게돈〉 편이 가장 유명한 까닭이었다.

그런데 사실 초기 '성마대전'의 재앙에는 묵시룡만 있는 것이 아니었다.

황색 충운蟲雲으로 세상을 휩쓸었던 별들의 재앙.

이제는 사라진 이름 중, 분명 그런 이름의 재앙이 있었다.

[황충들의 왕. '무저갱의 지배자'여.]

내 말에, 허공에서 거센 폭풍과 함께 메시지가 드러났다.

[등장인물 '이길영'의 배후성이 자신의 수식언을 드러냅니다.]

[성좌, '무저갱의 지배자'가 당신을 바라봅니다.]

'무저갱의 지배자', 아바돈.

그는 '성마대전'의 주역들과 마찬가지로 신화급에 이른 존재였다. 하지만 '선악을 가르는 벽'의 주인들은 자신들의 싸움을 위해 그를 '악'으로 인정하지 않았고, 심지어는 마계의 72마왕에도 끼워주지 않았다.

그 때문에 아바돈은 이계의 신격이나 다름없었다. 한때 은하를 벌레 떼로 물들인 거악이었음에도, 망각의 감옥에서 수만 년을 지새웠다. 재앙의 시대가 열릴 때 깨워주겠다는 헛된 약속을 믿은 채, 그는 같은 악마들에게조차 배반당했다.

「어느 날, 한 인간이 '메뚜기'를 시나리오의 클리어 요소로 사용하기 전까지는.」

[설화, '메뚜기 채집자'가 이야기를 시작합니다!]

우리의 시나리오에서 발아한 이길영의 설화가 늙은 악마의 잠을 깨웠다.

[날 부른 이유를…… 말하라. 건방진…… 성좌여.]

깊은 증오가 깃든 목소리. 악마가 받은 상처가 고스란히 느껴졌다.

자신의 적수이던 '선'에게서 외면당하고, 자신의 동료이던 '악'에게서 배신당한 악마.

[왜 불렀겠어? 어린애랑 계약해서 등쳐 먹는 짓은 그만두라고 부른 거지.]

[…….]

[계약을 하고 싶으면 나랑 하자고. 그래야 공평하잖아?]

[너의 건방짐을…… 용서하는 것은…… 네가…… 성마대전을 망쳤기 때문이다…….]

희미하게 일그러진 이길영의 입술이 웃고 있었다.

녀석은 거악의 자격을 갖췄는데도 끝까지 '성마대전'에 참가하지 않았다. 심지어는 마치 그곳에 없는 존재인 것처럼 굴었다.

이해는 갔다. 이제 그 거대 설화는 그의 축제가 아니었다.

[묵시룡과 에덴…… 마계가…… 패망하는 것은…… 무척 즐거웠지.]

[그래서. 그걸로 끝이냐?]

[끝……?]

[아바돈. 너는 여전히 '악'이다.]

내 말에 이길영의 눈썹이 꿈틀거렸다.

[성마……대전은…… 이미 끝났다…….]

[지금은 끝났지. 하지만 언젠가는 다시 열릴 거야. 그때는 네가 재앙이 되는 시나리오가 만들어질 수도 있어. 모두가 네 수식언을 기억하고, 네 이름 앞에 전율하게 되겠지.]

[왜…… 그런 소리를 하는 거지……?]

달콤한 간언이라도 들은 것처럼, 아바돈이 웃었다.

나는 곧장 본론을 말했다.

[긴말 안 할게. 힘 비축하는 건 그쯤 하고, 우리를 도와.]

[내……가…… 왜?]

[그러지 않으면 너도 멸망할 테니까. 우리 없이 네놈 혼자 살아나 봐야, 다른 성좌들이 널 받아줄 리 없다는 건 잘 알고 있을 텐데?]

[나는, 오래된, 악…….]

[절대악 계통의 성좌들은 너를 다음 세대의 '가장 오래된 악'으로 인정하지 않을 거다. 누구도 네 편을 들지 않겠지. 잊은 모양이다만, 아직 '마지막 시나리오'에는 '바알' 같은 괴물도 남아 있다.]

[바, 알……!]

아바돈의 목소리가 발작하듯 떨렸다.

마계 서열 1위의 마왕. 마계에서 유일하게 '마지막 시나리오' 지역으로 넘어간 존재이자, '아바돈'의 존재를 무저갱에 유폐해버린 마왕.

[우리를 도와 '대멸망'을 막는다면, 녀석에게 복수할 기회를 주겠다.]

주변 대기가 격렬하게 떨리고 있었다. 나는 그 대기에 흐르는 격을 그대로 감내하며 말했다.

['무저갱의 지배자'여. 우리가 만들 세계의 '가장 오래된 악'이 되어라.]

악마와 손을 잡기로 했다면 이 정도 미끼는 걸어야 한다.

이번 재앙을 막기 위해 아바돈의 힘은 반드시 필요했다.

[대멸망 시나리오 시작까지 1시간 5분 남았습니다.]

마침내 모든 준비를 끝마쳤다.

나는 광장 한쪽에 위치한 일행들을 보며 물었다.

"유중혁은 깨어났습니까?"

"아직이에요."

이설화의 말에 나는 고개를 끄덕였다. 아직도 깨어나지 않았다면, 역시 플랜 B가 최선이다.

"여러분을 믿겠습니다. 이 방법밖엔 없습니다."

작전 내용 자체는 플랜 A와 똑같았다. 조를 두 개로 나누어, 다가올 이계의 신격의 왕을 하나씩 상대하는 것.

다만 플랜 A와 다른 점이 있다면, 팀 구성이었다.

"1조가 상대할 이계의 신격은 '살아 있는 불꽃'입니다."

'살아 있는 불꽃'. 999회차를 살았던 우리엘의 신명.

"지금 태평양에 나타난 존재는 '가라앉은 섬의 주인'이지만, 대멸망이 시작되면 '살아 있는 불꽃'도 반드시 나타날 겁니다. 그녀는 '은밀한 모략가'를 노리니까요."

나는 여전히 봉인구에 갇혀 잠든 '은밀한 모략가'를 돌아보며 말했다.

"일단 명단부터 알려드리겠습니다."

일행들이 긴장된 눈으로 나를 보았다.

"정희원, 이길영, 신유승, 이설화, 공필두, 유상아, 한수영……."

현재 일행 중 메인 딜러는 정희원이다. 가장 강력한 디버프 능력을 보유한 이는 유상아이고, 누구보다 뛰어난 전황 지휘 능력을 가진 이는 한수영이다. 이 세 사람이 팀의 메인이어야 했다.

물론 이것이 끝이 아니었다.

"우리엘, 흑염룡, 제천대성……."

내 말에 허공에서 한바탕 스파크가 튀었다.

[성좌, '악마 같은 불의 심판자'가 고개를 끄덕입니다.]

[성좌, '심연의 흑염룡'이 명령하지 말라며 투덜거립니다.]

[성좌, '가장 오래된 해방자'가 당신의 의중을 가늠합니다.]

상대가 999회차 우리엘인 만큼, 이쪽에서도 반드시 우리엘을 내보내야 했다. 운이 좋다면 지난번처럼 '끊어진 필름 이론'의 효과를 볼 수도 있을 것이다. 상성인 흑염룡도 큰 도움이 될 것이고, 신화급 성좌가 된 제천대성은 더 언급할 필요도 없었다.

"여기에 파천검성, 키리오스, 장하영…… 초월좌분들께서도 지원을 해주셨으면 합니다."

"맡겨둬!"

드디어 본격적인 임무에 신이 난 장하영이 외쳤다. 하지만 막상 가보면 생각이 달라질 것이다.

파천검성과 키리오스가 고개를 끄덕이자, 나는 계속해서 말을 이었다.

"마지막으로…… 하데스, 페르세포네. 두 분께서도 1조와 함께 가주셨으면 합니다."

[성좌, '부유한 밤의 아버지'가 묵묵히 고개를 끄덕입니다.]

[성좌, '가장 어두운 봄의 여왕'이 당신을 걱정스레 바라봅니다.]

듣고만 있던 일행들도 그쯤 되자 표정이 이상해지기 시작했다.

제일 먼저 입을 연 것은 정희원이었다.

"잠깐만요, 그렇게까지 1조에 인원이 편중될 필요가 있어요? 그냥 다 1조인 거나 마찬가지잖아요? 그럼 2조는 누구인데요?"

"저랑 이지혜, 그리고 이현성 씨가 2조입니다."

"성좌들은요?"

나는 대답하지 않았다. 그러자 정희원이 눈을 가늘게 떴다.

"또 그럴듯한 자살 계획을……."

곁에 있던 유상아가 온화하게 미소 짓는 것이 보였다. 그래, 유상아 씨라면 내 편을 들어줄지도 모른다.

[누군가가 '긴고주'의 주문을…….]

그녀의 온화한 입술이 뭔가 끔찍한 것을 외고 있었다. 멀리서 한수영이 이마를 짚은 채 고개를 흔드는 게 보였다.

—그러게 내가 안 될 거라고 했잖아.

나는 다급히 외쳤다.

"잠깐만요! 자살 계획이 아닙니다. 진짜 제대로 된 작전이에요. 그래서 지혜랑 현성 씨도 데리고 가는 거고요."

"흐음……."

"지 이제 신화급 성좌입니다. 제가 얼마나 센지 다들 보셨잖아요."

"중혁 씨 뒤에 숨어서 응원하는 건 잘 봤죠."

"절 믿어주세요. 신화급 성좌가 어떤 존재인지 다들 아시지 않습니까? 신화급 성좌! 포세이돈! 제우스! 제천대성! 그리고 구원의 마왕!"

"뭔가 이상한 게 하나 끼어 있는 것 같은데……."

그렇게 신화급이라는 말을 몇 번이나 반복하자 일행들도 조금씩 긴가민가해지는 듯했다. 역시 가장 효과적인 세뇌는 반복이다.

하늘에서 천둥이 내리친 것은 그때였다.

[성좌, '가장 오래된 해방자'가 당신을 노려봅니다.]

개연성을 사용하여 화신체를 실체화한 제천대성이 화려한 뇌운과 함께 등장했다. 근두운 위로 휘황한 백금발이 시원하게 흩날렸다.

[막내야, 제정신이냐?]

"그냥 간접 메시지로 하셔도 되는데…… 개연성을 아끼셔야……."

[신화급이라고 다 같은 '신화'는 아니다. 너는 이제 막 신화의 영역에 발을 들인 애송이일 뿐이야.]

제천대성이 그토록 강경하게 말하는 것은 처음 보았기 때문에 조금 당혹스러웠다. 고민하던 나는 한숨을 내쉬며 사실을 실토했다.

"저도 2조 전력으로 왕을 죽일 수 있다는 생각은 하지 않습니다."

"대체 무슨 생각인데요, 그럼!"

"이번 작전의 핵심은 속전속결입니다."

본래 2조의 핵심이어야 할 유중혁이 없는 상황. 1,863회차의 힘을 빌려 쓸 수 없다면, 일행을 어떻게 나눠도 승부를 장담할 수 없었다.

자칫하면 각개격파를 하는 것이 아니라 당할 수도 있다.

그렇다면 모두가 살아남을 방법은 하나뿐이었다.

"2조의 생존은 1조 여러분께 달렸습니다. 최대한 빠르게 '살아 있는 불꽃'을 제압하고 태평양으로 와주세요. 저랑 지혜, 그리고 현성 씨는 여러분이 올 때까지 버티는 것이 목표입니다."

그것이 내가 세운 작전의 첫 단계였다.

그로부터 삼십 분 뒤, 나와 이지혜와 이현성은 태평양으로 출항했다.

출항 직전까지 일행들은 제발 다시 생각해보라며 만류했지만, 나는 고개를 저었다.

'가라앉은 섬의 주인'은 강림만으로 미대륙을 날려버렸다.

만약 녀석이 한반도 근처까지 오기를 기다리게 된다면, 전투가 시작되는 순간 인근 섬들은 모조리 날아가버릴 것이다.

위험을 감수하더라도 나가서 맞이하는 게 최선책이다.

[성좌, '해상전신'이 의미심장한 눈으로 물길을 읽습니다.]

이지혜도 이현성도 모두 긴장한 표정이었다. 특히 오랜만에 시나리오로 복귀한 이현성은 평소보다 훨씬 더 비장한 눈을 하고 있었다.

[성좌, '대머리 의병장'이 자신의 머리를 닦습니다.]

[성좌, '흥무대왕'이 한반도의 운명을 슬퍼합니다.]

물살을 가르는 '터틀 드래곤'이 마침 울릉도와 독도를 지나쳤다. 그 섬의 정경에 무슨 감명을 받았는지, 갑자기 가슴에 손을 얹은 이현성이 외쳤다.

"우리 땅은 우리가 지킨다!"

[성좌, '황산벌의 마지막 영웅'이 고개를 끄덕입니다.]

엄숙한 선서를 보기 힘들었던 내가 태클을 걸었다.

"현성 씨는 이제 군인 안 한다면서요."

"군인만 나라를 지키는 건 아니잖습니까."

그렇게 중얼거린 이현성이 슬픈 눈으로 자신의 인식표 목걸이를 내려다보았다. 일행들과 헤어지기 직전, 정희원은 저 인식표를 한참이나 매만지더니 이현성을 놓아주었다.

—꼭 살아 있어요, 알겠죠?

이현성은 주인을 기다리는 청순한 소 같은 얼굴로 허공을 향해 고개를 주억거렸다. 그 꼴을 보던 이지혜가 내게 귓속말했다.

"아저씨, 왠지 우리 사망 플래그 선 거 같아."

"우린 괜찮을 거야. 죽어도 현성 씨만 죽겠지."

"근데 진짜 나랑 현성 아저씨만으로 충분해?"

"응."

나는 갑판에 천을 벌려놓으며 말했다. 조금 전 '도깨비 보따리'를 통해 구매한 DIY 상품이었다. 일단 이걸 적과 만나기 전까지 완성해야 한다.

"이해가 안 돼. 현성 아저씨는 그렇다 쳐도, 나는 왜? 바다라서?"

"비슷해."

"하지만 내 배후성은 위인급…… 아니, 설화급이라고. 다가오는 녀석은 신화급이라도 막을 수 없다면서?"

확실히 그 말이 맞았다. '해상전신'이 뛰어난 성좌인 건 맞지만, 〈스타 스트림〉 최상위 격 성좌라 말하기는 어려웠다.

"장군님이 아니라 널 믿는 거야."

"어?"

"성좌가 설화급이라고, 화신도 설화급은 아니니까."

이지혜는 내 말을 이해하지 못하는 듯 눈을 끔뻑이더니 피식 웃었다.

"뭔 소리야. 난 성좌도 아닌데."

지금은 그렇지.

이지혜는 아직 자신의 가능성을 모르고 있었다. 내가 읽은 원작에서 자신이 어디까지 나아갔는지를 알지 못하기 때문이다.

[성좌, '해상전신'이 당신의 말에 고개를 끄덕입니다.]

어쩌면 장군님은 이미 아실지도 모르겠군.

혼자서 '로미오와 줄리엣'을 찍던 이현성이 다가왔다.

"그런데 독자 씨는 아까부터 뭘 만들고 계신 겁니까?"

"아, 이거요?"

나는 만들던 아이템을 들어 보여주었다.

그러자 곧바로 설명이 떠올랐다.

〈아이템 정보〉

이름: 완벽한 항복의 백기

등급: SSS

설명: 아주 멀리 떨어진 곳에서도 적이 당신의 항복을 알아챌 수 있는 놀라운 아이템입니다. 아군에게 들키지 않게 사용하세요.

이현성은 자기 눈이 잘못되었나 싶은 표정으로 몇 번이나 눈을 비비더니 나를 돌아보았다. 나는 빙긋 웃었다.

"말했잖아요. 죽을 생각 없다고."

"아니, 하지만 이건……."

"보이면 바로 항복해야 합니다. 그리고 대화를 유도해요. 아시겠죠? 싸우면 절대로 시간 못 끌어요. 나타나는 순간 즉시ㅡ"

"아저씨! 뭔가 온다!"

이지혜의 외침과 동시에, 수평선 건너편에서 거대한 벽이 나타났다. 수백 미터 높이에 이르는 파도의 벽. 그 벽이 우리를 덮쳐오고 있었다.

['대멸망 시나리오' 지역에 조기 진입했습니다!]

[시나리오 지역에서 당장 이탈할 것을 권고합니다!]

[이탈하지 않을 시, '대멸망 시나리오'가 시작됩니다!]

당연히 이탈할 생각은 없었다.

[히든 시나리오 - '대멸망'이 시작됐습니다!]

['이계의 신격'의 침습이 시작됩니다!]

[재앙으로부터 살아남으세요!]

시나리오 설명과 함께 강대한 격의 파랑이 몰아치기 시작했다.

'신화급 성좌'가 된 지금도 전신의 솜털이 바짝 일어설 정도의 격.

「별들조차 당해낼 수 없었던 재앙. 이것이 '대멸망'이었다.」

하나의 세계를 멸망시키기 위한, 이계의 신격의 진군.

[설화, '구원의 마왕'이 이야기를 시작합니다.]

나는 일행들을 보호하기 위해 적당한 설화를 방출하며 파도의 벽을 올려다보았다.

어디선가 이계의 신격의 포효가 울려 퍼졌다.

파도 사이사이로 이계의 신격들이 단층처럼 켜켜이 쌓여 있었다. 그 벽의 최정상에 군림하듯 올라선 한 척의 전함. 익숙한 모양의 배였다.

배의 용머리 선수상에서 흉포한 불길이 쏟아져나왔다.

터틀 드래곤.

그것은 틀림없이 '터틀 드래곤'이었다. 차이가 있다면 우리 쪽 '터틀 드래곤'보다 족히 스무 배는 더 커 보인다는 것.

"아, 아저씨……."

겁에 질린 이지혜가 나를 보고 있었다.

이 모든 걸 알고 있었냐고 묻는 얼굴.

나는 고개를 끄덕였다. 확신까지는 아니지만 예상한 바였다. 999회차에서 살아남은 일행들의 명단은 누구보다 내가 잘 아니까.

「서쪽 세계의 재앙 '가라앉은 섬의 주인'.」

갈라지는 파도 너머로, 999회차의 '결'을 본 소녀의 음성이 들려왔다.

【장전.】

4

포격이 시작되는 순간, 나는 이지혜를 붙잡았다. 마치 세계 전체가 우리를 향해 조준경을 들이댄 느낌.

이지혜가 다급히 뱃머리를 돌렸다. 그저 늦지 않았기를 바랄 뿐이었다.

【발사.】

귀청이 찢어질 듯한 포격음과 함께 대양이 이명으로 뒤덮였다. 인근의 포말 전체가 수증기가 되고 있었다.

간발의 차이로 '터틀 드래곤'의 선체가 선회했다. 그나마도 온전히 피하지는 못했다.

"현성 씨!"

매캐한 탄내와 함께 설화 금속이 가지를 뻗어 갑판 전체를 뒤덮었다. 선체를 감싼 강철이 하얗게 백열하고 있었다.

피부가 익어버릴 정도의 열기.

외판의 충격이 줄어들었을 무렵, 이현성이 [강철화]를 해제했다. 시야가 열린 곳에서 땅이 꺼진 것처럼 배가 바닥을 향해 곤두박질쳤다.

나는 [마왕화]를 발동해 날개를 펼치며 외쳤다.

"이지혜!"

황급히 키를 잡은 이지혜가 선체 움직임을 조절했다. 선체 아래쪽에서 불꽃이 피어오르며 '터틀 드래곤'이 비행을 시작했다.

균형이 안정된 후에야 우리는 주변을 점검할 수 있었다. 대체 무슨 일이 벌어진 것인지…….

「그리고 김독자는 입을 다물 수 없었다.」

바다 한가운데에 있던 배가 갑자기 추락했다. 그렇다는 것은 즉, 선체를 떠받치던 바닷물이 사라졌다는 뜻이었다.

쿠구구구구구!

두 쪽으로 갈라진 대양이 시커먼 바닥을 드러내고 있었다. 펄떡거리는 해수종들이 고통으로 몸을 뒤치었고, 그런 해수종들을 뜯어 먹는 이계의 신격 무리가 보였다.

【갸아아아아아아아아!】

이계의 신격의 무리가 심해의 바닥을 달려 몰려오고 있었다. 마른 대양의 양쪽에서는 다시금 해일이 밀려들었다.

"움직여! 빨리!"

내 말에 이지혜가 급히 배를 돌렸다.

【장전.】

그리고 두 번째 장전음이 울려 퍼졌다. 진언을 들은 것만으로도 공포가 스멀스멀 뼛속까지 스며들었다.

고개를 돌리자 이현성도 땀을 폭포처럼 쏟고 있었다. 제아무리 설화 금속이라도 저런 수준의 공격을 몇 번이나 견뎌내지는 못한다.

"아저씨! 어떻게 좀 해봐!"

안 그래도 어떻게 할 참이었다.

나는 조금 전까지 깨작거리며 만들던 '완벽한 항복의 백기'를 힘껏 치켜들었다.

[아이템, '완벽한 항복의 백기'를 발동합니다!]

[이제 당신의 적들은 아주 멀리 떨어진 곳에서도 당신의 완벽한 항복을 눈치챌 것입니다!]

[일부 성좌가 당신의 행동에 깜짝 놀랍니다!]

[소수의 성좌가 당신의 비겁함을 손가락질합니다!]

비겁하기는 뭐가. 전장에도 안 나온 자식들이.

나는 온 힘을 다해 백기를 흔들었다.

"이지혜! 이쪽이다!"

내 외침에도 대답은 돌아오지 않았다.

태클을 건 것은 오히려 이쪽 이지혜였다.

"아저씨 돌았어?"

"이래 봬도 SSS급 아이템이야."

"항복한다고 살려줄 리가 없잖아!"

"저쪽 이지혜는 착할 수도 있잖아. 믿어보자."

"지금 상황에 농담이 나와?"

아쉽지만 농담이 아니었다.

마침내 장전이 끝난 포신이 환한 빛을 발하려는 바로 그 순간, 나는 열심히 백기를 흔들며 준비된 대사를 날렸다.

"어이 이지혜! 네 사부는 백기 든 상대를 공격하라고 가르쳤냐?"

쿠구…….

처음으로 파도 너머의 움직임이 멎었다. 장전이 끝난 포신이 사격 직전에 멈춰 있었다. 희뿌옇게 흩어지는 수증기 사이로 갑판에 선 존재가 모습을 드러냈다.

이계의 신격, '가라앉은 섬의 주인'.

999회차의 이지혜가 긴 머리를 흩날리며 그곳에 있었다.

아득한 세월을 살았음에도 여전히 이십대의 모습이었다. 마치 그녀의 시간은 999회차의 '결'에서 한 걸음도 채 흘러가지 않았다는 것처럼.

그 세월의 공백을 헤아리듯, 이지혜의 입술이 열렸다.

【깃발…….】

"그래, 이 깃발. 기억나지?"

오래된 페이지들이 내 안에서 넘어갔다. 999회차의 장면이 재현되고 있었다. 지독한 피 냄새. 으슥한 지하철의 어둠.

[전용 스킬, '독해력'이 발동합니다!]

[특성, '시나리오의 해석자'가 발동합니다!]

[당신의 발이 내상의 오래된 설화를 깨웠습니다!]

「그 어둠 속에 유중혁이 서 있었다.」

깨진 열차의 헤드라이트에서 스파크가 튀었다. 간간이 밝아지는 시야 사이로 괴수들을 학살한 유중혁의 검이 빛나고 있었다.

「그날, 상처받은 검귀와 패왕이 만났다.」

자신이 고전한 적들을 너무도 쉽게 해치우는 패왕을 보며, 검귀가 몸을 떨었다. 무심하게 사라지는 검의 궤적을 따라가며 이지혜는 외쳤다.

「"당신을 따라가면 강해질 수 있어? 그럼 이 빌어먹을 세계에서 살아남을 수 있냐고!"」

ㅊㅊㅊㅊㅊㅊㅊ츳!

눈앞에서 강렬한 스파크가 튀었다. 일대에 몰아치는 개연성의 후폭풍으로 인해 사위가 제대로 보이지 않았다. 우리를 노리고 달려들던 해수종과 이계의 신격들이 스파크에 휘말려 몸부림쳤다.

【무슨일무슨일무슨일무슨일무슨일】

이계의 신격들이 그들의 왕을 바라보고 있었다. 그러나 그들의 왕은 이미 그곳에 없었다.

먼 기억을 헤매는 듯, 999회차의 이지혜가 허공을 향해 손을 뻗고 있었다.

【사……부.】

예상대로였다.

처음 '은밀한 모략가'를 만났을 때도 그랬고, 999회차의 우리엘을 만났을 때도 느꼈지만…… 이들은 제정신이 아니다.

[등장인물 '가라앉은 섬의 주인'이 고통스럽게 이빨을 드러냅니다.]

보통 이계의 신격이 된 존재는, 이전과는 완전히 다른 존재가 되어버린다. 자신이 살아온 기억을 잃고 새로운 존재로 거듭나는 것이다.

하지만 그것은 보통의 이계의 신격 이야기고, 이 '왕'들은 다르다.

그들에게는 생전의 기억과 감정이 남아 있었다.

'은밀한 모략가'는 자신의 설화를 회차별로 분리해서 저장했고, '살아 있는 불꽃'은 복수에 대한 집착 속에 자신의 자아를 구겨 넣었다.

그렇다면 '가라앉은 섬의 주인'은 어떨까. 그녀는 자신이 누구인지 제대로 기억하고 있을까.

"이지혜! 네가 누구였는지 떠올려!"

999회차의 이지혜가 왜 이계의 신격이 되었는지는 모른다.

하지만 짐작 가는 것이 하나 있기는 했다.

"이 '세계선'을 파괴하지 마! 이곳도 네가 살던 세계와 같아! 유중혁이 있고, 이현성이 있고, 이지혜가 있다고!"

츠츠츠츠츠츳!

[<스타 스트림>이 당신의 행동을 주시합니다.]

[일부 대도깨비가 당신의 행동에 눈살을 찌푸립니다.]

눈앞에서 999회차의 설화들이 흘러가고 있었다.

"눈을 감지 마! 네가 누구를 죽이는지 똑똑히 봐!"

「"눈을 감지 마라. 네 검이 누구를 죽이는지 똑똑히 기억해라."」

999회차의 이지혜가 기억하는 유중혁이 그곳에 있었다.

그녀에게 검도를 가르치고, 생존 방법을 가르쳐준 유중혁.

'깃발 쟁탈전'이 시작되고, 충무로 역을 점거한 유중혁이 말하고 있었다.

「"네가 죽인 이의 죽음을 기억해라. 그것이 네가 상처받을지언정, 검귀가 되지 않을 방법이다."」

아직 흰색이던 유중혁의 깃발이 그곳에서 찬연히 흔들리고 있었다.

적색이 되고, 흑색이 되었던 깃발.

이지혜는 사내의 등에서 오연하게 빛나는 그 깃발을 보며 생각했다.

「나도 저 사람처럼 되고 싶다.」

나 역시 아주 많이 하던 생각이었다.

[등장인물 '가라앉은 섬의 주인'의 설화가 격렬하게 흔들립니다!]

나는 그 틈을 놓치지 않고 속사포처럼 말을 쏘아붙였다. 내가 기억하는 999회차의 기억을 서슴없이 토해냈다.

"그때 유중혁이 말했던 거, 모두 잊었어? '미리 항복하는 녀석들은 살려주어라! 꿍꿍이가 있는 녀석들은 보통 머리가 좋다! 인력이 부족하니 그런 녀석도 활용해야 한다!'"

곁에서 나를 보는 이지혜가 입을 벌리고 있었다. 설마 내가 이런 식으로 적을 설득할 줄은 몰랐던 모양이다. 비겁한 방법이라고 욕해도 어쩔 수 없었다. 원작의 기억을 자극해서라도, 지금은 시간을 버는 것이 최우선이었다. 심지어는 그마저 잘 된다는 보장이 없었다.

【발사.】

빌어먹을, 역시 이 정도로는 안 되나.

콰아아아아아!

두 번째 사격이 시작되었다.

아까보다는 확연히 위력이 줄어든 포격이지만, 역시나 정면에서 맞상대하기는 힘든 파괴력이었다. 그나마 다행이라면 이번에는 '커다란 한 방'이 아니라 산탄이라는 점.

대양을 가르면서 날아드는 포탄을 보며 나는 입술을 꾹 깨물었다.

"현성 씨!"

"아직 준비가 덜 끝났습니다!"

다른 일행들에게도 설화 금속을 빌려주었기 때문일까, 이현성의 마력 회복은 무척 더디었다.

선체를 덮은 강철은 아까의 절반.

결국 이번 턴은 [강철화]의 도움 없이 버텨내야 했다.

떨어지는 산탄을 피해 '터틀 드래곤'의 선체가 전력으로 후진을 시작했다. 하지만 배의 움직임과 반대로, 이지혜는 나와 이현성을 보호한 채 앞으로 나섰다.

"아저씨들은 뒤로 빠져. 여긴 내가 어떻게든 해볼 테니까."

뜻밖의 말에 나는 이지혜를 바라보았다.

한 번도 본 적 없는 눈빛으로, 이지혜가 전방을 응시하고 있었다.

"이 싸움은 내 싸움이야."

무엇이 그녀를 움직였을까. 나는 알 수 없었다. 다만 확실한 것은 이지혜가 자신의 전장을 선택했다는 사실이었다.

"999회차가 뭔지, 거기서 무슨 일이 있었는지 나는 잘 몰라. 다만, 다른 회차의 비극을 이유로 이 세계를 파괴하려는 '내'가 있다면."

굳은 결심을 마친 이지혜의 눈에서 귀화가 피어올랐다.

"나는, 그런 나를 용서할 수가 없어."

[성좌, '해상전신'이 자신의 격을 개방합니다!]

나는 그런 이지혜를 가만히 바라보았다.

이 바다는 그녀에게 최고의 전장.

지금 당장 믿을 것은 이지혜와 그녀의 전함뿐이다.

[성운, <김독자 컴퍼니>의 개연성이 화신 '이지혜'에게 깃듭니다!]

내가 가진 거대 설화들이 그녀에게 격을 몰아주었다.

눈부신 황금빛 아우라가 이지혜를 덮었다.

눈을 커다랗게 뜬 이지혜가 나를 향해 싱긋 웃었다.

"고마워, 아저씨."

이지혜의 전함이 출발했다. 날아드는 산탄의 궤적을 피하며, '터틀 드래곤'의 선수상이 불을 뿜었다.

"전군 전진하라!"

[거대 설화, '신화를 삼킨 성화'가 기염을 토합니다!]

작은 용머리 선수상에서 뿜어져나온 화염이, 저쪽의 탄환과 맞부딪치며 산화했다. 우리가 살아온 역사가 설화가 되어, 999회차의 설화와 부딪치고 있었다.

[거대 설화, '마계의 봄'이 화신 이지혜를 돕습니다.]

[거대 설화, '빛과 어둠의 계절'이 이야기를 시작합니다!]

거대 설화의 파급력만이라면, 이쪽도 어지간한 성운에 밀리지 않는다.

[성좌, '해상전신'이 자신의 화신에게 지휘권을 양도합니다.]

[등장인물 '이지혜'가 '유령함대 Lv.???'를 발동합니다!]

그녀의 주특기인 유령함대가 대양에 모습을 드러냈다. 순양함급을 넘어서서, 이제 거의 항공모함급에 육박하는 거대 전함들.

그 전함들이 일제히 불을 뿜으며 '터틀 드래곤'을 호위했다.

"장전!"

이지혜의 유령함대가 쾌속 전진을 시작했다. 하지만 저쪽의 포격이 먼저였다. 일대의 바다에 불꽃의 해일이 밀려들었다. 해일을 향해 함대가 돌진했다. 앞을 막아서는 거대한 파도의 벽. 그녀는 오직 한 점만을 바라보았다.

"발사!"

집중 사격에 파도 벽의 한쪽이 터져나갔다. 그 작은 공동을 파고들며, 함대는 전진을 계속했다. 일자를 이룬 대형이 전방위에 포격을 개시했다. 탄환을 맞은 이계의 신격들이 고통으로 울부짖었다. 그 비명들을 짓밟은 채 이지혜는 앞으로, 다시 앞으로 나아갔다. 과도한 마력 사용에 피를 토하면서도 자신이 잡은 키를 놓지 않았다.

「단 한 발이라도.」

섬뜩한 빛을 띤 이지혜의 눈동자가 여전히 한 점에 고정되어 있었다. 저 두꺼운 파도의 벽. 그 너머에 존재하는 한 척의 전함.

【장전.】

"장전!"

[성좌, '대머리 의병장'이 화신 '이지혜'를 응원합니다.]

[성좌, '흥무대왕'이 화신 '이지혜'를 응원합니다.]

[성좌, '조선제일술사'가 화신 '이지혜'를 응원합니다.]

[성좌, '황산벌의 마지막 영웅'이 화신 '이지혜'를 응원합니다.]

[성좌, '외눈 미륵'이 화신 '이지혜'를 응원합니다.]

[성좌, '서애일필'이 화신 '이지혜'를 응원합니다.]

한반도의 성좌들이 그녀를 지켜보고 있었다.

압도적으로 불리한 전황 속에서도 길을 뚫어가는 그녀를 보며, 나 역시 오래된 원작의 한 페이지를 떠올리고 있었다.

[등장인물 '이지혜'의 특성 진화가 임박했습니다!]

원작에서도 겪은 그녀의 마지막 특성 진화가 눈앞에서 일어나려 하고 있었다. 오직 지금이기에 가능한 일이었다.

한반도의 성좌들이 보내온 개연성. 비정상적으로 빠르게 쌓은 설화. 죽음조차 불사하는 이지혜의 각오가 합쳐진 기적.

[성좌, '해상전신'이 자신의 화신을 바라봅니다.]

드높은 하늘에서 이지혜의 배후성인 '해상전신'이 그녀를 내려다보고 있었다. 아주 오랫동안 이지혜를 지키고 보필해온 성좌.

나는 그가 무슨 생각을 하는지 알 수 있었다. 같은 별이기에 느낄 수 있는 감각이었다. 그는 지금 오직 극소수 성좌만이 경험하는 이벤트를 겪고 있었다.

「화신이 배후성의 격을 앞지르는 것.」

그렇게 해상전신은 깨닫고 있을 것이다. 이제는 인정할 수밖에 없는 순간이 왔음을. 지금이 바로, 자신의 화신을 품에서 놓아줘야 할 때임을.

「그리하여 바다는 거센 폭풍을 다스릴 단 하나의 군주를 원했으니.」

첫 활공을 시작하는 젊은 새를 위한 축사처럼, '해상전신'이 설화를 읊고 있었다.

「그것은 이 대양에 두 명의 군주가 필요 없음이라.」

[등장인물 '이지혜'의 특성이 진화합니다!]

[등장인물 '이지혜'가 전설급 특성을 획득했습니다!]

마침내, 상처받은 검귀가 자신의 바다로 나아가고 있었다.

[등장인물 '이지혜'의 특성이 '대해大海의 군주'로 진화합니다!]

【발사.】

"발사!"

아득한 포격음과 함께, 눈앞의 모든 것이 섬광으로 뒤덮였다.

5

【해…… 상전…… 신.】

자신의 배후성을 기억하는지, 999회차의 이지혜가 반응하고 있었다.

「999회차에서, '해상전신'은 이지혜를 살리기 위해 죽었다.」

이 회차에서 일어난 일을 부정하려는 듯, 강렬한 함포 사격이 이어졌다.

그러자 이쪽의 이지혜도 대응했다.

「한반도의 모든 성좌가 이지혜와 함께하고 있었다.」

대해의 군주.

1,800회차를 넘어선 멸살법의 극후반에야 이지혜가 도달하는 경지.

인간이 오를 수 있는 최정상의 위치에서, 자신의 배후성조차 뛰어넘은 이지혜는 마침내 바다의 신이 된다.

「적어도 바다에서만큼은, 그 어떤 신화급 성좌에게도 밀리지 않을 자신이 있었다.」

그것은 실제로 이지혜가 한 말이었고, 실천된 말이기도 했다. 원작의 그녀는 바다에서만큼은 신화급 성좌인 포세이돈과 비등한 전투를 펼친 적도 있었다.

"발사!"

[특성, '대해의 군주'의 효과가 발동합니다!]

이지혜의 배후에서 폭풍이 불어닥쳤다. 그녀가 지나가는 길목마다 해일이 갈라지며 불바람이 쏟아졌다. 그녀의 함선을 호위라도 하듯 몰아치는 광풍.

이지혜는 그 바람의 선두에 서서 사격을 이어나갔다.

[전용 스킬, '유령함대 Lv.???'가 응전을 계속합니다!]

그리고 아주 조금씩, 해일의 벽이 갈라지기 시작했다.

【대 해 의 군 주】

【둘둘둘둘둘둘둘둘둘】

저쪽을 따르던 이계의 신격들까지 당황하는 모양새였다.

「대해의 군주는 바다에서는 패배하지 않는다.」

그것이 멸살법의 정설이었다. 나도 그 문장을 믿었고, 그랬기에 여기까지 올 수 있었다. 하지만.

"크……."

푸슈슉, 하는 소리와 함께 이지혜의 코와 입에서 핏줄기가 쏟아졌다. 과도하게 끓어오른 마력이 역류하는 것이었다.

심지어.

[특성, '대해의 군주'의 효과가 발동합니다!]

이쪽의 격이 자아낸 메시지가 아니었다.

뭔가가 달려든다 싶더니, 한순간 불어닥친 역풍이 시야를 뒤집었다. 거대한 해일에 휘말린 [유령함대]와 '터틀 드래곤'이 포말 속에서 허우적거렸다.

"지혜야!"

나는 실이 끊어진 연처럼 날아가는 이지혜의 손목을 붙잡았다.

내 마력에 정신을 차린 이지혜가 공중제비를 돌며 갑판에 착지했다.

으드득 이를 간 이지혜가 키를 잡으며 외쳤다.

"도망가라니까!"

"그럴 순 없어."

지금의 이지혜 혼자서는 무리였다. 아무리 '대해의 군주'가 되었다 해도, 저쪽은 이미 오래전에 '대해의 군주'의 격을 달성하고 이계의 신격이 된 존재였다.

츠츠츠츠츳!

대멸망 시나리오의 가호로 신화급 성좌조차 넘어서는 재앙. 그게 지금 우리가 싸우는 상대였다.

[거대 설화, '마계의 봄'이 고통스럽게 울부짖습니다.]

[거대 설화, '신화를 삼킨 성화'가 신화에 대항합니다!]

[거대 설화, '빛과 어둠의 계절'이 자신의 모습을 드러냅니다.]

세 개의 '거대 설화'가 한꺼번에 이야기를 시작했다.

1조가 사용 중인 '거대 설화' 지분이 있기 때문에, 지분 전체를 끌어 쓸 수는 없었다. 하지만, 이것만으로도 저쪽을 도발하기에는 충분했다.

【너희는…….】

백기로 기억을 자극한 효과가 있었을까.

진언에 실린 감정 양상이 아까와는 달라졌다.

[등장인물 '가라앉은 섬의 주인'이 거대 설화를 응시합니다.]

['끊어진 필름 이론'이 발동합니다!]

그리고 드디어 내가 원하는 순간이 찾아왔다. 두 명의 이지혜가 쌓아 올린 설화가 충돌하며 끊어진 필름이 이어지기 시작한 것이다.

계획대로라면 이 현상을 통해 우리는 약간의 시간을 벌 수 있었다.

눈앞의 정경이 변한 것은 그때였다.

[거대 설화, '마계의 봄'이 이야기를 시작합니다.]

「이것은 독자獨子의 설화.」

「[살아주세요.]」

「"아저씨! 안 돼! 멈추라고! 멈춰—!"」

처음으로 '형용할 수 없는 아득함'과 맞서던 순간의 기억.

떠올리는 것만으로 고통스러운 듯, 이지혜가 시선을 돌렸다.

그때 이지혜는 저런 표정을 하고 있었구나.

나 역시 저때 기억이 생생했다.

나는 멸망하는 공단을 통째로 옮기기 위해, '은밀한 모략가'와 계약해 저 재앙을 막아냈었다.

【너는…….】

그런데 표정이 일그러진 것은 999회차의 이지혜도 마찬가지였다. 이어서 우리 눈앞에 또 다른 설화가 펼쳐졌다.

[거대 설화, '영원한 수평선의 방랑자'가 이야기를 시작합니다.]

그것은 999회차의 이지혜가 가진 설화였다.

성운들의 습격으로 망가진 서울의 정경. 쓰러진 일행들. 부서져나가는 성채의 흉벽. 그 흉벽 꼭대기에서, 한쪽 팔을 잃어버린 유중혁이 외눈으로 전장을 응시하고 있었다.

「**"방법은 이것뿐이다."**」

유중혁의 몸에서 피어오르는 새카만 혼돈의 아우라.

「**"사부! 멈춰! 멈추라고!"**」

나는 어떤 장면인지 바로 알 수 있었다. 그것은, 999회차 유중혁이 죽는 모습이었다. 외신과 맺은 반복된 '이계의 언약'으로 넝마가 되어버린 그의 영혼이 마지막 거래를 하고 있었다.

깊은 바닷속으로 침전하는 서울.

유중혁이 말했다.

「**"살아남아라."**」

부연 포말 너머로 999회차의 기억들이 흩어지고 있었다.

'가라앉은 섬의 주인'. 무표정한 그녀의 두 눈에서 뭔가가 흐르고 있었다.

영겁의 세월 속에서도 사라지지 않는 설화. 그 설화가, 저 존재를 이곳까지 오게 만든 것이다.

"아저씨, 이거—"

돌아보자 이쪽의 이지혜도 울고 있었다.

"너무 비슷하잖아……."

[두 개의 '거대 설화'가 서로에게 호응합니다.]

비슷할 수밖에 없는 이야기였다.

「김독자가 생각한 가장 완벽한 회차는 '999'회차였고.」

저 회차는 내가 모티브로 삼은 회차였으니까.

「그 회차만이, 어떤 회차보다도 올바른 결말에 가까운 회차였다.」

모두를 살리면서 결말을 볼 수 있는 유일한 회차.

츠츠츠츠츳!

폭주하는 후폭풍 속에서 999회차의 이지혜가 이쪽을 향해 다가오고 있었다.

한 걸음 한 걸음 가까워지는 거리.

느낌이 좋지 않았다.

"아저씨, 물러서!"

위험을 직감한 이지혜가 쌍룡검을 뽑아 들며 달려갔다.

[순살]. 이지혜가 가진 최강의 대인 기술. 하지만 뻗어나간 섬광은 강한 파찰음과 함께 허공에서 튕겨졌다. 피를 흩뿌리는 이지혜의 몸

이 갑판 위를 날았다.

"지혜야!"

대기하던 이현성이 이지혜를 안아 들었다.

한숨 돌리는 순간, 999회차의 이지혜가 내 코앞에 있었다.

격을 발출하기 위해 설화를 풀어내는 찰나, 희고 단단한 오른손이 내 멱살을 틀어쥐었다.

【당신은…… 누구야?】

누구 제자 아니랄까 봐.

나는 쓰게 웃었다. 어찌 됐든 대화가 가능하다는 것은 나쁜 상황은 아니었다.

"내 이름은 김독자다. 네 사부의 절친이지."

【절친?】

999회차의 이지혜는 혼란스러운 표정이었다.

그녀는 내 주변을 떠도는 설화를 보고 있었다.

「"꼭 놈들 정면으로 달리세요. 그리고 놈들과 격돌하기 직전, 왼쪽 벽면을 꼭 살피세요. 그럼 제 말이 무슨 뜻인지 바로 알게 될 겁니다."」

「"그건 28번 시나리오의 '사스콰치'를 상대하라고 알려드린 겁니다."」

내 설화들이 999회차의 이지혜에게 읽히고 있었다.

【어떻게 너는…….】

「"나는 유중혁이다."」

【사부?】

혼란이 찾아오는 듯 999회차의 이지혜가 왼손으로 관자놀이를 감쌌다. 그녀의 눈동자가 불길하게 타오르고 있었다.

쿠드드드드드!

멱살을 잡은 이지혜의 악력이 강해지고 있었다. 전신을 옥죄어오는 격의 파형에 조금씩 숨이 막혀왔다.

"잠깐만, 일단 이것 좀 놓고……!"

【사부사부사부사부사부사부사부사부】

폭주하는 이계의 신격들이 그녀의 말을 따라 하고 있었다. 세상에서 가장 구슬픈 언어로 999회차의 이지혜를 대신해 울부짖고 있었다.

[전용 스킬, '전지적 독자 시점'이 발동합니다!]

[당신의 모든 설화가 해당 인물에게 동조하고 있습니다.]

[해당 인물에 대한 이해도가 급격하게 상승합니다!]

그녀의 동공에 우리가 살아온 순간들이 떠오르고 있었다.

〈마왕 선발전〉 〈기간토마키아〉 〈성마대전〉과 〈서유기〉. 그리고.

[설화, '네모난 원'이 이야기를 시작합니다.]

「**"언제든 말해도 돼. 나한테 말하고 싶지 않으면 다른 사람이라도 좋아. 하지만 웅크려놓고 혼자 썩히지는 마."**」

깊은 슬픔으로 일그러진 999회차 이지혜의 얼굴이 보였다.

왜 이 순간 나는, '은밀한 모략가'가 떠오르는 것일까.

「**【어째서 내가 아니라 너희인 것이지?】**」

999회차의 이지혜— '가라앉은 섬의 주인'에게 이 이야기는 어떤 의미일까.

그녀도 역시 나를 증오할까.

그들의 역사를 읽고 쌓은 이 세계선의 삶을—

「**부러워.**」

뭐?

츠츠츠츠츳!

한없이 그리운 무언가를 보듯, 999회차의 이지혜가 내 뺨을 향해 천천히 손을 가져다댔다.

같은 이야기를 읽어도, 감상은 저마다 다른 법이다.

자신이 이루지 못한 이야기를 보고 절망하는 이가 있는가 하면, 한없이 닮은 슬픔을 보며 위로받는 존재도 있다.

문제는 그 위로의 방향이었다.

「**가지고 싶다.**」

오랜 슬픔에 젖은 그 눈동자에 광기가 흐르기 시작했다.

999회차의 이지혜가 천천히 고개를 돌렸다.

그녀의 시선이 쓰러진 이지혜를 보고 있었다.

「**나도, 이런 삶을 살고 싶다.**」

나는 그녀가 무슨 생각을 하는지 깨달았다.

'끊어진 필름 이론'이 요동치고 있었다. 999회차 이지혜가 손을 뻗자, 흘러나온 격류가 쓰러진 이지혜를 감싸 안았다. 위험했다.

[두 존재의 설화가 공명을 시작합니다!]

으저적, 하는 소리와 함께 999회차의 설화가 움직이기 시작했다. 999회차의 설화가 이 세계선의 설화를 집어삼키고 있었다.

나는 기함하며 격을 발출했다.

막아야 한다. 절대로, 999회차가 이지혜를 먹어치우도록 두어선—

콰드드드드드!

순식간에 배의 갑판을 뚫고 자라난 강철이 이지혜와 나를 보호했다. 이현성이었다.

그런데, 그의 강철에서 느껴지는 설화의 기운이 무언가 달랐다.

나는 이현성을 바라보았다.

그곳에 있는 것은 이현성이었지만, 이현성이 아니었다. 누군가가 이현성의 몸을 빌려 힘을 행사하고 있었다.

[화신 '이현성'의 배후성이 당신을 보호합니다!]

'가라앉은 섬의 주인'에게 절대 뒤처지지 않는 수준의 격.

까드득, 하는 소리와 함께 강철벽을 헤집고 999회차의 이지혜가 고개를 내밀었다. 그녀의 표정은 찬물이라도 뒤집어쓴 듯 무섭게 굳어져 있었다.

먼저 입을 연 것은 이현성의 배후성이었다.

【지혜야. 우리의 이야기는 이미 오래전에 끝났다.】

이계의 신격의 진언.

나는 그가 누구인지 알 수 있었다.

그 시각, 한명오는 김독자에게 코인을 빌려 구매한 'X급 페라르기니'를 타고 차원로를 달리는 중이었다.

목적지는 봉인된 '환생자들의 섬'.

"다름아! 아빠 목소리 들리면 대답해! 다름아!"

한다름. 한명오가 자신의 딸에게 붙인 이름이었다.

한명오는 암흑 단층의 곳곳을 헤매며 그 이름을 불렀다.

"다름아!"

일그러진 암흑의 틈새에서 한명오는 익숙한 모양의 손을 발견했다.

못 알아볼 수 없는 손. 마왕에게 빼앗기기 전까지 한 번도 놓친 적이 없었다.

한명오는 그 손을 꾹 쥐었다. 그리고 단층 사이에서 딸의 몸을 빼내기 시작했다. 쉽지 않은 작업이었다. 하지만 포기할 수는 없었다.

[거대 설화, '잊혀진 것들의 해방자'가 이야기를 시작합니다!]

딸을 구하기 위해 빌린 〈김독자 컴퍼니〉의 설화가 이야기를 시작했다. 그리고 딸의 몸이 조금씩 단층 사이에서 빠져나오기 시작했다.

다행히 딸의 화신체는 무사했다. 하지만 심장이 뛰지를 않았다.

다행히 그에게는 이설화에게 받은 생사단 한 알이 있었다.

"다름아! 정신 차려! 아빠야! 아빠 왔어!"

한명오가 눈물을 쏟으며 외쳤다.

그리고 얼마나 지났을까. 마침내 한다름이 눈을 떴다. 슬그머니 흘러나오는 붉은 안광.

[잘했습니다, 나의 권속이여.]

눈을 뜬 것은 한다름이 아니었다.

[하마터면 '종말의 인도'가 성마대전에서 끝날 뻔했군요.]

스산한 마왕의 격. 아스모데우스의 광소에 한명오가 엉덩방아를 찧었다.

"내, 내 딸을 돌려줘! 내 딸을—"

[딸? 흐음, 미안하지만 그건 곤란해요. 내겐 이 화신체가 꼭 필요하거든요. 대신 선물로 좋은 것을 주겠어요.]

아스모데우스가 품에서 새카만 안대를 꺼냈다.

[이 세계선의 종말을 함께 지켜볼 자격을.]

그것은 '종말의 인도자' 사이에서 전해지는 오래된 아이템이었다.

오직 마지막 시나리오의 코앞에 도달했을 때만 사용 가능한 아이템.

[아이템 '심연의 유물'을 발동합니다!]

심연에 깃든 이계의 신격— '999의 악마'를 불러오는 '이계의 주문'.

일대의 차원이 뭉그러지는 것을 보며, 아스모데우스가 광소를 터뜨렸다.

[메타트론! 아가레스! 구원의 마왕! 이 이야기는 당신들의 생각대로 끝나지 않을 겁니다. 이 이야기는—]

【뭐야 이건?】

언제부터였을까. 아스모데우스 뒤에 한 사내가 서 있었다.

시커먼 아우라로 덮인 채, 한쪽 팔에는 붕대를 감은 사내.

대여섯 걸음 떨어진 곳에서 그 광경을 보던 한명오가 몸을 떨었다.

사내는 한명오도 알고 있는 얼굴이었다.

한명오와 시선이 마주친 사내가 웃었다.

【네가 날 부른 거냐? 흠…… 뭐야. 마왕도 있어? 아하, 알겠다. 이 마왕이 널 괴롭히고 있는 거지? 그래서 살려달라고 날

불렀구나?】

[종말이시여! 아닙니다! 당신을 소환한 것은 바로 저 아스모데우스—]

쐐애액, 하는 소리와 함께 사내의 투명한 손이 아스모데우스의 뒷덜미를 붙들었다.

잠시 후, 사내의 손에는 아스모데우스의 영혼체가 붙잡혀 있었다.

[커헉……?]

【난 남의 몸에 숨은 놈 말은 안 믿어.】

푸화하학, 하는 소리와 함께 아스모데우스의 영혼체가 찢어졌다.

발악할 틈도 없는 일격.

넝마가 된 마왕의 설화를 핥은 사내가 웃었다.

【난 마왕 놈들이 제일 싫어. 날 따라 하거든. 이것 봐! 이 자식, 내가 잃어버린 안대도 가지고 있잖아.】

혼자서 중얼거린 사내가 아스모데우스의 눈에서 새카만 안대를 벗겨 자기가 썼다. 그런 자신의 모습이 만족스러운 듯 사내가 싱긋 웃었다.

부들부들 떠는 한명오가 쓰러진 자신의 딸을 안은 채 그를 올려다보았다.

【어이 어이, 걱정 마. 내가 좀 무섭긴 하지만 알고 보면 괜찮은 남자거든.】

자신의 붕대를 탕탕 두드린 사내가 말했다.

【그럼 어디…… 우리 지혜부터 찾아볼까?】

OMNISCIENT READER'S VIEWPOINT

한 사람

Episode 90

I

자라난 강철이 나와 이지혜를 보호하고 있었다.

[성좌, '강철의 주인'이 자신의 격을 드러냅니다.]

이현성의 배후성은 본래 '강철의 주인'이었다. 하지만 '강철의 주인'은 지난 〈오즈〉 사태 때 소멸했다.

그리고 누군가에게 자신의 수식언을 넘겼다.

【은빛 심장의 왕.】

은빛 심장의 왕. 그가 바로 새로운 '강철의 주인'이었다.

'가라앉은 섬의 주인'과 마찬가지로 999회차의 '결'을 본 존재.

999회차의 결을 본 이현성.

【같잖은 배후성 행세는 집어치워. 지금 뭐 하는 거야?】

같은 '왕'을 대면했기 때문일까. 999회차의 이지혜가 이성을 되찾고 있었다.

【왜 우리가 부를 때는 침묵하다가 이제야 나타난 건데?】

'가라앉은 섬의 주인'이 말하고 있었다.

【원칙을 따르자고 한 것은 당신이었잖아. 다른 세계의 멸망이 되어서라도, 우리의 이야기를 되찾자고 약속했잖아. <스타 스트림>에게 우리의 시나리오를 돌려받자고…… 그렇게 말했잖아.】

그들의 곁에 흐르는 설화가 그들의 삶을 짐작하게 했다.

「지혜야. 원칙을 지켜야 한다. '이계의 신격'이 되더라도, 그 원칙을 잊지 마.」

「세계가 너를 상처 입힐 때, 그 원칙만이 너를 지켜줄 거다.」

「네가 잘못되지 않았다고, 너를 대신해 말해줄 거다.」

모든 회차의 이지혜가 이지혜이듯, 모든 회차의 이현성 또한 이현성이다. 심지어 '이계의 신격'이 되어서조차, 그들의 본질은 변하지 않았다.

'은빛 심장의 왕'이 나를 바라보았다. 감정을 헤아릴 수 없는 시선이었다.

【이것이 나의 원칙이다, 지혜야. 999회차의 비극을 재현하지 않는 것.】

【무슨 헛소리야? 당신 멋대로 손바닥 뒤집듯 바꿀 수 있는 게 원칙이야?】

【이 세계선에 살았던 내 배후성에게 여러 가지 이야기를 들었다. 어쩌면…… 이 세계선이야말로 우리가 찾던 세계선인지도 모른다.】

'은빛 심장의 왕'이 차갑게 빛나고 있었다.

【모든 것의 '끝'을 볼 수 있는 세계선.】

그 말에 999회차의 이지혜가 멈칫했다.

【그런 세계선이 존재할 리 없어. 어차피 이 세계선은 끝이야. 당신이 막아도, 내가 멈추더라도—】

아무래도 '은빛 심장의 왕'은 이 '대멸망'에서 재앙이 되기를 선택하지 않은 모양이었다.

예상은 하고 있었다. 만약 그가 우리를 해칠 생각이었다면 〈오즈〉에서도 기회가 많았으니까. 그것을 알기에 이현성을 데려온 것이었다. 정말, 만약의 사태를 대비한 마지막 카드로.

【이들은 그리 약하지 않다. 우리엘 혼자로는 무리다.】

'은빛 심장의 왕'이 말하자, '가라앉은 섬의 주인'이 대답했다. 먼 수평선을 바라보는 그녀의 눈빛에 허무가 깃들어 있었다. 그리고 다음 순간, 그녀의 눈빛에 생기가 돌아왔다. 마치 불쾌한 뭔가를 보기라도 한 듯한 표정.

【혼자가 아니라면?】

다음 순간, 수평선 너머가 새카만 어둠으로 뒤덮였다.

우리가 예상하지 못한 무언가가 서 너머에 모습을 드러내고 있었다.

〈김독자 컴퍼니〉 일행들은 독도 인근 해역에 자리를 잡은 채 뭔가를 기다리고 있었다.

김독자가 태평양 쪽으로 사라진 후, 수평선 너머에서 먼 북소리 같은 것이 간간이 들려왔다. 소리가 들려올 때마다 일행들 몸이 한 번씩 움찔거렸다. 그 간헐적인 멈칫거림에 대해 누구도 언급하지 않았지만, 모두 그 의미를 잘 알고 있었다.

'김독자를 도우러 가고 싶다.'

하지만 일행들은 참았다. 그것이 작전이기 때문이었다. 만약 여기서 섣불리 움직였다가는 김독자를 구하기는커녕 모든 것을 다 잃을 수도 있었다.

무조건 작전대로 가야 한다. 작전대로 이곳에서…….

창공에서 열기가 느껴진 것은 그때였다. 해역 전체를 뒤덮는 폭염. 반사적으로 고개를 들었을 때, 그들은 믿기지 않는 장면을 보았다.

김독자의 말이 맞았다.

「이글거리는 태양이 바다 한가운데로 떨어지고 있었다.」

컨트롤 타워를 맡은 한수영이 공필두가 만든 [무장성채] 꼭대기에서 외쳤다.

"전투 준비!"

영혼마저 녹아내릴 것 같은 열기.

지독한 홍염 속에 날개를 단 999회차의 우리엘이 있었다.

【'은밀한 모략가'는 어디에 있지?】

「이계의 신격의 왕, 동쪽에서 떠오르는 '살아 있는 불꽃'.」

한수영은 눈앞에서 풍겨오는 어마어마한 격을 느끼며 침을 삼켰다. 정확히는 삼키려 했다. 하지만 입속 침조차 말라버렸는지 조금의 물기도 느껴지지 않았다. 메마른 목을 가다듬으며 한수영이 말했다.

"지금부터 '불꽃 진화'를 시작한다."

불꽃 진화. 그것이 이들 '1조'가 맡은 임무였다.

한수영은 떠나던 김독자가 마지막으로 남긴 말을 떠올렸다.

—죽이지 마. 그 존재도 '우리엘'이야.

빌어먹을 김독자. 저런 걸 죽이지 말고 제압하라고?

침묵의 시위 속에 '살아 있는 불꽃'이 가늘게 눈을 떴다.

【대답하지 않겠다면—】

"유상아!"

신호와 함께 유상아가 손을 뻗었다. 하늘거리는 법복 사이로, 거대한 만다라가 회전하더니 곧장 태양을 향해 쏘아져 나갔다.

지금의 〈김독자 컴퍼니〉가 가진 최강의 디버프가 발동했다.

[설화, '만다라의 시간'이 발동합니다!]

그리고 아주 약간이지만 태양의 활동이 둔해졌다.

999회차의 우리엘이 중얼거렸다.

【시공간 간섭? 이곳에 석존이 있는 건가? 그의 기운은 느껴지지 않는데.】

쿠드드드드드!

그녀가 주먹을 쥐자 일대의 시공간 전체가 깨어질 듯 흔들렸다.

유상아의 입술에서 핏줄기가 흘러내렸다.

"이게 최선이에요!"

"정희원! 신유승!"

한수영의 명령을 받은 두 사람이 달려나갔다.

999회차 우리엘이 먼저 발견한 것은 신유승이었다.

바다에 드리워진 거대한 용의 그림자. 포이즌 브레스가 태양의 겁화를 뒤덮었다.

【이 세계선의 '비스트 로드'인가.】

브레스에 닿은 우리엘의 화신체가 일부 변색되었다.

하지만 그것도 잠깐. 피부는 순식간에 수복되었다.

"어디 이것도 막아보시지!"

바로 곁에서 들려온 목소리에, 999회차의 우리엘이 반사적으로 검을 휘둘렀다.

까가가가가각!

'업화의 불꽃'과 '심판자의 검'이 충돌했다.

단 한 번의 충돌로 정희원이 피를 토하며 물러났다.

[화신 '정희원'이 '심판의 시간'을 발동 중입니다!]

【'심판의 시간'? 어떻게 나를 상대로 그 기술을 썼지?】

정희원의 검을 뒤덮은 [지옥염화]. 그리고 그녀의 등 뒤로 뻗어나온 대천사의 날개를 확인한 999회차의 우리엘이 표정을 굳히며 격을 발출했다.

【내 화신이었군.】

그에 대항하듯, 정희원의 몸에도 성좌의 힘이 현현했다.

[희원이는 네 화신이 아니라 내 화신이거든?]

두 명의 우리엘이 마주 격을 발산하며 충돌했다.

한 번, 두 번. 충돌이 잦아질 때마다 정희원의 안색이 급격하게 질려갔다.

"무슨 힘이……!"

【지난번처럼 우스꽝스러운 기억에 당하지는 않는다.】

순식간에 정희원이 수세에 몰리자, 우리엘이 다급히 외쳤다.

[■바! 너희 뭘 구경만 하고 있어!]

동시에 999회차의 우리엘의 등을 습격한 새카만 불꽃이 있었다.

눈살을 찌푸린 '살아 있는 불꽃'이 말했다.

【흑염룡.】

양손 붕대를 모두 푼 흑염룡이 의기양양하게 소리쳤다.

[큭큭, 맛이 어떠냐 이 망할 천사!]

절대선과 절대악. 한때 숙적이던 두 설화급 성좌가 재앙을 막기 위해 힘을 모으고 있었다.

[지옥염화]와 [흑염]이 태양의 군세에 작렬한다. 눈부신 빛의 폭풍 속에서 한수영은 고요히 전율했다.

'강하다.'

'살아 있는 불꽃'은 한 손만으로 저 강력한 두 성좌를 상대하고 있었다.

둘의 힘을 합했는데도 밀어붙일 수 없는 상대.

【이번 회차의 나는 겨우 이 정도인가? <에덴>은 어디에 있지? 너는 왜 이들과 함께 있는 것이냐?】

[에덴 망했어 시■!]

【<에덴>이 없다? 성운의 가호도 없이 나와 맞서겠단 건가?】

더 이상 상대할 가치조차 없다는 듯, '살아 있는 불꽃'이 고개를 돌렸다. 태양의 빛이 더욱 강해진다 싶더니, 뜨거운 열기 속에서 뭔가 기어 나오기 시작했다.

그녀를 따르는 이계의 신격.

수천에 이르는 군세가 그녀의 명령을 기다리고 있었다.

【가라. '은밀한 모략가'를 찾아라.】

진군이 시작되었다. 불타는 날개를 가진 무수한 '이름 없는 것들'이 지상으로 강하했다. 이대로라면 한반도까지 휩쓸리는 것은 순식간이었다.

[화신 '신유승'이 '최상급 다종교감 Lv.???'을 발동합니다!]

신유승이 움직였다.

바다를 가르고 나타난 무수한 해수종들이 뛰어올라 '이름 없는 것들'의 발목을 물고 늘어졌다.

무장성주 공필두도 가세했다. 흉벽 전체에 설치된 자동 포탑들이 불을 뿜자 벌집이 된 '이름 없는 것들'이 고통으로 비명을 질렀다.

999회차의 우리엘이 말했다.

【저런 악독한 인간까지 동료로 받은 건가? 한심하기는.】

공필두의 성채를 향해 거침없이 나아가는 '이름 없는 것들'.

마침내 외신들의 공격에 흉벽의 한쪽이 무너지려는 순간, 한수영이 외쳤다.

"이길영!"

기다렸다는 듯, 이길영이 흉벽 사이에서 나타났다. 새카만 격을 몸에 두른 이길영이 창공을 향해 포효했다. 그러자 어디선가 황색 구름이 밀려와 하늘을 덮었다. 한순간이지만 저 뜨거운 볕조차 가릴 정도의 군세였다.

[성좌, '무저갱의 지배자'가 하얀 이빨을 드러냅니다.]

【마신 아바돈? 네놈이 왜 이런 곳에?】

뜻밖의 적에 놀란 999회차의 우리엘이 거칠게 으르렁거렸다.

신유승에 공필두, 거기다 이길영까지 합세하자 전황은 비등해지기 시작했다.

아바돈이 부리는 황색의 메뚜기 떼가 자신들의 몸을 던져 '이름 없는 것들'을 막아내고 있었다.

【가아아아아아!】

고통스레 몸부림치는 '이름 없는 것들'.

눈살을 찌푸린 999회차의 우리엘이 한쪽 손으로 우리엘과 흑염룡의 공세를 가볍게 방어해내며, 다른 한쪽 손에 마력을 집중했다. [지옥염화]로 포위를 뚫어버리려는 속셈이었다.

하지만 그녀의 생각을 먼저 읽어낸 이가 있었다.

"지금이야! 쳐!"

한수영의 신호에 깊은 바다의 수면 위로 길쭉한 낫이 튀어나왔다.

스각, 하는 소리와 함께 대천사의 날개에 커다란 자상이 남았다.

흰 깃털이 날리며 쏟아지는 이계의 설화.

【<명계>의 왕……!】

처음으로 999회차 우리엘이 표정이 완전히 굳어졌다.

[성운, <명계>가 비축한 설화를 개방합니다!]

하데스와 함께 〈명계〉의 정예군 일부가 포털을 타고 넘어왔다. 세 명의 심판관과 페르세포네까지. 태양을 호위하던 '이름 없는 것들'이 무너졌고, 〈명계〉의 격이 999회차의 우리엘을 압박해왔다.

하지만 999회차 우리엘은 버티고 있었다.

석존과 우리엘의 화신에, 흑염룡. 거기다 신화급 성좌인 하데스까지. 기습으로 한쪽 날개가 찢긴 상황에서 이지긴한 성운 하나 급의 전력이 가세했는데도 그녀는 밀리지 않았다. 오히려 역전의 기회를 노리고 있는 듯했다.

"뭘 꾸물대고 있어! 빨리 가세해!"

[성좌, '가장 오래된 해방자'가 귀찮다는 듯 몸을 움직입니다.]

쿠구구구구!

하늘을 덮은 황운 위로 몰려든 먹구름. 불길한 빛을 뿜은 뇌운이 한순간 푸른빛을 띠더니 바다를 향해 사정없이 전격을 쏟아부었다.

쉴 새 없이 점멸하는 하늘. 스쳐 간 번갯불 사이로 모습을 드러낸 고고한 성좌가 있었다.

흐트러진 백금발.

특유의 오만한 입꼬리를 가진 신화급 성좌.

999회차의 우리엘이 크게 눈을 뜬 순간, 시야를 가득히 메운 여의

금고봉이 그녀의 몸을 후려쳤다. 그 무지막지한 충격을 견디지 못한 그녀의 화신체가 굉음을 내며 바닷속에 처박혔다.

2

"잘한다 손오공!"

신이 난 한수영이 소리쳤다.

꾸르륵, 소리와 함께 바다 위로 피거품이 올라왔다. 얼마 지나지 않아 999회차의 우리엘이 수면 위로 모습을 드러냈다. 주변 해수종을 모조리 찢어 죽이고 올라왔는지, 그녀의 전신은 완연한 핏빛으로 물들어 있었다.

그런 그녀의 표정을 덮은 것은 배신감이라기보다는 경이로움이었다.

【믿을 수가 없군. 제천대성. 그대까지 이들의 편을 드는가?】

이윽고 그 경이로움은 잠깐의 그리움으로 변했다.

그 변화를 감지한 제천대성이 물었다.

[넌 뭔데 날 아는 척하는 거냐?]

【그저 잃어버린 옛 전우를 잠깐 떠올렸다. 나는 그대와 싸울 생각이 없다. 비켜라. 내가 원하는 것은 '은밀한 모략가' 뿐이다.】

실제로 전의가 느껴지지 않는 목소리였다.

하지만 제천대성은 고개를 저었다.

[나도 그 음침한 녀석이 싫은 건 마찬가지지만.]

무심히 웃는 제천대성의 몸에서 가공할 기운이 터져나왔다.

[녀석이 죽으면, 우리 막내가 곤란해할 것 같단 말이지.]

[성좌, '가장 오래된 해방자'가 자신의 격을 드러냅니다!]

긴고아에 속박된 격을 해방하고, '이계의 신격화'까지 일부 진행되며 외신의 힘까지 손에 넣은 존재.

《서유기 리메이크》를 함께한 요괴들이 포털을 넘어 태평양에 강림하고 있었다.

【원숭이왕원숭이왕원숭이왕원숭이왕】

서로 다른 왕을 숭배하는 이계의 신격들이 드잡이질을 벌였다. 피에 젖은 바다가 격랑으로 뒤덮였고, 999회차의 우리엘이 기함했다.

그리고 마침내, 비등했던 천칭이 기울어지기 시작했다.

"됐다. 밀어붙여!"

한수영의 목소리와 함께 〈김독자 컴퍼니〉의 거대 설화들이 일제히 이야기를 시작했다.

[거대 설화, '마계의 봄'이 이야기를 시작합니다!]

[거대 설화, '신화를 삼킨 성화'가 이야기를 시작합니다!]

[거대 설화, '빛과 어둠의 계절'이 이야기를 시작합니다!]

[거대 설화, '잊혀진 것들의 해방자'가 이야기를 시작합니다!]

비록 주요 담화자인 김독자와 유중혁이 부재중이었지만, 다른 인원들도 만만치 않은 거대 설화 지분을 보유하고 있었다.

그리고 기다렸다는 듯 최후의 일격을 준비하는 이들이 있었다.

[하늘의 태양은 하나면 충분하지.]

자신의 열차와 함께 나타난 수르야. 그리고.

[이제 이계의 신격을 베는 것도 익숙하군.]

[합공하지, 파천검성.]

"저도 갑니다!"

그리고 파천검성과 키리오스, 그리고 장하영까지 가세했다.

수세에 몰린 999회차의 우리엘. 그녀의 표정이 조금씩 당혹감으로 물들고 있었다.

【어떻게 그대들이 모두 함께 있지? 이 세계선은 대체―】

밀려드는 거대 설화에 그녀는 당황하고 있었다. 설화의 크기도 크기지만, 내용이 문제였다. 어떻게 이런 설화가 가능하단 말인가.

대체 어떻게.

열차를 탄 세 명의 초월좌가 태양의 혈막을 꿰뚫었다. 하늘을 부수는 [파천검도]와 [전인화]. 거기에 [파천붕권]의 가공할 파괴력이 어우러진 일격. 그 일격이 우리엘의 빈틈을 강타하려는 순간.

아주 서늘한 감각이 한수영의 뒷덜미를 엄습했다.

"잠깐만!"

[설화, '예상표절'이 다급하게 이야기를 수정합니다!]

이 세계에서 오직 그녀만이 느낄 수 있는 강렬한 감각이 그녀를 사로잡았다. 그리고 다음 순간, 일대의 시공간 전체를 쥐어짜는 듯한 소리가 울려 퍼졌다.

꽈드드드드득.

한수영은 눈앞에서 무슨 일이 벌어지는지 알 수 없었다.

【뭐야, 이 회차의 '나'는 어디 갔어? 설마 뒈졌나?】

마치 심연의 일부를 떼다 빚은 듯 불온한 목소리.

최후의 일격을 먹이기 위해 배후로 접근하던 초월좌들이 부서진 열차와 함께 추락했다. 새카만 [흑염]의 불길이 그들의 옷깃을 불태우고 있었다.

천공의 먹구름 사이에 한 사내가 서 있었다. 한수영도 아는 존재였다. 너무나 잘 알기에 소름이 돋을 지경이었다.

[성좌, '심연의 흑염룡'이 당신에게 위험을 경고합니다!]

사내가 천천히 입을 열었다.

【쳇, 이렇게 날뛰는 '격'은 당연히 지혜일 줄 알았는데. 오랜만이라 착각해버렸네.】

'살아 있는 불꽃'의 태양이 눈부신 빛을 발했다. 그러나 사내의 어둠은 빛이 강해질수록 짙어지는 그림자처럼 더욱 두터워질 뿐이었다.

999회차 우리엘이 말했다.

【'위대한 심연의 군주'. 누가 너 같은 놈을 이 세계선에 불렀지?】

한수영의 목덜미가 차가워졌다. 김독자에게서 들은 기억이 났다.

북쪽 우주의 지배자, '위대한 심연의 군주'.

【하핫. 이제야 날 그렇게 불러주네. 그나저나 힘들어 보이는데, 내가 좀 도와줄까?】

경기를 일으키듯 태양의 코로나가 튀어 올랐다.

【필요 없다. 네까짓 잡배의 도움 따위—】

【왜 이래, 같은 회차의 '동료'끼리.】

이죽거리는 사내.

그는 999회차의 '결'을 본 망상악귀 김남운이었다.

김남운의 시선이 움직이는 순간, 한수영은 전신에 소름이 돋았다.

【나도 오랜만에 흑염룡 얼굴 좀 보고 싶다고.】

어느새 코앞까지 다가온 김남운이 흉흉한 눈길로 그녀를 바라보고 있었다.

천천히 눈을 떴을 때, 유중혁은 자신이 어둠 속을 부유하고 있다는 사실을 깨달았다.

마지막으로 기억나는 것은 김독자와 필살기를 연구하던 일.

도중에 무엇인가가 잘못되었고, 자신은 의식을 잃었다.

[현재 당신의 영혼체가 불안정한 상태입니다!]

[설화, '영원불멸의 지옥도'가 난독에 빠진 상태입니다.]

「**유중혁 녀석 생일이 언제였더라.**」

드문드문 기억들이 흐르고 있었다. 흐릿한 의식 속에서 들려오는 목소리.

아니, 목소리라기보단 오히려 활자에 가까운 무엇.

그것이 누구의 말투인지 유중혁은 금방 알 수 있었다.

「……**처음으로 언급된 회차가**…….」

사람을 열받게 만드는 건들건들한 말투. 저딴 식으로 말하는 놈은 세상에 김독자 하나뿐이었다.

「**이야, 이때 진짜 재밌었지.**」

김독자가 읽던 페이지의 문장들이 눈앞을 스쳤다. 그곳에는 성좌들과 맞서 싸우는 유중혁 자신의 모습이 있었다.

「1회차, 41회차, 666회차…….」

활자를 읽던 김독자의 손가락이 멈췄다.

오래도록 머무른 손가락 사이로, 회차의 정보가 보였다.

「999회차.」

유중혁도 이제 그 회차의 일을 알고 있었다. 김독자가 읽은 문장들이, 「영원불멸의 지옥도」가 그가 기억하지 못하는 시간을 그에게 알려주었다.

그 회차를 읽는 김독자가 중얼거리는 것도 같았다.

「"내가 유중혁이다……."」

그 어설픈 외침 하나로 버텨낸 삶에 대해 유중혁은 알지 못했다.

김독자가 읽은 유중혁. 페이지의 맥락 사이사이로 김독자의 역사가 그을음처럼 남아 있었다. 학교에서 따돌림을 당하고, 아르바이트 가게에서는 임금을 체불하는 사장에게 혼나고, 군대에서는 발바닥이 까지는 행군을 하는 동안, 김독자는 스스로를 유중혁이라 부르며 견뎠다.

유중혁은 김독자를 이해하지 못한다.

그가 버텨낸 시간들이, 전혀 다른 세상의 누군가를 구할 수 있다는 게 무슨 뜻인지 알지 못한다. 누군가의 싸움을 보고 함께 용기를 낼 수 있다는 게 어떤 의미인지, 전혀 알지 못한다.

심지어 그의 눈에는 활자 속에 비치는 자기 자신의 모습조차 낯설어 보였다.

「"아직 싸울 수 있다."」

그는 정말로 그렇게 말했던 것일까.

「"백 번이고 천 번이고, 나는 네놈들을 죽이기 위해 다시 태어날 것이다."」

인간 유중혁은 정말 저렇게 말할 수 있는 인물인가.

무수한 활자들 사이로 그를 신뢰하는 일행들의 목소리가 있었다.

「대장.」

「당신만 믿어.」

「다음 회차에선, 반드시 세계를 구해줘.」

세계선이 사라지고, 그에게 남은 것은 문장뿐이었다. 그를 괴롭게 만들던 문장들의 부피가 늘어날수록, 삶의 가치는 초라해졌다.

그들은 대체 자신의 무엇을 믿고 함께 싸워주었는가.

'나는 누구인가.'

그의 이해 밖에서 존재하는 문장들을 보며, 유중혁은 공허에 휩싸였다.

1,864번의 삶.

자신이 어떤 세계를 거쳐 여기까지 왔는지 유중혁은 알고 있었다.

하지만 이해할 수는 없었다.

「정말 이 기억들만이 그의 전부인 것인가.」

유중혁은 궁금했다. 만약 자신이 정말로 김독자의 말처럼 '등장인물'이라면, 그가 기억하지 못하는 시간은 모두 어디에 있는가.

김독자가 읽지 않은 페이지의 자신은, 어디에 있는가.

아니면 그건 처음부터 없었던 것인가?

[당신의 배후성이 당신을 들여다봅니다.]

자신의 생은, 대체 어디서부터 어디까지 '존재했다' 말할 수 있는 것인가.

츠츠츠츳…….

서늘한 느낌이 든 것은 그 순간. 유중혁은 반사적으로 공허를 돌아보았다. 그곳에 자신이 아닌 누군가가 있었다.

【자아성찰이라도 하는 건가? 그렇게 한가하게 있을 시간이 없다.】

유중혁은 그게 누구인지 곧바로 깨달았다.

'네놈은 움직일 수 없을 텐데.'

유중혁이 '은밀한 모략가'를 노려보았다. 버릇처럼 흑천마도에 손을 가져갔지만, 칼자루가 잡히지 않았다.

이곳은 그의 심상세계. 아이템은 존재하지 않는다.

'은밀한 모략가'가 그런 유중혁을 보며 한심하다는 듯 고개를 저었다.

【이대로라면 네 동료들은 전멸할 것이다.】

'전멸해?'

등골로 서늘한 감각이 스쳤다.

일행들은 '이계의 신격의 왕'과의 격전을 앞두고 있었다. 확실히 주변을 흐르는 불길한 기운이 있었다.

당장이라도 깨어나야 한다. 여기서 나가서…….

【지금 상태로는 가더라도 소용없다. 1,863회차의 힘을 사용하지 못한다면, 지금의 너는 아무런 도움도 되지 않는다.】

'그래서 어쩌라는 거지?'

유중혁의 사나운 말투에도 '은밀한 모략가'는 침착했다.

【네가 1,863회차의 힘을 쓸 수 있는 방법이 또 있다.】

순간 유중혁은 그게 무슨 말인지 깨달았다.

그가 1,863회차의 힘을 잠깐이나마 되찾을 수 있는 것은 김독자에게 설화 「영원불멸의 지옥도」가 있기 때문이다.

그리고, 그 설화를 김독자에게 준 이는…….

유중혁이 이를 갈며 물었다.

'네놈을 어떻게 믿고? 왜 우리를 돕기로 한 거지?'

【부탁을 받았다.】

'부탁?'

【힘을 빌려주는 것은 이번뿐이다. 네가 배우는 것이 있기를 바라지.】

다음 순간, 어둠 속에서 '은밀한 모략가'가 손을 뻗었다. 피할 틈도 없이 그의 이마에 닿는 소년의 차가운 손바닥.

그리고.

['끊어진 필름 이론'이 발동합니다!]

머릿속이 하얗게 물드는 듯한 고통 속에, 거대한 설화가 머릿속으로 밀려 들어오기 시작했다.

그것은 그가 이미 알고 있던 기억. 하지만 이해하진 못하던 시간이었다.

뜨거운 열기와 함께 '은밀한 모략가'의 모든 설화가 그의 혈맥을 타고 흐르기 시작했다.

1회차, 2회차, 3회차, 4회차…… 1,863회차.

수많은 유중혁이 그의 안에서 깨어나고 있었다. 그 모든 존재가 유중혁이었다. 각각의 유중혁. 하지만 동시에 그 유중혁은 한 사람이었다.

1,864회차의 삶을 온전히 살아낸, 단 한 사람의 유중혁.

하나씩 기억이 난다. 그가 누구인지. 무엇을 위해 살아왔는지.

설화들이 그의 저변을 떠돌고 있었다.

설화 속에서 누군가가 물었다.

「"근데 대장은 생일이 언제예요?"」

그러자 김독자가 말했다.

「"아, 찾았다. 여기 있네. 8월 3일."」

맞다. 그는 여름에 태어났다. 지옥처럼 무덥고, 끔찍한 폭풍이 몰아치던 여름에.

모든 것이 선명하게 기억난다.

한 번도 챙겨본 적 없고, 축하받아본 적도 없는 생일.

1,864번의 생을 거치면서 의미를 잃어버린 기념일들.

유중혁은 천천히 눈을 떴다. 전신에 충만한 설화의 기운. 3회차를 살아가는 내내 한 번도 느껴보지 못한 감각이었다.

고개를 들자 어디선가 뜨거운 별이 느껴졌다. 멀리서도 확연히 느낄 수 있었다.

저 먼 수평선 너머에서 그를 부르는 이계의 신격의 존재.

그러나 유중혁은 두렵지 않았다. 그는 천천히 몸을 일으켜 화신체의 상태를 점검했다. 화신체의 모든 부위가 완벽에 가깝게 움직이고 있었다. 그의 모든 근섬유 속에, 그가 쌓아 올린 설화들이 배어 있었다.

「그 순간 유중혁은 마치 새로 태어난 듯한 기분이었다.」

[거대 설화, '고독한 멸망의 순례자'가 온전한 격을 회복했습니다.]

이것이 본래의 그가 가진 진짜 힘.
세계의 최종 회차에 도달해, 홀로 '벽'을 볼 수 있었던 존재의 격.

['끊어진 필름 이론'이 비정상적인 형태로 발동 중입니다.]
[필름들의 연결이 불완전합니다!]
[이 연결을 계속해서 유지할 시 필름 전체가 소멸할 수도 있습니다.]

이 힘을 사용할 수 있는 것은 아주 잠깐뿐.
하지만 그에게는 충분하고도 남는 시간이었다.
유중혁이 고개를 들어 하늘을 보았다.
하늘이 울부짖고 있었다.
간헐적으로 쏟아지는 천둥 번개 사이로 그의 얼굴에 새겨진 흉터가 선명하게 드러났다.

[설화, '영원불멸의 지옥도'가 이야기를 시작합니다!]
[특성, '별들의 공포'가 발동합니다!]

그의 시선에 겁에 질린 별들이 달아나고 있었다.
잠시 그 별들을 바라보던 유중혁의 신형이 먼 곳의 태양을 향해 움직였다.

3

한수영은 눈앞에서 벌어지는 일들을 믿을 수 없었다.

순식간에 초월좌들이 추락했고, 명계의 심판관들이 줄줄이 나가떨어졌다.

"물러나 한수영!"

까가강, 하는 소리와 함께 앞을 막은 정희원의 몸이 허공을 날았다.

짓궂은 미소를 띤 사내가 장난이라도 치듯 자신의 설화를 뭉게뭉게 발출하고 있었다.

[거대 설화, '망상설계妄想設計'가 이야기를 시작합니다!]

위대한 심연의 군주. 999회차의 김남운의 전신에서 [흑염]의 아우라가 뻗어나왔다. 아우라는 곧 머리가 여럿 달린 용의 형상을 이루었다. 형상의 아가리가 벌어지더니, 뒤이어 파괴적인 격류가 모든 방위를 뒤덮었다.

"유승아! 길영아!"

폭발하는 [흑염]의 연쇄에 아이들이 휘말렸다. 그들을 구하기 위해 달려간 유상아가 전장에서 이탈하면서, 999회차의 우리엘을 구속하고 있던 시공간 디버프가 약해졌다.

고오오오오!

잠깐이나마 위축되어 있던 999회차의 우리엘이 힘을 회복하고 있었다.

그 모습을 본 999회차의 김남운이 킬킬 웃었다.

【이거 내가 안 도와줬으면 어쩔 뻔?】

【닥쳐라. '은밀한 모략가'를 찾으면 다음은 네놈 차례다.】

무시무시한 눈길로 김남운을 쏘아본 999회차의 우리엘이 전장을 향해 '업화의 불꽃'을 휘둘렀다.

그녀를 맞상대하는 것은 제천대성이었다. 화려하게 움직이는 여의 금고봉이 그녀의 검세를 받아내고 있었다.

무려 '이계의 신격의 왕'과 대등한 격전을 펼치는 제천대성을 보며 김남운이 감탄했다. 특히 그의 주목을 끈 것은 제천대성의 전신에서 흘러나오는 새카만 기운이었다.

【혼돈의 격? 저 녀석도 '이계의 신격'이 된 건가?】

【정확히는 그의 분체 중 하나가 이계의 신격화된 것 같다.】

【하하하, 뭐야 이거. 뭐 어떻게 된 세계선이야?】

【그는 내가 상대한다. 네놈은 잡배들과 명왕을 맡아라.】

【쳇, 나도 모처럼 대성이랑 한번 싸워보고 싶은데 말이지.】

들려오는 헛소리에 분개했는지, 제천대성이 기합과 함께 자신의 마력을 퍼부었다. 허공을 뒤덮는 황금빛 아우라가 한순간 [흑염]의 공세를 걷어냈다. 하지만 그 대가로 그의 전신에 치명적인 후폭풍이 일어나고 있었다.

[제길, 미후왕! 제대로 해라!]

아무래도 일시적으로 합쳐진 제천대성의 설화들이 충돌을 일으키는 모양이었다.

999회차 우리엘의 몰아치는 공격에 조금씩 물러서는 제천대성.

마지막 보루였던 신화급 성좌들이 밀리고 있었다.

심지어 하데스 쪽은 상황이 더 나빴다.

콰과과과과!

〈올림포스〉의 견제 때문인지 아니면 〈명계〉 내부 사정 때문인지는 모르겠지만, 하데스의 전투는 어딘가 신통치 않은 데가 있었다.

【하하하! 무려 올림포스의 3신인 '명왕'이 이 정도밖에 안 되나?】

인상을 쓴 채 묵묵히 사이드를 휘두르는 하데스가 수세에 몰리자, 그의 뒤에서 거대 설화를 이야기하던 페르세포네가 끼어들었다.

[그거 알고 있나요? 이 세계선의 당신 영혼은 명계에 갇혀 있어요.]

【뭔 헛소리야? 내가 명계에 왜 갇혀?】

짜증을 부린 999회차의 김남운이 대량의 [흑염]을 퍼부었다. 공간마저 녹여버리는 공격에 타격을 입은 하데스의 화신체가 바닷속으로 추락했다.

한수영은 몸을 떨었다. 분명 저건 그녀가 아는 [흑염]의 일종이었다. 하지만 대체 어떤 수련을 얼마만큼 해야 [흑염]을 저런 식으로 다룰 수 있다는 말인가.

【이상하네. 흑염룡이 너 같은 걸 화신으로 선택했다고?】

고개를 들었을 때, 어느새 999회차의 김남운이 눈앞에 있었다. 흠칫 놀란 한수영이 몸을 빼기도 전에 김남운의 손바닥이 다가왔다. 피하기에는 늦었다 싶은 순간, 허공에서 스파크가 튀더니 김남운의 손끝이 튕겨나갔다.

[성좌, '심연의 흑염룡'이 으르렁거립니다.]

【어이. 뭐야. 내가 진짜잖아, 염룡아.】

마치 귀여운 강아지라도 대하듯, 김남운의 눈이 부드럽게 휘어졌다.

[성좌, '심연의 흑염룡'이 네놈은 내 화신이 아니라 선언합니다.]

【아하, 여기서는 번듯한 새 차 뽑으셨다?】

김남운의 눈동자에 차가운 광기가 스쳐 갔다.

【그럼, 폐차부터 시키는 게 먼저겠네.】

코앞에서 터진 폭음에 한수영이 뒤쪽으로 날아갔다. 몸을 웅크린 채 충격을 최소화했음에도 입에서 울컥 피가 쏟아졌다. 일격에 즉사하지 않은 것은 그녀의 배후성 덕분이었다.

[성좌, '심연의 흑염룡'이 달아나라고 외칩니다!]

허공에 직접 현현한 '심연의 흑염룡'이 그녀를 보호하듯 감싸고 있었다.

흑요석을 빚은 듯 고귀한 자태의 거룡. 홍옥을 깎은 듯 이글거리는 눈동자가 세상을 향해 거칠게 포효했다.

【하하하하핫! 그래! 이 정도는 돼야 내 흑염룡이지!】

두 존재의 전투가 시작되자 일대의 바다가 폭격이라도 맞은 듯 들썩였다. 섬의 파편들이 공중을 날아다녔고, 흑염룡의 브레스가 바다를 뒤엎었다.

[성좌, '심연의 흑염룡'이 자신의 격을 드러냅니다!]

하지만 아무리 흑염룡이라고 해도, 이계의 신격이 된 김남운을 막기는 어려워 보였다.

애초에 저쪽은 재앙으로 강림한 존재. 사용할 수 있는 개연성의 총

량부터 달랐다.

한수영은 생각했다. 어떻게 해야, 저 말도 안 되는 존재를 막을 수 있을까.

「김독자라면, 어떻게 했을까.」

[설화, '예상표절'이 이야기를 시작합니다!]

머릿속이 찌릿, 하고 울리더니 주변에 옅은 스파크가 발생했다.

「한심하네. 이런 상황에서도 그 녀석을 찾는 거야?」

언젠가 들어본 적이 있는 목소리였다.

아직 '환생자들의 섬'을 진행하던 무렵 꾸었던 꿈.

백색 코트의 사내가 검은색 코트의 사내에게 죽는 꿈에서, 한수영은 분명 이 존재의 목소리를 들었다.

「네가 이 모양이니 내 회차에서도 그 녀석이 그렇게 기고만장했지.」

설화가 그녀에게 말을 걸고 있었다.

'너는…….'

「이젠 간섭 안 하려고 했는데…… 딱 한 번만 더 도와준다.」

선심이라도 쓰는 듯한 목소리. 시간이 느려지는 느낌과 함께 인지능력이 확장되고 있었다. 무수한 한수영들이 머릿속에서 깨어나 동시에 입을 열었다.

「세계의 모든 일은 이미 일어난 일. 놀라운 것은 아무것도 없다.」

마치 미래와 연결되기라도 한 듯 강렬한 감각이 뇌리를 사로잡았다.

무수한 클리셰와 패턴, 주어진 정보의 조합으로 자신이 알 수 없는 세계를 창조하는 능력.

그녀가 읽은 멸살법의 기억과 김독자에게 들은 정보, 그리고 그녀가 개인적으로 얻은 정보가 연역적으로 맞물리며 이야기를 써 내려가고 있었다.

누군가가 웃었다.

「그래, 그게 바로 진짜 [예상표절]이야.」

그리고 한수영은 자신이 어떻게 행동해야 할지 깨달았다.

[설화, '예상표절'이 이야기를 계속합니다!]

이게 먹힐지 안 먹힐지는 모른다. 하지만.

'김독자라면, 했겠지.'

「또, 또……!」

흑염룡의 거친 울음소리가 창공을 뒤덮었다. 잠깐의 전투로 흑염룡의 고고한 동체 곳곳에 크고 작은 손상이 가 있었다. 찢어진 날개를 펼친 흑염룡이 재차 브레스를 퍼부으려는 순간.

"이제 됐어, 염룡아."

[성좌, '심연의 흑염룡'이……]

"이건 내가 알아서 할게. 나 믿고 뒤로 빠져."

자신의 배후성을 보호하듯 앞으로 나서는 한수영을 보며, 흑염룡의 동공이 혼란으로 덮였다.

한수영은 흑염룡에게 설명하는 대신 한 발자국 더 앞으로 나섰다.

【호오, 직접 싸우시겠다? 그 밤톨만 한 몸으로?】

막강한 기류를 발출하는 999회차의 김남운. 언제든 한수영을 난도질할 준비가 된 거대 설화「망상설계」가 날카로운 연삭기처럼 칼날을 갈고 있었다.

하지만 한수영은 조금도 겁먹은 얼굴이 아니었다.

"김남운. 넌 이계의 신격이 되어도 변하는 게 없네."

【뭐야, 날 아는 것처럼 말하네?】

"아주 잘 알지. 무려 외신이 되어서까지 짝사랑을 못 이루고 여자애 꽁무니나 졸졸 쫓아다니는 놈."

999회차 김남운의 입술이 천천히 벌어졌다.

「'이계의 신격'들은 모두 기억이 소실되었거나 불완전하다.」

「그런데 어떻게, '왕'들은 기억을 가지고 있을까.」

「어쩌면 그 기억이, 그들에게 그만큼 소중하기 때문은 아닐까.」

"정작 기회가 생겨도 제대로 된 고백 한 번 못 하는 주제에, 혹시나 싶어서 팬티는 언제나 거대 로봇이 그려진 걸 입었지."

【너, 너 뭐야! 어떻게 대장도 모르는 걸—】

"늘 한쪽 손에 붕대를 감고 다니는 건 사실 손목의 자상을 숨기고 싶어서겠지. 이지혜에게 그걸 들키기 싫어서 말이야."

한순간 당혹감으로 물들었던 김남운이 재빨리 표정을 수습했다.

"왜 이지혜를 좋아하지?"

[설화, '4만 년의 짝사랑'이 동요합니다.]

【그건, 지혜가 예쁘니까—】

"아냐. 넌 쓰레기지만 여자를 밝히는 설정은 아니거든."

【설정? 너 지금 무슨—】

"네가 이지혜를 좋아하는 이유는, 이지혜가 유중혁을 믿고 따르기 때문이야."

【뭔 개소리를—】

"너는 이지혜에게 인정받고 싶은 거지. 네가 유중혁을 대신할 수 있는 존재라고."

[거대 설화, '망상설계'가 크게 동요합니다!]

"너는 사실, 유중혁이 되고 싶을 뿐이야."

한수영은 차갑게 굳어지는 999회차 김남운의 눈동자를 보았다.

【재미있는…… 이야기네. 그런데 말야. 내가 시간이 별로 없어서, 더 헛소릴 들어줄 시간은—】

이 이야기를 하는 것이 옳은 일인지 한수영은 알 수 없었다. 아니, 실은 옳지 않은 일이라는 것을 알고 있다. 그럼에도 한수영은 이 이야기를 해야만 했다.

이 세계를 살리기 위해서 그녀는

"그렇게 해서라도 너는, 이지혜에게 용서받고 싶었던 거다."

다른 세계의 상처를 난도질해야만 했다.

"네가 실수하지만 않았더라도, 999회차의 유중혁은 죽지 않았을 테니까."

츠츠츠츠츠츳!

순간, 999회차 김남운의 전신에서 스파크가 몰아쳤다. 무언가 삐거덕거리는 소리가 들렸다. 김남운의 근본을 형성하는 근원 설화들이 균열을 일으키고 있었다. 기억이 망가지는 소리였다.

【너…….】

분개한 김남운이 혼란에 빠진 자신의 설화를 수습하며 고함을 질렀다. 녀석의 눈빛이 흐려졌다 깊어졌다를 반복하고 있었다.

한수영은 그런 김남운을 가만히 바라보았다.

「아무리 [예상표절]이라고 해도 모든 것을 알지는 못한다.」

과열된 머리가 불에 덴 듯 뜨거웠다.

그녀는 김독자처럼 멸살법을 모두 읽지도 않았고, 유중혁처럼 실제로 999회차를 살지도 않았다.

하지만 굳이 듣거나 보지 않아도 알 수 있는 사실도 있다.

그것이 상상의 힘이었다. 이야기의 세부를 알지 못하더라도, 맥락을 유추하는 힘. 주어진 상황이 있고, 예정된 전개가 있고, 이 세계에 '개연성'이라는 것이 존재하는 한, 그녀의 [예상표절]은 거의 전지全知에 가까운 힘을 발휘할 수 있다.

"김남운."

한 걸음씩, 한수영이 허공을 디디며 다가갔다.

비틀거리는 김남운이 자신의 설화를 끌어안은 채 상처 입은 맹수처럼 으르렁거렸다.

「한수영은 그런 김남운의 설화를 바라보았다.」

유중혁도 그랬고, 성좌들도 그랬다. 아주 오랜 세월을 살아온 존재는 모두 비슷해진다. 그들의 강함이 그들의 역사에서 비롯되듯, 그들의 약점 또한 그들의 역사에서 비롯된다. 이야기하고 또 이야기되는 존재들의 숙명.

한수영은 펜을 그어 필요 없는 부분을 지우는 작가처럼, 김남운을 향해 손을 뻗었다.

「마치, 김독자가 1,863회차의 유중혁을 굴복시켰던 때처럼.」

"그때로 돌아가고 싶겠지. 하지만 다시는 돌아갈 수 없다는 사실에 절망하고 있겠지."

【너, 계속 지껄이면―】

"그런데 넌 이제 알아야 해. 네가 살아간 세계선은 끝났고, 네가 사랑했던 이들은 다시는 돌아오지 않아. 너 따위는 유중혁이 될 수 없어. 누구를 구원할 수도, 속죄할 수도 없어."

김남운의 뺨이 덜덜 떨리고 있었다. 999회차의 '결'을 보고, '이계의 신격의 왕'이 된 존재의 기틀이 흔들리고 있었다.

그 순간 김남운은 처음으로 세상에 내던져진 열일곱 살 소년 같은 얼굴이었다. 수만 년을 이어온 그의 설화가, 그가 다져온 견고한 망상이 그저 말 몇 마디에 붕괴하고 있었다.

【아, 아냐. 나는, 나는―】

한수영은 그 자그마한 균열에 마침표를 찍듯 말했다.

"너는, 이 빌어먹을 〈스타 스트림〉에 갇혀 영원한 죄인으로 살아가야 해."

파츠츠츠츠츳!

【김남운!】

999회차 우리엘의 진언과 동시에, 흐려졌던 김남운의 의식이 다시 깨어났다.

[설화, '결사의 동료'가 이야기를 시작합니다!]

부서진 설화를 다시 잇는 것 또한 설화뿐. 간신히 헝클어뜨린 김남운의 설화가 다시금 본래 형태를 회복하고 있었다. 김남운의 눈동자에 빛이 돌아오고 있었다. 한수영은 쓴웃음을 지었다.

'빌어먹을. 잘 되나 싶었는데. 그래도 조금은 타격을 줬나?'

김남운의 눈동자가 깊은 분노에 물들어 있었다.

【하핫, 당할 뻔했어. 역시 흑염룡이 선택한 데엔 다 이유가 있는 건가.】

강렬한 죽음의 예감이 찾아왔다. 팽팽 돌아가던 [예상표절]이 끊어진 테이프처럼 늘어지고 있었다. 어디로도 피할 수 없다는 참담한 예감.

츠츳, 하는 소리와 함께 목소리가 들려왔다.

「여기까지면 되겠군. 주인공이 오셨으니까.」

미래와 연결된 듯한 감각이 급격하게 흐려졌다. 허공을 향해 불쑥 치켜 올라갔던 김남운의 주먹이 멈춰 있었다. 전장의 모두가 그 기운을 느끼고 있었다. 뭔가 엄청난 것이 다가오고 있었다.

쿠구구구구구!

존재만으로도, 하나의 세계를 절멸로 이끌 수 있는 '격'.

가장 먼저 반응한 것은 999회차의 우리엘이었다.

【너석이다!】

허공을 향해 끔찍한 포효를 내뱉은 그녀가, 전장에서 이탈하며 격이 느껴진 방향으로 신형을 날렸다.

김남운 또한 그쪽을 바라보았다.

【너…… 아주 운이 좋아. 다음에 보면 꼭…….】

한수영과 흑염룡을 보며 잠시 머뭇거리던 999회차 김남운의 신형 또한, 999회차의 우리엘이 사라진 방향을 향해 사라졌다.

긴장이 풀린 한수영이 흑염룡의 거체 위로 주저앉았다. 두 존재가 사라진 수평선 너머를 보며, 한수영은 김독자가 마지막으로 해준 말을 떠올렸다.

—한수영, 진짜 만약에, 혹시나 일이 잘못되면…….

—그만 불길한 복선 깔지 말아줄래?

그런 일은 없을 거라고 생각했다.

—어떻게든 그 자식이 올 때까지만 버텨.

"새끼, 겁나 멋있게 등장하네."

멀리서 천둥소리가 들렸다.

[지옥염화]와 [흑염]의 아우라로 얼룩진 밤하늘.

종말의 창천에 오래된 얼굴의 사내가 강림하고 있었다.

4

강풍에 흩날리는 코트. 흑천마도에서 줄기차게 흘러나오는 아득한 격.

한수영은 분명 그를 알고 있었다. 그럼에도 왜일까. 그 순간 한수영의 눈에 그는 완전히 다른 존재처럼 보였다.

"유중혁 맞아?"

유중혁은 한수영 쪽을 흘끗 보더니 태평양 쪽으로 굉음을 내며 돌아섰다. 당황한 한수영이 외쳤다.

"야! 어디 가!"

【쫓아라!】

그런 유중혁의 뒤를 999회차의 우리엘과 김남운이 쫓았다.

한수영은 유중혁의 의도를 깨달았다. 유중혁은 지금 이계의 신격들을 일행들에게서 떨어뜨리려는 것이다.

"저 미친 자식이……."

"수영 씨. 괜찮아요?"

다가온 유상아가 한수영을 부축했다. 그 어깨에 기대는 순간, 한수영은 역류한 피를 한 사발 토해냈다.

"웨에엑!"

머릿속 모든 혈관이 타들어가는 것처럼 뜨거웠다. 전두엽을 지져버릴 듯 타오르는 스파크. 한수영은 고통을 참아내며 외쳤다.

"제천대성! 하데스! 우리엘! 빨리 유중혁 쫓아가! 여긴 나머지로 막을 테니까, 빨리! 저놈 혼자 상대하게 두면 안 돼!"

[<스타 스트림>이 당신의 설화를 감지합니다.]

[당신은 개연성에 어긋나는 힘을 사용했습니다!]

"컥……."

시야가 한바탕 어지럽게 흔들렸다. 내장이 모조리 뒤집힌 것처럼 고통스러웠다.

[당신의 화신체가 후폭풍에 휘말립니다!]

자신의 내부에서 강대한 힘이 폭발하려는 것을 감지한 한수영이 외쳤다.

"유상아! 떨어져!"

하지만 유상아는 오히려 한수영의 어깨를 꾹 쥔 채 고개를 흔들었다. 어깨에 맞닿은 손으로 유상아가 계승한 석존의 힘이 전해지고 있었다. 시공간이 뒤틀리며 후폭풍의 성장세가 조금 늦춰졌다.

"버텨. 할 수 있어. 나도 이겨낸 적 있으니까."

"빌어먹을……."

전신의 근육이 신음하고 있었다. 끔찍한 통증 속에서 희미한 두려움이 밀려왔다.

지금껏 개연성을 조심한다고 입버릇처럼 중얼거린 주제에, 이제 와서 결정적인 실수를 하고 말았다. 김독자 같은 녀석도 살아남았으니

이 정도는 어떻게든 될 거라고 착각했던 모양이다.

츠츠츠츠츳!

이대로 죽는 건가? 이렇게 허무하게?

[설화, '예상표절'이 이야기를 시작합니다!]

후폭풍의 기미가 조금씩 줄어들기 시작했다.

한수영은 자신의 화신체가 활자들로 덮이는 것을 보았다. 그녀가 썼던 문장들이었다.

김독자나 유중혁에게 들키지 않도록 그녀가 수첩에 남몰래 기록해 둔 문장들. 그 문장들이, 팔랑거리는 수첩의 페이지 너머로 흘러나와 그녀의 몸을 감싸고 있었다.

그런데 개중에는 그녀가 쓰지 않은 문장도 있었다.

「너도 나라고 글솜씨는 봐줄 만하네.」

절반의 조소와 절반의 만족감이 뒤섞인 목소리.

[설화, '예상표절'이 당신의 후폭풍을 대신 감내합니다.]

개연성의 후폭풍이 줄어드는 만큼, 활자들이 빠르게 흩어지고 있었다.

한수영은 묻고 싶었다. 이 문장들은, 너는 대체 뭔지.

하지만 한수영에게는 질문을 던질 만한 기력조차 남지 않았다.

「여기까진가. 김독자에게 전해.」

[당신의 설화에 깃들어 있던 다른 세계선의 잔재가 소멸하기 시작합니다.]

흐려지는 의식 속에서, 그녀의 설화가 이야기하고 있었다.

「그 녀석이 바라는 '결말'에 있는 것은…….」

나는 이지혜를 부축한 채 두 명의 '이계의 신격의 왕'을 바라보았다.

같은 회차를 살았고, 똑같은 세계의 끝을 보았음에도 서로 다른 존재가 된 두 사람.

[거대 설화, '영원한 수평선의 방랑자'가 이야기를 시작합니다.]

[거대 설화, '슬픔을 봉인한 심장'이 이야기를 시작합니다!]

허공에서 튀는 스파크 사이로 설화의 절단면이 내비쳤다.

그들의 피로 한 줄 한 줄 쌓아 올린 이야기. 내가 몇 번이고 읽은, 가장 좋아하는 회차의 이야기였다.

「"유중혁 대장. 당신이 회귀자여서 다행입니다."」

'은빛 심장의 왕'이 흘끗 내 쪽을 돌아보았다.

999회차의 이현성. 그의 설화가 가둔 슬픔이 [독해력]을 통해 전해지고 있었다.

「"슬퍼하지 않아도 괜찮겠지요? 당신은 죽지 않잖습니까. 죽어도, 다음 회차에서 다시 우리를 만날 수 있지 않습니까. 그곳에서 당신의 이야기는 계속

될 것이고…… 당신은 다시 한번 그 여정을 시작할 수 있지 않습니까."」

강철의 설화가 울고 있었다.

「"미안하다, 이현성."」

가르륵거리며 돋아난 강철들이 그의 말을 삼켰다. 은빛으로 물든 그의 동공이 흘러야 할 눈물을 굳히고 있었다.

「"미안해할 필요 없습니다. 우리가 대장보다 먼저 결말을 볼 테니까요. 당신이 보고 싶었던 끝도, 지키지 못한 약속도, 하나도 빠짐없이 제가 안고 갈 겁니다."」

999회차의 이현성이 나를 바라보고 있었다.

그는 내가 아는 이현성이 아니었다. 그럼에도 분명 이현성이었다.

―당신은 그를 몹시 닮았습니다. 내 배후성에게 이야기를 들은 것보다도 더.

머릿속으로 들려오는 999회차 이현성의 목소리.

내가 무슨 생각을 하고 있는지 알고 있다는 듯, 그가 온화하게 웃었다.

어떻게 그럴 수 있을까. 저런 비극을 겪으며 생을 견뎌낸 사람이, 어떻게 아직도 저런 표정을 지을 수 있을까.

―그러니 당신을 죽게 하지는 않을 겁니다.

그가 우리에게 적의가 없다는 것은 알고 있었다. 하지만 이 정도로 우리 편을 들어줄 거라는 생각까지는 하지 못했다.

'강철의 주인'은 소멸하며 그에게 대체 어떤 설화를 전한 것일까.

【현성 아저씨.】

흐름을 끊은 것은 999회차의 이지혜였다.

【나를 그렇게 불러주는 건 오랜만이구나.】

【여기서 당신을 해치고 싶은 생각은 없어. 비켜.】

유구한 두 개의 설화가 얽힌다. 늙은 추억을 회상하듯 이현성이 말했다.

【미안하지만 그럴 수는 없다.】

【대체 왜 막는 거야? 아저씨는 '재앙'으로 소환되길 거부했잖아. 이쪽 세계선의 관리국과 협상한 건 당신이 아니라 우리라고.】

999회차의 존재들을 재앙으로 부른 것은 역시 관리국인가.

잠시 침묵하던 이현성이 무뚝뚝하게 답했다.

【<스타 스트림>과는 협상하지 않는다. 그게 우리의 맹세였지.】

【그래서 그 맹세의 결과로 우리가 어떻게 됐는데?】

【…….】

【관리국을 부수고, 도깨비 왕과 싸우고. '최후의 벽'에 부딪쳐서…… 우리가 어떻게 됐냐고.】

최후의 벽. 이들 역시 그 벽을 본 모양이었다.

원작의 유중혁이 도달한 바로 그 '벽'을.

부르르 떨던 999회차의 이지혜가 말했다.

【당신 말대로 우리 이야기는 끝났어. 우리가 살던 세계선은 멸망했고, 그 멸망을 견디고 '이계의 신격'이 된 것은 우리 넷뿐이야.】

【시나리오 밖 존재가 되어서라도, '최후의 벽'을 넘기로 했지.】

【그건 우리가 넘을 수 없는 벽이야. 당신도 알 텐데.】

【이 세계선에서는—】

【이 세계선 타령도 그만둬! 이 세계선이 뭐가 특별하지? 여기도 우리가 살던 곳과 같아. 멸망할 세계선이라고.】

내가 부축하던 이 세계선의 이지혜가 비틀거렸다. 그녀의 입술이 가늘게 떨리고 있었다.

'가라앉은 섬의 주인'이 계속해서 말했다.

【우리와 접선한 대도깨비 놈들도 말했어. 이 세계선도 버릴 거라고. 재활용해서 새로운 이야기의 시작으로 쓸 거라고.】

그 말에 '은빛 심장의 왕'의 표정도 변했다. 이제껏 온화하던 기류가 흐트러지며 차가운 금속의 감각이 번져왔다.

강철의 입에서 서늘한 목소리가 흘러나왔다.

【관리국과 무슨 거래를 한 거지?】

【이곳도 어차피 바다 밑으로 가라앉아버릴 세계라면, 우리가 직접 멸망시켜도 상관없는 거잖아.】

【지혜야.】

999회차의 이지혜는 웃고 있었다. 하지만 그 표정을 정말 '웃고 있다'라고 쓸 수 있는지, 나는 알 수 없었다.

【이곳의 '도깨비 왕'이 약속했어. 이 세계선만 멸망시키면, 우리 세계선을 다시 재생시켜주겠다고. '가장 오래된 꿈'과 접촉해서 우리의 이야기를 다시 시작할 수 있게 해주겠다고.】

이지혜의 어깨가 떨리고 있었다. 나 역시 그 떨림을 공유하고 있었다.

저것이 999회차의 존재들이 이 세계로 온 이유였다. 다른 세계를 파괴하면서까지, 그들이 되찾고자 하는 것이었다.

'은빛 심장의 왕'이 말했다.

【우리의 사명은 우리의 세계를 되찾는 것이 아니라 이 모든 비극의 진짜 원인을 찾아내는 것이다.】

【찾아내면 뭐가 달라져?】

【대장의 뜻을 이루려면—】

【비극의 원인을 제거해도, 우리가 잃어버린 시간은 돌아오지 않아. 죽은 동료들은 돌아오지 않아. 우리가 살았던 세계는 돌아오지 않아. ……그곳에서 죽은 999회차의 유중혁은, 다시는 돌아오지 않아.】

쿠구구구구.

멀리서 수평선을 찢으며 무언가가 이쪽을 향해 다가오고 있었다.

'가라앉은 섬의 주인'이 말했다.

【그러니 모두 끝내고, 다시 시작하는 수밖에 없어.】

한풀 꺾였던 해일의 기세가 다시 상승하고 있었다. 황급히 [강철화]를 전개한 999회차의 이현성이 자신의 금속으로 우리를 보호했다.

하지만 해일의 세력은 강철이 자라나는 속도보다 훨씬 빨랐다.

【당신은 막을 수 없어. 말했잖아. 나 혼자 온 게 아니라고.】

콰콰콰콰콰!

뒤쪽에서 붉게 물든 석양이 하늘을 불태우고 있었다.

999회차의 우리엘. '살아 있는 불꽃'의 힘이었다.

그리고 그녀가 이곳으로 오고 있다는 것은…….

"아저씨. 설마……!"

이지혜가 내 옷깃을 붙잡았다.

나는 그런 이지혜의 눈을 바라보며 말해주었다.

"걱정 마. 네가 걱정하는 일은 절대 없어."

그것은 나 자신에게 하는 말이기도 했다.

"우리 이야기는 그렇게 약하지 않아."

[성좌, '구원의 마왕'이 자신의 격을 드러냅니다.]

[성좌, '빛과 어둠의 감시자'가 자신의 격을 드러냅니다.]

[성좌, '긴고아의 죄수'가 자신의 격을 드러냅니다.]

'구원의 마왕'과 '빛과 어둠의 감시자'.

거기에 긴고아를 착용하게 되며 얻은 세 번째 수식언까지.

내 모든 설화가 동시에 빛을 발하고 있었다. 나는 우리 앞을 막아선 이현성에게 다가갔다.

"도와줘서 고맙습니다. 그렇지만 무리하지 않으셔도 됩니다."

【위험합니다. 제 뒤로 숨지 않으시면—】

"여긴 999회차가 아닙니다."

앞쪽에는 '가라앉은 섬의 주인'. 뒤쪽에는 '살아 있는 불꽃'. 이제 우리가 달아날 곳은 없었다.

거대한 전함의 그림자가 눈앞에 드리워지고 있었다. 그 해일 꼭대기에서, 999회차의 이지혜가 방언처럼 중얼거렸다.

【모두 돌아가는 거야. 대장이 그랬듯이 우리도 그때로 회귀하는 거야. 다시 그 시절로 돌아가서, 모든 걸 처음부터 시작하는 거야. 그러면—】

밀려온 해일이 우리를 덮쳤다. 나는 '거대 설화'의 힘으로 그 격을 받아냈다. 해일을 받아낸 양손이 찢어질 듯 아팠다.

넘실대는 포화의 전경 너머로 태양과 바다가 만나는 수평선이 보였다.

아무리 달려가도 결코 닿을 수 없는 경계.

그 경계가 눈앞에서 갈라졌다. 한 자루의 검이 경계를 베고 있었다.

파도의 권좌에서 추락하는 999회차의 이지혜가 이쪽을 보았다.

정확히는 내 곁에 선 사내를.

"회귀로는 아무것도 바꾸지 못한다. 그걸 깨닫기까지 아주 오랜 시간이 걸렸다."

5

유중혁의 전신에서 방대한 설화의 힘이 느껴졌다.

[<스타 스트림>이 화신 '유중혁'에게서 눈을 떼지 못합니다!]

세계의 의지가 그에게 주목하고 있었다.

[시나리오를 방관하던 절대다수의 성좌가 화신 '유중혁'의 존재에 감각을 곤두세웁니다!]
[마지막 시나리오의 성좌들이 화신 '유중혁'의 설화에 경악합니다!]
[관리국의 일부 대도깨비가 '개연성 적합 판정'을 요구합니다!]
['이야기의 왕'이 요구를 거절합니다.]
[해당 시나리오에서 '개연성 적합 판정'은 제한되어 있습니다.]

내가 아는 모든 유중혁의 설화들이 충만하게 느껴졌다. 단순히 강해졌다고 표현할 수 있는 느낌이 아니었다. 지금 눈앞에 있는 '유중혁'은 지금껏 내가 본 어떤 존재와도 달랐다.

나는 약간 긴장하며 물었다.

"일행들은?"

"무사하다."

"네가 여기 왔다는 건 '은밀한 모략가'가 내 부탁을 들어줬다는 거겠지."

잠든 유중혁을 깨우는 것은, 내 플랜 B가 실패했을 경우의 마지막 대안이었다.

[화신 '유중혁'이 '끊어진 필름 이론'을 비정상적인 형태로 발동 중입니다.]

츠츳…….

[필름들의 연결이 불완전합니다!]

[이 연결을 계속해서 유지할 시 필름 전체가 소멸할 수도 있습니다.]

가능한 한 실현되지 않았으면 했지만, 그럼에도 방법이 없다면 선택할 수 있는 최후의 수단. 우리가 가진 최강의 카드.

[모든 회차의 '유중혁'이 당신을 바라보고 있습니다.]

그의 안에서 느껴지는 아득한 시선들.

순간 불길한 예감이 들었다.

만약 이 유중혁이 내가 아는 '유중혁'이 아니라면.

"이봐, 너는 몇 회차의 유중혁이지?"

그러자 유중혁이 나를 바라보았다. 뺨에 새겨진 짙은 흉터가 보였다. 3회차의 유중혁에게는 없던 상처였다. 나는 재차 물으려 했다. 하지만 내 말문을 막듯 그의 전신에서 문장들이 흘러나왔다.

「모든 별들의 공포.」

「스타 스트림 사상 최강의 화신.」

「철혈의 패왕.」

「시나리오의 찬탈자.」

그가 살아온 날들이 거칠고 투박한 멸살법의 문장으로 떠오르고 있었다.

문장이 모여 설화가 되었고, 이야기는 곧 눈앞의 사내가 되었다.

1,864번의 삶을 헤쳐온 존재.

"나는 유중혁이다."

그는 어떤 회차의 유중혁도 아니었다. 0회차도, 1회차도, 1,863회차도 아니었다. 그는 그 모든 회차의 유중혁이었다.

【대장?】

믿을 수 없다는 듯 부릅뜬 두 눈. 999회차의 이지혜가 멍하니 이쪽을 보고 있었다. 그런 그녀를 향해 또 다른 이지혜가 외쳤다.

"사부! 가! 해치워버려! 쟤가 우리 세계선을 다 망치려고 해!"

바락바락 악을 쓰는 목소리.

나 역시 한마디를 보태려 했다. 하지만 유중혁의 옆모습을 보는 순간 그런 생각은 홀연히 흩어졌다.

유중혁은 아무 공세도 취하지 않은 채, 두 명의 이계의 신격을 바라보고 있었다.

[등장인물 '가라앉은 섬의 주인'이 등장인물 '유중혁'을 응시합니다.]

[등장인물 '은빛 심장의 왕'이 등장인물 '유중혁'을 응시합니다.]

999회차의 두 사람 또한 유중혁을 보고 있었다.

이현성은 동요하는 눈빛이었다.

【이 설화는…… 하지만 그럴 리가…… 정말로……?】

내가 유중혁에게서 내가 기억하는 유중혁을 찾으려 했듯, 그들 역시 유중혁에게서 자신이 아는 유중혁을 보고 있었다.

[3회차의 '유중혁'이 침묵합니다.]

[41회차의 '유중혁'이 침묵합니다.]

[362회차의 '유중혁'이 침묵합니다.]

[666회차의 '유중혁'이 침묵합니다.]

기껏 하나가 된 보람도 없이, 시선 속에서 유중혁들이 찢겨나가고 있었다. 모두 자신이 아는 유중혁을 찾기 위해 다른 유중혁을 밀어내고 있었다. 이해할 수 없는 '유중혁'을 배제하고 자신이 아는 '유중혁'만 찾아내려 애쓰고 있었다.

그리고 얼마나 시간이 흘렀을까.

[999회차의 '유중혁'이 천천히 눈을 뜹니다.]

그 '유중혁'의 편린 속에서 뭔가 발견한 이가 있었다.

【대ㅈ……!】

'가라앉은 섬의 주인'이 성큼 다가오는 순간, 창공이 한 줄기 빛살로 갈라졌다. 후끈한 열기와 함께 섬광이 벼락처럼 쏟아졌다.

유중혁이 가볍게 흑천마도를 휘둘러 그 섬광을 막아냈다.

【그는 네가 아는 '유중혁'이 아니다.】

누구인지는 물을 필요도 없었다.

【그는 우리의 '유중혁'을 앗아갔던 '외신'이다!】

'살아 있는 불꽃'. 999회차의 우리엘이 외쳤다.

오직 '은밀한 모략가'를 죽이기 위해 살아온 존재.

그녀가 드디어 자신의 원한을 갚기 위해 이곳까지 온 것이다. '업화의 불꽃'에 감긴 염열이 더욱 드세어졌다.

그녀를 말린 것은 '가라앉은 섬의 주인'이었다.

【잠깐만. 멈춰 우리엘. 저 '대장'은—!】

【속지 마라. 놈에게 '은밀한 모략가'가 깃들었다. 저놈이 바로 우리가 찾던 그 원수란 말이다!】

그리고 다음 순간.

【미친, 저게 이 세계선의 대장이야? 오랜만에 봐도 역시 겁나 쩌는데…….】

마침내 마지막 '왕'이 도착했다. 그는 전장을 슥 훑어보더니 두 눈이 튀어나올 듯한 얼굴로 말했다.

【지, 지혜가 둘?!】

'위대한 심연의 군주'.

999회차의 김남운이었다.

[모든 '이계의 신격의 왕'이 한자리에 모였습니다!]

[<스타 스트림>의 모든 성좌가 전장을 주목하고 있습니다!]

[<스타 스트림>의 모든 성운이 멸망한 존재들의 강림을 두려워합니다.]

[상당수의 성좌가 강렬한 적의를 드러냅니다!]

그러나 별들이 무어라 하든, 그들은 서로 가만히 응시하고 있었다.

「동쪽에서 떠오르는 '살아 있는 불꽃'.」

「서쪽 세계의 재앙 '가라앉은 섬의 주인'.」

「북쪽 우주의 지배자 '위대한 심연의 군주'.」

「남쪽 성간을 다스리는 '은빛 심장의 왕'.」

「그리고 무엇도 아닌 곳에서 기어오는 '위대한 모략'.」

'공포의 기록자'들이 남긴 책에서 처음 그 이름을 발견하고, 그들의 정체를 짐작하기 시작하던 순간부터 조금씩 세워온 계획.

나는 유중혁을 흘끗 보았다.

내가 짠 본래의 플랜 A는, 여기서 시작이었다.

—유중혁.

내 신호와 함께 유중혁이 앞으로 나섰다. 이계의 신격의 혼돈을 휘감은 그가, 자기 입으로 진언을 토했다.

【모두 모였구나.】

그 한마디에, 나로서는 읽을 수 없는 감정이 배어 있었다. 하지만 이곳의 누군가는 그 감정을 읽어냈다.

혼란 속에서 '가라앉은 섬의 주인'의 설화가 흔들리고 있었다. 벅차오르는 목소리가 그녀의 진언을 통해 쏟아졌다.

【대장. 역시 대장 맞는 거지? 어떻게—】

【어디서 간교한 수작을……!】

'업화의 불꽃'이 허공을 가르며 날아들었다. 초월좌의 힘이 담긴 흑천마도가 칼날을 세워 불꽃을 막아냈다. 마력파가 뒤얽힌 파찰음 속에서 유중혁이 재차 말했다.

【오랜만이구나 우리엘. 나의 오래된 전우.】

【닥쳐라! 너는 유중혁이 아니다. 너는—】

마치 능멸이라도 당한 것처럼, 999회차의 우리엘이 소리를 질렀다. 사방으로 뻗어나간 염화가 공기 중의 산소를 불태웠다. 숨조차 쉬기 힘든 초열지옥 속에서 우리엘이 말을 이었다.

【내가 알던 유중혁은 그곳에서 죽었다.】

그녀의 설화들이 상처받은 늑대처럼 으르렁거렸다. 너무나 소중한 것을 잃어버린 사람만이 지을 수 있는 표정. 그 표정으로 우리엘이 검을 겨누었다.

【네놈이 죽였다.】

그녀의 설화가 외치고 있었다.

「[죽인다. 죽일 것이다. 반드시, 네놈을 죽이고 말겠다.]」

'이계의 언약'에 의해 소멸하는 유중혁의 화신체를 붙든 채, 999회차의 우리엘이 오열하고 있었다.

「[무슨 수를 써서라도, 세계선을 건너서라도, 반드시 이 원한을 갚을 것이다. 설령, 내가 선을 저버리고 악이 된다 할지라도!]」

그렇게 '악마 같은 불의 심판자'는 '살아 있는 불꽃'이 되었다. 오직 자신의 복수만을 위해 '이계의 신격'이 된 대천사. 그것이 지금 그녀가 이곳에 있는 이유였다.

【'유중혁'은 죽지 않는다. 다만 회귀할 뿐이지.】

【닥쳐라! 그런 말로—】

깊은 분노로 얼룩진 불꽃을 튕겨내며, 유중혁이 계속해서 말하고 있었다.

【깨어난 그는 1,000회차를 살았다. 죽었고, 다시 1,001회차를 살았다. 그렇게 살고, 살고 또 살아남았다.】

나 역시 그 삶을 알고 있었다.

누구도 기억해주지 않고, 누구도 함께할 수 없던 생.

유중혁은 혼자서 그 삶을 계속해서 살아왔다.

【그렇게, 내가 되었다.】

들어선 안 될 말을 들은 사람처럼 우리엘이 달려들었다. 마구잡이로 휘두르는 업화의 불꽃이 유중혁의 허리를 베고, 어깨를 베었다. 순식간에 선회한 업화의 불꽃은 이내 유중혁의 목을 노렸다. 그것이 마땅히 감내할 벌이라는 듯, 유중혁은 그것을 막지 않았다. 그리고 마법처럼, 우리엘의 검격이 멈췄다.

【너는, 너, 너는…….】

아마 우리엘도 알고 있을 것이다. 그녀의 복수는 영원히 이루어질 수 없다는 것을.

왜냐하면 그녀의 가장 소중한 전우를 앗아간 존재는, 바로 그 전우 본인이었기 때문이다.

유중혁이 말했다.

【원한다면 나를 죽여라. 네 세계선을 빼앗아간 '은밀한 모략가'는 바로 나니까.】

괴성을 지른 우리엘이 울부짖듯 포효했다. 다시금 그녀의 검이 움직이는 바로 그 순간, "콰아앙" 하는 소리와 함께 바닷물이 폭발했다. 우리엘의 검이 허공을 날았다. 푹, 하고 바다에 꽂힌 그녀의 업화가 바닷물을 기화시키며 침잠했다.

유중혁이 한 짓이 아니었다.

~~슈우우우우~~…….

해일의 건너편에서 피어오르는 포연. 999회차 이지혜가 쏜 탄환이었다.

【이제 그만해, 우리엘.】

이지혜의 목소리가 환희와 광기로 물들어 있었다. 그녀가 계속해서 말했다.

【그래, 알고 있었어. 모두 알고 있었다고…….】

비척거리는 999회차의 이지혜가, 바다 위를 걸어 이쪽으로 다가왔다.

유중혁은 그 창백한 손을 피하지 않았다.

【대장. 그 안에 있는 거지? 지금은 다른 뭔가가 되어 있지만, 분명 그 안에 계속해서 남아 있는 거지? 그렇지? 역시 살아 있

었던 거지?】

이지혜의 눈에서 눈물 대신 혼돈이 쏟아졌다. 새카만 어둠을 곱게 빚은 듯한 가루였다.

유중혁은 그런 이지혜를 향해 고개를 끄덕였다.

[999회차의 '유중혁'이 자신의 오랜 전우를 바라봅니다.]

999회차의 이지혜가 유중혁의 옷깃을 붙잡은 채 천천히 무너졌다.

나는 유중혁의 뒷모습을 바라보았다. 아무런 표정도 읽을 수 없는 뒷모습.

「유중혁이 여럿이 된 것은 세계선의 장난 때문이었다.」

0회차를 살았던 유중혁은 1회차의 유중혁이 되었고, 다시 2회차의 유중혁이 되었다. 2회차의 유중혁은 3회차가, 3회차의 유중혁은 4회차가 되었다.

과거와 미래가 서로를 간섭하는 비정상적인 일이 만연해서 그 당연한 사실을 잠깐 잊고 있었지만, 그것이 진실이었다.

「회귀자는 사실 회귀하지 않는다. 회귀하는 것은 그가 아니라 그를 제외한 모든 것이다.」

다른 사람들의 시간은 거꾸로 돌아가도, 그의 시간은 늘 앞으로 나아가고 있었다. 비록 세계선이 갈라지며 누군가는 1,864회차의 유중혁이 되었고, 또 누군가는 '은밀한 모략가'가 되었지만—

「애초에 그는 이어진 길을 줄곧 걸어온 '한 사람'이었다.」

하지만 저들이 정말로 그 진실을 감당할 수 있을까.

「누군가는 그의 원수를 갚기 위해 살아왔고.」

불꽃을 태우는 우리엘.

「누군가는 그의 뜻을 잇기 위해 살아왔다.」

이제는 울 수 없게 된 이현성.

「누군가는 그와 다시 한번 싸우기 위해 살아왔고.」

삐딱하게 허공에 선 채 이쪽을 노려보는 김남운.

「누군가는, 그와 함께했던 모든 시간을 되살리기 위해 살아왔다.」

눈앞에서 망연히 무너진 이지혜.

유중혁은 말했다. '회귀로는 아무것도 바꾸지 못한다'라고.

하지만 그의 회귀는 누군가의 생을 바꿨다.

이들에게 '유중혁'은 하나의 세계였다. 자신들의 세계선이 멸망한 후에도 그들을 살게 만들었던 세계.

「김독자의 계획은 바로 그 '세계'에 있었다.」

만약 그들이 자신들의 세계를 여전히 기억하고 있다면.

그래서 이 '유중혁'을 그들의 대장으로 다시 받아들인다면.

「그렇다면 이 싸움은 지속될 필요가 없을지도 모른다.」

【당신이 정말 대장이라면…… 내가 원하는 게 뭔지도 알겠네.】

999회차의 이지혜가 밝게 웃었다.

【돌아가자, 대장. 모두 다시 시작하는 거야.】

유중혁의 손목을 그러쥔 그녀가 말하고 있었다.

【같이 이 세계선을 부수자. 응? 도깨비 왕이랑 약속도 했어. 이 세계선만 멸망시키면, 우릴 그때로 돌아가게 해주겠다고. 대장의 배후성인 '가장 오래된 꿈'과 접선해서—】

나는 황급히 유중혁 쪽을 바라보았다.

—유중혁.

여기서는 결코 저쪽을 자극해서는 안 된다. 최대한 좋은 말로 구슬릴 필요가 있었다. 그녀의 뜻에 거짓 동조하는 척을 하더라도 지금은—

"이지혜."

유중혁이 이지혜를 보며 말했다. 진언이 아니라 자신의 육성이었다.

그 시선 앞에, 999회차의 이지혜가 어깨를 움츠렸다. 마치, 사부에게 처음으로 검을 배운 그날처럼.

"그게 정말 네가 원하는 것인가?"

【…….】

"모두 그때로 돌아가면, 정말로 행복해질 수 있을 거라 생각하는 건가?"

【내가 아는 대장은…… 그런 식으로 말하지 않아.】

입술을 깨문 999회차의 이지혜가 유중혁의 손을 놓았다.

【그는, 그는 999번이나 회귀를 반복한 사람이야. 그 무수한

세월 앞에서도 쓰러지지 않은 사람이야. 그 사람은, 절대로 약한 소리를—】

"999번의 회귀를 반복한 인간도, 1,000번째에는 지칠 수 있다."

유중혁이 말하고 있었다. 나조차 놀랄 정도로 솔직한 목소리였다.

"설령 1,000번의 삶을 견뎠다 한들 1,001번째 삶에서는 포기할 수도 있다."

그 아득한 피로감이 배인 음색 앞에서, 나까지 망연해질 지경이었다.

【그럴 리가…… 그럴 리가 없어. 내가 아는 대장은—】

"포기하지 않지. 하지만 그게 네가 기억하던 '유중혁'의 전부라면—"

나는 말해야 했다. 지금 그런 식으로 말해서는 안 된다고.

하지만 말할 수가 없었다.

"그 유중혁은 죽었다."

그것이 유중혁의 본심이었다. 1,864번의 생을 살아온 인간이, 단 한 번도 털어놓은 적 없는 내면이었다.

이지혜가 절규하듯 외쳤다.

【그럴 리가 없어. 그럴 리가 없어!】

"그는 더 이상 회귀하지 않는다."

먼 하늘에서 뭔가 반짝이는 것이 보였다. 별들이었다.

[성좌, '악마 같은 불의 심판자'가 다급한 얼굴로 주변을 둘러봅니다!]

[성좌, '가장 오래된 해방자'가 막내의 안위를 묻습니다!]

[성좌, '심연의 흑염룡'이 이번에야말로 자신의 양손을 다 쓰겠다고 선언합니다!]

아주 오래전부터 우리의 이야기를 보아온 별들이 이쪽으로 오고 있었다.

그리고 그 별들 너머로 일행들이 달려오고 있었다.

한수영, 유상아, 정희원…… 우리와 함께 이 세계를 살아온 〈김독자 컴퍼니〉 사람들. 석양의 어둠 속에서 그들의 모습은 하나의 거대한 별자리처럼 보였다.

그 모든 정경을 눈에 담은 채, 한 사람의 유중혁이 말했다.

"나는 돌아갈 수 없다. 내 마지막 회차는 이곳이다."

OMNISCIENT READER'S VIEWPOINT

단 하나의 설화

Episode 91

I

「그 결정을 내리기까지, 아주 오랜 시간이 걸렸다.」

나는 담담히 선언하는 유중혁의 모습을 바라보았다.

본래 작전은 이런 게 아니었다. 유중혁은 999회차의 기억을 이용해 시간을 끌어야 했다.

이계의 신격을 적당히 자극해서, 그들을 설득해야만 했다.

"내게 다음 회차는 없다."

눈앞에서 내 작전을 송두리째 쓰레기통에 집어넣는 녀석을 보면서도, 이상하게 화가 나지 않았다.

「"회귀자였던, 유중혁이다."」

이제야, 그때 유중혁이 했던 그 말을 절실하게 느낄 수 있었다.

나는 지금껏 이번 회차의 유중혁이 빠르게 성장한 것이, 내가 준 정보나 다른 변수의 개입 때문이라 믿어왔다. 하지만 이제는 그렇게 말할 수가 없었다.

유중혁의 전신에서 피어오르는 설화가 그 증거였다. 필사가 아니라 필생의 의지가 담긴 설화들.

「유중혁은 이 회차에 모든 것을 걸었다.」

자신의 모든 연료를 쏟아부어 질주하는 열차처럼, 유중혁은 온 힘을 다해 살고 있었다. 이 회차는 그의 다음 생을 위한 재료가 아니었다.

【대장, 거짓말이지? 응? 지금 농담하는 거지?】

이지혜의 표정이 삐거덕거렸다. 단순히 신념에 배반당한 표정이 아니었다. 하나의 세계가 무너진 사람의 얼굴이었다.

자신이 좇아온 마지막 지푸라기를 향해 손을 뻗는 모습.

하지만 유중혁은 그 손을 잡아주지 않았다.

"이지혜. 내가 네게 거짓말을 한 적이 있나?"

【왜.】

이지혜의 전신에서 폭발적인 기류가 흘러나오고 있었다. 999회차의 역사가 폭주하는 것이 느껴졌다.

【왜왜】

설화들이 묻고 있었다. 어째서 999회차가 아니라 이곳이냐고. 어째서 그들이 살아왔던 세계가 아니라, 이 세계냐고.

내가 한 걸음 앞으로 나서자 유중혁이 제지했다.

"물러서라."

고통스럽게 떨리는 뺨. 아무리 감정을 숨기려 애써도, 특유의 버릇까지 지워내지는 못한다. 나는 가볍게 한숨을 내쉰 후 말했다.

—어차피 이제 물러설 곳도 없어.

—미안하군.

—됐어. 네가 선택한 거야.

얼핏 현실주의자인 것 같은 유중혁은 사실 누구보다도 이상주의자다. 애초에 이상을 좇지 않는 녀석이 회귀를 거듭할 리 없으니까. 그러니 그런 녀석의 이상을 지키기 위해, 누군가는 현실주의자가 되어야만 했다.

분개하여 밀려드는 이계의 신격의 파도를 보며, 나는 한 발 더 앞으로 나아갔다.

[유중혁은 당신들의 세계선을 선택하지 않은 게 아닙니다.]

온 힘을 다한 진언에, 패닉에 빠져 있던 '이계의 신격의 왕'들이 나를 돌아보았다. 999회차의 이지혜, 이현성, 김남운, 우리엘…….

[잊었습니까? 그는 언제나 선택하는 것이 아니라 선택당하는 입장이었습니다.]

언제나 회귀를 반복해왔지만, 유중혁은 한 번도 진심으로 회귀를 원해본 적은 없었다. 3회차를 버리고 4회차를, 4회차를 버리고 5회차를 선택하면서도, 사실 그것은 그의 의지가 아니었다.

회귀는 그의 선택이 아니라 그의 운명이었고, 선택한 것은 유중혁이 아니라 유중혁의 회귀를 원하는 '이야기'였다.

[우린 서로 싸울 필요가 없습니다. 왜 비극과 비극이 서로 불행을 겨뤄야 합니까?]

이 말이 먹힐지 아닐지는 모른다. 그럼에도 말하고 싶었다.

[우리는 당신들을 배제하지 않을 겁니다. 당신들을 재앙으로 기억하고 싶지 않습니다. 우리는—]

나는 하늘을 올려다보았다. 이제껏 목격한 적 없는 아득한 시선의 세례에 시야가 아찔했지만, 그 시선들을 피하지는 않았다.

유중혁이 더 이상 0회차의 유중혁이 아니듯, 나 역시 1번 시나리오의 김독자가 아니다.

[당신들과 함께, 저 하늘과 맞서기를 원합니다.]

하늘 너머로, 별들이 미친 듯이 발광하고 있었다.

[절대다수의 성좌가 당신의 말을 이해하지 못합니다!]

[관리국의 대도깨비들이 당신의 생각에 경악합니다!]

간접 메시지가 별빛처럼 쏟아지고 있었다. 예전이었다면 그 메시지를 읽는 데 급급했겠지만, 이제는 안다. 저 하늘의 별빛은 그 너머에 어둠이 있음을 감추기 위한 장식일 뿐이다.

['이야기의 왕'이 당신을 바라보고 있습니다.]

아주 희미한 웃음소리가 들려온 것은 그때였다.

【어이, 그게 무슨 뜻인진 알고 있는 거야? <스타 스트림>을 부수자는 거야 지금?】

이죽거리는 목소리. 999회차의 김남운이었다.

【우리라고 그걸 안 해본 줄 알아?】

목소리에 담긴 감정의 골이 깊었다. 표정은 웃고 있지만, 정말로 웃는 것이 아니었다.

과장된 웃음의 내부에 침투한 체념.

【우리도 해봤어. 성좌들을 모두 떨어뜨리고, 우리 세계선의 도깨비 왕도 죽여봤다고. 그랬더니 어떻게 된 줄 알아?】

바다를 뚜벅뚜벅 걸어온 김남운이 코앞까지 다가왔다. 달콤한 절망을 전해주려는 듯, 녀석이 속삭였다.

【그냥, 세계가 사라져버렸어.】

나는 그의 말을 묵묵히 들었다.

【분명 시나리오도 제대로 클리어했고, 조건도 완수했는데…… 우리는 우리가 사랑했던 모든 것을 잃었어. 어떤 기적도 보상도 없이.】

머릿속으로 999회차 우리엘의 말이 떠올랐다.

「<스타 스트림>이 사라지면 우주는 혼돈으로 변한다. 그런 세계선을 만들어서는 안 된다. 그것은 악이다.」

〈스타 스트림〉을 부수겠다는 내 말에, 999회차의 우리엘은 그렇게 말했다.

김남운이 말을 이었다.

【그 세계의 끝에서, 우리가 뭘 봤는지 알아?】

[아주 거대한 벽을 봤겠지. 처음과 끝을 가늠할 수 없는, 이 모든 세계를 둘러싼 거대한 벽.]

【네가 어떻게 그걸 알지?】

[우리의 목표도 거기에 있으니까. 우리가 하고 싶은 것은 단순히 〈스타 스트림〉을 부수는 게 아냐.]

나는 '은밀한 모략가'가 전해준 말을, 나의 목소리로 반복했다.

['최후의 벽' 너머에 있을, 이 모든 비극의 원흉을 없애는 거다.]

999회차의 김남운이 큰 충격이라도 받은 듯한 얼굴로 나를 보고 있었다. 몇 번이나 입술을 달싹이던 녀석이 고함을 쳤다.

【'최후의 벽'은 누구도 넘어갈 수 없어! 그건—】

【남운아, 이들은 '최후의 벽'의 너머로 갈 수 있을지도 모르는 '마지막 열쇠'를 가지고 있다.】

이현성의 말이었다.

999회차의 김남운이 혼란스러운 표정으로 나와 이현성을 번갈아 보았다.

나는 999회차의 이현성을 향해 고개를 끄덕였다.

['이계의 신격의 왕'들이 당신의 말에 동요하고 있습니다!]

[당신의 선언으로 인해 '98번 시나리오'가 격변하고 있습니다!]

[다수의 성좌가 당신의 선택에 분개합니다!]

별들을 우리 편으로 만들지 못해도 좋다. 어떤 성운도 우리 편을 들어주지 않아도 좋다.

하지만 이들이 우리 편을 들어준다면.

999회차를 살아온 '왕'들이, 우리와 함께 세계선에 남아 싸워준다면—

【네가 그런 '열쇠'를 가지고 있다 치자고.】

그 목소리를 듣는 순간, 등줄기에 서늘한 한기가 스쳤다.

【그렇다면 내가 그 '열쇠'를 빼앗지 않을 이유가 있나?】

순식간에 다가온 김남운의 단검이 내 목을 노리는 순간.

카아앙!

눈앞을 흐르는 검은 궤적이 녀석의 단검을 받아냈다. 묵직한 충격에 유중혁과 김남운이 동시에 두어 걸음을 물러났다.

【하하하! 그래! 이 감각이야!】

흑천마도와 부딪친 '위대한 심연의 군주'의 손등에서 피가 흘렀다.

【내가 얼마나 오랫동안 기다렸는지 알아? 당신과 다시 한번 겨루기 위해서, 얼마나 오랜 세월을 헤맸는지 아냐고.】

'위대한 심연의 군주'.

자신이 동경하던 상대를 다시 한번 부활시키기 위해 먼 세월을 여행해온 존재.

[거대 설화, '망상설계'가 이야기를 시작합니다!]

비틀거리는 999회차의 이지혜를 부축한 우리엘도 어느새 전투 태세를 취하고 있었다.

【언젠가 그가 내게 말했지. 혹시 그가, 그가 아닌 다른 존재가 된다면 내 손으로 자신을 죽여달라고.】

눈부신 폭음과 함께, 허공의 태양이 다시금 빛을 내뿜었다.

【아무래도 지금이 그때인 것 같군.】

쏟아지는 섬열을 받아낸 것은 시야를 가득히 메운 강철이었다.

—피하십시오. 저 혼자서는 막아낼 수 없습니다.

999회차의 이현성은 '재앙'으로 소환되지 않았다.

그렇다는 것은 즉, 저들과 다르게 '시나리오의 가호'를 받지 않고 있다는 뜻.

"김독자!"

그와 거의 동시에 일행들이 도착했다.

흑염룡을 타고 날아온 한수영이 제일 먼저 물었다.

"어떻게 된 거야?"

"보는 대로."

한수영이 입술을 꾹 깨물었다.

나는 아무 말도 하지 않았다. 그 대신 일행들을 바라보았다.

정희원을, 신유승을, 이길영을, 이지혜를, 유상아를.

"여기가 마지막 고비입니다."

아마 일행들도 느끼고 있을 것이었다.

"부탁합니다. 누구도 죽지 마십시오."

이번 싸움만큼은 나조차 일행들을 지켜줄 수가 없다.

콰아아아아아!

천지가 뒤집히는 듯한 충격과 함께, 거센 해일과 일광이 교차했다. 하얗게 시야를 메운 포말 사이로 교차하는 칼날이 보였다.

바다를 가르는 묵빛 섬광.

유중혁이 싸우고 있었다. 999회차 김남운과 999회차 우리엘의 합공을 견뎌내며, 놀라운 무위를 펼치고 있었다.

[거대 설화, '고독한 멸망의 순례자'가 이야기를 시작합니다!]

[설화, '영원불멸의 지옥도'가 이야기를 시작합니다!]

무려 두 명의 '왕'을 상대할 정도의 저력.

저것이 바로 유중혁의 진짜 힘이었다. 그가 쌓아온 모든 설화가 일거에 폭발하고 있었다.

['끊어진 필름 이론'의 연결이 불완전합니다!]

[설화의 연속성에 균열이 발생하고 있습니다!]

하지만 언제까지 균형을 유지할 수는 없었다.

"독자 씨."

고개를 돌리자 정희원이 그곳에 있었다. 눈부신 대천사의 날개가 등에서 피어나고 있었다.

비스트 로드 신유승, 해상제독 이지혜, 강철검제 이현성. 원작과는 다른 삶을 살았고, 그렇기에 다른 해답을 향해 나아가는 동료들.

우리는 서로를 일별하며 고개를 끄덕였다.

"중혁 씨는 내가 도울 테니까 나머지는 저쪽을 맡아요!"

[성좌, '악마 같은 불의 심판자'가 자신의 격을 개방합니다!]

날개를 펼친 정희원이 우리엘의 가호를 받아 유중혁을 향해 날아갔다. 아마도 우리엘의 선택인 것 같았다. '이계의 신격의 왕'이 먼 미래의 자기 자신이라는 것을 알았으니 그럴 법도 했다.

【말했을 텐데. 성운의 가호 없이 나를 상대할 수는 없을 거라고.】

하늘을 찌를 듯 솟아오른 '업화의 불꽃'이 바다를 향해 떨어졌다. 하지만 정희원을 걱정할 틈은 없었다. 이쪽으로 방대한 격을 쏟아내는 존재가 있었기 때문이다.

터져나가는 파도 사이로, 999회차의 이지혜가 텅 빈 눈동자로 이쪽을 응시하고 있었다.

"모두 피해요!"

앞으로 나선 유상아가 시공간을 비틀었다. 하지만 석존의 능력도 '이계의 신격의 왕'의 진심 앞에서는 아무런 소용도 없었다. 쩌저저적, 하는 소리와 함께 뒤틀린 공간이 강제로 펼쳐졌다.

999회차 이지혜의 전함이 바닷속에서 떠오르고 있었다. '가라앉은 섬의 주인'. 그녀의 '터틀 드래곤'은 전함이라기보다는 말 그대로 하나의 섬처럼 보였다.

"아저씨!"

위험을 느낀 신유승이 '키메라 드래곤'으로 브레스를 뿌렸다. 그러자 바닷속에 숨어 있던 모든 해수종이 밀려나왔다.

갸오오오오오!

거친 울음을 내뱉은 괴수들이 전함 외피를 향해 달려들었다. 하지만 그들이 막아내기에 섬은 너무나 거대했다.

쿠지지직, 하는 소리와 함께 괴수들이 짓이겨지는 소리가 들렸다. 일대의 바다가 둔중하게 흔들리며 해일이 밀려오고 있었다.

"형, 물러나요! 빨리!"

"김독자, 뒤로 꺼져!"

나를 보호하듯 둘러싼 일행들이 필사적으로 맞서 싸우고 있었다.

그들이 왜 그렇게까지 하는지 알고 있었다.

이들이 무엇을 두려워하는지도 잘 알고 있었다.

【모두, 모두 없애면 돼.】

해일 너머로 999회차의 이지혜가 외치고 있었다.

【전부 새로 만들 수 있어. 아무것도 아니라고. 그럼 대장도 알게 될 거야. 얼마든지 부술 수 있는 세계라고. 대체 가능한 거라고. 우리가 살았던 세계가 진짜라고……!】

바다 전체를 날려버릴 듯한 포격과 함께 쓰나미가 밀려오고 있었다. 이제껏 한 번도 본 적 없는 크기의 해일. 그대로 밀려온다면, 아무리 어머니가 있다 해도 한반도는 끝장이었다.

[설화, '구원의 마왕'이 이야기를 시작합니다!]

정색한 한수영이 소리를 질렀다.

"김독자! 또 허튼짓했다간—!"

"걱정 마."

나는 한수영의 어깨를 툭 치며 앞으로 나섰다.

우리가 함께한 시나리오의 정경들이 눈앞을 스쳐 갔다.

[거대 설화, '마계의 봄'이 이야기를 시작합니다!]

[거대 설화, '신화를 삼킨 성화'가 이야기를 시작합니다!]

[거대 설화, '빛과 어둠의 계절'이 이야기를 시작합니다!]

거대 설화가 만들어질 때마다 나는 죽을 고비를 넘겼다.

그렇게 해야만 한다고 믿었고, 그것이 옳은 방법이라고 믿었다.

[거대 설화, '잊혀진 것들의 해방자'가 당신을 바라봅니다.]

긴고아가 머리를 단단히 죄어왔다.

일행들이 직접 내게 채운 족쇄.

이 거대 설화를 얻을 때 나는 죽지 않았다. 이것이 그들의 마음이라는 것을 잘 안다.

콰아아아아아!

다가오는 해일. 신화급 성좌조차 막을 수 없는 힘이었다.

「하지만 김독자는 저 해일과 대적할 방법을 알고 있었다.」

원작의 마지막 회차. 유중혁이 이계의 신격들과 최후의 전쟁을 벌일 때도 이와 비슷한 순간이 있었다.

그때, 유중혁 곁에는 한 성좌가 있었다.

[성좌, '가장 오래된 해방자'가 당신을 바라봅니다.]

하나의 신화급 성좌만으로는 '대멸망'을 감당할 수 없다.

하지만 둘이라면 어떨까.

[성좌, '구원의 마왕'이 '가장 오래된 해방자'를 바라봅니다.]

이제 나는 희생하지 않을 것이다. 일행들을 두고 떠나지도 않을 것이다.

유중혁이 이번 생을 포기하지 않는 것처럼, 나 역시 마지막까지 포기하지 않을 것이다.

[거대 설화, '잊혀진 것들의 해방자'가 이야기를 시작합니다!]

내가 가진 거대 설화 중 유일하게 '이계의 신격의 왕'과 대적할 수 있는 힘. 이 거대 설화의 가장 큰 지분을 가진 것은 내가 아니었다.

"제천대성!"

머릿속에서 네 개의 고리가 이어지는 것이 느껴졌다.

['미후왕'이 당신의 요청에 동의합니다.]

['필마온'이 당신의 요청에 동의합니다.]

['투전승불'이 당신의 요청에 동의합니다.]

과도하게 흐르는 설화가 내 화신체를 변형시키고 있었다.

['제천대성'이 당신의 요청에 동의합니다.]

순식간에 자라난 머리카락이 백금빛으로 덮였다. 전신의 혈관을 타고 아득한 설화의 기운이 급류처럼 몰아쳤다. 한 손에 잡히는 여의금고봉의 충만한 감각.

[당신의 화신체에 다섯 '손오공'의 힘이 현현합니다!]

외투에 내려앉은 황금빛 설화의 격.

인근의 바다에 통천하의 전장이 재림하고 있었다. 천둥이 내리치는 순간, 목소리가 들려왔다.

[가자, 막내야.]

나는 고개를 끄덕였다.

2

전신을 휘감는 제천대성의 격이 오른손의 여의금고봉에 집중되었다. 통천하에서 성좌들을 상대한 날처럼. 그때와 다른 점이 있다면, 지금은 내가 온전히 '손오공'의 힘을 사용하고 있다는 것이었다.

[거대 설화, '잊혀진 것들의 해방자'가 당신에게 온전히 깃듭니다!]

"제가 길을 뚫겠습니다."

여의금고봉을 휘두르자, 밀려오던 해일의 중심에 커다란 구멍이 뚫렸다. 하지만 구멍은 순식간에 메워졌다.

【안돼안돼안돼안돼안돼안돼】

999회차의 이지혜가 융기시킨 섬에서 '이름 없는 것들'이 기어 나오고 있었다. 도저히 상대할 수 없을 만큼 많은 숫자지만, 제천대성은 그다지 당황하지 않았다.

[부숴라.]

허공으로 들어 올린 팔이 저릿하다 싶더니, 창공이 먹구름으로 뒤덮였다. 뇌운을 품은 근두운들이 몇 번인가 하늘을 울렸다. 이내 눈부신 푸른빛이 바다에 산란했다.

내리친 뇌전 다발이 바다의 모든 것들을 찢어발기며 길을 내었다. 몇 번이고 다시 내리치는 뇌전. 어마어마한 격이었다. 이게 바로 마지막 시나리오에 다다른 제천대성, 최강의 성좌라 불리는 신의 힘.

【가각 가가가가가가가각?】

하지만 몰아치는 뇌전에도 근근이 버티는 녀석들이 있었다.

아까보다 조금 더 크기가 큰 개체였다.

【죽 인 다 성 좌】

【모 든 별 들 의 파 멸 이 다 가 온 다】

보다 정확한 언어를 구사할 수 있는 이계의 신격들. 상위 개체들이 해저의 터널을 지나 수면으로 올라오고 있었다.

"미친—"

곁에 있던 한수영이 소리쳤다.

쿠구구구구구구구!

바다의 지반 전체가 흔들리면서 해저에서 용암이 끓어 올랐다.

"모두 물러나!"

우리는 '터틀 드래곤'에 올라타 허공으로 솟구쳤다.

희뿌옇게 물든 해수면에 꿈틀대는 것들이 가득했다.

【세 계 선 의 멸 망 이 찾 아 올 것 이 다】

세기말적인 대사를 늘어놓으며 강림하는 이계의 신격들.

언젠가 우리는 저런 존재와 마주한 적이 있었다. 시나리오 초기 암흑성의 전장에서였다.

['제4의 벽'이 희미하게 술렁입니다.]

어쩌면 벽 안의 사서가 된 '꿈을 먹는 자' 또한 이 광경을 보고 있을 것이다.

"저런 것들을 어떻게 잡으란 거야?"

이를 악문 한수영이 양손으로 [흑염]을 발출했다.

무려 수 킬로미터에 달하는 촉수들이 한꺼번에 바다 위로 솟구치자, 용암 범벅이 된 해일이 산맥처럼 커졌다.

문득 멸살법의 한 문장이 떠올랐다.

「융기한 섬에서 흘러나온 재앙은 마침내 지표면의 모든 것을 덮었다.」

이대로 시간이 지난다면 이 세계선의 지구 또한 그렇게 될 것이다.

"제천대성!"

나는 제천대성의 힘을 빌려 다가오는 해일들과 맞섰다.

순식간에 자라난 여의봉이 다가오는 '이름 없는 것들'을 쳐냈다. 빌딩만 한 파도를 부수고, 날아드는 촉수를 터뜨렸다. 그래도 끝이 없었다.

「해일은 점점 더 커질 뿐이었다.」

하나의 해일을 이겨내면 두 번째 해일이 오고, 두 번째 해일을 부수면 세 번째 해일이 덮쳐온다.

그리고 모든 해일의 중심에는 '가라앉은 섬의 주인'과 다른 '이계의 신격의 왕'들이 있었다.

[이번엔 쉽지 않겠군.]

제천대성조차 그렇게 말할 정도였다.

이대로는 저들에게 도착하기도 전에 우리가 당할 판이었다.

"저걸 뚫을 방법이 없습니까?"

[시간이 필요하다.]

그 말을 남긴 제천대성이 격을 모으기 시작했다. 심장 어귀가 급속도로 따뜻해지더니 전신의 설맥이 빠르게 돌았다.

그가 무엇을 준비하는지 알 것 같아서 더 캐묻지 않았다. 내 생각이 맞는다면, 제천대성은 멸살법 최종장에 나온 그 기술을 사용하려는 것이다.

문제는 그때까지 나와 일행들이 버틸 수 있을까 하는 점이었다.

「시간을 벌려면 힘을 합쳐야 한다.」

우리엘과 심연의 흑염룡이 제아무리 뛰어난 성좌라고 해도, 그들만으로는 버티기 어렵다. 게다가 저쪽에는 '왕'이 넷이나 있다.

넷?

콰르르르르르!

날아드는 촉수 다발을 쳐내는 강철의 방패.

내 앞을 가로막은 커다란 어깨를 보며 나는 말했다.

"현성 씨."

999회차의 이현성이 나를 돌아보았다. 반쯤은 걱정스러운 얼굴로, 반쯤은 혼란으로 뒤덮인 얼굴로.

"당신의 도움이 필요합니다. 재앙을 막을 수 있게 도와주십시오."

가만히 나를 들여다보던 이현성이 물었다.

【약속할 수 있습니까?】

그 약속이 무엇인지 묻지 않았다. 알 것 같았기 때문이다.

"지킬 수 있을지는 모릅니다. 다만 최선을 다하겠습니다."

잠시 나를 보던 이현성이 천천히 눈을 깜빡였다.

그리고 다음 순간, 이현성의 눈이 은빛을 발했다.

【그대의 설화를 믿겠습니다.】

뱃전에서 거대한 강철의 가지가 자라나기 시작했다. 순식간에 자라난 가지는 이내 사면의 벽을 만들더니, 해일 속 '이름 없는 것들'과 부딪치며 쾌속 생장을 거듭했다.

잠시 후, 눈앞에는 가운데가 뚫린 정사각형의 통로가 만들어졌다.

질주하는 강철의 벽이 만든 통로였다.

【가십시오.】

나는 고개를 끄덕이고는 통로를 달렸다.

얼마나 달렸을까. 통로 끝에 익숙한 인물이 보였다.

"희원 씨!"

'이름 없는 것들'의 한가운데에서 정희원이 검을 휘두르고 있었다. 나와 동료들은 통로를 가로질러 그녀를 도왔다.

"미안해요, 도저히 뚫을 수가 없어요."

입술을 꾹 깨문 정희원이 허탈하게 중얼거렸다. 절망감 어린 목소리. 그녀는 999회차의 우리엘에게 다가가지도 못한 채 허공에서 날아드는 '이름 없는 것들'을 베어내는 데 급급했다.

【갸아아아아아아】

쿠지직, 하는 소리와 함께 강철의 벽이 둔중하게 흔들렸다. 당장이라도 우리를 집어삼킬 것처럼 달려드는 이계의 신격들. 이 통로에서 한 발짝만 나가도, 몰려든 녀석들은 피라냐처럼 우리를 뜯어 먹을 것이다.

콰드득, 콰드드득.

'이름 없는 것들'이 금속 벽을 갉아 먹는 소리가 들려왔다.

"위험……!"

통로의 출구 쪽에서 '이름 없는 것들'이 우리를 향해 달려오고 있었다. 혀를 빼문 채 광견처럼 달려드는 녀석들.

【아아아아아아!】

하늘에서 섬광 같은 것이 떨어지며 눈앞의 것들이 모조리 잘려나간 것은 다음 순간의 일이었다. 누군가가 바깥에서 우리가 서 있던 통로를 잘라낸 것이다. 잘려나간 통로 너머로 대멸망의 전장이 보였다.

죽어나간 '이름 없는 것들'의 시체가 섬을 이루고 있었다. 잊힌 설화들이 비참하게 죽어간 그 모습을 보며, 아이들이 헛구역질했다.

나 역시 잠시 말을 잊고 전장을 내다보았다.

누군가가 울음 섞인 목소리로 중얼거렸다.

"대체 왜 이렇게까지……."

이것이 '대멸망'이었다. 원작의 유중혁이 헤쳐간 시나리오.

그 유중혁은 지금도 대전장의 중심에서 '이계의 신격의 왕'들과 대치하고 있었다.

콰아아아앙!

마른하늘 한쪽에서 섬광이 튀는 듯하더니 어느새 건너편에서 굉음이 울렸다. 눈으로 좇기도 힘들 정도로 빠른 움직임. 우리가 서 있던 통로를 잘라낸 이들이 싸우고 있었다.

나는 이곳이 전장이라는 사실조차 잊고 그 전경에 잠시 압도당했다.

[거대 설화, '망상설계'가 기염을 토합니다!]

[거대 설화, '영원불멸의 지옥도'가 이야기를 계속합니다!]

잊혀진 세계선의 최강자들이 설화를 겨루고 있었다.

몰아치는 [파천검도]와 대항하는 [지옥염화]. 거기에 [흑염]의 잔류가 뒤섞여 용오름을 만들었다. 먹구름 사이로 검강의 격류가 충돌을 일으켰고, 오래된 설화들이 늙은 용처럼 울부짖었다. 하늘이 떠나갈 듯 설화들이 비명을 질러댔다.

눈앞에서 살아 있는 역사가 부딪치고, 소멸했다. 그리고 그 모든 이야기의 중심에 유중혁의 흑천마도가 있었다.

유중혁이 번 시간을 허투루 흘려보낼 수는 없었다. 나는 전방을 가리키며 말했다.

"해일의 원인은 '가라앉은 섬' 그 자체입니다."

먼지구름처럼 몰려든 '이름 없는 것들'. 그 뒤에서 해일을 일으키는 상위 격의 외신들. 그리고 그들의 중심에 있는 '가라앉은 섬'까지.

아마 저 섬 중앙에 999회차의 이지혜가 있을 것이다.

"섬을 침몰시키는 게 먼저입니다. 가장 좋은 건 999회차의 이지혜를 제압하는 것이겠지만."

나는 밀려드는 해일 세례 너머를 헤아렸다.

이 '대멸망'을 일으킨 원흉.

'가라앉은 섬의 주인'인 999회차의 이지혜를 제압하면 재해는 잦아들겠지만, 문제는 거기까지 가는 방법이었다.

한수영이 말했다.

"저쪽엔 999회차의 김남운과 우리엘도 있어. 우리엘이야 유중혁이 상대하고 있다 쳐도 김남운은 어떡할 거야?"

"걱정 마. 나한테도 생각이 있어."

여전히 전력은 이쪽이 불리했다. 앞선 전투로 인해 전력의 상당 부분을 소실한 상태니까. 하지만 마냥 불리하기만 한 것도 아니었다.

"길영아, 유승아. 벌레와 괴수를 풀어서 외신들 움직임을 최대한 막아. 유상아 씨, 기회를 봐서 999회차의 이지혜에게 한 번만 더 디버프를 걸어주십시오. 한수영 너는 우리 배후에서 다가오는 '이름 없는 것들'을 처리해줘."

"너는?"

"난 길을 뚫을 거야. 희원 씨는 저랑 같이 가시죠."

정희원이 고개를 끄덕이는 순간, 나는 격을 개방했다.

[성좌, '구원의 마왕'이 자신의 격을 개방합니다!]

타이밍 좋게 전신을 감싸는 이현성의 설화가 느껴졌다. [강철화]가 만든 외피가 피부 위로 자라나고 있었다. 확실히 〈오즈〉에 다녀온 보람이 있었다. 저 '이름 없는 것들'의 외피를 효율적으로 부수기 위해서는 이현성의 설화 금속이 반드시 필요했다.

"지금입니다!"

우리는 허공의 철벽에서 동시에 뛰어올라 해일을 향해 강하했다.

이쪽의 움직임을 눈치챈 이계의 신격들이 괴성을 질렀다.

두두두두두두두두!

멀리서 [설화 금속]이 덧입혀진 공필두의 포탄이 날아들었다. '이름 없는 것들'의 외피를 꿰뚫는 탄환들. 그의 포성을 간주 삼아, 우리는 해일 위를 달렸다.

피할 곳 없이 날아드는 촉수를 불태운 것은 한수영이었다.

[성좌, '심연의 흑염룡'이 포효합니다!]

[흑염]의 불꽃에 외신들이 고통스러운 비명을 질렀다.

나와 정희원이 그 길 위를 달렸다. 섬 주변 시공간이 희미하게 뒤틀리는 것이 느껴졌다. 유상아가 힘을 발휘하고 있었다.

"독자 씨, 저기!"

멀리서 섬 최상부를 차지하고 있는 거대한 '터틀 드래곤'이 보였다. 그 선수상 위에서 999회차의 해상제독이 이계의 신격들을 지휘하고 있었다.

【하하핫, 어딜 가시려고!】

기다렸다는 듯 999회차의 김남운이 나타났다.

【우리 지혜는 내가 지킨다!】

유중혁과 맞서 싸우는 와중에도 끼어들 여유가 있었던 모양이었다. 어쩌면 유중혁 녀석의 상태가 위중한 것인지도 모른다. 나는 정희원에게 신호를 보냈다.

"제 걱정은 마시고 유중혁 쪽을 도와주세요. 슬슬 녀석도 한계일 겁니다."

"죽지 말아요, 알겠죠?"

정희원이 곧장 날개를 펼쳐 유중혁을 돕기 위해 사라졌다.

【애틋한데? 걱정 마. 순식간에 둘 다 보내줄 테니까!】

김남운의 신형이 스르르 움직였다. 수백 개로 갈라진 녀석의 그림자에서 무수한 신형이 튀어나왔다.

「김독자는 생각했다. 이건 피할 수 없다.」

수백, 아니 족히 수천은 되어 보이는 단검들이 일제히 내 전신을 노리고 있었다. 살아 있는 듯 움직이는 단검들. 김남운이 터득한 나이프 파이팅의 정수가 단검 하나하나에 실려 있었다. 하나하나가 치명적인 공격.

그럼에도 나는 가만히 웃었다.

"널 처음 봤을 때도 내게 칼을 휘둘렀지."

【난 너 처음 보는데?】

"김남운, 이 세계의 네가 어떻게 죽었는지 궁금하지 않아?"

그 말에 김남운의 신형 중 하나가 미간을 찌푸렸다.

【그깟 놈 어떻게 돼졌는지 내가 알 게 뭐야!】

나는 날아드는 단검을 여의금고봉으로 막아냈다. 몇 개의 단검이 내 허벅지와 어깨를 깊이 그었지만, 다행히 이현성의 설화 금속이 녀석의 공격을 대신 받아주었다. 그러나 거센 빗발처럼 부딪쳐오는 공격에 이현성의 강철에도 금이 가고 있었다.

나는 착실히 기억을 재현하듯, 날아드는 공격을 피해냈다.

「오른쪽 옆구리.」

「오른쪽 눈.」

「왼쪽 대퇴부.」

츠츳, 츠츠츳.

희미하게 튀는 스파크.

나는 단검 두어 개를 더 맞은 채 물러섰다.

"이 세계선의 너는 쓰레기였어. 힘없는 노인을 죽여서 첫 번째 시나리오를 깨려는 양아치였지."

【첫 번째 시나리오는 원래 그런 거야. 그딴 건 안 궁금—】

"너는 지금처럼 단검을 휘두르다가, 볼썽사납게 무릎을 꿇은 채 살려달라 빌었어. 그리고 비참하게 머리가 터져 죽었지."

처음으로 김남운의 움직임이 멎었다. 장난스러운 얼굴은 온데간데없이, 녀석은 나를 노려보고 있었다.

"널 그렇게 죽인 놈이 누군지 궁금하지 않아?"

단검이 내 왼쪽 눈을 노리고 날아왔다.

"잠자는 거신을 베기 위해 벼려진 검이여. 지금 이곳에 강림하라!"

콰아아아아아아아아. 엄청난 후폭풍과 함께, 눈앞의 모든 것이 이지러졌다.

차원을 건너 소환된 강철의 거신이 그곳에 있었다.

타르타로스 최강의 설화 병기, 플루토.

콕핏에서 김남운의 해맑은 목소리가 들려왔다.

[하하하핫! 메뚜기 남, 오랜만……]

하지만 나는 웃을 수 없었다. 왜냐하면 지금 내가 사용할 것은 녀석에게는 지독히 잔인한 방법이기 때문이다.

[응? 뭐야 이건.]

자신의 코앞에 둥둥 떠 있는 작은 뭔가를 발견한 김남운이 고개를 갸웃했다. 그리고 거의 동시에, 저쪽의 김남운이 멍하니 중얼거렸다.

【거대 로봇?】

[우와아아아아악!]

츠츠츠츠츳!

[서로 다른 세계선의 동일 존재가 처음으로 조우했습니다!]

999회차의 김남운에게는 나와 싸웠던 설화가 없다.

하지만 지금은 어떨까.

['끊어진 필름 이론'이 발동합니다!]

기억이 이어진다. 서로 다른 세계선의 두 존재가 만나며, 이어지지 않던 설화가 일시적으로 하나가 된다.

눈을 부릅뜬 999회차의 김남운, '위대한 심연의 군주'가 나를 노려보고 있었다. 이제 녀석도 모든 것을 알았을 것이다.

【너…….】

"맞아. 이 세계선의 너를 죽인 건."

일대의 시공간이 바뀌고 있었다. 첫 번째 시나리오의 지하철.

내가 김남운을 죽였던 장소.

나는 빙긋 웃으며 말을 이었다.

['무대화'가 발동합니다!]

"바로 나야."

3

[설화, '강철의 지배자'가 이야기를 시작합니다.]

999회차의 이현성이 만든 강철의 벽이 주변을 덮으며 자라나기 시작했다.

〈오즈〉에서는 무려 행성 전체를 방어한 힘이었다.

콰콰콰콰콰!

자라난 강철은 이내 '무대화'와 어우러지며 지하철의 격벽을 이루기 시작했다. 내게는 한없이 익숙한 무대. 지금도 눈을 감으면 선명한 첫 번째 시나리오의 객실.

[신화급 성좌의 '무대'가 발생했습니다!]

본래 '무대화'는 일종의 증강 현실에 가깝다. 즉, 무대화가 발생한다고 해서 실제로 주변 지형지물이 바뀌거나 하지는 않는다.

그런데 이번에는 경우가 좀 달랐다.

[<스타 스트림>이 당신의 '무대'에 주목합니다.]

[절대다수의 성좌가 '무대'를 지켜보고 있습니다.]

[대도깨비들이 당신의 '무대'를 질투합니다.]

[다수의 시선으로 '무대화'의 무대 등급이 상승합니다!]

〈스타 스트림〉에서 개연성은 곧 시선의 숫자와 직결된다.

많은 이들이 관음하는 시나리오는 강력한 설화를 발생시키고, 많은 이들이 지켜보는 무대는 파급력이 발생한다. 무수한 시선에 깃든 기대감이 개연성을 움직이는 것이다.

「그날, 망상악귀와 구원의 마왕은 그곳에서 처음으로 조우했다.」

그리고 움직인 개연성은, 때로 '가짜'를 '진짜'로 만든다.

['끊어진 필름 이론'의 영향으로 '무대화'의 구현이 불완전합니다!]

[해당 무대에서 등장인물 '김남운'과 등장인물 '위대한 심연의 군주'는 동일 인물로 취급됩니다.]

['위대한 심연의 군주'의 무대 적합도는 87.351%입니다!]

[갑작스러운 폐막의 가능성이 존재합니다.]

가짜가 진짜가 될 수 있는 것은 무대에서도 잠깐뿐.

모두가 집중하는 이 순간, 무대의 신비가 해체되기 전에 모든 것을 끝내야만 했다.

【너……!】

나는 망설이지 않고 김남운을 향해 다가갔다.

'무대화'의 영향에도 딱히 강해졌다는 느낌은 들지 않았다. 다만 자신감이 차올랐다. 마치 늑대가 토끼를 사냥할 때 갖는 확신 같은 것.

【무슨 개 같은 짓이야.】

분개한 999회차의 김남운이 달려들었다. '무대화'의 영향을 직접적으로 받은 녀석의 몸놀림은 심각할 정도로 둔해져 있었다. 마치, 첫 번째 시나리오에서 평균 능력치가 10도 되지 않던 그 김남운 같았다.

문제는 내 육체도 첫 번째 시나리오의 그때와 별반 다를 바가 없다는 것이었다.

휘이익!

나는 고개를 숙여 단검을 피했다. [전지적 독자 시점]을 통해 공격 방향을 읽고 있었기 때문에 회피가 그리 어렵지는 않았다.

[해당 '무대'에 '첫 번째 시나리오'의 규칙이 적용됩니다!]

[하나의 생명을 살해할 때마다 '무대'의 화신체가 강화됩니다.]

새록새록 떠오르는 기억들.

첫 번째 시나리오에서 우리는 그렇게 싸웠다.

고작 100코인의 생존비 때문에 사람들이 죽어나갔다.

100코인을 얻기 위해 사람들은 서로 죽였다.

우리는 그런 세계에서 살아남았다.

[다수의 성좌가 자신의 '첫 번째 시나리오'를 떠올립니다.]

두통이 오는지, 관자놀이에 손을 가져다댄 999회차의 김남운이 쿡쿡거리며 웃었다.

【하하…… 이렇게 나오시겠다? 꽤 재밌네.】

"전혀 재밌는 표정이 아니신데?"

김남운의 시선에서 찌릿한 살기가 느껴졌다.

['위대한 심연의 군주'의 무대 적합도가 미세하게 감소합니다!]

아무리 '무대화'의 영향력이 절대적이라 해도, 이 '무대화'는 꼼수를 통해 구현된 것이었다. 시간이 지날수록 999회차의 김남운과 3회차의 김남운 사이의 연결은 약해져갈 것이다.

[뭐야, 메뚜기 남! 이거 뭔데, 어떻게 된 건데?]

한쪽 구석에서 몸을 일으킨 3회차의 김남운이 보였다. '무대화'의 영향으로 작은 장난감 로봇으로 변한 녀석이 엉거주춤 내 다리에 붙어 섰다.

그 꼴을 본 999회차의 김남운이 중얼거렸다.

【한심하군. 저런 녀석에게 죽어서 깡통 로봇이 되었을 줄이야.】

[뭐라는 거야. 뒈지고 싶냐? 야, 메뚜기 남! 저 새끼 죽여버려!]

내 정강이를 붙든 김남운이 고래고래 소리를 질렀다.

[앞으로 5분 안에 살해 행위가 발생하지 않을 시 객실 안의 모든 화신체가 절멸합니다!]

'무대화'가 이렇게 강력한 제약을 거는 것은 처음이었다.

이 정도면 거의 메인 시나리오 수준인데.

【죽어!】

공기를 가르며 단검이 날아왔다. 나는 지형지물을 이용해 공격을 피해냈다. 화신체의 움직임이 둔하다곤 해도, 나 역시 그때의 김독자는 아니었다.

김남운의 공격은 지하철의 철문과 바닥을 긁었다. 쿵쿵 내리찍는 녀석의 힘이 조금씩 강해졌다. 희미하게 올라오는 혼돈의 기운. 벌써 '무대화'의 영향력이 감소하고 있었다.

이대로 시간이 흐르면 승세는 녀석 쪽으로 기울어질 가능성이 컸다.
하지만 999회차의 김남운은 오히려 초조한 기색이었다.

[등장인물 '위대한 심연의 군주'가 동요합니다.]
[등장인물 '위대한 심연의 군주'가 다급히 주변을 둘러봅니다.]

왜일까. 녀석의 표정이 좋지 않았다.
자세히 보니 녀석의 뺨과 목덜미에 식은땀이 맺혀 있었다.

[등장인물 '위대한 심연의 군주'가 이 공간을 싫어합니다.]

【쥐새끼 같은 자식이……!】

[일부 성좌가 '이계의 신격의 왕'의 격을 의심합니다.]
[소수의 성좌가 잡배 같은 대사를 경멸합니다.]

초조함 때문인지 999회차의 김남운은 움직임이 점점 더 단순해지고 있었다.

[앞으로 3분 안에 살해 행위가 발생하지 않을 시 객실 안의 모든 화신체가 절멸합니다!]

이제 남은 시간은 삼 분.
"독자 씨? 이게 무슨……."
목소리가 들려온 것은 그때였다. 나와 김남운의 고개가 동시에 목소리가 들려온 방향을 향했다.
순간 소름이 돋았다.

「그곳에 그들의 싸움을 목격한 이가 있었다.」

잊고 있었다.

「그날, 3807칸에서 가장 정의로웠던 사람.」

그때, 지하철에는 나와 김남운만 있지 않았다는 것을.

【하하하하하하하!】

광소를 터뜨린 김남운이 나를 내팽개치고 유상아를 향해 달려갔다. '무대화'의 영향 때문인지 유상아 또한 첫 번째 시나리오의 그날과 같은 불편한 복장이었다. 순식간에 거리를 좁힌 김남운의 단검이 유상아를 향해 쇄도했다.

쐐애액, 하고 그어지는 날붙이.

잘려나간 머리카락이 허공을 날았다. 표정을 굳힌 유상아가 유연한 동작으로 김남운의 공격을 피하고 있었다. 나보다도 더 날쌘 움직임이었다.

【제법인데!】

[등장인물 '위대한 심연의 군주'가 '흑화' 효과를 받습니다!]

하지만 시간이 지날수록 김남운의 움직임은 더 빨라졌다.

「그날, 망상악귀는 자신의 세계를 깨달았다.」

'무대화'의 영향이 거세어지고 있었다.

「새로운 세계에는 새로운 법칙이 필요한 법이라고.」

파리하게 질려가는 유상아의 얼굴이 보였다.

시간이 없다. 방법을 찾아야 했다. 어떻게든—

"형."

내 옷깃을 붙잡는 작은 손.

「그날, 그 소년이 곤충을 잡지 않았더라면.」

이길영이 그곳에 있었다.

아직 자라지 않은 앳된 얼굴. 첫 번째 시나리오에서 내가 기억하는 그대로의 모습이었다. 부모를 잃고도 절망하지 않던 그 아이가, 단호한 얼굴로 내게 손을 내밀었다.

[성좌, '무저갱의 지배자'가 음흉하게 웃습니다.]

샛노란 메뚜기 몇 마리가 소년의 손바닥 위에 있었다.

"고맙다."

나는 메뚜기를 쥔 채 달렸다.

뿌드득 하는 소리와 함께 터져나가는 메뚜기들.

[생명체를 살해했습니다.]

['무대화'의 효과로 화신체가 강화됩니다!]

[생명체를 살해했습니다.]

['무대화'의 효과로 화신체가 강화됩니다!]

…….

폭발적으로 증가한 근력과 함께, 객실을 달렸다.

미친놈처럼 웃어대는 김남운의 뒤통수가 코앞에 보였다.

【죽어! 죽어! 죽어! 죽어엇!】

나는 녀석의 덜미를 잡아 그대로 지하철의 바닥에 처박았다. 짓밟힌 벌레처럼 김남운의 다리가 부들부들 떨렸다.

【이런 개—】

잽싸게 내 손아귀에서 벗어난 김남운이 나를 향해 단검을 휘둘렀다.

나는 그 단검을 피하지 않았다.

카가가가각!

피할 필요가 없었기 때문이다.

「나이프는 계속해서 생채기만을 남겼다. 핏줄기는 흘렀지만, 칼날은 살가죽 아래를 헤집지 못했다.」

첫 번째 시나리오의 마지막 장면이 오버랩되며 스쳐 지나갔다.

김남운의 공격은 점점 더 빨라지고 있었지만, 녀석의 공격은 강화된 이현성의 [강철화]를 뚫지 못했다.

【이게, 이게 무슨…….】

999회차의 김남운이 욕설을 내뱉으며 단검을 휘둘렀다. 하지만 아무리 휘둘러도 소용없는 일이었다. 이미 이 '무대'의 끝은 정해졌으니까.

"이제 이 분 남았네."

【으아아아아아아!】

얼굴이 일그러진 김남운이 마구잡이로 단검을 내리그었다. 애꿎은 날붙이가 뚝 부러져 바닥을 나뒹굴었다.

일 분 삼십 초, 일 분 이십 초…… 줄어드는 시간 앞에서 김남운의 신형이 천천히 무너졌다. 단순히 힘이 빠져서는 아니었다. 녀석을 공격하는 것은 그보다 더 근본적인 원죄였다.

「망상악귀 김남운의 근원 설화」

주변 공간이 일그러지기 시작했다.

아무것도 없던 객실 바닥에 피가 번지고 있었다.

우리가 흘린 피가 아니었다.

【그럴 리가, 그럴 리가 없어……!】

벌벌 떠는 999회차의 김남운이 자리에 주저앉았다.

[거대 설화, '망상설계'가 폭주하고 있습니다!]

바로 이곳에서 녀석의 설화인 '망상설계'가 발아했다.

[비정상적인 적응력]을 통해 자신이 살아갈 새로운 세계를 만들었던 김남운. 하지만 그 '세계'의 끝을 본 지금, 김남운에게 그 세계는 어떤 의미일까.

【이, 이따위. 이따위 것들……!】

바닥의 시체들이 눈을 부릅뜬 채 우리를 바라보고 있었다.

내가 지키지 못한 이들. 머리가 잘리거나 심장이 뚫린 이들.

피를 토하며 죽어간 이들이 우리를 보고 있었다.

김남운의 얼굴이 발작하듯 흔들렸다. 녀석에게는 어울리지 않는 표정이었다.

"이제 와서 죄책감이라도 드냐?"

부들거리며 나를 올려다보는 999회차의 김남운이 입술을 달싹거렸다.

「"맞아, 난 쓰레기야. 그래서 뭐?"」

초반 회차의 김남운이라면, 분명 그렇게 말했을 것이다.

하지만 그런 김남운도, 999회차에서는 다르게 말한 적이 있었다.

「"나도 가끔은 생각해. 그곳에서 죽는 건 나였어야 한다고. 대장도 그렇게 생각하지?"」

사이코패스 망상악귀 김남운.
원작을 다 읽은 이후에도 녀석에 대한 내 평가는 변하지 않았다.

[전용 스킬, '독해력'이 발동합니다!]

하지만 그것이 김남운의 전부는 아니리라. 내가 읽은 멸살법은 세계의 티끌에 지나지 않을 것이고, 내가 모르는 김남운도 분명 존재할 것이다.

누군가를 위해 한 세계의 끝을 볼 수 있는 김남운.
누군가를 사랑하여 4만 년을 방황할 수 있는 김남운.
동료들과의 신의를 지키기 위해 살아가는 김남운.

만약 그런 김남운이 세상 어디엔가 존재한다면.
그리고 그 김남운이, 999회차의 끝을 본 녀석이라면.
【난, 나는…… 나는…….】
망상이 녀석을 좀먹고 있었다.
인격을 교체하며 버틴 세월들.
가면 아래에 자리 잡고 있던 청일고교 2학년 김남운의 자아가 흘러나오고 있었다.
【내가, 내가 죽였어…… 그래, 내가…….】
부들부들 떠는 김남운이 부러진 단검을 쥔 채 울고 있었다.

"맞아. 네가 죽였어."

나는 그 말을 하며 지하철 뒤칸을 돌아보았다. '무대화'와 어우러진 이현성의 강철 통로가 보였다. 끝없이 이어진 그 통로는 시체로 빼곡하게 뒤덮여 있었다. 이제는 이름조차 잊어버린, '이름 없는 것들'이 울부짖고 있었다.

"그리고 내가 구하지 않은 사람들이야."

「새로운 세계에는, 새로운 이야기가 필요하다.」

'단 하나의 설화'가 완성되기 위한 대가.

그 알량한 기승전결의 완성을 위해 우리는 살아왔다.

[당신의 '히든 시나리오'가 완성을 앞두고 있습니다!]

[당신의 모든 설화가 당신의 '결'을 원합니다!]

[<스타 스트림>의 모든 성좌가 당신의 '결'이 가까워졌음을 느낍니다!]

그리고 이제 나는, 그 빌어먹을 이야기의 끝을 보아야만 한다.

【아, 아아, 아아아……!】

눈의 초점이 흐려진 김남운이 부러진 단검을 자신의 목에 가져다 댔다.

['무대화'의 규칙 적용까지 15초 남았습니다.]

[시간이 모두 경과하면 규칙을 지키지 않은 모든 화신은 절멸합니다.]

유상아와 이길영이 내 쪽을 바라보았다. 장난감 로봇이 된 3회차의 김남운도 나를 보고 있었다.

만약 이대로 시간이 경과하면 999회차의 김남운은 무대 위에서 죽게 될 것이다. 이 무대는 가짜지만, 이곳에 투입된 녀석의 설화는 모두 진짜다.

그는 이곳에서 죽는다.

그가 죽였던 이들처럼. 혹은 그가 3회차에서 그랬던 것처럼. 자기 삶을 받아들인 채 비참하게 죽게 될 것이다.

문제는, 그렇게 된다면 '끊어진 필름 이론'으로 연결된 3회차의 김남운까지 소멸하게 된다는 것이었다.

그렇게 둘 수는 없었다.

['무대화'가 해제됩니다!]

주변 경관이 바뀌며 무대가 사라졌다. '끊어진 필름 이론'으로 이어졌던 기억이 흐려지고 있었다. 지하철이 흩어지고, 배우들은 제자리로 돌아갔다.

하지만 999회차의 김남운은 여전히 무릎을 꿇은 채였다.

어떤 이야기는 가짜라도 진짜와 같은 힘을 가지고 있다.

무대는 끝났지만, 원죄는 사라지지 않은 것이다.

황폐하게 너덜거리는 녀석의 설화가 흩어지고 있었다.

나는 여전히 고개 숙인 녀석을 물끄러미 내려다보다가, 녀석이 쥔 단검을 발로 툭 찼다.

"김남운, 너는 구원받을 수 없어."

그리고 품속에서 '부러지지 않는 신념'을 꺼내 들었다. 형형하게 빛나는 백청의 강기가 울부짖었다. 나는 일부러 모두 볼 수 있도록 그 검을 높이 치켜들었다. 그리고.

[<스타 스트림>의 모든 성좌가 '이계의 신격의 왕'의 죽음을 고대합니다!]

【안 돼!】

어디선가 들려오는 끔찍한 절규와 함께, '부러지지 않는 신념'이 무언가를 베었다.

4

파스슷.

'부러지지 않는 신념'에 설화의 잔흔이 묻었다.

매캐한 연기를 내며 타오르는 설화.

한때 누군가의 역사였던 것이 재가 되어 흩날렸다.

피에 젖은 김남운의 하얀 머리카락이 칼끝에 걸려 있었다.

「그것이 김독자의 선택이었다.」

나는 하늘하늘 재로 흩어지는 녀석의 머리카락을 보며 입을 열었다.

"어렸을 때, 난 네가 무지 싫었어."

한창 멸살법을 읽던 시절, 김남운은 유일하게 정을 줄 수 없는 인물이었다. 멸살법에 나오는 모든 인물이 나의 형이고, 아버지이고, 동생이고, 누나였다면.

등장인물 '김남운'은 나의 반면교사였다.

"네 정의에는 품위가 없었고, 네 살인에는 기준이 없었지."

비정상적인 세계에 누구보다 빨리 적응한 열여덟 살 청년. 오만함과 방만함으로 칼을 휘두르며 자신의 본성을 어둠에 내맡긴 화신.

망설임 없는 악행과 유치한 대사들.

그러한 특징이 너무나 명백했기에, 어렸던 나는 마음 놓고 녀석을 미워할 수 있었다.

「마음껏 미워하고 증오할 수 있도록 조형된 악.」

그것이 김남운이었다.

"너는 악인이야. 그때도 그랬고, 지금도 마찬가지지."

나는 마치 스스로에게 말하듯 중얼거렸다.

칼날에 묻은 설화들이 핏물처럼 떨어지고 있었다.

「어른이 된 김독자는 다시 한번 김남운을 바라보았다.」

멸살법의 인물들이 시나리오 속에서 바뀌었듯, 그 이야기를 읽는 나 역시 변했다. 나는 이제 그가 악인이 될 수밖에 없던 이유를 헤아리는 나이가 되었다.

「김남운이 악인이 된 것은, 어쩌면 김독자 자신 때문인지도 모른다.」

내가 그때 멸살법을 봤기 때문에. 작가에게 의견을 제시하고, 성좌들이 으레 그러했듯 그를 평가하고 판단했기 때문에.

—작가님. 이번에도 꼭 김남운을 동료로 데려가야 하나요?

그가 살아 있는 인물이 아니라, 작가가 만든 '등장인물'이라고 믿었기 때문에.

지금 생각해보면 내가 김남운을 미워한 이유는 단순했다.

"유중혁은 언제나 널 동료로 영입했지."

김남운은 멸살법의 어떤 인물보다도 나를 닮았다.

"네가 나쁜 놈이라는 걸 알면서, 또 악행을 저지를 것을 알면서도…… 그런 너를 데려갔어."

만약 내가 김남운이라면 어땠을까.

청일고교 2학년 김남운.

학업 스트레스와 부모님과의 갈등 속에서 살아가던 평범한 고교생. 그런 고교생이, 보호자도 없이 누군가를 죽이지 않으면 살아남을 수 없는 극한의 환경 속에 홀로 내던져진다면.

"처음엔 유중혁이 실리를 따진 거라 생각했어. 너는 잠재력이 높은 화신이니까. 그런데 곰곰이 생각해보면, 너 정도로 성장할 수 있는 인물은 또 있었어. 그런데도 유중혁은 회차가 시작될 때마다 널 동료로 영입했지."

나라면 김남운과 다른 선택을 할 수 있었을까.

1회차를, 2회차를, 3회차를…… 999회차를 거듭하면서 그때의 '김남운'과 다른 선택을 하고 살아남을 수 있었을까.

"지금 생각해보면 '실리'를 추구한 건 유중혁이 아니라 나였는지도 몰라."

내가 멸살법을 처음 읽던 그때부터 유중혁은 줄곧 '스물여덟 살'이었다.

그때도 지금도 어른인 유중혁은, 이미 알고 있었는지도 모른다. 생은 선택의 누적이고, 그 무수한 선택이 쌓여 한 사람분의 설화가 된다는 것을.

태초부터 악으로 조형된 인물은 존재하지 않는다는 것을.

1회차와 2회차가 다르듯 998회차와 999회차가 다르다는 것을.

그리고 그것이 그가 회귀를 반복하는 진짜 이유임을.

허공에 멈춰 선 칼날.

'부러지지 않는 신념'이 넋을 잃은 김남운의 살갗을 희미하게 파고든 채 멈춰 서 있었다.

나는 반쯤 한숨 섞인 목소리로 말했다.

"그렇다고 네가 용서받을 수 있다는 뜻은 아니야. 다만 내가 하고 싶은 말은……."

【김남운!】

뒤쪽에서 밀려오는 어마어마한 격의 표현.

거친 포연의 바다를 헤치고 탱크처럼 이쪽을 향해 달려오는 이가 있었다.

999회차의 이지혜였다.

단지 김남운이 위기에 처했다는 것만으로, 자신의 '섬'을 내던진 그녀가 포화를 뚫고 이쪽으로 다가오고 있었다.

〈김독자 컴퍼니〉의 공격을 정면에서 받아 온몸이 넝마가 되어가면서.

"복 받았네. 저렇게 생각해주는 '동료'도 있고."

'동료'라는 말에 김남운의 텅 빈 동공이 흔들렸다.

이쪽으로 오는 것은 이지혜뿐만이 아니었다.

등줄기가 후끈하다 싶더니, 내 뒷덜미를 위협하는 감각이 있었다.

'업화의 불꽃'이었다.

【무슨 꿍꿍이지?】

조금 전까지 유중혁과 싸우던 999회차의 우리엘이 어느새 등 뒤에서 있었다.

나는 천천히 고개를 돌려 그쪽을 바라보았다.

급하게 전장을 이탈한 까닭인지 그녀의 순백색 날개가 찢겨 있었다. 곳곳에 남은 깊은 상처들. 한눈에 보기에도 치명상이었다. 그녀는 자신의 원한과 증오, 승패조차 도외시하고 김남운의 위기에 이곳으로 날아온 것이었다.

이계의 신격이 된 후에도 변하지 않는 것은 있다.

'단 한 사람'을 위해 목숨을 거는 동료들.

그런 그들이기에, 유중혁이 없는 999회차의 끝을 볼 수 있었으리라.

"꿍꿍이라. 그건 내가 묻고 싶은 말이야."

가벼운 착지음과 함께 999회차 우리엘의 뒤를 점한 유중혁의 모습이 보였다. 녀석의 흑천마도가 우리엘의 목을 노리고 있었다.

유중혁의 눈빛은 복잡했다. 나를 질책하는 것 같기도 했고, 내 선택에 공감하는 것 같기도 한 표정. 어쩌면 양쪽 다일 것이다.

어차피 이렇게 된 거, 내가 원하는 대로 해보라는 눈빛. 재촉하지 않아도 그럴 참이었다.

"당신과 '이계의 신격의 왕'들은, 마음만 먹으면 지구를 멸망시킬 수 있었어."

내 말에 999회차 우리엘의 동공이 희미하게 흔들렸다.

[현재 '대멸망 시나리오'가 진행 중입니다!]

다른 시나리오도 아니고, 무려 98번 시나리오 지역에서 시행되는 '대멸망'이었다.

저 하늘의 성좌들조차 영멸을 두려워해 감히 참가하지 못하는 시나리오.

적어도 이 시나리오에서 재앙으로 강림한 '이계의 신격'들은 성좌들을 능멸할 무소불위의 힘을 가지고 있었다.

「단 한 번의 손짓에 태평양 일대의 모든 섬이 궤멸당했다.」

원작에 쓰여 있던 그 문장을 나는 지금도 똑똑히 기억하고 있었다.

마음만 먹으면 외우주의 유성을 불러내 충돌시킬 수도 있는 게 바로 저 '왕'들이었다. 재앙으로 강림한 이상 얼마든지 더 커다란 개연성을 끌어다 쓸 수도 있는 존재들.

"왜 처음부터 그렇게 하지 않은 거지?"

그리고 내 모든 계획은, 바로 그 의문에서부터 출발했다.

어째서 그들은 곧바로 지구를 터뜨리지 않았는가.

999회차의 우리엘은 한참이나 말이 없었다.

【그것은.】

사실 대답은 이미 짐작하고 있었다. 왜냐하면 이들은 원작에 등장한 이계의 신격들이 아니었기 때문이다.

「설령 다른 세계선에서 왔다 한들, 그들은 '지구'에서 시작해 시나리오를 클리어한 이들이다.」

지구는 그들의 고향이었다.

그들의 설화가 시작되었고, 그들의 삶이 끝난 곳.

그들은 비극이 되어 살아남았다. 다른 세계선에서 온 외신에게 소중한 존재를 약탈당했다.

이미 다른 세계선의 침공에는 신물이 난 존재들.

그런 그들이…… 정말로 자신들의 목적만을 위해 다른 세계선 전부를 멸할 수 있을까.

"당신들은 우릴 죽일 생각이 없어."

999회차의 이지혜는 말했다. 이 세계선을 제물로 삼아 자신들의 시나리오를 부활시킬 것이라고.

하지만 정말일까. 이미 〈스타 스트림〉에 대한 불신으로 가득 찬 그녀가, 대도깨비들과의 약속을 곧이곧대로 믿고 그렇게 행동했을까.

그리고 999회차의 우리엘이 정말 동의했을까.

"애초에 그럴 수 없는 사람들이니까. 이 싸움은 처음부터 당신들이 진 거야."

이것이 내가 내린 해답이었다.

[절대다수의 성좌가 당신의 판단에 큰 충격을 받습니다!]

999회차를 부정하지 않으면서 우리의 회차를 지켜낼 방법.

담담한 내 선언에, 999회차 우리엘이 복잡한 눈으로 나를 노려보았다. 그녀의 곁으로 비척거리며 다가온 999회차의 이지혜가 김남운의 머리에 가만히 손을 얹었다.

멍하니 나를 올려다보던 김남운의 고개가 돌아갔다.

김남운은 울고 있었다. 무엇이 그리 서러운지, 꾸역꾸역 울음을 토하고 있었다.

999회차의 우리엘은 이러지도 저러지도 못한 채 그 광경을 내려다보았다.

【이제 그만합시다.】

그 말을 한 것은 다가온 이현성이었다.

【뭘 그만하자는 거지?】

【당신도 알고 있지 않습니까, 우리엘. 이것은 우리가 원하는 일이 아닙니다. 이런 식으로는 아무것도 해결되지—】

【그럼 어떻게 하면 해결할 수 있지?】

우리엘의 목소리에는 고저가 없었다. 아주 오랫동안 닳은 절망이 갖게 되는 목소리였다.

【나는 최선을 다했다. 그와 약속한 대로 세계의 끝을 보았고, 그럼에도 아무것도 구해내지 못했다. 이계의 신격이 되었고, 복수를 꿈꾸며 살았다. 사실 그 복수에 별 의미가 없다는 걸 알면

서도 그걸 부정하며 여기까지 왔다. 그런데 여기까지 와서 또 무얼 포기하란 것이지? 말해보라, '은빛 심장의 왕'.】

【저는 그 대답을 알지 못합니다. 다만, 이들의 이야기가 우리에게 무언가를 보여줄 거라 생각하고 있습니다.】

【무엇을? 여기까지 와서 우리가 무엇을 더 볼 수 있단 말이지?】

【그건 모릅니다. 하지만 어떤 예감이 듭니다. 999회차의 우리가 지금껏 이계의 신격이 되어 살아남은 까닭은, 이 순간을 위해서일지도 모르겠다는 것. 당신도 느끼고 있지 않습니까?】

999회차의 우리엘이 창공을 올려다보았다.

하늘이 울고 있었다. 별들이 함부로 반짝이고 있었다.

[<스타 스트림>이 아주 오랫동안 기다려온 설화의 결말을 재촉합니다.]

주변을 둘러보자 어느새 일행들이 도착해 있었다.

한수영, 유상아, 정희원, 이지혜, 신유승, 이길영…….

포위하듯 '이계의 신격'을 둘러싼 그들은, 임전 태세를 갖춘 채 내 신호를 기다리고 있었다.

999회차의 우리엘이 물었다.

【왜 이들은 가능하고, 우리는 안 되는 것이지?】

거칠게 타오르는 '업화의 불꽃'이 울부짖었다.

【왜, 우리는 실패한 것이지?】

그 무거운 질문에 감히 답한 존재가 있었다.

"왜 네가 실패했다 생각하지?"

유중혁이었다.

여전히 흑천마도로 우리엘의 목을 겨눈 채, 유중혁이 다시 물었다.

"네가 원하지 않았던 결말은 모두 실패한 결말인가?"

놀랍게도 나는 그 대사가 누구의 것인지 알고 있었다.

「"설령 이 세계의 끝이 비극이라고 해도…… 너희가 실패했다고 생각하지는 마라."」

999회차의 유중혁이 죽기 전 일행들에게 했던 말이었다.

999회차의 우리엘이 몸을 떨었다. 아득한 좌절 사이로 아주 희미하게 흘러나오는 희열. 떨리는 목소리로 우리엘이 유중혁을 향해 다가갔다.

【너는 정말로…… 내가 아는 '유중혁'인 것인가?】

유중혁은 대답하지 않았다.

【말하고 싶다. 그를 불러다오! 단 한 번이라도 그를 다시 만나고 싶다. 묻고 싶다. 그리고—】

999회차의 우리엘이 애원하듯 유중혁의 손을 붙잡았다. 이제 그녀도 느끼고 있을 것이다. 저 '유중혁'의 안에는, 그녀가 사랑하던 999회차의 유중혁도 있다는 것을.

실제로 이 계획을 세우던 당시, 나는 제일 먼저 '은밀한 모략가'에게 999회차의 유중혁을 불러달라고 했다.

'이계의 신격의 왕'들이 의지하는 것은 999회차의 유중혁.

그러니 그에게 도움을 구할 수만 있다면 저들을 설득할 수 있을지도 모른다고 생각했다.

—미안하지만 그것은 불가능하다.

하지만 '은밀한 모략가'는 내 부탁을 거절했다. 마치, 지금의 유중혁이 말하고 있는 것처럼.

"그 녀석을 불러서 어쩌겠다는 거지?"

【그건…….】

"녀석이 항복하라고 하면 그렇게 할 셈인가? 우리 말을 들으라고 하면, 순순히 녀석의 말을 따를 것인가?"

한 마디가 더해질 때마다 999회차 우리엘의 표정이 창백해졌다. 그만두라고 말하고 싶었으나 유중혁은 멈추지 않았다.

무자비한 검격처럼 쏟아지는 말들.

그리고 어느 순간 나는 깨달았다.

부탁을 거절한 것은 '유중혁'도, '은밀한 모략가'도 아니었다.

[999회차의 '유중혁'이 침묵합니다.]

나타나기를 거부한 것은 999회차 유중혁 본인이었다.

뒤늦은 깨달음이 찾아왔다.

"이렇게나 오랜 시간이 지났는데, 여전히 너희는 그 녀석이 없으면 아무것도 결정하지 못하는 것인가?"

그제야 모든 것이 이해될 것 같았다. 왜 그가 내 부탁을 거절했는지.

어째서 999회차의 유중혁은 자신의 일행들 앞에 나타나지 않았는지.

「999회차의 이야기는 유중혁의 부재를 통해 완성되었다.」

그의 동료들은 오직 그를 되살리기 위해, 다시 만나기 위해, 그의 원수를 갚기 위해서만 살아왔다.

오직 그것을 삶의 이유로 삼으며 견뎌왔다.

「그렇다면, 만약 그 이유가 사라진 후 그들의 삶은 어떻게 되는 것일까.」

파도가 만들어낸 포말이 발치를 적셨다. 가라앉은 대양. 아주 먼 곳에서 흘러든 이방인처럼 낯선 바다였다. 그 바다의 중심에서, 섬을 이룬 이계의 신격들이 숨을 멈춘 채 자신들의 왕을 바라보고 있었다.

그들의 왕이 말하고 있었다.

【그런가.】

아주 오랜 세월 망망대해를 항해한 끝에, 마침내 목적지를 발견한 배처럼.

【그것이 너의 뜻인가, 유중혁.】

999회차의 우리엘의 떨림이 서서히 멈추었다.

5

그 말을 마지막으로 우리엘은 더 이상 아무 말도 하지 않았다. 아무 말도 하지 않은 채, '이계의 신격의 왕'들은 서로를 바라보았다.

나는 그 틈을 놓치지 않고 입을 열었다.

"우리는 당신들과 싸울 의사가 없습니다. 당신들이 정말로 이 세계를 멸망시킬 생각이 없는 것처럼 말입니다. 당신들도 나도 비극에는 익숙한 사람들입니다. 더 이상 세계선에 슬픔을 만들 필요는 없습니다."

[일시적으로 시나리오가 소강상태에 들어섰습니다!]

[<스타 스트림>이 예상치 못한 시나리오 전개에 놀랍니다!]

나는 긴장하며 그들의 반응을 살폈다. 이계의 신격들은 여전히 말이 없었다. 내 말을 들었는지 아닌지도 알 수 없었다.

「거기까지는, 모두 김독자의 계획대로였다.」

999회차의 기억을 이용하고, 그들에게 '유중혁'의 기억을 환기하는 것.

「애초에 이 승부는 전면전으로는 이길 수가 없다.」

저들이 정말로 온 힘을 다해 재앙의 개연성을 발동했다면, 이 시나리오는 시작과 동시에 끝나버렸을 것이다. 원작에서도 '대멸망'에 어수룩하게 대처하다가 멸망해버린 행성들이 있었다.

[당신을 싫어하는 다수의 성좌가 이 상황에 불만을 갖습니다!]

[일부 성좌가 불합리한 시나리오 전개에 반발합니다!]

아마 성좌들도 그런 광경을 기대했을 것이다. 그들이 증오하는 〈김독자 컴퍼니〉가 지구와 함께 비참한 최후를 맞이하는 것.

하지만 '이계의 신격의 왕'들은 그렇게 하지 않았다.

적어도 아직까지는.

—김독자. 이다음은 뭔데?

내 오른쪽에 붙어 선 한수영이 긴장한 목소리로 물었다.

—솔직하게 말하면 나도 몰라.

—뭐?

—내가 생각한 건 여기까지야.

그게 무슨 헛소리냐는 듯 한수영의 얼굴이 경악으로 물들었다.

—너 지금…….

—지금은 믿는 수밖에 없어.

무책임하게 들릴 것이다. 하지만 다른 방안은 없었다. 이것이 내가 생각한 최선이었고, 올바른 결론으로 향할 최선의 길이었다.

나는 문득 1,863회차 한수영의 말을 떠올렸다.

「**"내가 만든 등장인물들을 믿었어. 그게 다야."**」

그녀의 심정을 나 또한 이해할 것 같았다.

그렇기에 나는 이렇게 말했다.

—내가 읽었고, 나를 가르쳤던 그 인물들을 믿는 수밖에 없다고 생각했어.

나는 멸살법을 믿는다. 그것을 쓴 작가가 아니라, 그 소설에 나오는 등장인물들을 믿는다.

['살아 있는 불꽃'이 당신을 바라보고 있습니다.]

누구보다도 정의로운 우리엘.

['은빛 심장의 왕'이 당신을 바라보고 있습니다.]

선하고 우직한 이현성.

['가라앉은 섬의 주인'이 당신을 바라보고 있습니다.]

정이 많은 이지혜.

[성좌, '은밀한 모략가'가 당신을 바라보고 있습니다.]

그 어떤 부조리 앞에서도 무릎 꿇지 않던 유중혁.

그들을 믿는다. 어린 나를 키운 그 사람들의 시간을, 아무리 시간이 지나도 훼손되지 않는 가치를 믿는다.

999회차의 우리엘이 입을 열었다. 나를 향해 하는 말이 아니었다.

【이현성, 너는 이 세계선에서 우리가 보지 못한 끝을 볼 수 있을 거라 말했지.】

【그렇습니다, 우리엘.】

【여전히 그 생각에는 변함이 없는 건가?】

이현성이 고개를 끄덕였다. 그러자 천천히 고개를 돌린 999회차의 우리엘이 나를 바라보았다. 태양의 코로나처럼 그녀의 눈동자가 환하게 타오르고 있었다.

【'구원의 마왕'이라고 했나.】

내 정의를 시험하는 듯한 그 시선에, 나도 모르게 침을 삼키며 고개를 끄덕였다.

【이 세계선의 나로부터 너와 관련된 설화들을 보았다.】

순간 근처에 있던 정희원의 몸이 움찔했다. 정확히는 정희원이 아니라, 우리엘이 움찔한 것이겠지만. 뭔가 좋지 않은 예감이 들었다.

이어진 '살아 있는 불꽃'의 말은 전연 뜻밖의 것이었다.

【너의 설화들은 내가 아는 '유중혁'의 그것과 몹시 비슷하더군. 시나리오를 클리어하는 방식도, 일행들을 돌보는 방식도.】

"……."

【이 세계선은 우리의 세계선과 몹시 닮았다.】

999회차의 이지혜의 표정에 복잡한 감정이 어려 있었다. 그 표정을 보는 순간 나는 이들이 왜 그렇게 오랫동안 서로 바라보았는지 깨달았다.

이들은 단순히 이 세계가 그들의 고향이어서 동요하는 것이 아니었다.

【우리 세계선에서 있었던 일들을 아는가?】

나는 말을 망설였다. 쉬이 설명할 수 있는 일이 아니었다.

부족한 말주변을 대신해 내 설화들이 이야기를 시작했다.

[설화, '구원의 마왕'이 이야기를 시작합니다.]

내가 가진 설화의 일부가 손끝을 통해 999회차의 존재들을 향했다.

[설화, '이적에 맞서는 자'가 이야기를 시작합니다.]

[설화, '재앙의 왕을 사냥한 자'가 이야기를 시작합니다.]

나는 내 설화를 읽는 그들을 지켜보았다. 다채로운 표정들. 그들이 내 설화를 무엇에 겹쳐보고 있는지는 명백했다.

멸살법을 처음 읽었을 때 나도 저런 얼굴이었을까.

나로서는 영영 알 수 없는 일이었다.

【……어떻게 이런…….】

이변이 발생한 것은 그때였다. 설화를 묵묵히 읽던 999회차의 우리엘의 격이 내 설화를 타고 내 정신계로 침투해 왔다. 마치, 내 존재의 연원을 알아내려는 것처럼.

[전용 스킬, '제4의 벽'이 발동합니다!]

눈부신 스파크가 튀며, 예상대로 '벽'이 움직였다.

['제4의 벽'이 '살아 있는 불꽃'을 노려봅니다!]

반발하듯 튕겨나간 '살아 있는 불꽃'의 왼손이 희미하게 그을려 있었다.

놀란 얼굴로 나를 보는 그녀의 눈빛에 희미한 이해가 깃들었다.

【그렇군. 그랬던 건가. 너는…….】

내 기억을 읽었을 때보다 더 놀란 목소리.

【최후의 벽의 마지막 파편이라…… 그래서 저 '은밀한 모략가'가 네게 집착하는 건가.】

"결정하십시오. 이제 시나리오의 끝이 얼마 남지 않았습니다."

[현재 '대멸망 시나리오'가 일시적으로 소강상태에 빠졌습니다.]

[현 상태가 오랫동안 지속될 시, 세계의 뒤틀림이 가속됩니다.]

일단 저들이 '재앙'으로 강림한 이상, 시나리오는 반드시 종료시켜야 한다. 지금으로서 최선의 방책은 저쪽에서 '재앙'을 포기해주길 바라는 것.

'살아 있는 불꽃'이 다시 입을 열었다.

【네가 가진 가능성을 인정한다. 분한 일이지만, 내 복수를 미루는 것에도 동의할 수 있다. 하지만—】

그녀의 표정에 무수한 감정이 스쳐 지나가고 있었다.

【나는 너희가 세계의 끝에 도달할 수 있다고는 생각하지 않는다. 고작 다른 세계선의 설화를 답습한 존재가, 제대로 된 결말을 볼 수 있다고 생각하지 않는다.】

"잠깐만—"

【이 시나리오가 끝나면 너는 '결'에 도달하게 되겠지.】

단 하나의 설화의 마지막, '결'.

999회차 우리엘을 중심으로 가공할 열풍이 응축되고 있었다. 기화한 바닷바람 때문에 코끝에 소금기가 맴돌았다.

무지막지한 격의 변화에 나는 반사적으로 외쳤다.

"유중혁!"

그와 동시에 앞으로 나선 유중혁이 흑천마도로 열풍을 베어냈다. 하지만 열기에 녀석의 손등도 익어갔다.

불규칙적인 호흡. '끊어진 필름 이론'의 효과가 거의 다한 것이다.

쿠구구구구구구!

999회차의 거대 설화가 일제히 준동하고 있었다. 왜인지 이번만큼은 999회차의 이현성도 우리엘을 막지 않았다.

나는 다급히 외쳤다.

"대체 왜…… 이럴 필요는 없습니다! 우리는—"

999회차의 우리엘은 말없이 이쪽으로 뚜벅뚜벅 걸어왔다.

긴장한 일행들이 일제히 마주 격을 발출했다.

[거대 설화, '마계의 봄'이 이야기를 계속합니다!]

[거대 설화, '신화를 삼킨 성화'가 이야기를 계속합니다!]

우리의 설화를 오시하며 다가오는 '살아 있는 불꽃'.

다른 모든 이계의 신격에게서 격을 건네받은 그녀가 '업화의 불꽃'을 치켜들었다.

나는 입술을 굳게 깨물었다.

[절대다수의 성좌가 '이계의 신격'의 힘을 두려워합니다!]

[다수의 대도깨비가 '이계의 신격'의 설화를 혐오합니다.]

〈스타 스트림〉의 모든 것은 곧 이야기가 된다.

하지만 성좌도 도깨비도 원하지 않는 이런 이야기가, 대체 왜 필요할까. 모두 한없는 슬픔에 빠질 뿐인 이 이야기가 세상에 존재하는 이유는 대체 무엇인가.

【너는 늘 누군가에게 들려주기 위해 설화를 꾸미는가?】

999회차의 우리엘이 말하고 있었다. 놀랍도록 정제된 '업화의 불꽃'이 시나리오 바깥의 시간을 말하고 있었다.

【너희가 쌓아온 설화는 누구를 위해 존재하는가?】

그 진언을 들으며 나는 그녀의 의중을 깨달았다.

누구도 후원하지 않는 이야기.

그럼에도 그녀는 이 시나리오의 끝을 보고자 하는 것이다.

「이것이 '살아 있는 불꽃'이 택한 대답이었다.」

그녀가 이 시나리오를 계속하고자 하는 것은 성좌들에게 동의해서도, 〈스타 스트림〉에 편승해서도 아니었다.

【너희의 '결'을 보여다오. 너희가 다른 어떤 세계선과도 다른 결말에 도달할 수 있음을, 내게 증명해봐라.】

하늘의 별들이 우리를 보고 있었다. 아주 오랫동안 이 이야기를 보아온 별들. 나는 그 무수한 별빛을, 다시 그 너머에 있을 이 모든 세계의 끝을 상상했다. 내가 아주 오랫동안 그려온 이 이야기의 결말을 상상했다.

"김독자!"

눈앞을 메워오는 염열의 파도.

타오르는 유황 냄새에 얽혀, 999회차 우리엘의 [지옥염화]가 용암의 해일을 만들었다. 닿는 즉시 모든 것을 녹여버릴 어마어마한 격의 파랑이었다.

승부는 단판.

저걸 막으면 우리는 이길 수 있다.

"모두 거대 설화에 집중해!"

재앙 앞에서 하찮은 잔재주는 소용없다.

일행들은 자신의 특기 대신 거대 설화의 운용을 도왔다. 신유승도, 이길영도, 유상아도. 모두 허공에 양손을 뻗은 채 거대 설화의 지분에 힘을 보태고 있었다.

[거대 설화, '빛과 어둠의 계절'이 이야기를 시작합니다!]

하늘이 갈라지는 소리와 함께 묵시룡의 울부짖음이 들려왔다.

다음 순간, 한수영 쪽에서 거친 포효가 쏘아졌다.

쿠오오오오오오오!

최후의 묵시룡 후보자였던 '심연의 흑염룡'이 브레스를 발사하고 있었다.

거친 [흑염]의 열풍을 타고 정희원이 내달렸다.

[성좌, '물병자리에 핀 백합'이 자신의 격을 개방합니다!]

[성좌, '악마 같은 불의 심판자'가 자신의 격을 개방합니다!]

두 명의 대천사가 정희원과 함께하고 있었다.

하늘 높이 치켜든 '심판자의 검'이 그대로 해일을 내리그었다.

콰아아아아아.

두 천사의 합공 때문이었을까. 일순간 해일의 움직임이 둔해졌다.

그 기회를 놓치지 않은 것은 유중혁이었다.

[설화, '영원불멸의 지옥도'가 이야기를 계속합니다!]

흑천마도에서 뻗어나온 무수한 회차의 잔영들.

녀석의 격이 산개하며 밀려드는 파도를 부숴나갔다.

—부족하다.

하지만 유중혁의 분전은 오래가지 못했다. 녀석의 전신에 튀는 스파크가 불안해지고 있었다. 드디어 '끊어진 필름 이론'이 효력을 다한 것이었다.

유중혁의 격이 급격하게 줄어드는 바로 그 순간, 유중혁이 파도의 중심부에 일격을 날렸다.

파천검도.

오의.

암해참.

녀석의 오의가 만들어낸 아주 작은 틈새.

나는 그것을 놓치지 않았다.

[막내야, 준비 끝났다.]

그리고 내가 기다리던 이의 목소리가 들려왔다.

주변의 구름이 나를 감싸듯 모여들었다. 하늘의 모든 벼락을 끌어 모은 양, 뇌전을 잔뜩 품은 근두운이 나를 둘러쌌다.

[쓸 수 있는 건 한 번뿐이다.]

나는 구름을 박차고 좁아지는 용암의 틈새를 달렸다.

[마왕화]로 구현한 날개에 불이 붙었고, 끔찍한 열기에 두 눈마저 익어버릴 것 같았다. 하지만 나는 멈추지 않았다.

모든 동료가 열어준 이 길을, 내게는 지켜야만 할 의무가 있었다.

「우리의 삶을 증명해줄 단 하나의 이야기.」

점점 더 가속한 내 발은 이내 빛이 되었다.

당장이라도 터져버릴 것 같은 화신체를 [전인화]의 힘으로 버텨낸다.

더 빠르게, 더 강하게. 마치, 나 자신이 한 줄기 벼락이 된 것처럼.

양손에서 완충된 번개가 들끓었다. 〈스타 스트림〉의 무수한 별들을 으깨고, 저 〈황제〉의 천궁을 반파시킨 벼락.

나는 온 힘을 다해 여의봉을 던졌다.

「하늘의 별들이 떨었고, 성운들이 몸을 움츠렸다. 하늘에 드리워진 먹구름만이 그들의 절망을 암시하고 있었다.」

이것은 제천대성의 모든 힘이 응축된 일격이었다.

「그의 마지막 전장에서 그러했듯이.」

밀려드는 용암을 모조리 부수며 전진하는 벼락.

폭발한 해일이 통째로 산화했다. 줄기차게 뻗어나가는 전격이 갈라진 해일 위에 길을 만들고 있었다.

줄곧 우리가 걸어온 설화의 길. 나는 그 길을 달렸다.

[거대 설화, '마계의 봄'이 당신의 '결'을 안배합니다.]

〈마계〉의 '기起'.

[거대 설화, '신화를 삼킨 성화'가 씩씩대며 당신을 인도합니다.]

〈올림포스〉의 '승承'.

[거대 설화, '빛과 어둠의 계절'이 당신의 곁에서 함께합니다.]

'성마대전'의 '전轉'. 그리고—

[거대 설화, '잊혀진 것들의 해방자'가 마지막 설화를 꿈꿉니다.]

메우지 못한 마지막 한 점.

콰아아아아아아!

우리가 겪어온 모든 설화가 한데 얽히며 눈부신 빛을 발했다. 눈이 멀어버릴 듯한 섬광의 폭풍이 모든 것을 뒤덮었다.

고개를 들었을 때 화산재가 하늘에 흩날리고 있었다.

모든 것이 끝나고 폐허가 된 하늘. 별들의 시선을 가린 낙진이 눈발처럼 흩날려 바다를 덮었다.

'부러지지 않는 신념' 앞에 누군가가 주저앉아 있었다.

부러진 대천사의 날개.

처음부터 그녀는 우리에게 이길 생각이 없었다.

나는 그녀의 두 눈을 가만히 들여다보았다.

이것으로 무언가가 증명되었는지 아닌지는 알 수 없다.

다만, 이것이 지금의 내가 보여줄 수 있는 최선이었다.

999회차의 우리엘은 검극을 한참이나 바라보았다. 지나간 마지막 문장을 되풀이해서 곱씹듯이. 그 뾰족한 검극이 그녀의 모든 설화를 끝낼 마침표라도 되는 것처럼.

검극이 가리킨 방향을 따라 우리엘의 시선이 천천히 움직였다.

먼 하늘과 바다가 만나는 수평선의 건너편.

「그곳에 이 세계선의 끝이 있었다.」

우리엘의 표정에 희미한 떨림이 스쳤다.

999회차의 이지혜도, 이현성도, 심지어는 얼이 빠져 있던 김남운도 그쪽을 바라보았다.

희뿌연 낙진의 너머에서 어슴푸레하게 무언가가 비쳐왔다.

이계의 신격들의 표정에 공포가 어리고 있었다.

나는 그들이 무엇을 보고 있는지 깨달았다.

999회차에서 그들이 이미 한 번 도달했던 장소.

이 '설화'의 세계에 발을 붙이고 살아가는 한, 결코 넘을 수 없는 '최후의 벽'.

['대멸망 시나리오'의 재앙들이 재앙의 권리를 포기합니다.]

['대멸망 시나리오'가 종료 시퀀스에 돌입합니다!]

[당신의 마지막 '거대 설화'가 개화합니다!]

[절대다수의 성좌가 당신의 마지막 설화가 깨어나는 모습을 지켜봅니다!]

그 벽이 나를 부르는 소리가 들려왔다.

[히든 시나리오 - '단 하나의 설화'가 '결'을 맞이했습니다!]

[<스타 스트림>이 당신의 마지막 설화명을 고심합니다.]

[당신은 <스타 스트림>의 모든 별이 경외할 업적을 달성했습니다!]

[당신은 오직 극소수의 별만이 도달한 대서사시를 개척했습니다!]

그리고 아주 오랫동안 내가 기다린 메시지가 나타났다.

[당신과 당신의 성운은 '모든 것의 ■■'을 볼 자격을 얻었습니다.]

['이야기의 왕'이 당신을 호출합니다.]

OMNISCIENT READER'S VIEWPOINT

마지막 시나리오

Episode 92

I

'대멸망 시나리오'가 끝난 후 이틀이 지났다.

그 이틀 동안 미적거리던 98번 시나리오도 덤으로 종료되었다.

[98번 시나리오 - '후보 결정전'이 자동 종료됐습니다.]

[누구도 당신의 성운에 도전하지 않았습니다.]

[현재까지 승리 횟수: 1회]

[현재 보상 내역을 점검 중입니다.]

['대멸망 시나리오'의 클리어와 연계하여 보상 내역을 논의 중입니다.]

어쩌면 당연한 일이었다. 성운들끼리 서로 싸우는 동안, 우리는 무려 '대멸망 시나리오'를 이겨냈다. 저 아득한 이계의 신격들과 싸우고, 지구를 지켜냈다. 그것도 단일 성운의 힘만으로.

[상당수의 성좌가 당신과 당신의 성운을 존경하고 있습니다.]

[성운, <김독자 컴퍼니>의 명성이 <스타 스트림> 전체에 널리 알려집니다!]

[마지막 시나리오의 모든 성좌가 당신의 성운을 알고 있습니다.]

[마지막 시나리오의 모든 성좌가 당신의 '결'을 궁금해합니다.]

이제 이 〈스타 스트림〉에 우리를 모르는 존재는 아무도 없었다.

—대표님! 김독자 대표님! 한마디만 해주십시오!

공단 너머로 확성기 소리가 들려왔다.

홀로그램 패널을 켜든 텔레비전을 켜든 어딜 가나 우리 이야기가 흘러나왔다. 지상파와 케이블을 포함한 모든 방송사가 실시간으로 공단 앞마당을 비추고 있었다. 우리 공단원을 인터뷰한 영상도 반복 송출되었다.

—'멸망의 심판자'님! 앞으로 〈김독자 컴퍼니〉의 계획은…….

—공석에선 그냥 이름으로 불러주세요. 한수영이나 그런 거 좋아하지 전 싫어요.

—정희원, 뒈질래?

저 '뒈질래'만 벌써 몇 번을 들었는지 모르겠다.

—김독자 컴퍼니의 실세, '흑염마황 한수영'. 알고 보니 멸망 이전에는 유명 작가였던 것으로 밝혀져…….

[천재 작가의 통찰로 마지막 시나리오를 파훼한다!]라는 자막을 읽고 있자니, 새삼 내가 여기까지 왔다는 사실이 실감이 났다.

—'정오의 태양'을 쓰러뜨릴 때 대표님께서 '신화급 성좌'가 되셨다고 들었습니다. 우리 한국에도 전면에 나서는 '신화급 성좌'가 생긴 겁니까?

—이번 전투의 마지막 영상을 두고 화신들 사이에서 갑론을박이 벌어지고 있는데요, 대체 그 이계의 신격들의 정체는 무엇입니까?

—김독자 대표님은 왜 갑자기 금발이 되신 겁니까?

우리가 싸운 시나리오는 〈스타 스트림〉뿐만 아니라 지구 전체에 방송되었다. 유중혁이 '라'를 격퇴하던 모습부터, 999회차의 이계의 신격들이 만들어낸 용암 해일에 맞서는 장면까지.

[성좌, '악마 같은 불의 심판자'가 자랑스러워합니다.]

[성좌, '심연의 흑염룡'이 콧대를 세웁니다.]

[성좌, '가장 오래된 해방자'가 입술을 실룩입니다.]

그리고 꼭 그런 장면의 뒤쪽에는, 인터뷰가 하나씩 따라붙었다.

—내가 말이야, 그 친구 회사 다닐 때부터 알아봤다는 거지. 응? 대체 어떤 신입사원이 입사하자마자 1등으로 칼퇴를…….

한명오 부장, 내가 분명히 인터뷰하지 말라고 그랬는데.

싱글벙글 웃는 한명오는 왼손으로 딸아이의 손을 꼭 붙들고 있었다. 다행히 무사히 딸을 구해낸 모양이었다.

—그냥 평범한 친구였어요. 음, 왜 그런 애들 있잖아요. 어느 반에나 한 명씩 꼭 있는 친구.

시간이 지나며 내 동창이라 주장하는 이들도 등장했다. 아직 살아 있는 사람들이 있기는 있었구나, 싶었다. 이제는 이름도 떠오르지 않는 얼굴들.

—착하고, 조용하고, 책 읽는 거 좋아하고…….

딱히 틀린 설명이 아니지만, 맞는 설명도 아니었다. 세상에는 편리한 단어들이 있고, 편리하기에 무엇도 설명하지 못하는 설명이 있다.

한참이나 뻔한 말을 떠들어대던 동창은 카메라가 부담스러웠는지 말을 더듬으며 물러났다. 더 이상 할 말이 없었겠지.

—지구의 구원자, '구원의 마왕'에 관하여.

구슬픈 음악과 함께 이어진 프로그램은 아예 특집으로 편성된 다큐멘터리였다.

[성좌, '고려제일검'이 고개를 끄덕입니다.]

[성좌, '해상전신'이 당신을 자랑스러워합니다.]

흘러나오는 영상을 보며, 나는 멸망 이전의 시간에 관해 생각했다. 내가 꿈꾸던 것들, 중요하다고 믿었던 것들.

어느새 저 모든 시간이 아득한 기억이 되었다는 게 몹시 낯설었다.

물론 모든 게 낯설기만 한 것은 아니었다.

—어렸을 적 가정 폭력으로 얼룩진 아픈 시간을 이겨내고…….

누군가가 뚝, 하고 텔레비전을 껐다.

"독자야."

응접실 입구에 어머니가 있었다.

나는 그런 어머니를 보며 가볍게 미소했다.

"오셨어요."

어머니가 고개를 끄덕였다. 응접실을 메운 침묵. 우리는 그 침묵 속에서 한동안 꺼진 텔레비전 화면을 바라보았다. 검은 화면에 어머니와 내 모습이 비치고 있었다.

코끝을 스치는 가벼운 향수鄕愁와 함께, 문득 이상한 기분이 되었다.

한때는 세상에서 유일하게 이해할 수 없는 사람이었다.

그런데 지금은 [전지적 독자 시점]을 쓰지 않아도, 이 사람이 무슨 생각을 하는지 알 수 있었다.

"저 괜찮아요. 걱정 마세요."

희미한 한숨 소리가 들려왔다.

"미안하구나."

"어머니께서 잘못하신 일이 아닌데요."

"이번 일은……."

"인터뷰 요청 많이 오죠?"

"모두 거절했다. 네가 굳이 나설 필요 없는 일이야. 네가 세계를 구하든 멸망시키든, 그런 건 저들에게 중요한 게 아냐."

멀리서 들려오는 확성기 소리.

어머니가 무엇을 걱정하고, 무엇을 미안해하는지 잘 알고 있다.

"저도 그때의 김독자는 아니에요."

창문 커튼을 젖히자, 광장 쪽 카메라가 일제히 이쪽을 향해 움직였다.

예전에는 저 카메라가 무서웠다. 누가 나를 보는 것이 무섭고, 모르는 사람들이 낯선 언어로 나에 대해 떠드는 것이 두려웠다.

"인터뷰할게요."

"진심이니? 다시 생각해보는 게……."

"저들도 알 권리가 있으니까요."

나는 다시 텔레비전을 켰다. 뉴스 헤드라인이 보였다.

—〈김독자 컴퍼니〉의 목적은 무엇인가?

—공단은 마지막 시나리오의 정체에 관해 밝힐 것을…….

[일부 성운이 당신의 동향에 주목하고 있습니다!]

[<스타 스트림>이 당신의 '결'을 이야기하고 싶어합니다!]

[대도깨비들이 당신을 '마지막 시나리오' 지역으로 호출하고 있습니다.]

[일부 성운이 당신의 성운과 동맹을 맺기를…….]

"오늘 밤 8시에. 도깨비랑 성좌들 쪽에도 연락해주세요."

나는 오랜만에 멸살법의 최초 버전을 찾아 읽었다.

아직 작가가 수정하기 전, 완전히 순정 상태인 멸살법.

[현재 당신과 당신의 성운은 '마지막 시나리오'의 자격을 획득한 상태입니다.]

[언제든 '마지막 시나리오' 지역으로 입장이 가능합니다.]

멸살법의 마지막 시나리오는 이계의 신격들과의 대전쟁이었다.

원작의 유중혁은 그 시나리오에서 외신왕의 목을 베어내고 자신의 '결'을 완성한다. 어떤 의미에서는 우리가 이미 '대멸망 시나리오'를 통해 겪은 시나리오와도 흡사했다.

실제로 우리가 대멸망을 막아내는 데 실패했다면, 대멸망은 마지막 시나리오의 전초전으로 흘러갔을 것이다.

「마지막 시나리오의 재앙이 되었어야 할 '이계의 신격'들은 봉인되었다.」

나는 공장 중심에 위치한 세 개의 봉인구를 바라보았다.

이 세계선에 강림했던 모든 '왕'들이 잠들어 있었다.

'살아 있는 불꽃' '가라앉은 섬의 주인', 그리고 '위대한 심연의 군주'까지.

봉인되지 않은 것은 재앙으로 강림하지 않은 '은빛 심장의 왕'뿐이었다.

—너의 설화를 끝까지 지켜보겠다.

마지막 순간, 999회차의 우리엘은 그렇게 말하며 자신과 동료들을 '묵시룡의 봉인구'에 봉인했다. 스스로 관리국과의 협정을 어기고 재앙의 권리를 포기하였으니 어마어마한 후폭풍이 찾아들 것을 직감한 것이었다.

[당신은 '대멸망 시나리오'를 비정상적인 형태로 종료했습니다.]

[일부 성좌가 당신의 시나리오 진행 방식에 불만을 표합니다!]

[일부 대도깨비가 당신에게 알 수 없는 적대감을 가지고 있습니다.]

[소수의 대도깨비가 '이계의 신격'을 설득한 당신의 공로를 인정합니다.]

[현재 다수의 혹부리가 당신에게 호감을 가지고 있습니다.]

무수한 메시지 로그가 지금도 허공을 떠돌고 있었다.

[히든 시나리오 - '단 하나의 설화'가 완료 직전입니다.]

['결'의 후반부로 충분한 '거대 설화'가 완성됐습니다.]

[<스타 스트림>이 최종 설화의 설화명을 제안합니다.]

[거대 설화의 이름을 고르십시오.]

[당신이 고른 선택지에 따라 당신의 '결'이 정해질 것입니다.]

나는 아직 〈스타 스트림〉이 제안한 선택지를 고르지 않은 상태였다.

"김독자."

삐그덕 문이 열리는 소리와 함께, 한수영이 나타났다.

"일행들 상태는 어때?"

"똑같지 뭐. 유중혁이 좀 다치긴 했는데 그리 심각한 수준은 아니야. 생사단 효력 장난 아니더라."

한수영은 한 알 더 얻어 왔다며 어울리지 않게 너스레를 떨고는, 내 손에 쥐여주었다.

"혹시 뒈질 것 같으면 먹어."

"고운 말로 주면 더 감동했을 텐데 말이지."

한수영은 알 수 없는 눈빛으로 내 얼굴을 바라보았다. 가벼운 어둠이 우리 사이에 안개처럼 흩뿌려져 있었다.

999회차 우리엘의 봉인구에서 희미한 빛이 흘러나왔다. 그 빛에 한수영의 얼굴도 하얗게 빛나고 있었다.

"이제 진짜 마지막이네."

나는 고개를 끄덕였다.

"원작에선 어땠어? 마지막 시나리오는…… 아니, 됐다. 어차피 이제 원작이랑도 완전히 달라졌을 거 아냐."

맞다. 원작의 시나리오에서 겪어야 할 이계의 신격과의 전쟁을 우리는 이미 끝냈다.

아마 우리에게 주어질 '마지막 시나리오'는 원작의 그것과는 많이 다를 것이다.

"'결'을 완성하면 어떻게 되는 거야?"

"아마 이야기의 왕을 만나겠지."

"도깨비 왕 말이지."

한수영은 잠시 생각하다가 물었다.

"만날 거야?"

"만나야지. 당장은 아니지만."

"뭔 소리야? 불안하게."

똑똑, 하는 소리가 들리더니 희미한 바람이 일었다.

한수영이 문을 열고 들어온 틈새 사이로 공단원 중 하나가 고개를 내밀었다.

"대표님. 방문객입니다."

방문객?

[오랜만이군, 후예여.]

예스러운 말투. 나를 찾아온 이는 전혀 뜻밖의 존재였다.

"풍백?"

천제의 풍신, '풍백'.

그러고 보니 어머니가 해준 말이 떠올랐다.

'마지막 시나리오'에 돌입하기 전에 풍백을 만나라고 했지.

[후예의 선택은 무모했다. 이계의 신격들을 살려두다니, 그대는 재앙을 스스로 품에 떠안은 것이다.]

또 꼰대 같은 소리를 하러 온 건가.

풍백은 내가 하는 짓이 영 마음에 들지 않는 듯 한바탕 설교를 늘어놓기 시작했다. 요즘 젊은것들은 시나리오를 너무 얕본다는 둥, 시나리오에 통 진지하지 않다는 둥…….

"저기요, 할아버지."

[긴말을 늘어놓을 시간은 없으니 본론부터 전하겠다. 마지막 시나리오에서 후예는 큰 위기에 처할 것이다.]

"위기요?"

[후예의 방식을 아주 오랫동안 지켜봐왔으니 하는 말이다.]

내 앞으로의 행보에 관해 빤히 알고 있다는 투였다.

옆에서 한수영이 재미있다는 듯 킥킥거렸다. 나는 녀석을 노려봐준 뒤 물었다.

"대체 무슨 말씀을 하시러 온 겁니까?"

[〈홍익〉이 후예에게 도움을 줄 수 있다.]

나도 모르게 미간에 힘이 들어갔다. 보아하니 뭐 때문에 온 건지 알 것 같았다. 이 양반은 마지막까지…….

"필요 없습니다. 보나 마나 또 말도 안 되는 대가를 요구하면서……."

[대가 같은 건 필요 없다. 한반도에 새로운 '신화급 성좌'가 탄생하는 걸 본 것만으로도 대가는 충분히 받았으니까.]

순간 잘못 들었나 싶었다.

[마지막 시나리오의 신화급 성좌 중에는 〈홍익〉의 창조신도 있다. 만약 상황이 여의치 않다면 그들에게 도움을 청하라. 그대가 진심으로 응한다면 그들도 움직이지 않을 수 없을 것이다.]

"그걸 말해주러 오신 겁니까?"

풍백은 무표정한 얼굴로 수염을 쓰다듬으며 말했다.

[그렇다.]

"조금 감동인데요."

가볍게 헛기침을 한 풍백의 몸이 바람으로 흩어졌다.

[할 말은 모두 전했다. 마지막 시나리오에서 만나지.]

순식간에 썰렁한 바람만이 남았다.

한수영이 의외라는 듯 말했다.

"완전 새침데기네. 귀여운데."

"뭐, 원작에서는 좋은 성좌였으니까."

"그래도 같은 편이 좀 있네. 너 아주 헛살진 않았다."

그랬으면 좋겠다.

[성좌, '악마 같은 불의 심판자'가 자기도 있다고 말합니다.]

[성좌, '심연의 흑염룡'이 진정한 동료란 악우惡友라 주장하며…….]

[성좌, '가장 오래된 해방자'가…….]

나는 하늘을 올려다보며 씩 웃었다. 한수영이 말했다.

"또 또 재수 없게 웃는다. 곧 8시니까 준비해. 사람들 기다려."

나는 고개를 끄덕이며 공장 상층부로 향했다. 내부에서 웅성거리는 소리가 들렸다. 온갖 언론사와 도깨비들, 그리고 성좌들이 나를 기다리고 있었다.

회견장에 입장하기 직전, 공단원이 나를 붙잡았다.

"대표님, 잠깐만요. 준비가 덜 끝났습니다."

그러고 보니 언제부터 공단에서 날 대표라고 부르는 거지? 원래는 마왕이라고 부른 거 같은데.

"내가 저렇게 부르라고 시켰어. 마왕님 마왕님 하니까 우리가 세기말 악당이 된 거 같잖아."

"뭐, 그것도 그렇지만…… 그런데 설화 씨, 이거 꼭 해야 됩니까?"

얼떨결에 착석한 나는 뺨을 간지럽히는 브러쉬의 감각에 입술을 실룩였다.

심각한 표정으로 내 얼굴을 색칠하던 이설화가 말했다.

"그래도 명색이 대표인데 사람처럼 만들어서 내보내야죠."

"여러 가지로 상처받는 말인데요."

근처에서 일행들이 재미있는 구경이라도 난 것처럼 이쪽을 관찰하고 있었다. 동물원 원숭이라도 된 기분이었다. 뒤쪽에서 한수영이 내 머리카락을 만지작거리며 말했다.

"근데 너 머리카락은 계속 금발인 거야?"

"제천대성의 격이 스며들어서 그래. 좀 있으면 색 빠질 거야."

"머릿결 되게 곱네."

[성좌, '가장 오래된 해방자'가 자신의 머릿결은 고단한 훈련으로 단련된……]

"끝났어요."

순식간에 내 얼굴에 색칠을 끝낸 이설화가 거울을 들어 보여주었다. 내 입으로 말하기는 좀 그렇지만 유중혁의 뺨을 칠까 말까 고민해도 될 정도로 굉장한 미남이 그곳에 있었다.

흘끗 곁을 보았지만 일행들은 아무 말도 해주지 않았다.

몇 걸음 떨어진 곳에서 한심하다는 듯 이쪽을 노려보는 유중혁이 있었다.

"김독자."

나는 고개를 끄덕였다. 외투를 걸치고 '부러지지 않는 신념'을 허리에 찼다. 안쪽에 정장을 입은 것을 빼면 평소의 전투 복장 그대로였다.

"가자."

우리는 회견장으로 입장했다. 탁 트인 야외 회견장에는 무수한 별들과 카메라들이 나를 바라보고 있었다.

창공에서 내려오는 눈부신 스포트라이트. 거대한 홀로그램 전광판에 나와 일행들의 모습이 영사되고 있었다. 공민들의 환호 소리. 쏟아지는 함성과 함께 나를 기다리는 이들의 시선이 느껴졌다.

[절대다수의 성좌가 당신의 선택에 이목을 집중합니다!]

[절대다수의 성좌가 당신의 마지막 설화명을 궁금해합니다!]

한반도의 안위를 챙기는 이들, 지구의 존망을 궁금해하는 성좌들.

마지막 시나리오에 무엇이 있을지를 두려워하고, 자신의 생존을 걱정하는 이들.

우리가 가진 힘을 우려하고 그것을 빼앗으려 하는 존재들.

왜 이제야 나타났느냐고 말하는 이들과 자신들 모두를 '마지막 시나리오'로 보내달라고 말하는 화신들까지…….

[성좌, '구원의 마왕'이 이야기를 시작합니다.]

쏟아지는 수많은 질문 앞에서 내 설화가 움직였다. 하늘이 울렁이고 땅이 뒤집혔다. 신화급 성좌의 격이 해방되자, 한반도 전체가 침묵에 잠겼다. 내 대답을 기다리던 모두가 나를 바라보고 있었다.

나는 천천히 입을 열었다.

[여러분.]

그리고 이야기를 시작했다.

[저는 당신들을 구할 생각이 없습니다.]

내 선언에 군중들이 들썩였다. 기자들은 쉴 새 없이 셔터를 눌렀고, 각종 채널에 상황을 보도하던 하급 및 중급 도깨비들도 경악한 얼굴이었다.

[다수의 성좌가 당신의 발언을 흥미롭게 생각합니다!]

[대도깨비들이 당신의 발언을 경청합니다.]

[관리국의 모든 도깨비가 당신의 언행에 주목하고 있습니다!]

—그게 대체 무슨 말씀입니까?

—김독자 대표님!

성좌와 화신, 그리고 도깨비가 모두 똑같은 표정을 짓는 풍경은 그야말로 굉장했다.

나는 친절한 미소로 다시 한번 입을 열었다.

[말 그대로입니다. 저는 당신들을 구할 필요성을 못 느끼겠습니다.]

—지금 한국을 버리겠다는 겁니까?

—그럼 지금껏 당신을 지지해준 화신들은 어떻게 되는 겁니까!

지지라.

[어떻게 지지해주셨는데요?]

파란은 순식간에 번졌다. 내 의뭉스러운 말투에 기자들이 너도나도 일어서서 소리쳤다. 과연, 언론의 힘은 '신화급 성좌'의 격에 대항할 만큼 대단했다.

—〈김독자 컴퍼니〉의 독재를 묵인해준 게 누구라고 생각합니까?

—지금까지 모두가 당신의 뜻에 따르지 않았습니까?

독재를 묵인한다…….

내가 반응하기도 전에 먼저 반응한 것은 성좌들이었다.

[일부 성좌가 기자들의 발언을 비웃습니다.]

[한반도의 오래된 성좌들이 개탄합니다!]

[성좌, '고려제일검'이 후예들을 노려봅니다.]

이게 독재인지 아닌지는 둘째 치고, 뭘 묵인해준 적이 있는지나 모르겠다. 지금도 폐허가 된 여의도에서 매일같이 〈김독자 컴퍼니〉 반대 시위가 벌어진다는데.

나는 여기저기서 소리치는 기자들을 물끄러미 바라보다가 물었다.

[제 뜻이 뭔데요?]

—그건……!

[지금까지 제가 한 번이라도 뭘 해달라고 부탁한 적이 있습니까?]

순간 기자들이 입을 다물고 서로를 바라보았다. 도깨비들은 흥미롭다는 듯한 표정을 짓고 있었다. 그들로서는 이것조차 재미있는 설화일 것이다. 저 '구원의 마왕'이 자신의 고향을 버리는 장면일 테니까.

한순간 혼란에 빠진 기자들을 구한 것은 공단 한 측에 대기하고 있던 화신의 무리였다.

—강한 힘을 가진 자에게는 필연적으로 의무가 발생하는 법이네. 자넨 지금 그 의무를 땅바닥에 내던진 거야.

대뜸 앞으로 나선 노인은 후줄근한 모자를 덮어쓴 채 그렇게 말했다. 구부정한 챙 아래로 빛나는 음습한 눈동자. 기억이 바로 떠오르지는 않지만, 멸살법에도 나오는 조연이었다. 뒤쪽에서 이지혜의 목소리가 들려왔다.

"아니, 저 할배가 여기까지 나타나?"

보아하니 부산 쪽 연합원인 모양이었다. 우리가 한반도를 떠나 있던 사이 새로 연합을 장악한 세력이 등장한 것이다.

뒤쪽으로 보이는 전우회의 깃발과 파란색 헤어밴드를 쓴 무리. 그 무리의 좌우로 늘어서 있던 지방 연합원들이 목소리를 높이고 있었다.

—구원의 마왕, 당신에게는 강자의 의무가 있다. 당신은 한반도에서 활동 중인 유일한 '신화급 성좌' 아닌가?

누군가는 내 의무를 역설했고.

—부디 한반도를 버리지 말아주시게! 당신이 그렇게 나오면 이 땅의 불쌍한 국민들은 대체 어쩌란 말인가!

누군가는 내 동정심에 호소했다.

—마지막 시나리오를 우리와 함께해주게! 지금까지 살아남은 모두가 마땅한 보상을 받을 자격이 있어!

—이들 중 누구도 '시나리오'를 원한 사람은 없어! 당신은 무고한

이들 모두를 버리겠다는 건가? 그러고도 네가 한반도의 성좌라 할 수 있는 거냐!

어떤 의미에서 그들의 말은 옳았다.

우리 중 누구도 시나리오를 원한 사람은 없었다.

처음에는 그랬다.

[연합의 수장분들도 와 계시니 마침 잘됐군요.]

그런데 지금도 그럴까.

[제가 묻고 싶습니다. '마지막 시나리오'가 올 때까지, 당신들은 대체 어디서 뭘 한 겁니까?]

그 말에 연합원들이 서로 돌아보았다.

—우리는 당신이 없는 한반도를 보호하고……!

—연합의 노고를 무시하는 건가? 당신이 없는 동안 한반도를 지킨 건 우리야!

나는 그들이 무엇을 하고 있었을지 안다.

몇몇 연합원이 기자들과 시선을 교환하는 것이 보였다.

「기사 내보내. '구원의 마왕' 한반도 포기 선언.」

아마 그들은 여론을 선동하고 있었을 것이다.

「'구원의 마왕', 마왕의 본색을 드러내다.」

물어보지 않아도 떠오르는 헤드라인.

왜 그렇게까지 하는지는 알고 있다.

「쫄 필요 없어. '구원의 마왕'도 결국 인간이야. 그냥 한국인이라고.」

「이곳에서 태어난 이상, 거역할 수 없는 것도 있는 법이지.」

「아무리 강한 힘과 명성을 가져도…….」

그들은 시스템을 믿는다. 인류가 오랫동안 유지해온 「민주주의」라는 이야기를, 혹은 「합리주의」나 「제도」 「다수결」이라는 설화를 믿는 것이다.

[오래된 설화들이 당신을 바라봅니다.]

이제는 보인다. 누구나 갖고 있다고 믿지만 실은 누구도 갖지 못한 설화들.

〈스타 스트림〉이 도래하기 전에도 지구는 거대 설화에 지배당하고 있었다. 그리고 그 설화를 믿는 이들은 이번에도 자신들이 틀리지 않았다고 생각하고 있을 것이다.

연합원들이 계속해서 외쳤다.

―애초에 시나리오를 독점한 건 〈김독자 컴퍼니〉 아닌가! 이런 불공정 경쟁에서 우리가 뭘 할 수 있다는 거지?

['공단'은 늘 열려 있었을 텐데요. 우리가 얻은 스킬이나 설화는 모두 공개되었을 겁니다.]

―하지만 당신들이 먼저 시나리오에 진출했기 때문에……!

[해외에는 시나리오에 늦게 뛰어든 이들이 많습니다. 페이후나 란비르 칸의 사단 중에는 고작 몇 달 전 시나리오에 뛰어들어 후반부 시나리오에 진입한 이들도 많아요.]

―그건 해외 사정이고, 이쪽은 상황이 다르잖아!

[그들에겐 '공단'이 없었습니다. 지원도 극소수에게만 집중되었고요. 하지만 서울은 어땠습니까?]

내가 손가락을 튕기자, 허공에 비유가 패널을 만들었다. 거대한 패널에 공단의 내부 정경을 찍은 화면이 떠올랐다.

[하위 시나리오 공략법도 공개했고, '거대 설화 시나리오' 목록도 공지했습니다. 시나리오에 열심히 참가하는 이에게는 특별 지원도 아끼지 않았습니다. 성별, 나이, 인종. 어떤 것에도 제한을 두지 않았습니다. 우리가 원한 건 우리와 함께 싸워줄 용기를 가진 사람들이었으니까요.]

화면 속에서 훈련을 반복하는 화신들이 보였다. 그들을 통제하는 어머니의 모습. 교관으로 활동하는 조영란과 이복순의 얼굴도 보였다.

필사의 훈련을 마치고, 설화를 얻어 이 자리에 온 이들.

[바로 눈앞에 있는 사람들처럼 말입니다.]

나를 둘러싼 회견장의 중심부를 지키고 있는, 강건한 기세와 웅혼한 격을 가진 화신들. 바로 어머니가 키운 '방랑자들'이었다. 어머니를 도와 동해의 해일을 막아낸 영웅이 바로 이들이었다.

[여러분 중 이들보다 못한 지원을 받은 이가 있습니까?]

아무도 대답하는 사람이 없었다. 코앞에서 뿜어내는 '방랑자들'의 패기에 모두 압도되어버린 것이다.

주춤거리며 입술을 깨물던 사람들이 외쳤다.

—우리라고 놀고만 있었던 건 아니야! 여러 가지를 준비하고 있었다고. 제도와 시설을 정비하고, 그리고 당신이 시나리오를 끝내고 오면 다시 제대로 국가를 꾸릴 준비를…….

[왜 그런 준비를 했죠? 앞으로 다가올 '결말'이 뭔지 알고?]

—뭐?

[이 세계의 '결말'이 왜 평화로울 거라 생각하지?]

이 세계는 멸살법의 전개와는 많이 달라졌다. 유중혁도, 이현성도, 이지혜도, 신유승도. 모두가 내가 알던 이들과는 조금씩 달라졌다.

하지만 변하지 않은 것도 있었다.

「유중혁이 만났던 모든 사람은, 한결같이 모든 것이 원래대로 돌아가길 바

랐다.」

사람들의 표정이 당혹감으로 물들고 있었다. 끝끝내 믿었던 희망에게 배신당한 얼굴.

그들이 원하는 것이 무엇인지 잘 알고 있었다.

「하지만 그들 중 정말로 '모든 것'이 원래대로 돌아가길 바라는 이들은 아무도 없었다.」

군중들이 원하는 것은 모두의 평화가 아니라 '각자의 평화'였다.

그들은 분명 지옥 같은 시나리오를 겪었고, 살아남았다. 그리고 그런 시나리오를 겪은 사람은 절대로 모든 게 '원래대로' 돌아가길 원하지 않는다.

그들이 겪어온 지옥조차 이제 그들의 이야기가 되었기 때문이다.

「마지막 시나리오만 끝나면 돼. 이젠 나도 힘이 있어. 적어도 화신들 사이에서는 이제 갑이 될 수 있는 위치라고.」

「예전으로 돌아갈 수는 없어. 내가 어떻게 지금까지 살아남았는데…….」

「<김독자 컴퍼니>만 없으면…….」

무수하게 들끓는 욕망 속에서, 나는 천천히 고개를 돌려 회견장 가장자리를 보았다.

연합원들, 그리고 기자들보다 더 먼 곳에서 이쪽을 올려다보는 이들이 있었다. 꾀죄죄한 옷과 장비. 전신에 흙먼지가 묻은 평범한 화신들이었다.

작은 소녀도 보였다. 시나리오 초기의 신유승 정도나 될 법한 키. 지금까지 살아남은 것이 기적이라 여겨질 정도로 어린 소녀. 카메라도 채널도 외면한 그곳에서, 소녀가 오직 나만이 들을 수 있는 목소리로 혼잣말을 중얼거렸다.

「그럼 우리는 이제 다 죽는 거예요?」

쏟아지는 셔터 사이로, 나는 그 어린 소녀를 한참이나 바라보았다.

그리고 입을 열었다.

[나는 영웅이 아닙니다. 처음부터 당신들 모두를 살릴 생각도 없었고, 앞으로도 그럴 계획은 없습니다. 하지만—]

천천히 뒤를 돌아보자,

[다른 '대표'는 생각이 다를 수도 있겠죠.]

그곳에 유중혁이 있었다.

잠시 후, 나와 한수영은 무대 뒤에서 유중혁의 연설을 듣고 있었다.

—녀석이 생각하는 결말이 무엇인지는 나도 모른다. 다만, 내게도 내가 생각하는 세계의 결말은 있다.

평소에는 "죽인다 김독자" 정도의 말만 지껄이지만, 막상 말을 시작하면 그럴싸한 연설을 할 수 있는 녀석이었다. 유중혁이 괜히 주인공은 아니니까.

한수영이 레몬 사탕을 입에 문 채 물끄러미 나를 바라보았다. 나는 변명하듯 말했다.

"언제까지 내가 전면에 나서서 모든 걸 통제할 수는 없잖아. 저런 건 유중혁이 더 잘 어울려. 원작에서도 그랬고."

실소하는 한수영을 보며 나는 덧붙였다.

"좀 더 확실한 구심점이 필요해. 저런 건 내 역할이 아니야."

"네가 할 수도 있었지."

"이제 본연의 자리로 돌아가야지. 난 주인공이 아니라 독자잖아."

"얼씨구, 이제 와서?"

나는 등 뒤로 손을 감춘 채 주먹을 쥐었다 폈다 했다. 역시 성좌가 된 김독자도 김독자이긴 한 모양인지, 손바닥이 땀으로 축축했다. 언제든 카메라 앞에 선다는 것은 쉽지 않은 일이었다.

"저게 네가 생각한 '제대로 된 결말'이야?"

"그 시작이지."

"이다음은 뭔데?"

나는 대답하지 않았다.

"야."

성큼 다가온 한수영이 까치발을 하고는 내 멱살을 틀어쥐었다.

"너 내 소설 읽어주기로 한 거 잊은 거 아니지?"

"어?"

"약속했잖아. 잊었어?"

이글거리는 녀석의 눈동자를 보고 있자니, 언젠가 나눈 대화가 떠올랐다. 맞다. '카이제닉스 제도'를 나오며, 한수영이 그런 말을 했다.

이 모든 시나리오가 끝나면 소설을 쓰고 싶다고. 그때, 자신의 소설을 읽어달라고.

"그거 진심이었냐?"

"그럼 그런 걸로 거짓말을 해?"

나는 쓴웃음을 지었다.

"나 눈이 좀 까다로운데, 괜찮겠어?"

"눈이 까다로운 놈이 멸살법 같은 걸 십 년이나 읽어?"

"악플 같은 거 달 수도 있어. 개연성 없다고 지적할지도 모르고, 하차한다고 댓글 쓸지도 몰라."

"해봐. 어떻게 되나."

나는 한수영의 얼굴을 가만히 들여다보았다. 한 치의 물러섬도 없이 나를 보는 견고한 눈빛. 맞다. 한수영은 원래 이런 사람이었다.

"……맨날 연참하라고 독촉할 수도 있어."

"아무 문제 없어. 하루에 열 편씩 쓴 적도 있으니까."

그렇게 멱살을 잡고 잡힌 채 실랑이를 벌이고 있자니, 어쩐지 현실감이 옅어졌다. 처음 이 녀석을 보았을 때만 해도, 동료가 될 거라는 생각은 전혀 못 했다. 한수영. '선지자들의 왕'이던 사람.

—살려야 하는 사람과 죽어도 괜찮은 사람을 구별하던 적이 있었다.

유중혁의 목소리가 들려오고 있었다.

—누구는 죽어야 하고, 누구는 살아야 하고. 줄곧 그렇게 생각하며 살아왔다. 그것이 이 세계를 위해 필요한 일이라 생각했다. 그런데 지금은…….

연설을 들으며, 한수영도 나도 말을 멈췄다. 한 번도 직접 밝힌 적 없던 유중혁의 속마음. 멸살법에도 제대로 드러나지 않던 녀석의 내면을 들었다.

—지금은, 잘 모르겠다.

멸살법의 주인공이 말하고 있었다.

녀석의 등 뒤로, 우리가 살아온 회차의 설화가 흘러나오고 있었다.

이 세계에서 유일하게 지나간 세계를 잊지 않는 존재.

아득한 과거에 배신당하고 상처받아온 주인공.

—지난 생에서는 악이라 믿던 자의 도움을 받기도 했고.

아스모데우스와 싸우는 유중혁의 모습이 보였다. 2회차에서 치열한 싸움 끝에 죽음을 맞이하는 유중혁.

—날 배신했던 이와, 또다시 같은 전선에서 싸우기도 했다.

묵시룡에 맞서며 우리를 돕는 안나 크로프트.

유중혁은 한참이나 그 설화들을 바라보다가 말을 이었다.

—그들을 용서한 것은 아니다. 그렇다고 해서 이번 생을 통해 복수할 생각도 없다. 이번 생은 나의 지난 생이 아니기 때문이다. 이 세계가 더 이상 너희가 알던 세계가 아닌 것처럼.

사람들이 유중혁의 이야기를 듣고 있었다.

그들은 회귀자도 주인공도 아니었다. 그럼에도 뭔가 이해할 것 같다는 표정을 짓고 있었다.

—살아남았다 하여 너희에게 모든 것이 허락된다는 뜻은 아니다. 오히려 너희에겐 책임이 있다. 살아남은 죄. 다른 이의 이야기를 짓밟고 생존한 죄. 다른 이의 설화를 비료로, 감히 줄기를 피우고 싹을 틔운 죄. 그러니 살아남았다면 그 죄에 책임을 져라.

그 말을 이해하는 이도, 이해하지 못하는 이도 모두 압도된 얼굴이었다.

시나리오의 최전선에서 성좌들을 베며 살아온 인간의 말.

친절한 위로도 따스한 격려도 아니지만, 분명하게 사람들에게 전달되는 말이었다.

나 같은 성좌의 진언보다 훨씬 더 진정성 있는 목소리였다.

—모두를 살리겠다는 약속 같은 건 할 수 없다. 나는 그저 내 시나리오를 살아갈 뿐이고, 너희의 시나리오를 대신 살아줄 수 있는 것은 아니니까. 그러니 내가 해주고 싶은 말은 하나뿐이다.

저곳이, 유중혁의 자리였다.

—너희 모두의 시나리오가 끝날 때까지, 나 역시 죽거나 회귀하지 않겠다.

2

유중혁의 어마어마한 선언에 군중은 침묵했다.

언변에 넘어가지 않은 몇몇 연합 세력원이 눈빛을 주고받았지만, 이미 군중의 열기는 그들이 통제할 수 있는 범주가 아니었다.

"패왕……."

누군가가 작게 중얼거렸고, 이어서 기자들이 멋대로 헤드라인을 만들기 시작했다.

「패왕 유중혁, 결사 항전 선언!」

「<김독자 컴퍼니> 공동대표 유중혁, "마지막까지 시나리오 포기하지 않을 것"」

그가 회귀자라는 소문을 들은 화신들은 더욱 흥분하는 눈치였다.

누군가가 크게 소리를 질렀고 공장은 순식간에 환호성으로 뒤덮였다.

"패왕 유중혁!"

"유중혁! 유중혁!"

모두 유중혁의 이름을 연호했다.

조금 전까지 〈김독자 컴퍼니〉를 두고 빈정거리던 이들도 어느새 분위기에 휩쓸려 유중혁을 보고 있었다. 이걸로 모든 것이 괜찮아질 수는 없겠지만, 적어도 초석은 닦은 셈이었다. 이제 '시나리오 이후'의 세계는 유중혁을 중심으로 뭉치게 될 것이다.

아마 똑같은 말을 했어도 나는 저만한 환호를 못 받았겠지.

멱살을 놓은 한수영이 유중혁 쪽을 돌아보며 입을 열었다.

"평소에도 저렇게 좀 하지."

동감이다. 하지만 저게 저 녀석 성격이니까.

한번 시작된 연호는 끊이질 않았다. 유중혁의 이름부터 시작된 환호는 정희원으로, 이현성으로, 다시 이지혜로 넘어가는 중이었다.

'구원의 마왕'을 제외한 모두의 이름이 불리는 와중에, 일행들이 불편한 기색으로 이쪽을 돌아보았다.

나는 괜찮다는 듯 손을 흔들어주었다.

저들은 환호를 받을 자격이 있다.

이윽고 연호는 한수영까지 왔다.

"흑염마황 한수영!"

객석의 군중이 무대 뒤 한수영을 찾았다. 내가 말했다.

"네 차례야. 나가봐."

한수영이 고개를 저었다.

"저런 거 질색이야."

"관심받는 거 좋아하잖아. 아니냐?"

"그건 작가로서고, 한수영으로서는 아니라고."

발끔치로 바닥을 툭툭 치는 한수영은 시선을 아래로 고정한 채 인상을 찌푸렸다.

한수영이 계속해서 나타나지 않자, 연호는 신유승의 이름으로 자연스레 넘어갔다.

커튼 너머 회견장에서 손을 흔드는 일행들은 화려한 무대의 배우처럼 보였다.

[한반도의 성좌들이 <김독자 컴퍼니>를 자랑스러워합니다!]

나는 그런 일행들을 보며 무심코 입을 열었다.

"한수영."

"왜."

"만약 이 세계가 소설이라면, 지금 우리는 몇 권쯤 와 있을까?"

한수영은 잠시 생각하는 듯하더니 답했다.

"글쎄, 그건 쓰는 사람이 누구냐에 따라 다르겠지."

하긴 그렇겠지.

누군가는 하루 동안 있었던 일로 한 권을 쓰지만, 누군가는 백 년 동안 있었던 일을 한 줄로 쓰기도 한다.

한수영이 말을 이었다.

"나라면, 못해도 지금쯤 20권을 돌파했을 거 같은데."

"……길다."

"길지. 많은 일이 있었으니까."

길었다. 분명 긴 시간이었다. 20권이면, 분량으로 따져도 어지간한 대하소설급이다.

회견장의 하늘로 뉘엿뉘엿 땅거미가 내리고 있었다. 왜인지 오늘은 해가 유독 빨리 저무는 것 같았다.

그런 내 마음을 아는 것처럼 한수영이 말했다.

"근데, 20권 정도면 하루아침에 다 읽을 수 있는 사람도 있어."

순간 가슴 한구석이 서늘해졌다.

묻고 싶었다. 나는 이 모든 이야기를 적당한 속도로 읽어왔을까.

소중한 사람들의 이야기를 빠뜨리지 않고 제대로 읽어왔다고 말할 수 있을까.

"김독자."

"왜."

"넌 이 세계의 주인공도, 멋있는 등장인물도 아닐지 몰라."

"……."

"하지만 넌 열심히 읽었어. 내가 알아."

나는 아무 말도 할 수 없었다.

"네가 읽은 사람들이 지금 저곳에 있는 거야."

한수영이 회견장의 인물들을 바라보고 있었다.

나 역시 그들을 바라보았다.

무대 커튼만 넘기면 닿을 수 있는 자리에 내가 아끼는 동료들이 있었다. 그들이 저 커튼 너머에서 살아 움직이고 있었다.

군중을 노려보는 유중혁이, 빙긋 웃는 정희원이, 방방 뛰는 이지혜가, 내 쪽으로 손을 흔드는 신유승이…….

누군가가 저들의 이야기를 썼다.

내가 그것을 읽었다.

이 모든 이야기는 거기서부터 출발했다.

나는 신유승을 향해 마주 손을 흔들며 입을 열었다.

"내일 아침에 마지막 시나리오 지역으로 출발할 거야."

기자 회견이 끝난 후, 일행들은 응접실에 모였다.

정희원은 어깨를 툭툭 두드리며 패널에 나오는 재방송을 보고 있었다.

"에이, 난 카메라발 진짜 안 받네."

〈김독자 컴퍼니〉의 기자 회견으로 인해 한반도뿐만 아니라 〈스타 스트림〉 전체가 들썩이고 있었다.

—저는 당신들을 구할 생각이 없습니다.

화면 속에서 환한 얼굴로 선언하는 김독자를 본 정희원이 혀를 찼다.

"하여간 미움받는 짓은 자처한다니까."

"그래도 누가 좀 만져주니까 그럴듯해 보이네요."

김독자의 메이크업을 담당한 이설화가 만족한 듯이 주억거렸다.

이지혜가 덧붙였다.

"그러고 보니 요즘 독자 아저씨 인상이 좀 강해진 것 같지 않아요? 원래는 뭔가 뿌옇고 수제비 반죽 같은 느낌이었는데."

"엇, 나도 그렇게 생각했는데."

몇몇 사람이 공감한다는 듯 고개를 끄덕였다.

확실히 처음 만났을 때와 지금의 김독자는 많은 것이 다르다. 비단 인상의 문제만이 아니었다.

예전을 회상하듯 정희원이 중얼거렸다.

"솔직히 처음엔 말만 잘하는 좀생이 같았는데."

첫 번째 시나리오의 김독자와 마지막 시나리오의 김독자는 얼마나 다른 사람일까.

일행들 목소리를 들으며 정희원은 화면 속 김독자의 얼굴을 바라보았다. 준비한 연설을 떠들 때면 별처럼 반짝이는 눈동자나, 씩 웃을 때 묘하게 움직이는 입꼬리 같은 것.

그 모든 것들이, 그가 분명히 저곳에 존재한다고 말해주고 있었다.

새삼스레 그 표정을 관찰하며, 정희원은 김독자의 설화에 관해 생각했다.

어쩌면 그들이 함께 만든 설화가 저 사람을 조금은 바꾸지 않았을까.

그런 거라면 정말 좋겠다. 저 사람이 우리를 바꾼 것처럼, 우리의 이야기도 그를 바꾼 것이라면.

"근데 독자 씨는 어디 있죠?"

"아마 마지막 시나리오 관련해서 준비하고 있을 거예요."

"아저씨 설마 또 혼자 이상한 짓 꾸미는 건 아니겠지?"

이지혜의 말에 일행들 표정에 한순간 그림자가 드리워졌다.

그런 분위기를 쇄신한 것은 아이들을 양팔에 안은 채 빙긋 웃는 유상아였다.

"안 그런다고 약속했으니까, 이번엔 믿어보죠."

화면 속 김독자가 뭔가 열심히 떠들더니 욕을 먹고 있었다. 한참이나 그 광경을 들여다보던 정희원이 화면에 손을 가져다댔다. 패널의 미지근한 감촉이 느껴졌다.

"믿어도 되려나……."

아주 작은 목소리지만 듣지 못한 이는 없었다. 그럼에도 일행 중 그녀를 이상하게 바라보는 이는 아무도 없었다.

신유승이 중얼거렸다.

"아저씨 피부 좋네요."

충분히 가까워졌다고 생각했는데, 여전히 김독자의 얼굴은 멀어 보였다.

나는 밤새도록 마지막 시나리오에 관해 생각했다.

멸살법의 필요한 부분을 발췌독으로 읽으며, 한수영과 '한낮의 밀회'를 나누기도 했다. [예상표절]을 통해 우리에게 일어날 다음 전개를 예상하기 위함이었다. 그것만으로 부족하다는 생각이 들 때는 유중혁을 통해 '은밀한 모략가'와 의견을 교환하기도 했다.

하지만 '은밀한 모략가'는 결말에 대해서는 말을 아끼는 듯했다.

【네가 걸어가려는 길은 누구도 끝까지 가보지 않은 길이다.

다른 세계선을 참고하는 것이 지금의 네겐 독이 될 수도 있다.】

그 말을 이해했기에, 나는 그 이상 아무것도 묻지 않았다.

"안나 크로프트는?"

"어제 한반도에서 '차라투스트라'들과 함께 철수했습니다."

가능하면 [미래시]의 도움까지 받을 수 있다면 좋을 텐데, 안타깝게도 이번에는 기회를 놓친 듯했다.

쐐애액!

허공을 가르는 흑천마도의 칼날.

십여 걸음 떨어진 곳에서 유중혁이 훈련을 거듭하고 있었다. 매번 똑같은 자세로 보이는데도 녀석은 그 동작 하나하나에 큰 의미가 있는 양 검을 휘둘러댔다. 나는 못 할 짓이었다. 어쩌면 저런 일이 가능했기에, 녀석은 그토록 많은 생을 거듭할 수 있었는지도 모른다.

"젠장, 이런 망할 전개가……."

한수영도 한수영 나름대로 마지막 시나리오의 전개를 알아내기 위해 내 옆에서 골머리를 싸매고 있었다. 하지만 그녀로서도 쉽게 답이 나오지 않는 듯했다.

아무리 [예상표절] 능력이 있다고 해도, 정말 전지全知한 것은 아니다. 그랬더라면 1,863회차의 한수영도 그 고생을 하지 않았겠지.

나는 한수영을 잠시 바라보다가 스마트폰을 켰다. 액정에 파일들이 주르륵 떠올랐다. 멸살법의 순정 버전부터, 가장 마지막에 받은 '최종본'에 이르기까지.

—멸망한 세계에서 살아남는 세 가지 방법(최종본).txt

나는 한참이나 최종본 파일을 노려보다가 다시 스마트폰을 껐다.

지금까지 잘 지켜온 결심을 무너뜨리고 싶지 않았다.

「김 독자」

고개를 들자, [제4의 벽]이 나를 불렀다.

'왜.'

「힘 들어?」

뜬금없는 문장에 피식 웃음이 나왔다.

이 녀석을 잊고 있었다. 어쩌면 이 세계에서 나와 가장 오래 함께한 녀석은 바로 이 '벽'일 텐데.

'안 힘들어. 네가 있잖아.'

내가 여기까지 올 수 있었던 것은 [제4의 벽] 덕분이었다.

녀석이 첫 번째 시나리오에서 정신 충격을 완화해주지 않았더라면, 무수한 위기 속에서 육체적 고통을 경감해주지 않았더라면, 나는 진즉에 시나리오의 고혼이 되어버렸을 것이다.

츠츳, 츠츠츳.

마치 작은 아이가 몸을 들썩이는 것처럼 허공에 스파크가 튀었다.

짧은 순간 스파크 위로 의기양양한 어린애의 표정 같은 것이 떠올랐다.

「엣 헴, 혹 시특 성창 보고 싶 어?」

이 녀석은 내가 시도 때도 없이 특성창만 보고 싶어하는 줄 아나.

'아냐. 지금은 됐어.'

본다면 도움이 될 수도 있다. 하지만 지금은 더 중요한 것이 있었다.

'그보다, 하나 궁금한 게 있어.'

「뭔 데?」

사실은 오래전부터 물어봐야 했던 질문이었다.

하지만 언제나 제대로 된 답변을 듣지 못했기에 나 혼자서 이렇게 저렇게 가설을 쌓아놓고 있던 질문.

'‘최후의 벽’이라는 건 정확히 뭐지?'

[제4의 벽]은 잠시 말이 없었다. 어쩌면 또 말을 돌리거나 필터링을 시도할지도 모른다는 생각이 들었다. 그리고 얼마나 지났을까.

「모 든 이야 기 가 쓰 여있 는 벽」

'마지막 시나리오'가 코앞이기 때문일까.

여전히 아리송하기는 마찬가지지만, 이제 [제4의 벽]도 내게 정보를 숨길 생각은 없는 듯했다. 나는 다시 물었다.

'질문을 바꿀게. 너는 대체 뭐지? 벽의 파편은 대체 왜 존재하는 거야?'

「소 중한 테 마를지 키는 것 그게 벽 의 임 무」

순간 떠오르는 것들이 있었다.

장하영을 지키던 '불가능한 소통의 벽'.

생각해보면 장하영만이 아니었다. 멸살법에서 중요한 인물들은 늘 그런 벽을 가지고 있었다.

석존에게는 '윤회의 벽'이 있었고, 아가레스와 메타트론에게는 '선악을 가르는 벽'이 있었다.

「테 마는 하나 가 아니 니 까」

「하 나 의 설 화는 수 많 은 이 야기 의 집 합」

[제4의 벽]은 '최후의 벽'의 파편이었다. 그리고 파편이란 다시 끼워넣을 수 있는 조각을 의미한다.

순간 머릿속이 환해지는 느낌이었다.

만약 정말 그렇다면. '벽'이라는 것이 '설화'를 지키기 위해 존재한다면.

츠츠츠츠…….

눈앞 허공에 [제4의 벽]의 정경이 일렁였다. 수많은 책장으로 이루어진 도서관이 어른거렸다. 허공으로 손을 뻗자, 책들의 활자가 흩어졌다. 대신 그곳에 나타난 것은 아주 오래되고 낡은 벽이었다. 선사시대 암벽 동굴을 연상시키는 '최초의 벽'.

나는 그 벽을 향해 손을 뻗었다.

추위로부터, 고통으로부터, 트라우마로부터 나를 보호해준 벽.

예로부터 벽이란 무언가를 지키기 위해 만들어졌다.

「마 지막 설 화를 준비 해 야해 김독 자」

인간은 언젠가부터 그 벽에 무언가를 쓰기 시작했다.

그러자 그것은 설화說話가 되었다.

「네가, 그 마지막이야.」

3

"다들 준비 끝나셨죠?"

평소와 같은 아침이었다. 공기는 맑고 상쾌했고, 일행들 표정도 어둡지 않았다. 복장만 전투복이 아니라면, 어디 소풍을 간다고 해도 믿을 만한 얼굴들이었다.

「그랬기에, 김독자는 순수하게 기뻤다.」

"준비야 진즉에 끝났죠. 그보다 뭔가 할 말이 있는 건 독자 씨 같은데."

문득 정신을 차렸을 때는 정희원이 내게 고개를 들이밀고 있었다.

내가 잠시 생각하며 입술을 달싹이는 동안 이지혜가 끼어들었다.

"난 그냥 안 들을래. 보나 마나 또 위험하니까 안 가도 된다는 둥 어쩐다는 둥 할 거잖아."

"그러게, 언제는 안 위험했다고."

"이번에는 진짜입니다. 진짜로 위험하다고요……!"

내 성대모사라도 하는 듯, 이지혜가 나긋나긋 소리쳤다.

아니, 내가 언제 저런 식으로 말했다고…… 나는 인상을 찌푸린 채 다시 입을 열었다.

"그게 아니라, 이번엔 진짜……."

"저봐, 내가 저럴 줄 알았다니까. 100코인 내놔요, 언니."

침울한 얼굴로 동전을 내미는 정희원.

그 광경을 보며 절레절레 고개를 내저은 한수영이 말했다.

"넌 학습이라는 걸 좀 해야 해."

"뭔 학습."

"그런 식으로 일행들한테 다짐받는 것도 하루 이틀이지, 매번 그러면 사람들이 뭐라고 생각할 것 같냐? 아, 저 인간은 우리가 맹세한 것들을 아주 싸구려로 생각했구나. 지금껏 우리가 다짐했던 걸 모두 거짓부렁으로 봤구나!"

"그런 생각으로 말한 건 아니었어. 여러분, 혹시나 오해하셨다면 진심으로 죄송……."

이지혜에게 100코인을 넘겨준 정희원이 물었다.

"근데 작전은 뭐예요? 어제 수영이랑 한참 짜는 거 같던데."

"딱히 없습니다."

그 말에 정희원이 의심스럽다는 듯이 재차 고개를 들이밀었다.

"진짜?"

"지금까지와는 다르니까요. 이번에 있을 마지막 시나리오가 무엇일지는 저도 알 수 없습니다."

"이상한데. 뭔가 숨기는 거 있죠?"

"없는데요."

[등장인물 '정희원'이 '거짓 간파 Lv.5'를 발동합니다!]

[당신의 발언이 거짓임을 확인했습니다.]

"어쭈, 이제 막 거짓말까지 하네."

……[거짓 간파]는 또 언제 배운 거지, 젠장.

나는 우물쭈물 말을 이었다.

"당장 자세한 이야기를 드리기는 어렵습니다. 제가 말을 하면 뭔가 틀어져버릴 수도 있으니까요. 여러분은 평소처럼만 하시면 됩니다. 어떤 시나리오가 찾아오든, 자신이 옳다고 믿는 것을 선택해주세요. 성공하기만 하면, 우리 모두 살아남을 수 있을 겁니다."

"그 '우리 모두'에는 독자 씨도 포함되나요?"

나는 유상아를 물끄러미 바라보다가 고개를 끄덕였다.

"그렇습니다."

"시나리오 다 끝나고 나면 큰 집에서 다 같이 살 수도 있는 거고요?"

"그렇습니다."

"나 아직 졸업식 못했는데, 다 같이 졸업식도 와줄 수 있는 거지."

"맞아."

"형, 그럼 저랑 같이 PC방……!"

"갈게."

[등장인물 '정희원'이 '거짓 간파 Lv.5'를 발동합니다!]

[당신의 발언이 사실임을 확인했습니다.]

그제야 사람들 표정에 안도가 스쳤다.

나는 일행들의 얼굴을 하나씩 돌아보았다.

유상아, 정희원, 이현성, 이지혜, 이길영, 신유승, 이설화, 공필두, 장하영, 한수영…….

"끝났으면 출발하지."

그리고 유중혁까지.

한 사람 한 사람에게 모두 다른 이야기가 있었다.

여전히 내가 모두 읽지 못한 이야기들이었다.

"출발해 아저씨. 아직 시나리오 진입도 안 했는데 벌써 비장해질 필요 없잖아."

이지혜가 말했다. 나도 동감이었다. 아직 마지막 시나리오는 시작조차 하지 않았다. 천천히 심호흡하며 고개를 들자, 창공 높은 곳에서 포털이 나타났다.

['99번 시나리오'로 통하는 포털이 생성됐습니다!]

비형이 만든 포털이었다.

"갑시다."

우리는 포털로 발을 내밀었다. 순식간에 주변 경계가 무너지더니, 일대의 풍경이 재생성되었다. 뒤로는 드넓은 〈스타 스트림〉의 장관이, 앞으로는 우리를 기다리는 도깨비들의 모습이 보였다.

"어, 여기 전에 왔던 곳인데."

'게이트 오브 스타 스트림'.

최종 관문으로 가는 마지막 관문이자, 모든 도깨비의 총본산인 〈관리국〉의 본거지.

[<김독자 컴퍼니>. 입장 자격 확인됐습니다.]

"이번엔 직통이네."

도깨비들은 딱히 복잡한 절차도 없이 우리를 통과시켰다.

[절대다수의 성좌가 당신들의 '마지막 시나리오' 입장을 지켜봅니다!]

[다수의 성운이 당신들의 업적을 몹시 부러워합니다!]

우주의 암흑 사이로 성좌들과 성운들이 우리를 지켜보는 것이 느껴졌다.

['마지막 시나리오'의 성좌들이 <김독자 컴퍼니>의 등장에 긴장합니다!]

[당신과 당신의 성운이 최종 시나리오 지역에 입장했습니다!]

다시 눈을 뜨자, 소용돌이치는 은하의 풍경이 보였다. 수많은 별이 환류를 거듭하며 오로라를 발생시키고 있었다. 마지막 시나리오의 성좌들이었다. 오래전 '신화급'에 도달한 별들, 혹은 그 존재의 가호를 받는 무리들.

그러나 별들은 우리에게 다가오는 대신, 멀찍이 떨어진 고궁의 하늘 위에서 소용돌이칠 뿐이었다.

"저거……."

별들이 춤추는 거대한 고궁. 그 너머로 끝 모르게 아득한 벽이 펼쳐져 있었다.

"저게 '최후의 벽'이에요?"

나는 그 벽을 응시했다.

오만한 벽은 마치 여기까지가 이 세계선의 끝이라는 듯, 모든 것의 전경으로 펼쳐져 있었다.

「세상의 모든 것이 그곳에 기록되기 위해 존재했다.」

['이야기의 왕'이 당신을 바라보고 있습니다.]

['이야기의 왕'이 당신을 호출합니다.]

전신의 솜털이 곤두서는 찌릿한 감각. 느낄 수 있었다. 저 '벽'의 중심에 〈스타 스트림〉이라는 거대한 설화를 움직이는 존재가 있었다.

일행들 또한 그것을 느꼈는지 긴장한 얼굴이었다.

시종일관 침착한 표정을 유지하는 이는 유중혁뿐이었다.

"성좌들이 보이지 않는군."

유중혁의 말대로였다. 천공에 맴도는 별들이 보이기는 했지만, 직접 현현한 성좌는 단 하나도 없었다. 마치 우리가 올 줄 알고 모두 어딘가로 도망가기라도 한 것처럼.

그 대신 우리를 맞이한 것은 대도깨비였다.

[대도깨비 '허체'가 시나리오에 현현했습니다!]

[대도깨비 '하롱'이 시나리오에 현현했습니다!]

[대도깨비 '하람'이 시나리오에 현현했습니다!]

[대도깨비 '호롱'이 시나리오에 현현했습니다!]

[대도깨비 '녹수'가 시나리오에 현현했습니다!]

하나하나가 드높은 격을 지닌 도깨비가 한꺼번에 나타나자, 나도 중압감을 느끼지 않을 수 없었다.

[왔는가, 〈김독자 컴퍼니〉.]

일전에 우리를 영입하기 위해 〈성마대전〉에 난입한 대도깨비 허체였다.

그는 아니꼽다는 눈빛으로 우리를 바라보더니 말을 이었다.

[너희는 '마지막 시나리오'의 자격을 얻었다. 시험은 필요 없으니 '방주'로 들어가면 된다. 자세한 이야기는 그다음에 하지.]

"방주?"

내 물음이 떨어지기도 전에 고궁의 중심에서 거친 굉음이 울려 퍼졌다. 고궁 중심부가 열리며 궁의 기저에서 뭔가가 솟아오르고 있었다.

「그것은 아주 거대한 배.」

그 배를 보는 순간 기시감이 뇌리를 스쳤다.

「성마대전에서 본 적이 있는 배였다.」

'성마대전'에서 우리를 구한 배.

묵시룡과 형용할 수 없는 아득함의 격전에서 우리를 대피시킨 〈에덴〉의 방주도 저와 비슷한 모양을 하고 있었다.

차이가 있다면, 그때 본 방주보다 훨씬 더 크고 견고해 보인다는 것.

선체는 마치 부서진 벽의 조각을 깎아낸 듯 희고 검은빛을 동시에 내뿜고 있었다.

대도깨비 허체가 말했다.

[본래 이 세계선은 '최후의 세계선'으로 선택되었다. 하지만 도중에 일이 잘못되었고, 이번 세계선의 뒤틀림은 돌이킬 수 없이 악화되었다. 이 세계의 결말로는 '최후의 벽'을 열 수 없다. '가장 오래된 꿈'이 만족할 대서사시를 맺을 수 없게 되었다는 뜻이다.]

"무슨 헛소리지?"

[너희는 '씨앗'이 될 것이다.]

씨앗. 멸살법에서 들어본 적 있는 말이었다.

'단 하나의 설화'의 모든 후보군을 총칭하는 단어였다.

먼 우주의 하늘에서 간헐적인 스파크가 거센 불꽃을 튀겼다. 뒤틀린 세계선의 최후를 암시하듯 불길한 소리였다. 굉음에 일부 휘말린 별들이 산화하며 흩어지더니, 이내 유성으로 떨어졌다.

그 유성을 보며 도깨비가 이야기를 계속했다.

[영광으로 생각해라. 세계선을 망친 네놈을 '씨앗'으로 선택한 것은 '이야기의 왕'의 뜻이다. 너희는 '방주'에 탑승하여 새로운 세계선으로 이동하게 될 것이다. 그리고 그곳에서 세계관을 구성할 핵심 '설화'로 거듭날 것이다. 지난 세계에서 넘어온 이들이 그랬듯이.]

그제야 그들의 말이 이해되기 시작했다. 그러니까 지금 이 녀석들은 우리에게 탈출을 제안하는 것이었다.

"너희는 그렇게 쉽게 이 세계를 포기하는 건가? 이 세계선을 버리고 모두 함께 떠나자고? 그게 말이나 된다고 생각하는 거냐?"

[그렇게 정색할 필요는 없을 텐데. 너희에게도 나쁘지 않은 제안이니까. 네 목적은 '누구도 희생하지 않는' 결말 아닌가?]

순간 말문이 막혔다.

[너는 성공했다 '구원의 마왕'. 너와 네 일행은 이 세계선을 떠나 모두 생존할 수 있게 되었다.]

먼 하늘의 건너편에서 우레 섞인 폭음이 울려 퍼지고 있었다. 〈관리국〉이 지키던 개연성이 무너지는 소리였다.

그 소리를 들으며 뒤늦게 여러 가지가 이해되기 시작했다.

왜 주변에 성좌들의 모습이 하나도 보이지 않았는지.

그리고 어떻게 〈관리국〉은 세계가 시작될 때부터 이토록 강력한 영향력을 가진 집단일 수 있었는지.

"너희는 몇 번이나 이런 일을 반복해온 거지?"

[그게 중요한가?]

"방주에 타지 못한 이들은 어떻게 되는 거지? 선택받지 못한 존재는 모두 어떻게 되는 거냐?"

[묻지 않아도 이미 알고 있을 텐데.]

허체는 턱짓으로 우리의 뒤쪽을 가리켰다. 그곳에는 이지혜가 미리 소환해둔 '터틀 드래곤'이 있었다. 갑판 위에서 네 개의 둥근 봉인구가 반짝이며 빛을 토하고 있었다.

'은밀한 모략가'를 비롯한 이계의 신격들.

나는 봉인구 속에 잠든 원작의 인물들을 바라보았다.

시나리오에서 배제당한 존재는, 모두 죽거나 이계의 신격이 된다.

[새로운 메인 시나리오가 도착했습니다!]

〈메인 시나리오 #99 - '탈주'〉

분류: 메인

난이도: ???

클리어 조건: 성운의 동료들과 함께 '방주'에 탑승하시오.

제한 시간: 2시간

보상: 당신들은 '방주'에 탑승해 다른 세계선으로 넘어갈 수 있습니다. 그곳에서 당신들의 '설화'는 새롭게 시작될 것이며, 당신들이 쌓아온 설화는 〈스타 스트림〉의 '최후의 벽'에 기록되어 영원히 전승될 것입니다.

실패 시: 멸망하는 세계에 잔류 및 사망

4

시나리오를 확인한 일행들은 얼빠진 얼굴들이었다.

"독자 씨. 저거……."

너무나 쉬운 클리어 조건이었다. 지금껏 우리가 겪어온 어떤 시나리오보다도 쉬웠다. 우리는 그저 대도깨비 말에 따라 방주에 탑승해, 이 세계선을 떠나기만 하면 된다.

[무엇을 망설이는 거지? 그대들에게 이보다 더 좋은 시나리오는 없다.]

허공에서 대도깨비들의 떠들어대는 목소리가 들렸다.

[심지어 많은 성좌가 너희를 '씨앗'으로 선택하는 데 반대했지. 그 별들의 흐름을 거슬러, 우리가 너희를 선택한 것이다.]

파랗게 질린 입술을 깨문 비형이 그들 사이에서 고개를 숙이고 있었다.

머릿속이 복잡했다. '이야기의 왕'은 왜 갑자기 이런 시나리오를 제시했을까. 지금의 나로서는 잘 알 수 없었다.

다만 확실한 것은, 저들의 말을 들으면 일행들의 생존이 보장된다는 사실.

「<김독자 컴퍼니>의 설화는 '최후의 벽'에 기록될 것이다. 그들이 증오하던 다른 설화들과 함께.」

고개를 돌리자 일행들이 나를 보고 있었다.

"여러분."

말문을 겨우 열었으나, 뒤를 이어나갈 단어가 좀처럼 떠오르지 않았다.

쉬운 방법이 눈앞에 있었다. 이 방법을 선택하면, 내 작전은 필요 없을 수도 있다.

일행들은 아무도 죽지 않을 것이다. '이계의 신격'이 되지 않을 것이다. 우리는 저 배를 타고 다른 세계선으로 넘어가서, 아무 일도 없었던 것처럼 새로운 이야기를 살아가면 된다.

우리 설화를 가지고, 새로운 세계선의 지배자가 되면 된다.

〈올림포스〉와 〈아스가르드〉의 최고신들이 그랬듯이, 편안하게 시나리오의 향락을 누리며 그렇게 살아가면 된다.

"독자 씨."

고개를 돌리자 나를 보고 있던 유상아와 눈이 마주쳤다.

「하지만 그곳에서 우리가 흔쾌히 큰 집을 살 수 있을까.」

이지혜가 쌍룡검에 매달린 키링을 굳게 쥐었고.

「웃으며 지혜의 졸업식을 축하해줄 수 있을까.」

신유승과 이길영이 서로 옷깃을 붙들었다.

「길영이와 PC방에 가서 게임을 하고.」

「유승이와 함께, 한강에 가서 피자를 먹을 수 있을까.」

마지막으로 유중혁이 나를 보았다.

「마치 벽에 적힌 낙서를 지우듯, 우리에게 일어난 모든 일이 아무것도 아니었다는 양 굴 수 있을까.」

이미 멸망은 일어났고, 그것은 돌이킬 수 없다.

[성좌, '악마 같은 불의 심판자'가 당신의 선택을 기다립니다.]

죽은 아가레스와 메타트론이 돌아오지 않는 것처럼.

[성좌, '심연의 흑염룡'이 당신의 선택을 지켜보고 있습니다.]
[성좌, '은밀한 모략가'가 당신의 선택을 지켜보고 있습니다.]

묵시룡의 재림을 없었던 일로 할 수 없고,
유중혁의 지나간 회차를 바꿀 수 없는 것처럼.

「이 모든 세계는 이미 우리의 일부였다.」

한수영이 입을 열었다.
"김독자, 뭘 망설여? 어떻게 해야 할지 알고 있잖아."
어느새 다가온 이현성도 내 어깨에 손을 얹었다.
내가 무슨 말을 하려는지 안다는 것처럼.
"제 생각도 독자 씨와 같습니다."
우리가 쌓아온 설화들이 우리를 이야기하고 있었다.

남겨질 것들을 이야기하고 있었다.

지구의 사람들. 어머니와 '방랑자들'. 우리의 이야기를 함께했지만, 지금 이곳에 있지는 않은 존재들.

[성운, <김독자 컴퍼니>의 모든 설화가 당신을 바라봅니다.]

['제4의 벽'이 강하게 진동합니다!]

언젠가 '은밀한 모략가'는 말했다.

【다시 만날 때는, 네가 그 '벽'의 제대로 된 주인이 되어 있길 바라지.】

장하영에게는 '불가능한 소통의 벽'이 있고, 유상아에게는 석존에게 물려받은 '윤회의 벽'이 있다. 아가레스와 메타트론은 '선악을 가르는 벽'을 가지고 있다.

그리고 모든 '벽'은, 그 벽에 기록될 설화를 가지고 있다.

「그렇다면 [제4의 벽]에 쓰여야 할 설화는 무엇인가.」

[제4의 벽]은 말했다.

내가 바로 '최후의 벽'의 마지막이라고.

「이 모든 설화의 대미大尾.」

말문을 떼며 마지막으로 일행들을 보았다.

이것이 혹시나 틀린 선택이 아닌지 점검한다.

모른다. 그런 것을 알 방법은 없다. 다만,

「독자 씨가 하고 싶은 대로 하세요.」

「아저씨, 죽을 때는 같이 죽는 거야. 알지?」

「부끄러운 연명보다는 정의로운 최후가 낫습니다.」

일행들의 목소리가 내게 용기를 주었다.

몸속 깊은 곳에서 끓어오른 설화가, 내게 진언을 허락했다.

[우리는 방주에 타지 않겠다.]

아주 오랫동안 고민한 이야기의 마침표가 어렴풋이 보일 것 같은 느낌이었다.

대도깨비들이 경직된 눈빛으로 나를 보았다.

세계선의 모든 성좌가 오직 나 하나에 시선을 집중하고 있었다.

그 시선들을 하나하나 감각하며 나는 아득한 해방감을 느꼈다.

「그리고 그 순간, 김독자는 '멸살법'에서 쓰이지 않은 이야기가 무엇인지 깨달았다.」

나는 멸살법의 모든 회차를 읽었다. 그 모든 이야기를 기억했다.

하지만 그런 나도, 유일하게 읽지 못한 것이 있었다.

「에필로그.」

0회차부터 1,863회차까지.

내가 읽어온 모든 설화가 모이고 있었다. 하늘을 흐르는 성류들의 이야기가 이 세계선으로 집약되고 있었다.

멀리서 성좌들의 준동이 느껴졌다. 무언가가 이쪽으로 다가오고 있었다.

[지금 그대가 한 말이 무슨 뜻인지 아는가?]

대도깨비들이 묻고 있었다.

그럴 줄 알았다는 것 같은 얼굴도 있었고, 당황한 얼굴도 있었다.

사실 어느 쪽이든 중요하지는 않으리라. 그들에게는 모든 것이 그저 '설화'일 테니까.

이 모든 것이 그들에게는 〈스타 스트림〉의 뜻일 테니까.

[<스타 스트림>이 당신의 마지막 '거대 설화명'을 제시합니다.]

[당신은 제시된 '결' 중 하나를 선택할 수 있습니다.]

1. 멸망한 세계선의 방랑자

2. 절망한 별빛의 지배자

…….

우리가 완성한 마지막 '거대 설화'의 이름들이 떠오르고 있었다.

나는 내게 주어진 '결'의 선택지들을 바라보았다.

하나같이 거창한 이름의 선택지였다.

「그리고 어떤 것도 그들의 이야기를 온전히 담을 수 없었다.」

[나는 너희가 제시한 설화명은 받아들이지 않아.]

[성좌, '구원의 마왕'이 <스타 스트림>의 모든 선택지를 거부했습니다.]

츠츠츠츠츳!

[나는 너희가 말하는 '결'은 완성하지 않겠다.]

허리춤에서 천천히 '부러지지 않는 신념'을 뽑았다.

아마도 이 검을 처음 쥐었을 때부터 이 순간은 예정되어 있었을 것이다.

[성운, <김독자 컴퍼니>의 모든 설화들이 이야기를 시작합니다!]

유중혁이 '흑천마도'를 뽑았고, 한수영이 왼손의 붕대를 풀었다.

정희원이 '심판자의 검'을 들자 이지혜가 '쌍룡검'을 겹쳐 쥐었다.

유상아가 연화대를 펼쳤고, 신유승의 '키메라 드래곤'이 울었다.

누구보다 빠르게 [무장성채]를 펼친 공필두와, 그 성채의 꼭대기에서 초월좌의 격을 발산하는 장하영이 보였다.

모두를 보호하듯, 이현성이 내 앞에 섰다.

그들이 행동으로 말하고 있었다.

그랬기에 나는 이야기할 수 있었다.

[너희 중 누구도 이 세계선을 버리도록 내버려두지 않겠다. 너희가 만든 이야기의 멸망을 제대로 봐. 너희가 만든 세계가 어떤 끝을 맞이하게 되는지…… 똑똑히, 봐라.]

전신에서 폭발한 설화의 격이 '부러지지 않는 신념'을 타고 뻗어나갔다.

[멈춰라!]

대경한 대도깨비들이 움직여 내 격을 받아냈다.

나는 두 번이고, 세 번이고 설화의 파동을 날려 보냈다.

[<스타 스트림>이 당신들의 행동에 반응합니다.]

[관리국의 개연성이 발동합니다!]

몸 전체를 옥죄어오는 강렬한 스파크에도 나는 물러서지 않았다.

화신체가 찢어질 것 같은 고통 속에서, 우리가 만든 모든 설화가 포효했다.

[거대 설화, '마계의 봄'이 이야기를 시작합니다!]

[거대 설화, '신화를 삼킨 성화'가 이야기를 시작합니다!]

[거대 설화, '빛과 어둠의 계절'이 이야기를 시작합니다!]

[거대 설화, '잊혀진 것들의 해방자'가 이야기를 시작합니다!]

[아직 이름이 없는 당신의 거대 설화가 이야기를 시작합니다!]

이야기의 '결'을 결정하는 것은 그전까지 쌓아온 기와 승과 전이었다.

그것이 아닌 다른 무엇도 '결'을 결정할 수는 없다.

나는 눈앞의 스파크를 향해 주먹을 휘두르고 또 휘둘렀다.

'부러지지 않는 신념'을 눈부신 후폭풍의 파형 속에 던져 넣었다.

[당신의 행동에 <스타 스트림>이…….]

[정해진 '결'의 가능성이…….]

[■?■■…… ■?■■?]

내 눈앞에서 정해진 활자들이 부서지고 있었다. 읽을 수 있던 문장들이 부연 먼지처럼 읽을 수 없는 것으로 변해가고 있었다.

마침내 그 먼지들이 걷혔을 때, 내가 본 것은 파괴된 방주의 선두였다.

콰아아아아아!

나도 알고 있었다.

이런 짓을 하면 무슨 일이 벌어질지.

['이야기의 왕'이 당신을 바라봅니다.]

[흑부리들의 왕이 당신의 행동에 즐거워합니다.]

그럼에도 이것이 내가 내린 최선의 답이었다.

「원작에는 없던 '결'을 찾을 방법.」

「뒤틀린 개연성을 해소하면서 모두를 살려낼 방법.」

정해진 기승전결 구조로는 이 세계의 끝에 도달할 수 없다.

결국 기승전결이란 정해진 '끝'의 양식이다. 그것은 '최후의 벽'을 넘어설 수 있는 이야기가 아니다.

「그러므로 김독자는 주어진 '결'을 거부했다.」

세계에 거대한 파열이 발생하고 있었다.

[당신의 행동으로 정해진 '시나리오'의 규칙이 붕괴합니다.]

[<스타 스트림>의 일부 플롯이 붕괴합니다!]

[<스타 스트림>의 긴급 시퀀스가 발동합니다!]

주변 풍광이 변하고 있었다. 〈스타 스트림〉이 나를 자신의 '결'에 끼워 넣기 위해 안간힘을 쓰는 것이 느껴졌다.

「결국 모든 것은 다시 시나리오가 된다.」

아마 대도깨비들은 알지 못했을 것이다. 혹은 알면서도 저렇게밖에 할 수 없었을지도 모른다. 이 거대한 '시나리오' 안에서는 이야기꾼조차 그저 시나리오의 일부일 뿐이다.

[<스타 스트림>이 당신의 행동을 기꺼이 여깁니다.]

[<스타 스트림> 최후의 설화가 깨어납니다!]

시나리오에 벗어나는 시나리오도 결국 시나리오인 것처럼.

하지만 모든 것이 결국 시나리오일 뿐이라면, 어떤 시나리오를 살아갈지는 내가 선택할 것이다.

그러니까…… 잘 봐라.

[메인 시나리오가 갱신됐습니다!]

"독자 씨?"

주변에 서 있던 동료들이 나를 멍한 눈으로 바라보았다.

찌릿거리며 변화하는 화신체. 내 화신체 위로 자라나는 불길한 배제의 감각.

나는 이것이 무슨 시나리오인지 잘 알고 있었다.

[막내야.]

눈앞에서 펼쳐지는 전장의 풍광.

우리 맞은편으로 성좌들이 소환되고 있었다.

우리의 적들, 우리와 함께 싸우던 동료들도 보였다.

안나 크로프트. 중국의 페이후. 인도의 란비르 칸. 일본 연합의 아스카 렌과 미치오 쇼지. 〈올림포스〉와 〈아스가르드〉 〈황제〉를 비롯한 거대 성운의 성좌들이 〈스타 스트림〉의 개연성 아래 현현하고 있었다.

「<스타 스트림>의 모든 성좌가 모이고 있었다.」

모이고 또 모인 별들이 우주 전체를 밝힐 듯이 타오르고 있었다.

이 광활한 우주에 한 점의 어둠조차 허락하지 않겠다는 듯 나를 비추고 있었다.

「그것은 <스타 스트림> 최후의 전장.」

이곳은 바로 1,863회차의 유중혁이 싸운 그 '무대'였다.

들끓는 이계의 신격들, 그리고 '외신왕'과 맞서던.

다만, 그때와 다른 점이 있다면—

이번에 싸울 적은 '외신왕'이 아니라는 것이었다.

[성좌, '악마 같은 불의 심판자'가……!]

[성좌, '심연의 흑염룡'이…….]

[성좌, '고려제일검'이……!]

깜빡이는 별들 속에서, 간접 메시지가 들려왔다.

우리엘과 흑염룡, 척준경의 진언. 일행들이 나를 부르는 소리도 들렸다.

눈자위를 가득히 채우는 혼돈의 감각에 현기증이 일었다. 먹먹해진 귀를 막으며, 나는 천천히 눈을 감았다 떴다.

[메인 시나리오가 갱신됐습니다!]

〈메인 시나리오 #99 - '이야기의 적'〉

분류: 메인

난이도: 측정불가?■

■? ■? ■?! ■? ■? ■■■■■■……

시나리오 메시지가 실시간으로 재구성되고 있었다.

내용이 제대로 보이지 않지만, 이곳의 모두는 본능적으로 깨달았을 것이다. 이 시나리오에 실패하면 〈스타 스트림〉은 멸망한다는 것을.

그리고 잠시 후, 모두가 기다린 '클리어 조건'이 떠올랐다.

눈앞에 천천히 떠오르는 그 조건을 읽어나가는 순간, 왜인지 모르게 멸살법의 문장이 떠올랐다.

「멸망한 세계에서 살아남는 세 가지 방법이 있다.」

일행들이 무어라 외치며 나를 보고 있었다.

멸살법의 작가는 말했다. 이 끔찍한 세계에서 살아남을 세 가지 방법이 있다고. 세 가지 방법.

나는 생각한다.

「방법이 세 가지라고 해서, 세 사람만 살아남을 수 있다는 뜻은 아니다.」

일행들을 보며, 나는 빙긋 웃어주었다.

클리어 조건: '이야기의 적', 외신왕 김독자를 살해하시오.

마침내, 이 세계의 에필로그가 시작되었다.

OMNISCIENT READER'S VIEWPOINT

전지적 작가 시점

Episode 93

ORV

I

"저는 작가입니다."

작품을 집필한 지 얼마 되지 않았을 무렵, 한수영은 사람들에게 자신을 그렇게 소개하곤 했다.

친구의 간곡한 부탁으로 나간 소개팅 자리에서도 그랬다.

"아, 작가님이셨군요!"

이미 듣고 나왔을 텐데, 호들갑은.

남자는 눈동자를 재빠르게 굴리더니 웃으며 물었다.

"그럼 신춘문예 같은 걸로 등단하신 건가요?"

"아뇨."

"예? 그럼……."

"웹소설 써요."

"웹소설요?"

언제나 이즈음부터가 문제다.

사내의 눈동자가 자신의 후줄근한 후드티를 훑는 것이 보였다.

"아하, 그러니까…… 그건가요? 인터넷 소설? 이모티콘 많이 들어가는 그런 거?"

한수영은 잠시 생각하다가 대답했다.

"예에. 그겁니다요."

"요즘 신기한 직업 참 많아요. 유튜버, 인터넷 작가……."

남자는 빙긋 웃으며 바로 앞에 놓인 아메리카노를 쭉 빨았다. 손목시계를 보니 꽤 고가 브랜드였다.

이거 어디서 많이 보던 상황인데.

"요즘은 다들 돈을 쉽게 벌려고 하는 것 같아요. 그렇죠?"

"어렵고 힘들게 돈 벌고 싶은 사람도 있나요?"

"저도 연 1억쯤 버는데, 이게 쉬운 게 아니거든요. 그래서 그런 사람들 보면 참 한숨 나와요. 어디서 남의 돈 쉽게 받아먹으려고……."

말하는 본새를 보니 이미 이 자리가 소개팅이라는 사실 따위는 잊은 모양이었다. 약간 화가 난 듯한 남자의 눈이 테이블에 놓인 자신의 자동차 키로 향했다. 나이에 비해 제법 가격대가 있는 외제차였다.

한수영은 남자의 말을 한 귀로 흘려들으며 스마트폰을 켰다. 새로운 댓글 알림이 잔뜩 도착해 있었다.

—작가님 너무 고구마 아닙니까?

—흠… 담편은 사이다로 시작하는 거죠? 아님 하차합니다.

"어릴 때 공부도 열심히 안 한 사람들이 운 좋게 얻어걸려서는……."

문득 사람들이 왜 웹소설을 읽는지 알 것 같았다. 친구 자식이 왜 이런 나부랭이를 소개해줬는지도 이해가 됐다. 만나면 알게 될 거라더니, 뭘 바라고 자기를 이곳에 보냈는지 아주 훤히 보였다.

보통이라면 귀찮아서 그냥 넘겼겠지만…….

"그래서…… 듣고 계신가요?"

"아 예, 연봉이……?"

그제야 남자의 눈이 반짝였다. 그걸 다시 물을 줄 알았다는 듯 활짝 펴지는 남자의 어깨.

"세후 1억입니다."

"아, 비슷하네."

"예?"

남자가 피식 웃었다.

"작가인데 연봉이 1억이시라구요?"

한수영은 어깨를 으쓱하며 주머니에서 자동차 키를 꺼냈다. 이번에 출시된 신형 포르쉐. 남자의 차보다 정확히 세 배 더 비싼 모델이었다. 그나마 귀찮아서 잘 몰고 다니지도 않지만.

손가락에 매달려 흔들리는 키를 따라 남자의 눈동자도 흔들렸다. 이어서 어색하게 떠오르는 미소.

"하하, 근데…… 작가는 수입이 불규칙해서 '연봉'이라는 개념은 없지 않나요?"

사내의 입술이 종알종알 뻔한 말을 늘어놓았다. 다음 회차에 잠깐 등장시킬 악당의 대사로 쓰면 딱인 수준. 그럼 주인공은 이렇게 말하면 된다.

"연봉이라곤 안 했는데."

"예? 아, 그럼 평생 버신 금액인가요?"

"이번 달 중순까지 수입만 1억이고, 아직 이번 달이 두 주 더 남았으니까……."

그제야 뭔가 눈치챈 듯, 사내의 표정이 급격하게 창백해졌다. 결국 친구 녀석이 원하는 대로 된 셈이었다. 소설로 썼다면 사이다였겠지만 실제로 해보니 그렇게 기분이 좋지만은 않았다.

허둥지둥 어딘가로 톡을 보내는 남자의 모습. 아마 소개팅을 주선한 친구에게 이것저것 묻고 있는 모양이었다.

"저기. 혹시 쓰신 작품 제목이……."

얘한테 알려주고 싶진 않은데, 라고 생각하는 찰나. 한수영의 스마트폰에 다시 알람이 떠올랐다.

—안녕하세요, 작가님. 저는 웹소설을 좋아하는 한 독자입니다. 우연한 기회에 작가님 작품을 읽게 되어…….

웬 장문 메시지인가 싶었다. 무심결에 알람을 눌렀다. 말투는 정중하고 고리타분했으며, 심지어 약간의 순박함까지 느껴졌다.

—작가님이 쓰신 작품이 제가 정말 좋아하는《멸망한 세계에서 살아남는 세 가지 방법》이라는 작품과 지나치게 흡사합니다.

이 자식은 뭐야?

「그것이 한수영과 김독자의 첫 만남이었다.」

김독자.

「눈앞에서 펼쳐지는 광경을 보며, 한수영은 그때의 기억을 반추했다.」

아바타를 만들면서 기억 일부를 잃는 바람에 그때의 일들은 명확하게 떠오르지 않았다. 확실한 것은 분명 그때의 자신이 '멸살법'이라는 소설을 읽기는 했다는 것이다.

다름 아닌 그 '김독자'라는 닉네임을 가진 녀석 때문에.

—작가님! 오늘도 너무 재미있었습니다.

한수영쯤 되면 몇 편만 읽어도 이게 뜰 글인지 아닌지 안다. 그런데 그녀가 보기에 멸살법은 죽었다 깨어나도 못 뜰 글이었다.

—이거 진짜 흥미로운 시작이네요.

시작부터 '개노잼'이었고.

—작가님, 그럼 유중혁은 그 많은 걸 다 기억하고 있는 건가요? 그럼 72회차에서는…….

지나치게 설명조였으며.

—크, 아깝다! 다음 회차엔 중혁이도 정신 좀 차리겠죠? 오늘도 꿀잼이었습니다.

주인공은 그저 외모 출중에 무쌍을 찍는 무개성 남주였다. 게다가,

—작가님! 2,000회 달성 축하드립니다! 기왕 하시는 거 1,000편만 더 연재해주셨으면…….

편수도 지나치게 많았다.

'이게 재밌다고? 정신 나간 놈인가?'

짜증이 나서 녀석이 쓴 댓글을 따라가며 비추천을 누르기도 했다.

한수영은 소설이 아니라 김독자가 쓴 댓글만을 홀린 듯 탐독하고 있었다.

—다음 편에는 드디어 지혜가 각성하나요?

—작가님! 7페이지에 오타 하나 발견했습니다! 제 부족한 소견으

로 여기 맞춤법은…… 아, 찾아보니 제가 틀렸네요. 죄송합니다. 오늘 하나 배워갑니다.

—중혁이 자식 뒤통수 좀 때려주세요 제발…….

수천 편의 소설에 한 편도 빠짐없이 달린 댓글. 그 모든 댓글에 작가가 만든 세계에 대한 이해와 애정이 담겨 있었다.

「한수영은 부러웠다.」

고작 이따위 소설에 이런 독자가 있을 리 없다고, 당연히 작가의 자작극이라 믿었다. 아이디를 두 개 파서 스스로 글을 쓰고 댓글을 달고 추천 글까지 쓰는 것이라 생각했다.

—본인 추천 금지인 걸로 아는데요?

「김독자에게 유중혁이 가상의 인물이었듯, 한수영에게 김독자 또한 그랬다.」

그런 사람은 존재하지 않을 거라 생각했는데.

그 텍스트 속 인물이 지금 한수영의 눈앞에 있었다.

"독자 씨—!"

삐이이이, 하고 들리는 이명. 곳곳에서 터지는 폭음.

한수영은 김독자가 전장의 중심에서, 폭풍처럼 몰아치는 별들의 격류를 헤쳐나가는 것을 보았다.

화신들이 비명을 질렀고, 별들이 포효를 터뜨렸다. 허공에서 도깨비들이 웃고 있었다.

【■■■■■■■■■■■■■■■■■■■■■■■■■■■!】

김독자가 외치고 있었다. 비명인지, 선포인지, 아니면 절규인지 한수영은 들을 수 없었다. 외신으로 변한 김독자의 목소리는 시나리오에서 철저히 배제되었다. 그가 무슨 말을 하든, 그 내용은 더 이상 중요하지 않은 것이었다.

갸아아아아아아아아!

다만 그를 따르는 외신들이 있었다. 수많은 세계선에서 버려진 잔재들이 김독자 곁으로 모여들었다. 마지막 시나리오의 하늘에서 신화급 성좌들이 김독자를 기다리고 있었다.

[이제야 시작이군.]

〈올림포스〉의 왕이자 12신좌의 지배자인 '번개의 좌', 제우스가 그곳에 있었다.

[세계선의 '마지막 시나리오'가 시작됐습니다!]

['마지막 시나리오'의 모든 존재가 시나리오 참여권을 획득합니다!]

['이야기의 적', 김독자를 살해하십시오.]

잇따라 떠오르는 시나리오 메시지. 제우스의 입이 열렸다.

[쓸어버려라.]

천공을 무너뜨리는 소리와 함께 제우스의 전격이 쏟아졌다. 퍽, 하고 뭔가가 터져나가는 소리와 함께 한수영의 뺨에도 피가 튀었다. 이름 없는 것들이 검은 피를 내뿜으며 죽어가고 있었다.

【살려살려살려살려살려살…….】

무시무시한 이계의 신격조차 신화급 성좌들이 일제히 내뿜는 격 앞에서는 물풍선이나 마찬가지였다. 무자비하게 터져나가는 이계의 신격들이 버려진 설화를 울컥거리며 토해냈다.

눈부신 번개의 광휘. 폐허의 중심에서 김독자가 제우스의 전격을 버텨내고 있었다.

왜, 김독자는 저런 선택을 한 것일까.

[날개를 찢어라! 반경을 봉쇄해!]

성좌들의 포효와 함께 어마어마한 별들의 군세가 들이닥쳤다. 지옥 같은 시나리오를 뚫고 여기까지 온 성좌와 화신들이, 오직 '김독자'를 제거하겠다는 일념하에 하나가 되어 밀려들고 있었다.

김독자를 구한 것은 그와 혼연일체가 된 제천대성이었다.

[성좌, '가장 오래된 해방자'가 자신의 격을 드러냅니다!]

창공을 도도하게 흐르는 전격. 제우스의 전격을 밀어낸 제천대성의 전격이 창공을 북처럼 찢어발겼다. 순간 성좌들의 기세가 주춤하더니, 이내 독려의 목소리가 울려 퍼졌다.

[제천대성이다!]

[물러서지 마! 저놈만 죽으면 시나리오도 끝이다!]

[이 세계선의 마지막 시나리오야!]

드디어 모든 것에서 해방될 수 있다는 기대감.

개중에는 지나가듯 얼굴을 본 성좌나 화신들도 있었다.

"죄책감 가질 필요 없어! 저놈 스스로 선택한 거라고!"

〈올림포스〉〈베다〉〈파피루스〉〈수호의 나무〉〈십이지〉〈황제〉…….

어지간하면 한 번씩 이름을 들어본 성운의 성좌와 화신들이 그곳에 있었다.

김독자가 누구인지 모르는 이는 아무도 없었다.

「모두가 김독자를 죽이기 위해 검을 들었다.」

찢어진 검은 코트 사이로 드러난 흰 코트. 어울리지 않는 배역을 맡은 김독자가 그곳에 있었다.

넝마가 된 채, 찢어진 흑과 백의 날개를 펼치고 마왕의 뿔을 단 김독자.

외신들의 선두에서 적을 향해 검을 휘두르는 김독자.

순간 시야가 희뿌옇게 흐려진다 싶더니, 이내 김독자의 모습이 지워지기 시작했다.

두족류 특유의 이질적인 눈빛. 음습함이 느껴지는 외피.

김독자가 있던 곳에, 세상 모든 괴생물의 특징을 섞어놓은 듯한 거대한 외신왕이 있었다.

「이야기의 적.」

작가인 한수영은 본능적으로 알 수 있었다. 만약 이 세계가 소설이라면, 지금 김독자는 '최종 보스'다. 그리고 이 이야기는 저 '김독자'가 죽어야만 끝난다.

"한수영!"

누군가가 그녀의 몸을 끌어냈다. 전격의 급류가 코앞을 휑하게 스쳤다.

"물러나! 빨리!"

유상아였다. 오직 유상아만이 번잡한 아수라장에서 제정신을 차리고 있었다.

어떻게 그럴 수 있을까.

"다들 정신 차려요! 지금 독자 씨가……!"

김독자는 죽을 것이다.

"독자 씨랑 약속했잖아요! 다들 잊었어요?"

김독자는 거짓말쟁이다.

"정말로 독자 씨가 또 같은 짓을 할 리가—"

사람의 선의를 믿는 사람. 그게 유상아였다. 그런 사람이기에 이 상황에서도 흔들리지 않을 수 있었다.

하지만 유상아의 외침에도 일행들의 표정은 공허했다. 풀린 눈으로, 각자 사색에 잠겨 있었다.

그들을 괴롭히는 질문은 동일했다.

「김독자는 대체 왜 저런 선택을 했는가?」

약속했으면서. 다시는 저런 식으로 희생하지 않겠다고 맹세했으면서.

「대체 왜?」

"아직 이야기는 끝나지 않았어요."

유상아의 말은 틀렸다. 이미 이야기의 방향은 결정되었다. 김독자는 '이야기의 적'이 되었고, 이 빌어먹을 시나리오는 김독자가 죽어야만 끝날 것이다. 이 모든 비극을 쓴 작가가, 이미 그렇게 결정한 것이다.

작가?

【■■■■■■■■■■!】

처절하게 울려 퍼지는 김독자의 목소리. 그 목소리가 언젠가의 기억이 되어 돌아왔다.

—한수영, 넌 작가지?

한수영의 머리가 팽팽 돌아가고 있었다.

—또 무슨 시비를 걸려고.

—하나 물어보고 싶은 게 있는데.

—뭔데.

—작가는 자기가 쓴 글 속에서 정말 전지전능한 걸까?

—갑자기 뭔 뚱딴지같은 소리야.

—아니, 그냥 궁금해서. 너는 글을 쓰면서 모든 걸 통제하는 거야? 이 인물은 이렇게 움직이고, 저 인물은 저렇게 행동하고…….

—그야 당연히…….

자신만만하게, 한수영은 선언했다.

—통제 못 하지.

—왜? 작가잖아.

—작가가 진짜 신인 줄 아냐?

—이야기 속의 모든 건 작가가 만드는 거잖아. 상황도, 인물도…….

뭘 모르는 소리를 하는구만, 하고 한수영이 중얼거렸다.

—등장인물은 만들어놓는 순간 제 맘대로 움직여. 작가는 그냥 무대를 제시할 뿐이야. 그 사건에 어떻게 반응하고 움직일지 선택하는 건 등장인물이라고.

—비유가 아니라 진짜로?

—진짜로.

—너 글 되게 편하게 쓴다.

—뒤질래?

복부를 얻어맞고 허리를 꺾던 김독자.

그때 김독자는 무슨 생각을 하고 있었을까.

—재밌네. 작가도 이야기의 신이 아니라면…… 그럼 '시나리오'라는 건 대체 누가 결정할 수 있는 걸까?

발끝부터 서서히 소름이 올라왔다. 어쩌면 저곳에 있는 김독자는, 그 질문에 대한 해답인지도 모른다.

김독자는 생각해낸 것이다. 이 완고한 시나리오의 세계에서, 결말을 바꿀 수 있는 유일한 방법을.

[대도깨비들이 개연성의 범람에 당황합니다!]

[<스타 스트림>이 흔들리는 개연성의 향방에 주목합니다!]

시나리오는 완벽하지 않다.

['마지막 시나리오'가 격변을 일으키고 있습니다!]

이야기를 만드는 것은 분명 작가다. 하지만 그 이야기를 살아가는 것은 등장인물이다.

그리고 그들의 운명을 결정하는 것은.

[한반도의 성좌들이 '구원의 마왕'을 응원합니다!]

[<에덴>의 성좌들이 '구원의 마왕'을 응원합니다!]

[<명계>의 성좌들이 '구원의 마왕'을 지지합니다!]

[이름 모를 행성의 성좌들이 '구원의 마왕'을 응원합니다!]

[수많은 성좌가 코인을 후원합니다!]

[절대다수의 성좌가 '구원의 마왕'의 마지막 싸움을 지켜봅니다!]

그 이야기를 지켜보는 이들이다.

[다수의 성좌가 '구원의 마왕'이 죽기를 원하지 않습니다!]

'시나리오'를 바꿀 수 있는 유일한 존재.

김독자는 이곳에서 죽기 위해 '이야기의 적'이 된 것이 아니었다. 그는 일행들을 배신하려고 희생을 택한 것이 아니었다.

「'멸살법'은 유중혁의 이야기였다. 그렇다면 지금 이 세계는, 누구의 이야기일까.」

흔들리는 세계의 개연성을 보면서, 한수영이 쓰게 중얼거렸다.

"그렇지. 주인공이 죽길 바라는 독자는 아무도 없지."

이 세계에서, 김독자와 〈김독자 컴퍼니〉의 영향력은 어마어마하게 커졌다. 김독자가 마지막 시나리오의 대상이 된 것이 그 증거였다.

성좌들은 좋든 싫든 김독자의 설화를 보았고, 공감하거나 질투했다. 김독자가 원하든 원하지 않든, 이 세계의 모든 별은 이제 그의 이야기를 보고 있었다.

아마 김독자도 알고 있을 것이다. 어쩌면, 아주 오래전부터 생각해왔을지도 모른다.

「이것은 '등장인물'이 된 김독자가 건 최후의 도박이었다.」

멀리서 김독자가 이쪽을 돌아보는 듯한 느낌이 들었다.

너라면 이해할 수 있을 것이라는 듯이. 여기서부터 우리가 모르는 새로운 이야기를 시작할 수 있을 것이라는 듯이.

「그는 희생하지 않기 위해 희생한 것이었다.」

불가능한 일일 수도 있다. 영영 닿지 못할 결말일 수도 있다. 하지만 그것만이 김독자가 내린 '누구도 희생하지 않을 방법'이었다. 그러니 지금 한수영이 할 수 있는 일은 정해져 있었다.

'저 녀석 혼자서는 안 돼.'

한수영은 뒤를 돌아보았다. 일행들에게 알려줘야 했다. 지금 김독자가 원하는 것이 무엇인지.

하지만 혼자만의 이해에 고취되어 있던 한수영이 알지 못한 점이 있었다.

[설화, '예상표절'이 등장인물의 심리를 예측합니다.]

바로 이곳의 모두가 작가는 아니라는 것. 모두가 이 사태를 그렇게 객관적으로 보지는 못한다는 것이었다.

한수영이 입을 열기도 전에, 일행 중 누군가가 튀어나갔다.

검격에 깃든 맹렬한 적의.

칼끝이 향한 곳을 본 순간, 한수영은 소스라쳤다.

"잠깐! 기다려! 저 녀석은 지금—"

한수영은 그 검이 누구의 것인지 알았다.

「지금 이 순간, 김독자를 아주 깊이 원망하게 된 사람.」

오래도록 김독자를 지켜온 김독자의 가장 단단한 검.

그 검이 이 시나리오를 끝내기 위해 움직였다.

2

[당신의 ■■은 ■■입니다.]

처음 그 메시지를 들었을 때, 정희원은 떨떠름했다. 언젠가 김독자가 한 말도 떠올랐다.

모든 존재에게는 각자 다른 종막이 있다고.

그렇다면 자신에게도 그런 것이 있으리라 생각은 했다.

하지만…… ■■이라고?

정희원은 그 단어가 훨씬 잘 어울리는 사람을 알고 있었다.

그녀가 누구보다 가까운 곳에서 싸워온 사람.

그의 검이 되기를 망설이지 않도록 만드는 사람.

동료를 소중히 여기는 사람. 언제나 자신을 가장 먼저 희생하는 사람.

「그렇기에 원망하지 않을 수 없는 사람.」

정희원은 '이름 없는 것들'의 파도를 헤치며 달렸다.

인근에서 터진 독액이 정강이에 튀었고, 살점이 검게 부풀었다. 이설화가 준 단창약을 급하게 품속에서 꺼내 바르고 다시 달렸다. 양옆에서 공세를 퍼붓는 성좌들의 방해를 뿌리치고, 김독자 주변을 호위하듯 감싼 '이름 없는 것들'을 짓밟고 뛰어올랐다.

멀리 뭔가가 보였다. 한때 '김독자'였던 것.

【■■■■■■!】

그리고 이제는 '이야기의 적'이 된 존재.

"희원 씨!"

가까스로 달려온 이현성이 정희원의 어깨를 붙잡았다.

"잠깐만—"

이현성의 말이 채 이어지기도 전에 메시지가 떠올랐다.

[최종 시나리오의 전 지역 스트리밍이 시작됩니다!]

〈스타 스트림〉의 모든 채널이 개방되고 있었다.

츠츳, 츠츠츳……!

불안하게 흔들리는 시나리오 메시지.

[다들 당황하지 마시고 시나리오에 집중하십시오. 이번 시나리오가 여러분의 마지막 시나리오입니다. 외신왕을 사냥하면, 여러분의 긴 여정도 끝날 것입니다.]

[이 이야기는 '최후의 벽'에 기록되고, 별들의 여정은 대서사시로 남아 영원히 전승될 것이다!]

탐욕스레 외치는 대도깨비들. 그들의 눈은 '최후의 벽'에 자신들이 인출한 설화를 남기겠다는 욕망으로 번들거렸다.

[거대 설화, '늙은 새벽의 광휘'가 최후의 이야기를 꿈꿉니다!]

[거대 설화, '아스가르드의 주인'이 최후의 이야기를 꿈꿉니다!]

거대 설화들도 요동치고 있었다. '단 하나의 설화'로 남기 위해 성좌와 화신을 독려하고 있었다.

[성좌, '해역의 경계를 긋는 창'이 자신의 병기를 꺼내 듭니다!]

[성좌, '아비도스의 주인'이 시나리오에 강림합니다!]

[성좌, '나일강의 괴조'가 거친 포효를 터뜨립니다!]

하지만 모두가 그 독려에 이끌리는 것은 아니었다.

제1신좌인 제우스의 명령에도 불구하고 디오니소스를 비롯한 〈올림포스〉의 몇몇 신좌는 공격을 망설이고 있었다. 화신들도 마찬가지였다.

"정말 저 사람을 죽여야만 하나요?"

그 말을 꺼낸 것은 일본 화신인 아스카 렌이었다.

"내가 본 '김독자'는 악인이 아니었어요."

'피스 랜드' 당시 재앙을 선택한 다른 일본인과 맞서 싸우며, 김독자 일행에게서 도움을 받은 이들.

"김 도게자 씨에게는 빚이 있습니다."

개중에는 '뱀을 베는 자'를 배후성으로 둔 미치오 쇼지도 있었다. 한때 '정의로운 겁쟁이'였던 그는, 이제 일본의 백귀를 이끄는 수장이 되어 있었다.

"그가 이대로 죽게 둘 수는 없습니다, 누님."

그 외에도 〈황제〉와 〈올림포스〉에 소속된 몇몇 화신이 동조했다.

[상당수의 성좌가 화신들의 의견에 동조합니다!]

[<스타 스트림>의 개연성이 동요합니다!]

개연성에 심상치 않은 반향이 감지되자, 대도깨비들이 재차 나섰다.

[잊지 마십시오. 그는 '시나리오의 적'입니다.]

[그대들은 모르겠지만, '김독자'는 처음부터 이 세계선을 망치기 위해 시나리오를 클리어해왔습니다.]

평소와는 상황이 다르기 때문일까. 저 오만한 대도깨비들이 제법 공손한 말투로 방송을 시작했다.

광활한 천공에 투사되는 설화의 영상들.

도깨비들의 특기가 시작되었다.

[그는 이 세계선을 배신하고 '이계의 신격'들과 거래했습니다.]

화면 속에서 김독자와 '은밀한 모략가'가 거래하고 있었다. 목소리가 들리지 않았기에 김독자의 표정은 더욱 음험해 보였다.

그뿐만이 아니었다. 지금껏 김독자가 해온 모든 일이 만천하에 공개되었다.

지하철에서 사람들을 구하지 않고 메뚜기를 풀어버린 일.

금호역에서 더 많은 사람을 구할 수 있었으나 방치한 일.

누군가의 가장 악한 부분만을 모은 집합이, 세상에 새로운 김독자를 만들고 있었다.

[그가 뜻을 이룬다면, 이 세계는 멸망할 뿐입니다.]

이윽고 화면은 「서유기」로 전환되었다.

거대 설화, 「잊혀진 것들의 해방자」.

이계의 신격에게 둘러싸인 김독자가 시나리오에 갇혀 있던 '이름 없는 것들'을 해방하는 장면이었다. 도깨비들의 연출 때문인지 설화 속 김독자는 조금도 성스러워 보이지 않았다. 정말로 이 세계를 부수기 위해 악마를 해방하는 이단 교주처럼 보였다.

[그는 모종의 방식으로 미래 지식을 알아냈고, 그것을 자기 이익을 위해 사용했습니다.]

스마트폰을 쥔 김독자가 일행들에게 뭔가 명령하고 있었다.

[그가 '구원의 마왕'이 된 것도, '빛과 어둠의 감시자'가 된 것도 모

두 계획 속에 이루어진 일일 뿐입니다.]

합심한 이야기꾼들이, 김독자의 지위를 '주인공'에서 악당으로 끌어내리고 있었다. 그의 설화를 야비하고 비겁한 것으로 만들고 있었다.

[<스타 스트림>의 개연성이 움직입니다!]

분명히 이야기꾼의 본분에 어긋나는 일이었다. 그럼에도 대도깨비들은 망설이지 않았다. 이야기꾼 또한 그들이 원하는 ■■이 있는 까닭이었다.

[그리고 그는 지금, '이계의 신격'의 군주가 되어 이 세계를 멸망시키려 하고 있습니다.]

〈스타 스트림〉의 여론이 급변하고 있었다.

창백하게 질린 아스카 렌과 미치오 쇼지.

표정을 읽을 수 없는 안나 크로프트가 무심히 그들의 곁을 지나가며 중얼거렸다.

"이미 늦었습니다."

'차라투스트라'들이 돌격을 시작했고, 망설이던 성좌들도 전장에 합류했다.

가아아아아아아아!

고통스러운 비명을 흘리는 '이름 없는 것들'과 성좌들의 선두가 부딪쳤다.

「김독자와 관계된 모든 존재가 서로를 향해 검을 겨누고 있었다.」

정희원은 그 전장 한가운데에서 김독자의 싸움을 지켜봤다.

그녀가 돕지 않아도 김독자 곁에서 싸우는 이계의 신격들은 많았다. 커다란 두족류 괴물들. 아기 몸통에 거대한 꽃을 머리로 단 외신들. 정희원이 우리엘의 힘을 빌려 전력을 다한다 해도 승세를 확신할 수 없는 대존재들.

그들 사이에서, 김독자는 정말로 이 세계선을 끝낼 대재앙처럼 보였다.

「정희원은 김독자를 이해한다고 생각했다.」

정희원은 김독자가 정말로 원하는 결말이 무엇인지 모른다. 하지만 말하지 않아도 알 것 같다고 생각해왔다. 자신이 원하는 세계의 끝을 김독자 역시 원하고 있다고 생각했다.

「하지만 사실은 저게 진짜로 그가 원하는 끝은 아닐까.」

어쩌면 그에게 동료 같은 것은 없었던 건 아닐까.

[성좌, '악마 같은 불의 심판자'가……!]

알고 있다. 우리엘이 하려는 말을 정희원은 누구보다 잘 알고 있었다. 김독자가 동료를 아낀다는 것도, 너무나 아끼기 때문에 저런 행동을 벌였다는 것도 알고 있었다.

김독자는 자기 생명을 희생해 일행들을 세계의 끝으로 보내려는 속셈일 것이다.

「아무리 손을 뻗어도 잡히지 않는다.」

마치 눈앞에 거대한 벽이 있는 것 같았다. 그 벽이 김독자에게 다가가는 것을 막고 있는 듯했다.

"대체……."

원하던 결말을 갈구하기에, 정희원은 이제 너무 지쳐버렸는지도 모른다.

「**김독자는 아무것도 듣지 못하는 사람이다.**」

천천히 그러쥔 검의 손잡이가 차가웠다. 김독자가 직접 만들어주고, 손에 쥐여준 검. 낙원에서부터 지금까지, 그녀의 신념이 되어준 검.

['심판자의 검'이 울음을 터뜨립니다!]

'악'이 근처에 있을 때만 우는 검이, 울음을 토하고 있었다.

대도깨비들이 조롱하듯 선언했다.

[이것이 이야기의 적 '김독자'의 알려지지 않은 진실입니다.]

확인하고 싶었다. 정말로 당신은 내가 아는 '김독자'가 맞는지. 그리고 만약 당신이 원하는 것이 내가 원하는 것과 같지 않다면.

「**내 손으로 정말 당신을 끝내도 되는지.**」

"희원 씨."

그녀의 마음을 안다는 듯, 이현성이 그곳에 있었다.

"함께 가겠습니다."

말 그대로 강철의 방패가 된 이현성이 길을 뚫고 달렸다.

별들의 파도를, '이름 없는 것들'의 폭풍을 뚫고 나아갔다. 정희원이 확인해야 할 것이 있듯 이현성 또한 그럴 것이다.

몇 번이고, 다시 몇 번이고 확인해야만 하는 무언가가.

두 사람은 파도를 타듯 날아올라 순식간에 김독자의 후미까지 접근했다. 다른 외신들이 모두 전방에 몰려 있기에 가능한 일이었다.

"희원 씨!"

그녀의 손등에 그려진 혼돈의 고리 때문일까. '이름 없는 것들'은 그녀를 발견하고서도 본체만체 앞으로만 밀려갈 뿐이었다.

거대한 빌딩처럼 우뚝 선 김독자가 그곳에 있었다. 새카만 진액이 뚝뚝 떨어지는 거체.

정희원은 자기도 모르게 그 외피에 손을 가져다댔다.

낯설었다.

언젠가 잠든 김독자의 손을 꾹 잡아본 적이 있었다. 귀환자로 돌아와, 일행들이 마련한 방에서 종일 기절해 있던 김독자의 손. 그 손의 감촉은 어땠던가.

그녀의 기척을 느낀 듯, 외신왕이 거대한 머리를 움직여 뒤를 돌아보았다.

~~쿠구구구구구구~~…….

거대한 머리에서 흘러나오는 새하얀 입김.

"김독……."

그러면 안 된다는 것을 알면서도, 정희원은 저도 모르게 뒷걸음질을 쳤다.

까마득한 아가리가 그녀를 향해 입을 벌리고 있었다.

[시나리오의 개연성이 움직입니다!]

[당신의 모든 설화들이 경고합니다!]

거대한 외신왕의 검은 눈에 그녀의 모습이 비치고 있었다.

저런 표정은 짓고 싶지 않았다. 김독자를 저런 눈으로 바라보고 싶지 않았다. 하지만 그녀의 의지와 다르게 이미 손은 움직이고 있었다.

"아아아아아아아!"

'심판자의 검'이 다가오는 촉수를 베어냈다. 불구대천의 적이라도 되는 것처럼, 그녀의 검이 정신없이 움직였다.

잘린 촉수에서 울컥, 하고 설화가 흘러내렸다.

「"독자 씨, 그때보다 지금이 더 행복하죠?"

"그때보다 지금이 더 낫냐는 이야기라면, 그렇습니다."」

그녀도 잘 아는 설화였다.

「"저도 그래요."」

비틀거리며 이야기를 듣는다. 세상에서 김독자와 정희원만이 기억하는 그 이야기가 그녀의 정신을 붙잡았다. 흐려진 눈앞을 걷어내자 주변 전경이 보였다. 꽤 많은 촉수를 베어냈다고 생각했는데, 별다른 상처는 보이지 않았다. 그사이 김독자는 더욱 자라나 있었다. 이것이 고작 한 사람이라는 것을 믿을 수 없을 정도였다. 김독자는 홀로 광활히 존재하는 하나의 벽 같았다.

【■■■■■■■■■■■■■■■■■■■■■■■■■■■……】

그 어떤 문장을 써넣어도 채울 수 없는 하나의 벽. 그 벽 앞에서 정희원은 절망했다. 최후의 벽이 다 무엇인가. 겨우 한 사람의 벽조차 넘지 못하는데.

멀리서 이쪽을 향해 소리치며 다가오는 한수영이 보였다.

한수영이라면, 이 벽을 넘을 수 있을까.

―넌 작가라서 좋겠다.

〈김독자 컴퍼니〉의 휴일.

산 중턱에 드러누운 정희원은 한수영에게 그렇게 말했다.

—좋기는.

—아니, 왜. 글 잘 쓰는 사람은 말도 조리 있게 잘하잖아. 나도 그랬으면 좋겠는데.

—이현성한테 연애편지라도 쓰게?

—그게 아니라.

정희원은 말없이 김독자 쪽을 바라보았다. 그 시선만으로도, 한수영은 정희원이 무얼 말하고자 하는지 아는 듯했다.

동료들 앞에서 쩔쩔매는 김독자. '노동자의 휴일'이라는 장난 같은 시나리오를 미련하게 수행하는 사내를 보며, 한수영은 이렇게 말했다.

—글은 누구나 쓸 수 있어.

정희원은 다시 고개를 들어, 한때 김독자였던 것을 바라보았다.

정희원은 한수영처럼 작가가 아니었다. 그렇다고 김독자처럼 성실한 독자도 아니었다. 그렇기에 한수영처럼 쓸 수도, 김독자처럼 읽을 수도 없다.

그렇다고 해서 정희원이 아무것도 쓰지도 읽지도 못하는 것은 아니었다.

—잘 쓰지 못하면 어때. 네 말마따나 넌 소설 쓰는 사람도 아니잖아.

정말로 이 세계는 멸살법이라는 소설일지도 모른다. 어딘가의 작가가 쓰고, 누군가가 읽는 소설 속 이야기일지도 모른다.

하지만 그녀에게 이 소설은 삶이었다.

「그렇기에, 그녀에게는 이 세계의 다음 문장을 쓸 자격이 있었다.」

천천히 검을 내린 정희원이 물었다.

"독자 씨, 그때 기억하죠?"

김독자가 듣고 있는지 아닌지는 모른다. 다만 정희원은, 광활한 벽에 그녀가 낸 아주 작은 흠집 위로 손을 올렸다. 그 흠집에서 정희원과 김독자가 함께 거닐던 풍경이 흘러나오고 있었다. 정장을 입고, 천국의 계단을 오르던 두 사람이 있었다.

"난 그때 되게 좋았어요. 같이 백화점 가서 옷도 사고, 멋지게 〈에덴〉 방문했을 때."

그녀는 이 세계가 좋았다. 모든 게 멸망하고 있었고, 보이는 것은 폐허뿐이었다. 그럼에도 이런 세계이기에, 정희원은 자신의 가치를 찾았다.

"당신이 그렇게 말했잖아. 이 세계가 더 좋다고. 우린 그런 사람들이잖아."

김독자의 대답은 돌아오지 않았다.

정희원은 촉수에 난 상처를 벌렸다. 그 상처를 잊지 말라는 듯, 그 상처만큼의 자신을 기억해달라는 듯.

"그래서, 당신은 이렇게밖에 못하는 사람인 거야. 그렇지?"

정희원은 김독자를 이해했다.

「그녀가 김독자를 죽이지 않으면, 이 세계는 멸망한다.」

거대한 외신왕의 눈이 그녀를 보고 있었다. 마치 그녀의 뜻에 동조하듯 고개가 움직이는 것도 같았다. 정희원은 그 눈을 마주 보며 말했다.

"난 당신 못 죽여."

흐려진 시야를 그대로 둔 채, 몸을 떨었다.

김독자의 구원은 잔혹하다. 칼끝으로 물에 빠진 사람을 구하는 것처럼, 그에게 구명받은 사람은 돌이킬 수 없는 상처를 입는다.

"웃기지 말라고 해…… 이게 무슨 구원이야……."

정희원의 몸이 벽 앞에 기대듯 비틀거렸다.

아무도 서로 구하지 않는 세계. 오직 피해자만 존재하는, 심지어는 그 피해자들의 상처가 전시되는 세계에서, 유일하게 그녀에게 건네진 상처투성이의 손.

「김독자는 언제나 그곳에서 손을 내밀고 있었다.」

손을 내미는 사람뿐만 아니라, 그 손을 잡는 사람에게도 용기는 필요하다.

상처투성이 손을 잡을 용기. 포기하지 않을 용기.

그것으로 자신이 치유되지 못할 것을 알면서도, 그 손을 잡으면 더 커다란 상처를 입을 것을 알면서도, 다시 한번 살아가기 위해 그 손을 붙잡을 용기.

「어떤 구원은 주는 사람이 아니라, 받는 이에 의해 완성된다.」

외신의 표면을 꾹 짚자 정희원의 손바닥이 남았다.

정희원은 그 자국을 한참이나 바라보다가, 가만히 자신의 검을 내려다보았다.

그러자 정희원의 귓가에 메시지가 들려왔다.

[화신 '정희원'의 ■■이 완성을 앞두고 있습니다!]

그녀는 마치 손을 잡듯 자신의 검을 굳게 쥐었다.

[당신의 ■■은 '구원'입니다.]

3

달려가는 정희원의 모습이 보인다.

칼날 위를 미끄러지는 달빛처럼 '이름 없는 것들' 사이를 미끄러져 나가는 정희원.

그녀가 찾은 해답이 그곳에 있었다.

[화신 정희원의 ■■은 '구원'입니다.]

모두에게는 각자의 ■■이 있다. 마침내 〈김독자 컴퍼니〉의 일행들도, 각자의 결말을 선택할 때가 도래한 것이다.

"정희원!"

화려하게 궤적을 긋는 '심판자의 검'. 일행들은 그 검격을 보며 정희원의 뒤를 쫓았다.

유상아와 함께 하늘로 도약하려던 이길영이 발을 멈춘 것은 뒤에 남겨진 소녀 때문이었다.

"신유승."

우뚝 선 신유승이 울고 있었다. 제자리에 서서, 어디로도 가지 않은 채 시선을 고정하고 있었다. 신유승이 어디를 보는지는 명백했다.

[설화, '별의 구원자'가 이야기를 계속합니다.]

오직 신유승만이 가진 설화.

빛나는 별빛으로 연결된 성좌와 화신.

그 설화가 내뿜는 빛이 너무나 아름답고 찬란해서, 이길영은 저도 모르게 신유승을 향해 손을 뻗었다.

「이길영은 신유승이 부러웠다.」

한 사람이 다른 한 사람을 이해한다는 것은 대체 어떤 의미일까.

아직 '이해'라는 말을 이해하기에도 벅찬 나이였다. 그 때문에 박탈감을 느낄 때도 있었지만, 한편으로는 자신의 나이가 변명이 되어 좋았다.

「"아직은 네가 모를 수도 있어. 그건 괜찮아."」

「"네가 하지 않아도 되는 일이야. 너한테 의지해서 미안하다, 길영아……."」

「"야 꼬맹이, 까불지 말고 뒤로 가."」

안심했다. 심지어 한편으로는 다행이라는 생각까지 했다.

이런 세계여서, 이 사람들을 만날 수 있어서 다행이라고. 의지할 수 있고, 어리광 피울 수 있고, 자신이 어린애라는 사실을 가르쳐주는 사람들이 있어서 다행이라고 생각했다.

「하지만 신유승이 있었다.」

어리광 피우지 않는 어린아이. 항상 별을 바라보는 소녀가 그곳에 있었다.

이길영 역시 같은 별을 바라보았다. 이길영도 좋아하는 별이었다. 그 별이 얼마나 슬픈 빛을 가지고 있는지, 마음을 숨기거나 거짓말을 하려고 할 때 어떤 색깔로 변하는지 이길영도 잘 알고 있었다.

「하지만 신유승처럼 잘 알지는 못했다.」

"언제까지 멍하게 있을 거야? 가자."

멍하니 고개를 돌린 신유승이 이쪽을 바라보았다. 그 시선을 마주 보며, 이길영이 신유승의 손을 잡아챘다.

두 아이는 달리기 시작했다. 꽉 잡은 작은 손에 땀이 배어나왔다.

'나는 신유승만큼 독자 형을 이해할 수는 없어.'

신유승은 성좌 '구원의 마왕'의 화신이다. 그 누구도 둘의 사이를 갈라놓을 수도, 개입할 수도 없다.

"너만 형 걱정하는 줄 알아? 너만 슬픈 줄 아냐고."

끌려오는 신유승을 돌아보지 않은 채 이길영이 외쳤다.

이길영은 늘 신유승보다 어려 보이는 게 싫었다. 하지만 오늘만큼은 어리광을 피우고 싶었다.

"난 한강 싫어. 바다가 더 좋아. 그리고 피자보다 치킨이 더 좋아."

자신 또한 저 별에게 구해졌기 때문이다.

"PC방이랑! 폰 게임이랑! 그리고……!"

멀리서 그가 좋아하는 별의 모습이 보였다. 이제 그것은 별처럼 보이지 않았다.

"그리고……."

저 하늘을 지배하는 성좌들의 질투와 시기를 받은 그 별은.

【■■■■■■■■■■■■…….】

즐겨 보던 웹툰에서 나오던 무서운 대악마처럼 보였다.

촉수가 흐물거리는 머리가 이쪽을 바라보는 순간, 달리던 이길영의 다리도 굳었다.

고층 빌딩보다 더 큰 높이로 자라난 이계의 왕.

이야기의 적.

이 세계를 파멸시킬 악당.

「신유승에겐 저 악마가 김독자로 보일까.」

"나도……."

떨림을 이겨내며 이길영은 중얼거렸다. 저것이 자신이 아는 김독자가 아닐 수도 있다는 공포.

[모두 속지 마라!]

[저자는 이 세계를 파멸시킬 것이다!]

[자기 자신밖에 모르는 존재입니다. 그에게 당신들의 생존은 아무런 의미도 없습니다.]

사실은 그가 보고 있던 김독자는 틀렸고.

「"형은 혹시 신인가요?"

"……뭐?"

"아니면 '주인공'인가요?"」

저 도깨비들 말이 맞을지도 모른다는 두려움.

「"신도 주인공도 아냐. 오히려 늘 주인공을 부러워했지."」

가까스로 떨림을 멈춘 이길영이 용기를 내어 위를 올려다보았다.

아득한 외신의 눈동자가 소년을 마주하고 있었다.

김독자의 마음은 보이지 않는다. 저 외신에게서 김독자처럼 느껴지는 것은 아무것도 없었다. 남은 것은 믿음뿐이었다.

—길영아, 관계라는 건 한 가지 방식으로만 맺을 수 있는 게 아냐.

언젠가 유상아에게 신유승과 관련된 고민 상담을 한 적이 있었다. 그때 유상아는 읽던 책을 덮으며 이렇게 말했다.

—같은 문장을 읽어도 모두 그걸 다르게 이해하는 것처럼. 그러니까…….

이길영은 책을 많이 읽는 편은 아니어서 그 비유가 와닿지는 않았다.

하지만.

—무슨 말인지 알 것 같아요.

이길영 또한 누군가와 소통하는 스킬이 있었다.

—사마귀나 바퀴벌레도 교감할 때 느낌이 모두 다르거든요.

[다종 교감]은 그런 스킬이었다. 자신과 완전히 태생이 다른 존재와 교감하는 스킬. 하지만 소년에게 사람을 이해하는 스킬은 없었다.

김독자는 어떤 사람인가. 잘 모르겠다. 다만 김독자라는 사람을 생각하면 가장 먼저 떠오르는 것은 있었다.

머리나 몸통이 터진 사람들의 모습.

「"잠깐 실례 좀 할게."」

그의 손에 메뚜기 한 마리를 쥐여주던 김독자의 얼굴.

[설화, '벌레의 왕'이 이야기를 시작합니다!]

순간, 주변 정경이 흔들리며 소년의 안에서 설화가 깨어나고 있었다.

[성좌, '무저갱의 지배자'가 음험하게 웃습니다.]

어디선가 날아든 황충의 무리가 소용돌이치며 세상을 뒤덮기 시작했다.

「그날, 이길영은 그대로 열차가 뒤집혔으면 좋겠다고 생각했다. 그의 손안에서 죽어간 메뚜기처럼.」

가공할 격의 향연에 이계의 신격들이 비명을 질렀다.
〈스타 스트림〉의 성좌들이 메시지를 퍼붓기 시작했다.

[절대악 계통의 성좌들이 '무저갱의 지배자'에게 경고합니다!]
[일부 마왕이 화신 '이길영'의 힘에 경악합니다!]

맹렬하게 흐르는 설화가 성좌들의 시선을 아랑곳하지 않고 이야기를 계속했다. 그것은 어른들에게도 말한 적 없는 이야기였다. 같은 [다종 교감]을 가진 신유승만이, 어렴풋하게 아는 이야기.

「"돈도 없으면서 자식을 낳길 왜 낳아……."」

지독한 갈탄 냄새. 죽은 바퀴벌레처럼 누워 있던 아빠와 엄마의 모습. 차가워진 살갗을 쿡쿡 눌러보던 기억.

영정사진도 없는 장례식이 끝나고, 자신을 보던 친척들의 눈동자.

「"영미 그 계집애 그럴 줄 알았어. 내가 그 놈팽이는 안 된다고……."」

「"그래서 쟤는 누가 맡을 거야? 첫째 형네 집은……."」

「"우리 집은 안 된다. 애가 셋이야."」

아주 어린 나이부터 거절당해온 삶에 대해, 이길영은 이야기할 언어를 아직 가지고 있지 못했다. 그것이 얼마나 커다란 상처인지 설명하고 표현할 능력이 없었다. 상처는 드러나지도 아물지도 못한 채 썩었다.

「"시설 찾아봐. 저런 애들 돌봐주는 곳 있어."」

이모 손에 이끌려 서울행 열차를 타고, 개미굴 같은 서울의 지하철 노선도를 마주하며 이길영은 어지러웠다. 세상의 복잡함을 이해할 수 없었다.

그렇게나 많은 굴을 지나며, 자신이 어디로 가는지 알 수 없었다.

채집망 속 메뚜기들이 길 잃은 아이처럼 울고 있었다.

「"얘. 그거 버려, 빨리. 어차피 오래 살지도 못해. 징그럽게!"」

만약 그날 시나리오가 시작되지 않았다면 자신은 어떻게 됐을까.

"독자 형!"

이 사람들을 만나지 못했다면.

"독자 형! 저 여기 있어요!"

이길영은 목이 터지도록 부르짖었다. 목소리가 닿지 못해도 좋다. 김독자의 화신이 아니라도 좋다.

「"길영아. 이야기할 수 없으면 아무것도 말하지 않아도 돼. 하지만 하나만 기억해줘."」

다만 말해주고 싶었다.

「"네가 말하고 싶어졌을 때, 형이 옆에 있을게."」

독자 형은 악당 같은 게 아니라고. 그냥 평범한 사람들 사이에서 자신을 구해준, 평범한 사람이라고.

[죽여! 조금만 더 밀어붙이면 된다!]

[다른 세계선의 실패자들이야! 무시하고 밀어붙여! 지금 죽여야 끝난다!]

선두에서 싸우던 이계의 신격의 열이 밀리고 있었다. 한쪽 방위가 뚫린다 싶더니, 신화급 성좌들을 필두로 한 화신 무리가 김독자를 향해 진격했다.

막아야 했다.

츠츠츠츠츳!

[해당 행동은 관리국의 개연성으로 금지되어 있습니다.]

[당신이 비호하려는 대상은 '이야기의 적'입니다.]

설득해야 한다. 독자 형은 그런 사람이 아니라고.

하지만, 어떻게 해야.

쿠구구구구구구…….

밀려오는 적 앞에서도 김독자는 그저 벽처럼 서 있을 따름이었다.

가끔 뭔가 말하는 것 같기도 했지만 이해할 수 없는 말들이었다. 이해하고 싶었다. 무력하게 벽에 기대어 있기 싫었다.

김독자 편에 서고 싶었다.

이런 세계 따위 멸망해도 좋다. 김독자가 이야기의 적이라면, 나 또한 이야기의 적이 되겠다.

하지만 이길영이 이해하기에 김독자는 너무 어려웠다.

이길영은 자신이 어린아이라는 것이 싫었다. 어른이었다면. 한수영이었다면, 유중혁이었다면, 정희원이었다면…….

신유승이었다면.

꾹 쥔 손에 감각이 느껴졌다. 신유승이 그곳에 있었다.

"바보야. 정신 차려."

주변을 날아다니는 황충의 무리가 가라앉았다.

신유승이 말하고 있었다.

"나도 아저씨 이해 못 해."

[전용 스킬, '최상급 다종 교감'이 발동합니다!]

"그냥 이해하려고 노력하는 거야."

키메라 드래곤을 함께 다루던 두 아이의 스킬이 동시에 발동했다.

서로를 가장 가깝게 이해할 수 있는 상태.

이길영은 김독자는 읽을 수 없다. 하지만, 신유승은 조금 알 것도 같았다.

두 사람이 함께 읽는 설화에 세계가 흔들렸다. 아주 어렴풋이 김독자의 얼굴이 보일 것 같았다. 자신이 아는 김독자의 모습이 보인 것도 같았다.

[설화, '별의 구원자'가 설화, '벌레의 왕'과 이야기를 나눕니다!]

"꼬맹이들."

한수영이 아이들의 곁을 지키듯 섰다.

그 옆을 이현성이, 정희원이, 다시 유상아가 지켰다.

「아이들의 세계를 함께 바라보는 어른들이 있었다.」

창공에서 이지혜의 전함이 그림자를 드리웠다. 전함의 포신 곁에 공필두와 이설화의 모습이 보였다. 언제든 포격할 준비가 되었다는 듯, 이지혜가 검을 뽑아 들었다.

대도깨비 온새가 물었다.

[지금 그를 비호하겠다는 겁니까? 그가 어떤 존재가 되었는지 알면서도 말입니까? 이미 저자는 당신들이 알던 '김독자'가 아닙니다. 이미 모든 진실이 만천하에 드러난 상황에……!]

"웃기지 마. 그게 뭐가 진실이야. 너희가 보여준 건 그냥 편집한 영상일 뿐이잖아. 너흰 늘 그딴 식으로 시나리오를 만들었지."

한수영은 다가오는 성좌들을 향해 경고하듯 말했다.

"이야기의 적이 됐든 뭐가 됐든, 그놈은 우리 동료야. 그러니까 건드리지 마. 알겠냐?"

[성좌, '심연의 흑염룡'이 포효합니다!]

[성좌, '악마 같은 불의 심판자'가 자신의 격을 드러냅니다!]

[성좌, '가장 오래된 해방자'가 전격을 충전합니다!]

"건드리면 다 죽여버릴 거니까."

〈김독자 컴퍼니〉를 비호하는 성좌들이 움직이자, 전장의 흐름이 일순간 정체되며 스파크가 튀었다.

[일부 성좌가 화신 '한수영'의 말에 동조하며……!]

개연성의 흔들림을 감지한 대도깨비 하롱이 메시지를 중간에 끊었다.

[우습군. 그를 지키겠다고? 그의 말조차 이해하지 못하는 너희가?]

[<스타 스트림>이 대도깨비의 시나리오 개입을 경고합니다!]

자신이 원하는 대로 흘러가지 않는 시나리오가 답답하다는 듯, 후폭풍을 견디며 대도깨비가 묻고 있었다.

[지금 그의 모습이 보이지 않는 건가?]

김독자에게 다가왔던 화신들이 몸을 움츠리며 물러났다. 김독자에게 호의가 있던 화신도, 적의가 있던 화신도 모두 마찬가지였다.

까마득한 천공에 닿은 외신. 심연이 담긴 눈동자를 마주하는 순간 모두가 몸을 떨며 주저앉았다.

[너희는 그가 무엇을 느끼는지, 무엇을 욕망하는지, 어떤 생각을 하는지조차 알지 못한다. 너희는 고작 인간이기 때문이다. 한평생을 바쳐도, 하나의 존재조차 이해하지 못하는 존재들이기 때문이다.]

〈김독자 컴퍼니〉의 모든 일행이 김독자를 올려다보았다.

대도깨비의 말은 사실이었다. 그들은 김독자를 이해할 수 없다.

[당신이 비호하려는 대상은 '이야기의 적'입니다.]

자기 역할을 잊은 등장인물을 일깨우듯, 대도깨비가 외쳤다.

[너희에게 선택의 여지는 없다! 그를 죽여라. 그러지 않으면 이 시나리오는 끝나지 않는다!]

['이야기의 왕'이 마지막 시나리오의 향방을 지켜보고 있습니다.]

이 세계의 가장 오래된 이야기꾼이 무대를 내려다보고 있었다. 일행들과 함께 한수영은 고개를 들었다. 이 모든 시나리오를 총괄한 '이야기의 왕'이 존재하는 곳. 한수영은 아득하게 펼쳐진 '최후의 벽'을 바라보았다.

「**저 벽이 그들의 이야기가 남겨질 곳이었다.**」

"시나리오가 끝나지 않는다? 좋네. 그거, 모든 독자들의 소원이잖아."

[화신 '한수영'이 자신의 ■■에 근접했습니다.]

한수영은 김독자를 올려다보았다. 두족류의 거대한 머리통을 계속 노려보고 있자니, 김독자를 조금 닮은 것 같기도 했다.

"내가 쓰는 이야기에는 김독자 저 자식이 꼭 필요해."

마음에 들지 않는 원고지를 뜯는 작가처럼, 한수영이 거칠게 붕대를 풀었다. [흑염]으로 물든 그녀의 설화는 새카만 잉크가 풀어지듯 허공에 번졌다. 마치, 언제까지라도 쓸 수 있다는 듯이.

[<스타 스트림>이 화신 '한수영'의 결정에 놀랍니다!]

[다수의 성좌가 화신 '한수영'의 ■■에 경악하며…….]

[당신이 비호하려는 대상은 '이야기의 적'…….]

[해당 행동은 관리국의 개연성으로 금지…….]

ㅊㅊㅊㅊㅊㅊ……!

[성좌, '심연의 흑염룡'이 자신의 화신을 자랑스러워합니다.]

한수영이 씩 웃었다.

"영원히 시나리오를 끝내지 말자고."

[화신 '한수영'의 ■■은 '끝나지 않는 이야기'입니다.]

4

모든 도깨비는 '대도깨비'를 꿈꾼다. 〈스타 스트림〉의 도깨비가 올라갈 수 있는 이야기의 정상.

그리고 정상에 오른 자들 역시 여전히 꿈을 꾼다.

비형은 거대한 방주의 전경을 차지한 '최후의 벽'을 바라보았다. 그렇게나 많은 이야기가 있었음에도, 여전히 벽의 대부분은 여백이었다.

[이렇게까지 할 필요가 있습니까?]

비형의 역정에 대도깨비들의 통신 라인이 조용해졌다.

마지막 시나리오의 하늘에서, 비형은 〈김독자 컴퍼니〉의 일행들을 내려다보고 있었다.

외신왕이 된 김독자의 모습.

그날의 지하철에서부터 마지막 시나리오에 이르기까지. 김독자가 '구원의 마왕'이 되고 '빛과 어둠의 감시자'가 되는 동안 비형은 상급 도깨비가 되었으며, 마침내는 대도깨비가 되었다.

「시나리오에 과도하게 몰입하는 것은 이야기꾼이 저지를 수 있는 가장 큰 실수다.」

도깨비의 본분은 많은 성좌의 시선을 끌어 '최후의 벽'에 새겨질 이야기를 남기는 것.

그러니 도깨비는 결코 시나리오에 끌려가서는 안 된다. 그곳에서 피어나는 설화들에 현혹되어서는 안 되고, 화신들의 고통에 이입해서는 더더욱 안 된다.

그럼에도 비형은 그 실수를 저지르고 있었다.

그들의 설화를 보며 오래전에 잊었던 몇 가지 감각을 깨우쳤다. 하나의 설화가 끝나고 다음 설화가 찾아오는 순간의 설렘. 자신이 짠 시나리오 안에서 성좌들이 기뻐하고 슬퍼하는 것을 볼 때의 벅참.

비형은 김독자에게 '시나리오'를 배웠다.

[저들은 시나리오를 잘못 수행하고 있는 게 아닙니다. 애초에 시나리오라는 건 가역적인 흐름입니다. 많은 별들이 원하는 방향으로 흘러가는 흐름이란 말입니다. 〈스타 스트림〉의 다른 성좌들도—]

[자네가 키운 설화라고 애지중지하는 모양인데, 더 큰 이야기의 흐름이란 게 있네.]

비형은 소리를 지르려다가 참았다. 모든 대도깨비가 그에게 집중하고 있기 때문이었다. 빌어먹게도 지금 비형은 그 대도깨비들의 막내였다.

줄곧 침묵을 지키고 있던 대도깨비 가랑이 입을 열었다.

[자네처럼 젊은 도깨비는 저런 결말이 신선하게 보이겠지. 하지만 나는 저런 설화를 많이 보아왔네. 먼 우주의 역사에 〈스타 스트림〉을 원망하고 부수려 한 자가 하나뿐이었는 줄 아는가?]

대도깨비 가랑. 세상에서 가장 오래된 도깨비 중 하나이자, 누구보다 '도깨비 왕'에 가까운 도깨비.

[무수한 멸망이 있었네.]

그 어조에서 새어나오는 회한을 비형은 제대로 헤아릴 수 없었다. 하지만 헤아릴 수 없기에 보일 수 있는 치기도 있었다.

[모든 멸망이 같은 멸망은 아닙니다.]

몇몇 대도깨비가 경고하듯 비형을 노려보았다. 비형은 움츠러들지 않으려 노력하며 가랑의 시선을 마주 보았다.

현묘한 눈으로 그를 바라보던 가랑은 한참 후에야 입을 열었다.

[그럴지도 모르지. 저들이 꿈꾸는 ■■은 다른 설화들과는 조금 다르니까.]

그 발언이 심기에 거슬렸는지, 지켜보던 대도깨비 온새가 끼어들려는 움직임을 보였다. 가랑은 손을 들어 그를 제지하며 말을 이었다.

[그 '다름'이 위험한 결세. 모든 설화가 반드시 다음 설화의 토대가 되는 것은 아니야.]

[무슨 말씀이십니까.]

[어떤 설화는 시나리오 전체를 망가뜨리기도 한다네.]

가아아아아아아!

'이름 없는 것들'의 비명.

한때는 모두 다른 시나리오의 참가자였던 존재. 그들이 절규하며 성좌들을 공격하고 있었다. 그 중심에 이계의 신격을 이끄는 외신왕 김독자가 있었다.

「이야기의 적.」

비형이 알기로, 어떤 재앙에도 그런 호칭이 붙은 적은 없었다. 그런 언질조차 듣지 못했다.

김독자의 저항을 보며 가랑이 말을 이었다.

[모든 시나리오의 시작에서 주인공은 세계의 일탈을 겪지. 등장한 적과 싸우고, 갈등을 겪고, 무언가를 희생하며 승리를 쟁취한 후 본래 세계로 돌아가 보상을 받아.]

비형도 아는 이론이었다.

모든 하급 도깨비가 제일 먼저 듣게 되는 시나리오의 낡은 법칙.

[고루하지만 그것이 시나리오의 핵심이야. 그 순환을 지켜야 다음 시나리오가 만들어질 수 있고, 그다음 세계선이 열릴 수 있는 걸세. 갈등은 봉합되고, 상처는 치유되고, 세계는 아무 일도 없었던 것처럼 무사해야 하네.]

먼 산등성이의 자락이 무너지며 폭발하고 있었다. 모여드는 성좌가 늘어나고 있었다. 비형도 알고 있었다. 본래 이 '마지막 시나리오'는 예정되어 있던 것이었다.

「세계의 멸망이 찾아오고, 그것을 이겨내는 것.」

'외신왕'이라는 가상의 적은 오직 그것을 위해 존재했다. 서로 반목하던 별들은 강력한 대적의 강림에 힘을 합치고, 그에 맞서 싸운다. 누군가는 살고 누군가는 죽겠지만 갈등은 해결된다. 세계는 평화로워진다. 호사가들은 그 역사를 노래하고 전승한다.

「그리고 아무것도 변하는 것은 없다. <스타 스트림>은 계속된다.」

그것이 바로 도깨비들이 추구하는 '시나리오'의 정체였다.

시나리오는 순환되고 반복되어야만 한다.

[절대다수의 성좌가 '최후의 시나리오'에 열광합니다!]

〈스타 스트림〉이 무엇인지, 시나리오가 어째서 계속되는지 아무도 알지 못하도록, 성좌들은 계속해서 새로운 이야기를 공급받아야만 한다.

하지만 그것을 거부하는 이들이 있었다.

[거대 설화, '마계의 봄'이 이야기를 계속합니다!]

[거대 설화, '신화를 삼킨 성화'가 정해진 전개를 거부합니다!]

그들에게 정해진 시나리오를 거부하는 자들.

그리하여 〈스타 스트림〉의 존재 자체를 무너뜨리려 하는 이들.

[화신 '한수영'의 ■■은 '끝나지 않는 이야기'입니다!]

「끝나지 않는 이야기」.

끝을 끝이라 말하지 않는 모순의 ■■이 그곳에서 환하게 빛나고 있었다.

우주의 이야기꾼이 아닌 한낱 필멸의 존재가 정한 결말이었다.

〈스타 스트림〉의 순환을 거부하고, 영원한 싸움을 택한 존재들.

콰아아아아.

폭음 속에서, 마침내 대도깨비 가랑이 선언했다.

[이번 세계선은 여기서 판을 접도록 하지.]

그때까지 침묵을 고수하던 대도깨비들도, 서로 눈치만 보던 대도깨비들도 동시에 고개를 끄덕였다.

비형이 뭐라고 나서기도 전에 곁에 있던 바람이 말했다.

[비형, 미안하지만 일이 이렇게 됐네. 이번에는 자네가 참아야 해.]

바람의 표정을 본 순간 비형은 깨달았다. 이곳에 모인 대도깨비들은 우주 제일의 이야기꾼이다. 시나리오를 지배하고, 별들을 농락하며 이 세계관을 관장해온 지배자들.

그런데 이들은 처음으로, 자신들이 만든 '이야기'가 두려워진 것이었다.

[메인 시나리오 강제 집행에 남은 개연성을 모두 사용하겠습니다.]

시나리오 강제 집행은 도깨비가 행사할 수 있는 최후의 수단이었다.

〈스타 스트림〉의 흐름을 강제로 제어하는 만큼 말도 안 되는 개연성이 필요한, 「데우스 엑스 마키나」의 일종. 특히 마지막 시나리오에 행사되는 만큼, 그 양은 상상을 불허했다.

ㅊㅊㅊㅊㅊㅊㅊㅊ.

관리국의 개연성이 움직이자, 〈스타 스트림〉의 모든 하늘이 눈부신 스파크로 뒤덮였다. 세계선 어디에도 어둠이 발을 붙일 곳은 보이지 않았다.

[저들은 '악'으로 끝나야 합니다.]

대도깨비들의 뜻에 동조하는 거대 설화들이 그들을 지원하고 있었다.

[거대 설화, '멸망한 신화의 성전'이 관리국의 의지에 따릅니다!]

[거대 설화, '신새벽의 도래'가 이야기의 흐름에 동조합니다!]

[거대 설화, '불멸의 올림포스'가 관리국의 뜻을 존중합니다!]

비형은 한 걸음 떨어진 곳에서 대도깨비들이 써 내려가는 최종장을 지켜보고 있었다.

[거의 모든 대도깨비가 당신에게 의결을 강요합니다.]

그는 아직 이 결말에 동의하지 않았다.

[비형!]

바람의 외침에도 비형은 대답이 없었다.

[<스타 스트림>이 대도깨비들의 개입에 반발합니다!]

허공의 스파크는 곧 대도깨비들에게도 전이되었다. 가공할 후폭풍이 밀려오고 있었다. 아무리 대도깨비라고 해도, 시나리오 개입은 이만큼이나 큰 대가를 요구한다.

[나 '대도깨비 가랑'은 정식으로 시나리오에 관여할 것을 선언한다!]

가랑의 발언을 시작으로 대도깨비가 선언을 이어갔다.

[나 '대도깨비 녹수'는 정식으로 시나리오에……]

[나 '대도깨비 하람'은…….]

열 명이 넘는 대도깨비가 모두 결의를 다지고 있었다.

정식으로 시나리오에 개입한다는 것. '이야기꾼'의 방관자적 직위를 내려놓겠다는 의미였다.

잠시 후, 허공에서 메시지가 들려왔다.

[<스타 스트림>의 개연성이 대격변을 일으킵니다!]

[<스타 스트림>이 메타적인 개입을 용인합니다.]

[이제부터 '이야기꾼'은 시나리오의 방관자가 아닙니다.]

[다수의 성좌가 '대도깨비'의 선택에 큰 충격을 받습니다!]

[일부 성좌가 '대도깨비'의 만행에 강한 질타를……!]

비형은 대도깨비들을 바라보았다. 반발하는 성좌들의 메시지를 무시하면서까지 이 세계를 종결지으려 하는 그들의 의지를 바라보았다.

어쩌면 그들은 너무 오랫동안 '시나리오'를 써왔는지도 모른다.

멀리서 그런 대도깨비들을 응시하는 시선이 있었다. 비형은 그 시선과 마주했다.

외신왕이 되고, '이야기의 적'이 된 김독자.

시나리오 외부의 존재가 된 그의 말은, 이제 비형조차 이해할 수 없었다. 그럼에도 왜일까. 비형은 그 순간 김독자가 웃고 있는 것 같았다.

어쩌면, 대도깨비들은 아직도 저 녀석을 잘 모르고 있는지도 모른다. 김독자가 어떤 존재인지. 시나리오에 정식으로 개입한다는 것이 어떤 의미이며, 등장인물이 된다는 것은 무슨 뜻인지.

비형은 묵묵히 그 시선을 받으며 걸음을 내디뎠다.

[당신의 ■■이 당신을 부르고 있습니다.]

마침내 비형도 자신의 ■■을 결정할 차례였다.

대도깨비의 개입과 함께, 시나리오의 균형이 일그러지기 시작했다.

[당신이 비호하려는 대상은 '이야기의 적'입니다.]

[관리국의 개연성이 당신의 행동을 억제합니다!]

한수영을 비롯한 일행 모두가 개연성의 후폭풍에 휘말리고 있었다.

새파란 스파크가 일행들의 전신을 족쇄처럼 휘감았다.

"수영 씨, 이거!"

"이 개자식들이…… 이대로 시나리오를 끝낼 속셈이야."

[거대 설화, '빛과 어둠의 계절'이 고요히 분노합니다.]

[거대 설화, '잊혀진 것들의 해방자'가 이야기를 시작합니다!]

〈김독자 컴퍼니〉의 거대 설화들이 관리국에 저항하기 위해 안간힘을 썼다.

하지만 역부족이었다.

그들의 상대는 이 세계에서 가장 강력한 '거대 설화'였다.

[지금이다! 머리를 공격해!]

'이름 없는 것들'의 틈을 비집고 들어온 성좌들이 마침내 김독자를 향해 포화를 퍼붓기 시작했다.

"김독자!"

한수영이 외쳤지만 목소리는 닿지 않았다.

[당신은 대상을 비호할 수 없습니다.]

[당신이 비호하려는 대상은 당신이 알 수 없는 존재입니다.]

"개소리하지 마."

대도깨비가 남긴 말이 저주처럼 떠올랐다.

인간은 한평생을 바쳐도 하나의 존재조차 이해하지 못한다.

「하지만 그들은 한 사람이 아니었다.」

한수영은 주변을 둘러보았다. 이현성이, 정희원이, 이지혜가, 다시 신유승과 이길영이, 마지막으로 전함 위의 동료들이 그녀를 바라보았다.

어쩌면 이들 중 김독자가 아닌 이는 없다. 이곳의 모두는 적어도 한 움큼씩은 김독자의 생에 대한 지분이 있다.

그런데 한 사람이 부족했다.

'이 자식 어디 갔어?'

한수영은 입술을 질끈 깨물었다. 하지만 더 이상 기다릴 수 없었다.

"아아아아아아아!"

몸이 찢어지는 듯한 비명을 지르며, 정희원이 움직였다. 후폭풍이 근육을 파열시키고, 혈관을 터뜨리고 있었다. 그녀는 피 칠갑이 된 몸을 비틀거리며 앞으로 나아갔다. 심판자의 검을 굳게 쥔 채, 한 걸음

한 걸음 김독자를 향해 움직였다.

김독자를 베기 위해서가 아니었다.

카가가가가각!

날아드는 성좌의 날붙이를 튕겨낸 정희원이 울컥 피를 토했다.

그 뒤를 이현성이 따랐다.

쿠드드드드.

외신이 된 김독자가 후폭풍 속에서 성좌들을 상대하고 있었다. 그런 김독자를 동료들이 스파크 속에 넝마가 되어가며 지키고 있었다.

한수영은 그들을 보았다.

이렇게나 많은 사람들이 있다.

모두, 너를 지키고자 하는 사람들이다.

[설화, '예상표절'이 이야기를 시작합니다!]

[설화, '별의 구원자'가 '구원의 마왕'을 찾습니다.]

[설화, '벌레의 왕'이 '구원의 마왕'을 찾습니다.]

[설화, '멸망의 심판자'가 '구원의 마왕'을 찾습니다.]

그 모든 설화가 김독자에게 감응하고 있었다. 자신이 아는 김독자를 부르짖고 있었다.

[설화, '예상표절'이 이야기를 계속합니다!]

이해하지 못해서 함께하지 못하는 것이라면, 그래서 지켜줄 수 없는 것이라면.

[다수의 성좌가 <김독자 컴퍼니>의 비극에 탄식합니다.]

[일부 성좌가 관리국의 농간에 항의하며……!]

한수영의 입가에 피가 맺혔다. 과열된 머리에 현기증이 일고 의식이 가물거렸다.

누군가가 그녀의 어깨를 짚은 것은 그때였다.

곱슬거리는 금발이 눈앞을 지나친다 싶더니, 뭔가가 일행들을 보호하고 있었다. 마치 투명한 벽이 그들을 감싸고 있는 것 같았다.

['불가능한 소통의 벽'이 <김독자 컴퍼니>를 보호합니다!]

벽을 각성한 장하영이 한수영을 부축하며 김독자를 향해 걸음을 옮겼다.

"여기, 나보다 구원의 마왕 좋아한 사람 있어?"

장하영의 저변으로 스파크가 튀어 올랐다. 뿔뿔이 흩어진 문장들. 일행들의 설화가 그녀를 중심으로 떠돌기 시작했다.

「독자 씨, 이제 잃어버린 물건 이야긴 안 하겠습니다. 지겨우신 것 같아서…….」

「형, 나 여기에 있어요. 하고 싶은 얘기가 있어요.」

「걱정 마요, 아저씨 두고는 아무 데도 안 갈 거니까.」

〈김독자 컴퍼니〉가 쌓아온 설화들이, 하나의 테마로 엮이고 있었다.

['최후의 벽'의 조각 일부가 세계에 모습을 드러냈습니다!]

[대도깨비들이 경악합니다!]

['불가능한 소통의 벽'이 자신의 조각을 끼웁니다.]

불가해한 괴물처럼 보이던 외신왕 김독자의 일부가 한순간 흰빛으로 물들었다.

무엇이든 쓸 수 있을 것 같은 하얀 벽면.

장하영이 부축한 한수영을 바라보았고, 한수영은 장하영에게 의지한 채 김독자를 향해 손을 뻗었다. 그러자 벽의 감촉이 느껴졌다. 차갑고 무뚝뚝한 벽.

[성운, <김독자 컴퍼니>의 첫 번째 '테마'가 공개됩니다!]

벽은 그 너머에 누군가가 존재한다는 것을 알리기 위해서 그곳에 있었다. 이 세상에는 벽이 필요한 사람이 있다는 것을 알려주기 위해서.

서로가 다치지 않고서도 이야기할 수 있다는 걸 알려주기 위해서.

한수영은 불가능한 소통의 벽 위에 자신의 첫 문장을 썼다.

「멍청아.」

자신이 썼다고는 믿을 수 없을 만큼 멍청한 한마디였다. 하지만 한수영에게는 다음 문장을 쓸 기력이 남아 있지 않았다.

벽이 흔들린 것은 그때였다.

가벼운 노크 소리와 함께, 그녀가 쓰지 않은 다음 문장이 벽 위에 떠올랐다.

「■■■…… 한수영.」

김독자다. 이건 분명 김독자의 문장이다. 목소리가 들리지 않아도 알 수 있다.

한수영은 다급하게 다음 문장을 썼다.

「뭐야, 멀쩡하네.」

작가라고 자신의 문장을 모두 통제하지는 못한다. 그리고 한수영은 이렇게밖에 쓸 수 없는 사람이었다.

하지만 김독자는 읽어낼 것이다. 김독자는 그녀가 아는 최고의 독자니까.

툭.

가볍게 부딪치는 노크 소리가 김독자의 웃음소리처럼 들렸다. 곳곳에서 부딪치는 병장기 소리에 귀가 아팠다. 일행들이 분투하고 있다. 여유를 부리고 있을 새는 없었다.

「처음부터 이렇게 될 줄 알고 있었지?」

「……■■■■■」

벽에 적힌 문장은 제대로 보이지 않았다.

아까의 소통이 그저 희박한 확률의 우연이었던 것처럼.

「야! 알아볼 수 있게 적어!」

장하영의 도움이 있음에도, 김독자의 메시지는 여전히 보이지 않았다.

['불가능한 소통의 벽'이 자신의 힘을 개방합니다!]

츠츠츠츠츳!

너무 많은 문장이 맥락 없이 벽 위를 떠돌고 있었다. 모두 자신과 일행들이 김독자에게 한 말이었다. 어떤 문장은 또렷하게 보였고, 어떤 문장은 제대로 보이지 않았다.

"수영아."

"알아."

한수영은 장하영의 말을 들으며 다시 한번 손을 벽에 가져다댔다. 떠도는 문장들을 조합해 어떻게든 김독자의 메시지를 찾아내기 위해 애썼다.

[설화, '예상표절'이 이야기를 시작합니다!]

[대상은 당신이 이해할 수 없는 존재입니다!]

활자와 활자를 잇는 것은 맥락이다. 맥락 없는 바다에 펼쳐진 활자들은 마치 처음부터 읽지 못하게 만들어진 책 같았다.

「**"퇴근하겠습니다."**」

「**"등산 가면 보조 배터리 주신다고요?"**」

한수영이 할 수 있는 일은 그 맥락 없는 문장들을 어떻게든 연결해 보는 것이 전부였다. 말이 안 되는 문장에 맥락을 부여해 의미를 만든다. 전개가 아닌 것을 전개처럼 보이게 배치한다. 하지만 역부족이었다. 아무리 이어도 언제나 의미가 빈 부분이 있었다.

"김독자! 말해! 계획이 뭐냐고! 지금부터 우리가 어떻게 해주길 바라는 건데!"

답장은 돌아오지 않았다. 포효하는 외신왕이 성좌들과 전투를 벌이고 있었다. 피를 흘리는 일행들이 후폭풍 속에서 쓰러져갔다.

한수영은 이를 악물었다. 김독자가 말해주지 않는다면 그것으로도 좋다. 중요한 것은 김독자의 의도를 읽는 것이다. 일행들에게 계획을 전하지 않은 채 움직인 의도. 외신왕을 택한 김독자의 생각을 알아내는 것이다.

그러자 하나둘, 단어가 모이기 시작했다.

「만약 멸살법이 유료였으면 나는 지금까지 얼마를 쓴 거지?」

「통장에 2000만 원 있으면 어떤 기분일까.」

「방이 두 개면 나머지 방에는 보통 뭘 넣는 거지?」

"넌 바깥에서 만났으면 절대 친구 안 했어."

메모처럼 내던져진 단어들. 한수영은 단어와 문장을 모았다.

훌륭한 작가는 먼저 훌륭한 독자여야 한다.

한수영은 그런 것을 읽는 법을 알고 있었다.

「돈은 대체 어떻게 버는 거지.」

때로는 자신이 읽어낼 수 없는 문장이 있다는 사실을 받아들이고 그저 페이지를 넘기는 수밖에 없다. 그래서 언젠가 다시 그 페이지로 돌아왔을 때 그 문장을 다시 읽을 수 있도록.

[대상은 당신이 이해할 수 없는 존재입니다!]

페이지를 넘기고 또 넘겨서, 다음 장을 넘기고 또 넘겨서, 그 이해 불가능한 문장에 대한 단서를 필사적으로 그러모으는 수밖에 없다.

「내 인생에는 돈 벌 개연성이 없나?」

ㅊㅊㅊㅊㅊ.

멀리서 정희원이 무릎 꿇는 것이 보였다. 달려온 이설화가 그녀를 부축했고, 유상아와 이현성이 정희원을 향해 날아드는 병장기를 막아냈다.

[관리국의 개연성이 당신의 시나리오 개입을 억제하고 있습니다!]

김독자 말이 맞다. 모든 게 다 개연성 때문이다.

김독자가 가난했던 것도, 그들이 이런 꼴이 된 것도.

[관리국의 개연성이 당신의 몸을 구속합니다!]

이 세계에서 개연성은 곧 힘이다. 더 그럴듯한 개연성을 가진 쪽으로 시나리오는 흘러간다.

[당신의 성운은 지나치게 많은 개연성을 위반했습니다.]

한수영도 알고 있었다. 이 후폭풍은, 그동안 운 좋게 넘겨온 위기들의 대가였다. 이렇게나 많은 일행이 있음에도, 아무도 잃지 않고 마지막 시나리오까지 왔다.

반면 이곳까지 온 다른 화신들은 그들보다 많은 것을 희생해야 했다.

「어째서 저들만…….」

「이건 불공평해.」

「우리가 얼마나 힘들게 여기까지 왔는데.」

〈김독자 컴퍼니〉는 지나치게 많은 개연성을 어겨왔다. 희생이 필요한 모든 곳에 희생하지 않았다. 정확히는 오직 한 사람만이 반복해서 희생해왔다.

"김독자."

그는 몇 번이나 죽었고, 다시 살아났다. 죽었어야 할 존재를 살리기도 했다. 부활 특성을 이용해서, 혹은 명계를 방문하면서. 미래를 바꾸면서.

「그래서 김독자는 '이야기의 적'이 될 수밖에 없었다.」

〈김독자 컴퍼니〉가 쌓아온 거대 설화에는 개연성이 부족했기 때문에.

한수영이 벽을 긁듯 문장을 그러쥐었다.

새로운 문장이 떠오른 것은 그때였다.

「"당분간 성운 금고는 네가 맡아."」

그것은 얼마 전 한수영과 김독자가 나눈 대화였다.

「"뭐야, 다 써버려도 난 모른다?"」

시스템을 통해 위임받은 금고 관리 권한.

짠돌이 김독자가 웬일인가 싶었다. 그때는 돈 관리가 귀찮으니 떠넘기는 것으로 생각했다.

[성운의 잔고를 확인하시겠습니까?]

하지만 김독자가 정말 그런 이유로 누군가에게 '금고'를 넘길까.

한수영은 홀린 듯 금고를 열었다.

「"많이도 모았네. 쪼잔한 자식. 이렇게 아껴서 뭐 하려고?"」

「"다 쓸 곳이 있어."」

금고 속에 쌓인 막대한 코인. 세상의 모든 별이 탐낼 금은보화가 그곳에 있었다. 이 세계의 가장 기본적인 후원 단위이자, 시나리오를 움직이는 동력.

「이 세계에서 가장 강력한 설화 중 하나는 '코인'이다.」

하지만 코인으로 화신체를 강화하는 것에는 한계가 있었다. 그렇다고 '도깨비 보따리'를 통해 살 만한 게 남아 있는 것도 아니었다.

항상 궁금했다. 그럼에도 녀석이 악착같이 코인을 모은 이유가.

[코인을 '거대 설화'의 성장에 사용하시겠습니까?]

그리고 이제야 한수영은 그 이유를 알게 되었다.

"사용한다."

[성운에 비축되어 있던 143,245,199코인을 개연성으로 지불합니다!]

그녀의 선언이 떨어지자마자, 살코기를 탐하는 맹수처럼 주변 설화들이 달려들었다. 황홀한 금빛이 일대를 뒤덮기 시작했다.

[거대 설화, '마계의 봄'이 코인의 설화를 탐식합니다!]

[거대 설화, '신화를 삼킨 성화'가 몸집을 불립니다!]

[거대 설화, '빛과 어둠의 계절'의 대비가 더욱 뚜렷해집니다!]

자본을 먹은 거대 설화는 더 강력한 힘을 가진다.

설화의 세부를 더욱더 충실하고 강력하게, 화려하게 구현한다.

쿠구구구구구구구.

거대 설화의 저력이 관리국의 개연성에 저항하기 시작하자, 대도깨비들과 성좌들도 당황한 모습이었다.

정희원의 검이 조금씩 가벼워지고 있었고, 이현성의 방패가 더욱 단단해지고 있었다. 신유승과 이길영이 소환한 괴수종과 충왕종이 몰려오며 후미의 성좌들을 물어뜯었다.

"발사!"

이지혜의 전함이 발포를 시작하자 달려들던 전방의 화신들이 흔적도 없이 사라졌다. 하지만 승산이 보이던 것도 잠시뿐이었다.

[관리국의 개연성이 제재 수위를 높입니다!]

과도한 개연성의 사용에 천공에 새카만 균열이 번지기 시작했다. 시나리오 무대 전체가 흔들리고 있었다.

몇몇 대도깨비의 입에서 설화가 흘러내렸다. 이번 전투는 그들에게도 생사를 건 사투였다. 자신들이 원하는 결말을 만들기 위해, 도깨비들은 이 시나리오에 직접 뛰어들어 이야기의 일부가 되었다.

"흑염룡!"

거친 [흑염]이 한수영의 주변을 감쌌다. 날아드는 공격을 걷어내며, 전방을 향해 [흑염]을 쏘아 올렸다. 바로 곁에서는 장하영이 무림의 스킬로 한수영의 등을 지키고 있었다.

한수영은 생각했다.

왜 김독자는 이 역할을 자신에게 맡겼을까.

얼마든지 자신보다 잘 어울리는 사람이 있었다. 예를 들면 어떤 이야기의 주인공.

그런데 김독자는 자신에게 이 역할을 맡겼다.

스스스스스……

장하영의 벽이 다시 흩어지고 있었다. 힘을 모두 소진하여 되돌아가는 벽. 관리국의 제재에 숨을 쉬기가 버거웠다. 잠깐 닿은 듯하던 김독자는 다시 멀어져갔다. 이야기의 흐름은 대도깨비들에게 다시 넘어가고 있었다.

한수영이 소리를 내질렀다.

[당신의 ■■은 '끝나지 않는 이야기'입니다.]

누구도 잃지 않는 이야기.

모든 시나리오의 끝에서, 커다란 집에 모두 함께 모여 사는 이야기.

그 소박한 꿈을 위해 일행들은 싸웠다.

하지만 개연성이 부족해서 그 꿈은 이루어질 수 없다.

[성좌, '심연의 흑염룡'이 자신의 화신을 바라봅니다.]

그 순간 한수영의 머릿속에 빛이 번쩍였다.

부족한 개연성.

「김독자가, 자신도 유중혁도 아닌 한수영에게 이 역할을 맡긴 이유.」

[성좌, '해상전신'이 화신 '한수영'을 바라봅니다.]

투두둑…… 자상을 입은 어깨에서 피가 흘러내렸다. 한수영은 어깨를 붕대로 대충 감은 채 하늘을 올려다보았다.

내리치는 스파크 너머로 드리워진 아득한 〈스타 스트림〉의 별들. 그 어느 때보다도 많은 성좌들이 이 세계의 마지막을 지켜보고 있었다.

[다수의 성좌가 시나리오의 진행에 불만을 갖고 있습니다!]

[상당수의 성좌가 관리국과 신화급 성좌들의 횡포를 비난합니다!]

한수영은 비릿하게 웃었다.

"그래, 너흰 성좌들이니까……."

김독자는 알고 있었을 것이다. 왜냐하면 그 녀석도 성좌니까. 어떻게 해야 시나리오가 더 재미있어지는지, 어떻게 해야 더 긴장감이 생기는지 누구보다 잘 아는 독자니까.

「그래서 김독자는 일행들에게 말하지 않았던 것이다.」

한수영은 손을 꾹 쥐었다. 모든 코인을 사용했기에 빈손이었다.

하지만 김독자가 그녀에게 남긴 것은 코인이 아니었다.

"첫 번째 시나리오가 시작될 때 너희가 말했지. 우리보고 공짜로 살아왔다고. 그러니 앞으로는 대가를 지불하라고."

김독자가 남긴 것은.

[성좌, '대머리 의병장'이 화신 '한수영'의 말에 집중합니다.]

[성좌, '외눈 미륵'이 화신 '한수영'의 말에 집중합니다.]

그들이 살아온 삶 전체였다.

"그 말, 너희에게 돌려줄게."

한수영의 신호와 함께, 기다렸다는 듯 비유가 채널을 차단했다.

성좌들의 채널이 암전되었다.

[채널 BY-9158의 모든 송신화면이 차단됩니다.]

[성좌, '천제의 풍신'이 갑작스러운 암전에 당황합니다!]

[성좌, '조선제일술사'가 다음 장면을 보고 싶어합니다!]

세계가 암흑에 빠지자, 다른 시나리오 지역에서 채널을 보던 성좌들이 당황하는 목소리가 들렸다.

〈김독자 컴퍼니〉 채널의 구독좌는 모두 비유의 채널을 경유해야만 한다. 다른 채널에 소속되어 있던 구독좌들도, 이 순간만큼은 비유의 채널을 통해서만 세계를 볼 수 있는 것이다.

"우리 이야기는 이제 유료야."

유료화 선언과 함께 채널에는 깊은 침묵이 내려앉았다.

캄캄한 암전 속에서 들려오는 것은 한수영의 가쁜 숨소리뿐이었다.

"이 비극을 계속 보고 싶으면—"

지금 〈김독자 컴퍼니〉에게 부족한 것은 '개연성'이었다.

개연성. 이야기의 자연스럽고 그럴듯한 흐름.

오직 수많은 성좌들의 시선과 그들이 후원한 코인으로만 바꿀 수 있는 법칙.

"너희도 대가를 지불해."

이제야 그녀는 김독자의 모든 계획을 이해했다. 이해했기에 그렇게 말할 수 있었다. 일행들을 살리기 위해 그가 살아온 비극 전체를 파는 것. 언젠가 그의 어머니가 그랬듯이.

김독자는 〈김독자 컴퍼니〉가 만든 비극을 팔아, 이 시나리오를 바꾸고 싶었던 것이다.

[절대다수의 성좌가 크게 동요합니다!]

한수영의 선언에 성좌들은 망설였다. 한수영은 언젠가 처음으로 자신의 소설이 유료화됐던 기억을 떠올렸다.

「작가님, 내일부터입니다.」

그날도 지금과 같은 기분이었다. 앞으로의 미래를 전혀 알 수 없는 기분.

내 글을 얼마나 많은 사람이 읽어줄까.

이 이야기를 팔아서 내가 얼마나 살아갈 수 있을까.

'빌어먹을 김독자. 나한테 이런 역할을 맡겼다 이거지.'

지금 그녀가 팔아야 하는 것은 소설이 아니었다.

[거대 설화, '마계의 봄'이 다음 이야기를 하고 싶어합니다!]

[거대 설화, '신화를 삼킨 성화'가 다음 이야기를 하고 싶어합니다!]

[거대 설화, '빛과 어둠의 계절'이 다음 이야기를 하고 싶어합니다!]

[거대 설화, '잊혀진 것들의 해방자'가 다음 이야기를 하고 싶어합니다!]

〈김독자 컴퍼니〉의 피와 눈물로 쓰인 문장들.

그녀가 팔아야 하는 것은 그들의 삶이었다. 함부로 고칠 수도, 농담처럼 이야기할 수도 없는 설화들.

그럼에도 한수영은 그 설화를 성좌들 앞에 내놓았다.

비유가 허공에서 우려 섞인 눈으로 그녀를 내려다보고 있었다. 한수영은 안심하라는 듯 씩 웃었다.

"아무도 없어? 아쉽네. 이제 엄청 재밌어지려는 참인데."

이것은 오직 그녀만 할 수 있는 일이었다. 〈김독자 컴퍼니〉에서 악역을 담당해야 하는 한수영만이 팔 수 있는 이야기.

그녀에게 동조하듯 외신왕의 움직임이 둔해지고 있었다. 어쩌면 슬퍼하고 있는지도 모른다.

[우습군. 너희 이야기 따위를 누가 궁금해한다는 거지?]

침묵을 깬 것은 신화급 성좌 포세이돈이었다. 멀리 다른 신화급 성좌들의 모습도 보였다. 모두 한수영을 비웃고 있었다.

[너희 '설화'에 그만한 가치가 있다고 생각하는 건가?]

대도깨비들도 마찬가지였다. 최후를 앞둔 한수영의 선택을 실책이라 생각하는 눈치였다.

츠츠츠츠츳!

성좌들이 빠져나가자 채널 규모는 줄어들었다. 기회를 틈타 난립하는 채널들도 있었다. 〈김독자 컴퍼니〉를 적대시하는 도깨비들이 만든 채널들.

[끝내라.]

뒤쪽에서 제자리를 지키던 성좌들이 움직였다. 신화급, 또는 그에 거의 준하는 최상위 격 성좌들이었다.

[성좌, '우주의 순환을 책임지는 자'가 시나리오의 전장을 관망합니다!]

[성좌, '연기 나는 거울'이 시나리오의 전장에 현현합니다!]

[성좌, '천둥과 전쟁의 주인'이 시나리오의 전장에 현현합니다!]

인도 신화의 브라흐마.

아즈텍 신화의 테스카틀리포카.

슬라브 신화의 페룬까지.

줄곧 하위 시나리오에는 모습을 드러내지 않던, 다른 거대 성운의 성좌들. 그들을 움직이는 것 또한 '설화'였다. 거대 설화들의 준동이 시작되자 전장을 압박하는 흐름이 더욱 거세졌다.

갸아아아아— 퍼거걱!

김독자를 향해 다가오는 성좌들을 필사적으로 막아내던 '이름 없는 것들'이 무차별적으로 터져나가고 있었다.

신화급 성좌들은 각 성운의 '거대 설화'에 큰 지분을 가진 존재들. 그들이 개연성을 움직이자 전황은 순식간에 성좌들 쪽으로 기울었다.

한수영은 다가오는 별들의 파도를 바라보며 중얼거렸다.

"너희가 보지 않는 곳에서도 우린 어떻게든 살아가겠지."

화면은 꺼졌지만 여전히 음성은 남아 있었다. 그러니 지금 그녀의 목소리는 채널의 모든 성좌에게 들리고 있을 것이다.

「한수영도 알고 있었다. 모든 성좌가 그들을 좋아하는 것은 아니었다.」

〈김독자 컴퍼니〉에게는 적이 많았다. 누군가는 그들의 설화를 응원했지만, 누군가는 그들을 질투하거나 심지어는 증오했다. 근본을 찾을 수 없는 악의도 있었다.

하지만 그 모든 희로애락에는 공통점이 있었다.

그들이 어떤 설화를 오래도록 보아온 자들이라는 것.

「아주 오랜 시간을 함께한 이야기는, 이윽고 그의 일부가 된다.」

마치 멸살법과 김독자처럼.

"하지만 너희가 눈을 감는 순간, 너희가 보아온 이야기는 거기서 끝나."

청자를 정하지 않은 말. 그렇기에 실은 모두를 향한 선언이었다.

이윽고 이계의 신격들의 앞 열을 전멸시킨 성좌들이 밀려들었다. 〈김독자 컴퍼니〉의 일행들이 그들을 막아섰다.

콰아아아아아.

포세이돈의 파도 위로 제우스의 전격이 더해진 격의 세례가 밀려오고 있었다. 전기구이처럼 타버린 이계의 신격들이 죽어갔다. 아무리 〈김독자 컴퍼니〉라도 지금 같은 몸 상태로는 저 파도를 받아낼 수 없었다.

그럼에도 한수영은 동료들을 믿었다.

"난 죽어도 연재 중단은 안 해."

한수영이 온 힘을 다해 [흑염]을 쏘았다. 개연성의 억제력 탓에 파괴력이 평소의 사분의 일도 되지 않았다.

이윽고 코앞까지 밀려온 포세이돈의 파도가 그들을 덮치는 순간.

「아주 잠깐 세상이 멈추는 듯한 느낌이 들었다.」

미세한 붓으로 그림이 덧칠되듯이, 이 세계를 이루는 근본적인 뭔가가 바뀌었다. 다음 순간, 정지했던 세계가 다시 움직이기 시작했다. 그리고

[마지막 시나리오에 치명적인 문제가 발생했습니다!]

포세이돈의 파도와 제우스의 전격이 그녀와 〈김독자 컴퍼니〉를 덮쳤다.

콰드드드드드.

정확히는 그들의 정면을 막은 보호막을 덮쳤다. 탄탄하고 광활한 강철의 벽. 이현성의 설화였다. 〈오즈〉에서 행성 전체를 감쌌던 그의 설화가 일행들을 지키고 있었다.

여전히 이현성은 관리국에서 건 제약을 받는다. 그런데 어떻게.

"수영 씨."

이현성의 전신에 가공할 스파크가 흐르고 있었다.

이현성만이 아니었다. 관리국의 제재로 녹초가 되어가던 〈김독자 컴퍼니〉의 모두에게서 새파란 스파크가 튀었다. 옥죄던 근육이 자유로워지고, 구속된 마력이 해방되고 있었다.

[채널 내 후원 지급 오류가 정상화됐습니다.]

메시지가 들려온 것은 다음 순간이었다.

[밀려 있던 후원금이 일시 지급됩니다!]

허공에서 작게 우는 비유의 모습이 보였다.
동시에 어마어마한 양의 간접 메시지가 한수영의 귓전을 때렸다.

[성좌, '악마 같은 불의 심판자'가 자신이 가진 코인의 절반을 기쁘게 후원합니다!]

거의 신화급에 다다른 성좌가 모은 코인의 절반이란 대체 어느 정도일까. 한수영은 그 액수를 짐작할 수 없었다.

[성좌, '심연의 흑염룡'이 투덜거리며 막대한 코인을 지불합니다!]
[성좌, '가장 오래된 해방자'가…….]

수많은 별들이 빛나고 있었다.
성운의 금고에 빠른 속도로 잔고가 쌓여갔다.

[성운 금고 총액: 83,112,540C]
[성운 금고 총액: 162,423,800C]

(…)

[성운 금고 총액: 1,041,512,080C]

코인의 총액은 1억을, 다시 10억을 돌파했다.

이제 한수영이 해야 할 일은 정해져 있었다. 그 후원액을 모조리 개연성에 지불하는 것.

"모두 조금만 버텨!"

[성좌, '양산형 제작자'가 빙긋 웃습니다.]

[성좌, '양산형 제작자'가 후원 상한을 초월한 양의 코인을 후원했습니다!]

파인애플 티셔츠를 입은 영감.

언젠가 한수영은 '페라르기니' 광고를 찍으러 갔을 때 그와 잠깐 이야기를 나눈 적이 있었다.

「정말 이런 광고로 차가 팔릴 거라 생각해?」

한수영의 말에, 양산형 제작자는 기묘한 대답을 남겼다.

「팔려고 광고하는 것이 아니라, 팔릴 물건을 광고하는 거라네.」

이제 한수영은 그 말의 의미를 조금은 알 것 같았다.

[성좌, '조선제일술사'가 5,000코인을 후원합니다!]

[성좌, '미염공 장목후'가 5,100코인을 후원합니다!]

[성좌, '부유한 밤의 아버지'가 자신의 모든 비자금을 후원합니다!]

[성좌, '가장 어두운 봄의 여왕'이 <명계> 잔고의 절반을 후원합니다!]

[성좌, '지고한 빛의 신'이 2,100,000코인을 후원합니다!]

[성좌, '물병자리에 핀 백합'이 1,500,000코인을 후원합니다!]

익히 수식언을 알고 있던 성좌들.

[성좌, '절름발이 사기꾼'이 15,000코인을 후원합니다.]

[성좌, '잡배의 군주'가 450,000코인을 후원합니다.]

[성좌, '달걀을 세우는 모험가'가 18,000코인을 후원합니다!]

[성좌, '이천일류의 달인'이 4,000코인을 후원합니다!]

[북두성군의 모든 별이 300,000코인을 후원합니다!]

[작은 행성의 작은 성좌가 300코인을 후원합니다!]

알고 있었지만 기대하지 않던 성좌들.

[수식언을 밝히지 않은 다수의 성좌가 성운, <김독자 컴퍼니>의 개연성에 힘을 보탭니다!]

그리고 그들이 모르던 성좌들까지. 〈김독자 컴퍼니〉의 설화를 함께 한 모든 성좌가 그들의 이야기를 후원하고 있었다.

꺼져 있던 채널에 빛이 돌아오고, 중계가 시작되었다.

[채널, BY-9158의 중계가 재개됩니다!]

다시 이야기가 시작되고 있었다.

모든 코인 속에 성좌들의 의지가 담겨 있었다.

「이 설화의 끝을 보고 싶다는 마음.」

한수영 역시 그 마음을 이해했다.

하지만 이해 못 하는 자들도 있었다.

[대체 무슨 짓들을 하시는 겁니까. 설마 저 화신들을 동정하는 겁니까? 다른 누구도 아닌 '이야기의 적'들을? 다들 정신 차리십시오! 당신들이 누구인지 잊었습니까? 성좌들이여, 더러운 이야기에 눈을 빼앗기지 마십시오!]

터져나오는 대도깨비의 고함. 그러자 누군가가 답했다.

[성좌, '악마 같은 불의 심판자'가 자신은 그 어느 때보다 정신을 차리고 있다고 말합니다.]

ㅊㅊㅊㅊㅊㅊㅊ!

가공할 개연성의 폭풍이 밀려나고, 포세이돈의 파도가 가라앉았다.

한수영은 천천히 눈을 감았다. 바람이 흐르고 있었다.

[<스타 스트림>의 의지가 새로운 개연성의 흐름을 받아들입니다.]

뭔가가 변하고 있었다.

[<스타 스트림>이 시나리오의 규칙 변경을 고려합니다.]

그녀와 일행들을 짓누르던 관리국의 모든 개연성이 사라지고 있었다. 불균형하게 맞춰져 있던 시나리오의 균형이 평형을 되찾고 있었다.

[당신은 여전히 '이야기의 적'을 이해할 수 없습니다.]

여전히 그녀에게 김독자는 어렵다.

['이야기의 적'은 당신에게 이해받기를 원합니다.]

하지만 아무것도 바뀌지 않은 것은 아니었다.

[시나리오의 규칙이 변경됩니다.]

[지금부터 모든 성좌는 최종 시나리오에서 자신의 진영을 선택할 수 있습니다!]

한수영은 천천히 주변을 둘러보았다.

마치 세계의 껍질이 한 꺼풀 벗겨지듯, 주변 정경이 변하고 있었다.

【■■■■■■…… 가! 싸워! 여기가 우리의 전장이다!】

말을 탄 사내 하나가 한수영의 곁을 지나쳤다.

분명 조금 전까지 이계의 신격이었던 것. '이름 없는 것들'이었던 존재였다. 촉수와 끈적한 진액으로 뒤덮여 있던, 그저 보는 것만으로도 공포를 불러일으키던 미지의 괴물들.

【이길 수 있어! 끝까지 포기하지 마!】

그들의 모습이 바뀌고 있었다. 누군가는 사람으로, 누군가는 난쟁이로. 각기 다른 종족이지만 그들은 더 이상 이형의 존재가 아니었다.

【범각! 움직여! 이곳이 우리가 꿈꾸던 마지막 시나리오다!】

【마르크!】

'이름 없는 것들'이던 모두가, 그곳에서는 이름이 있었다.

[당신은 '이야기의 적'의 편이 됐습니다.]

황혼이 내리는 전장에서, 성좌들을 향해 달려가는 존재들. 그들이 대열을 이루며 성좌들을 향해 돌격하고 있었다.

【저도 같이 가겠습니다!】

그중에는 이현성을 닮은 사내도 있었고, 신유승을 닮은 아이도 보였다. 정희원이나 이길영, 이지혜를 닮은 이도 있었다.

【제법이네, 이번 세계선에선 여기까지 왔다 이거지.】

얼핏, 한수영 자신을 닮은 소녀도 보였다.

그들 모두가 '이야기의 적'의 편에서 싸우고 있었다.

한수영은 멍한 눈으로 그들의 뒷모습을 좇았다.

「버려진 모든 세계선이 모여들고 있었다.」

그녀가 문장으로는 표현할 수 없던 세계. 오직, 독자의 눈으로만 상상할 수 있기에 [예상표절]로도 읽지 못했던 세계.

「이것이 김독자가 꿈꾸던 세계였다.」

한수영은 천천히 등을 돌렸다.

조금 전까지 외신왕이 있었던 장소. 너무나 커서 제대로 보이지도 않던, 뿌리 깊은 불가해가 드리워져 있던 그 벽 위에 한 사내가 서 있었다.

「"한수영, 엑스트라가 주목받으려면 어떻게 해야 돼?"」

찢어진 검은색 코트 사이로 연약하게 드러난 흰색 코트.

「"엑스트라는 주목을 못 받으니까 엑스트라지."」

한수영은 비틀거리듯 그쪽을 향해 다가갔다.

「"딱히 뭐 방법이 없어. 보통은 희생하면서 주목을 끌거나, 아니면……."」

걷고 또 걸어서 마침내 사내의 앞에 도착했다.

「"그들에게도 이야기를 줘야지."」

사내는 가만히 서서 그녀를 기다리고 있었다.

한수영은 그런 김독자 앞에 우뚝 섰다. 그녀답지 않게 눈물이 날 것 같기도 했다. 시야가 흐려져서 얼굴이 똑바로 보이지 않았다.

"고생했어."

그곳에 김독자가 있었다.

OMNISCIENT READER'S VIEWPOINT

끝의 시작

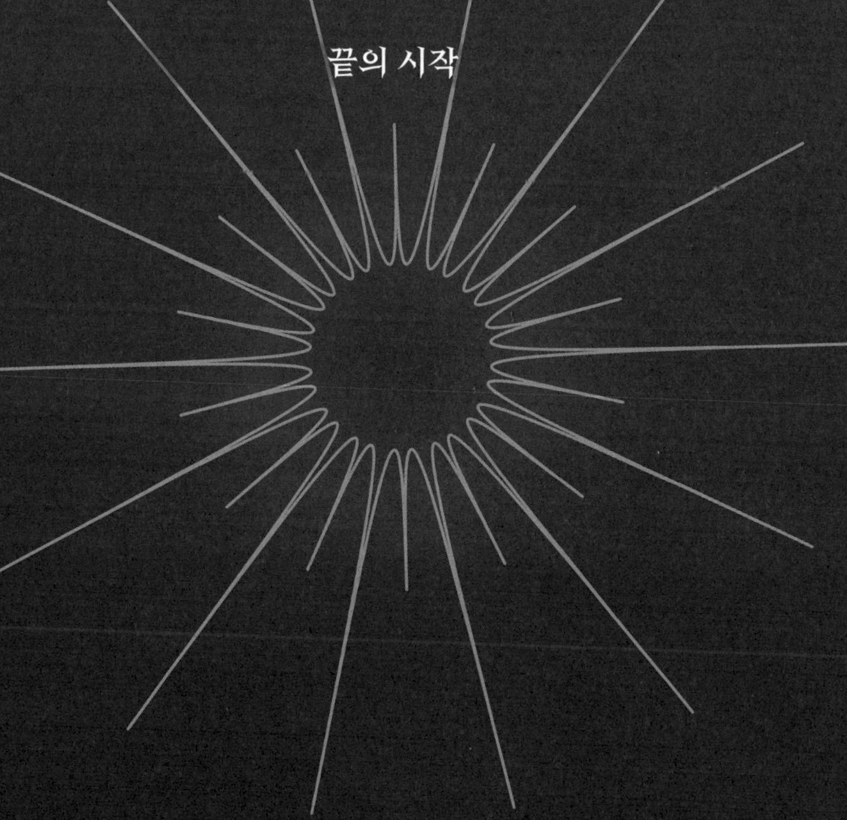

Episode 94

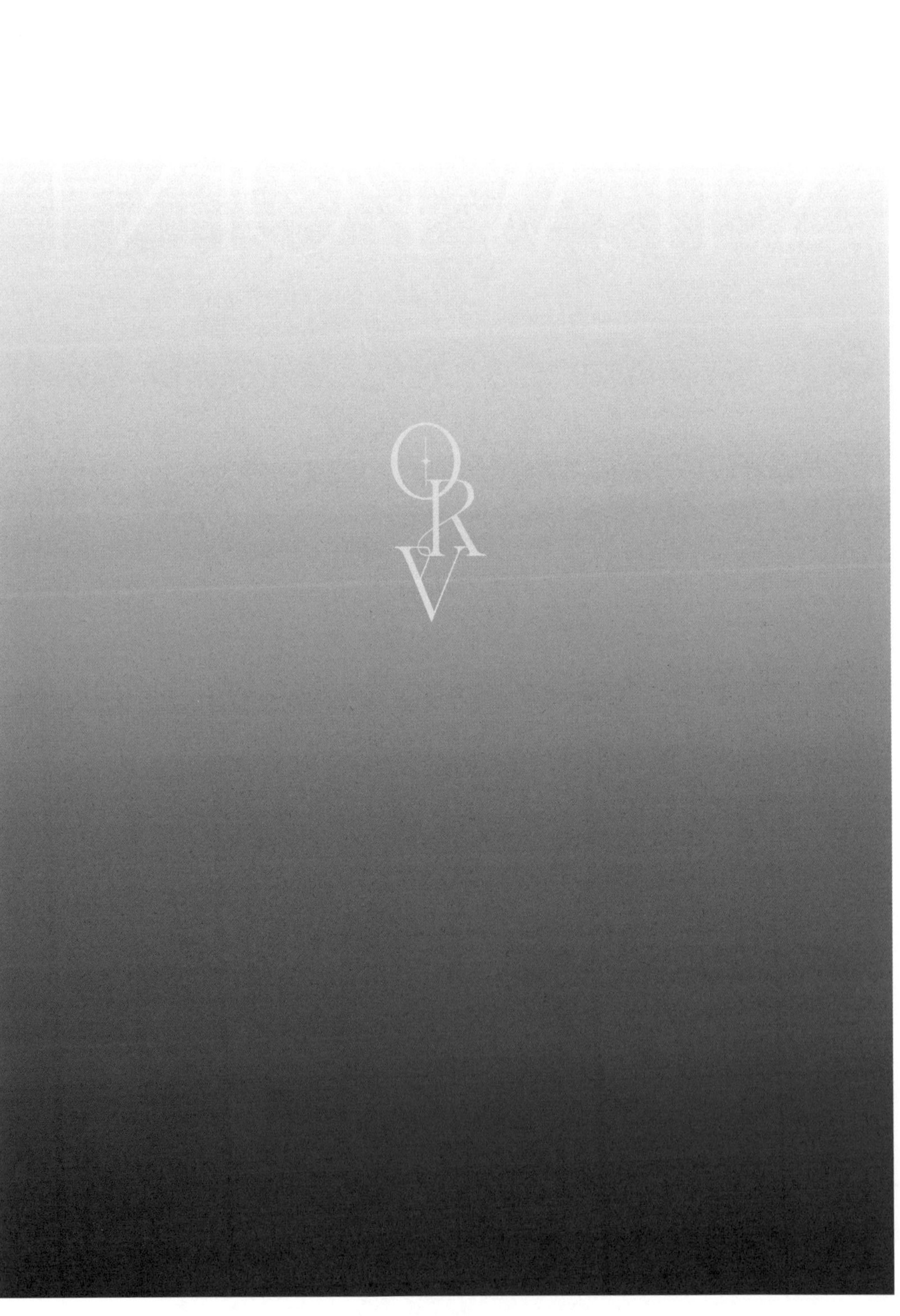

I

저렇듯 뻔뻔하게 웃는 낯짝이라니. 독한 말을 쏟아붓고 싶었다. 또다시 이런 짓을 벌이면 죽여버리겠다고 말하고 싶었다. 언제나 그랬듯이 그렇게 하려고 했는데.

"한수영."

그럴 수가 없었다.

고개를 떨구니 김독자의 발목이 보였다. '양산형 제작자'가 만들어준 전투용 정장이 넝마가 되어 있었다. 외신왕이 되어 성좌들과 싸운 김독자의 전신은 당장 쓰러져도 이상하지 않을 정도로 상처투성이였다.

"괜찮아?"

이 와중에도 자신을 걱정하는 김독자를 보며, 한수영은 이 감정을 어떻게 해소해야 할지 알 수 없었다.

[성좌, '부유한 밤의 아버지'가 당신을 바라봅니다.]

[성좌, '가장 어두운 봄의 여왕'이 당신의 답에 만족합니다.]

[성좌, '해상전신'이 고개를 끄덕입니다.]

……

하늘에서 빛나는 별들의 시선. 들끓는 간접 메시지를 들으면서도 한수영은 아직 등줄기가 서늘했다. 조금 전까지만 해도 암전되어 있던 채널이 눈앞에 선연했다.

「만약, 조금만 실수했더라도.」

성좌들이 도와주지 않을 수도 있었다. 그녀가 생각한 대로 개연성이 흘러가지 않을 수도 있었다. 일행들이 버티지 못할 수도 있었다.

방금까지 그녀가 떠안고 있던 것은 수정 가능한 초고가 아니었다.

한 발짝이라도 잘못 디디면 지금껏 쌓아온 모든 것이 무너진다는 부담감.

김독자는 언제나 이런 기분 속에서 시나리오를 수행해왔던 것이다.

반쯤 비틀거리는 한수영을 김독자가 부축했다. 한수영은 그 손을 쳐내려다가 대신 한숨을 내쉬며 말했다.

"다시는 나한테 이런 거 시키지 마."

"너만 할 수 있는 일이었어."

그 말을 들으며 한수영은 입술을 꾹 깨물었다.

"넌 독자가 원하는 게 뭔지 잘 알잖아."

「김독자가 원하는 '끝'은 무엇일까.」

모든 세계를 적으로 앞둔 절체절명의 상황에서, 한수영이 생각한 것은 그 질문이었다.

그리고 아마도, 지금 그녀는 질문의 답에 도달한 것이리라.

"이게 네가 생각하던 끝이야?"

"그 끝의 시작이지."

그들을 지나쳐 전장을 달려가는 이들이 있었다. 조금 전까지는 이계의 신격이었지만, 이제는 자기 얼굴과 이름을 갖게 된 존재들.

【모두 밀어붙여!】

【개 같은 성좌 새끼들!】

알 것 같은 얼굴도 있었고, 전혀 모르는 얼굴도 있었다. 김남운을 닮은 이도 있고, 이지혜를 닮은 얼굴도 보였다. 하지만 그들은 김남운도 이지혜도 아니었다. 그들은 그저 끝나버린 이야기의 엑스트라였다.

「그 모든 존재가 이 세계선의 결말을 바꾸기 위해 싸우고 있었다.」

0회차부터 1,863회차까지. 버려진 세계선의 모두가 여기에 모였다.

【가! 모두!】

그들의 진군을 보며 한수영 역시 가슴이 벅차올랐다. 정해진 결말에 항거하기 위해 모인 그들 모두가, 〈김독자 컴퍼니〉의 편이었다.

[성운, <김독자 컴퍼니> 전원이 '이야기의 적'이 됐습니다!]

일행들이 뒤쪽에서 비틀거리며 다가왔다. 그들 또한 마침내 김독자의 세계를 볼 수 있게 된 것이다.

[설화, '예상표절'이 <김독자 컴퍼니> 전원에게 자신의 이해를 공유합니다!]

[설화, '별의 구원자'가 <김독자 컴퍼니> 전원에게 자기 생각을 나눕니다.]

모든 설화가 서로 이야기를 나누고 있었다.

일행들은 어안이 벙벙한 표정으로 주변을 둘러보았다. 이계의 신격들이 뒤집어쓰고 있던 끔찍한 마스크가 흘러내리는 것을 그들 또한 보고 있을 것이다.

한수영은 그런 일행 하나하나를 살피다가 문득 뭔가 깨달았다.

여전히 보이지 않는 한 사람.

"이 자식은 대체 어디 간 거야?"

그러고 보면 이상한 일이었다.

누구보다 성좌에 대한 분노를 불태우는 녀석. 일행 중 가장 치열하게 전투를 벌이던 녀석이, 아까부터 전장에 보이지 않았다.

그러자 김독자가 말했다.

"저기."

"뭐?"

그 말에 한수영은 황급히 주위를 둘러보았다.

콰아아아앙!

전방에서 폭음이 일어나며 짙은 먼지구름이 퍼졌다.

〈아스가르드〉 측 성좌들이 이계의 신격을 짓뭉개고 있었다.

[징그러운 놈들이.]

성좌들이 전장을 가로지를 때마다 수십 개체의 '이름 없는 것들'이 죽었다. 이전이었다면 괴물이 죽어가는 것으로 보였을 광경이, 이제는 구체적인 인간의 죽음으로 보였다.

팔을 잃고, 다리가 잘리고, 내장을 흘리는 '이름 없는 것들'.

상대가 되지 않는 싸움이었다. 김독자의 부름을 받고 달려온 이계의 신격들은 하급 개체가 대다수. 가끔 상급 개체도 있으나, 그들 역시 신화급 성좌들의 집중포화를 받고 이미 쓰러진 상태였다. 지금 전력만으로는 성좌들의 전력을 막아낼 수 없었다.

그런데 이상했다.

「저토록 압도적인 전력 격차에도, 이들은 아직까지 버티고 있었다.」

자세히 보니 이계의 신격들의 최전선에 뭔가가 있었다.

츠츠츠츠츳!

전장을 휩쓰는 검푸른 검격. 검의 궤적이 지나간 자리마다 황금빛 잔상이 남았다.

[크아아아악!]

종전까지 이계의 신격을 짓밟던 성좌 하나의 목이 날아갔다. 이어서 둘, 다시 셋. 핏줄기 대신 솟구치는 설화의 세례를 맞으며, 새카만 신형이 연이어 검을 휘두르고 있었다.

"저거……!"

최전방에서 싸우는 이계의 신격들 중 아주 강력한 개체가 하나 있다는 것은 이미 알고 있었다. 처음에는 '역시 마지막 시나리오니까 강력한 놈이 나오는구나'라고만 생각했다.

날카로운 꼬리를 휘두르며 성좌들을 종잇장처럼 베어버리는 이계의 신격.

그런데 자세히 보니 녀석이 휘두른 것은 꼬리가 아니라 새카만 도검이었다.

[특성, '철혈의 패왕'이 발동합니다!]

성좌의 시체가 산처럼 쌓여 있었다. 그 산의 꼭대기에는 피의 옥좌가 있었다. 옥좌의 주인이 세상의 모든 별들을 오시하고 있었다.

"이 검술…… 당신, 유중혁이군요."

안나 크로프트가 이를 갈며 검강을 발출했다.

안나 크로프트, 전술 싸움에서는 결코 패하지 않는다는 미국 최강의 화신.

"대륙 최강은 나다."

이어서 페이후의 긴 창이 허공을 핏빛 강기로 물들였다.

페이후, 일대일 격투의 달인이자 중국 최강의 화신.

"직접 싸우는 것은 처음이군요. 하지만 제가 이깁니다."

마지막으로 란비르 칸의 수장手掌이 움직였다. 칼리의 손이 움직이듯 현란한 그림자를 남긴 그의 손바닥에서 이내 백여 갈래의 파형이 쏟아졌다.

콰아아아아아아—!

다시 한번 전장에 폭음이 터졌다. 그 폭음 너머에서도 설화들은 끊임없이 이야기했다.

[설화, '생과 사의 동료'가 이야기를 계속합니다.]

[설화, '생과 사의 동료'의 특수 효과로 일부 설화가 공유 중입니다.]

[설화, '영원불멸의 지옥도'가 이야기를 계속합니다.]

도검이 난무하고 배가 갈라진 성좌들과 이계의 신격들이 드러눕는 정경 속에서, 한수영은 호사가들의 오래된 물음을 떠올렸다.

세계 최강의 화신은 누구인가.

[모두 저놈부터 죽여! 저놈만 죽이면 뚫린다!]

이제 한수영은 확실하게 그 답을 말할 수 있었다.

이견의 여지가 없었다.

「세계 최강의 화신은 유중혁이다.」

자존심 따위는 내팽개친 성좌들이 그를 향해 달려들었다. 어깨가 갈라지고 허벅지가 터져도, 유중혁은 조금도 흔들리지 않는 얼굴로 최전방에서 밀려드는 성좌들의 군세를 막고 있었다.

과거의 일부를 기억해낸 유중혁이기에 가능한 싸움이었다.

하지만 이해되지 않는 것도 있었다.

[화신 유중혁은 현재 '이야기의 적'입니다.]

"어떻게 저 자식이 먼저……."

유중혁은 어떻게 한수영이나 다른 일행들보다 먼저 김독자에게 가담할 수 있었을까.

신화급 성좌들의 가세와 함께 유중혁의 전장이 밀려나고 있었다. 유중혁의 모습이 가까워질수록, 녀석의 주변을 둘러싼 혼돈의 탁기도 명확히 보였다. 이계의 신격들에게서 보이는 혼돈의 힘.

「유중혁은 '은밀한 모략가'와 하나가 된 적이 있다.」

그제야 이해가 되었다.

유중혁이 누구보다 빠르게 김독자의 편이 될 수 있던 이유.

한수영이 분통을 터뜨렸다.

"개자식들이, 나한테는 말도 없이—"

「유중혁도 김독자의 의도를 알고 있었다.」

깊은 증오는 때로 깊은 이해와 맞닿는다.

「이 비극은 등장인물이 서로를 속여야만 성립할 수 있었다.」

유중혁은 누구보다 성좌를 증오해왔기에 김독자의 의도를 읽을 수 있었다. 그래서 그는 망설임 없이 행동했던 것이다.

「그래야, 성좌들에게 이것이 '이야기'임을 감출 수 있으니까.」

파츠츠츠츳!

어느새 근처까지 물러선 유중혁이 검을 집어넣으며 입을 열었다.

"더 이상은 버티기 어렵다."

무심한 얼굴로 뒤를 돌아보던 유중혁의 눈이 한수영과 마주쳤다.

유중혁이 먼저 입을 열었다.

"늦었군."

"닥쳐."

세 사람이 나란히 섰다. 유중혁의 흑천마도가 거센 울음을 터뜨렸고, 김독자의 검은 날개가 두 사람을 보호하듯 활짝 펼쳐졌다.

한수영은 [흑염]을 충전한 손을 쥐었다 폈다 하며 말했다.

"왜 이렇게 오랜만인 것 같은지 모르겠네."

그들의 뒤로 일행들이 달려왔다.

"독자 씨! 수영 씨!"

"형아—!"

무릎을 꿇은 이현성이 방패로 일행들을 보호했고, 그 옆에 선 정희원이 적들을 향해 검을 겨눴다. 신유승과 이길영을 태운 키메라 드래곤이 포효했다. 유상아의 연화대가 회전하며 일행들 곁을 감쌌다. 이지혜의 전함이 일행의 창공을 지켰다.

"장전!"

전함 끄트머리에서 함포가 힘을 비축하고 있었다. 전함 위에 요새를 구축한 공필두가, 맡겨두라는 듯 지상으로 포대를 겨누었다.

[성운, <김독자 컴퍼니>의 모든 별자리가 환하게 빛을 발합니다!]

스파크 속에서 푸른 태양처럼 빛나는 비유가 땀을 뻘뻘 흘리며 〈김독자 컴퍼니〉를 향해 쏟아지는 코인을 받고 있었다.

충만하게 빛나는 개연성이 그들을 가호하고 있었다.

말없이 곁을 지키는 일행들을 향해, 김독자가 입을 열었다.

"모두 고맙습니다."

그 한마디에, 일행 모두의 표정이 미미하게 흔들렸다.

정희원은 입술을 꽉 깨물었고, 이현성이 그렁그렁한 눈을 닦았다.

한수영도 느끼고 있었다.

「처음부터 김독자는 희생할 생각 따위는 없었다.」

아마 김독자는 생각하고 또 생각했을 것이다.

이 세계의 결말에서, 모두 행복해질 방법을.

그가 혼자 희생할 때 일행들이 겪을 상처를 알았을 것이고, 모두 함께 싸우는 대가로 그들이 겪을 파멸을 읽었을 것이다.

그랬기에 김독자는 이 시나리오를 택했다.

시나리오를 바꾸는 시나리오. 정해진 결말을 따르지 않는 시나리오. 모두 함께 종막에 도달할 수 있는 시나리오.

한수영은 이 이야기가 여기서 끝나도 좋다고 생각했다.

설화에 깃든 모든 감정이 생생하게 전해졌다. 김독자가 생각하는 것이 무엇인지, 원하는 것이 무엇인지 이제야 알 듯했다. 모든 것의 끝에 다다른 이제야 김독자는 마음을 연 것이다.

「그렇기에 한수영은 이게 끝이어서는 안 된다고 생각했다.」

"그런 이야긴 나중에 하고."

장하영이 입을 열었고.

"다들 마음 놓고 싸워요. 내가 아무도 안 죽게 할 거니까."

이설화가 말을 맺었다.

"온다!"

성좌들의 진군이 다시 시작되고 있었다.

[숫자가 조금 늘었을 뿐이다! 당황하지 마!]
[일개 소수 성운에 불과하다!]

시나리오의 격변 속에서, 어디로 향할지 모르는 이야기가 흐르고 있었다.
다만 한수영은 주먹을 휘둘렀다.
권장에서 뻗어나간 [흑염]이 화신들의 정수리를 꿰뚫었다. 유중혁의 [파천검도]가 성좌들의 검격을 받아냈고, 장하영의 [파천붕권]이 좌우에서 밀려오던 설화 병기들을 격추했다.

['심판의 시간'이 발동합니다!]

정희원의 [지옥염화]가 전방에서 밀려오는 별들을 불태웠다. 허공을 격하고 날아드는 암기를 막아내는 것은 이현성의 강철 방패였다.
"모두 숙여요!"
충전을 끝낸 이지혜의 거북선이 불을 뿜었다. 눈부신 폭발과 함께 전방의 적들이 쓸려나갔다.
"저 함선부터 떨어뜨려!"
주변에서 기회를 보던 화신들이 일제히 허공으로 날아올랐다. 그러자 공필두의 포탑이 굉음을 뿜었다.
"크아아아악!"
[한심한 놈들!]
몇몇 성좌가 추락하는 화신들을 딛고 날아올랐다. 거북선보다 더 높은 곳까지 올라선 성좌들은, 충전한 마력을 거북선을 향해 쏘았다.
[죽……!]

말을 채 끝맺기도 전에, 성좌의 화신체가 절반으로 찢어졌다. 키메라 드래곤이 포효하며 거대한 아가리로 성좌의 몸통을 뜯었다.

"형! 뒤!"

이길영의 황충들이 날아드는 성좌들을 막아섰다.

일행들은 조금씩 전진했다. 그들이 걸어온 세월처럼 아주 조금씩, 별들의 빛이 닿지 않는 길을 걸어나갔다.

한수영은 생각했다. 아마 다른 모든 별의 눈에 그들은 세계를 멸망시키려는 괴물처럼 보이겠지. 하지만 상관없다. 오히려 그쪽이 더 신나는 일이니까.

"김독자! 방주를 부숴!"

구름처럼 몰려든 성좌들 너머로 그들이 지키는 방주가 보였다. 지금도 부서진 방주의 선두에서 성좌들이 밀려나오고 있었다. 모두 이 세계선을 떠나기 위해 방주 속에 잠들어 있던 별들이었다.

['이야기의 적'이 방주를 향해 다가가고 있습니다.]

['이야기의 적'은 세상의 모든 설화를 파멸시킬 것입니다!]

저 방주를 부숴야만 성좌들의 유입을 끊을 수 있었다.

"빨리!"

[개연성 충돌로 시나리오가 격변을 일으키고 있습니다!]

[<스타 스트림>이 마지막 시나리오의 조건을 수정하기 시작합니다.]

그리고 방주 앞을 막아선 성좌들이 있었다.

[성좌, '우주의 순환을 책임지는 자'가 전장에 개입합니다!]

[성좌, '연기 나는 거울'이 시나리오에 개입합니다!]

[성좌, '천둥과 전쟁의 주인'이 시나리오에 개입합니다!]

지금껏 사태를 관망하던 신화급 성좌들이었다. 그들을 넘어야만 방주에 도달할 수 있었다.

개개인의 힘은 충분하지만 총전력이 밀리는 상황.

[성좌, '해역의 경계를 긋는 창'이 격노합니다!]

전방에서 '이름 없는 것들'을 도륙하던 포세이돈과 제우스가 가세하자, 어느새 일행들은 동그랗게 포위되고 말았다.

쿠드드드드드.

시체의 바다를 가르고 회수되는 창을 보며, 유중혁이 짓씹듯 말했다.

"포세이돈."

아무리 〈김독자 컴퍼니〉라고 해도 저 모두를 감당할 수는 없었다.

대도깨비들 표정에도 아직 여유가 있었다.

분했다. 이토록 충만한 개연성이 있음에도, 왜 저들을 넘을 수 없는가.

한수영은 외쳤다.

"야! 우리 쪽 성좌들은 언제 와!"

오기로 한 이들이 아직 오지 않았다. 우리엘도, 자신의 배후성도, 〈명계〉 부부도, 그리고…….

김독자가 물었다.

"꼭 성좌여야 돼?"

"뭐?"

김독자가 씩 웃었다. 한수영이 싫어하는 그 미소였다.

"이제 이 전장엔 성좌들만 올 수 있는 게 아냐. 누구 덕분에 개연성이 생겼거든."

그 순간, 한수영은 뒷덜미가 오싹해졌다. 〈김독자 컴퍼니〉에게 투입된 어마어마한 개연성이 한꺼번에 빠져나가고 있었다. 이만한 개연성을 한꺼번에 사용해야만 불러올 수 있는 뭔가가 강림하고 있었다.

「모든 성좌가 두려워하는 존재.」

바닥에 끌리는 염화의 불길.

억겁의 설화를 불태운 태양이 동쪽에서 떠오르고 있었다.

「그 어떤 별도 감히 비견할 수 없는 밝기의 '살아 있는 불꽃'.」

비명을 지르며 타오르는 별들의 반대편에서, 새파란 바다가 밀려왔다.

서쪽의 파도. '가라앉은 섬'이 떠오르고 있었다.

「서쪽 세계의 재앙, '가라앉은 섬의 주인'.」

[크아아아악!]

파도에 휩쓸린 성좌들이 순식간에 설화 더미로 해체되었다.

이어서 북쪽의 하늘이 새카맣게 암전되더니, 그곳에서 성좌들이 소나기처럼 추락했다.

「북쪽 우주의 지배자, '위대한 심연의 군주'.」

날뛰는 악동처럼 별들의 머리를 터뜨리며 '이계의 신격의 왕'이 웃었다.

그들이 만들어낸 후폭풍을 받아낸 것은 이현성에게 강림한 존재였다.

「남쪽 성간을 다스리는 '은빛 심장의 왕.'」

그리고 무엇도 아닌 곳에서 다가오는 존재가 있었다.

그의 걸음걸음마다, 거대한 진천패도의 칼날이 밤하늘을 긁으며 천공의 별들을 떨어뜨렸다.

【오랜만이구나, 포세이돈.】

유중혁과 똑같이 생긴, 얼굴에 긴 상흔이 남은 사내.

태연히 다가가 포세이돈의 목을 틀어쥔 '은밀한 모략가'가 웃었다.

【널 죽이는 것은 이번이 스물여섯 번째다.】

2

마침내 외신왕이 되었을 때, 나는 드디어 올 것이 왔구나 싶었다.

[당신은 '이야기의 적'이 됐습니다.]

전신의 설화가 산산이 조각나는 감각. 처음 겪는 일은 아니었다. 언젠가 시나리오에서 추방되어 '이야기의 지평선'에 떨어졌을 때도 그랬으니까.

그때와 다른 점이 있다면, 이형의 존재가 되었어도 시나리오 바깥으로 추방되지는 않았다는 것이었다. 오히려 그 반대였다.

[당신은 최종 시나리오의 보스 몬스터가 됐습니다.]

[당신은 영원히 혼자가 될 것입니다.]

[이 세계관의 누구도 당신을 이해하지 못할 것입니다.]

그 순간 느꼈던 고독감을 기억한다. 이 우주에서 오직 나만이 외따로 떨어진 기분. 영원히 이해하지도 이해받지도 못하는 괴물이 되어버린 느낌.

하지만 그 느낌 역시, 처음 마주한 감정은 아니었다.

「"……일보 기자입니다. 잠깐 시간 있으신가요?"」

「"쟤가 걔야. 살인자 아들."」

그러니 이 역할은 내가 맡아야 했다.

이 일을 가장 잘할 수 있는 것은 나니까.

이것이 멸살법이란 이야기의 결말을 읽은 대가니까.

「【네 일행들은 네 선택을 이해하지 못할 것이다.】」

마치 내 계획을 안다는 듯, '은밀한 모략가'는 말했다.

녀석이 그렇게 말할 수밖에 없던 이유를 나는 이해했다.

「"그건 해봐야 알지."」

그도 나도 틀리지 않았다.

다만, 우리가 쌓아온 설화가 다를 뿐이다.

콰콰콰콰콰콰!

눈앞을 가득 메우는 설화의 해일. 해일 위로 번지는 눈부신 개연성의 스파크. 그 위로 성좌들의 시선이 흐르고 있었다.

[성좌, '가장 어두운 봄의 여왕'이 당신의 설화를 지켜봅니다.]

[성좌, '부유한 밤의 아버지'가 당신의 설화를 지켜봅니다.]

[성좌, '양산형 제작자'가 당신의 설화를 지켜봅니다.]

…….

혼자서 실현할 수 있는 도박이 아니었다. 내가 외신왕이 되는 것은 그저 최종장의 시작이었다. 유중혁이 싸워주었고, 일행들이 버텨주었고, 한수영이 성좌들의 주목을 끌었다.

우리를 믿는 성좌들이 이야기를 선택해주었다.

「그리고 계획은 성공했다.」

동쪽에서 떠오르는 '살아 있는 불꽃'.

서쪽 세계의 재앙 '가라앉은 섬의 주인'.

북쪽 우주의 지배자 '위대한 심연의 군주'.

남쪽 성간을 다스리는 '은빛 심장의 왕'.

그리고 무엇도 아닌 곳에서 기어오는 '위대한 모략'.

다섯 명의 '왕'이 모이자 시나리오의 부피가 급격히 팽창하고 있었다. 그들의 격을 감당하지 못한 위인급 성좌들이 무릎을 꿇은 채 설화를 토했다.

지금껏 시나리오에서 배제된 재앙의 왕들. 충만한 개연성에 의해 '심연을 좇는 사냥개'에게서 벗어난 그들이, 시나리오에 직접 강림했다.

'은밀한 모략가'가 내 쪽을 바라보았다. 나는 고개를 끄덕였다.

「이제, 그들의 무대가 열릴 차례였다.」

[으, 으어어어어—!]

공포에 질린 몇몇 성좌가 체통조차 잊고 마구 도망치기 시작했다.

그런 성좌의 뒷덜미를 붙잡은 '위대한 심연의 군주'— 999회차의 김남운이 웃고 있었다.

【벌써 가면 곤란하지. 지금부터 시작인데.】

녀석은 이번 개연성 범람으로 기운을 되찾은 모양이었다.

흘끗 나를 본 녀석이 중얼거렸다.

【그리고 너, 착각하지 마. 널 도와주러 모인 건 아니니까.】

그러자 내 곁에 선 '은빛 심장의 왕'이 말했다.

【도와드리러 왔습니다.】

"알고 있어요."

역시 이현성은 몇 회차를 살아도 믿음직스러운 사람이다.

'가라앉은 섬의 주인', 999회차의 이지혜도 움직였다.

양쪽에서 달려든 설화급 성좌들이 어떻게든 그들을 막아보려 안간힘을 썼으나 무리였다.

[서, 섬이 움직인다—!]

초록빛 이끼로 덮인 섬의 선두에서 은빛 포신이 번뜩였다.

세계선에서 가장 거대한 전함. 완성형의 '터틀 드래곤'이 세계를 향해 불을 뿜었다.

콰아아아아아.

전장 한쪽이 통째로 쓸려나가는 압도적인 정경 속에서 나도, 한수영도, 심지어는 유중혁조차 넋을 잃을 수밖에 없었다.

그리고 전선 최전방에서, 두 '왕'이 신화급 성좌들과 대치하고 있었다.

「아주 오래전, 함께 싸웠던 두 사람이 그곳에 있었다.」

[지옥염화]의 불꽃을 전신에 두른 999회차의 우리엘.

그리고 1,863번의 지옥도를 헤치며 살아남아 '이계의 신격'이 된 유중혁.

「순간, 김독자는 오래된 전장을 떠올렸다.」

유중혁의 999회차.

성좌들의 대전장에서 유중혁과 우리엘은 서로 등을 맞대고 싸웠다.

두 눈을 잃은 채 포효하던 유중혁과, 그런 유중혁을 지키던 우리엘.

멸살법 전체를 통틀어 내가 가장 좋아하는 장면 중 하나. 그 장면이 지금 눈앞에서 재현되고 있었다.

[설화, '영웅과 불꽃의 전장'이 오랜 잠에서 깨어납니다!]

아주 오래전에 사라졌던 설화가 두 왕의 사이를 잇고 있었다.

【<올림포스>를 맡기겠다.】

999회차의 우리엘이 먼저 날개를 활짝 펼쳤다. 그녀의 격이 개방되는 순간, 기다렸다는 듯 성좌들이 달려들었다.

〈파피루스〉와 〈베다〉의 최상급 성좌들. 우리와 '마왕 선발전'에서 겨룬 성좌들도 보였다. '최후의 파라오'와 '우레를 먹는 새'.

[설화, '절멸의 불꽃'이 이야기를 시작합니다!]

999회차 우리엘의 검이 움직인 순간, 달려들던 위인급 성좌들의 선발대가 가루가 되어 흩어졌다. 창백하게 질린 화신들이 등을 돌렸고, 설화급 성좌들이 악을 쓰며 외쳤다.

[저 검을 막아! 절대 휘두르지 못하게 해!]

우리엘의 검이 불태운 길을 따라 '은밀한 모략가'가 움직였다. 발치마다 우주의 역사가 흐르는 것 같았다. 너무 느리지도 빠르지도 않은 그 걸음을 누구도 감히 막아설 수 없었다.

[설화, '영원불멸의 지옥도'가 이야기를 시작합니다.]

모든 세계선에서 가장 지독한 설화가 이야기를 시작했다.

[거대 설화, '고독한 멸망의 순례자'가 이야기를 시작합니다.]

사내의 발걸음이 떨어진 곳마다 멸망한 세계가 울었다. 그림자처럼 들러붙은 세계의 원죄가 사내를 집요하게 좇고 있었다.

「그 어떤 성좌도 그를 막아설 수 없고, 그 어떤 설화도 그를 구원하지 못한다.」

적이든 아군이든, 성좌라면 누구라도 그의 이야기에 홀리지 않을 수 없었다. 아득한 경이로 얼룩진 슬픔. 불현듯 정신을 차렸을 때, 사내는 어느새 포세이돈의 목을 틀어쥐고 있었다.

가까스로 정신을 차린 포세이돈이 황급히 '은밀한 모략가'의 손아귀를 뿌리치며 격을 방출했다.

[성좌, '해역의 경계를 긋는 창'이 대로합니다!]

〈올림포스〉의 거대 설화가 준동하고 있었다. 포세이돈의 트라이아나가 강력한 설화를 두른 채 포악한 이빨을 드러냈다. 두려워하지 않을 수 없는 신화급 성좌의 위용이었다.

하지만 같은 신화급 성좌인 내게는 포세이돈의 그런 행동이 다르게 읽혔다.

「포세이돈은 공포를 느끼고 있었다.」

헛되이 허공을 베는 포세이돈의 창은 전처럼 날카롭지 않았다. 오만한 신화급 성좌답지 않은 실수에 곁에 있던 제우스가 경고성을 발했다.

하지만 때는 이미 늦었다.

스가가각!

뭔가가 포세이돈의 몸통을 베었고, 푸른색 비늘로 덮여 있던 그의 가슴에 길고 새카만 상흔이 남았다. 상흔 사이로, 거대 설화들이 줄기차게 흘러나왔다.

[커허어어억……!]

포세이돈은 가슴을 부여잡은 채 트라이아나를 휘둘렀다.

해역의 경계를 긋는 창. 그의 트라이아나가 선을 긋는 어디든 그곳은 바다가 된다. 하지만 이번만큼은 그렇지 않았다. 무엇도 두려워하지 않던 그의 창극이, 처음으로 겨눌 곳을 찾지 못한 채 흔들리고 있었다.

「그의 바다가 범접할 수 없는 곳.」

포세이돈의 두 눈이 새카만 심연으로 물들었다.

아마 지금 그는 이 세상에서 가장 어두운 설화를 보고 있을 것이다.

중력의 영향이 닿지 않기에, 땅도 바다도 하늘도 무의미한 우주. 모든 것이 멸망했기에 어떤 소중한 것도 남아 있지 않은 폐허.

그 폐허의 주인이 〈올림포스〉의 별자리를 올려다보았다.

【어느 세계선에서도 너희는 변치 않는구나.】

슬퍼하는 목소리가 아니었다. 오히려 안심하는 듯한 목소리였다.

스르릉, 하는 소리와 함께 진천패도의 칼날이 밤하늘에 닿았다.

[닥쳐라—!]

간신히 공포를 이겨낸 포세이돈이 재차 트라이아나를 휘둘렀다. 그리고 바로 그 순간, 진천패도가 움직였다.

언젠가 유중혁이 비슷한 기술을 쓰는 것을 본 적이 있었다. 각고의 노력을 통해 인간의 한계를 극복한 초월좌가 별을 베기 위해 고안한 기술.

그런데 뭔가가 달랐다. 저것은 마치—

「한 인간이 세계를 상대하기 위해 만든 검술 같았다.」

파천검도.

초월오의超越奧義.

은하참銀河斬

그제야 실감이 났다. 「서유기」의 격전에서 '은밀한 모략가'가 보여준 힘은 그의 전부가 아니라는 것을.

내가 지금까지 본 그 어떤 검격보다도 아름다운 궤적.

그의 일검에 세계가 갈라지고 있었다. 하나의 성운을 통째로 쪼개버리는 일검에 별가루가 흩날렸다.

그 마법 같은 빛살 끝에 포세이돈이 있었다. 푸가각, 소리와 함께 포세이돈의 팔과 다리가 동시에 잘려나갔다.

[포세이돈!]

경악한 제우스가 외쳤다.

'은밀한 모략가'의 전신에서 폭발하는 설화들이 전장을 집어삼키고 있었다. 그가 시나리오를 살아오며 느껴온 공허가 팽창하고 있었다.

설화를 울컥 토한 포세이돈이 무릎을 꿇자, 〈올림포스〉의 12신좌가 달려들었다. 아레스와 헤파이스토스가 포효하며 검과 망치를 휘둘러왔다. 그러나 그들 역시 진천패도의 검격 앞에 어린아이처럼 튕겨나갔다.

제우스가 악을 쓰듯이 외쳤다.

[위대한 모략이여! 건방 떨지 마라! 아직 너는 〈올림포스〉가 이룬

신화의 파편조차 보지 못했다!]

그 말과 함께, 제우스가 신형을 뒤로 물리기 시작했다. 뻔했다. 그가 향하는 곳에는 방주가 있었다.

[아버지!]

그에게 버려진 〈올림포스〉의 신좌들이 온몸에서 설화를 내뿜으며 '이름 없는 것들'에게 갉아 먹히고 있었다. 원망 어린 표정의 디오니소스가 아버지를 향해 분노를 터뜨렸다.

나는 그런 신좌들을 잠시 바라보다가 한수영과 유중혁을 향해 입을 열었다.

"제우스를 막아야 돼."

제우스가 향한 방주 안에는 〈올림포스〉뿐만 아니라 수많은 신화의 거대 설화들이 잠들어 있을 것이다. 그를 내버려두면, 이 시나리오는 다시 우리에게 불리해지게 된다.

우리는 죽은 별과 신격들의 설화로 뒤덮인 무대를 달렸다.

한수영이 의아하다는 듯 중얼거렸다.

"근데 저 자식은……."

포세이돈을 벤 '은밀한 모략가'가 멍하니 자리에 서서 어딘가를 올려다보고 있었다. 나는 녀석의 눈이 향한 곳을 바라보았다.

'은밀한 모략가'가 제우스를 쫓지 않은 이유는 간단했다. 애초에 그의 목적은 겨우 〈올림포스〉의 절멸도, 방주의 파괴도 아니었다.

그가 바라보는 곳은 그보다 훨씬 먼 곳에 걸린 무엇.

「최후의 벽.」

이번에야말로 그 너머를 보고야 말겠다는 듯, 그의 눈 안에서 끝없는 페이지가 넘어가고 있었다.

[<스타 스트림>의 개연성이 격변합니다!]

예상치 못한 개연성의 뒤틀림에 대도깨비들이 외쳤다.

[잠깐! 이것은……!]

[가장 오래된 꿈이시여……!]

[<스타 스트림>의 격변으로 인해 시나리오 내용이 갱신됩니다!]

[해당 시나리오는 선택한 진영에 따라 클리어 조건이 달라집니다.]

나는 갱신된 시나리오를 확인했다.

〈메인 시나리오 #99 - ■■■〉

처음으로 메인 시나리오의 제목이 사라졌다.

한 번도 존재한 적 없는 시나리오.

대도깨비들조차 모르는 시나리오가 시작된 것이다.

분류: 메인

난이도: ???

클리어 조건: 방주를 파괴하고 대도깨비의 계획을 저지하시오.

경악한 대도깨비들의 목소리가 들려왔다. '이야기꾼'을 포기하고 이 세계의 등장인물이 된 대가를 이제 그들도 치르게 된 것이다.

우리의 외형도 본래 모습을 찾아갔다. 마치 세계가 우리를 허락하는 듯했다.

"당신……!"

경악한 아스카 렌이 나를 바라보고 있었다. 그녀의 눈에도 이제 내 모습이 어렴풋이 보이는 모양이었다.

튀는 스파크 속에서, 공포와 혐오의 대상이던 이계의 신격들이 차례로 자기 모습을 드러내고 있었다. 그들은 이제 시나리오 바깥의 존재가 아니었다.

[절대다수의 성좌가 당신들의 설화를 지켜보고 있습니다.]

우리가 만든 시나리오가 정식으로 이 세계에 태어난 것이다.

['가장 오래된 꿈'이 당신의 존재를 바라보고 있습니다.]

아마 이 메시지를 '은밀한 모략가'도 듣고 있겠지.

정확히는 내 눈앞에 떠오른 이 메시지를 말이다.

보상: 최후의 벽

3

“형, 보상 내용이 ‘최후의 벽’이래요.”

의문을 던진 건 뒤쫓아온 이길영이었다. 하지만 아이의 의문에 대답하기에는 나 역시 확실하게 아는 정보가 부족했다.

보상이 ‘최후의 벽’이라…….

저렇게만 써놓으니 최후의 벽에 도달하는 것이 보상이라는 뜻인지, 아니면 시나리오가 끝나면 최후의 벽을 가질 수 있다는 뜻인지 모호했다.

애초에 저 벽이 누군가가 가질 수 있는 개념이기는 한 걸까.

지금 알 수 있는 것은 없다.

확실한 점은, 이 시나리오를 끝내면 우리는 이 세계의 진실에 도달하리라는 것뿐이었다.

【가십시오.】

999회차의 이현성의 엄호를 받아 일행들이 달려갔다. 뒤를 쫓는 성좌들을 ‘은밀한 모략가’와 다른 이계의 신격들이 막아섰다.

이제 방주가 눈앞이었다. 저 방주만 부수면, 우리는 이 모든 시나리오의 끝에 도달하게 될 것이다.

[막아라—!]

그리고 다시 한번 밤하늘에서 별빛이 쏟아졌다. 이렇게나 많은 별이 있었다는 게 놀라울 정도였다. 어디에 숨어 있었는지 모를 성좌들이었다.

[외신왕이다! 잡아!]

내게 병장기를 겨눈 채 달려드는 성좌들. 거대 성운의 하수인으로 살아오며 제대로 시나리오도 클리어하지 않은 채, '마지막 시나리오'의 진출권을 획득한 이들이었다.

놀랍게도 그 별들 중 일부는 한때 내 채널의 구독좌였거나 여전히 구독 중이었다. 간간이 후원을 하며 내 행동을 부추긴 이들. 강렬한 '사이다'를 원하고, 자극적인 전개를 종용하던 자들.

그들은 이제 내 반대편에 서 있었다.

[죽여버려!]

일행들도 우리를 적대시하는 성좌들의 모습에 놀란 모양이었다.

한수영이 참다못해 입을 열었다.

"너희 아직도 하차 안 했냐?"

순간 '만다라의 수호자'가 '환생자들의 섬'에서 한 말이 떠올랐다.

「아무리 조악한 이야기라도, 그걸 오래도록 듣고 본 존재는 그 이야기를 사랑하게 되는 법입니다.」

그때는 무슨 말인지 이해하지 못했다. '성마대전'이라는 시나리오의 비극을 '만다라의 수호자'는 그렇게 보고 있구나, 하고 생각할 따름이었다. 하지만 지금 와서 보니, 그건 '성마대전'의 이야기만은 아니었을지도 모른다.

'피스 랜드'에서 우리가 상대했던 요괴 성좌가 하나둘 눈앞에 현현하고 있었다. '여덟 조각의 불꽃'인 카구츠치와 '밀물과 썰물의 조정자'인 해룡 류진도 보였다.
그들에게 맞선 것은 우리 일행의 창공을 지키는 존재였다.

[화신 '이지혜'가 자신의 격을 개방합니다!]

[성좌, '해상전신'이 자신의 격을 개방합니다!]

드넓은 해상이 펼쳐지는 듯한 느낌과 함께, 충만한 격이 주변 무대를 잠식했다. 상대는 설화급 성좌들이지만, 지금의 이지혜라면 절대로 밀리지 않는다.

하지만 이지혜는 곧장 발포하는 대신 내 쪽을 바라보았다.

"아저씨."

나 역시 그 애가 무엇을 망설이는지 알 수 있었다.

[가라! 도움이 안 되면 자폭이라도 해!]

화신들의 등을 떠미는 성좌들. 동공이 퀭하게 풀린 일본 측 화신들이 우리를 향해 비틀거리며 걸어왔다.

그들을 향해 칼을 뽑으려는 순간, 근처에서 누가 외쳤다.

"모두 정신 차리세요! 지금 당신들이 누굴 상대하는지 똑똑히 보라고!"

분명 내가 아는 목소리였다.

"이즈미도 똑같은 방식으로 죽었어요. 얼마나 더 많은 사람이 죽어야 정신을 차릴 거죠? '피스 랜드'에서 있었던 비극을 모두 잊은 건가요?"

아스카 렌이 그곳에 있었다.

[화신 '아스카 렌'은 '이야기의 적'이 됐습니다.]

놀랍게도 그녀는 이미 이쪽 진영을 선택한 상태였다.

[화신 '아스카 렌'의 특성 '만화가'가 활성화됩니다!]

아스카 렌의 검이 펜처럼 움직였다.

특성이 활성화되는 순간, 나를 비롯한 주변의 모든 '이름 없는 것들'의 설화가 움직였다. 우리의 부서진 설화들. 흩어진 문장들이 하나의 영상으로 직조되고 있었다.

생각해보면 '작가' 특성을 가진 이는 한수영만이 아니었다. 한수영과는 다르지만, 아스카 렌 역시 비슷한 특성을 가진 화신이었다.

"제발, 이제 그만해요. 이 사람들이 누군지 알잖아요. 이들처럼 되고 싶었잖아요."

「그것이 시작이었다.」

그녀 곁에 있던 미치오 쇼지도 입을 열었다.

"저는 이미 한 번 비겁하게 살아남았습니다. 그저 시나리오라는 핑계로 다른 사람들의 죽음을 외면했습니다."

미치오 쇼지. 누군가의 재앙이 되지 않기 위해, 죽음을 무릅쓰고 나와 함께 뱀을 대적했던 사내.

"하지만 적어도 마지막 시나리오에서만큼은, 제가 옳다고 믿는 선택을 하고 싶습니다."

쇼지의 말과 동시에 우리를 공격하던 화신들이 하나둘 병장기를 떨어뜨렸다. 그들은 공포에 질린 표정으로 주저앉거나 비참한 울음을 터뜨렸다.

"모, 못 해. 더 이상은 못 한다고……!"

무릎을 꿇은 화신들이 머리를 붙든 채 중얼거렸다. 화신들이 명령을 거부하자 순식간에 위험에 노출된 성좌들이 다급하게 외쳤다.

[이, 일어나라! 어서!]

화신들은 누구보다 같은 화신의 고통을 잘 이해하고 있다.

너무나 오래 시나리오를 수행하는 바람에 흔해 빠진 악역이 된 성좌들과는 다른 것이다.

"지혜야."

내가 말하기도 전에, 거북선의 함포가 발사되었다.

콰아아아아아!

격발음과 동시에 쓸려나가는 성좌 무리. 용케도 포화를 버텨낸 성좌들이 우리 일행과 부딪쳤다.

[으아아아아아아!]

방주의 선두에서 희미한 빛이 흐르고 있었다. 방주에 잠들어 있는 신화급 성좌들이 깨어나게 둘 수는 없었다.

다행히 우리의 전진 속도는 느리지 않았다. 유중혁의 [파천검도]와 한수영의 [흑염]이 양옆에서 나를 보조하며 착실하게 일행을 앞으로 인도했다.

다만 한 가지 걸리는 것이 있다면, 개연성이었다.

츠츠츠츠…….

성좌들의 코인으로 만들어진 개연성.

하늘을 올려다보니 비유가 고통스러운 얼굴로 채널을 통제하고 있었다.

도깨비가 된 지 얼마 안 된 아이기에, 이만한 코인을 개연성으로 교환하는 것 자체가 무리한 일일 것이다. 비유의 입에서도 설화가 뚝뚝 떨어지고 있었다.

"이제 다 왔어!"

이변이 발생한 것은 한수영의 목소리가 들린 그 순간이었다.

[관리국이 BY-9158 채널에 통제권을 행사합니다!]

순간 가슴이 서늘해졌다.

본래 개별 채널은 도깨비의 소유다. 하지만 '채널'이라는 시스템은 관리국이 가진 '거대 설화'에 기반하는 힘이었다.

[관리국이 채널 BY-9158의 코인 후원을 통제합니다!]

갑자기 몸의 움직임이 둔해지기 시작했다. 주변의 일행들도 마찬가지였다. 순풍처럼 뒤에서 불어오던 바람이 역풍으로 바뀌고 있었다.

멀리서 열 명의 대도깨비가 하늘을 향해 손을 모으고 있는 것이 보였다.

"저 빌어먹을 새끼들이……!"

한수영도 무슨 일이 벌어지는지 눈치챈 모양이었다.

[바아아아아아아앗!]

비유가 감전된 것처럼 고통에 겨운 울음을 내뱉으며 추락했다.

나보다 먼저 달려간 유상아가 떨어지는 비유를 받아 품에 안았다.

[성좌, '부유한 밤의 아버지'가 관리국의 비겁한 행동에 항의합니다.]

[성좌, '가장 어두운 봄의 여왕'이 관리국의 처사에 격노합니다.]

[성좌, '악마 같은 불의 심판자'가 ■같은 도깨비 새■들을…….]

…….

우리의 채널이 무너지고 있었다.

대도깨비 가랑이 말했다.

[너희의 설화는 허락할 수 없다. '가장 오래된 꿈'에게 그런 설화를 바칠 수는 없다.]

이해할 수 없었다. 이미 이 시나리오의 일부가 된 그들은, 관리국의 거대 설화를 행사하는 것만으로도 막대한 후폭풍을 겪을 것이었다.

[호롱, 녹수. 그대들의 희생을 기억하겠다.]

두 명의 대도깨비가 허공에서 소멸하고 있었다.

가랑의 몸에서도 설화 파편이 떨어져 나오고 있었다.

전신에 소름이 돋았다. 저 빌어먹을 대도깨비들이 얼마나 큰 결심을 했는지 알 수 있었다.

[<스타 스트림>의 개연성이 다시 한번 격변합니다!]

주변에 범람하던 '이름 없는 것들'의 숫자가 급격하게 줄어들고 있었다.

개연성의 비호를 받아 본래 모습을 되찾았던 이들의 얼굴이 다시 괴물의 그것으로 변해가고 있었다.

【사냥개들이 온다.】

'은밀한 모략가'의 목소리와 함께, 999회차의 왕들이 중앙으로 몰렸다.

큰 개연성을 소진하던 이들일수록 후원 중단에 막대한 손해를 입었다.

밀려오는 후폭풍 사이로 나타난 '심연을 좇는 사냥개'들이 왕의 다리와 팔을 물어뜯었다.

【아파 이 개새끼들아!】

999회차 김남운이 소리를 질렀다.

곁에서 달려드는 성좌들을 베어낸 유중혁이 외쳤다.

"김독자!"

나는 하늘을 올려다보았다. 창공의 기후가 심상치 않았다. 단순히 신화급 성좌가 기후를 조정하는 수준의 변화가 아니었다. 뭔가, 내가 지금껏 한 번도 겪지 못한 끔찍한 일이 벌어지려 하고 있었다.

[온새, 허체. 지금까지 수고 많았다.]

두 명의 대도깨비가 추가로 소멸하고 있었다.

「대도깨비들은 이곳에서 그들의 이야기를 끝내려는 것이다.」

팔뚝의 모든 솜털이 오소소 섰다. 지금까지 시나리오를 수행하면서 이만한 두려움을 느껴본 적은 없었다.

['가장 오래된 꿈'이시여!]

하늘이 열리고 있었다. 자세히 보니 그것은 하늘이 아니라 벽이었다.

이 우주 전체를 감싸고 있는 '최후의 벽'.

페이지가 찢어지듯 갈라진 벽의 틈새로 뭔가가 넘어오고 있었다.

「순간, 김독자는 이 세계의 멸망을 직감했다.」

내가 가진 언어로는 그게 무엇인지 형용할 수 없었다.

저게 대체 뭘까.

마치 어린아이가 연필로 그린 조악한 낙서 같았다. 거대한 검 같기도 하고, 창 같기도 하고, 미사일 같기도 한 저것. 확실한 것은 저 알 수 없는 무언가가 이쪽으로 낙하하고 있다는 것이었다.

ㅊㅊㅊㅊㅊㅊ!

그 비정형의 덩어리를 내보내는 틈새로, 아주 잠깐이지만 누군가의 손 같은 것이 보인 것 같았다.

[성좌, '악마 같은 불의 심판자'가 경악하며 소리칩니다!]

[성좌, '심연의 흑염룡'이 당신을 향해 다급히 외칩니다!]

확실한 것은 하나뿐. 저걸 맞으면 우리는 모두 죽는다.

「김독자는 자신의 모든 격을 개방했다.」

내가 가진 모든 거대 설화가 동시에 이야기를 시작했다.

나는 일행들을 돌아보았다.

"모두……!"

그리고 바로 다음 순간, 시야가 하얗게 물들며 눈앞에서 개연성의 대폭발이 발생했다.

츠츠츠츠츠츳!

비형은 하나둘 시나리오 속으로 녹아 들어가는 대도깨비들을 멀거니 지켜보았다.

이야기꾼들은 최종 시나리오의 일부가 되었다.

비형 주변으로 크고 작은 하급 도깨비가 몰려들었다.

[비형 님! 이게 대체…….]

지금껏 중립을 지킨 관리국이, 자신의 의지로 시나리오 양상 전체를 뒤집고 있었다.

그 대가로 관리국의 지형도도 변하고 있었다. 설화를 모아둔 저장고들이 일시에 붕괴했고, 관리국 감찰하에 구속되어 있던 악명 높은 성좌들이 풀려났다.

그리고 비형은, 그 아수라장의 중심에서 한 성좌를 보고 있었다.

「추호도 자신이 주인공이라고는 생각하지 않는 녀석.」

처음 만났을 때부터 그랬다. '체근민' 합이 10레벨도 되지 않는 몸으로, 도깨비인 자신에게 기죽지 않고 대들던 녀석. 언제나 여유 있는 척 씩 웃기나 하고, 함부로 뒈지기도 십상이던 녀석.

「이야기꾼인 그보다도 다음 설화를 더 잘 알던 녀석.」

그의 설화 덕분에 비형은 빠르게 자신의 채널을 키울 수 있었고, 등급 심사에서 늘 좋은 평가를 받을 수 있었다.

「그 설화가 이제 종막을 앞두고 있었다.」

콰콰콰콰콰콰!

대도깨비가 된 비형은 창공을 가르고 떨어지는 것이 무엇인지 알 수 있었다.

저것은 '벽' 너머에서 왔다. 이 세계를 가르고 있는 최초이자 '최후의 벽' 너머에서 날아든, 아득한 망상의 파편.

비상을 준비하는 방주의 모습이 보였다. 남은 대도깨비들은 방주를 타고 탈출할 속셈일 것이다.

그리고 이 무대는 저 파편의 추락으로 인해 끝장날 것이다.

「그 순간, 도깨비 비형은 결심했다.」

한데 모여 의식을 치르던 대도깨비들이 비형을 발견하고 소리쳤다.

가장 먼저 그를 붙잡은 것은 바람이었다.

[비형! 무슨 생각인가!]

비형은 대답하지 않고 지상을 내려다보았다. 그가 지금껏 지켜보아온 이들이 그곳에 있었다. 언제나 분신체로 마주하던 화신들. 그들이 이제는 자신과 같은 자리에 있다.

비형은 자기 손을 보았다. 그때만 해도 작던 손바닥이 지금은 성인 남성만큼이나 커졌다.

[나는 아주 오랫동안 저 설화를 보아왔습니다.]

그들의 첫 만남은 그리 달갑지 않았다. 한쪽은 시나리오라는 비극을 파는 장본인이고, 다른 한쪽은 목숨을 걸고 그 시나리오를 수행해야 하는 쪽이었으니까.

그렇기에 비형은 지금 움직여야 했다.

이 손으로 비극의 무대를 열었기에 해야만 하는 일. 이것은 그가 끝까지 '이야기꾼'으로 남기 위해 해야만 하는 일이었다.

[바람, 모든 도깨비에겐 '단 하나의 설화'를 선택할 순간이 온다고 하셨지요.]

[기다리게 비형! 이번엔 자네가 틀렸어. 저 설화는 아니야! 저 설화는—]

비형은 자신의 팔을 붙든 바람의 손을 떼어놓으며 웃었다. 죽음을 앞두고도 씩 웃는 녀석이 있었다. 늘 이해가 가지 않았는데, 비형은 이제 그 마음이 무엇인지 알 것 같았다. 녀석은 정확히 이런 기분이었던 모양이다.

[아마도 나는 저 이야기를 사랑하게 된 모양입니다.]

비형은 관리국의 대도깨비들을 향해 자신의 격을 발출했다.

퍼거걱!

대도깨비들을 대표하여 관리국의 간섭력을 행사하던 가랑의 뿔이 부서졌다. 관리국이 컨트롤하던 개연성이 일제히 흩어지며 일대에 파란이 발생했다.

그 후폭풍은 비형에게도 고스란히 돌아왔다. 새카맣게 변한 설화를 토해내며, 비형은 그대로 몸을 돌렸다.

[비형! 감히……!]

그는 정확히 지상을 향해 낙하하는 망상의 파편을 가로막고 섰다.

지금껏 그가 기록해온 설화들이 울고 있었다.

이야기꾼을 지켜보는 성좌들이 그의 행동에 개연성을 실어주고 있었다.

후폭풍이 자신의 몸을 찢어발기는 고통 속에서 비형은 생각했다.

아마 그가 읽어온 설화의 주인공은 자신의 행동을 달갑게 생각하지 않을 것이다.

주인공은 언제나 모두를 살리고 싶어하니까.

그럼에도 거스를 수 없는 법칙은 있다.

「누구도 희생하지 않는 이야기는 없다.」

이야기를 지키기 위해, 개연성을 지키기 위해, '최후의 벽'에 도달할 '단 하나의 설화'가 되기 위해. 이것은 반드시 일어나야만 하는 일이었다.

「도깨비 비형은 자신의 마침표를 정했다.」

파스슷, 하며 뭔가가 꿰뚫리는 소리가 들렸다.

돌아보자, 잠깐이지만 김독자의 얼굴이 보인 것도 같았다.

[당신의 ■■은 '희생'입니다.]

4

허공에서 거무튀튀한 비정형의 덩어리가 폭발하는 순간, 나는 근처에 있던 아이들을 덮은 채 바닥에 납죽 엎드렸다.

이현성이 펼친 강철 방벽 위로, 거센 금속성의 파찰음이 귀를 긁었다.

그리고 얼마나 지났을까. 소리도 촉각도 모두 사라졌다.

[전송이 완료됐습니다.]

그리고 들려오는 알 수 없는 메시지.

전신의 근육이 흠씬 두들겨 맞은 것처럼 아팠다.

허공을 덮었던 이현성의 방벽이 사라졌다.

어떻게 된 거지?

상황이 잘 이해되지 않았다. 주변을 둘러봐도 보이는 것은 나뿐이었다. 품속에 있던 아이들도, 나를 감싸던 이현성과 정희원도, 허공으로 도약하며 검을 휘두르던 유중혁도 보이지 않았다.

보이는 것은 드넓은 벌판뿐.

고개를 돌리자 하늘 끝까지 닿은 나무와 우거진 숲으로 이뤄진 삼림 지대, 그리고 반대편을 차지한 유황 지대가 보였다.

대도깨비들이 '관리국'의 힘을 행사해 시나리오에 개입했다. 거기까지는 명료하게 기억이 났다. 뒤이어 관리국 측의 코인 제재가 시작되었고, 그것도 모자라서 녀석들이 괴이한 미사일 같은 것을 소환한 것도 생각났다.

그리고 그다음에는…….

「[아. 아. 잘 들리시나요? 이것 참, 한국어 패치가 안 돼서 고생했네.]」

서늘한 느낌에 반사적으로 주변을 둘러보았다.

어디선가 들려오는 설화. 내가 아주 잘 아는 설화였다.

「[이건 영화 촬영이 아닙니다.]」

연이어 무언가가 허공에 떠올랐다. 거무튀튀한 소환체가 폭발하던 바로 그 순간, 창공을 덮은 작은 그림자.

나는 분주히 주변을 둘러보았다.

「[꿈도 아니고, 소설도 아니며, 당신들이 알던 '현실'도 아닙니다. 아시겠어요? 그러니까 모두 닥치고 내 말 들으세요.]」

이 근처였다. 이 근처에 녀석이 있었다.

그렇게 얼마나 벌판을 헤집었을까. 갈대숲 사이에 쓰러져 있는 녀석이 보였다.

"비형."

나는 녀석을 안아 들었다. 대도깨비가 되면서 성인 남성만큼이나 커졌던 녀석은, 다시 아이처럼 작아져 있었다.

내가 녀석을 처음으로 지하철에서 만난 그날처럼.

"비형!"

내 모든 비극의 시작.

이 녀석을 만나지 않았더라면, 나는 지금도 평범한 미노 소프트의 계약직 사원이었을 것이다.

「[잠깐만. 지금 나랑 <스트림 계약>을 맺잔 말입니까?]」

그때 이 녀석과 빌어먹을 계약을 하지 않았더라면 나는 여기까지 오지 않았을 것이다.

비형의 몸에서 조금씩 설화 부스러기가 떨어지고 있었다.

「"당신들이 <김독자 컴퍼니>의 설화에 대체 무슨 기여를 했습니까. 무슨 염치로 코인 수급에 관여하는 겁니까?"」

「"그런 이야기는 이제 지루하지 않습니까? 언제까지 관리국의 공식에 맞는 설화만 찾아다닐 겁니까?"」

내가 모르는 비형의 설화들이 부서지고 있었다.

나는 다시 한번 비형을 흔들어 깨웠다. 녀석의 뺨을 마구 후려치기도 했다. 그러자 끊어질 듯한 목소리가 들려왔다.

"아프네. 그때 너한테 맞은 바울이 처음으로 불쌍하게 느껴져."

눈을 뜬 비형이 쓴웃음을 지었다. 진언이 아닌 흐트러진 육성. 오랜만에 듣는 도깨비 비형의 진짜 목소리였다.

내가 증오했던 목소리.

사람들을 화신으로 만들고, 시나리오를 세상에 퍼뜨려 이 세계를 관음의 왕국으로 만든 놈. 그렇기에, 묻지 않을 수 없었다.

"왜 나를 구한 거냐?"

비형이 이렇게 된 것은 건드리면 안 되는 개연성을 건드린 까닭이었다. 시나리오에 무리하게 간섭하여 소멸해버린 대도깨비들처럼, 비형 또한 자신이 막을 수 없는 후폭풍에 뛰어들어 이 꼴이 되었다.

「**비형은 여기서 죽을 것이다.**」

내가 가진 설화들이 흔들리고 있었다.

이것은 내 계획이 아니었다. 내가 원했던 설화가 아니었다.

['제4의 벽'이 격렬하게 흔들립니다!]

비형은 대답 대신 새카만 설화를 토했다. 녀석의 몸이 점점 더 작아지고 있었다.

"잠깐 일어났으면 좋겠는데."

나는 비형을 일으켰다.

창백한 밤하늘 너머로 별들의 운항이 보였다. 시나리오의 흐름에 따라 이리저리 흘러가는 별들. 아득한 성류의 흐름.

비형은 〈스타 스트림〉을 보고 있었다.

"네 동료들은 모두 전송했어. 그리고 인근에 있던 성좌와 화신도 대부분 살아남았을 거야. 여긴 외부 충격에서 안전해."

"너……."

"자세한 건 곧 알게 될 거야. 넌 똑똑한 놈이니까."

하늘에서 몇 개의 별이 추락하는 것이 보였다. 내가 할 말을 찾는 동안, 추락하는 별은 점점 늘어나고 있었다.

아득히 '별자리의 맥락'에서 죽어가는 별들.

비형은 저 별들의 꿈을 꾸며 살아왔을 것이다.

"김독자. 우리는 동료가 아니야."

별들의 설화를 좋아했을 것이고, 그들의 희비극을 함께 지켜보았을 것이다. 무수한 별들의 죽음을 보아왔을 것이다. 그리고 한편으로는,

"너는 시나리오의 화신이고, 나는 이야기꾼일 뿐이지."

그런 별들의 죽음을 아름답다고 여겼을 것이다.

내가 비형을 증오하는 것은 사실이었다.

나는 어떻게든 그 감정을 더 불태우려 했다.

[설화, '왕이 없는 세계의 왕'이 자신의 이야기꾼을 바라봅니다.]

[설화, '이적에 맞서는 자'가 자신의 이야기꾼을 슬퍼합니다.]

[설화, '재앙의 왕을 사냥한 자'가 자신의 이야기꾼을 애도합니다.]

비명처럼 흩날리는 내 설화들이 비형에게 말하고 있었다.

비형이 웃었다. 자랑스러운 얼굴로.

"네 설화를 끝까지 보고 싶었어."

비형이 바라보는 하늘의 너머에 '최후의 벽'이 있었다.

비형이 꾸었던 꿈. 이 모든 시나리오의 왕인 '도깨비 왕'이 있는 곳.

나는 말하고 싶었다. 겨우 여기서 포기할 거냐고. 내가 그때 약속하지 않았느냐고.

「"도깨비 비형, 나와 계약해라. 그럼 내가 너를 도깨비들의 왕으로 만들어 주겠다."」

아직 나는 그 약속을 이뤄주지 못했다.

「그는 김독자가 쌓아온 설화의 첫 번째 독자였다.」

양손이 점점 가벼워졌다. 천천히 고개를 내렸을 때, 이미 비형은 그곳에 없었다. 빌어먹을 이야기꾼답게, 녀석은 마지막까지 자신의 이야기만을 남겨놓고 떠난 것이다.

나는 비틀거리며 자리에서 일어났다.

「누구도 희생하지 않는 설화를 만들고 싶었다.」

[당신의 대서사시가 변혁의 계기를 맞이했습니다!]

으스러지도록 쥔 주먹에서 피가 흐르고 있었다. 내 모든 설화가 절규하고 있었다. 〈스타 스트림〉을 향해, '최후의 벽'을 향해 외쳐대고 있었다.

「아직 이야기는 끝나지 않았다, 김독자.」

비형은 죽었지만 녀석이 남긴 설화는 아직도 살아 있었다. 녀석이 죽기 전에 남긴 설화가 내 곁을 맴돌며 자신의 문장을 소진하고 있었다.

나는 간신히 정신을 차렸다. 비형 말이 맞았다. 내가 원하는 끝은 이제 시작이다. 비형이 나를 어디로 보냈는지, 일행들이 어디로 갔는지부터 알아내야 한다.

그리고…….

드넓은 벌판의 허공에서 개연성의 스파크가 내리치고 있었다. 그 스파크 너머로 외부의 정경이 어슴푸레 드러났다.

폐허가 된 최종장의 무대. 죽은 성좌들과 화신들의 시체가 즐비한, 바로 조금 전까지 내가 있었던 전장.

그 정경을 보는 순간, 나는 내가 어디에 있는지 깨달았다.

['최후의 방주'에 오신 것을 환영합니다.]

이곳은 바로, 내가 부숴야 하는 바로 그 '배'의 내부였다.

[현재 '최후의 방주'가 이륙 프로세스에 진입한 상태입니다.]

[최종 시나리오가 갱신됐습니다!]

〈메인 시나리오 #99 - ■■■■〉

분류: 메인

난이도: ???

클리어 조건: 방주를 움직이는 설화핵을 파괴하고, 대도깨비와 신화급 성좌들의 세계선 이주 계획을 저지하시오.

제한 시간: 24시간

보상: 최후의 벽

실패 시: 세계선 멸망

그런 것이었나.

이곳이 '최후의 방주'라면, 배 안에 이만한 세계가 깃들어 있는 것도 이해가 갔다. 지금 내가 서 있는 곳은, 방주 안에 잠들어 있는 무수한 신화가 시작된 태초의 땅이었다.

쿠구구구구.

그 땅의 건너편에서 거친 진동이 들려왔다.

뭔가가 이쪽으로 다가오고 있었다.

「도망쳐라, 김독자.」

자신의 세계관을 등에 업고 본연의 힘을 되찾은 존재들.

신화급 성좌들이 몰려오고 있었다.

「방주는 일종의 '거대 설화 병기'다. 방주를 확실하게 부수려면 내부에 있는 설화핵을 박살 내야 해.」

나는 비형이 남긴 설화들을 읽으며 방주의 내부를 달리고 또 달렸다.

[현재 당신은 거주 선실 D-21에 진입한 상태입니다.]

[해당 지역에서는 다른 신화의 영향력이 너무 강합니다.]

[현재 성운 멤버들과 연락이 닿지 않는 상태입니다.]

다른 거대 설화들의 영향력이 너무 강하기 때문일까, 일행들에게 연락이 닿지 않았다. 다행인 점은, 나와 같은 선실에 떨어진 일행이 하나 더 있다는 사실이었다.

[같은 성운의 영향력이 강하게 느껴집니다!]

"김독자!"

내가 손을 뻗으며 무슨 말을 하려는 순간, 한수영이 외쳤다.

"닥치고 달려! 이쪽으로 오지 마!"

한수영의 뒤쪽에서 덤불 숲이 통째로 갈려나갔다. 뭔가가 쫓아오고 있었다. 재빨리 품속을 뒤진 한수영이 뒤를 향해 연막탄을 던졌다.

['양산형 SSS급 연막탄'이 효력을 발휘합니다!]

[20초간 인근 지역의 시야가 차단됩니다!]

혼란에 빠진 성좌들이 아우성을 치는 동안, 우리는 재빨리 덤불 지역을 벗어났다. 한수영은 이미 사태 파악을 끝낸 모양이었다.

"그 자식은 뒈졌어?"

나는 아무 대답도 하지 않았다.

숨을 헐떡인 한수영이 바닥에 퉤 하고 침을 뱉었다.

"빌어먹을 도깨비 자식, 이런 걸 마지막 선물이라고 주고 가냐."

이걸 선물이라고 말할 수 있을까.

나는 방주의 천장을 올려다보았다. 이 방주 안에는, 아마 우리 말고도 무수한 '거대 설화'의 주인이 잠들어 있을 것이다.

"김독자."

"비형의 설화에 따르면 설화핵은 방주 중심부에 있어. 여긴 아마 선두 인근일 거야."

내가 그 말을 뱉자마자, 연막탄 사이에서 성좌들의 진언이 울려 퍼졌다.

[쫓아라!]

[이 근처에 놈들이 있다. 놈들과 함께 다음 세계선으로 갈 수는 없어!]

한수영이 '한낮의 밀회'를 통해 말을 걸었다.

―그냥 다 죽여버릴까?

그것도 하나의 방법일 것이다. 하지만 전황이 그리 좋지 않았다.

이 선실은 다른 성운의 세계관.

즉, 그들의 '무대화'가 적용되는 장소였다.

[거주 선실 D-21 지역은 우주수宇宙樹 이그드라실의 뿌리가 보존된 곳입니다.]

한수영이 인상을 찌푸렸다.

—빌어먹을, 하필이면 〈아스가르드〉야.

[성좌, '하프와 호른의 신'이 멸망의 진혼곡을 연주합니다.]

[성좌, '멸망의 늑대에게 팔을 잃은 자'가 자신의 사라진 팔을 찾고 있습니다.]

[성좌, '목요일의 천둥'이 자신의 위세를 과시하고 있습니다.]

성좌들이 하늘을 떠다니며 우리를 찾고 있었다.

대부분은 실화급 성좌였다. 하지만.

—토르가 저렇게 강했나?

묠니르에 번개를 응축한 '목요일의 천둥'이 새파란 눈으로 창공을 올려다보고 있었다.

설화급 성좌인 토르. 그런 그도 이 무대에서는 제우스에 육박하는 수준의 격을 방출할 수 있었다.

나는 한수영을 향해 말했다.

—우리한테 유리한 무대를 찾아야 돼.

—이 안에 그런 무대가 있겠어?

이들과 달리 〈김독자 컴퍼니〉는 세계관이라 칭할 만한 것이 없었다.

—하나 있지.

그럼에도, 내 생각이 옳다면 이곳에는 우리가 싸울 만한 무대가 하나 있었다. 그곳이라면 다른 모든 일행도 제힘을 충분히 낼 수 있을 것이었다.

문제는 그곳까지 어떻게 가느냐 하는 것인데.

[설화, '돌멩이와 나'가 이야기를 시작합니다!]

물론 방법은 있었다.

한수영이 눈을 동그랗게 떴다.

[설화, '돌멩이와 나'가 '우린 모두 한낱 돌멩이일 뿐'을 이야기합니다!]

—뭐야 이거?

나는 한수영의 손목을 잡은 채, 굴러가는 돌멩이처럼 조심조심 성좌들의 앞으로 나섰다. 예상대로 성좌들은 우리를 전혀 발견하지 못했다.

[성좌, '사랑과 고양이의 여신'이 침울한 표정을 짓고 있습니다.]

[성좌, '큰 뿔 다리의 수호자'가 누군가를 찾고 있습니다.]

바로 앞을 지나치는데도 발견하지 못하는 성좌들을 보며, 한수영이 입을 딱 벌렸다.

—미친, 개사기잖아.

사기는 사기지. 적어도 '돌멩이'는 그곳에 돌멩이가 있다는 사실을 애써 인지하기 전까지는 눈에 띄지 않으니까.

[성별 바꾸기를 좋아하는 한 성좌가 키득키득 웃고 있습니다.]

순간 불길한 느낌이 들었다. 한수영도 표정이 비슷했다.

하지만 이제 조금 남았다. 설령 로키가 우리 존재를 눈치챘다고 해도, 〈아스가르드〉의 주력 성좌들은 이미 저만치 멀어진 상태.

"이번에도 그 방법으로 도망칠 셈인가요?"

불현듯 들려온 목소리와 함께 나는 걸음을 멈추었다.

잠시 잊고 있었다.

설화 「돌멩이와 나」는, 그 설화의 실체를 간파한 사람에게는 통하지 않는다는 사실을.

그리고 불행하게도, 나는 이미 이 설화를 누군가에게 사용한 적이 있었다.

천천히 등을 돌리자, 소용돌이치는 붉은 눈동자가 우리를 보고 있었다.

《전지적 독자 시점》 9에서 계속됩니다.

OMNISCIENT READER'S VIEWPOINT

전지적 독자 시점 8

1판 1쇄 인쇄 2025년 7월 31일
1판 1쇄 발행 2025년 9월 22일

지은이 싱숑
펴낸이 박강휘
편집 박규민 박정선
디자인 윤석진
마케팅 이헌영 박유진
홍보 반재서 박상연 이수빈

발행처 김영사
주소 경기도 파주시 문발로 197(문발동) 우편번호10881
등록 1979년 5월 17일(제406-2003-036호)
주문 및 문의 전화 031)955-3200 팩스 031)955-3111
편집부 전화 02)3668-3290 팩스 02)745-4827 전자우편 literature@gimmyoung.com
비채 블로그 http://blog.naver.com/viche_books
인스타그램 @drviche @viche_editors 트위터 @vichebook
ISBN 978-89-349-6768-2 04810 978-89-349-6782-8 (세트3)
책값은 뒤표지에 있습니다.
비채는 김영사의 문학 브랜드입니다.

싱숑

작가.
대표작으로 《멸망 이후의 세계》
《전지적 독자 시점》이 있다.